suhrkamp taschenbuch 2180

Bei der Einreise in die Schweiz wird Mr. White festgenommen, weil er für die Grenzpolizei mit dem verschwundenen Bildhauer Anatol Ludwig Stiller identisch ist. Frühere Freunde, sein Bruder, seine Frau Julika und der Staatsanwalt bestätigen in Aussagen und gemeinsamen Erinnerungen diesen Verdacht. Die Aufzeichnungen des Mr. White in der Untersuchungshaft aber wehren sich gegen diese Festlegung mit der Behauptung: »Ich bin nicht Stiller!« In immer neuen Erzählungen will er dieser Fixierung entgehen, weil ihm diese Identität fragwürdig geworden ist und weil er sich die Freiheit der Wahl, ein anderer zu sein, erhalten will. – »Das Ich wird eine Behauptung der Welt, der man eine Gegenbehauptung, ein Nicht-Ich entgegenstellt. Anders gesagt: an Stelle des Ichs tritt ein fingiertes Ich, und das Ich wird ein Objekt. Romantechnisch gesehen: das Ich wird ein Kriminalfall. Einfacher ausgedrückt: Frisch hat sich durch diese Form, die gleichzeitig Handlung, gleichzeitig Problematik ist, in einen anderen verwandelt, der nun erzählt, nicht von Stiller zuerst, sondern von sich, von White eben, für den Stiller der andere ist, für den er sich nun zu interessieren beginnt und dem er nachforscht, weil man doch ständig behauptet, er sei mit ihm identisch. Gerade durch diese Romanform wird so Selbstdarstellung möglich, gesetzt –, der Leser mache auch mit, spiele mit. Ohne Mitmachen ist der *Stiller* weder zu lesen noch zu begreifen.«

Friedrich Dürrenmatt

Max Frisch, am 15. Mai 1911 in Zürich geboren, starb dort am 4. April 1991. Sein Werk im Suhrkamp Verlag ist ab Seite 443 dieses Bandes notiert.

Max Frisch
Stiller

Roman

Suhrkamp

Umschlag: Hermann Michels

suhrkamp taschenbuch 2180
Erste Auflage dieser Ausgabe 1992

Druck: Ebner Ulm
Printed in Germany

1 2 3 4 5 6 – 97 96 95 94 93 92

Peter Suhrkamp, dem verehrten Freund, in Dankbarkeit

Erster Teil
Stillers Aufzeichnungen im Gefängnis

»Sieh, darum ist es so schwer, sich selbst zu wählen, weil in dieser Wahl die absolute Isolation mit der tiefsten Kontinuität identisch ist, weil durch sie jede Möglichkeit, etwas anderes zu werden, vielmehr sich in etwas anderes umzudichten, unbedingt ausgeschlossen wird.«

»–: indem die Leidenschaft der Freiheit in ihm erwacht (und sie erwacht in der Wahl, wie sie sich in der Wahl selber voraussetzt), wählt er sich selbst und kämpft um diesen Besitz als um seine Seligkeit, und das ist seine Seligkeit.«

Kierkegaard »Entweder-Oder«

Erstes Heft

Ich bin nicht Stiller! – Tag für Tag, seit meiner Einlieferung in dieses Gefängnis, das noch zu beschreiben sein wird, sage ich es, schwöre ich es und fordere Whisky, ansonst ich jede weitere Aussage verweigere. Denn ohne Whisky, ich hab's ja erfahren, bin ich nicht ich selbst, sondern neige dazu, allen möglichen guten Einflüssen zu erliegen und eine Rolle zu spielen, die ihnen so passen möchte, aber nichts mit mir zu tun hat, und da es jetzt in meiner unsinnigen Lage (sie halten mich für einen verschollenen Bürger ihres Städtchens!) einzig und allein darum geht, mich nicht beschwatzen zu lassen und auf der Hut zu sein gegenüber allen ihren freundlichen Versuchen, mich in eine fremde Haut zu stecken, unbestechlich zu sein bis zur Grobheit, ich sage: da es jetzt einzig und allein darum geht, niemand anders zu sein als der Mensch, der ich in Wahrheit leider bin, so werde ich nicht aufhören, nach Whisky zu schreien, sooft sich jemand meiner Zelle nähert. Übrigens habe ich bereits vor Tagen melden lassen, es brauche nicht die allererste Marke zu sein, immerhin eine trinkbare, ansonst ich eben nüchtern bleibe, und dann können sie mich verhören, wie sie wollen, es wird nichts dabei herauskommen, zumindest nichts Wahres. Vergeblich! Heute bringen sie mir dieses Heft voll leerer Blätter: Ich soll mein Leben niederschreiben! wohl um zu beweisen, daß ich eines habe, ein anderes als das Leben ihres verschollenen Herrn Stiller.

»Sie schreiben einfach die Wahrheit«, sagt mein amtlicher Verteidiger, »nichts als die schlichte und pure Wahrheit. Tinte können Sie jederzeit nachfüllen lassen!«

Heute ist es eine Woche seit der Ohrfeige, die zu meiner Verhaftung geführt hat. Ich war (laut Protokoll) ziemlich betrunken, weswegen ich Mühe habe, den Hergang zu beschreiben, den äußeren.

»Kommen Sie mit!« sagte der Zöllner.
»Bitte«, sagte ich, »machen Sie jetzt keine Umstände, mein Zug fährt jeden Augenblick weiter –«
»Aber ohne Sie«, sagte der Zöllner.
Die Art und Weise, wie er mich vom Trittbrett riß, nahm mir vollends die Lust, seine Fragen zu beantworten. Er hatte den Paß in der Hand. Der andere Beamte, der die Pässe der Reisenden stempelte, war noch im Zug. Ich fragte:
»Wieso ist der Paß nicht in Ordnung?«
Keine Antwort.
»Ich tue nur meine Pflicht«, sagte er mehrmals, »das wissen Sie ganz genau.«
Ohne auf meine Frage, warum der Paß nicht in Ordnung sei, irgendwie zu antworten – dabei handelt es sich um einen amerikanischen Paß, womit ich um die halbe Welt gereist bin! – wiederholte er in seinem schweizerischen Tonfall:
»Kommen Sie mit!«
»Bitte«, sagte ich, »wenn Sie keine Ohrfeige wollen, mein Herr, fassen Sie mich nicht am Ärmel; ich vertrage das nicht.«
»Also vorwärts!«
Die Ohrfeige erfolgte, als der junge Zöllner, trotz meiner ebenso höflichen wie deutlichen Warnung, mit der Miene eines gesetzlich geschützten Hochmuts behauptete, man werde mir schon sagen, wer ich in Wirklichkeit sei. Seine dunkelblaue Mütze rollte in Spirale über den Bahnsteig, weiter als erwartet, und einen Atemzug lang war der junge Zöllner, jetzt ohne Mütze und somit viel menschlicher als zuvor, dermaßen verdutzt, auf eine wutlose Art einfach entgeistert, daß ich ohne weiteres hätte einsteigen können. Der Zug begann gerade zu rollen, aus den Fenstern hingen die Winkenden; sogar eine Wagentüre stand noch offen. Ich weiß nicht, warum ich nicht aufgesprungen bin. Ich hätte ihm den Paß aus der Hand nehmen können, glaube ich, denn der junge Mensch war derart entgeistert, wie gesagt, als wäre seine Seele ganz und gar in jener rollenden Mütze, und erst als sie zu rollen aufgehört hatte, die steife Mütze, kam ihm die begreifliche Wut. Ich bückte mich

zwischen den Leuten, beflissen, seine dunkelblaue Mütze mit dem Schweizerkreuz-Wäppchen wenigstens einigermaßen abzustauben, bevor ich sie ihm reichte. Seine Ohren waren krebsrot. Es war merkwürdig; ich folgte ihm wie unter einem Zwang von Anstand. Durchaus wortlos und ohne mich anzufassen, was gar nicht nötig war, führte er mich auf die Wache, wo man mich fünfzig Minuten lang warten ließ.
»Bitte«, sagte der Kommissär, »nehmen Sie Platz!«
Der Paß lag auf dem Tisch. Sogleich verwunderte mich der veränderte Ton, eine Art von beflissener und nicht sehr gekonnter Höflichkeit, woraus ich schloß, daß meine amerikanische Staatsbürgerschaft, nach beinahe einstündiger Betrachtung meines Passes, außer Zweifel stand. Der Kommissär, als wollte er die Flegelei des jungen Zöllners wiedergutmachen, bemühte sich sogar um einen Sessel.
»Sie sprechen Deutsch«, sagte er, »wie ich höre.«
»Warum nicht?« fragte ich.
»Bitte«, lächelte er, »nehmen Sie Platz.«
Ich blieb stehen.
»Ich bin deutscher Abstammung«, erklärte ich, »Amerikaner deutscher Abstammung –«
Er wies auf den leeren Sessel.
»Bitte«, sagte er und zögerte eine Weile, sich selbst zu setzen ... Hätte ich mich im Zug nicht herbeigelassen, Deutsch zu reden, wäre mir möglicherweise alles erspart geblieben! Ein anderer Fahrgast, ein Schweizer, hatte mich angesprochen. Als Augenzeuge meiner Ohrfeige war er auch zugegen, dieser Reisende, der mir seit Paris auf die Nerven ging. Ich weiß nicht, wer er ist. Ich habe diesen Herrn nie zuvor gesehen. In Paris kam er ins Abteil, weckte mich, indem er über meine Füße stolperte, und verstaute sein Gepäck, drängte sich mit französischer Entschuldigung ans offene Fenster, um sich in schweizerischer Mundart von einer Dame zu verabschieden; kaum fuhr der Zug, hatte ich das leidige Gefühl, daß er mich musterte. Ich verschanzte mich dann hinter meinen zerlesenen ›New Yorker‹, dessen Witze ich bereits kannte, in der Hoffnung, daß sich die Neugierde meines

Reisepartners gelegentlich erschöpfen würde. Auch er las eine Zeitung, eine zürcherische. Nach unsrer französischen Vereinbarung, das Fenster zu schließen, hütete ich mich vor jedem müßigen Blick durchs Fenster hinaus in die Landschaft; so deutlich wartete dieser Herr, der im übrigen ein reizender Mensch sein mochte, auf einen Anlaß zum Gespräch, seinerseits so befangen, daß mir schließlich nichts anderes übrigblieb als das Waggon-Buffet, wo ich fünf Stunden lang saß und einiges trank. Erst zwischen Mulhouse und Basel, von dem nahenden Grenzübergang genötigt, ging ich ins Abteil zurück. Der Schweizer blickte mich wieder an, als müßte er mich kennen. Was ihn plötzlich ermutigte, mich anzusprechen, weiß ich nicht; vielleicht der bloße Umstand, daß wir uns jetzt auf dem Boden seines Landes befanden. Entschuldigen Sie! fragte er etwas befangen: Sind Sie nicht Herr Stiller? Ich hatte, wie gesagt, einigen Whisky getrunken, verstand nicht, hielt meinen amerikanischen Paß in der Hand, während der Schweizer, in seine Mundart verfallend, eine Illustrierte aufblätterte. Hinter uns standen bereits zwei Beamte, ein Zöllner und ein anderer, der einen Stempel in der Hand hielt. Ich gab den Paß. Ich spürte jetzt, daß ich viel getrunken hatte, und wurde mit Mißtrauen betrachtet. Mein Gepäck, klein genug, war in Ordnung. Ist das Ihr Paß? fragte der andere. Erst lachte ich natürlich. Wieso nicht? fragte ich, nachgerade ungehalten: Wieso ist dieser Paß nicht in Ordnung?

Es war das erste Mal, daß mein Paß in Zweifel gezogen wurde, und all dies nur, weil dieser Herr mich mit einem Bild in seiner Illustrierten verwechselte …

»Herr Doktor«, sagte der Kommissär zu eben diesem Herrn, »ich will Sie nicht länger aufhalten, jedenfalls danke ich Ihnen für Ihre Auskünfte.«

In der Türe, während der dankbare Kommissär die Klinke hielt, nickte er, dieser Herr, als würden wir uns kennen. Es war ein Herr Doktor, wie es sie zu Tausenden gibt. Ich hatte nicht das mindeste Bedürfnis zu nicken. Dann kam der Kommissär zurück, wies abermals auf den Sessel:

»Bitte«, sagte er, »wie ich sehe, Herr Stiller, sind Sie in einem ziemlich betrunkenen Zustand –«

»Stiller?« sagte ich, »ich heiße nicht Stiller!«

»– ich hoffe«, fuhr er unbekümmert fort, »Sie verstehen trotzdem, was ich Ihnen zu sagen habe, Herr Stiller.«

Ich schüttelte den Kopf, und dazu bot er Rauchwaren an, sogenannte Stumpen. Selbstverständlich lehnte ich ab, da er sie offenkundig nicht mir, sondern einem gewissen Herrn Stiller anbot. Auch blieb ich, obschon der Kommissär sich wie zu einer ausgiebigen Unterredung niederließ, meinerseits stehen.

»Warum haben Sie sich so aufgeregt«, fragte er, »als man sich erkundigte, ob das Ihr richtiger Paß wäre?«

Er blätterte in meinem amerikanischen Paß.

»Herr Kommissär«, sagte ich, »ich vertrage es nicht, wenn man mich am Ärmel faßt. Ich habe Ihren jungen Zöllner mehrmals gewarnt. Ich bedaure, daß ich mich zu einer Ohrfeige habe hinreißen lassen, Herr Kommissär, und natürlich bin ich bereit, die landesübliche Buße sofort zu zahlen. Das versteht sich ja von selbst. Was ist der Tarif?«

Er lächelte nicht ohne Wohlwollen. So einfach, meinte er, wäre es leider nicht. Dazu zündete er sich einen Stumpen an, sorgfältig, indem er den braunen Stumpen etwas zwischen den Lippen rollte, gelassen, gründlich, als spielte die Zeit überhaupt keine Rolle.

»Sie scheinen ein recht bekannter Mann zu sein –«

»Ich?« fragte ich. »Wieso?«

»Ich verstehe nichts von solchen Sachen«, sagte er, »aber dieser Herr Doktor, der Sie erkannt hat, scheint ja eine sehr hohe Meinung von Ihnen zu haben.«

Es war nichts zu machen: die Verwechslung lag vor, und alles, was ich jetzt sagte, wirkte nur noch wie Ziererei oder echte Bescheidenheit.

»Wieso nennen Sie sich White?« fragte er.

Ich redete und redete.

»Wo haben Sie diesen Paß her?« fragte er.

Er nahm es fast gemütlich, rauchte seinen etwas stinkigen

Stumpen, die beiden Daumen in seine Hosenträger gehängt, denn es war ein schwüler Nachmittag, so daß der Kommissär, zumal er mich nicht länger für einen Ausländer hielt, seine nicht eben zweckmäßige Jacke etwas aufgeknöpft hatte, dieweil er mich musterte, ohne im mindesten zu hören, was ich sagte.
»Herr Kommissär«, sagte ich, »ich bin betrunken, Sie haben recht, vollkommen recht, aber ich verbitte mir, daß irgendein hergelaufener Herr Doktor –«
»Er sagte, er kenne Sie.«
»Woher?« fragte ich.
»Aus der Illustrierten«, sagte er und nutzte mein verächtliches Schweigen, um hinzuzufügen: »– Sie haben eine Gattin, die in Paris lebt. Stimmt's?«
»Ich? Eine Gattin?«
»Julika mit Namen.«
»Ich komme nicht von Paris«, erklärte ich, »ich komme von Mexiko, Herr Kommissär.«
Ich gab ihm an: Name des Schiffes, Dauer der Überfahrt, Stunde meiner Ankunft in Le Havre, Stunde meiner Abfahrt von Vera Cruz.
»Das ist ja möglich«, sagte er, »aber Ihre Gattin lebt in Paris. Eine Tänzerin, wenn ich richtig verstanden habe. Sie soll ja eine bildschöne Frau sein.«
Ich schwieg.
»Julika ist ihr Künstlername«, unterrichtete mich der Kommissär. »Früher war sie lungenkrank, heißt es, und lebte in Davos. Aber jetzt leitet sie so eine Ballettschule in Paris. Stimmt's? Seit sechs Jahren.«
Ich blickte ihn nur an.
»Seit Sie verschollen sind.«
Unwillkürlich hatte ich mich doch gesetzt, um zu hören, was die Leser einer Illustrierten nicht alles wissen über einen Menschen, der mir offenbar, zumindest in den Augen eines Doktors, ähnlich sieht, und nahm mir eine Zigarette, worauf der Kommissär, bereits von der Hochachtung angesteckt, die eben dieser Doktor verbreitet hatte, Feuer gab.

»Sie selbst sind also ein Bildhauer.«
Ich lachte.
»Stimmt's?« fragte er, ohne eine Antwort zu dulden; sofort ging er eine Frage weiter: »Warum reisen Sie unter einem falschen Namen?«
Er glaubte auch meinem Schwur nicht.
»Es tut mir leid«, sagte er und kramte dabei in einer Schublade, zog ein blaues Formular heraus: »– es tut mir leid, Herr Stiller, aber wenn Sie sich weiterhin weigern, Ihren richtigen Paß zu zeigen, muß ich Sie an die Kriminalpolizei überweisen. Darüber müssen Sie sich klar sein.«
Dazu streifte er die Asche von seinem Stumpen.
»Ich bin nicht Stiller!« wiederholte ich, als er anfing, das umfängliche Formular gewissenhaft auszufüllen, und es war, als hörte er mich überhaupt nicht mehr; ich versuchte es in allen Tonarten; ich sagte es ebenso feierlich wie nüchtern: »Herr Kommissär, ich habe keinen anderen Paß!« oder mit Lachen: »Das ist doch Unsinn!« wobei ich trotz meiner Betrunkenheit sehr genau spürte, daß er mich immer weniger hörte, je öfter ich es wiederholte; schließlich schrie ich: »Ich heiße nicht Stiller, zum Teufel, nochmal!« Ich schrie es und schlug mit der Faust auf den Tisch.
»Warum regen Sie sich denn so auf?«
Ich erhob mich.
»Herr Kommissär«, sagte ich, »geben Sie mir jetzt meinen Paß!«
Er blickte nicht einmal auf.
»Sie sind verhaftet«, sagte er, blätterte mit der linken Hand in dem Paß, um die Nummer abzuschreiben, das Datum der Ausstellung, den Namen des amerikanischen Konsuls in Mexiko, alles, was das blaue Formular in einem solchen Fall zu wissen verlangt, und sagte nicht unfreundlich: »– Setzen Sie sich.«

Meine Zelle – ich habe sie eben mit meinem Schuh gemessen, der nicht ganz dreißig Zentimeter hat – ist klein wie alles in diesem Land, sauber, so daß man kaum atmen kann vor Hygiene, und beklemmend gerade dadurch, daß alles recht, angemessen und genügend ist. Nicht weniger und nicht mehr! Alles in diesem Land hat eine beklemmende Hinlänglichkeit. Ich habe gemessen: Länge 3,10 Meter, Breite 2,40 Meter, Höhe 2,50 Meter. Ein humanes Gefängnis, man kann nichts dagegen sagen, und darin liegt die Gemeinheit. Keine Spinnweben, kein Schimmel an den Wänden, nichts, was die Empörung rechtfertigen würde! Es gibt Kerker, die gestürmt werden, wenn das Volk davon hört; hier gibt es nichts zu stürmen. Millionen von Menschen, ich weiß es, wohnen schlechter als ich. Die Pritsche ist gefedert. Das vergitterte Fenster hat Morgensonne; in dieser Jahreszeit etwa bis elf Uhr. Der Tisch hat zwei Schubladen; dazu Bibel und Ständerlampe. Und wenn ich etwas verrichten muß, habe ich nur auf einen weißen Knopf zu drücken und werde an den betreffenden Ort geführt, wo es nicht etwa alte Zeitungen gibt, die man vorher lesen könnte, sondern ein weiches Kreppapier. Und trotzdem ist es ein Kerker, und es gibt Augenblicke, da man brüllen möchte. Man tut es nicht, so wenig wie in einem Geschäftshaus; sondern man trocknet seine Hände an einem Tuch, geht auf Linoleum, sagt danke, wenn man wieder in seine Kabine geschlossen wird. Außer dem schon herbstlichen Laub einer Kastanie sehe ich nichts, auch nicht, wenn ich auf die gefederte Pritsche steige, was übrigens (mit Schuhen) verboten ist. Am meisten peinigen natürlich Geräusche unbekannter Herkunft; seit ich weiß, daß sie in diesem Städtchen noch Straßenbahnen haben, kann ich ihr Gepolter beinahe überhören. Schlimm bleibt der unverständliche Ansager aus einem nachbarlichen Radio, das tägliche Geschepper der Kehrichtabfuhr und die wilde Teppichklopferei aus hallenden Höfen. Man hat hierzulande eine fast krankhafte Angst vor dem Unrat, scheint es. Gestern sind sie dazu übergegangen, mich mit dem Gestotter eines Preßluftbohrers zu unterhalten; irgendwo reißen sie die Straße auf, um sie später wieder zu pflastern. Oft habe ich das Gefühl, der einzige mußevolle Mensch in diesem Städtchen zu sein. Nach den Stimmen auf der Straße zu schließen, wenn der Preßluftbohrer einmal aussetzt, wird hier viel geschimpft, selten gelacht. Um Mitternacht grölen die Besoffenen, weil dann sämtliche Wirtschaften geschlossen werden. Einmal singen Studenten, als wäre man im tiefsten Deutschland. Etwa um ein Uhr wird es still. Aber es nützt wenig, das Licht zu löschen; eine ferne Straßenlaterne scheint in meine Zelle, die Gitterschatten strecken sich über die Wand, knicken sich in die Decke, und wenn es draußen windig ist, so daß die Straßenlampe schaukelt, könnte man irrsinnig werden vor schaukelnden Gitterschatten. Am Morgen, wenn die Sonne scheint, liegen diese Gitterschatten wenigstens auf dem Fußboden.

Ohne meinen Wärter, der das Essen bringt, wüßte ich heute noch nicht, was hier eigentlich gespielt wird. Jeder Zeitungsleser scheint hier zu wissen, wer Stiller gewesen ist. Das macht es fast unmöglich, etwas Genaueres zu erfahren; jedermann tut, als müßte man's wissen, und weiß selber nur Ungefähres.
»– eine Zeitlang, glaube ich, suchten sie ihn im See«, sagt mein Wärter, »aber ohne Erfolg, und dann hieß es plötzlich, er wäre in der Fremdenlegion.«
Dazu schöpft er Suppe.
»Das machen nämlich noch viele Schweizer«, unterrichtet er mich, »wenn's ihnen hier auf die Nerven geht.«
»Daß sie sich zur Fremdenlegion melden?«
»Dreihundert in einem Jahr!«
»Warum Fremdenlegion?« frage ich.
»Weil es ihnen hier auf die Nerven geht.«
»Klar«, sage ich, »aber warum Fremdenlegion? Das ist doch noch schlimmer.«
»Mir kann es ja egal sein.«
»So«, frage ich, »und seine Frau hat er einfach in Davos liegen lassen, krank wie sie war?«
»Vielleicht war es ein Segen für sie!«
»Meinen Sie?«
»Mir kann es ja egal sein«, sagte er, »seither lebt sie in Paris.«
»Ich weiß!«

»Tänzerin.«
»Ich weiß!«
»Ein bildschöne Frau.«
»Und ihr Lungenleiden?« frage ich teilnahmsvoll.
»Geheilt.«
»Wer sagt das?«
»Sie selbst.«
»Und – woher wissen Sie das alles?«
»Woher!« sagt auch mein Wärter, »– aus der Illustrierten.«
Viel mehr ist nicht zu erfahren.
»Essen Sie!« sagt mein Wärter, »essen Sie die Suppe, solange sie heiß ist, und verlieren Sie nicht die Nerven, Mister White. Darauf warten sie ja bloß, diese Herren Doktoren, ich kenne das!«
Die Suppe, eine Minestra, ist ordentlich, überhaupt ist gegen die Verpflegung nicht viel einzuwenden, und mein Wärter, glaube ich, meinte es gut mit mir, jedenfalls redet er mich nie (wie alle andern!) als Herr Stiller an, sondern als Mister White.

Erzählen soll ich! Und zwar die Wahrheit meines Lebens, nichts als die schlichte und pure Wahrheit! Ein Block weißen Papiers, eine Füllfeder mit Tinte, die ich auf Staatskosten jederzeit nachfüllen lassen kann, und dazu ein bißchen guten Willen: – was soll der Wahrheit schon übrigbleiben, wenn ich ihr mit meiner Feder komme! Und wenn ich mich bloß anständig an die Tatsachen halte, meint mein Verteidiger, haben wir ja die Wahrheit schon im Gehege, sozusagen mit Händen zu greifen. Wo sollte die Wahrheit, wenn ich sie niederschreibe, denn hin? Und unter Tatsachen, glaube ich, versteht mein Verteidiger insbesondere Ortsnamen, Daten, die man nachprüfen kann, beispielsweise Angaben über Beruf oder sonstiges Einkommen, Dauer von Aufenthalten, Anzahl der Kinder, Anzahl der Scheidungen, Konfession usw.

PS.
Wo war ich am 18. 1. 1946?

Spazieren im Gefängnishof:
Es ist lange nicht so schlimm, nicht so erniedrigend, wie man erwartet, und in der Tat bin ich froh, wieder einmal gehen zu können, wenn auch nur im Kreise herum. Der Hof ist ziemlich groß; Pflästerung mit Moos dazwischen, ein schöner Ahorn in der Mitte, Efeu an einer Hauswand, und viel macht es natürlich aus, daß wir noch keine Sträflingskleider tragen, sondern Zivil, gerade so, wie man verhaftet worden ist. Wenn man den Kreis, den wir zu spazieren haben, etwas ausweitet, sieht man eine Zinne mit flatternder Wäsche; sonst nur Himmel über den Dächern ringsum, die voll gurrender Tauben sind. Leider müssen wir in Einerkolonne bleiben, so daß wirkliche Gespräche unmöglich sind. Vor mir geht ein Dicker mit glänzender Glatze (wie ich) und mit fetten Falten am Nacken, mit rudernden Armen, wenn er gehen muß, vermutlich ein Neuling; halb verstockt und halb verdattert, wenn ein freundlicher Wärter ihn spazieren heißt, blickt er sich um, was ihm leibliche Mühe macht, und sucht Unterstützung mit stummen Blicken. Unterstützung wogegen? Hinter mir geht der Italiener, der beim Duschen so gerne singt, und die Wärter können nicht umhin zu lachen; er macht Theater, indem er mich nachahmt. Einmal blicke ich zurück, um mein Konterfei kennenzulernen; es ist lächerlich genug: Hände auf dem Rücken, Pose des Denkers, infolge Zerstreutheit immer etwas aus der Reihe, Fernweh-Miene mit einsamen Blicken über die nächste Backsteinmauer, einer, der sich auf scheue Weise einbildet, daß er nicht hierher gehört, dazu die linkische Leutseligkeit eines Intellektuellen. Es wird schon stimmen, dieses Konterfei, jedenfalls muß sogar der Jude lachen, der einzige Intellektuelle unter den Häftlingen, der leider auf der anderen Kreishälfte spaziert, so daß wir uns nur durch Mienen und Gesten etwas unterhalten können. Er scheint sehr hoffnungslos in Hinsicht auf schweizerische Gerechtigkeit... Plötzlich, irgendeiner hat angefangen, spielen sie Fußball mit einer rohen Kartoffel; es kommt zu einigen flotten

Kombinationen, bis unser Oberwärter, ein sehr korrekter Mann, der aufs persönlichste beleidigt ist, wann immer sich etwas Unkorrektes ereignet, die Kartoffel endlich erwischt. Alle Mann halt! Ernste Frage: woher die Kartoffel? Wir schweigen im Kreis, grinsen. Der Oberwärter, die geschundene Kartoffel in der Hand, schreitet von Mann zu Mann, Aug in Auge. Jeder zuckt die Achsel. Der Oberwärter hat den Augenblick versäumt, die Kartoffel einfach wegzuwerfen; gegen seinen Wunsch ist die Sache plötzlich wichtig geworden, grundsätzlich. Ich habe das Gefühl, alles sei Farce, und der Oberwärter habe Mühe, nicht selbst zu lachen und uns alle zu entlassen; zugleich das Gefühl: vielleicht haben sie doch eine Folter bereit, und die gestohlene Kartoffel genügt, damit sie mit glühenden Eisen kommen. Plötzlich meldet sich mein Jude. Allgemeines Gelächter! Sogar der Oberwärter merkt, daß dieses Geständnis (er hat noch nie einen Juden gesehen, der Fußball spielt) nur ein Hohn sein kann, was schlimmer ist als Diebstahl einer ungekochten Kartoffel. Der Jude muß austreten, seinerseits bleich vor Erregung. Alle anderen: fünf Minuten Laufschritt. Der arme Dicke vor mir, schwabbelnd wie eine Gummi-Bettflasche, bleibt natürlich schon in der ersten Runde zurück, macht Spirale, um den Weg zu verkürzen, bis ein Wärter ihm sagt, er solle aufhören. Man ist nicht unmenschlich. Nur, versteht sich, Ordnung muß sein, auch ein gewisser Ernst. Schließlich sind wir in einem Untersuchungsgefängnis ... Zuweilen, allein in meiner Zelle, habe ich das Gefühl, daß ich all dies nur träumte; das Gefühl: Ich könnte jederzeit aufstehen, die Hände von meinem Gesicht nehmen und mich in Freiheit umsehen, das Gefängnis ist nur in mir.

»Ich habe mich bemüht«, sagt mein amtlicher Verteidiger, »Ihre hoffentlich kurze Zeit in der Untersuchungshaft so angenehm wie möglich zu gestalten – Whisky ist nicht gestattet! – Sie haben die beste Zelle im ganzen Haus, glauben Sie mir, nicht die größte, aber die einzige mit Morgensonne; Sie haben diesen Blick in die alten Kastanien. Was das Geläute vom Münster betrifft – es ist sehr laut, ich gebe es zu; aber was erwarten Sie denn von mir! Ich kann doch das Münster nicht anderswohin stellen!«

Das ist richtig, wie überhaupt alles, was mein Verteidiger sagt, in einer Weise richtig ist, die mich in keinem Fall überzeugt und doch immerzu ins Unrecht setzt. Das Geläute ihres Münsters, ein metallisches Dröhnen, das zweimal täglich losbricht, mindestens zweimal, wenn nicht Hochzeiten und Begräbnisse hinzukommen, ein Lärm, daß man seine eignen Gedanken nicht mehr hört, ein Zittern der Luft, ein klangloses Beben, ein Gerausch, wie wenn man von einem zu hohen Sprungbrett ins Wasser gesprungen ist, es macht mich taub, schwindlig, idiotisch; aber mein Verteidiger hat recht: er kann das Münster nicht anderswohin stellen! Und da ich dann schweige, vor Hoffnungslosigkeit schweige, greift er zu seinem Dossier und sagt: »Gut – kommen wir zur Sache!«

Mein Verteidiger ist ein herzensguter, jedenfalls ein argloser Mensch, Sohn aus gutem Haus, rechtschaffen bis in die Kleidung, etwas verhemmt, doch sogar seine Hemmungen werden zu Manieren, und vor allem ist er gerecht, kein Zweifel, gerecht bis in die Nebensächlichkeit, gerecht zum Verzweifeln, gerecht aus einer beinahe schon angeborenen Überzeugung heraus, daß es Gerechtigkeit gebe zumindest in einem Rechtsstaat, zumindest in der Schweiz. Dabei ist er nicht dumm. Er weiß sehr viel, zuverlässig wie ein Lexikon, vor allem in schweizerischen Belangen, so daß es eigentlich keinen Sinn hat, mit meinem Verteidiger über die Schweiz zu reden; jeder Gedanke, der die Schweiz etwa in Frage stellt, erstickt unter einer Fülle historischer Tatsachen, die nicht zu bestreiten sind, und am Ende, wenn man seine Schweiz nicht einfach lobt, hat man immer unrecht, in der Tat, genau wie mit diesem Geläute ihres Münsters. Vielleicht ist es nur seine Temperamentlosigkeit, was mich so maßlos reizt, seine Korrektheit, seine Mäßigkeit; er ist mir an Intelligenz überlegen, doch verwendet er seine ganze Intelligenz lediglich darauf, keine Fehler zu machen. Ich finde diese

Leute gräßlich! Ich kann ihm nichts vorwerfen, er hält mich für einen herzensguten, jedenfalls arglosen, im Grunde durchaus vernünftigen Menschen, einen Menschen guten Willens, einen Schweizer. In diesem Sinn verteidigt er mich und bringt mich jedesmal zum Platzen. Dann drehe ich mich auf dem Absatz, lasse ihn auf der Pritsche sitzen und zeige ihm meinen Rücken, schweige bis zur Unflätigkeit, Blick in die alten Kastanien hinaus, Hände in den Hosentaschen, einfach weil ich Leute seiner Art, die sich selbst und daher auch mir keinen Mord zutrauen können, auf die Dauer nicht ertrage.
»Ich verstehe Sie vollkommen«, sagt er, »ich verstehe Sie vollkommen! Sie sind ungehalten über die Schweiz, die Sie mit Untersuchungshaft empfängt, begreiflicherweise, ich meine: begreiflicherweise ungehalten, denn es ist bitter, die Heimat durch ein Gitter zu sehen –«
»Was heißt Heimat?« frage ich.
»Nur« – überspringt er meine immerhin nicht unwesentliche Frage – »erschweren Sie mir nicht die Verteidigung. Leider sind gewisse Äußerungen, die Sie anläßlich Ihrer Verhaftung gemacht haben sollen, bereits in die Presse gekommen. Wozu böses Blut machen! Ich ersuche Sie in Ihrem eigenen Interesse, jede Kritik an unserem Land, das ja schließlich auch Ihre Heimat ist, fortan zu unterlassen.«
»Was habe ich denn gesagt?«
»Man ist hier sehr empfindlich«, antwortet er mit schöner Offenheit, zugleich mit spürbarer Weigerung, Bemerkungen gegen die Schweiz mit eigenem Mund auszusprechen, und fährt fort: »– um bei unsrer Sache zu bleiben: Ich habe inzwischen sämtliche Akten gelesen, und wenn Sie jetzt die Güte haben, mich wenigstens in großen Zügen zu unterrichten, wo und wie Sie diese letzten sechs Jahre verbracht haben –«
Das fragt er mich jedesmal. Dabei habe ich geschworen, ohne Whisky keine Aussage zu machen. Es ist ein ganzes Dossier, was er aus seiner Ledermappe zieht, voll, so daß man es ohne vorheriges Öffnen der Klammer nicht einmal blättern kann. Ich lachte ihm ins Gesicht. Er ist überzeugt, daß dieses Dossier zu

mir gehört, nicht abzuhalten von stundenlangen Verlesungen. Als wäre die Langeweile, womit er mir Tag für Tag zusetzt, nicht auch eine Art von Folterung!
»Herr Doktor«, unterbrach ich heute, »ich komme gerade aus Mexiko –«
»Das behaupten Sie, ich weiß.«
»– ich komme gerade aus Mexiko«, wiederholte ich, »und Sie können mir glauben, die berühmten Menschenopfer der Azteken, die menschliche Herzen aus dem lebendigen Leibe schnitten, um sie den Götzen zu opfern, sind ein Kinderspiel, verglichen mit der Behandlung an der schweizerischen Grenze, wenn ein Mensch ohne Papiere kommt – oder mit falschen Papieren – ein Kinderspiel!«
Er lächelte nur.
»Sie geben also zu, Herr Stiller, daß es mit Ihren amerikanischen Papieren nicht stimmt?«
»Ich heiße nicht Stiller!«
»Man hat mich informiert«, sagte er mit einer Ruhe, als hätte ich nicht gebrüllt, »daß Sie voraussichtlich – voraussichtlich! – niemand anders als Anatol Ludwig Stiller sind, geboren in Zürich, Bildhauer, verheiratet mit Frau Julika Stiller-Tschudy, seit sechs Jahren verschollen, zuletzt wohnhaft Steingartengasse 11, Zürich. Ich habe das Amt übernommen –«
»Herrn Anatol Stiller zu verteidigen.«
»Ja.«
»Mein Name ist White.«
Aber ich kann es ihm nicht klarmachen, und wenn ich es hundertmal sage. Unser Gespräch verläuft wie eine Grammophonplatte, wenn die Nadel an einer bestimmten Stelle immer wieder in die gleiche Rille rutscht.
»Wieso«, fragt er, »wieso sind Sie nicht Stiller?«
»Weil ich's nicht bin.«
»Wieso nicht!« sagt er, »man hat mich informiert.«
Schließlich schweige ich. Seine Zeit ist begrenzt; darin liegt meine einzige Rettung vor diesem herzensguten Herrn, der sich für meinen Verteidiger hält, infolgedessen beleidigt ist, daß ich

ihm, nachdem er das ganze Dossier gelesen hat, nicht entgegenkomme. Schließlich steckt er's in die Ledermappe, würgt wortlos an dem Scharnier herum, bis es endlich einschnappt, und erhebt sich, prüft, ob er alles habe, Füllfeder, Brille, und gibt mir seine Hand wie nach einer verlorenen Tennispartie, dazu die Mitteilung, wann er am nächsten Tag wiederkommen wird...

PS.
Er sei von meiner Unschuld überzeugt. Was heißt das? Plötzlich kommt mir der Gedanke, daß gegenüber Stiller, dem Verschollenen, irgendein Verdacht besteht; daher das dringende Bedürfnis der hiesigen Behörde, ihren verschollenen Bürger zu finden, um etwas abzuklären.

Knobel (so heißt mein Wärter) ist eine Seele von Mensch, der einzige, der mir glaubt, wenn ich etwas erzähle. Während er die Zelle putzt, liege ich auf der Pritsche, und er putzt, bis das Wasser, wenn er den Lappen auswringt, klar wie zum Trinken ist. Mit allem Äußerlichen, scheint es, nehmen sie es sehr genau. Sogar die Gitterstäbe werden hierzulande abgestaubt.
»Wenn Sie's schon selber behaupten«, sagt mein Wärter, »daß Sie Ihre Gattin ermordet haben –«
Früher, vor vierzehn Jahren, war er Gemüsehändler, hatte einen Karren und ein Pferd, von dem er sehr zärtlich redet, Rösli genannt. Erst meinte ich, er rede von seiner Frau. Seit er Witwer ist, arbeitet er als Wärter, bezeichnet mich als den ersten in seiner ganzen Laufbahn, der nicht jedesmal, wenn man die Zelle putzt, seine Unschuld beteuert. Er kann es nicht mehr anhören, sagt er, dieses Geschwätz von lauter Ehrenmännern. Es muß widerlich sein. In der nächsten Zelle, vernehme ich, wohnt ein Bankier, der stundenlang weint, und in der übernächsten ein Zuhälter, der ebenfalls nur in Ehrbegriffen redet. Mein Wärter ist froh um mich, glaube ich. Als Gemüsehändler, damals noch unter dem Pantoffel seiner Frau, hat er sich offenbar ein Untersuchungsgefängnis sehr anders vorgestellt. Da wird man etwas

zu hören bekommen! hat er gemeint. Aber keine Spur! Wenn er Verbrecher hören will, muß er ins Kino laufen (so sagt er) wie jeder andere... Er versteht, daß ich von meinem ersten Mord, da es sich um meine Gattin handelt, nicht gern rede.

»Aber Ihr zweiter Mord?« fragt er.

»Mein zweiter«, sage ich und häute die Wurst, »das war eine Bagatelle, da wußte ich ja bereits, daß ich ein Mörder bin, und brauchte keine besondere Stimmung mehr dazu – das war im Dschungel.«

»Sie sind im Dschungel gewesen, Mister White?«

»Das will ich meinen.«

»Tonnerwetter!« sagt er, »Tonnerwetter!«

»Sie wissen, was Dschungel ist?«

»Nur so aus Kulturfilmen, Mister White.«

»Genau so«, sage ich und mache eine ziemliche Pause, bevor ich zur Sache komme, »– ich wußte doch, daß dieser Schmitz sich in Jamaika umhertreibt, monatelang trug ich den Dolch in meinem linken Stiefel.«

»Wer ist Schmitz?«

»Direktor Schmitz!« sage ich.

»Kenne ich nicht.«

»Der Haaröl-Gangster!« sage ich, »so ein Millionär, wissen Sie, dem in einem ordentlichen Rechtsstaat nicht beizukommen ist.«

»Und den haben Sie mit einem Dolch –?«

»Klar.«

»Tonnerwetter!« sagt er.

»Mit einem indianischen.«

Leider, da er acht Zellen zu betreuen hat, ist seine Zeit jedesmal beschränkt. Er bleibt hier ohnehin schon länger als bei den andern, den Ehrenmännern. Er ist wirklich eine Seele von Mensch, indem er mir jedesmal, wenn sie die Häftlinge mit ihrem überfälligen Schweizerkäse füttern, einen Cervelat bringt, und zwar aus seinem eigenen Geld. Zwar ist auch Cervelat (Bierwurst) nicht eben meine Leibspeise, zumal nicht ohne Bier, es ist eine etwas knoblauchartige Wurst, die man nach

Stunden, wenn man an ganz andere Dinge denkt, noch immer riecht; aber seine Geste rührt mich als Geste.

Frau Julika Stiller-Tschudy, die Gattin des Verschollenen, hat bessere Fotos angefordert, um sich eine unnötige Reise von Paris hierher zu ersparen. Dreiviertel Stunden lang umstellen sie mich mit ihren Lampen, so daß man natürlich schwitzt; dazu immer die Anweisung:
»Bleiben Sie ganz ungezwungen!«

Ich sitze in meiner Zelle, Blick gegen die Mauer, und sehe die Wüste. Beispielsweise die Wüste von Chihuahua. Ich sehe ihre große Öde voll blühender Farben, wo sonst nichts anderes mehr blüht, Farben des glühenden Mittags, Farben der Dämmerung, Farben der unsäglichen Nacht. Ich liebe die Wüste. Kein Vogel in der Luft, kein Wasser, das rinnt, kein Insekt, ringsum nichts als Stille, ringsum nichts als Sand und Sand und wieder Sand, der nicht glatt ist, sondern vom Winde gekämmt und gewellt, in der Sonne wie mattes Gold oder auch wie Knochenmehl, Mulden voll Schatten dazwischen, die bläulich sind wie diese Tinte, ja wie mit Tinte gefüllt, und nie eine Wolke, nie auch nur ein Dunst, nie das Geräusch eines fliehenden Tieres, nur da und dort die vereinzelten Kakteen, senkrecht, etwas wie Orgelpfeifen oder siebenarmige Leuchter, aber haushoch, Pflanzen, aber starr und reglos wie Architektur, nicht eigentlich grün, eher bräunlich wie Bernstein, solange die Sonne scheint, und schwarz wie Scherenschnitte vor blauer Nacht – all dies sehe ich mit offenen Augen, wenn ich es auch nie werde schildern können, traumlos und wach und wie jedesmal, wenn ich es sehe, betroffen von der Unwahrscheinlichkeit unseres Daseins. Wieviel Wüste es gibt auf diesem Gestirn, dessen Gäste wir sind, ich habe es nie vorher gewußt, nur gelesen; nie erfahren, wie sehr doch alles, wovon wir leben, Geschenk einer schmalen Oase ist, unwahrscheinlich wie die Gnade. Einmal, irgendwo unter der

mörderischen Glut eines Mittags ohne jeglichen Wind, hielten wir an; es war die erste Zisterne seit Tagen, die erste Oase auf jener Fahrt. Ein paar Indianer kamen heran, um unser Vehikel zu besichtigen, wortlos und schüchtern. Wieder Kakteen, dazu ein paar verdörrte Agaven, ein paar serbelnde Palmen, das war die Oase. Man fragt sich, was die Menschen hier machen. Man fragt sich schlechthin, was der Mensch auf dieser Erde eigentlich macht, und ist froh, sich um einen heißen Motor kümmern zu müssen. Ein Esel stand im Schatten unter einem verrosteten Wellblech, Abfall einer fernen und kaum noch vorstellbaren Zivilisation, und um die fünf Hütten aus ungebranntem Lehm, fensterlos wie vor tausend oder zweitausend Jahren, wimmelte es natürlich von Kindern. Gelegentlich fuhren wir weiter. In der Ferne sahen wir die roten Gebirge, doch kamen sie nicht näher, und oft, wiewohl man den kochenden Motor hörte, konnte ich einfach nicht unterscheiden, ob man eigentlich fährt oder nicht fährt. Es war, als gäbe es keinen Raum mehr; daß wir noch lebten, zeigte uns nur noch der Wechsel der Tageszeit. Gegen Abend streckten sich die Schatten der haushohen Kakteen, auch unsere Schatten; sie flitzten neben uns her mit Hundertmeterlänge auf dem Sand, der nun die Farbe von Honig hatte, und das Tageslicht wurde dünner und dünner, ein durchsichtiger Schleier vor dem leeren All. Aber noch schien die Sonne. Und in der gleichen Farbe wie die Kuppen von Sand, die von der letzten Sonne gestreift wurden, erschien der übergroße Mond aus einer violetten Dämmerung ohne Dunst. Wir fuhren, was unser Jeep herausholte, und dabei nicht ohne jenes feierliche Bewußtsein, daß unsere Augen durchaus die einzigen sind, die all dies sehen; ohne sie, ohne unsere sterblichen Menschenaugen, die durch diese Wüste fuhren, gab es keine Sonne, nur eine Unsumme blinder Energie, ohne sie keinen Mond; ohne sie keine Erde, überhaupt keine Welt, kein Bewußtsein der Schöpfung. Es erfüllte uns, ich erinnere mich, ein feierlicher Übermut; kurz darauf platzte der hintere Pneu.
Ich werde die Wüste nie vergessen!
Ich sitze in meiner Zelle, Blick gegen die Mauer, und sehe Me-

xiko, die schwimmenden Gärten von Mexiko, Gondeln auf bräunlichem Gewässer mit blinkenden Spiegelungen der Bläue, Gondeln, die fast lautlos gleiten, alle mit frischen Blumen verziert, ein Korso auf Kanälen, ringsum die Gärten voll ewigem Frühling, Arkadien, aber indianisch. In einem schmalen Kanoe, dessen Rand kaum über das bräunliche und unter den Rudern blaternde Wasser ragt, paddelt sich eine alte Indianerin heran, ihren Säugling auf dem Rücken gebunden; mit weicher leiser Stimme bietet sie ein Sträußlein an, Orchideen, wie ich sie nie gesehen habe, gebüschelt mit einem meisterlichen Geschmack aus alter Herkunft. Die Azteken hatten kein Fest ohne Blumen. Ein andrer, ein Mischling, will Pulque verkaufen, den mexikanischen Volksschnaps, hergestellt aus dem Saft der Agaven; er schwenkt den Becher in dem trüben Gewässer und reicht mir das Getränk. Es schmeckt nach Gärung, nach klebriger Schwüle und Süßlichkeit der Tropen. Und ringsum in den Gondeln sitzen Familien mit Kind und Kegel, es ist Sonntag (wie heute), alles ißt und trinkt und läßt es sich wohl sein. Ein Liebespaar im ersten Anfang, sie sitzen aufrecht nebeneinander und halten sich die Hand, hat eine Gondel voll Musikanten gemietet, voll Gitarren und mexikanischen Riesenhüten, voll Honigstimmen aus dunklen Räubergesichtern. Es ist ein Korso des Volkes, halb echt und halb Kitsch, und ich denke an die Wüste zurück: Das ist es, was die Menschen machen auf Erden! Ein junges Mädchen liegt bäuchlings auf dem Bug einer Gondel, läßt beide Arme in das langsam ziehende Wasser hangen, stillselig, während anderswo ein lautes Gelächter platzt. Die meisten aber sind still, wie gesagt, und fast stumpf, mindestens dösig; ich sehe Gesichter, die schön sind wie aus einem verlorenen Paradies, fremd, ein allerletzter Rest von der großen Stadt der Azteken, die von einem See umgeben war, zugänglich nur auf zwei Dämmen, ein indianisches Venedig, wie die spanischen Chronisten es nannten. Für die Indianer, die ja das Rad nicht kannten, war das Wasser der beste Weg, und der See muß paradiesisch gewesen sein; Teile vom Ufer, heißt es, lösten sich ab und schwammen als Inseln mit ihren Blumen. Die Indianer, das

Blumenvolk, flochten Flöße aus Rohr, luden Erde darauf und Tang, pflanzten sogar kleine Bäume und ruderten diese blühenden Inseln umher; daher der Name: Die schwimmenden Gärten. Der See ist später versumpft, vertrocknet bis auf diese bescheidene Pfütze, wo nun die sonntäglichen Gondeln, halb echt und halb kitschig, gerade noch an den Untergang eines wunderbaren Volkes erinnern, und das moderne Mexiko, die City mit ihren schlechten und ihren guten Hochhäusern, steht buchstäblich auf einem Morast, man sieht es, wie ihre Bauten in den Boden versinken, unaufhaltsam, einige Zentimeter jedes Jahr ... Und ich sehe das rötliche Land ringsum, die Pyramiden, die Lava, die tote Schlange auf der Straße, von einem Pneu zerquetscht, und die Aasgeier, die warten, und ich sehe die wuchernden Orchideen an den Telefondrähten, die großen und wie Pilze geformten Hüte der mexikanischen Männer, ihre weißen Baumwollblusen, dazu ihre rötliche Haut. Markt in Mexiko! Man erinnert sich an Farbfilme, und genau so ist es, malerisch, sehr malerisch, und doch, in Wirklichkeit, gibt es Augenblicke, wo man sich plötzlich fürchtet. Es stinkt nach einem toten Hund. Kinder sitzen mit nacktem Hintern auf dem Unrat, auf der Fäulnis alter Früchte. Auf dem Boden liegt die Ware, ich sehe sie noch heute: Bohnen und Erbsen, Nüsse, Früchte, die ich zum erstenmal sehe, dazwischen Zuckerzeug, von Fliegen umwimmelt, und Fische, die in der glühenden Sonne verwesen. Ein Schreiner nebenan zimmert Kindersärge, stapelweise, roh und billig. Und Bäuerinnen, die auf dem Pflaster hocken, verkaufen Töpferei, Erinnerung an indianische Muster, aber roh und billig. Wunderbar sind die vielen Blumen, deren Duft aber nicht aufkommt; wo es nicht nach dem entsetzlichen Fleisch stinkt, das an der Sonne verdirbt, stinkt es nach Kloake, und man muß sich zusammennehmen, daß man den Ekel nicht auf die Menschen überträgt. Es ist kein Slum, was ich sehe, sondern ein Markt unter offenem Himmel, und der Ort heißt, glaube ich, Amecamea, ein schöner Markt, nicht traurig, nur unheimlich. Die Verrotzung hat etwas Dämonisches, etwas von einem Fluch, der alles, was da blühen und duf-

ten könnte, in Gestank verwandelt, in Fäulnis und Verwesung. Und der Mensch wehrt sich schon gar nicht mehr; niemand räumt den toten Hund zur Seite; nur manchmal scheucht man mit müder Bewegung wenigstens die Fliegen weg, bevor man die Tortilla in den Mund schiebt. Klumpfüße und andere Verkrüppelungen gehören dazu, Sonne und Bläue wirken wie ein blanker Hohn. Ein Gefühl: Was ist los? begleitet mich seltsam. Aber nichts ist los! Alles ist sehr malerisch, das milde Bernsteinlicht unter den großen Tüchern, darunter die Gesichter der fremden Frauen; darüber der verbröckelnde Barock einer spanischen Kirche, ein Kreuz aus Grünspan, Orchideen überall. Und zwischen den grünen Blättern der Bananenpalmen, die wie große zerfranste Fahnen hangen, sehe ich den ewigen Schnee auf dem Popocatepetl, dem Rauchenden Berg, der nicht mehr raucht, ein weißes Zelt, wunderbar. Wo ist das Unheimliche? Und wo immer unser Wagen stoppt, um Benzin zu tanken, sehe ich einen Blinden, der die Hand streckt. In den Kaffeeplantagen gibt es eine Fliege, deren Stich zuerst einen eitrigen Pickel verursacht, der sich entfernen ließe; doch gibt es keinen Arzt, kein Geld für einen Arzt. Dann gehen die Maden ins Blut, schließlich in die Augen, die nun wie Spiegeleier zerlaufen, ein weißlich-gelblicher Brei. So stehen sie da, Greise und Knaben, blind und mit leerer Hand. Einer singt zur Drehorgel. Und auf den Dächern hocken die Zopilote, die großen stinkenden Vögel, die, wenn man auf einsamen Wegen fährt, oft scharenweise aufflattern von einem Kadaver, von einer zerquetschten Schlange, von einem verwesenden Esel oder von einem Ermordeten, den noch niemand vermißt; man sieht sie allenthalben, diese Vögel, schwarz und häßlich und plump hocken sie auf den Dächern über dem malerischen Markt: Aasgeier, die Vögel von Mexiko.
Und doch war es schön!
Warum bin ich nicht drüben geblieben –

Zum Glück ist mein Staatsanwalt (oder Untersuchungsrichter; ich kenne mich in diesen Dingen nicht aus) eine sympathische Persönlichkeit, ein Skeptiker, der auch sich selbst nicht alles glaubt, übrigens der erste mit der Höflichkeit, zu klopfen, bevor er in die Zelle tritt.
»Ich denke«, lächelte er, »Sie wissen, wer ich bin.«
»Herr Staatsanwalt?«
Sein Lächeln bleibt mir unerklärlich. Beide Hände in die Rocktaschen geschoben, irgendwie befangen – mein allererster Eindruck: Was will mir dieser Mann gestehen? – mustert er mich lange, vergißt sich wie in heimlichen Gedanken, die ihn betreffen, und wirkt für eine Weile wie taub, mustert mich so unverhohlen, wie Erwachsene es selten tun, und jedenfalls länger als anständig, so daß er, da es ihm bewußt wird, ein wenig errötet.
»Sie rauchen?« fragte er, und da ich ablehne, fügt er, indem er sich selbst mit einer Zigarette bedient und nach seinem Feuerzeug sucht, hinzu: »– ich komme übrigens ganz persönlich. Betrachten Sie es keineswegs als ein Verhör. Es drängte mich, Sie kennenzulernen ...«
Pause.
»Sie rauchen wirklich nicht?« fragt er.
»Nur Zigarren.«
»Meine Frau läßt Sie grüßen«, sagt er, indem er sich auf die Pritsche setzt wie ein alter Besuch, einen Aschenbecher sucht, bloß um mich nicht anzusehen, glaube ich, »– vorausgesetzt, daß Sie tatsächlich Herr Stiller sind!«
»Mein Name ist White!« sage ich.
»Ich will der Untersuchung keineswegs vorgreifen«, sagt er mit einem Unterton von Entschuldigung oder Erleichterung, raucht und weiß offensichtlich nicht sofort, was er unter diesen Umständen weiter sagen soll, erst nach einigen Minuten, nach einem plötzlich ganz unpersönlichen und von seiner Geistesabwesenheit verdünnten Geplauder über den heutigen Straßenlärm, insbesondere über Motorroller, und über das Faktum, daß Whisky, überhaupt Alkohol, in der Untersuchungshaft ›leider‹ strengstens verboten ist, erklärt er übergangslos: »– Was

mich betrifft, habe ich Stiller nie gesehen. Mindestens nicht mit Bewußtsein. Einmal kam es zu einem Gespräch am Telefon, wie Sie vielleicht wissen, es war ein Anruf aus Paris, doch kann ich nicht wissen, ob Sie das gewesen sind.«

Dann wechselt sein Ton; plötzlich wird er gemütlich:

»Sie haben Ihre Gattin ermordet, Mister White?«

Auch er, habe ich das Gefühl, glaubt mir nicht. Er lächelt, verliert aber sein Lächeln, da wir uns wortlos anblicken, und erkundigt sich, wieso ich meine Gattin ermordet habe.

»Weil ich sie liebte«, sage ich.

»Ist das ein Grund?«

»Sehen Sie«, erkläre ich ihm, »es war ein Opfer für sie, an meiner Seite zu leben. Das fanden auch alle meine Bekannten, ganz zu schweigen von ihren Bekannten. Sie selbst sagte ja kaum ein Wort, wie sie unter mir zu leiden hatte. Sie war ein sehr nobler Mensch, wissen Sie, und da könnten Sie fragen, wen Sie wollen, Herr Staatsanwalt, das fanden alle. Einen so noblen, sagten alle, einen so feinen Menschen wie meine Gattin hätten sie noch nie gesehen. Und dabei verkehrten wir fast nur in gebildeten Kreisen. Übrigens fand ich es selber, ich bewunderte sie, wissen Sie. Das Noble zog mich an. Das war ihr Unglück. Ich kann Ihnen nicht erzählen, wie oft mir diese Frau verziehen, wie oft!«

»Was?«

»Daß ich so bin, wie ich bin.«

Hin und wieder stellt er Fragen; zum Beispiel:

»Haben Sie oft gestritten?«

»Nie.«

»Auch vor dem Mord nicht?«

»Schon gar nicht«, sage ich, »sonst wäre es ja nicht dazu gekommen. Sie können sich offenbar meine Ermordete nicht vorstellen, Herr Staatsanwalt. Jedes laute Wort war ihr so ferne, daß ich mich auch nicht getraute. Ich sage Ihnen doch, sie war ein so nobler Mensch, daß alle unsere Bekannten nie zuvor einen so noblen Menschen getroffen hatten. Und mit einem so noblen Menschen verheiratet zu sein, Herr Staatsanwalt, können Sie sich das vorstellen? Ich war neun Jahre lang verschwitzt,

sehen Sie, vor schlechtem Gewissen. Und wenn ich es einmal pro Woche nicht aushielt, mein schlechtes Gewissen, und beispielsweise einen Teller an die Wand schmetterte, kam ich mir angesichts meiner Frau wie ein Mörder vor – ihr Mörder, jawohl, so schwer hatte es diese zarte Frau mit mir!«
»Hm«, sagt er.
»Es ist nicht zum Lächeln«, sage ich, »es hat mich Jahre meines Lebens gekostet, bis ich einsah, daß ich ihr Mörder bin, und endlich die Konsequenzen zog.«
»Hm«, sagt er.
»Ich leugne nichts«, sage ich, »aber warten Sie auch nicht auf mein schlechtes Gewissen, Herr Staatsanwalt, ich habe keines mehr. Irgendwie ist es einfach verbraucht. Ich hatte so viel schlechtes Gewissen, solange sie lebte. Es war furchtbar für sie, einfach furchtbar, an meiner Seite leben zu müssen.«
»Und drum haben Sie sie – ermordet?«
Ich nicke.
»Verstehe«, sagt er.
»Man hält das nicht aus«, sage ich, »man kann nicht jahrelang ein schlechtes Gewissen haben, Herr Staatsanwalt, ohne zu verstehen, warum man ein schlechtes Gewissen hat!«
Usw.
Ich weiß nicht, ob er mich versteht.

Einmal in der Woche, jeden Freitag, können wir duschen, je zehn Minuten, je zehn Häftlinge zusammen. Sonst sehe ich ja meine Nachbarn nie, dann aber splitternackt und unter dampfigem Gerausch, so daß man kaum zusammen sprechen kann. Einer, der sich unschuldig findet, seift sich aus Trotz nicht ein. Ein kleiner Italiener singt jedesmal. Physiognomien unter der Dusche, von Strähnen nassen Haares und Seifenschaum entstellt, sind kaum zu lesen; hinzu kommt die Nacktheit des ganzen Körpers, und gewohnt, das Gesicht als das Einzignackte zu sehen, ist man gleichsam gezwungen, ihre ganzen Körper zu mustern, was wenig Vergnügen macht. Höchstens zu erraten:

ein Arbeiter, ein Intellektueller, ein Sportler ein Angestellter. Im großen ganzen sind unsere nackten Körper durchaus peinlich, weil ausdruckslos, bestenfalls natürlich, meistens etwas komisch. Ich habe mich mit einem deutschen Juden verbündet; wir seifen uns gegenseitig den Rücken, da auch er nicht überall hinkommt, und sind uns darin einig, daß man täglich duschen müßte. Nach einigem fast knabenhaftem Gekreisch wegen der plötzlichen Kälte des Wassers, womit uns der Oberwärter in den Trockenraum treibt, sind alle sehr still, frottieren sich und haben Gesichter von säuglinghafter Rosigkeit, dazu Haare wie Buben. Es sind außer mir, wie mich dünkt, keine Schwerverbrecher dabei. Dank dem Umstand, daß sie mich (als ›Stiller‹) ebenfalls ans Ende des Alphabets stellen, kann ich mich jedesmal noch eine Weile mit dem deutschen Juden unterhalten. Die Körperpflege in der Schweiz, finden wir beide, steht in einem bemerkenswerten Widerspruch zu ihrer sonstigen Reinemacherei. Er erzählt mir von seiner hiesigen Wohnung, wo er, laut Vertrag, ebenfalls nur am Wochenende mit warmem Wasser duschen durfte. Dann Einzelmarsch in die Zellen, das Frottiertuch um den Hals.

Heute erhalte ich folgenden Brief:
»Lieber Bruder! – Du kannst dir denken, daß ich seit dieser Nachricht von der dortigen Kantonspolizei fast kein Auge mehr geschlossen habe, auch Anny ist ganz aufgeregt. Anny ist meine liebe Frau, ihr werdet euch sicher gut mögen! Aber nimm es nicht übel, daß ich nicht gleich nach Zürich komme, was im Augenblick hier rein unmöglich ist. Hoffentlich bist du wenigstens nicht krank, lieber Bruder, das Foto hat mich erschreckt wegen deiner derzeitigen Magerkeit, so daß ich dich wahrhaftig kaum kenne. Bist du schon bei Vater im Altersasyl gewesen? Laß dich ja nicht von ihm verwirren, er ist halt alt geworden und du kennst ihn ja. Dann weißt du, daß Mutter gestorben ist. Sie hat weniger gelitten, als man leider hat befürchten müssen. Wir werden dann miteinander auf ihr Grab gehen. Bei der Meldung

von der Kantonspolizei, daß du wieder da bist, habe ich am meisten grad an Mutter denken müssen, denn sie hat dich manchmal von Stunde zu Stunde erwartet, ohne es zu verraten, aber wir merkten es nur zu gut, warum sie dann länger aufblieb, weil sie im stillen ganz überzeugt war, du kommst heute abend. Mutter hat dich immer in Schutz genommen, nur daß du's weißt, und nur jedesmal gesagt, daß du hoffentlich wenigstens glücklich bist mit deinem Leben.
Wir sind natürlich sehr neugierig, lieber Bruder, denn hier hat sich nicht viel ereignet, ich bin hier Verwalter, mit meiner Farm in Argentinien ist also nichts geworden, denn man konnte Mutter gerade in jener Zeit ganz unmöglich einfach allein lassen, aber es geht uns sehr ordentlich.
Hast du eigentlich noch gehört, daß euer Freund Alex sich das Leben genommen hat? Man sagte es wenigstens, er hat sich unter den Gasherd gelegt, glaube ich. Oder war Alex nicht euer Freund? Ich will dir aber nicht lauter Todesanzeigen auftischen, sondern dir nochmals sagen, wie sehr wir uns freuen. Von Julika brauche ich dir wohl nicht zu schreiben, heute soll es ihr ja viel besser gehen laut Zeitung. Sie kam damals noch zu Mutters Begräbnis. Ich begreife schon, daß sie uns als deine Familie dann nicht mehr sehen wollte. Aber sie lebt wohl noch immer in Paris. Vielleicht hast du Julika schon gesprochen.
Hoffentlich kränkt es dich nicht, ich muß jetzt leider abbrechen, denn wir haben gerade Obstschau mit einem Besuch von einem Bundesrat, und ich habe kaum noch eine richtige Frage nach deinem Leben und deiner Zukunft gestellt. Ich wünsche dir, lieber Bruder, daß du sehr bald frei bist! Bis dahin herzlich

dein Wilfried.

Sobald ich vom Betrieb hier für zwei Tage loskomme, werde ich dich ganz sicher besuchen, heute wollte ich dir nur schreiben, daß du natürlich ohne weiteres jederzeit bei uns draußen wohnen kannst.«

Man glaubt mir überhaupt nichts, und am Ende muß ich wohl noch schwören, daß die Finger, womit ich schwöre, meine eigenen Finger sind. Es ist wirklich zum Lachen. Heute sage ich zu meinem Verteidiger:
»Natürlich bin ich Stiller.«
Da starrt er mich an:
»Was soll das heißen?«
Zum allerersten Mal, siehe da, erwacht der Gedanke in seinem rechtschaffenen Hirn, daß ich, in der Tat, jemand anders sein könnte als ihr verschollener Herr Stiller. Aber wer? Ich mache ihm Vorschläge: vielleicht ein sowjetischer Agent mit amerikanischen Papieren. Er verbittet sich Witze, alles Sowjetische eignet sich seiner Meinung nach sowieso nicht für Witze; das ist einfach zu böse, so wie anderseits alles Schweizerische einfach zu gut ist, um sich für Witze zu eignen. Ich schlage vor: Vielleicht bin ich ein SS-Mann, der eine Weile untergetaucht ist und wieder Einsatz wittert, der unbekannte Kriegsverbrecher mit Ost-Erfahrung, die sehr gefragt ist. Wie beweise ich aber, daß ich ein Kriegsverbrecher bin? Ich kann's noch so treuherzig behaupten, ohne Beweis lassen sie mich nicht auf freien Fuß. Mein Verteidiger glaubt mir nicht einmal, daß Mexiko schöner ist als die Schweiz. Er wird, sobald ich erzähle, nur nervös:
»Was hat das mit unserer Sache zu tun!«
Wie man der Kobra, um sie zu dem berühmten Schlangentanz der Indios gebrauchen zu können, den Giftzahn ausreißt, interessiert meinen Verteidiger nicht. Wie die Indios sich zum Tode stellen, noch weniger. Wer die Ermordung der mexikanischen Revolutionäre veranlaßte, auch nicht. Und daß den Aasgeiern der mexikanische Himmel, den Amerikanern aber die mexikanischen Bodenschätze gehören, bezweifelt er. Es ist wirklich nicht leicht, diesen Mann täglich eine Stunde lang zu unterhalten.
Mitten in der Erzählung, die wenigstens mich selbst begeistert, unterbricht er:
»Orizaba – wo liegt das?«
Dazu zückt er seinen Eversharp, läßt keine Ruhe, bis er meine

ebenso höfliche wie knappe Antwort notieren kann; sofort fragt er weiter:
»Und dort haben Sie also gearbeitet?«
»Das habe ich nie behauptet!« sage ich, »Geld habe ich verdient und gelebt.«
»Wie?«
»Danke«, sage ich, »ausgezeichnet.«
»Ich meine: wie haben Sie das Geld verdient?«
»Wie man das Geld eben verdient –«, sage ich, »jedenfalls nicht mit eigener Arbeit.«
»Sondern?«
»Mit – Ideen«, sage ich.
»Erklären Sie sich genauer.«
»Ich war so eine Art von Verwaltungsrat –«, sage ich und mache eine Geste biederen Gewinns, »– auf einer Hazienda.«
Die Geste will er nicht gesehen haben.
»Was heißt Hazienda?«
»Großgrundbesitz«, sage ich, schildere ausführlich genug meine Position, die unscheinbar war, aber Treffpunkt der unerläßlichen Schmiergelder von beiden Seiten, und meine diesbezüglichen Ideen, dann auch die topographische Lage von Orizaba, die paradiesisch ist, nahe der tropischen Zone, jedoch gerade noch über dieser Zone, die ich nicht leiden kann mit ihrem schwülen Gewucher, mit ihren üppigen Schmetterlingen, mit ihrer schleimigen Luft und ihrer feuchten Sonne, mit ihrer klebrigen Stille voll mörderischer Befruchtung, gerade noch über dieser Zone liegt Orizaba auf einem Plateau, das die Lüfte aus dem Gebirge hat, hinter sich sieht man den weißen Schnee des Popocatepetl, vor sich den verblauenden Golf von Mexiko, eine Riesenmuschelbläue, ringsum aber einen blühenden Garten etwa von der Größe eines schweizerischen Kantons, blühend von Orchideen, die hier wie Unkraut wuchern, doch blühend auch von nützlichen Gewächsen: Dattelpalmen, Feigen, Kokospalmen, Orangen und Zitronen, Tabak, Oliven, Kaffee, Ananas, Kakao, Bananen usw.... Heute kommt meine Verteidiger:

»Sie scheinen über Mexiko nicht sehr unterrichtet zu sein.«
Mein Verteidiger hat gearbeitet.
»Was Sie mir gestern erzählt haben, stimmt ja hinten und vorne nicht – Bitte sehr«, sagt er und zeigt mir ein Buch aus der Städtischen Bibliothek: »Schon Benito Juarez verfolgte das Ziel, den Großgrundbesitz abzuschaffen. Es mißlang. Porfirio Diaz wurde gestürzt, weil er mit den Großgrundbesitzern regierte, und es folgte, wie Sie vielleicht wissen, eine ganze Kette blutiger Revolutionen, um den Großgrundbesitz abzuschaffen. Es wurden Klöster verbrannt, Großgrundbesitzer erschossen, und es endete mit einer Diktatur der Revolutionäre. All das können Sie hier nachlesen. Bitte sehr. Und Sie erzählen mir von einer blühenden Hazienda, die so groß sein soll wie ein schweizerischer Kanton –«
»Ja«, sage ich, »wenn nicht größer.«
Mein Verteidiger schüttelt den Kopf.
»Warum erzählen Sie mir solche Hirngespinste?« sagt er. »Sie müssen doch einsehen, daß wir auf diese Weise nie weiterkommen. Es stimmt einfach nicht! Wahrscheinlich sind Sie nie in Mexiko gewesen.«
»Bitte«, sage ich, »wie Sie wollen.«
»Wer soll denn eine solche Hazienda besitzen können«, sagt er, »im heutigen Mexiko – unter einer Regierung, die ausdrücklich jeden Großgrundbesitz untersagt?«
»Ein Mann der Regierung selbst –«
Darauf mag mein Verteidiger nicht eingehen. Es macht ihn nervös, wenn es nicht mit rechten Dingen zugeht, und vor allem kann er als ein rechtschaffener Schweizer es nicht haben, daß man sich über Mißstände amüsiert, statt sie zu verurteilen und mit Entschiedenheit hinter den Eisernen Vorhang zu verweisen. Er hielt sich denn auch sofort mit dem Hinweis, Mexiko sei kommunistisch, eine Deutung, der ich mich aus purer Sachkenntnis nicht anzuschließen vermag; ganz abgesehen von dem Umstand, daß die mexikanischen Bodenschätze vorzugsweise in amerikanischen Händen, also vorzugsweise geschützt sind, halte ich ja den Hang zum Großgrundbesitz nicht für kommu-

nistisch, sondern für menschlich, und warum sollten wir, frei wie wir sind, nicht über alles Menschliche reden? ... Sagt mein Verteidiger:
»Kommen wir zur Sache!«
Die Geschichte meines Hazienda-Ministers finde ich indessen so amüsant, daß ich sie nicht verschweigen kann: – Er war Fabrikant, glaube ich, von Bürosesseln, wie jeder Staat sie in großer Anzahl braucht. Er war nicht der einzige Fabrikant von Bürosesseln. Einmal zum Handelsminister erkoren, so daß er in eigener Person auf einem staatlichen Bürosessel saß, erließ er, um etwas zu machen, eine Einfuhrsperre, und groß war der Jammer aller, die Bürosessel herzustellen liebten; allenthalben begann das Material zu fehlen. Der Handelsminister hatte keinen leichten Sitz, wie man sich denken kann, und als es soweit war, nämlich als er das Material, das verknappte, in den Vereinigten Staaten drüben eingekauft und jenseits der Grenze säuberlich gestapelt hatte, konnte er nicht umhin, dem Gejammer der Konkurrenz nachzugeben, die Einfuhrsperre wurde für zwei Wochen aufgehoben. Alle anderen kamen freilich mit ihren Einkäufen zu spät, machten Bankrott und waren froh um den Trust, der sich ihnen anbot. Der Handelsminister aber, obschon ihm nichts vorgeworfen werden konnte, hatte kein Bedürfnis mehr, sich im Dienst fürs Vaterland aufzuopfern; er zog sich auf die verlotterte Hazienda zurück, womit der Staat ihn einigermaßen belohnte, und pflegte sie mit ganzer Seele und mit einigen tausend Landarbeitern, deren so malerische Strohhüte mir unvergeßlich sind. Wenn wir auf der schattigen Veranda saßen, sahen wir sie immer wie weiße Pilze draußen in blühenden und glühenden Feldern, und bald, in der Tat, war es eine vorbildliche Hazienda, ein Paradies auf Erden ...

Vom Staatsanwalt erfahren:
Gegen Anatol Ludwig Stiller, Bildhauer, zuletzt wohnhaft in seinem Atelier an der Steingartengasse in Zürich, verschollen seit Januar 1946, besteht irgendein Verdacht, der mir nicht nä-

her genannt werden kann, solange es nicht erwiesen ist, wer ich bin. Es handelt sich dabei, scheint es, um keine Kleinigkeit. Spionage? Ich weiß nicht, was mein Vermuten gerade in diese Richtung drängt, und im übrigen kann es mir ja gleichgültig sein; ich bin nicht Stiller. Wie sehr sie's wünschten! Er fehlt ihnen offensichtlich, ob schuldig oder nicht, wie im Schach ein kleiner Bauer: um mit einer ganzen Affäre fertig zu werden. Rauschgift-Handel? Es riecht, habe ich das Gefühl, eher politisch, wobei der Verdacht seitens der Bundespolizei (ich glaube es aus der Miene meines Staatsanwalts zu lesen) auf etwas schwachen Gründen steht; die bloße Tatsache, daß ein Mann plötzlich verschollen ist, verlockt natürlich zu Spekulationen.

PS.
Nachträglich (ich habe unterdessen wieder einmal in der Bibel gelesen) fällt mir auf, daß mich beide, mein Verteidiger sowohl wie mein Staatsanwalt, gelegentlich gefragt haben, ob ich Russisch verstehe, eine Frage, die ich mit Bedauern verneint habe. Denn Russisch soll eine großartige Sprache sein, meinte ich, überhaupt die slawischen Sprachen ... Darf man das hier nicht sagen?

Nichts bleibt mir erspart! Demnächst wollen sie mich mit der Dame aus Paris konfrontieren; nach den Bildern eine blonde oder rötliche, als äußere Erscheinung sehr liebreizende Person, etwas hager, aber graziös. Man hat ihr, wie dem Bruder des Verschollenen, ein Foto von mir geschickt. Sie behauptet, meine Gattin zu sein, und wird mit dem Flugzeug kommen.

Spazieren im Gefängnishof: – allein! Es ist sehr angenehm, doch stimmt es mich bedenklich. Die Vergünstigung zeigt, daß die maßgebenden Herren mich immer noch (oder immer mehr) für ihren verschollenen Stiller halten. Sie lassen mich sogar ohne Wärter, und ich brauche also nicht einmal im Kreis zu spazieren, sitze auf einer Bank an der Sonne und zeichne mit einem Zweiglein in den Sand. Nur darf ich nie vergessen, meine Striche jedenfalls mit dem Schuh wieder auszulöschen, ansonst halten sie's für Kunst und sehen wieder ein Indiz darin, daß ich der Verschollene sei. Es wird Herbst. Da und dort, wie aus dem leeren Himmel, fällt ein gelbes Ahornblatt in den Sand. Man sieht es auch dem Himmel an; seine Bläue wird schon blasser, durchsichtiger. Die Luft ist frisch, vor allem am Vormittag. Eine versponnene Geräumigkeit. Tauben gurren, und wenn der Glockenschlag vom Münster dröhnt, rauschen sie wie eine silbergraue Wolke empor, ein Geflatter von Schatten folgt lautlos über die Mauern. Sie flattern auf First und Traufen, später segeln sie wieder in meinen stillen Hof herab, wackeln um meine Bank und gurren.

Ich werde ihr die kleine Geschichte von Isidor erzählen. Eine wahre Geschichte! Isidor war Apotheker, ein gewissenhafter Mensch also, der dabei nicht übel verdiente, Vater von etlichen Kindern und Mann im besten Mannesalter, und es braucht nicht betont zu werden, daß Isidor ein getreuer Ehemann war. Trotzdem vertrug er es nicht, immer befragt zu werden, wo er gewesen wäre. Darüber konnte er rasend werden, innerlich rasend, äußerlich ließ er sich nichts anmerken. Es lohnte keinen Streit, denn im Grunde, wie gesagt, war es eine glückliche Ehe. Eines schönen Sommers unternahmen sie, wie es damals gerade Mode war, eine Reise nach Mallorca, und abgesehen von ihrer steten Fragerei, die ihn im stillen ärgerte, ging alles in bester Ordnung. Isidor konnte ausgesprochen zärtlich sein, sobald er Ferien hatte. Das schöne Avignon entzückte sie beide; sie gingen Arm in Arm. Isidor und seine Frau, die man sich als eine sehr liebenswerte Frau vorzustellen hat, waren genau neun Jahre verheiratet, als sie in Marseille ankamen. Das Mittelmeer leuchtete wie auf einem Plakat. Zum stillen Ärger seiner Gattin, die bereits auf dem Mallorca-Dampfer stand, hatte Isidor noch im letzten Moment irgendeine Zeitung kaufen müssen.

Ein wenig, mag sein, tat er es aus purem Trotz gegen ihre Fragerei, wohin er denn ginge. Weiß Gott, er hatte es nicht gewußt; er war einfach, da ihr Dampfer noch nicht fuhr, nach Männerart ein wenig geschlendert. Aus purem Trotz, wie gesagt, vertiefte er sich in eine französische Zeitung, und während seine Gattin tatsächlich nach dem malerischen Mallorca reiste, fand sich Isidor, als er endlich von einem dröhnenden Tuten erschreckt aus seiner Zeitung aufblickte, nicht an der Seite seiner Gattin, sondern auf einem ziemlich dreckigen Frachter, der, übervoll beladen mit lauter Männern in gelber Uniform, ebenfalls unter Dampf stand. Und eben wurden die großen Taue gelöst. Isidor sah nur noch, wie die Mole sich entfernte. Ob es die hundsföttische Hitze oder der Kinnhaken eines französischen Sergeanten gewesen, was ihm kurz darauf das Bewußtsein nahm, kann ich nicht sagen; hingegen wage ich mit Bestimmtheit zu behaupten, daß Isidor, der Apotheker, in der Fremdenlegion ein härteres Leben hatte als zuvor. An Flucht war nicht zu denken. Das gelbe Fort, wo Isidor zum Mann erzogen wurde, stand einsam in der Wüste, deren Sonnenuntergänge er schätzen lernte. Gewiß dachte er zuweilen an seine Gattin, wenn er nicht einfach zu müde war, und hätte ihr wohl auch geschrieben; doch Schreiben war nicht gestattet. Frankreich kämpfte noch immer gegen den Verlust seiner Kolonien, so daß Isidor bald genug in der Welt herumkam, wie er sich nie hätte träumen lassen. Er vergaß seine Apotheke, versteht sich, wie andere ihre kriminelle Vergangenheit. Mit der Zeit verlor Isidor sogar das Heimweh nach dem Land, das seine Heimat zu sein den schriftlichen Anspruch stellte, und es war – viele Jahre später – eine pure Anständigkeit von Isidor, als er eines schönen Morgens durch das Gartentor trat, bärtig, hager wie er nun war, den Tropenhelm unter dem Arm, damit die Nachbarn seines Eigenheims, die den Apotheker längstens zu den Toten rechneten, nicht in Aufregung gerieten über seine immerhin ungewohnte Tracht; selbstverständlich trug er auch einen Gürtel mit Revolver. Es war ein Sonntagmorgen, Geburtstag seiner Gattin, die er, wie schon erwähnt, liebte, auch wenn er in all den Jahren nie eine

Karte geschrieben hatte. Einen Atemzug lang, das unveränderte Eigenheim vor Augen, die Hand noch an dem Gartentor, das ungeschmiert war und girrte wie je, zögerte er. Fünf Kinder, alle nicht ohne Ähnlichkeit mit ihm, aber alle um sieben Jahre gewachsen, so daß ihre Erscheinung ihn befremdete, schrien schon von weitem: Der Papi! Es gab kein Zurück. Und Isidor schritt weiter als Mann, der er in harten Kämpfen geworden war, und in der Hoffnung, daß seine liebe Gattin, sofern sie zu Hause war, ihn nicht zur Rede stellen würde. Er schlenderte den Rasen hinauf, als käme er wie gewöhnlich aus seiner Apotheke, nicht aber aus Afrika und Indochina. Die Gattin saß sprachlos unter einem neuen Sonnenschirm. Auch den köstlichen Morgenrock, den sie trug, hatte Isidor noch nie gesehen. Ein Dienstmädchen, ebenfalls eine Neuheit, holte sogleich eine weitere Tasse für den bärtigen Herrn, den sie ohne Zweifel, aber auch ohne Mißbilligung, als den neuen Hausfreund betrachtete. Kühl sei es hierzulande, meinte Isidor, indem er sich die gekrempelten Hemdärmel wieder heruntermachte. Die Kinder waren selig, mit dem Tropenhelm spielen zu dürfen, was natürlich nicht ohne Zank ging, und als der frische Kaffee kam, war es eine vollendete Idylle, Sonntagmorgen mit Glockenläuten und Geburtstagstorte. Was wollte Isidor mehr! Ohne jede Rücksicht auf das neue Dienstmädchen, das gerade noch das Besteck hinlegte, griff Isidor nach seiner Gattin: »Isidor!« sagte sie und war außerstande, den Kaffee einzugießen, so daß der bärtige Gast es selber machen mußte. »Was denn?« fragte er zärtlich, indem er auch ihre Tasse füllte. »Isidor!« sagte sie und war dem Weinen nahe. Er umarmte sie. »Isidor!« fragte sie, »wo bist du nur so lange gewesen?« Der Mann, einen Augenblick lang wie betäubt, setzte seine Tasse nieder; er war es einfach nicht mehr gewohnt, verheiratet zu sein, und stellte sich vor einen Rosenstock, die Hände in den Hosentaschen. »Warum hast du nie auch nur eine Karte geschrieben?« fragte sie. Darauf nahm er den verdutzten Kindern wortlos den Tropenhelm weg, setzte ihn mit dem knappen Schwung der Routine auf seinen eigenen Kopf, was den Kindern einen für die Dauer ihres Lebens unauslöschlichen Eindruck hinterlassen haben soll, Papi mit Tropenhelm und Revolvertasche, alles nicht bloß echt, sondern sichtlich vom Gebrauch etwas abgenutzt, und als die Gattin sagte: »Weißt du, Isidor, das hättest du wirklich nicht tun dürfen!« war es für Isidor genug der trauten Heimkehr, er zog (wieder mit dem knappen Schwung der Routine, denke ich) den Revolver aus dem Gurt, gab drei Schüsse mitten in die weiche, bisher noch unberührte und mit Zuckerschaum verzierte Torte, was, wie man sich wohl vorstellen kann, eine erhebliche Schweinerei verursachte. »Also Isidor!« schrie die Gattin, denn ihr Morgenrock war über und über von Schlagrahm verspritzt, ja, und wären nicht die unschuldigen Kinder als Augenzeugen gewesen, hätte sie jenen ganzen Besuch, der übrigens kaum zehn Minuten gedauert haben dürfte, für eine Halluzination gehalten. Von ihren fünf Kindern umringt, einer Niobe ähnlich, sah sie nur noch, wie Isidor, der Unverantwortliche, mit gelassenen Schritten durch das Gartentor ging, den unmöglichen Tropenhelm auf dem Kopf. Nach jenem Schock konnte die arme Frau nie eine Torte sehen, ohne an Isidor denken zu müssen, ein Zustand, der sie erbarmenswürdig machte, und unter vier Augen, insgesamt etwa unter sechsunddreißig Augen, riet man ihr zur Scheidung. Noch aber hoffte die tapfere Frau. Die Schuldfrage war ja wohl klar. Noch aber hoffte sie auf seine Reue, lebte ganz den fünf Kindern, die von Isidor stammten, und wies den jungen Rechtsanwalt, der sie nicht ohne persönliche Teilnahme besuchte und zur Scheidung drängte, ein weiteres Jahr lang ab, einer Penelope ähnlich. Und in der Tat, wieder war's ihr Geburtstag, kam Isidor nach einem Jahr zurück, setzte sich nach üblicher Begrüßung, krempelte die Hemdärmel herunter und gestattete den Kindern abermals, mit seinem Tropenhelm zu spielen, doch dieses Mal dauerte ihr Vergnügen, einen Papi zu haben, keine drei Minuten. »Isidor!« sagte die Gattin, »wo bist du denn jetzt wieder gewesen?« Er erhob sich, ohne zu schießen, Gott sei Dank, auch ohne den unschuldigen Kindern den Tropenhelm zu entreißen, nein, Isidor erhob sich nur, krempelte Hemdärmel wieder herauf und ging durchs

Gartentor, um nie wiederzukommen. Die Scheidungsklage unterzeichnete die arme Gattin nicht ohne Tränen, aber es mußte ja wohl sein, zumal sich Isidor innerhalb der gesetzlichen Frist nicht gemeldet hatte, seine Apotheke wurde verkauft, die zweite Ehe in schlichter Zurückhaltung gelebt und nach Ablauf der gesetzlichen Frist auch durch das Standesamt genehmigt, kurzum, alles nahm den Lauf der Ordnung, was ja zumal für die heranwachsenden Kinder so wichtig war. Eine Antwort, wo Papi sich mit dem Rest seines Erdenlebens herumtrieb, kam nie. Nicht einmal eine Ansichtskarte. Mami wollte auch nicht, daß die Kinder danach fragten; sie hatte ja Papi selber nie danach fragen dürfen …

Für Whisky haben sie kein Geld, aber für Telegramme nach Mexiko, um sich von der Schweizerischen Gesandtschaft bestätigen zu lassen, daß es nicht nur ein mexikanisches Drecknest namens Orizaba gibt, sondern tatsächlich eine ganze Reihe blühender Hazienden, die teilweise, in der Tat, von früheren Ministern bewohnt werden, teilweise die Größe des Kantons Zürich übertreffen, teilweise auch nicht. Im übrigen jedoch (so meldet mein tüchtiger Verteidiger) kann die Gesandtschaft nicht bestätigen, daß auf einer mexikanischen Hazienda je ein schweizerischer Staatsbürger tätig gewesen sei.
»Bitte«, sage ich, »da haben Sie es ja!«
»Was?«
»Daß ich kein schweizerischer Staatsbürger bin, Herr Doktor, und somit auch nicht euer verschollener Herr Stiller sein kann.«
Wie jedesmal, wenn einer von uns beiden messerscharf denkt, überzeugt es den andern keineswegs, mein Verteidiger greift in seine Ledermappe und überreicht mir wahrhaftig eine Zigarre, eigens für mich gekauft, leider nicht die gewünschte Marke, ich zeige mich trotzdem gerührt.
»Ehrenwort – sind Sie wirklich in Mexiko gewesen?« fragt er, »Spaß beiseite!«
Komisch: wie so eine Kleinigkeit, eine Zigarre etwa für einen

Franken, sofort verpflichtet, es einfach unmöglich macht, daß ich dem Spender wortlos den Rücken kehre als Antwort auf seine Frage ... Ob ich wirklich in Mexiko gewesen bin! Jeder kann sagen Ja, aber nicht jeder, denke ich, kann meinem Verteidiger erzählen, was so ein Sandblatt, wie eben an dieser Zigarre, dem armen Pflücker in der Plantage für einen Rückenschmerz macht; denn das sind die untersten Blätter an der Staude, zäher als die oberen, grau von Erde, sandig und spröde, so daß sie nur allzu gerne brechen. Der Pflücker aber wird nur für Ware ohne jeden Makel bezahlt. Mit diesem sogenannten Sandblatt umwickelt man die feinen Zigarren. Nur tadellose Ware kommt in Frage ...

»Jaja«, sagt mein Verteidiger, »sicher, aber was hat das mit meiner Frage zu tun?«

Ich rauche. Ich schildere ihm meine Arbeit auf der Tabak-Plantage von Uruapan. Eine harte Zeit. Von Morgen bis Abend auf den Knien. Anders ist das Sandblatt gar nicht zu pflücken; auch so, auf den Knien, muß man sich noch beugen, um die besten Sandblätter zu finden. Einmal, ich werde es nie vergessen, kauerte ich wieder so von Staude zu Staude, einen mexikanischen Strohhut auf dem Kopf, ohne die anderen Pflücker zu sehen. Umsonst wartete ich auf den Pfiff des Aufsehers. Trotz meiner wirtschaftlichen Lage hielt ich die Hitze einfach nicht mehr aus, Lohn hin oder her. Immer deutlicher stank es nach Schwefel. Ich schrie, plötzlich von Angst gepackt. Aus der grauen Erde, gerade hinter mir, quoll plötzlich ein Wölklein von gelblichem Rauch. Umsonst rief ich nach den anderen Arbeitern, größtenteils Indios, die waren bereits geflohen. Auch meine Füße ertrugen die Hitze nicht länger, und ich lief, aber wohin? Allenthalben räuchelte es wie aus einer Herrengesellschaft, die Zigarren raucht, und ich sah, wie die Erde ringsum Risse bekam, ganz lautlose Risse, und aus diesen Rissen stank es nach Schwefel. Ich lief irgendwohin, bis ich vor Keuchen nicht mehr konnte, und schaute zurück auf unsere Plantage, sah, wie es stieg, wie es sich wölbte, wie da ein Hügelchen wurde. Ein spannendes Schauspiel, doch Hitze und Rauch trieben mich weiter.

Ich meldete es im Dorf. Die Weiber sammelten ihre Kinder und schluchzten; die Männer beschlossen, ein Telegramm zu schikken an den Besitzer der Plantage, die sich in einen Vulkan verwandelte. Nach wenigen Tagen und Nächten, das Dorf lebte unter stetem Alarm, war es bereits ein nicht unbeträchtlicher Berg, umweht von gelblichen und grünlichen Schwaden. Das Dorf konnte weder arbeiten noch schlafen; die Sonne schien wie je, aber es roch nach Schwefel, giftig und heiß, so daß man das Atmen lieber unterlassen hätte, und es schien der Mond aus einer wolkenlosen Nacht, aber es donnerte. Die kleine Kirche war überfüllt, die Glocken läuteten ohne Unterlaß, zeitweilig überdröhnt von dem berstenden Berg. Das Telegramm blieb ohne Antwort, und man mußte selber auf Rettung sinnen. Lichterlohes Feuer schien in den Rauch, der den Mond verwölkte. Und dann kam die Lava, langsam, aber unaufhaltsam, in der Luft erkaltend und erstarrend, ein schwarzer Brei mit Wirbeln von weißlichem Dampf; nur in der Nacht sah man noch die innere Glut in diesem steinernen Brei, der näher und näher kam, haushoch, näher und näher: zehn Meter im Tag. Vögel schwirrten wie irr, da sie ihr Nest nicht mehr fanden, und Wälder verschwanden unter dem glühenden Gestein, Kilometer um Kilometer. Das Dorf wurde geräumt. Kein einziger Mensch, glaube ich, verlor das Leben. Ihre weinenden Kinder auf dem Arm oder auf dem Rücken, mit Bündeln beladen, die nicht viel Wertvolles enthielten, trieben sie das verstörte Vieh vor sich her, die Esel wieherten und waren störrisch, je verzweifelter man sie schlug. Gelassen floß die Lava zwischen die Häuser, füllte sie, verschluckte sie. Als einer, der kein Vieh zu retten hatte, stand ich auf einem Hügel und sah es mir an, wie die Lava kam; sie zischelte wie eine Schlange, indem sie alles verdampfte, was ihr an Wasser begegnete, und hatte auch eine Haut wie gewisse Schlangen, eine Haut von metallischem Grau, krustig über einem weichen und heißen und beweglichen Innern. Endlich erreichte sie die Kirche; der erste Turm brach ins Knie und wurde mit allen seinen stürzenden Trümmern verschluckt; der andere blieb stehen und steht noch heute, ein

Turm mit spanischem Küppelchen, das einzige, was von dem Dorf noch zu sehen ist... »Das Dorf hieß Paricutin. Heute ist es der Name des neuen Vulkans«, so schließe ich meine Erzählung, »und wenn Sie jemals nach Mexiko gelangen, lieber Doktor, fahren Sie hinaus zu diesem Paricutin, die Straßen sind miserabel, aber es lohnt sich vor allem in der Nacht; die glühenden Steine fliegen bis fünfhundert Meter empor, dazu poltert es, ein Poltern wie von Lawinen, kurz vorauf rollt sich jedesmal ein Rauch aus dem Krater, anzusehen wie ein riesenhafter Blumenkohl, aber schwarz und rot, nämlich von unten bescheint ihn die Glut. Noch vor kurzem folgten sich die Eruptionen ziemlich rasch; sechs Minuten, zehn Minuten, drei Minuten, jede wieder mit einer anderen Farbe von glühenden Steinen, die meistens schon erlöschen, bevor sie auf die Erde prallen. Es ist ein Feuerwerk erster Klasse, glauben Sie mir. Vor allem aber die Lava! Mitten aus einer Finsternis von toten Schlacken, die der Mond bescheint, ohne ihre Schwärze tilgen zu können, schießt sie hervor als ein hellichter Purpur, stoßweise wie das Blut aus einem schwarzen Stier. Sie muß sehr dünn und flüssig sein, diese Lava, fast blitzhaft schießt sie über den Berg hinunter, langsam an Helle verlierend, bis der nächste Ausguß kommt, Glut wie aus einem Hochofen, leuchtend wie die Sonne, die Nacht erleuchtend mit der tödlichen Hitze, der wir alles Leben verdanken, mit dem Innersten unseres Gestirns. Das müßten Sie sehen! In unserer Seele, ich erinnere mich sehr genau, erwacht ein Jubel, wie er sich bloß im Tanz entspannen könnte, im wildesten aller Tänze, ein Überschwang von Entsetzen und Entzücken, wie er die unbegreiflichen Menschen, die sich das warme Herz aus dem Leibe schnitten, erfaßt haben mag.«

Mein Verteidiger notiert.

»Paricutin?« fragt er. »Wie schreibt sich das?«

»Wie man es sagt.«

Wir plaudern noch dies und das. Die Zigarre ist mir nicht geläufig, aber in ihrer Art sehr gut. Zur Sache (wie er sein papiernes Dossier zu nennen pflegt) kommen wir wieder nicht.

»Herr Doktor!« rufe ich noch in den Korridor hinaus, »wegen meiner Arbeit in jener Plantage brauchen Sie nicht nachzuforschen, Herr Doktor, das können Sie sich sparen, da wird auch Ihre Schweizerische Gesandtschaft nichts finden.«
»Wieso nicht?«
»Wegen der Lava.«
Er wird trotzdem telegraphieren.

Ich bin nicht ihr Stiller. Was wollen sie von mir! Ich bin ein unglücklicher, nichtiger, unwesentlicher Mensch, der kein Leben hinter sich hat, überhaupt keines. Wozu mein Geflunker? Nur damit sie mir meine Leere lassen, meine Nichtigkeit, meine Wirklichkeit, denn es gibt keine Flucht, und was sie mir anbieten, ist Flucht, nicht Freiheit, Flucht in eine Rolle. Warum lassen sie nicht ab?

Herr Dr. Bohnenblust (so heißt mein Verteidiger) hat die Dame aus Paris, die sich für meine Gattin hält, auf dem Flugplatz abgeholt und ist von dieser Person, scheint es, sehr charmiert.
»Ich wollte Ihnen nur melden«, sagt mein Verteidiger, »daß die Dame glücklich gelandet ist. Sie läßt Sie natürlich grüßen –«
»Danke.«
»Jetzt ist sie im Hotel.«
Mein Verteidiger ist außerstande, sich zu setzen, er kann sich nur die Hände reiben vor Triumph, als wäre diese Dame aus Paris gleichsam das große Geschütz, das mich zur Kapitulation zwingen wird.
»Herr Doktor«, sage ich, »ich habe nichts gegen den Besuch von Damen, ich wiederhole nur meine Warnung von neulich: ich bin ein sinnlicher Mensch, hemmungslos, wie gesagt, vor allem in dieser Jahreszeit.«
»Ich sagte es ihr.«
»Und?«

»Die Dame besteht darauf«, sagt er, »Sie unter vier Augen zu sprechen. Montag um zehn Uhr wird sie hier sein. Sie ist überzeugt, ihren Mann etwas besser zu kennen, als er sich selber kennt, und von Hemmungslosigkeit, meint die Dame, könne nicht die Rede sein, das sei von jeher ein Wunschtraum ihres Mannes gewesen, sagt die Dame und ist gewiß, allein mit Ihnen fertig zu werden.«
Dazu bietet er wieder Zigarren an.
»Montag um zehn Uhr?« sage ich, »– bitte.«

Knobel, mein Wärter, ist nachgerade ärgerlich über meine Fragen, die Dame aus Paris betreffend, die mit mir verheiratet sein will.
»Ich sage ja«, murrt er, »elegant sieht sie aus. Und duften tut sie durch den ganzen Korridor.«
»Und ihre Haare?«
»Rot«, sagt er, »wie Hagebutten-Konfitüre.«
Eine wirkliche Schilderung zu liefern, ist er nicht imstande, auch wenn er mir Frage um Frage beantwortet; je mehr ich höre, um so weniger kann ich sie mir vorstellen.
»Essen Sie jetzt!« sagt er, »Sie werden sie ja selber sehen. Vielleicht ist die Dame gar nicht Ihr Typ, obschon sie nach wie vor behauptet, Ihre Gattin zu sein.«
»Mein Typ!« lache ich, »– habe ich Ihnen einmal die Geschichte mit der kleinen Mulattin erzählt?«
»Nein.«
»Das war mein Typ«, sage ich.
»Eine Mulattin?«
»Es war am Rio Grande«, beginne ich in einem Ton, daß Knobel sich setzt, »plötzlich – Brot haben Sie keins?« unterbreche ich mich selbst, worauf Knobel sofort aufsteht und einen halben Laib auf den Tisch legt; ich schneide eine dicke Scheibe, beiße hinein, während Knobel sich wieder setzt, und warte, bis ich den Mund etwas leerer habe; dann fahre ich fort, »plötzlich – wir hockten gerade um unser Feuer, denn die Abende in der Wüste

sind bitterkalt, natürlich gab es weit und breit kein Holz, wir verbrannten Putzfäden, was mehr Gestank als Wärme gibt, und besprachen mit den Schmugglern, wie sie uns in der Nacht über die Grenze schmuggeln könnten, nämlich da war schon wieder so ein Steckbrief auf mich – plötzlich kommt er um die roten Felsen!«

»Wer?«

Mit einem Mund voll Brot kann man natürlich nicht erzählen, dazu die Minestra, die ich löffeln muß, solange sie heiß ist.

»Wer?« fragt Knobel, »wer kam um die Felsen?«

»Eine Limousine«, sage ich endlich und kann es nicht lassen, einen neuen Bissen von dem herrlichen Brot zu nehmen, »eine gestohlene natürlich. Großartiger Anblick übrigens, wie eine Fahne von goldenem Staub. Von wegen der letzten Abendsonne. Eine Limousine, die quer durch die Wüste rast, schaukelt wie eine Jolle, versteht sich, hinauf und hinunter über die Wellen von Sand.«

»Versteht sich.«

»Natürlich hat er unser Feuerchen gesehen.«

»Und?«

»Schuß!« sage ich, »aber der Kerl fährt weiter, und wir denken natürlich, das ist die amerikanische Polizei. Also Schuß! Schuß! und nochmals Schuß! – und wer ist drin?«

»Wer denn?«

»Joe.«

Ich löffle meine Minestra.

»Wer ist Joe?«

»Ihr Mann.«

»Von der Mulattin?«

»Klar.«

»Tonnerwetter!...«

»Ein Negro«, ergänze ich, »ein herzensguter Kerl, aber nicht, wenn man ihm die Frau entführt, versteht sich. So in der Dunkelheit, wenn man bloß das blendende Weiß seiner Zähne sieht – Prost!«

»Und?«

»Nämlich wir liebten uns.«
»Die Mulattin und Sie?«
»Ich fragte sie: Liebst du mich oder liebst du ihn? Sie verstand mich ganz genau. Und nickte. Und Schuß. Und kein Wort mehr von Joe.«
»Tot?« fragt er.
»Auf der Stelle.«
»Tonnerwetter!...«
»Sie küßte mich«, sagte ich, »das ist mein Typ.«
Darauf schöpft mir Knobel nochmals einen Teller voll Minestra; er ist aufmerksam wie Kellner gegenüber reichen Leuten.
»Ich mag die Neger«, sage ich, »aber ich vertrage keine verheirateten Männer, auch wenn es Neger sind. Immer mit Rücksicht, das liegt mir nicht! Natürlich fuhren wir sofort über die Grenze –«
»Nach Mexiko?«
»Ohne Licht. Links der Rio Grande. Rechts der Vollmond.«
»Das war Ihr dritter Mord?«
»Ich glaube...«
Eigentlich geht es natürlich nicht, daß Knobel so lange in meiner Zelle verweilt; die anderen bekommen jedesmal ein kaltes Essen. Mein Wärter hat auch bereits die Eimer wieder an der Hand; ich weiß nicht, worauf er noch wartet.
»Der Mensch ist ein Raubtier«, sage ich etwas allgemein, »das können Sie mir glauben, Knobel, und alles andere ist Schmus.«
Aber er wartet immer noch.
»Wenn ich so daran denke«, sage ich, »wie ich diese Florence zum erstenmal erblickte – damals in dem brennenden Sägewerk!«
»Wer ist Florence?«
»Meine Mulattin.«
»Ach so.«
»Das war ganz oben in Oregon«, sage ich, »als ich an der Küste fischen wollte. Denn ich hatte kein Geld, um etwas anderes zu essen, und ich war damals noch nicht so weit, daß ich stahl. Ich hielt mich damals noch für einen Ehrenmann! auch wenn ich

tagelang nichts fischte, überhaupt nichts; denn es ist kein Kinderspiel, im Ozean zu fischen und so von der steilen Küste aus, wenn da die Brandung spritzt. Eine tückische Sache: Stundenlang steht man auf seinem Riff, trocken, hinauf und hinab geht der Gischt der Brandung, aber nie höher, nie über mein Riff, man fühlt sich sicher wie ein Bürger, und unversehens kommt eine Woge an, die höher ist, Gott weiß warum, vier Meter höher; wenn man es nicht zeitig bemerkt, wenn man sie nicht draußen schon sieht, die Woge, wie sie das Riff mit den Seehunden überschäumt, dann ist man versoffen, Ehrenmann hin, Ehrenmann her, in den Felsen zerschmettert, eine treibende Leiche, die nie identifiziert wird ... Es war ein wolkenloser Mittag, wie ich so stand, taub von der Brandung, aber plötzlich sehe ich, wie es raucht über der Küste hinter mir, ein Rauch, mein Guter, daß es wie Sonnenfinsternis aussieht. Das kann nur das große Sägewerk sein, denke ich gleich, in dieser einsamen Gegend. Sie müssen sich das vorstellen: zwanzig Meilen im Umkreis kein einziges Haus, Felsen und Schafe, nichts weiter, und ein Drahtseil, womit sie die Stämme aus den wilden Wäldern herunterlassen, und wie ich auf den Hügel keuche, der Himmel ist voll fliegender Funken, so etwas von Feuersbrunst habe ich noch nicht gesehen, und wie es prasselt, von Feuerwehr natürlich keine Spur, nur die Weiber stehen umher und heulen, beißen sich die Fingernägel und beten zu Gott, daß er aufhöre mit seinem Wind, kein Wasser zum Löschen, und es ist Sonntag, die Männer hocken in einem fernen Ort und spielen Kegel, und hier flattert und knattert es in der Luft wie purpurne Fahnen, ein herrlicher Anblick, Flammen wehen aus allen Dächern, es ist nichts zu machen, draußen liegt noch ein ganzer Ozean voll Wind, und wie er so hineinbläst in die riesengroßen Stapel von trockenem Holz, gibt es eine Hitze, nicht auszuhalten auf hundert Schritte und mitten drin steht noch ein Tank voll Benzin.«
»Tonnerwetter!«
»Ich fragte sie, ob sie wohl wahnsinnig wäre, jeden Augenblick konnte doch der Tank in die Luft gehen, aber trotzdem rannte sie in ihre Hütte –«

»Wer?«
»Mitten in den sprühenden Qualm und Rauch«, sage ich, »die Mulattin.«
»Tonnerwetter.«
»Und ich – ihr nach!«
»Klar.«
»Wieso klar?« sage ich, »es war der vollendete Wahnsinn, aber plötzlich dachte ich, vielleicht will sie ein Kind retten – Ich werde das nie vergessen, mein Guter, wie ich in dieser Hütte stehe, draußen brennen schon einzelne Schindeln, ein alter Neger rennt wie ein Affe auf dem rauchenden Dach umher und versucht mit einem lächerlichen Gartenschlauch die lodernden Schindeln zu löschen, jede einzeln, denn weiter reicht der Strahl seines Wassers nicht, es ist ein Witz und drinnen ein Qualm, daß man wirklich zu ersticken glaubt. Hallo? schreie ich: Hallo? Und da steht sie nun, reglos und heulend, die Hände an den Hüften, tatlos, eine junge Mulattin, ich sage Ihnen, mein lieber Knobel, ein Geschöpf, schön wie ein Tier, achtzehn Jahre alt, ein Geschöpf –! Alles andere ist natürlich Plunder, nicht der Rettung wert, Matratzen und Geschirr. Ich habe eine Wut im Leibe, daß ich sie nur so packe und schüttle!«
»Wieso?« fragt Knobel.
»Ich solle den Eisschrank retten! meint sie. Fällt mir ja nicht ein! schreie ich. Und draußen spritzt der alte Neger noch immer mit seinem dünnen Gartenschlauch, so daß es uns betröpfelt. Was willst du denn? fragt sie. Dich! schreie ich. Und wie ich sie packe, lacht sie mit der ganzen Weiße ihres Gebisses. Ich habe einen Mann! sagt sie. Also los! sage ich. Hast du denn einen Wagen? fragt sie. Wagen gibt es genug, denke ich, und wie sie mich umarmt, damit ich sie besser tragen kann, kracht schon das Dach, daß die Funken tanzen. Ich trage sie wie eine Verletzte in den ersten besten Wagen, der auf der Straße steht, hinein und los. Es war ein Plymouth. Der Besitzer, vermutlich ein Handelsreisender, merkte es gar nicht, als ich an ihm vorüberfuhr, alle gafften nur auf den Benzintank, der jeden Augenblick in die Luft gehen konnte.«

»Und Sie, Mister White, auf und davon!«
Es ist herrlich, wie Knobel sich freuen kann, wenn einem anderen etwas gelingt; er strahlt nur so.
»Vier Stunden später«, sage ich, »hocken wir in einer stillen Bucht, die schon zu California gehört, und fischen, wo kein Mensch uns sehen kann. Wie heißt du übrigens? frage ich. Florence! sagt sie, und ihre Augen sind wie Tollkirschen, ihre Haut wie Kaffee. Joe wird dich töten, sagt sie, wenn er uns erwischt. Ich lache bloß. Wir haben einen Wagen! sage ich und zeige ihr das Aufschlagen der Muscheln, damit wir Köder haben zum Fischen.«
Schließlich wird Knobel von draußen gerufen und muß mich verlassen, mit dem Schlüsselbund in der Hand fragt er:
»Und Sie haben etwas gefischt?«
»Und ob!« sage ich und zeige die Länge mit ausgestreckten Armen: »Aber soooo.«

Mein Staatsanwalt, zur Zeit der einzige Mensch, dem ich meine wirkliche Not fast ohne Verstellung anvertrauen könnte, verabschiedet sich; er gehe mit seiner Gattin (die mich wieder grüßen läßt) zehn Tage in die Ferien, Pontresina. Wir wünschen einander gegenseitig ›alles Gute‹.

Ihre Haare sind rot, der gegenwärtigen Mode entsprechend sogar sehr rot, jedoch nicht wie Hagebutten-Konfitüre, eher wie trockenes Mennig-Pulver. Sehr eigenartig. Und dazu ein sehr feiner Teint; Alabaster mit Sommersprossen. Ebenfalls sehr eigenartig, aber schön. Und die Augen? Ich würde sagen: glänzend, sozusagen wässerig, auch wenn sie nicht weint, und bläulich-grün wie die Ränder von farblosem Fensterglas, dabei natürlich beseelt und also undurchsichtig. Leider hat sie die Augenbrauen zu einem dünnen Strich zusammenrasiert, was ihrem Gesicht eine graziöse Härte gibt, aber auch etwas Maskenartiges, eine fixierte Mimik von Erstauntheit. Sehr edel wirkt die Nase zumal von der Seite, viel unwillkürlicher Ausdruck in den Nüstern. Ihre Lippen sind für meinen Geschmack etwas zu schmal, nicht ohne Sinnlichkeit, doch muß sie zuerst erweckt werden, und die Figur (in einem schwarzen Tailleur) hat etwas Knappes, etwas Knabenhaftes auch, man glaubt ihr die Tänzerin, vielleicht besser gesagt: etwas Ephebenhaftes, was bei einer Frau in ihren Jahren einen unerwarteten Reiz hat. Sie raucht sehr viel. Ihre sehr schmale Hand, wenn sie die noch lange nicht ausgerauchte Zigarette zerquetscht, ist keineswegs ohne Kraft, keineswegs ohne eine beträchtliche Dosis unbewußter Gewalttätigkeit, wobei sie sich selbst, scheint es, ganz und gar zerbrechlich vorkommt. Sie spricht sehr leise, damit der Partner nicht brüllt. Sie spekuliert auf Schonung. Auch dieser Kniff, glaube ich, ist unbewußt. Dabei duftet sie sehr betörend, wie Knobel schon gemeldet hat; es muß eine gediegene Marke sein, man denkt sofort an Paris, an die Parfümerien bei der Vendôme.

»Wie geht es dir?« fragt sie.

Ihre Art, eine Frage stets mit einer anderen Frage zu beantworten, findet sich bei vielen Frauen, eigentlich bei allen, und ist mir bekannt; um so mehr muß ich mich hüten vor dem verfänglichen Gefühl, ihr schon einmal begegnet zu sein.

»Erkennst du mich denn nicht mehr?« fragt sie.

Ihre fixe Idee, daß ich ihr verschollener Mann sei, ist durchaus nicht gespielt; sie offenbart sich in jeder noch so nebensächlichen Äußerung.

»Rauchst du denn nicht mehr?« fragt sie.

Später – da mit lauter Fragen, die nicht einmal echte Fragen sind, indem sie ja nur eine einzige Antwort zuläßt und alles andere als Ausrede einfach übergeht, auf die Dauer wohl kein Gespräch zu machen ist – erzähle ich die kleine Schnurre vom Isidor, dem Fall meiner schönen Besucherin angepaßt, also unter Weglassung der fünf Kinder und unter freier Verwendung eines Traums, den ich neulich hatte: Isidor gibt, sooft er auftaucht, keine Schüsse in die Torte, sondern zeigt nur seine beiden Hände mit Wundmalen … Ein verrückter Traum!

»Ach«, seufzt meine Dame, »du bist noch immer der gleiche, kein vernünftiges Wort kann man reden mit dir, immer kommst du mit deinen Hirngespinsten!«
Es ist komisch, dann ärgerlich, irgendwie auch ergreifend: Diese Dame aus Paris, wie sie so auf meiner Pritsche sitzt in ihrem schwarzen Tailleur, Zigarette um Zigarette raucht, ist alles andere als eine dumme Person, und man könnte sich einen Nachmittag voll reizender Unterhaltung denken, sogar mehr als einen Nachmittag. Vor allem ihr etwas müdes, aus irgendeinem Grunde bitteres Lächeln ist bezaubernd, erweckt Neugierde nach der Erfahrung, die hinter ihr steht, und man blickt unwillkürlich immer wieder auf ihre Lippen, seiner eigenen Lippen bewußt. Aber: sie kommt nicht los, scheint es, von der fixen Idee, mich zu kennen. Sie glaubt's einfach nicht, daß man jemand anders sein könnte als ihr verschollener Stiller. Die ganze Zeit redet sie von ihrer Ehe, die, wie ich vernehme, auch nicht so gewesen ist, wie eine Ehe sein sollte. Ich zeige mehrmals mein Bedauern. Als ich endlich zu Wort komme – sie redet nicht etwa überbordend, im Gegenteil, sie redet mit viel Pausen, die sie mit hastigem Rauch erfüllt, mit ganzen Minuten bitteren Schweigens dazwischen, die man noch weniger zu unterbrechen wagt als einen Wortschwall –, sage ich:
»Ich nehme an, man hat Sie unterrichtet, Madame, daß Sie mit einem Mörder sprechen –«
Sie überhört es wie einen verfehlten Spaß.
»Ich bin ein Mörder«, wiederhole ich bei nächster Gelegenheit, »auch wenn die schweizerische Polizei es nicht herauszufinden imstande ist. Ich habe meine Gattin ermordet –«
Vergeblich!
»Du bist ja komisch!« sagt sie. »Du bist wirklich komisch, ich muß schon sagen, in dieser Stunde, nachdem man sich ein halbes Leben lang nicht gesehen hat, kommst du wieder mit deinen Hirngespinsten, deinen kindischen Hirngespinsten!«
Ihr Ernst, zugegeben, macht mich für Augenblicke immer wieder unsicher, wenn auch nicht in bezug darauf, daß ich meine Gattin ermordet habe, aber unsicher, ob es mir gelingen wird,

diese unglückliche Dame von ihrer fixen Idee zu erlösen. Was will sie eigentlich von mir! Ich versuche es gleichfalls mit Ernst, sie zu überzeugen, daß eine Ehe zwischen uns nie bestanden hat; mit Ernst, auch wenn sie von meiner Pritsche aufspringt, in meiner Zelle hin und her geht, ihre roten Haare schüttelt, vor meinem Gitterfenster stehenbleibt, rauchend, die schmalen Hände in den knappen Taschen ihres straffen Tailleurs, schweigend, Blick in die herbstliche Kastanie hinaus, so daß ich ihr Gesicht nicht sehe.
»Madame«, sage ich und bediene mich von ihren Zigaretten, »Sie sind mit dem Flugzeug gekommen, um Ihrem verschollenen Mann zu verzeihen; auf diese ernste oder geradezu feierliche Stunde, ich verstehe, haben Sie jahrelang gewartet, und es ist natürlich ein Schlag für Sie, daß ich nicht der Mann bin, den Sie mit Ihrem ganzen Bedürfnis, alles zu verzeihen, erwartet haben. Ich bin's nicht, Madame –«
Darauf bläst sie nur ihren Rauch aus.
»Ich denke«, sage ich und rauche nun ebenfalls, »das liegt auf der Hand, darüber brauchen wir uns nicht zu unterhalten.«
»Was liegt auf der Hand?« fragt sie.
»Daß ich nicht Ihr verschollener Mann bin.«
»Wieso nicht?« fragt sie, ohne mich anzusehen.
Ich sehe wenigstens ihren grazilen Hinterkopf.
»Madame«, sage ich mit unvermindertem Ernst, »es rührt mich durchaus, Sie von Ihrer unseligen Ehe sprechen zu hören, aber nehmen Sie's nicht übel, ich verstehe immer weniger, je länger ich Sie höre, und eigentlich überhaupt nicht, was Sie von mir wollen. Von mir: ich habe meine Gattin ermordet, wie gesagt, und eine Dame wie Sie, die in so blühender Manier, Gott sei Dank, ihre unglückliche Ehe überlebt hat – offen gesprochen, ich verstehe nicht, was Sie mir verzeihen wollen?«
Schweigen.
»Sie leben in Paris?« frage ich.
Daraufhin wendet sich die Gestalt; ihr Gesicht, von stiller Bestürzung etwas entlarvt und schöner als zuvor, lebendiger, so daß eine Begegnung, meint man, möglich sein müßte, eine Be-

gegnung in Wahrheit, ihr Gesicht ist so, daß ich sie auf die Stirne küssen möchte, eine Weile lang, und vielleicht hätte ich's tun sollen, gleichviel, ob sie es dann mißdeutet oder nicht; eine Weile lang, dann ist es, als schließe es sich wieder, ihr Gesicht, und wieder die fixe Idee:
»Anatol, was ist mit dir?«
Wieder sage ich:
»Mein Name ist White.«
Sie dreht den Spieß einfach um – tut, als läge die fixe Idee bei mir. Sie wirft ihre noch brennende Zigarette zum Gitterfenster hinaus (was strengstens verboten ist, wie so vieles hier) und stellt sich vor mich, freilich ohne mich anzufassen, jedoch gewiß, daß ich sie schon fassen werde, plötzlich überwältigt von Reue sie schon um Verzeihung bitten werde. Und für Augenblicke, in der Tat, ist man einfach wehrlos, man lächelt, wiewohl es gar nicht komisch ist: Ich könnte aussehen wie ein Gnom, wie ein Minotaurus, wie – ich weiß nicht was! – und es würde nichts ändern, überhaupt nichts, sie ist einfach außerstande, ein anderes Wesen wahrzunehmen als ihren verschollenen Stiller.
»Ich dachte nicht«, sagt sie, »daß du je eine Glatze bekommen würdest! Aber es steht dir nicht einmal schlecht.«
Man verstummt einfach. Man ist ohnmächtig. Man könnte diese Dame packen und erwürgen, und sie würde nicht aufhören zu glauben, daß ich ihr verschollener Gatte bin.
»Warum hast du nie geschrieben?«
Ich schweige.
»Ich wußte nicht einmal, ob du noch lebst –«
Ich schweige.
»Wo bist du nur all die Jahre gewesen?«
Ich schweige.
»Du schweigst! –«
Ich schweige.
»Einfach zu verschwinden!« sagt sie, »einfach nichts mehr von sich hören zu lassen! Und das gerade in jener Zeit! Ich hätte sterben können –«
Einmal sage ich:

»Jetzt aber Schluß!«
Ich weiß nicht mehr, was sie noch alles redete, sie trieb es, bis ich sie packte, und noch dann, unerschütterlich in ihrer fixen Idee, indem sie jede Regung von meiner Seite, ob Lachen oder Zittern, nur als Bestätigung nahm, hörte sie nicht auf, mir zu verzeihen, ich packte sie, ich schüttelte sie, daß es nur so von Kämmlein regnete, und schleuderte sie auf die harte Pritsche, die Dame, so daß sie mit geplatzter Bluse, mit verwursteltem Tailleur, mit verzausten Haaren und mit unschuldig-verdutztem Gesicht liegenblieb, außerstande sich aufzurichten, da ich auch auf der Pritsche kniete, mit meiner linken Faust ihre beiden heißen Hände hielt, und zwar so, daß sie vor Schmerz ihre ungemein schönen Augen schloß. Ihre offenen Haare sind köstlich, duftig, seidenleicht. Sie atmete wie nach einem Lauf mit pumpender Brust, mit offenem Mund. Ihre Schneidezähne sind vortrefflich, nicht ohne Plomben, sonst aber von einem schönen Perlmutterglanz. Und da meine andere Hand ihren zarten Unterkiefer umklammerte, war sie außerstande zu reden. Ich betrachtete sie wie einen Gegenstand, plötzlich ganz nüchtern, ein Weib, ein fremdes, irgendein Weib. Wäre nicht Knobel, mein Wärter, mit dem Aschenbecher gekommen –

Es gibt keine Flucht. Ich weiß es und sage es mir täglich. Es gibt keine Flucht. Ich bin geflohen, um nicht zu morden, und habe erfahren, daß gerade mein Versuch, zu fliehen, der Mord ist. Es gibt nur noch eins: dieses Wissen auf mich zu nehmen, auch wenn dieses Wissen, daß ich ein Leben gemordet habe, niemand mit mir teilt.

Hirngespinste! Ich soll mein Leben erzählen, und wenn ich versuche, mich verständlich zu machen, sagen sie: Hirngespinste! (Ich weiß jetzt wenigstens, woher mein Verteidiger dieses Wort mitsamt dem herablassenden Lächeln hat!) Er hört zu, solange ich von meinem Haus in Oakland rede, von Negern und ande-

ren Tatsachen; sowie ich zur wahren Geschichte komme, sowie ich mitzuteilen versuche, was nicht mehr mit Fotos zu belegen ist, beispielsweise was geschieht, nachdem man sich eine Kugel in die Schläfe geschossen hat, putzt mein Verteidiger sich die Fingernägel, wartet nur darauf, mich zu unterbrechen mit irgendeiner Lappalie:
»Sie hatten ein Haus in Oakland?«
»Ja«, sage ich kurz, »warum?«
»Wo liegt Oakland?«
»Gegenüber von San Francisco.«
»Ah«, sagt mein Verteidiger, »wirklich?«
Es war vier Meter breit und dreizehn Meter lang (mein Verteidiger notiert, das ist es, was er wissen will!) und eigentlich, um ganz genau zu sein, war es eher eine Schindelhütte. Ehedem das kleine Gesindehaus einer Farm, die Farm wurde von der Stadt gefressen, nur die Schindelhütte ist geblieben, jedoch verlottert. Dazu ein riesenhafter Baum, Eukalyptus, ich werde sein Silberrieseln nie vergessen. Ringsum nichts als Dächer, ein Himmel voll schiefer Telefonstangen mit flatternder Wäsche nachbarlicher Neger. Um wieder sehr genau zu sein: zu meiner rechten Seite wohnten Chinesen. Und nicht zu vergessen das kleine verwucherte Gärtlein. Sonntags hörte man Gesang der Neger aus ihrer hölzernen Kirche. Sonst Stille, sehr viel Stille; manchmal das heisere Tuten aus dem Hafen, das Gerassel von Ketten, das durch Mark und Bein geht. Übrigens war ich nicht der Eigentümer dieser kleinen Schindelhütte, nur Mieter. Ich hatte damals überhaupt kein Geld. Die Miete bestand darin, daß ich die Katze füttern mußte. Ich kann Katzen nicht leiden. Aber dafür, und das Katzenfutter stand in roten Büchsen bereit, hatte ich eine Küche mit Herd und Eisschrank, sogar Radio. In den heißen Nächten war die Stille oft kaum zu ertragen; ich war froh um Radio.
»Und dort lebten Sie ganz allein?«
»Nein«, sage ich, »mit der Katze.«
Schon die Katze notiert er nicht mehr ... Dabei war diese Katze, wie ich heute glaube, der erste Vorbote. Ihre Besitzer nannten

sie ›Little Grey‹, hatten ihr das Futter stets in der Küche serviert, ein Brauch, den ich schon des Geruches wegen nicht fortzusetzen gewillt war. Ich öffnete die tägliche Büchse, stülpte das widerliche Zeug auf den Teller draußen im Garten, was nun die Katze, verwöhnt wie sie eben war, ihrerseits nicht mitzumachen gewillt war. Sprung auf den Sims meines offenen Fensters! Mit grünen Augen glühte sie mich an, fauchend. Wie sollte ich unter solchen Umständen lesen können? Mit Schwung warf ich sie, ein Bündel mit zappelnden Pfoten, hinaus in die kalifornische Nacht, schloß sämtliche Fenster. Fauchend hockte sie vor der Scheibe, fauchend, sooft ich sie anblickte, stundenlang, wochenlang. Ihr das Büchsenfutter zu geben, versäumte ich nie, das war ja meine Pflicht, die einzige meines damaligen Lebens. Und sie versäumte nie, durch irgendein offenes Fenster immer wieder ins Haus zu schleichen (ich konnte doch nicht den ganzen Sommer hinter verschlossenen Fenstern verbringen!) und unversehens, wenn ich glücklich war, um meine Beine zu schmeicheln. Es wurde ein richtiger Kampf, ein lächerlicher Kampf auf Ausdauer, ein fürchterlicher Kampf; nächtelang lag ich schlaflos, weil sie um meine Hütte jaulte und mich der ganzen Nachbarschaft als grausamen Menschen verschrie. Ich ließ sie herein, steckte sie in den Eisschrank, konnte trotzdem nicht schlafen. Als ich mich erbarmte, fauchte sie nicht mehr; ich machte ihr warme Milch, die sie erbrach. Ihr Blick drohte mit Sterben. Sie war imstande, mir alles zu vergällen, das kleine Schindelhaus, das Gärtlein; sie war zugegen, auch wenn sie nicht zugegen war, und brachte mich dahin, daß ich sie beim Einnachten suchte. Ich fragte die Neger auf dem Randstein, ob sie nicht ›Little Grey‹ gesehen hätten, und sie zuckten die runden Achseln. Elf Tage und Nächte blieb sie weg. Eines heißen Abends, wie ich gerade Besuch von Helen hatte, springt sie auf den Fenstersims. My Goodness! ruft Helen; die Katze sitzt mit einer klaffenden Wunde im Gesicht, Blut tropfend und mit einem Blick, als hätte ich sie verwundet. Eine Woche lang fütterte ich sie in der Küche; sie hatte es erreicht. Wenigstens beinahe, denn einmal nach Mitternacht, als ich von ihr geträumt hatte,

ging ich hinunter, nahm sie aus den warmen Kissen, wo sie sich eingenistet hatte, und trug sie in den nächtlichen Garten hinaus, nicht ohne mich vergewissert zu haben über die Verheilung ihrer Wunde. Alles begann von vorne; sie hockte wieder vor der Scheibe und fauchte. Ich wurde mit diesem Tier nicht fertig –
Mein Verteidiger lächelt:
»Aber sonst, meine ich, lebten Sie allein.«
»Nein«, sage ich, »mit Helen.«
»Wer ist Helen?«
»Eine Frau!« sage ich ärgerlich über sein Geschick, mich stets in Nebensachen zu verwickeln, und über seinen Eversharp, womit er sofort den Namen notiert.
»Sprechen Sie ganz offen«, sagt er, und nachdem ich ihn mit einer ziemlich wilden Weibergeschichte bedient habe, versichert er, »– selbstverständlich bleiben diese Dinge ganz vertraulich, jedenfalls werde ich gegenüber Frau Stiller kein Wort davon sagen.«
Hoffentlich plaudert er doch!

Bibel gelesen.
(Der ungehörige Traum von der Konfrontation mit Frau Julika Stiller-Tschudy: – sehe von außen durchs Fenster, wie ein jüngerer Mann, vermutlich der Verschollene, zwischen den Tischlein geht, die flachen Hände erhoben, um die hellroten Flecken zu zeigen, und sozusagen mit Stigma hausiert, was ihm niemand abnimmt, Peinlichkeit, ich selbst stehe draußen, wie gesagt, neben mir die Dame aus Paris, deren Gesicht ich nicht kenne; mit der etwas höhnischen Erklärung, jener Stigma-Hausierer sei ihr Mann, zeigt sie mir ebenfalls ihre Hände: ebenfalls mit zwei hellroten Wundmalen, wobei es offenbar, nur soviel ahne ich, zwischen den beiden darum geht, wer das Kreuz ist und wer der Gekreuzigte, all dies unausgesprochen; die Leute an den Kaffeehaus-Tischlein mit der Illustrierten ...)

Mein Wärter möchte wissen, wer Helen ist. Er hat den Namen eben im Büro des Staatsanwalts gehört. Mein Wärter weiß bereits, daß sie die Gattin eines amerikanischen Sergeanten war; ferner: daß der betreffende Sergeant eines frühen Morgens aus der Navy kam und uns in der Wohnung überraschte... Zu müde, um schon wieder einen Mord zu erzählen, sage ich dann nur:

»Es war ein reizender Kerl.«

»Ihr Mann?«

»Er verlangte von seiner Frau, daß sie zum Psychoanalytiker gehe, und sie verlangte von ihm das gleiche.«

»Und?«

»Das war alles.«

Mein Wärter ist enttäuscht, aber darin ist auch etwas Gutes, merke ich mehr und mehr; gerade die enttäuschenden Geschichten, die keinen rechten Schluß und also keinen rechten Sinn haben, wirken lebensecht.

Sonst nichts Neues.

PS.

Was sie sich von solchen Lokaltermin-Fahrten versprechen, weiß ich nicht. Den Plan, mich ins Atelier ihres Verschollenen zu führen, haben sie offenbar aufgegeben, zumindest verschoben infolge meines Versprechens, daß ich dem Kerl, der mir so viel Schererei bereitet, alles kurz und klein schlagen werde. Jetzt, höre ich, wollen sie mit mir nach Davos fahren. Wozu?

Man kann alles erzählen, nur nicht sein wirkliches Leben; – diese Unmöglichkeit ist es, was uns verurteilt zu bleiben, wie unsere Gefährten uns sehen und spiegeln, sie, die vorgeben, mich zu kennen, sie, die sich als meine Freunde bezeichnen und nimmer gestatten, daß ich mich wandle, und jedes Wunder (was ich nicht erzählen kann, das Unaussprechliche, was ich nicht beweisen kann) zuschanden machen – nur um sagen zu können: »Ich kenne dich.«

Mein Verteidiger ist außer sich, wie es ja früher oder später zu erwarten war, dabei nicht unbeherrscht, nur bleich vor Beherrschung. Ohne Morgengruß, stumm, die Ledermappe auf sein Knie gestemmt, blickt er in meine verschlafenen Augen, wartet, bis er mich gesammelt genug findet, neugierig genug, den Grund seiner Entrüstung kennenzulernen.
»Sie lügen«, sagt er.
Wahrscheinlich hat er erwartet, daß ich erröte; er hat noch immer nicht begriffen.
»Wie soll ich Ihnen fortan glauben können?« klagt er, »jedes Wort aus Ihrem Mund beginnt für mich fragwürdig zu werden, höchst fragwürdig, nachdem ich ein solches Album in die Hände bekomme – Bitte!« sagt er, »sehen Sie sich diese Fotos selber an!«
Es sind Fotos, zugegeben, und daß zwischen dem verschollenen Stiller und mir gewisse äußere Ähnlichkeiten vorliegen, will ich nicht bestreiten; trotzdem sehe ich mich selber sehr anders.
»Warum lügen Sie?« fragte er immer wieder. »Wie soll ich Sie denn verteidigen können, wenn Sie nicht einmal mir gegenüber die volle und ganze Wahrheit sagen?«
Er kann's nicht fassen.
»Woher haben Sie dieses Album?« frage ich.
Keine Antwort.
»Und mir gegenüber wagen Sie zu behaupten, daß Sie nie in diesem Land gelebt hätten, ja, daß Sie sich ein Leben in unsrer Stadt nicht einmal vorstellen können!«
»Nicht ohne Whisky«, sage ich.
»Bitte!« sagt er, »hier!«
Manchmal versuche ich ihm zu helfen.
»Herr Doktor«, sage ich, »es hängt alles davon ab, was wir unter Leben verstehen! Ein wirkliches Leben, ein Leben, das sich in etwas Lebendigem ablagert, nicht bloß in einem vergilbten Album, weiß Gott, es braucht ja nicht großartig zu sein, nicht historisch, nicht unvergeßlich, Sie verstehen mich, Herr Doktor, ein wirkliches Leben, und das kann das Leben einer sehr einfachen Mutter sein oder das Leben eines großen Denkers,

eines Gründers, dem es sich in Weltgeschichte ablagert, aber das muß nicht sein, meine ich, es kommt nicht auf unsere Bedeutung an. Daß ein Leben ein wirkliches Leben gewesen ist, es ist schwer zu sagen, worauf es ankommt. Ich nenne es Wirklichkeit, doch was heißt das! Sie können auch sagen: daß einer mit sich selbst identisch wird. Andernfalls ist er nie gewesen! Sehn Sie, Herr Doktor, das meine ich: ein Gewesen-Sein, und wenn's noch so miserabel war, ja, am Ende kann es sogar eine bloße Schuld sein, das ist bitter, wenn sich unser Leben einzig und allein in einer Schuld abgelagert hat, in einem Mord zum Beispiel, das kommt vor, und es brauchen keine Aasgeier darüber zu kreisen, Sie haben recht, Herr Doktor, das alles sind ja nur Umschreibungen. Sie verstehn mich? Ich rede sehr unklar, wenn ich nicht zur Entspannung einfach drauflos lüge? Ablagerung ist auch nur ein Wort, ich weiß, und vielleicht reden wir überhaupt nur von Dingen, die wir vermissen, nicht begreifen. Gott ist eine Ablagerung! Er ist die Summe wirklichen Lebens, oder wenigstens scheint es mir manchmal so. Ist das Wort eine Ablagerung? Vielleicht ist das Leben, das wirkliche, einfach stumm – und hinterläßt auch keine Bilder, Herr Doktor, überhaupt nichts Totes!...«
Aber meinem Verteidiger genügt das Tote.
»Bitte sehr!« sagt er, »hier: – wie Sie die Schwäne füttern, niemand anders als Sie, und im Hintergrund, Sie sehen es ja selbst, das Großmünster von Zürich! Bitte sehr.«
Es ist nicht zu bestreiten: im Hintergrund (etwas unscharf) sieht man eine Art kleiner Kathedrale, Großmünster, wie mein Verteidiger es nennt.
»Es hängt wirklich alles davon ab«, sage ich nochmals, »was wir unter Leben verstehen –«
»Hier!« sagt mein Verteidiger, indem er weiterhin in dem Album blättert, »bitte sehr: – Anatol in seinem ersten Atelier, Anatol auf dem Piz Palü, Anatol als Rekrut mit geschorenem Haar, Anatol vor dem Louvre, Anatol im Gespräch mit einem Stadtrat anläßlich einer Preisverleihung –«
»Und?« frage ich.

Wir verstehen einander immer weniger. Wäre nicht die Zigarre, die er mir trotz seiner Verärgerung gebracht hat, ich würde mit meinem Verteidiger überhaupt nicht mehr sprechen, und es wäre besser, glaube ich. Was kommt bei diesen Verhören schon heraus! Umsonst versuche ich ihm klarzumachen, daß ich die volle und ganze Wahrheit selber nicht weiß, anderseits auch nicht gewillt bin, mir von Schwänen oder Stadträten beweisen zu lassen, wer ich in Wahrheit sei, und daß ich jedes weitere Album, das er in meine Zelle bringt, auf der Stelle zerreißen werde. Umsonst! Mein Verteidiger will es sich nicht aus dem Kopf schlagen, daß ich Stiller zu sein habe, bloß damit er mich verteidigen kann, und nennt es alberne Verstellung, wenn ich mich dafür wehre, niemand anders als ich selbst zu sein. Wieder endet es mit gegenseitiger Brüllerei.
»Ich bin nicht Stiller!« brülle ich.
»Wer denn«, brüllt er, »wer denn?«

PS.
Seine Zigarre beschämt mich. Eben habe ich das spröde Knöpfchen abgebissen, dann die ersten, immer so besonders trockenen und besonders duftigen Züge geraucht, bald genug von dem Aroma verblüfft, so daß ich die Zigarre nochmals von den Lippen nehme, um sie mit Bewußtsein zu besichtigen. Dannemann! Meine Leibmarke! Legitimos! So ist er dann wieder –

Gestern in Davos. Es ist genau so, wie Thomas Mann es beschrieben hat. Dazu regnet es den ganzen Tag. Trotzdem muß ich eine ganz bestimmte Promenade abschreiten, von Julika genötigt, Eichhörnchen zu sehen, und von meinem Verteidiger mehrmals mit Tannzapfen bedient, um daran zu riechen. Als leugnete ich den würzigen Duft der Tannzapfen! Später, in einem ganz bestimmten Restaurant, muß ich Schnecken essen, was bekanntermaßen sehr lecker ist, aber nachher stinkt man nach Knoblauch. Dabei, merke ich sehr wohl, blicken sie einander immer wieder an, Julika und mein Verteidiger, und warten

irgendwie darauf, daß ich in ein Geständnis ausbreche oder mindestens in Tränen. Ich genieße es doch sehr, wieder einmal mit einem weißen Tischtuch zu tafeln. Da kein Gespräch entstehen will, erzähle ich von Mexiko, die Berge ringsum, obzwar sehr klein, erinnern an den Popocatepetl, an den Cortez-Paß, und die Eroberung von Mexiko halte ich nach wie vor für eine der faszinierendsten Geschichten.
»Mag sein«, sagt mein Verteidiger, »aber wir sind ja nicht hier, damit Sie uns von Cortez und Montezuma erzählen!«
Sie haben mir das Sanatorium zeigen wollen, wo Julika seinerzeit gelegen hat; es ist inzwischen niedergebrannt, und mein Verteidiger ist darüber sehr untröstlich. Nach dem Essen gibt es Kaffee, Kirsch und Zigarre nach Wahl. Ich wundere mich, wozu sie sich die Spesen machen. Der kleine Ausflug kostet gegen zweihundert Schweizer Franken; mein Verteidiger und ich reisen mit dem staatlichen Gefängniswagen (Verpflegung für Fahrer und Gendarm kommen noch hinzu!), Julika mit der Bahn. Bei besserem Wetter wäre es eine nette Landschaft, kein Zweifel. Einmal, unten im Tal, überholen wir das Bähnchen. Julika winkt.

Meine Angst: die Wiederholung –!

Frau Julika Stiller-Tschudy hat meine alte Narbe über dem rechten Ohr entdeckt und möchte wissen, woher ich sie habe. Sie gibt keine Ruhe. Ich sage:
»Es hat mich einer erschießen wollen.«
»Nein«, sagt sie dringend, »im Ernst –«
Ich erzähle ihr eine Geschichte.

PS.
Julika, je öfter ich sie sehe, ist doch sehr anders, als ich nach dem ersten Besuch meinte. Wie sie ist, wüßte ich nicht zu sagen. Sie hat Augenblicke unvermuteter Grazie, vor allem, wenn mein Verteidiger nicht dabei ist, Augenblicke von entwaffnen-

der Unschuld, ein plötzliches Erblühen aus Mädchenjahren, die nie gelebt worden sind, ein Gesicht wie zum ersten Male, wenn der Hauch des Schöpfers es erweckt. Sie ist dann selber wie erstaunt, eine Dame in schwarzem Tailleur und mit Pariser Hut, meistens mit einem Schleier von Zigarettenrauch umgeben, wie erstaunt, daß noch kein Mann sie erkannt hat. Ich begreife diesen verschollenen Stiller nicht! Sie ist ein heimliches Mädchen, das da wartet in der Hülle fraulicher Reife, für Augenblicke schön, daß man einfach betroffen ist. Hat Stiller es nicht gesehen? Es gibt nichts Frauliches, was diese Frau nicht wenigstens als Möglichkeit hat, verschüttet vielleicht, und allein ihre Augen (wenn sie mich einen Augenblick lang nicht für Stiller hält!) haben einen Glanz der offenen Erwartung, daß man eifersüchtig ist auf den Mann, der sie einmal erwecken wird.

Wiederholung! Dabei weiß ich: alles hängt davon ab, ob es gelingt, sein Leben nicht außerhalb der Wiederholung zu erwarten, sondern die Wiederholung, die ausweglose, aus freiem Willen (trotz Zwang) zu seinem Leben zu machen, indem man anerkennt: Das bin ich! ... Doch immer wieder (auch darin die Wiederholung) genügt ein Wort, eine Miene, die mich erschreckt, eine Landschaft, die mich erinnert, und alles in mir ist Flucht, Flucht ohne Hoffnung, irgendwohin zu kommen, lediglich aus Angst vor Wiederholung –

Heute beim Duschen meinte der kleine Jude während der Einseiferei, vermutlich sähen wir einander zum letztenmal, nämlich er werde sich demnächst aufhängen. Ich lachte und riet ihm ab. Dann wieder Einzelmarsch durch die Korridore, das Frottiertuch um den Hals –
Das Neueste:
»Jetzt geht's ja nicht mehr lange«, meinte Knobel, »und Sie kommen endlich zu Ihrem Whisky, Mister White, vielleicht noch in dieser Woche!«
Auf meine Frage, was er damit meinte, verstummt er; ich merke

sofort, daß er etwas gehört hat, jedoch nicht davon plaudern dürfte. Zum Schluß, den Suppeneimer in der Hand, sagt er es dann doch:
»Sie haben der Dame sehr gefallen, scheint es.«
»Und?«
»Jedenfalls hat die Dame eine Kaution hinterlegt«, sagt er mit gedämpfter Stimme, »eine hübsche Summe!«
»Wofür?«
»Nun ja – für Sie, Mister White!« grinst er und zwinkert mit dem Auge, »damit Sie mit der Dame spazieren dürfen –!«

Noch einmal (zum letztenmal!) habe ich heute den Versuch unternommen, meinem so beflissenen Verteidiger aus seinem nachgerade ergreifenden Mißverständnis meiner Lage, das ihm so viel Arbeit verursacht, vergebliche Arbeit und so viel Ärger mit mir, der ich anderseits für seine tägliche Zigarre doch so dankbar bin, herauszuhelfen –
»Kennen Sie«, fragte ich und biß gerade wieder das trockene Knöpfchen von der Zigarre, »das Märchen von Rip van Winkle?«
Statt Antwort gab er Feuer.
»Ein amerikanisches Märchen«, sagte ich mit der Zigarre im Mund und also etwas undeutlich. »Ich habe es als Bub einmal gelesen, vor Jahrzehnten also, in einem Buch von Sven Hedin, glaube ich. Sie kennen es?«
Dazu (was wichtig ist) hielt ich sein silbernes Feuerzeug mit Flämmchen, ohne jedoch die duftende Zigarre, diese immerhin einzige Wollust in meiner Untersuchungshaft, anzuzünden, nein, aller Begierde zum Trotz wiederholte ich meine Frage:
»Sie kennen es nicht?«
»Was?«
»Das Märchen von Rip van Winkle?«
Nur mit diesem Kniff, nämlich mit dem Feuerzeug in der Hand, das ich nach jedem Verlöschen wieder entzündete, dazu mit der Zigarre in der andern Hand, unablässig im Begriff, die schöne

Zigarre endlich anzustecken, ja, einmal schon mit der ersten Glut an der Zigarre, so daß ich bloß hätte ziehen müssen, im letzten Augenblick doch jedesmal wieder verhindert – durch Rip van Winkle, dessen Märchen offensichtlich sogar akuter war als meine Zigarre – nur so konnte ich meinen geschäftigen Verteidiger überhaupt zum Zuhören, zum aufmerksamen Zuhören nötigen.

Das Märchen lautet etwa folgendermaßen:

Rip van Winkle, ein Nachkomme jener unerschrockenen van Winkles, die unter Hendrik Hudson dereinst das amerikanische Land erschlossen hatten, war ein geborener Faulenzer, dabei, wie es scheint, ein herzensguter Kerl, der nicht um der Fische willen fischte, sondern um zu träumen, denn sein Kopf war voll sogenannter Gedanken, die mit seiner Wirklichkeit wenig zu tun hatten. Seine Wirklichkeit, ein gar braves Weib, die jedermann im Dorf nur bedauern oder bewundern konnte, hatte es denn auch nicht leicht mit ihm. Rip fühlte es wohl, daß er einen Beruf haben müßte, einen männlichen Beruf, und liebte es, sich als Jäger auszugeben, denn dies hatte den Vorteil, daß er sich tagelang umhertreiben konnte, wo ihn niemand sah. Meistens kam er ohne eine einzige Taube zurück, beladen nur mit schlechtem Gewissen. Sein Häuschen war das lottrigste im ganzen Dorf, zu schweigen von seinem Garten. Nirgends gedieh das Unkraut so munter wie in seinem Garten, und immer waren es seine Ziegen, die sich verliefen und in die Schluchten stürzten. Er trug es ohne Gram, denn er war ein innerlicher Mensch, im Gegensatz zu seinen Vorfahren, die immer so tatendurstig aus den alten Bildern blickten. Tagelang hockte er vor seinem lottrigen Häuschen, das Kinn in die Faust gestützt, und sann darüber nach, warum er nicht recht glücklich wurde. Er hatte eine Frau und zwei Kinder, aber glücklich war er nicht. Er hatte mehr von sich erwartet; er war fünfzig Jahre alt und erwartete es noch immer, auch wenn seine brave Frau und seine Kumpane darüber lächelten. Nur Bauz, sein zottiger Hund, verstand ihn und wedelte mit dem Schwanz, wenn Rip nach seiner Flinte griff, um auf die Eichhörnchenjagd zu gehen. Die Flinte, ein schweres Ding mit viel Zierat, hatte er von seinen Vorfahren ererbt. Sie lächelten wohl heimlich, wenn Rip von seiner Jägerei erzählte; stets hatte er mehr erlebt als geschossen. Und da sich seine Geschichten nicht braten ließen, hatte seine Frau, Mutter von zwei Kindern, lange schon genug davon; sie schimpfte ihn einen Faulenzer, und zwar offen heraus, was er nicht vertrug. So kam es, daß Rip fast jeden Abend, um seine Geschichten loszuwerden, in der Wirtschaft des Dorfes hockte, wo immer einige zuhörten, auch wenn man seine Geschichten nicht braten konnte; sein prächtiges Gewehr und der müde Hund zu seinen Füßen waren Zeugen genug, wenn Rip von seiner Jägerei erzählte. Die Leute mochten ihn ganz gerne, denn Rip redete ja niemandem zuleide, im Gegenteil, stets hatte er ein wenig Angst vor der Welt, scheint es, und brauchte es sehr, daß die Leute ihn mochten. Ein wenig soff er wohl auch. Und wenn niemand zuhörte, schadete es auch nichts; jedenfalls gingen sie nicht vor Mitternacht nach Hause, Rip und sein Hund, der seinen Schwanz zwischen die Hinterbeine klemmte, sobald er Frau van Winkle kommen hörte, denn jeden Abend gab es ein Gerede, wovon Rip so wenig verstand wie sein Hund, einfach ein Gerede, während er die Stiefel auszog, und es lag natürlich auf der Hand, daß es so nicht weiterginge, aber das lag es eigentlich schon seit Jahren ... Einmal zogen sie wieder auf die Eichhörnchenjagd, Rip und sein treuer Hund, strammen Schrittes, solange das Dorf sie sehen konnte; dann, wie üblich, machte Rip seinen ersten Halt, futterte ein bißchen von seinem Imbiß, und Bauz paßte auf, ob jemand um den Hügel käme. Dafür, wie üblich, bekam Bauz einen kleinen Knochen, und Rip steckte sich seine Pfeife an, um dem braven Hund, der laut an dem kahlen Knochen fletschte, auch eine geziemende Muße zu gönnen. Endlich trotteten sie weiter in den Morgen hinaus, in das weite Hügelland über dem glitzernden Hudson, eine herrliche Gegend, wie man noch heute feststellen kann, und es fehlte nicht an Eichhörnchen. Gott weiß, warum Rip sich vor allen Leuten immerfort als Jäger ausgab! In Gedanken versunken, die nie ein Mensch erfahren hat, schlenderte er durch den Wald. Auch

Hasen gab es hier, ja sogar ein Reh! Rip blieb stehen und betrachtete das verwunderte Tier mit Andacht, die Hände in den Rocktaschen, die Flinte an der Schulter, die Pfeife im Mund. Das Reh, das ihn offenbar durchaus nicht für einen Jäger hielt, schickte sich an, in Gelassenheit zu weiden. Man muß ein Jäger sein! sagte sich Rip, indem er plötzlich an die abendliche Wirtschaft dachte und an sein getreues Weib, und nahm seine Flinte in den Anschlag. Er zielte auf das Reh, das ihn anblickte; er drückte auch ab, nur war kein Pulver drin! Es war seltsam, der Hund bellte, obzwar kein Schuß gefallen war, und im selben Augenblick hörte man Rufe aus der Schlucht: Rip van Winkle, Rip van Winkle! Ein gar merkwürdiger Geselle, keuchend unter einer harten Bürde, kam aus der ebenso unvermuteten wie felsigen Schlucht herauf, gebückt, so daß sein Gesicht nicht zu sehen war, doch schon die Kleidung war verblüffend, ein Tuchwams wie auf altertümlichen Bildern und weite Hosen mit bunten Bändern, ja, auch ein Knebelbart fehlte nicht, wie ihn die Vorfahren einst getragen hatten. Auf den Schultern aber trug er ein stattliches Fäßlein voll Branntwein. Rip ließ sich nicht lange rufen. Du bist ein höflicher Mensch! sagte der Geselle mit dem Knebelbart: Du bist ein hilfsbereiter Mensch! und mit diesen Worten, die Rip so gerne hörte, rollte er ihm das Fäßlein auf die Schultern, so daß Rip auf weitere Fragen verzichtete. Erst ging es den Berg hinauf, dann hinunter in eine andere Schlucht, eine Gegend, die Rip noch nie gesehen hatte. Auch Bauz, der treue Hund, fühlte sich gar nicht heimisch, schmiegte sich an die Beine seines Herrn, winselte. Denn es rollte wie Donner aus der Schlucht! Endlich war es soweit, das harte Fäßlein von seinen schmerzenden Schultern genommen, so daß Rip sich aufrichten und sich umsehen konnte. Das ist Rip van Winkle! sagte der Geselle mit dem Knebelbart, und Rip sah sich inmitten einer Gesellschaft von durchwegs alten Herren mit niederländischen Hüten, mit steifen und feierlichen Gesichtern, mit altertümlichen Krausen. Niemand sprach ein Wort, nur Rip nickte. Es war, wie sich zeigte, eine Gesellschaft von Kegelspielern. Daher das Rollen und Donnern in der Schlucht! Rip mußte sogleich die Krüge füllen, jeder der alten Herren nahm einen beträchtlichen Schluck, dann kehrten sie schweigend zu ihrem Kegelspiel zurück, und Rip, da er sich nun einmal gerne als höflichen Menschen zeigte, konnte nicht umhin, die Kegel aufzustellen. Nur ab und zu, hastig, konnte er einen Schluck aus dem Krug nehmen. Wacholderschnaps war es, sein Lieblingsschnaps! Aber schon wieder spritzten die Kegel auseinander und jedesmal mit einem gellenden Krach, dessen Echo durch die ganze Schlucht hallte. Rip hatte alle Hände voll zu tun. Und das Krachen und Rollen nahm kein Ende mehr. Kaum standen die schweren und etwas wackligen Kegel wieder in Ordnung, so daß Rip nach dem Wacholderschnaps greifen konnte, trat der nächste Herr in die Bahn, kniff sein linkes Auge, um zu zielen, und schob seine steinerne Kugel, die wie ein Gewitter rollte. Es war schon eine ziemlich seltsame Gesellschaft, wie gesagt, kein Wort wurde gesprochen, und so wagte denn auch Rip nicht zu fragen, wann er wohl wieder entlassen würde aus dieser Fron. Ihre Gesichter mit den niederländischen Hüten und den altertümlichen Krausen, wie die Vorfahren sie trugen, waren so würdig. Nur im Augenblick, wenn Rip neuerdings die Kegel aufstellte, hatte er das leidige Gefühl, daß man hinter seinem Rücken grinste, doch konnte Rip sich ja nicht umdrehen und schauen, denn schon, seine Hand noch an dem letzten Kegel, der wackelte, hörte er das drohende Rollen der nächsten Kugel und mußte zur Seite springen, damit sie nicht seine Beine zermalmte. Es war nicht zu sehen, wann diese Fron jemals ein Ende nehmen würde. Das Fäßlein mit dem Branntwein schien unerschöpflich, immer wieder mußte Rip den Krug füllen, immer wieder nahmen sie einen Schluck, immer wieder kehrten sie schweigend zu ihrem Kegelspiel zurück – Es gab nur eins: Rip mußte erwachen! ... Die Sonne versank schon in den braunen Abenddunst, als Rip sich aufrichtete, die Augen rieb. Es war Zeit, nach Hause zu gehen, allerhöchste Zeit. Aber vergeblich pfiff er seinem Hund. Eine Weile, noch traumwirr, schaute Rip nach der Schlucht zurück und nach den Kegelspielern mit ihren niederländischen Hüten, mit ihren altertümlichen Krausen, aber das alles gab es ja gar nicht! Draußen glitzerte der breite Hudson wie einst und je, und wäre bloß der Hund mit seinem getreuen Gewedel gekommen, hätte Rip nicht länger an den Traum gedacht. Er hätte sich auf dem Heimweg überlegt, was er im Dorf erzählen würde. Ein wenig, gewiß, kamen sie ihm wie die wackligen Kegel vor, diese Geschichten, die er immer aufzustellen hatte, damit die andern sie umwerfen konnten. Von Bauz keine Spur! Endlich nahm Rip seine Flinte aus dem Gras, aber siehe da, sie war von Wacholder überwuchert. Und nicht nur das, rostig war sie auch, die jämmerlichste Flinte der Welt! Der hölzerne Schaft war verfault. Rip schüttelte den Kopf, drehte das Ding einige Male in der Hand, dann warf er es weg und erhob sich. Denn schon ging die Sonne unter. Daß die verblichenen Knochen, die neben seinem Beutel lagen, die letzten Reste seines treuen Hundes sein sollten, das Skelett von Bauz, das wollte Rip nicht glauben. Aber was sollte es anderes sein? Es stimmte schon, er träumte nicht, er rieb sich das Kinn und griff einen Bart, der ihm auf die Brust reichte, einen Greisenbart. Jahre waren vergangen. Wie viele? Jedenfalls war es spät. Von Hunger getrieben und wohl auch von Neugierde, wieviel an Leben ihm noch verblieben wäre nach jenem dummen Kegelspiel, kam Rip van Winkle in sein trautes Dorf, dessen Straßen und Häuser er nicht wiedererkannte. Lauter Fremde! Nur sein eigenes Häuschen stand noch verlottert wie je, leer und ohne Fensterscheiben, Wind wohnte darin. Und wo war Hanne, seine Frau? Langsam packte ihn doch das Grauen. Die alte Wirtschaft, wo man stets das Nötigste erfuhr, war nimmer zu finden. Verloren und einsam, verstört, furchtsam und von fremden Kindern umringt, fragte er nach den alten Kumpanen. Man wies ihn auf den Friedhof oder zuckte die Achsel. Endlich fragte er (mit leiser Stimme) auch nach sich selbst: Ob denn niemand mehr da wäre, der Rip van Winkle kennt? Sie lachten. Rip van Winkle, der Eichhörnchenjäger, war ihnen wohlbekannt, und er hörte gar schnurrige Geschichten von dem Mann, der vor zwanzig Jahren, wie jedes Kind weiß, in eine Schlucht gestürzt oder den Indianern in die Hände gefallen war.

Was sollte er tun? Scheu fragte er nach Hanne, der Frau jenes Eichhörnchenjägers, und da sie ihm sagten, ja, die wäre schon lange vor Kummer gestorben, weinte er und wollte gehen. Wer er denn selber wäre? fragte man ihn, und er besann sich. Gott weiß es! sagte er: Gott weiß es, gestern noch meinte ich es zu wissen, aber heute, da ich erwacht bin, wie soll ich es wissen? Die Umstehenden tippten mit dem Finger gegen ihre Stirnen, und umsonst erzählte er die wunderliche Geschichte mit den Kegeln, die kurze Geschichte, wie er sein Leben verschlafen hätte. Sie wußten nicht recht, was er damit sagen wollte. Er konnte es auch anders nicht sagen, und bald gingen die Leute wieder ihres Wegs, nur ein junges und ziemlich hübsches Weib blieb stehen. Rip van Winkle ist mein Vater gewesen! sagt sie. Was weißt denn du von ihm? Eine Weile blickte er in ihre Augen und spürte wohl auch die Versuchung zu sagen, daß er ihr Vater wäre, aber war er es denn, den sie alle erwarteten, der Eichhörnchenjäger mit den Geschichten, die immer ein wenig wackelten und umfielen, wenn sie lachten? Endlich sagte er: Dein Vater ist tot! Und so ließ auch das junge Weib ihn stehen, was ihn schmerzte, doch es mußte wohl sein. War er denn umsonst erwacht? Er lebte noch einige Jahre im Dorf, ein Fremdling in fremder Welt, und verlangte nicht, daß sie ihm glaubten, wenn er von Hendrik Hudson erzählte, dem Entdecker des Flusses und Landes, und von seiner Schiffsmannschaft, die von Zeit zu Zeit sich in den Schluchten versammle und Kegel spiele, und wenn er meinte, dort müßten sie ihren alten Rip van Winkle suchen. Man lächelte, gewiß, in heißen Sommertagen hörte man zuweilen ein dumpfes Rollen hinter den Hügeln, ein Gepolter wie von Kegeln; doch die Erwachsenen hielten es immer nur für ein gewöhnliches Gewitter, und das war es wohl auch. – Soweit das Märchen.

»Und?« fragte mein Verteidiger, nachdem ich es erzählt habe und endlich meine Zigarre anzünde, »was hat das wieder mit unsrer Sache zu tun? Gegen Ende September steigt die große Verhandlung, und Sie erzählen mir Märchen – Märchen! – und damit soll ich Sie verteidigen?«

»Womit denn sonst?«
»Märchen!« klagt er, »statt daß Sie mir ein einziges Mal eine klare und blanke und brauchbare Wahrheit erzählen!«

PS. – Ich habe meinen Verteidiger um Lieferung eines neuen Heftes ersucht, da dieses bald vollgeschrieben sein wird. Mein Fleiß freut ihn. Noch habe ich ihn nicht darin lesen lassen, und seine ernsthafte Hoffnung, daß er mit diesem Heft sozusagen mein Leben in seine Aktenmappe stecken könne, macht mir langsam Sorge.

Zürich könnte ein reizendes Städtchen sein. Es liegt am unteren Ende eines lieblichen Sees, dessen hügelige Ufer nicht von Fabriken, jedoch von Villen verschandelt sind, und da wir gestern auf unserm Bummel so freundliches Wetter hatten, September-Bläue mit leichtem Silberdunst, war ich wirklich entzückt, nicht bloß Frau Julika zuliebe, deren großherzige Kaution allwöchentlich einen solchen Ausflug ermöglichen soll, vorausgesetzt freilich, daß ich immer pünktlich in mein Gefängnis zurückkehre. Mein diesbezüglicher Eid, den ich meinem Verteidiger haben schwören müssen, um zu verhüten, daß er uns begleitet, bindet mich übrigens weniger als die natürliche Rücksicht auf Julika; wenn ich abhaue, verliert sie eine Summe, die ich ihr nie würde erstatten können. Übrigens: ein oder zwei Whisky sind erlaubt! Sie sieht einfach großartig aus, diese Frau, ich denke es immer wieder, ihr lichterlohes Haar in der Sonne, das weiße Pariser-Hütchen drauf, ihre grazile Gestalt, ich bin einfach entzückt.
Einmal, da ich sie wieder in einem Schaufensterspiegel sehe, kann ich nicht umhin, mich zu drehen, fasse ihr Kinn und küsse sie.
»Du«, sagt sie, »wir sind in Zürich!«
Vor allem entzückt mich die Lage ihres Städtchens, das auf beiden Seiten von gelassenen Hügeln umarmt wird, von natürlichen Wäldern, die zu ländlichen Wanderungen locken, und in

der Mitte glitzert ein grünes Flüßchen, das die Richtung nach den großen Ozeanen verrät (wie allerdings jedes Gewässer) und daher stets etwas Lebendiges erweckt, Sehnsucht nach Welt, nach Küsten. Drei Wochen in Zürich zu verbringen, wenn man nicht im Gefängnis wohnt, muß köstlich sein, gerade in dieser Jahreszeit. Es gibt denn auch, wie man auf den Straßen hört, allerlei Fremde. Nicht umsonst hat Zürich ein blauweißes Wappen; in dem blanken Licht seiner Föhnbläue, die, vom Weiß der Möwen verziert, auch dem Einheimischen viel Kopfweh verursachen soll, hat dieses Zürich tatsächlich einen eigenen Zauber, ein ›cachet‹, das mehr in der Luft zu suchen ist als anderswo, einen Glanz einfach in der Atmosphäre, der in seltsamem Widerspruch steht zum Griesgram wenigstens der einheimischen Physiognomien, und etwas geradezu Festliches, etwas Klingendes, etwas Schmuckes und Adrettes wie sein Wappen, etwas Blauweißes ohne viel besondere Merkmale. Es ist, so könnte man vielleicht sagen, eine Stadt, deren Reiz vor allem die Landschaft ist, und jedenfalls versteht man die Fremden, die am Quai aussteigen und knipsen, bevor sie weiterreisen nach Italien, und man versteht auch die Einheimischen, die stolz darauf sind, wenn man viel knipst. Ihr schmaler See, etwa von der Breite des Mississippi, blinkt wie eine krumme Sense in das grüne, das hügelwogende Land hinaus. Auch an Werktagen wimmelt es von kleinen Seglern. Bei aller Geschäftigkeit hat dieses Zürich, Treffpunkt der Kaufleute, etwas Kurorthaftes. Die Alpen sind zum Glück nicht so nahe wie auf den Ansichtskarten; in geziemender Ferne krönen sie das Gewoge der Vorberge, ein Gischt aus weißem Firn und bläulichen Gewölken. Vielleicht hat mir Julika nicht die wirklichen Viertel gezeigt; in der Erinnerung fällt mir auf, daß wir keinen einzigen Bettler getroffen haben, auch keine Krüppel. Die Leute sind zwar nicht mit Eleganz, jedoch mit Qualität gekleidet, so daß man nie Mitleid haben muß, und die Straßen sind sauber von Morgen bis Abend. Unbehelligt von Bettlern, wie gesagt, und unbehelligt von besonderen Baudenkmälern, die uns aus dem Gespräch reißen würden, schlendern wir fast eine Stunde lang.

Die Art und Weise, wie sie den modernen Verkehr zu regeln versuchen, ist für einen Fremden nicht ohne weiteres zu verstehen; dabei geben sich die Gendarmen die größte Mühe und wirken sehr ernst, und vor allem geht es ihnen um die Gerechtigkeit, scheint es, weniger um den Verkehr; an jeder Straßenkreuzung fühlt man sich einer Art moralischer Erziehung unterworfen. Je näher man wieder zum See kommt, wo die Fremden gewissermaßen ihre eigenständige Atmosphäre schaffen, die sie dann für die Atmosphäre von Zürich halten, um so weniger fällt es auf, wenn man fröhlich ist und auf offener Straße etwa lacht; auch Julika, merke ich, wird in dieser Gegend wieder freier, und ich kann sie mir vorstellen, wie sie in Paris ist. Ihre Mama war Ungarin, aber Zürich ist ihre Vaterstadt, und es ärgert Julika in einem unverhältnismäßigen Grad, wenn der Stadtrat von Zürich versagt, indem er, zum Beispiel, Charlie Chaplin nicht empfängt. Sie redet eine Viertelstunde nur davon. Schön wirkt ein indisches Paar, vermutlich Gäste eines Kongresses. Es gibt hier viele Kongresse, überhaupt etwas Internationales mit großen und verstaubten Cars, mit Rudeln von deutschen Lederhosen, und jede Kellnerin redet amerikanisch. Etwas Allerwelthaftes gehört zum Wesen dieses Städtchens, das für den Fremden, wie gesagt, sehr angenehm ist; es ist provinziell, ohne langweilig zu sein. Es ist provinziell mit Konzerten von Furtwängler, mit Gastspielen von Jean-Louis Barrault, mit Ausstellungen von Rembrandt bis Picasso, mit Schauspielkunst deutscher Emigranten, mit Niederlassung von Thomas Mann, aber auch mit allerlei eigenen Köpfen, die draußen in der Welt etwas leisten, bis ihr Ruhm nach und nach auch dem eigenen Lande schmeichelt, das seinerseits keinen Ruhm zu machen imstande ist, eben weil es provinziell ist, nämlich geschichtslos. Aber was geht das mich an! Für den Fremden ist es ein Vergnügen, in diesem Städtchen zu schlendern, zumal wenn er Geld hat, und es hätte ein entzückender Nachmittag werden können, wie gesagt – wäre Julika nicht wieder in ihre fixe Idee verfallen, mich für ihren verschollenen Gatten zu halten.
Einmal bleibt sie stehen.

»Hier!« sagt sie, zeigt auf die Figur aus Bronze, die durch den öffentlichen Ankauf nicht besser geworden ist, eine Art von Skulptur, womit ich ehrlicherweise nichts anzufangen weiß, und als ich weitergehen möchte, nimmt Julika mich am Ärmel, zeigt auf den Sockel, wo in ziemlich großen Lettern zu lesen ist: A. Stiller. (Zum Glück habe ich mich nicht geäußert, sowie ich mich nämlich über eine Arbeit ihres verschollenen Stiller äußere, nehmen sie es als Selbstkritik und als weiteres Indiz, daß ich Stiller sei) ... Ein anderes Mal, wie Julika mich am Ärmel zu nehmen das leidige Bedürfnis hat, sehe ich zum Glück wenigstens keine Skulptur, sondern Schwäne, eine Flottille natürlicher Schwäne mit ihrem weißen Gefieder in der Sonne; Flaum liegt auf dem grünen Wasser um sie. Und im Hintergrund, so wie Julika mich stellt, sieht man das sogenannte Großmünster; ich verstehe: genau wie im Album! Was sie damit beweisen will, weiß ich nicht. Schließlich bleibe ich mitten in der Straße (innerhalb des Fußgängerstreifens) einfach stehen; umsonst nimmt sie mich wieder am Ärmel, verzagt wie über einen störrischen Esel, als ich frage:
»Wo gibt es hier Whisky?«
»Wir können wir nicht stehenbleiben!«
Schon schwirren die Motorroller links und rechts an uns vorbei, ein Taxi hupt mich an, dann überdröhnt uns ein Lastwagen mit Anhänger, und Julika ist bleich wie Kreide, obzwar wir nun wieder das grüne Licht haben. Ein fremder Fußgänger, dem ich nichts getan habe, beschimpft mich mit Ausdrücken moralischer Entrüstung, als wäre es in einem Land, das sich täglich seiner Freiheiten rühmt, nicht statthaft, das eigene Leben aufs Spiel zu setzen. ... Später, in einem Gartenrestaurant unter bunten Schirmen, frage ich Julika:
»Wie lebst du eigentlich in Paris?«
Ich duze sie nun auch; nicht der Kaution wegen, weiß Gott, sondern aus holdem Bedürfnis, unwillkürlich. Es ist stets wieder etwas Wunderbares, dieser Schauer erster Vertraulichkeit, etwas wie ein Zauberstab über alle Welt, die plötzlich wie zu schweben beginnt, etwas so Leises, was doch alles übertönt.

Unwillkürlich, aber dann von unverhoffter Seligkeit wie betäubt, so daß ich etwas anderes als unsere kleine Berührung kaum wahrzunehmen vermag, habe ich meine Hand auf ihre Schulter gelegt. Eine selige Weile lang, bis das neue Du auch wieder zur Gewöhnung und sozusagen klanglos geworden ist, fühlt man sich ja allen Menschen wie verschwistert, inbegriffen den Kellner, der den Whisky bringt; man hat ein Gefühl, nun bedürfe es in dieser Welt überhaupt keiner Verstellung mehr, ein Gefühl so friedlichen Übermuts. Man lacht über sein Gefängnis! In Fällen, wo dieses Du eine reifere und doch wohl lebensmutige Frau ist, habe ich dann allerdings ein natürliches, übrigens in meinem Übermut nicht allzu ernstes oder gar dringendes Bedürfnis, eher eine spielerische Neugier, wer sonst noch an Männern mit meinem Du im Spiele steht. In ihren Erzählungen von Paris, von der Ballettschule, die ja vermutlich kein Kloster ist, kommt nie ein Mann vor, kein François, kein André, kein Pierre, kein Jacques und nichts. Ein Paris der Amazonen; was soll das heißen? Schließlich frage ich sie rundheraus:
»Bist du sehr glücklich in Paris?«
Das darf man doch fragen.
»Glücklich!« sagt sie, »was heißt glücklich –«
Sehr merkwürdig: irgendwie kann Frau Julika Stiller-Tschudy es nicht haben, wenn ich sie für gesund und glücklich halte, sofort kommt sie wieder mit Davos, mit ihrer zweifellos sehr schrecklichen Zeit in jener einsamen Veranda mit olivgrüner Jugendstil-Verglasung, wo Stiller, ihr verschollener Mann, sie einfach im Stich gelassen hat. Ich höre es mir nochmals an. Ich sehe, ohne die Schrecklichkeit des Vergangenen anzuzweifeln, ihre so blühende Gegenwart mit dem eigentümlichen Gesicht, durch den Widerschein auf dem Tischtuch von unten erhellt, so wie ein Gesicht im Rampenlicht. Ich sehne mich nach ihr. Ich warte drauf, daß sie aus der Vergangenheit, der sie verzeihen will und zum Zwecke des Verzeihens ganz genau ausmalen muß, endlich zur Gegenwart unseres ohnhin befristeten Nachmittags kommt.

»Meine liebe Julika«, sage ich, »die ganze Zeit redest du mir, wie scheußlich dein Stiller sich benommen hat. Wer bestreitet das denn? Er hat dich krank gemacht, behauptest du, krank auf den Tod, er hat dich liegen lassen, du hättest sterben können, und trotzdem, sehe ich, suchst du nur ihn – Kannst du es ihm einfach nicht gönnen, daß du nicht wirklich gestorben bist, sondern hier sitzest als eine blühende Person?«
Das war kein Scherz, nein, ich merkte es selbst. Ohne mich anzublicken, holte Julika etwas aus ihrer weißen Pariser Handtasche, ein vergilbtes Brieflein. Offenbar zur Widerlegung meiner Rede! Es handelte sich um ein Brieflein, das Stiller, der Abscheuliche, ihr seinerzeit nach Davos ins Sanatorium geschickt hatte, ich sollte es lesen, eigentlich nur ein Zettelchen, ein mürbes Papier, ein Blatt aus einem Notizblock, kariert, beschrieben mit flüchtigen Bleistift-Zügen, die mich als Schrift eher befremden, ja abstoßen.
»Und?« fragte ich etwas betreten.
Sie rieb sich hastig, so hastig, daß es mehrmals knickte, ein Streichholz an. Ein Kommentar zu diesem Textchen, dem letzten, den sie von ihrem verschollenen Stiller bekommen hatte, schien ihr überflüssig. Sie rauchte.
»Julika«, sagte ich und gab ihr das mürbe Zettelchen zurück, »ich liebe dich –«
Sie lachte tonlos, matt, ungläubig.
»Ich liebe dich –«, wiederholte ich und wollte einiges sagen, was nicht ihre oder meine Vergangenheit, sondern unsere Begegnung betraf, meine Empfindungen in dieser Stunde, meine Hoffnungen über diese Stunde hinaus; aber sie hörte mich nicht. Auch wenn sie schwieg, hörte sie mich nicht, sie stellte nur die Pose einer aufmerksamen Zuhörerin. Ihr Geist war in Davos, man sah es, und während meiner Rede begann sie sogar zu weinen. Ich fand es nun ebenfalls traurig, daß zwei Menschen, obzwar sie einander gegenübersitzen, Aug in Auge, einander nicht wahrzunehmen vermögen. »Julika?« rief ich sie bei ihrem Namen, und endlich drehte sie ihr schönes Gesicht zu mir. Aber sie sah mich nicht, sondern Stiller! Ich ergriff ihre

schlanke Hand, damit sie erwachen würde. Sie gab sich Mühe, mir zuzuhören. Sie lächelte, sooft ich ihr meine Liebe beteuerte, und sie hörte mich an, mag sein, doch ohne zu hören, was ich hätte sagen wollen. Sie hörte nur, was Stiller, hätte er jetzt auf meinem Sesselchen gesessen, vermutlich gesagt haben würde. Es war schmerzlich für mich, dies zu spüren. Eigentlich könnte man nur verstummen! Ich blickte auf ihre nahe Hand, die ich unwillkürlich losgelassen hatte, und mußte an den ungeheuerlichen Traum mit den Wundmalen denken. Julika bat mich, weiterzusprechen. Wozu? Auch ich fühlte mich plötzlich recht hoffnungslos. Jedes Gespräch zwischen dieser Frau und mir, so schien mir, ist fertig, bevor wir's anfangen, und jede Handlung, die mir jemals einfallen mag, ist schon im voraus gedeutet, meinem augenblicklichen Wesen entfremdet, indem sie in jedem Fall nur als eine angemessene oder unangemessene, eine erwartete oder unerwartete Handlung des verschollenen Stiller erscheinen wird, nie als die meine. Nie als die meine! ... Als ich dem Kellner winkte, sagte sie sofort mit zärtlicher Besorgtheit:
»Du solltest nicht so viel trinken! ...«
Bei diesen Worten, offen gestanden, zuckte ich zusammen und mußte mich beherrschen. Was stellte diese Dame sich vor? Erstens hatte ich gar nicht mehr trinken wollen. Und wenn schon! Sie glaubte wohl, sie könnte mich wie ihren Stiller behandeln, und einen Augenblick lang hatte ich Lust, aus purem Trotz einen weiteren Whisky zu trinken. Ich tat es nicht. Denn Trotz ist das Gegenteil von wirklicher Unabhängigkeit. Ich lächelte. Sie tat mir leid. Ich begriff: ihr ganzes Verhalten bezieht sich nicht auf mich, sondern auf ein Phantom, und einmal mit ihrem Phantom verwechselt (denn wahrscheinlich hat es den Mann, den sie sucht, gar nicht gegeben!), ist man einfach wehrlos; sie kann mich nicht wahrnehmen. Schade! dachte ich.
»Nimm es nicht übel«, sagte sie, »aber du solltest wirklich nicht so viel trinken. Ich meine es ja nur gut.«
Leider ließ der Kellner auf sich warten.
»Ich wollte nichts bestellen«, sagte ich mit etwas müder Auflehnung – und Julika lächelte, so daß ich fast etwas gereizt hin-

zufügte, »du irrst dich, meine Liebe, ich wollte wirklich nichts bestellen, ich wollte zahlen! – leider habe ich kein Geld ...« Unterdessen aber, als hätte sie auch dies nicht anders erwartet, hatte Julika bereits ihr rotes Saffian-Portemonnaie (wie sie es offenbar bei Stiller öfter hat tun müssen) unter meinen Ellbogen geschoben, damit ich zahlen konnte. Was sollte ich tun! Ich zahlte. Dann gab ich ihr das rote Saffian-Portemonnaie zurück, nahm mich zusammen und sagte:

»Gehen wir!«

Schlag sechs Uhr wieder im Gefängnis.

PS.

Das ist es: ich habe keine Sprache für die Wirklichkeit. Ich liege auf meiner Pritsche, schlaflos von Stundenschlag zu Stundenschlag, versuche zu denken, was ich tun soll. Soll ich mich ergeben? Mit Lügen ist es ohne weiteres zu machen, ein einziges Wort, ein sogenanntes Geständnis, und ich bin ›frei‹, das heißt in meinem Fall: dazu verdammt, eine Rolle zu spielen, die nichts mit mir zu tun hat. Anderseits: wie soll einer denn beweisen können, wer er in Wirklichkeit ist? Ich kann's nicht. Weiß ich es denn selbst, wer ich bin? Das ist die erschreckende Erfahrung dieser Untersuchungshaft: ich habe keine Sprache für meine Wirklichkeit!

Heute, beim Duschen, fehlt der kleine Jude, dem ich mich zwecks Einseifen der Rücken verbunden habe. Auf meine Bemerkung, daß ich ihm die Freiheit gönne, ziehen sie nur die Augenbrauen. Er war ein kluger Mann, und das Gerücht, daß er Selbstmord begangen habe, beschäftigt mich sehr. Natürlich sind wir trotzdem eine Gruppe von zehn Leuten, und hätte man sich nicht den Rücken geseift, wäre mir sein Abgang wahrscheinlich nicht einmal aufgefallen. Es ist auch nicht so, daß er mir fehlt. (Die Seiferei war mir immer irgendwie peinlich.) Es beschäftigt mich, daß es immer wieder gerade kluge Menschen sind, die den Tod nicht erwarten können, und wenn ich an seine nicht nur klugen, sondern auch um Geheimnisse wissenden Augen denke, scheint es unglaublich, daß dieser Mann nicht wußte, was ihn jetzt erwartet. Jetzt bilde ich mir sogar ein, er wäre der einzige gewesen, dem ich meine Erfahrung hätte mitteilen können – die sonst kaum mitteilbare Begegnung mit meinem Engel.

Wieder einmal das bekannte Gefühl: fliegen zu müssen, auf der Brüstung eines Fensters zu stehen (in einem brennenden Haus?) und keinerlei Rettung zu haben, wenn nicht durch plötzliches Fliegen-Können. Dabei die Gewißheit: Es hilft gar nichts, sich auf die Straße zu stürzen, Selbstmord ist Illusion. Das bedeutet: fliegen zu müssen im Vertrauen, daß eben die Leere mich trage, also Sprung ohne Flügel, einfach Sprung in die Nichtigkeit, in ein nie gelebtes Leben, in die Schuld durch Versäumnis, in die Leere als das Einzigwirkliche, was zu mir gehört, was mich tragen kann …

Mein Verteidiger hat die bisherigen Aufzeichnungen gelesen und ist nicht einmal wütend, sondern schüttelt nur den Kopf. Damit könne er mich nicht verteidigen, sagt er und steckt das Heft nicht einmal in seine Mappe –
Ich protokolliere dennoch weiter.
(Mit seiner lieben Zigarre im Mund.)

Die Beziehung zwischen der schönen Julika und dem verschollenen Stiller begann mit der Nußknacker-Suite von Tschaikowsky (zum Verdruß der jungen Tänzerin bezeichnete Stiller, ebenfalls noch jung, dazu beflissen, der schönen Julika irgendwie Eindruck zu machen, diese Musik als Seifenblasenzauber, als virtuose Impotenz, als illuminierte Limonade, als Kitsch für Vorgerückte usw.), und es blieb, nach Julikas jüngsten Andeutungen zu schließen, eine Nußknacker-Suite über all die Jahre ihrer Ehe. Julika war damals beim Ballett. Auf einem alten Foto, das sie mich vorgestern beiläufig hat sehen lassen, erscheint sie als Page oder Prinz, glückselig in einer Verkleidung, die ihr in der Tat aufs entzückendste steht; man kann sich kaum sattsehen an ihrer ephebenhaften Grazie von damals. In ihren großen und ungemein schönen, scheinbar so offenen Augen war damals, im Gegensatz zu heute, eine merkwürdige Verschüchterung, etwas wie ein Schleier von heimlicher Angst, sei es nun Angst in bezug auf ihr eigenes Geschlecht, wovor die entzückende Verkleidung sie doch nur zeitweise zu bewahren vermochte, oder Angst in bezug auf den Mann, der da irgendwo jenseits der Kulissen auf die Preisgabe ihrer silbernen Verkleidung warten mochte. Julika war damals dreiundzwanzigjährig. Jeder einigermaßen erfahrene Mann – Stiller war es offenbar durchaus nicht – hätte in diesem so faszinierenden Persönchen ohne weiteres einen Fall hochgradiger Frigidität erkannt, mindestens auf Anhieb vermutet und seine Erwartung danach geregelt. Im Ballett war Julika damals eine anerkannte Hoffnung. Wie viele Männer, Zürcher von gutem Ruf, hätten Julika auf der Stelle geheiratet, Persönlichkeiten, wäre diesem seltsamen und schon darum so faszinierenden Mädchen nicht die Kunst (Ballett) über alles gegangen, dergestalt, daß sie alle außerkünstlerischen Unternehmungen von vornherein als Störung empfand. Tanz war ihr Leben! Mit einem kicherigen Lachen, das manch einen verdroß oder zumindest jedes ernsthafte Gespräch verunmöglichte, hielt sie die Herren von sich, und ob Sie es nun glauben wollen oder nicht, die schöne Julika lebte damals wie eine Nonne, allerdings von Gerüchten umwittert, die sie als Vamp erscheinen ließen, aber auch darüber konnte Julika nur kichern. Warum ließ man sie nicht, wie sie nun einmal war? Nie ohne frische Blumen im Arm verließ sie das Theater, nie ohne eine leise und ehrliche Angst, daß draußen der nächste Verehrer wartete, der Spender dieser Blumen, ein Student vielleicht oder ein Herr mit glänzendem Auto. Julika hatte Angst vor Autos. Zum Glück erkannten sie Julika meistens gar nicht; mit einer schulmädchenhaften Wollmütze auf dem Kopf, so daß ihr immer schon rötliches Haar versteckt war, huschte sie vorbei, ein sehr unscheinbares Mädchen, sobald sie nicht in den Fluten des Scheinwerfers stand. Wie ein Meertier, das nur unter Wasser zu seinem Farbwunder gelangt, hatte auch Julika ihre geisterhafte Schönheit nur im Tanz, vor allem im Tanz; nachher war sie müde. Begreiflicherweise; im Tanz gab sie ihr Letztes. Also war sie müde, berechtigterweise, und Julika sagte es auch jedem wartenden Verehrer, daß sie müde sei. Nur Stiller glaubte immer, daß Julika bloß müde für ihn sei. Was hatte er davon, daß er sie zu einem Wein nötigte oder, da Julika keinen Wein trank, zu einem Tee? Stiller redete dann sehr viel, scheint es, wie einer, der sich allein für die Unterhaltung verantwortlich dünkt; Julika war müde und schwieg. Stiller redete damals viel von Spanien, er kam gerade aus dem Spanischen Bürgerkrieg zurück, bereits vom schweizerischen Militärgericht verurteilt. Stiller tat ihr nicht leid wegen der Gefängnisstrafe, die ihm bevorstand und die er mit einem etwas aufdringlichen Stolz erwähnte, sondern einfach so; Julika wußte nicht eigentlich warum. Kaum lächelte sie einmal, hatte Stiller schon Angst, nicht ernstgenommen zu sein, schob seine Hand vor die Stirn oder vor den Mund, und als sie sich auf dem kurzen Heimweg verbat, Arm in Arm zu gehen, war er bestürzt, entschuldigte sich vor ihrer Haustür noch lange für seine Zudringlichkeit, die ihm selbst widerlich wäre. Dabei gefiel er Julika wie kein anderer. Stiller war denn auch der erste, jedenfalls einer der wenigen, die von der schönen Julika je ein Brieflein erhielten, ein paar Zeilen, worin sie bestätigte, daß sie leider sehr müde gewesen wäre, und die Gelegenheit eines Wiedersehens andeutete. Sie wußte, wie sehr dieser junge Mann sie begehrte, und zugleich, daß Stiller sie in keiner Weise vergewaltigen würde; dazu fehlte ihm irgend etwas, und das gefiel ihr ganz besonders an ihm. Und es gefiel ihr, daß dieser Mann, der eben noch in Spanien an einer Front gewesen war, ein Mann von schlanker und doch kräftiger Gestalt, der Julika um einen Kopf überragte, nicht im mindesten eine Entschuldigung ihrerseits erwartete, wenn sie ihn fast eine Stunde lang vor dem Theater hatte stehen lassen, im Gegenteil, er entschuldigte sich seinerseits für seine Beharrlichkeit und hatte schon wieder Angst, lästig zu sein. All dies gefiel Julika sehr, wie gesagt; jedenfalls rühmt sie ihren verschollenen Stiller immer aufs herzlichste, wenn sie jener frühen Zeiten gedenkt. Es war März, und sie machten einen ersten Spaziergang über Land, der für die zarte Julika viel zu lang war, mühsam und auch zu dreckig, die Erde war noch sehr naß, wennschon die warme Sonne schien, einmal stak ihr sogar der linke Schuh in dem zähen Morast, als Stiller sie querfeldein zu führen nicht hatte unterlassen können, und Stiller mußte sie greifen, halten, damit Julika nicht auch noch mit ihrem bloßen Strumpf in den Schmutz trat, dabei gab es sich offenbar, daß Stiller sie zum erstenmal küßte. Julika ist der festen Meinung, daß auch sie ihn damals geküßt hätte. Übrigens ließ Stiller es bald bewenden, um Julika nicht lästig zu werden, und war trotzdem auf dem weiteren Spaziergang sehr munter, knickte Wei-

denruten wie ein Bub und schlug sich beim Gehen damit auf seinen offenen Mantel. Julika empfand ihn wie einen Bruder. Und auch das gefiel ihr. Es störte ihn nicht, daß Julika auch in der Landschaft ausschließlich vom Ballett plauderte, insbesondere von den Leuten um so ein Ballett herum, von Dirigenten, Bühnenbildnern, Friseuren, Ballettmeistern; das war ja doch ihre Welt. Andere Verehrer hatten ihr schon Vorwürfe gemacht, daß sie nichts anderes im Kopf hätte als Klatsch. Nicht so Stiller. Er gab sich viel Mühe hinzuhören, zeigte ab und zu auf eine besonders schöne Aussicht, die aber Julika nicht abzulenken vermochte, Stiller schämte sich dann, daß er von der Kunst des Balletts so wenig verstünde. In einer simplen Bauernwirtschaft, wie Stiller sie offenbar schätzte, aßen sie dann Speck und Brot, und Julika genoß es, eigentlich zum ersten Mal einen Mann getroffen zu haben, vor dem sie sich nicht fürchtete. Wieder redete er von seinem Spanien-Krieg. Denn wenige Tage nach jenem Spaziergang mußte er, eine eidgenössische Wolldecke unter dem Arm, irgendwo antreten, um seine paar Monate abzusitzen. Sie sahen einander lange nicht. In jener Zeit schrieb Julika mehrere Briefe, die zwar, ihrer scheuen Art gemäß, nicht wörtlich ihre Liebe zu ihm aussprachen; aber als feinfühlender Mensch mußte Stiller wohl merken, was die schöne Julika, ihrer scheuen Art gemäß, vielleicht empfand, ohne es ausdrücken zu können, und jedenfalls beruft sich Frau Julika Stiller-Tschudy heute noch auf jene Briefe als untrügliche Zeugnisse dafür, wie innig und voll zärtlicher Hingabe sie den verschollenen Stiller geliebt hat.
Sie heirateten nach einem Jahr.
Als Fremder hat man den Eindruck, daß diese zwei Menschen, Julika und der verschollene Stiller, auf eine unselige Weise zueinander paßten. Sie brauchten einander von ihrer Angst her. Ob zu Recht oder Unrecht, jedenfalls hatte die schöne Julika eine heimliche Angst, keine Frau zu sein. Und auch Stiller, scheint es, stand damals unter einer steten Angst, in irgendeinem Sinn nicht zu genügen; es fällt auf, wie häufig dieser Mensch sich glaubte entschuldigen zu müssen. Woher seine

Angst gekommen sein mag, weiß Julika nicht zu sagen. Überhaupt redet Julika gar nicht von Ängsten, wenn sie von ihrer bedauerlichen Ehe mit dem verschollenen Stiller erzählt; aber fast alles, was sie erzählt, deutet doch darauf hin, daß sie ihren Stiller nur durch sein schlechtes Gewissen glaubte fesseln zu können, durch seine Angst, ein Versager zu sein. Sie traute sich offenbar nicht zu, einem wirklichen und freien Mann genügen zu können, so daß er bei ihr bliebe. Man hat den Eindruck, daß auch Stiller sich an ihre Schwäche klammerte; eine andere Frau, eine gesunde, hätte Kraft von ihm verlangt oder ihn verworfen. Julika konnte ihn nicht verwerfen; sie lebte ja davon, einen Menschen zu haben, dem sie immerfort verzeihen konnte.

Ich will aber versuchen, in diesen Heften nichts anderes zu tun als zu protokollieren, was Frau Julika Stiller-Tschudy, der ich so gerne gerecht werden möchte, schon damit sie mich nicht für ihren Gatten hält, mir oder meinem Verteidiger von ihrer Ehe selber erzählt hat: – Eine leichte Tuberkulose, aber wirklich nur eine leichte, die nicht zum Alarm nötigte, hatte der Theaterarzt schon vor etlichen Jahren feststellen müssen, auch immer wieder gemeint, Julika sollte doch den Sommer unbedingt in der Höhe verbringen. Das war ein guter Rat, der allerdings Geld voraussetzte, und Stiller, ihr Mann, verdiente damals mit seiner Bildhauerei überhaupt nichts, fast nichts, jedenfalls nicht genug, damit seine arme Gattin hätte aussetzen können. Julika machte ihm nie einen Vorwurf daraus, daß er nicht wie ein Direktor verdiente. Julika ging sogar so weit, den ärztlichen Rat vor Stiller zu verschweigen, um ihn zu schonen, um ihm nicht das Gefühl zu geben, daß er zu wenig verdiente. Julika erwartete von ihm nur, daß er auch sie ein bißchen schonte. Ihre Ehe in jenen ersten Jahren soll wundervoll gewesen sein. Julika verdiente also beim Ballett ihre sechshundertzwanzig Franken im Monat, und wenn Stiller einmal Glück hatte und eine Figur verkaufen konnte, sei es für einen öffentlichen Brunnen oder so, ging es ganz ordentlich. Julika war ja bescheiden. Julika war zu sehr Künstlerin, als daß sie je von einem Mann, den sie ja doch liebte, im Ernst verlangt hätte, er sollte seine Begabung verraten, um besser für seine Frau sorgen zu können; höchstens im Scherz sagte sie so etwas. Wie begabt er nun eigentlich war, ihr verschollener Stiller, darüber gingen die Meinungen offenbar von Anfang an auseinander, und es gab Leute, die ihn nie für einen Künstler hielten. Julika glaubte natürlich an ihn. Und jedenfalls arbeitete er verbissen. Ihre Erfolge im Ballett, denen Stiller keine eigenen entgegenzustellen vermochte, machten ihm etwas zu schaffen, trugen wohl auch dazu bei, daß Stiller ziemlich menschenscheu war, in jeder Gesellschaft drehte man sich um Julika, er wurde begrüßt als ihr Gatte. Kinder kamen bei ihrem damaligen Einkommen nicht in Frage; es wäre für Julika ein Ausfall von einem Jahr gewesen. Nicht daß Stiller so ein unbändiges Bedürfnis empfunden hätte, Vater zu werden; er machte sich nur manchmal ein komisches Gewissen daraus, daß Julika gewissermaßen doch seinetwegen auf Kinder verzichten mußte, und sann immer wieder einmal daran herum, ob ein Kind nicht gerade für Julika sehr wichtig sein könnte. Wieso gerade für Julika? Ein Kind, meinte Stiller, könnte Julika als Frau in einer Weise erfüllen, wie er es nie vermochte. Das war so ein Gedanke von ihm, der ihm nicht auszureden war, und er kam immer wieder mit dem Kind. Was wollte er denn von Julika? Irgendwie zeigte es ihr, daß Stiller ihre Künstlerschaft nicht ganz vollnahm, vielleicht aus unbewußtem Neid auf ihren Erfolg, und jedenfalls verstimmte es Julika, daß er immer und immer wieder mit dem Kind kam. War sie denn nicht erfüllt genug? Erst als Julika es einmal rundheraus sagte, daß er sie als Künstlerin beleidigte, verstummte er, insbesondere aber nach ihrer Frage: Wozu ein Kind von einer tuberkulösen Mutter? Damit war das Kind für immer begraben. Indessen kam er nun mit ihrer Tuberkulose, mahnte zu passender und unpassender Zeit, Julika sollte wieder einmal zum Arzt gehen. Die arme Julika wagte schon nicht mehr zu husten, so lag ihr seine Mahnung nachgerade auf den Nerven. Was wollte er nur immerzu von ihr? Stiller war rührend, doch verbohrt in seiner Meinung, Julika käme nicht zu ihrem vollen Leben. Julika war gewiß keine

Gefährtin für endlose Wanderungen, keine Genossin für nächtelange Zecherei mit seinen Bekannten; sie bedurfte der Schonung, weiß Gott, aber eigentlich war Julika damals ganz zufrieden mit ihrem Leben. Warum war Stiller es nicht? Wenn im Laufe einer Ballettprobe draußen das Wetter umgeschlagen hatte, wartete Stiller vor dem Bühnenausgang mit ihrem wärmeren Mantel, hatte auch den Schirm und den Schal nicht vergessen; er war wirklich ein rührender Hüter ihrer leider so gefährdeten Gesundheit, nur sein stetes Drängen zum Arzt verdroß Julika. Sie empfand es als heimliche Kündigung seiner zärtlichen Rücksicht, ja als Anzeichen von Lieblosigkeit, und all das machte sie eher trotzig. Sie fühlte sich zum Arzt geschickt, gestoßen, gezwungen, nur damit sein Gewissen beruhigt wäre; damit sein männlicher Egoismus keine Rücksicht mehr zu nehmen brauchte; es empörte sie, wenn Stiller nur fragte, ob sie jetzt beim Arzt gewesen wäre. Es war etwas unvernünftig von Julika, mag sein, aber begreiflich; sie war immer ein sensibles Wesen. Jahrelang tanzte sie also auf die Gefahr hin, einmal mitten auf der Bühne zusammenzubrechen; alle bewunderten Julika wegen dieser Energie, der Direktor, das ganze Ballett, das ganze Orchester, nur Stiller nicht. Er nannte es idiotisch! Vermutlich aus purer Angst, nicht ernstgenommen zu werden, hatte er Anfälle von ordinärer Grobheit, die nur von ihrem Schluchzen verstummte. Alles war jetzt nicht recht an ihr; er nörgelte an Julika herum, weil sie, wenn sie vom Tisch in die Küche ging, nicht auf dem gleichen Gang etwas Geschirr hinaustrug, und behauptete steif und fest, sie könne mit der Hälfte ihrer Kräfte leben, wenn sie ein wenig Vernunft annähme, ein wenig von Stiller lernte. Was sollte Julika darauf antworten? Seine Kleinlichkeit machte sie nur traurig. Ein Mensch von Geist, wie Stiller es zu sein meinte, eine geschlagene Stunde lang konnte er darüber sprechen, daß Julika, wenn sie vom Tisch in die Küche ging, nicht auf dem gleichen Gang etwas Geschirr hinaustrug! Julika griff sich an den Kopf. Aus so etwas konnte er eine halbe Philosophie machen, während Julika, nach Proben und Haushalt, einfach zum Umsinken müde war. Dann wieder soll er entzückend gewesen sein. Aber die Gereiztheiten, scheint es, häuften sich doch. Einmal, als die arme Julika trotz starkem Fieber ihr abendliches Auftreten nicht absagen wollte, weil sie doch wußte, wieviel von ihrem Part an diesem Abend abhing, tat Stiller es über ihren Kopf hinweg, buchstäblich, er nahm das Telefon über die liegende Julika hinweg, sagte, seine Frau könnte heute abend leider nicht auftreten, eine Eigenmächtigkeit, welche die Künstlerin sich nicht gefallen lassen konnte. Was bildete Stiller sich eigentlich ein! Sie bestellte, indem sie ihrem Mann sogleich das Telefon aus der Hand nahm, ein Taxi und fuhr trotzdem zum Theater. Der Krach war da, einer der ersten in dieser Ehe, und kurz darauf war auch das Taxi da. Stiller schrie noch ins Treppenhaus hinunter: »Mache dich nur kaputt, meinetwegen, mache dich kaputt, aber meine Schuld ist es nicht...« In solchen Augenblikken erschrak sie über ihn; Stiller schien in solchen Augenblicken zu vergessen, wen er geheiratet hatte, zwar nicht eine Tochter aus reichem, aber aus kultiviertem Haus; ihre Mutter, die Ungarin, war eine Dame aus erster Gesellschaft gewesen, irgendwie aristokratisch, ihr verstorbener Vater immerhin Gesandter in Budapest, wogegen Stiller (es muß gesagt werden) aus kleinbürgerlichem Milieu kam, eigentlich überhaupt aus keinem Milieu, höchstens erzählte er einmal von seinem Stiefvater, der irgendwo im Altersasyl untergebracht war, überhaupt nie von seinem Vater, und seine Mutter war die Tochter eines Eisenbahners gewesen. Es ist komisch und gräßlich, daß solche Dinge zwischen zwei Menschen, die sich lieben, plötzlich eine Rolle spielen, aber es ist so. Natürlich sagte Julika nie ein diesbezügliches Wort, fast nie. Sie empfand es nur, beispielsweise wenn Stiller so in das Treppenhaus brüllte. Es muß furchtbar gewesen sein. Nachher taten ihm solche Ausbrüche jedesmal sehr leid. Stiller entschuldigte sich und hatte oft sehr nette Einfälle, etwas wiedergutzumachen, sei es mit einer Lieblingsspeise von Julika, die nur er zu kochen verstand, sei es mit einem seidenen Schal, da sie den früheren eben verloren hatte, oder mit Flieder, den er auf dem Weg zum Theater, wo er sie

nach der Vorstellung abholte, irgendwo über den Zaun gestohlen hatte; immer wieder ging es aufs beste, ja eigentlich und im Grunde genommen soll es doch eine äußerst glückliche Ehe gewesen sein – bis diese andere auftauchte.
Das war vor etwa sieben Jahren.
Julika war ahnungslos. Julika hätte nie an eine solche Möglichkeit gedacht. Als eine junge Frau, die ihren Mann doch über alles liebte, schien es ihr ausgeschlossen, daß Stiller eines solchen Verrates fähig wäre, ja, sie dachte ganz einfach nicht daran, wie gesagt. Die arme Julika, ganz Hingabe an ihren Beruf und an ihren Mann, merkte es nur daran, daß Stiller anfing, ihr jahrelanges Fieber nicht mehr ernstzunehmen; zwar erkundigte er sich jeden Abend, wenn sie von der Vorstellung kam, nach der Anzahl der Vorhänge, doch alles mit einem leisen Stich ins Spöttische. Im gleichen Ton konnte er fragen: Wie geht's deiner Tuberkulose? Oder wenn Julika von der hanebüchenen Unverschämtheit eines Kritikers erzählte, der Julika überhaupt nicht erwähnt hatte, war Stiller, ihr Gatte, von einer geradezu schnöden Gerechtigkeit, fand, Julika sollte es nicht so wichtig nehmen und vielleicht hätte der Kritiker sie aus purer Nachlässigkeit nicht erwähnt, nichts weiter. Vor allem aber machte es Julika stutzig, daß Stiller nun ebenfalls anfing, seine Bildhauerei über alles zu stellen, und es infolgedessen für richtig hielt, mehrere Tage in seinem Atelier zu hausen, einmal sogar eine volle Woche, bis Julika eines Vormittags einfach in sein Atelier ging und ihn aufsuchte. Sie fand ihn pfeifend beim Gläsertrocknen, witterte sofort den Besuch vom Vorabend, schämte sich aber zu fragen. Eine Haarspange am Boden, die Julika wortlos aufhob, wortlos auf den Tisch legte, und zwei leere Flaschen Châteauneuf du Pape, also nicht gerade das Billigste, nun ja, Julika war nicht kleinlich, auch ein schwarzes Haar an seiner hellen Hose, was bewies es schon! Stiller lachte. Indessen war es gar nicht jener Weiberbesuch vom Vorabend, weswegen Julika auf der Stelle zusammenbrach; sein oberflächlich-tröstliches Lachen, seine im Grunde sadistische Zärtlichkeit, womit er meinte eine Eifersüchtige aufrichten zu müssen, waren fehl

am Platz, weiß Gott, auch seine Grobheit, womit er sich hysterische Szenen um eine Haarspange, wie Stiller es nannte, ein für allemal verbat; all dies war sehr fehl am Platz. Lange konnte die arme Julika vor Schluchzen überhaupt nicht sprechen. »Julika?« fragte er endlich mit einiger Ahnung, daß ihr Schluchzen nichts mit der dummen Haarspange zu tun hatte. »Was ist denn los? – Julika? – So rede doch! –«

Julika war beim Arzt gewesen.

»Bist du?« fragte er. Sie versuchte sich zu fassen. »Und?« fragte er. Stiller saß auf der Couch neben ihr, Glas und Trockentuch noch immer in der Hand, während die verzweifelte Julika, von neuem Schluchzen geschüttelt, sich mit beiden Händen in das Kissen krallte, derart, daß das Kissen riß. Noch nie hatte Julika so geweint. Und Stiller, scheint es, war einfach hilflos; er legte das Trockentuch weg, um mit der freien Hand über ihr Haar zu streichen, als wäre ihr Leben zu retten mit solchem zärtlichen Getue. Es schien ihm nicht zu passen, daß Julika beim Arzt gewesen war, es störte sein munteres Pfeifen. Julika zerriß das Kissen, und Stiller fragte bloß: »Was sagt er denn, der Arzt? –« Die Art seiner Teilnahme (und das findet Julika noch heute) war grauenhaft, seine zärtliche Besonnenheit, seine freundschaftliche Besorgtheit, all dies mit dem Glas von seinem Vorabend in der Hand; ihre gestammelte, immer wieder von Erstickungsnot unterbrochene und von immer neuem Schluchzen verschüttete Eröffnung, daß sie nämlich sobald wie möglich nach Davos gehen müßte, in ein Sanatorium nach Davos, entlockte ihm vorerst nur die trockene Frage: »Seit wann weißt du das?« – »Seit bald einer Woche!« sagte sie in der Annahme, Stiller könnte die Grauenhaftigkeit dieser Woche erahnen. »– seit einer Woche schon!« Statt dessen fragte er bloß: »Und warum meldest du es mir erst heute?« Stiller benahm sich unmöglich. »Ist es wahr?« fragte er sogar. »Wahr? Wahr? ...« Erst lachte Julika wohl hellauf, dann schnellte sie empor, blickte ihn an und sah, wie Stiller sie ebenfalls anblickte: als wäre es möglicherweise nur eine Finte von ihr, eine billige Übertreibung, um ihm die fröhliche Erinnerung an den Vorabend zu verderben.

Sie schrie: »Geh! Geh! Geh mir aus den Augen!« Stiller schüttelte den Kopf. »Geh! Bitte. Geh hinaus!« – »Julika«, sagte er, »das ist mein Atelier.« Seine Ruhe war der blanke Hohn, eine Unmenschlichkeit, wie Julika es nicht für möglich gehalten hätte, ja, Stiller lächelte sogar, während Julika von ihrem möglichen Tode sprach. Er lächelte! Und die arme Julika, seit fast einer Woche schon allein mit der Last dieses ärztlichen Befundes, traute ihren Augen und Ohren nicht: Stiller ging dazu über, das Glas vom Vorabend weiter zu trocknen, als wäre dieses Glas nun das Dringendste, das Zerbrechlichste, ja der wahre Gegenstand seiner Sorge, und dann wollte er, indem er zwar einen zärtlichen Ton wahrte, ganz genau wissen, nicht was die verstörte Julika sich an Schrecken ausmalte, sondern was der Arzt ihr nun gesagt hätte, ganz genau, ganz sachlich, ganz wörtlich. »Ich sage es ja! Sofort nach Davos, sagte er, sofort ins Sanatorium, sonst ist es zu spät.« Es verging eine Weile, bis Stiller die ganze Tragweite dieser Meldung zu erfassen schien. Was ihm durch den Kopf ging, verriet er nicht, nein, er biß nur in seine Unterlippe und wurde wie ein Sack, wenn man ihn rüttelt, irgendwie kleiner, blickte Julika mit plötzlich ganz hilflosen Augen an. War es nicht immer sein Wunsch gewesen, daß Julika sich wieder einmal durchleuchten ließe? Nun hatte sie seinen Wunsch erfüllt, nichts weiter. Warum starrte er sie so an? Es war ihre linke Lunge. Es war so, daß der Arzt überhaupt nur in menschlichen Vertröstungen redete, scheint es, ohne sich in die medizinische Terminologie einzulassen. Er nannte Fälle von völliger Genesung, die er selbst gesehen hätte. Er war menschlich ganz großartig, der Arzt. Nicht daß er irgend etwas ins Blaue hinaus garantierte; dazu nahm er Julika als Persönlichkeit zu ernst. Immerhin hielt er es, angesichts ihrer grellen Verzweiflung, für möglich, für durchaus möglich, daß die schöne Julika dereinst zum Ballett zurückkehren könnte. Ohne Garantie, wohlverstanden. Das einzige, was er als verantwortungsbewußter Arzt garantieren konnte, war ihr früher Tod, falls sie nicht sofort in ein Sanatorium gehen würde. Julika war nun etwa siebenundzwanzig oder achtundzwanzig Jahre alt.

Übrigens kannte sie auch schon den Namen ihres Sanatoriums, seine hübsche Lage an einem Wald, ebenso die ungefähren Kosten, die größtenteils von der Krankenkasse übernommen werden mußten. Hätte Stiller, ihr Mann, sich je einmal erkundigt und ihr gesagt, daß so etwas auf die Krankenkasse ginge, Julika wäre schon längst im Sanatorium, heute wahrscheinlich schon geheilt. Dieses Versäumnis leugnete Stiller übrigens nicht. Ihre arglose Bemerkung, Julika sah es mit Verwunderung, betraf ihn sichtlich, bestürzte ihn; Stiller schien den Tränen nahe. Nun mußte Julika ihn auch noch trösten? Sie legte ihren Arm um seine Schulter, was für Julika, in ihrer scheuen Art, schon viel war, zumal es jetzt allerlei anderes zu tun gab. Der Ravel-Valse und der De Falla-Dreispitz, zwei so himmlische Ballette, sollten also ihre letzte Premiere sein; am Tag danach, Donnerstag dem Soundsovielten, mußte Stiller sie nach Davos bringen. Julika zeigte es ihm in ihrem Kalenderchen, wo das Datum schon mit einem Kreuz versehen war. Was paßte ihm nicht? Stiller erhob sich von der Couch, ohne ihr Kalenderchen wirklich angesehen zu haben, schmetterte sein trockenes Glas in die Küchennische, wo es zerschellte, und steckte sich eine Zigarette zwischen die Lippen, die bleichen und schmalen Lippen, um dann, beide Hände in den Hosentaschen, stumm wie eine Skulptur vor dem großen Atelierfenster zu stehen, Rücken gegen Julika, als wäre es ihre Schuld, daß sie nach Davos gehen mußte. Mehr noch: als machte sie ihm einen Strich durch die Rechnung mit ihrer begreiflichen Verzweiflung, nichts weiter. »Warum schweigst du?« fragte sie. »Entschuldigung«, sagte er mit Bezug auf das Glas, das Julika wohl erschreckt hatte; doch darum ging es ihr ja nicht. »Was denkst du denn die ganze Zeit?« Stiller ging zum Schrank, nahm eine fast leere Gin-Flasche hervor, füllte zwei Gläschen mit dem letzten Rest und bot Julika eine Art von Tröstung an, die sie nicht unfreundlich, aber entschieden ablehnte. Seine netten Gesten, wenn er mit Gin oder gestohlenem Flieder etwas wiedergutmachen wollte, waren ihr zuweilen unerträglich; Stiller gefiel sich in diesen gemütvollen Gesten, schien ihr, und kam sich auf eine allzu billige Weise als zärtlicher Gatte vor, als sorglicher Freund, als verläßlicher Beschützer, als eine Seele von Mann, ja, aber in all den Jahren sich ein einziges Mal auch nur zu erkundigen, ob die Krankenkasse allenfalls für das Sanatorium aufkommen würde, das war ihrem guten Stiller nie eingefallen. »Danke«, sagte sie, »ich nicht.« – »Warum nicht?« – »Alkohol ändert nichts.« Stiller kippte sein Glas. »Nein«, sagte er endlich, leerte auch das Gläschen von Julika mit einem einzigen Zug. »Nein – natürlich ist es nicht deine Schuld, Julika, daß du jetzt ins Sanatorium gehen mußt, davon kann ja nicht die Rede sein, natürlich ist es meine Schuld.« – »Das habe ich nie gesagt!« – »Alles ist meine Schuld«, fuhr er eigensinnig fort, »du brauchst dir keine Sorgen zu machen, meine Liebe, du fährst nun also nach Davos, du Armes, und ich bleibe hier in der Stadt, ich der Gesunde – mein schlechtes Gewissen ist für dich das beste Ruhekissen.« Dazu lachte er schäbig. »Was soll das heißen?« fragte Julika, »immer kommst du mit solchen Sprüchen.« Stiller nahm die leere Gin-Flasche in die Hand, schüttelte den Kopf wie über sich selbst, schien aber gelassen und schleuderte die Gin-Flasche ebenfalls in die Küchennische, so daß es von Scherben nur so spritzte. Es war ein Verhalten, das Julika bis heute nicht vergessen hat, Ausdruck einer hemmungslosen Ich-Bezogenheit, wie ich ebenfalls finde, seitens des Verschollenen.

Einmal im Spaß, etwas angetrunken, soll der verschollene Stiller in einem Freundeskreis gesagt haben: »Ich habe eine wunderbare Frau, ich freue mich jedesmal auf das Wiedersehen, und jedesmal, wenn sie da ist, komme ich mir vor wie ein öliger, verschwitzter, stinkiger Fischer mit einer kristallenen Wasserfee!« Und das war kurz nach der Heirat... Man hat den Eindruck, daß der verschollene Stiller, wie sehr er von Julika fasziniert war, etwas im Wesen dieser Frau ganz einfach nicht angenommen, wahrscheinlich überhaupt nicht einmal erkannt hat, eben ihre Frigidität. Und daß es so etwas gibt, und zwar nicht bloß als krankhafte, sondern im Gegenteil als naturhafte Erscheinung, scheint die schöne Julika selber nicht gewußt zu haben. Ob sie es heute weiß? Neulich war sie doch ziemlich verdutzt bei meiner beiläufigen Erwähnung der wissenschaftlichen These, daß in der ganzen Natur kein einziges Weibchen, ausgenommen die menschliche Frau, den sogenannten Orgasmus erfährt. Wir sprachen dann nicht weiter davon. Vermutlich hat die schöne Julika unter dieser Tatsache, daß die männliche Sinnlichkeit sie immer etwas ekelte, auf die einsamste Art und Weise gelitten, wirklich gelitten, obschon es natürlich kein Grund ist, sich deswegen als ein halbes Geschöpf, ein mißratenes Weib oder gar als Künstlerin vorzukommen. So manches an dieser Frau, zumal wenn sie von ihrem verschollenen Stiller redet, ist doch wohl eine Selbsttäuschung von rührender Verstocktheit, ja, man könnte versucht sein, nicht einmal ihre ärztlich beglaubigte und in ihrem Leben so ungeheuer kostspielige Tuberkulose ganz zu glauben. Warum hat Julika mit niemandem sprechen können? Möglicherweise sind es sogar nur wenige Frauen, die ohne Schauspielerei jenen hinreißenden Sinnenrausch erleben, den sie von der Begegnung mit dem Mann erwarten, glauben erwarten zu müssen auf Grund der Romane, die, von Männern geschrieben, immer davon munkeln; hinzu kommt die eitle Lüge der Frauen unter sich, und vielleicht war die schöne Julika nur etwas ehrlicher, dabei allerdings erschreckt, so daß sie nach außen verstummte, sich in Prinzen und Pagen verkleidete, sich in ein Dickicht einsamer Nöte verkroch, wohin ihr kein Mann zu folgen vermochte. Kein Wunder also, daß ihr das Ballett und was immer mit Ballett zusammenhing, auch ein Ballett mittelmäßiger Art, wie es an Stadttheatern üblich ist, schlechterdings über alles ging, jedenfalls über Stiller. Ein paar verzagte Anläufe, sich als Lesbierin zu versuchen, scheinen ebenfalls nichts verändert zu haben; das Ballett blieb die einzige Möglichkeit ihrer Wollust. Andere Frauen ersparen sich das Ballett, indem sie dafür die Mutterschaft haben, und werden, indem sie den Mann als notwendigen Erzeuger ertragen und dann überspringen, glücklich mit ihren Kindern, die ihnen genau so über alles gehen wie einer Balletteuse eben ihr Ballett; sie können nur noch von Kindern reden, von ihren Kindern, auch wenn sie scheinbar von anderen Kindern reden, und geben sich selber auf, scheinbar, um sich selbst in ihren Kindern besser liebkosen zu können, was sie dann für mütterliche Liebe, für Hingabe und Opfer und schließlich sogar für Kindererziehung halten. Natürlich ist es der pure Narzismuß. Bei der schönen Julika, könnte man sagen, hatte dieser Narzißmus der Frigiden wenigstens den Vorzug, daß er keine leibhaftigen Menschen mißbrauchte, sondern nur Kunst, Tschaikowsky und Rimsky-Korsakow, mitunter auch Ravel, gewiß, und Strawinsky, aber keine Kinder, die nur diese einzige Mutter haben. Frau Julika Stiller-Tschudy, denke ich, würde allerdings aufbrausen, wenn ich ihr so offen heraus sagte, daß die Frau in der Kunst mir meistens verdächtig ist; vergeblich könnte ich ihr beteuern, daß darin keine Geringschätzung der Frau liegt, anderseits auch wieder keine Geringschätzung der Kunst. Unbewußtermaßen mag der verschollene Stiller (es liegt mir sonst wenig daran, mit dem Verschollenen einig zu sein) ähnlich empfunden haben; nur machte er einen Vorwurf daraus, scheint es, einen in Zärtlichkeit verborgenen Vorwurf, daß Julika ihre Wollust nie mit ihm erlebte, einen Vorwurf gegen Julika und einen ebenso albernen Vorwurf gegen sich selbst. Als wäre jede Frau dazu erschaffen, auch in diesem Sinne die Gefährtin des Mannes zu sein! Es ist auffallend, wie schon gesagt, und bezeichnend, daß dieser Mann sich immerzu glaubte entschuldigen zu müssen; er nahm es offenbar als Niederlage seiner Männlichkeit, wenn die schöne Balletteuse, vielleicht nur etwas ehrlicher als andere Mädchen, nicht in Empfindung zerschmolz unter seinem Kuß. Ihre Spröde war erschreckend, mag sein, aber echt. Sie tat nicht spröde, um aufzureizen, im Gegenteil, diese Julika versuchte eher nachzugeben, um alles Aufreizende zu mindern, und erlebte dann allerdings sehr bald, daß sich beim Nachgeben für sie der Ekel einstellte, jener einsame Ekel, den sie unter allen Umständen verbergen mußte. Sie wollte ihn doch nicht verletzen. Sie wollte ihn ja nicht verlieren. Stiller war ihr lieber als ein anderer Mann. Und anderseits widerstrebte es ihr einfach, jene Miene wilder Auflösung und seliger Ohnmacht zu

heucheln, die der Mann in seiner Eitelkeit fast immer glaubt, sie kann noch so schlecht gespielt werden, diese Miene des Überwältigtseins, die er haben muß, um an die Liebe einer Frau und vor allem an seine Männlichkeit glauben zu können. Ach, es war gräßlich! Und dagegen war es einfach ein Labsal, auf der Bühne zu stehen; tausend fremde Blicke auf ihrem Körper zu fühlen, Blicke so unterschiedlicher Art, Blicke von Gymnasiasten und verheirateten Biedermännern, Blicke, die alles eher als die tänzerische Leistung erfaßten, in der Tat, es machte Julika weniger aus, als wenn Stiller, ihr Mann, seine harte und von der Bildhauerei etwas rauhe Hand auf ihren Körper legte. Ihre hilflose Ausrede, daß sie müde sei, verdroß ihn oft genug. Stiller hielt sich für die Zärtlichkeit in Person, konnte aber nicht verstehen, daß man müde war. Stiller bezog immer alles auf sich!... Irgendwie war Julika fast erleichtert, als ihr der Theaterarzt zum erstenmal mitteilte, sie hätte es ein wenig auf der Lunge, müßte sich jedenfalls schonen. Die immer etwas staubige Luft auf der Bühne war nun gerade für Julika gar nicht günstig, jedoch in ihrem Beruf unvermeidlich, um so mehr mußte Julika sich außerhalb der Bühne schonen. So sagte es der Arzt. Es war also keine Laune von der schönen Julika, es war ein Gebot der Vernunft, wenn sie um Schonung und Rücksicht und viel Ruhe bat. Es ging um ihre Gesundheit. Julika war nun einmal ein zartes, ein besonders zartes Geschöpf; deswegen liebte sie ihren Stiller ja nicht weniger. Nur mußte er, wie gesagt, etwas Verständnis haben.
Stiller hatte es immer weniger, scheint es, dieses Verständnis für seine Frau; seine Ich-Bezogenheit ging so weit, daß er sogar ihre ärztlich begründete Müdigkeit auf sich bezog, nur auf sich, und es kam vor, daß Stiller wortlos aus der Wohnung ging, die Tür schmetterte, nur weil Julika gesagt hatte, sie wäre müde, und dann kam er irgendwann in der Nacht nach Hause mit dem leidigen Geruch von Wirtschaften, mit einem Atem, der nun wirklich eine Zumutung war. Oder er sagte: Ich möchte dich einmal erleben, wenn du nicht müde bist! und seine Stimme war voll Vorwurf, voll Grimm. Was sollte Julika denn tun? Er sagte

allerdings nie: Du bist einfach keine Frau! aber Julika spürte sehr wohl, daß er sie mit anderen Frauen verglich. Stiller trieb sie nachgerade zur Verzweiflung, und um sich selbst und ihm und der Welt überhaupt das Gegenteil zu beweisen, gab es wohl kein anderes Mittel als eine möglichst unverhohlene Flirterei, was in ihrem Leben bisher nie vorgekommen war. Stiller trieb sie dazu. Stiller fand es geschmacklos, wie Julika sich von jedem Herrn auf Durchreise, am liebsten von solchen, die das Schicksal bald wieder entfernte, den Hof machen ließ. Julika machte es Spaß, das Lob ihrer Schönheit zu hören in Verbindung mit einem Lob auf ihre Kunst; alles Weitere ging ihr zu weit. Stiller war lange nicht eifersüchtig, nur schockiert, wenn seine Julika im Restaurant und auf der Straße vor dem Restaurant, beim Abschied, Küsse von sich gab, Küsse dahin, Küsse dorthin; Stiller sagte dann nur: Bist du sicher, daß du alle geküßt hast? Er nahm es als kindische Spielerei. Ein anderes Mal war er wütend; es war nach einem Ball, Julika eine grazile Bacchantin, die bald da, bald dort auf den Knien eines Herrn saß und nicht aufhören konnte, sich als ›tolle Frau‹ aufzuspielen; Stiller wartete mit ihrem Mantel und fand es, wie er sich in seiner vulgären Art ausdrückte, zum Kotzen. Es müssen sehr kluge und wirklich unterhaltsame Herren gewesen sein, die der schönen Julika nicht ohne Charme und Witz, den sie ihrerseits durch ihre Schönheit parierte, den Hof machten; Stiller war stets der Meinung, daß es sich ausschließlich um mehr oder minder homosexuelle Herren handelte, und sein Lächeln, da Julika nie wußte, woran man so etwas erkennen könnte, beleidigte sie begreiflicherweise. Und es war wohl nicht zuletzt dieses Lächeln, was die arme Julika immer weitertrieb, weiter als es sie von Natur aus drängte, schließlich denn auch in die Arme eines jungen Reklameberaters von anerkannter Männlichkeit, der zudem ein zauberhaftes Häuschen bei Ascona besaß. Stiller hatte wohl nicht erwartet, daß Julika es wagen würde; er wußte Bescheid, daß der Reklameberater, ein Bekannter von Stiller, lange schon in die Balletteuse verliebt war, und irgendwie juckte es wohl Stiller, so daß er selbst die erste Begegnung veranstaltete. Wollte er eine Probe haben, ob Julika eine Frau ist? Und dann, als es so weit gekommen war, verlor er fast den Verstand, der gute Stiller; er fraß Veronal, um tagelang zu schlafen, und verriegelte sich in seinem Atelier. Nun war es Julika, die ihn geschmacklos fand. Wahrscheinlich hatte er Angst, nun wäre der Mann angetreten, der richtige Mann, und ohne das mindeste zu wissen, streckte Stiller schon die Waffen. In seinen kläglichen Briefen sah er Julika, seine Balletteuse, bereits mit Kinderwagen, eine Mama am Lago Maggiore. Sein Getue muß für Julika um so lästiger gewesen sein, als die Geschichte selbst, wie es scheint, von kurzer Dauer war, eine Woche in Ascona vielleicht. Der junge Reklameberater hatte es streng, flog dahin und dorthin, während Julika natürlich weiterhin ihre Proben hatte. Stiller fragte jeden zweiten Tag, warum Julika nicht nach Ascona führe; dabei blickte er sie immer an, als schuldete sie ihm irgendeine Antwort auf irgendeine Frage, die Julika indessen, ohne sich im mindesten zu verstellen, nicht erriet. Was wollte Stiller denn von ihr wissen? Für Julika war es nicht der Rede wert, ganz abgesehen davon, daß sie nun einmal ein verhaltenes und scheues Wesen war, das es nicht zum Reden drängt, und schließlich, fand sie, konnte Stiller doch merken, daß es zu Ende war. Stiller merkte es nicht, scheint es, oder nicht mit Gewißheit. Der fliegende Reklameberater blieb für ihn der große Mann, der Julika glücklich zu machen vermochte; davon war Stiller nun einmal vom ersten Schrecken an überzeugt, blind für die Tatsache, daß seine Julika durchaus unverändert blieb. Er glaubte wohl, sie verstelle sich vor ihm, sie verberge ihre Glückseligkeit, um ihn zu schonen, und dabei hatte Julika nach allem, was Stiller sich ihr gegenüber schon gestattet hatte, nicht das mindeste Bedürfnis, ihn zu schonen. Stiller lebte noch monatelang wie auf der Lauer, unterstand sich einmal sogar, ihre Handtasche zu durchsuchen, um irgendein Zeichen zu finden, einen Brief, eine Fahrkarte nach Ascona, eine Notiz im Kalenderchen. Ihr Kalenderchen enthielt aber nur Notizen über Proben, über Coiffeur, über Zahnarzt. Man kann sich vorstellen, wie lästig es für Julika gewesen sein muß, daß Stiller sich immer noch mit dieser

Sache beschäftigte, wenn auch nur in Gedanken, wie lästig vor allem, daß Stiller zwar ohne Vorwürfe, aber mit der Miene eines Verfolgten immer auf irgend etwas wartete, auf ein erlösendes Wort. Was hätte Julika ihm sagen sollen? Einmal, als Stiller offen heraus wissen wollte, was der Reklameberater ihr bedeutet hätte, sagte sie ihm: »Du hast mich zur Verzweiflung gebracht, Stiller, sprechen wir nicht mehr davon, ich bin ja zurückgekommen, aber du mußt mich nicht zur Verzweiflung treiben! ...« Jedenfalls war sich Julika keiner Schuld bewußt, die Stiller nicht seinerseits schon um ein Vielfaches überboten hätte, und also lag es doch eigentlich an ihm, alles zu versuchen, damit sie, die zu ihm zurückgekehrt war, glücklich würde bei ihm.

Einige Monate ging es wieder wunderbar.

Stiller, offenbar auf Umwegen orientiert, daß der fliegende Reklameberater längst eine andere Freundin hatte, erwartete Julika vor dem Theater, kochte seinen valencianischen Reis und war nicht gekränkt, wenn Julika, müde von der Probe, wenig oder überhaupt nichts davon essen konnte; er nahm Anteil an ihrem fürchterlichen Zank mit einem Regisseur und gab ihr recht; er schonte sie, wie der Arzt es verlangte, oder gab sich wenigstens Mühe – einige Monate lang. Dann, scheint es, versank er wieder in seine Ich-Bezogenheit und erwartete, daß Julika sich nur um ihn kümmerte; wieder ging er wortlos aus der Wohnung, schmetterte die Tür und besoff sich, beispielsweise weil Julika zu müde war, um sich stundenlang für Bildhauerei zu interessieren. Am andern Tag gestattete sie sich die Bemerkung, daß seine Trinkerei sehr viel Geld kostete. Stiller verübelte es ihr, wenn sie schwieg, und verübelte es ihr, wenn sie redete. Und wie sollte Julika zärtlich sein zu einem Mann, der im Grunde, sie spürte es doch, voll Groll war? Eines Morgens, mitten aus dem Frühstück heraus, fragte Stiller, warum sie im Ballett erzählt hätte, daß sein neuer Mantel, ein amerikanischer GI-Mantel, von ihrem Geld gekauft wäre. Julika verstand seine Frage nicht. »Warum erzählst du das dem ganzen Ballett?« fragte er, zitternd vor Groll, indem er irgendeine Kleinigkeit aufbauschte. »Was ist denn dabei?« fragte sie, und Stiller riß ihr die Zeitung aus der Hand, erklärte ihr eine halbe Stunde lang, was, seiner Meinung nach, dabei wäre. Seine Auslegung war infam. Julika kamen die Tränen, und als Stiller nicht aufhörte, schrie sie: »Geh hinaus, ich bitte dich, geh hinaus!« Stiller ging nicht, obschon er sehen mußte, wie seine infame Auslegung sie verletzte. »Dann gehe ich!« sagte Julika, aber Stiller ließ sie nicht gehen. »Ich will dich nicht mehr sehen!« schrie die Bedrängte. »Das ist eine Gemeinheit von dir, eine Hundsgemeinheit!« Übrigens soll es das einzige Mal gewesen sein, ungefähr das einzige Mal, daß Julika in ihrer Empörung derart deutliche Ausdrücke gebrauchte. Ob Stiller einsah, wie unrecht er dieser Frau tat? Es fiel ihm nicht ein, sich zu entschuldigen. Und der Riß blieb offen. Einmal darüber aufgeklärt, wie infam Stiller irgendeine Kleinigkeit auszulegen sich nicht schämte, hatte Julika fortan Mühe, überhaupt noch etwas zu sagen. Und das Schweigen wucherte, ein Schweigen, das schlimmer war als Zank. Stiller schien keine Ahnung zu haben, wie sehr er Julika verletzt hatte; er deutete sich ihr Tun und Lassen, wie es ihm in seiner Ich-Bezogenheit gerade paßte, eigensinnig und unbelehrbar.

Dann noch etwas anderes!

Julika hatte damals einen Hund, einen Fox, wie er zu kinderlosen Paaren doch wohl gehört, Foxlein genannt oder in der Sprache dieses Landes, übrigens einer höchst liebenswerten, wenn auch nicht gerade klangschönen, aber erdig-dinglichen und bei genauerem Hinhören gar nicht unzärtlichen Sprache: Foxli. Sie liebte ihn, versteht sich, sonst hätte man ihn ja nicht zu haben brauchen; das ist das Beglückende an Hunden, man liebt sie oder man braucht sie nicht zu haben. Stiller verstand nie, daß man Foxli so lieben konnte, und es gelang ihm auch kaum, in Foxlis seelenvollen Augen zu lesen. Er spöttelte über Julikas mütterliche Geduld, wenn man mit Foxli, der schnuppernd von Baum zu Baum lief, überallhin zu spät kam, und nannte es höhnisch: das Heilige Tier. Man wußte, daß Julika zu spät kommen würde, und niemand nahm es übel, Foxli war zu drollig. Im Restaurant durfte Foxli, dank der Schönheit seiner Herrin, der kaum ein einigermaßen gepflegter Kellner sich zu widersetzen wagte, genau so gut wie Stiller auf einem Polsterstuhl sitzen. Daß Stiller sich nie damit abfinden konnte, war seine Sache, sein Eigensinn. Wozu sollte Julika, die ohnehin nie sehr viel aß, die Hälfte ihres herrlichen Filet Mignon stehenlassen? Schließlich, es wurde nicht gesagt, zahlte Julika ja das meiste, Stiller hatte dafür seinen Wein. Er sagte auch nichts, dennoch hatte Julika oft das Gefühl, sie müßte Foxli in Schutz nehmen. Und Foxli empfand es genau so. Foxli war auf ihrer Seite. Das ärgerte Stiller vielleicht, ihre Mehrzahl; Julika und Foxli, beide von allen Seiten bewundert, überstimmten ihn in allen entscheidenden Fragen. Nicht daß Stiller ihr süßes Hündchen je geschlagen hätte; das fehlte noch! Aber Stiller liebte es nicht; er tat, als wäre Foxli nicht da. Kaum zu Hause im Flur, von Foxli mit herzlichen Sprüngen empfangen, kümmerte sich Stiller nur um seine Post, immer nur seine Post, als meldete sich je ein Mäzen mit Geld. Einmal sagte wieder jemand: Ach Julika, habt ihr ein süßes Tier! worauf Stiller antwortete: Sehr süß, ja, demnächst werden wir Konfitüre daraus machen! Stiller war einfach eifersüchtig auf ihren Hund, gab es aber nicht zu, sondern machte sich wieder so eine Theorie, die überhaupt nichts mit dem lebendigen Foxli zu tun hatte, und redete abermals nur von Julikas (nicht von Foxlis) Seelenleben, wovon er nun schon gar nichts verstand. Warum ließ Stiller, zum Beispiel, Foxli nie in sein Atelier? Und dann wunderte er sich hinwiederum, daß seine Frau oft monatelang, einmal fast ein ganzes Jahr nicht in sein Atelier kam, enttäuscht, daß sie so wenig Anteil nahm an seiner schöpferischen Arbeit. Julika wußte wirklich nicht, wo sie Foxli hätte anbinden können, ohne um ihn bangen zu müssen, oder sollte sie Foxli gar in die fremden Gassen lassen, nur um sich von Stiller einmal mehr zeigen zu lassen, daß seine schöpferische Arbeit, wie er ja immer klagte, einfach nicht vorwärtsging? Stiller scheint wirklich der Inbegriff einer männlichen Mimose gewesen zu sein. Daß er über Jahre seinerseits in ihre Ballett-Proben kam, wo er skizzieren durfte, war doch für ihn selber nur ein Gewinn. Was aber, einmal sachlich gesprochen, hatte Julika davon, in seinem meistens staubigen Atelier herumzustehen, wo er jahrelang ungefähr am Gleichen arbeitete, und sich möglicherweise noch in seinem Atelier zu erkälten? In seiner Ich-Bezogenheit verschloß er sich einfach vor allen solchen Erwägungen. Was erwartete er nur immer von Julika? Seine Gekränktheit, wie höflich er sie auch verschwieg, war eine Last für die arme Julika. Daß sie, die Balletteuse, bei den zahllosen Gesprächen über Bildhauerei, die Stiller mit seinen Genossen oft in alle Nacht hinein führte, nie ein Wort redete, machte ihn traurig; er deutete es als Mangel an Teilnahme, kam nie auch nur auf den Gedanken, daß es von Julika, die nun einmal nichts von Bildhauerei verstand, eine nur natürliche Bescheidenheit war, ganz zu schweigen von ihrer nun einmal sehr verhaltenen und scheuen Art überhaupt. Waren seine Genossen endlich gegangen, wurde er auch noch grob: Wenigstens eine Mehlsuppe hättest du machen können, sagte er grämlich, wenigstens das! Julika dachte ja nicht daran, seine Dienerin zu werden. Und von dem Tage an, da die andere auftauchte, war sein Einfühlungsvermögen vollends erschöpft; sage und schreibe: Stiller war entrüstet, daß Julika in ihrer Veranda nicht ihn vermißte, sondern Foxli, und allen Ernstes verwundert, daß Julika, die Kranke und Verlassene, von Davos aus keine zärtlichen Briefe schrieb, es ist wahr, eigentlich überhaupt keine, ausgenommen ein Zettelchen, womit Stiller in der Stadt etwas besorgen mußte; Julika konnte doch einfach nicht schreiben! Und als er später, im Laufe jenes Sommers, seinerseits wochenlang nicht mehr schrieb, scheute er sich nicht, jeder Einfühlung bar, vor der billigen Ausrede, Julika hätte ihm ja auch nie geschrieben …

Usw.

Ich habe kein Verlangen danach, den Friedensrichter zu spielen zwischen der schönen Julika und ihrem verschollenen Mann; da sie jedoch jedesmal von diesen leidigen Zeiten redet, versucht man natürlich, Zusammenhänge zu erraten, und wäre es auch nur zur Unterhaltung, so wie man etwa Kreuzworträtsel ausfüllt. Was soll ich in meiner Zelle sonst tun! … Schwierig zu erraten, jedoch unerläßlich, um das Kreuzworträtsel mit dem verschollenen Stiller ausfüllen zu können, ist ein kleiner Ausspruch der schönen Julika, der weit zurückliegen muß. Sie nennt ihn nicht. Ein durchaus argloser Ausspruch. Ein belangloser Ausspruch. Und doch, höre ich, konnte Stiller ihn nie verwinden, eigentlich immer weniger. Irgendwie muß es mit diesem kleinen, geradezu winzigen und von Julika längst vergessenen Ausspruch zusammenhängen, daß Stiller sich als ein stinkiger Fischer mit einer kristallenen Fee vorkam. Der Ausspruch fiel in ihrer ersten gemeinsamen Nacht. Offenbar war Stiller nicht nur eine Mimose, ein Mann von krankhafter Ich-Bezogenheit und entsprechender Empfindlichkeit, so daß er Worte, die Julika möglicherweise jedem Mann hätte sagen können, ganz und gar auf sich bezog; er war obendrein auch noch ein Wiederkäuer, und das war für die arme Julika oft einfach unerträglich. Plötzlich, nach Jahr und Tag, stieß ihm eine solche Bagatelle wieder auf! Und dabei hatte Julika ihrerseits, wie sie versichert, jenen kleinen Ausspruch in der ersten Nacht schon längst wieder vergessen. Stiller kam einfach nicht darüber hinweg, er trug diese paar Worte wie ein Kainsmal hinter seiner Stirne, und da half es wenig, daß Julika, zärtlich vor allen Leuten, ihm seine immer etwas unordentlichen Haare aus der Stirn strich. Julika war rührend zu ihm. Und vermutlich hatte sie damals nur ausgesprochen, was manches Mädchen, zum erstenmal von einem Mann umarmt, unter anderem empfinden mag. Stiller mußte es doch begreifen. Er begriff es auch. Es quälte ihn offenbar nur, daß es das einzige blieb, was die geliebte Julika ihm nach der ersten Umarmung hatte sagen können. Plötzlich, nach Jahr und Tag, steigerte er sich in so eine vergangene Sache hinein; man sah es dann seinen Augen an, wie es in ihm bohrte, wie seine Seele sich gleichsam zusammenzog auf einen einzigen Punkt, wie so ein kleiner und argloser und jedenfalls durchaus sachlicher Ausspruch in seiner Erinnerung zu hallen anfing, alles andere überdröhnte. Und gerade dann, wenn Julika sich besonderer Zärtlichkeit befliß, erschreckte ihn wieder, was vor vielen Jahren einmal aus ihrem Mund gekommen war.

Stiller kam sich als der Besudelnde vor. Er tat, als ekelte sich Julika vor ihm, und wies sie zurück, wie gesagt, gerade dann, wenn Julika sich besonderer Zärtlichkeit befliß; er entzog sich. Stiller soll ein sportlicher Schwimmer gewesen sein; einige Jahre lang schwamm er jeden Tag einmal über den See und zurück, gleichviel ob es regnete oder nicht, oft noch im Oktober: er kasteite sich. Julika nannte es seinen Tick, diese Sportlerei. Stiller brauchte sie, um sich wohl zu fühlen. Er brauchte einen See voll Wasser, scheint es. Es war ihm furchtbar, wenn er schwitzte. Und in Gesellschaft etwa, wenn er schwitzte oder spürte, daß es soweit kommen könnte, verlor er jeglichen Humor, saß dann in stummer Bestürztheit, unfähig, auch nur einem Gespräch zu folgen. Stiller hatte dann eine solche Angst in den Augen, daß es Julika oft rührte. Oft bildete er sich ein, er hätte einen Ausschlag. Meistens war es bloße Einbildung. Dann wieder schwärmte er von einer fremden Dame, die ihn, oben auf dem Gipfel des Piz Palü, auf sein schwitzendes Gesicht geküßt hätte, das war für ihn der Piz Palü, unvergeßlich, einmalig, grandios. Sein Zerwürfnis mit dem Körper, scheint es, betraf nur seinen eigenen. Stiller schwärmte von den Kindern im Strandbad, von der Haut der Kinder, und auch die menschlichen Körper im Ballett, zum Beispiel, begeisterten ihn immer wieder. Seine Begeisterung hatte etwas Schmerzliches, etwas von der hoffnungslosen Sehnsüchtigkeit eines Verkrüppelten. Stiller war schon ein Mann über dreißig; aber wenn eine Frau einmal ihre Hand (ohne Handschuh) auf seine Hand legte, ohne sie sogleich wieder zurückzuziehen, oder das fahle Haar nicht nur aus seiner Stirne strich, um ihn ordentlich zu machen, sondern um sein Haar zu fühlen, um seine schmale Stirne zu fühlen, war er irritiert wie ein Knabe, dadurch für manche Damen besonders anziehend. Er war wohl, wie man sagt, ein Mann mit Chancen, ohne sich seine Chancen zu glauben. Und das irritierte Stiller wohl am meisten, nicht die sogenannte Chance, sondern die Angst, daß man ihn ja bloß zum Narren hielte; er war mißtrauisch, unsicher, nicht bereit zu glauben, daß eine Frau, die ihre Hand auf die seine legte, frei wäre von Ekel. Es ist anzunehmen, daß dieser unselige Mensch nicht oft, aber ab und zu, irgendwann einmal nach der täglichen Dusche, die doch nur für den Augenblick reinigte, vor den Spiegel trat, um zu sehen, was Julika, seine kristallene Fee, abstoßen mußte, und siehe da, Stiller entdeckte eigentlich nichts, was ihn nicht selber abstieß. Stiller fand Männer sehr schön, er zeichnete sie ohne Unterlaß; Frauen auch. Nur er selbst, Stiller mit Namen, hatte das Pech, in einem männlichen Körper zu wohnen, der sein Liebstes beschmutzte; das hatte ihm Julika, dieser ehrliche Mensch, ja so offen ausgesprochen, so arglos, so sachlich und schlimm nur dadurch, daß es ihre einzige Aussage geblieben war... Kurzum, Stiller hatte wohl wirklich einen Tick, und die arme Julika, ihrerseits ein ungewöhnlich zartes Wesen, scheu von Natur und von mädchenhafter Verhaltenheit im Wort, wehrlos gegen Auslegungen, die einfach ihr wahres Wesen verkannten, hatte es sicherlich nicht leicht mit ihrem neurotischen Gemahl. Das fanden offenbar auch andere Leute, nämlich daß Stiller ihr wahres Wesen verkannte, und es fehlte nicht an Freunden, die Stiller warnten, dafür aber nur Undank ernteten. Stiller vertrug es nicht. Ach, sagte er nach einem solchen Gespräch, der Teufel hole die Menschen, die sich in eine Ehe einmischen, nur weil sie meinen, daß sie es wohlmeinen und daß es genüge, wenn sie es wohlmeinen, ohne auch nur ein Drittel der Geschichte zu kennen, worin sie es wohlmeinen! Und damit war das beste Freundeswort für ihn erledigt; Stiller wußte alles besser. Man sagte ihm, daß die arme Julika ihn nicht nur liebte, sondern ihn mehr liebte, als er es verdiente, und Stiller antwortete höchstens: Sehr gut, daß Sie mir das sagen! Aber in Wahrheit fiel es ihm nicht ein, sich etwas zu Herzen zu nehmen. Sein Verdacht, daß Julika ihre gemeinsamen Bekannten aufhetzte, war ungerecht wie so vieles in seinem Verhalten gegenüber dieser Frau, die, glaube ich, viel zu schamhaft gewesen wäre, um sich Drittpersonen anzuvertrauen. Die Leute sahen es einfach mit ihren eigenen Augen. Und das vertrug Stiller schon nicht. Lange Zeit kannten sie ein liebenswertes Ehepaar, er war Veterinär, sie eine anerkannte Kinderärztin, zwei Menschen voll

Bildung in einem lebendigen Sinn, voll Herz und Geist, Freunde, denen Stiller vieles verdankte, nicht nur eine Reihe von köstlichen Abendessen, sondern Anregungen aller Art, Einführung in die zürcherische Gesellschaft, einmal sogar einen Auftrag. Stiller fand sie ganz prächtige Menschen, diese Kinderärztin und diesen Veterinär, bis ihm die Frau, die Julika zuweilen unter vier Augen traf, einmal unter vier Augen sagte, was sie sich dachte, nämlich daß Frau Julika ein ganz wunderbarer Mensch sei, ein so feines und im Innersten vornehmes Wesen, wie sie, die Kinderärztin, in ihrem Leben es noch kaum getroffen hatte. Stiller unterbrach sofort: »Und warum sagen Sie das mir?« Sie sagte im Spaß: »Offen gestanden, Stiller, ich frage mich manchmal, womit diese Julika es verdient hat, mit Ihnen verheiratet zu sein!« und sie lächelte, um die Spaßigkeit ihrer Rede deutlich zu machen. Stiller soll nur frostig gewesen sein. »Im Ernst!« fügte sie hinzu und meinte es wirklich nur freundschaftlich, »ich hoffe, daß Sie es begreifen, bevor es zu spät ist, bevor Sie ein Greis sind, Stiller, begreifen, was für eine wunderbare Frau an Ihrer Seite lebt, was für ein wertvoller Mensch, ganz im Ernst, ich hoffe es von ganzem Herzen, Stiller, Ihnen zuliebe!« Aber Stiller, scheint es, vertrug auch den Ernst nicht; es war in einem Restaurant, und Stiller winkte dem Kellner, während die Freundin, die Kinderärztin, weiter über Julika redete, er zahlte, ohne zu der Sache selber ein Wort zu sagen. Und dann war es seine einzige Antwort, daß er fortan, wann immer dieses prächtige Kinderärztin-Veterinär-Ehepaar sie einzuladen wünschte, seinerseits keine Zeit hatte; also die billigste Art von Antwort. Mit Recht wehrte sich Julika und ging dazu über, das Kinderärztin-Veterinär-Ehepaar ihrerseits einzuladen; als dann Stiller nach Hause kam, im Flur draußen hörte, wer in der Wohnung redete, wollte er einfach umkehren. Mit knapper Not konnte Julika diese gesellschaftliche Rüpelei verhindern; Stiller blieb zum Abendessen, dann aber ›mußte‹ er ins Atelier. Er kniff einfach aus. Und manchmal grenzte es wirklich schon an Verfolgungswahn; Stiller bemühte sich wohl, zu ihren Freunden nett zu sein, aber sie spürten natürlich seine

Abwehr, seine Unfreiheit. Und dann wunderte sich der gute Stiller, daß es um ihn herum einsamer wurde. Niemand geht gerne zu einem Ehepaar in Krise, versteht sich, es liegt in der Luft, selbst wenn man nichts davon weiß, und der Besucher hat das Gefühl, einem Waffenstillstand beizuwohnen, er kommt sich als Notbrücke vor, er fühlt sich irgendwie mißbraucht, zu einem Zweck eingesetzt, und das Gespräch wird unfrei, der Übermut in vorgerückten Stunden wird gefährlich, plötzlich wird mit Witzen geschossen, die etwas zu scharf sind, etwas vergiftet, der Besucher merkt mehr, als die Gastgeber preisgeben wollen; es ist gemütlich wie auf einem Minenfeld, ein solcher Besuch bei einem Ehepaar in Krise, und wenn nichts platzt, so riecht es doch allenthalben nach heißer Beherrschung. Und wenn es auch zutreffen mag, was die Gastgeber sagen, nämlich daß es für sie der netteste Abend seit langem gewesen ist, man kann es verstehen; aber man lechzt nicht nach der nächsten Einladung, und die Hindernisse häufen sich unwillkürlich, in der Tat, man hat kaum noch einen freien Abend. Man bricht nicht mit einem Ehepaar in Krise, gewiß nicht. Man sieht sich nur etwas seltener, und infolgedessen vergißt man das Ehepaar, wenn man selber eine Einladung macht, unwillkürlich, absichtslos. Das kommt davon; Stiller hatte keinen Grund, sich zu verwundern, so wie er sich zu allen wohlmeinenden Leuten verhielt. Zum Glück, kann man nur sagen, hatte Julika wenigstens ihre Freunde im Ballett, vor allem jedoch die Arbeit selbst. Auf der Bühne, in den Fluten der Scheinwerfer, war sie frei von allem, ein andrer Mensch, ein glücklicher Mensch, die Beglükkung in Person. Auch in die Proben kam Stiller nicht mehr. Er verkroch sich in seine Arbeit. Und es half auch nichts, als der Mann ihrer Freundin, der Veterinär, eines Morgens in sein Atelier ging, um mit Stiller zu sprechen, Mann zu Mann, wobei von Vorwürfen nicht die Rede war. Es genügte der Satz: »Ich glaube, Stiller, Sie tun Ihrer Frau sehr unrecht.« Stiller antwortete: »Sicher!« Sein Ton war pure Fopperei. »Was haben Sie anderes erwartet?« sagte er. »Haben Sie gesehen, daß ich jemals etwas anderes getan habe als Unrecht?« Der Veterinär versuchte alles, doch Stiller ließ ihn einfach stehen, putzte sein Spachtel und sagte Adieu, ohne den Besucher an die Türe zu begleiten. Es war wirklich eine Art von Verfolgungswahn, wie er Leute, sobald sie Julika als Freunde begegneten, für seine insgeheimen Feinde hielt. Was sollte Julika bloß tun! Stiller tat ihr leid. Er machte sich nur selber einsam. Was hatte Julika nicht alles versucht! Sie nahm es noch mit Humor, wenn Stiller sich darin gefiel, der unverstandene Mann zu sein, und oft, wenn er so brütete, untätig wie ein Lahmer und verstockt und schweigsam, daß man vor Langeweile hätte sterben können, menschenscheu, lustlos, gleichgültig, willenlos und alles andere als ein Mann, der eine Frau hätte glücklich machen können, legte Julika ihre Hand kurz auf seine Schulter und lächelte: »Jaja – bist ein Armer!...«

Ihr Sommer in Davos, ihr Leben in jener Jugendstil-Veranda, wo man Heu roch und Eichhörnchen sah, war sicher nicht leicht. Es ging Julika wie scheinbar den meisten Neulingen dort oben: nach einem allerersten Entsetzen, nach zwei oder drei Nächten, wo sie sofort auszubrechen beschlossen hatte, und nach dem grauslichen Gefühl, als wäre es jedesmal eine Vorbereitung zum Sterben, wenn man sie in ihre Wolldecken wickelte und auf die immergleiche Veranda rollte, gewöhnte sich Julika unversehens an diesen anderen Alltag, ja, sie genoß es sogar, einmal nichts mehr zu müssen, überhaupt nichts. Ruhe war das einzige, was von ihr verlangt wurde. Julika genoß es wie schon lange nicht mehr, auf dieser Welt zu sein. Es war gar nicht so fürchterlich, dieses Davos, es war ein Tal, wie Täler halt sind, grün, friedlich, etwas langweilig vielleicht, ein Tal mit steilen Wäldern und flachen Matten, da und dort mit einer steinigen Runse, eine Landschaft, nichts weiter. Der Tod ging nicht als knöcherner Sensenmann umher, nein, da wurde nur Gras gemäht, Heu duftete herauf, Harz herüber vom nahen Wald, irgendwo verzettelten sie Mist, und in den Lärchen vor ihrer Veranda turnte ein neckisches Eichhörnchen. Tagsüber, mag sein, lebte es sich wie in den Ferien. Ein Nachbar, der sich täglich eine Viertelstunde auf das Fußende ihres Bettes setzte, ein Geretteter, der spazieren durfte und Wiesenblumen brachte, übrigens ein ziemlich junger Mensch, jünger als Julika, aber Sanatoriums-Veteran, der sich der Neulinge auf die netteste Weise etwas annahm, scheint Julika viel erleichtert zu haben. Er war es, der ihr Bücher brachte, andere als Stiller jemals gebracht hatte, eine neue Welt also. Und was für eine Welt! Julika las Plato, Tod des Sokrates, schwierig, jedoch der junge Sanatoriums-Veteran half ohne eine Spur von Lehrerhaftigkeit, munter-beiläufig wie eben jene Leute, die ihrerseits eine ungewöhnlich leichte Auffassung haben und nie vermuten, man könnte etwas nicht verstehen, weil unser Kopf nicht reicht. Er war bezaubernd mit seinem schmalen, immer etwas pfiffigen Gesicht und den großen Augen darin, dabei waren sie keineswegs ineinander verliebt. Julika ihrerseits erzählte vermutlich vom Ballett, und der junge Sanatoriums-Veteran, der die Anzüge von Verstorbenen trug, erzählte ein wenig von all den Menschen, die Julika ab und zu husten hörte, ohne sie je zu Gesicht zu bekommen, keine Lebensgeschichten, nur so Schnurren, keine Indiskretionen; Julika war froh darum, anfangs durch seinen ›frivolen‹ Ton befremdet, bis sie wohl merkte, daß spitzer Witz nicht Innerlichkeit ausschließt, sondern lediglich eine andere Form davon ist, eine unklebrige und keuschere Art vielleicht. Kurzum, Julika freute sich auf diese Viertelstunden, vermißte den jungen Sanatoriums-Veteran schon empfindlich, als er einmal ausblieb. Was war denn los? Gar nichts; Besuch seiner Familie, nichts weiter. Am andern Tag kam er wieder, erläuterte Julika so ein Röntgen-Foto. Sein eigenes? Darüber schwieg er sich aus, zeigte, was man einen ›Schatten‹ nennt, und brachte Julika langsam dazu, so ein Gerippe sogar schön zu finden, anzuschauen wie eine Graphik, entzückt zu sein etwa von der Transparenz des Herzens, das nicht zu sehen war, fasziniert von den geheimnisvollen Gewölken zwischen Rippen und Wirbelsäule, ja, es brodelte da bei längerem Hinsehen geradezu von Formen, alles in traumhafter Dämmerung verloren. Zum Schluß, als der Lümmel ihr eröffnete, daß sie das persönlich wäre, Frau Julika Stiller-Tschudy, von Röntgenstrahlen durchschaut, erschrak sie schon gar nicht mehr. Woher er es hatte? Gestern gestohlen, als er beim Arzt hatte warten müssen; Schabernack gehört in ein Sanatorium, fand er, die Leute nähmen sich zu ernst, vor allem im Sanatorium, aber vielleicht auch sonst. Julika mußte an Stiller denken. Solche Besuche am Fußende ihres Bettes interessierten sie natürlich mehr als Stillers pflichtbewußt-regelmäßige Briefe, die, wie Julika sehr wohl empfand, nichts durchleuchteten, im Gegenteil. Diese Briefe waren ein geschwätziges Verschweigen. Was hätte Julika darauf antworten können! Das Einziggute an diesen Briefen: Oberarzt und Schwester beruhigten sich beim äußeren Anblick solcher Briefe; nämlich sie fanden es merkwürdig, gelinde gesagt, sehr merkwürdig, daß Herr Stiller nie auf Besuch kam. Julika mußte ihn in Schutz nehmen. Mein Mann wird schon kommen! sagte sie oft. Zeit wäre es! meinte der Oberarzt, sonst werde ich dem Herrn Gemahl einmal die Züge herausschreiben, falls der Herr Gemahl vielleicht keinen Fahrplan besitzt!... Alle hatten Frau Julika sehr gern, und tagsüber, zumal bei schönem Wetter, verging ihr die Zeit fast ohne Not. Der junge Sanatoriums-Veteran, Student aus einem katholischen Seminar, war wirklich eine Gabe des Himmels. So viel Bildung und so viel Bubenhaftigkeit zusammen, das hätte Julika nicht für möglich gehalten. Er war der gelehrteste Mensch, den Julika je gesprochen hat, und sie kam sich oft genug wie eine Analphabetin vor, anderseits wie eine reife Frau; denn er war ein Bub, wie gesagt. Und jedenfalls genoß Julika es sehr, sein Gespräch, sein Wissen, seine Bubenhaftigkeit am Fußende ihres Bettes. Fragte man ihn etwas, was er nicht wußte, machte es ihm Spaß, wie wenn man Foxli irgendwohin einen Stein oder einen Tannenzapfen wirft; nach wenigen Tagen kam er zurück und wußte Bescheid, wo und was darüber zu lesen wäre. Er gab Julika einen ersten Begriff von moderner Physik, wirklich aufregend, alles mit wissenschaftlicher Genauigkeit, wie Stiller sie nie hatte, selbst wenn er schnurstracks aus einem Vortrag kam, über die Maßen begeistert, doch unfähig, Julika auch nur den

Bau eines Atoms zu erklären. Hier, zum erstenmal, verstand sie alles, fast alles. Oder Julika erfuhr, was es mit der Mutter Gottes auf sich hatte, Heiligung des Weiblichen, wovon so ein Protestant nicht die blasse Ahnung hat, alles mit überlegener Kenntnis nur so weit vorgetragen, daß auch die Kenntnislose folgen und wenigstens die entscheidenden Wendungen eines Gedankenlaufes erkennen konnte, ja, zum allerersten Mal auch, obschon ihr guter Stiller dereinst in Spanien auf kommunistischer Seite gekämpft hatte, wurde Julika sachlich und leidenschaftslos unterrichtet, was nun eigentlich die Idee des Kommunismus ist, was dabei von Hegel stammt, was dabei ein Mißverständnis von Hegel ist, was man unter Dialektik versteht, was am Kommunismus durchaus christlich, was antichristlich ist, Säkularisierung, Transzendenz, es schien einfach nichts zu geben, was dieser junge Jesuit mit seinem schmalen Gesicht und mit den etwas totenkopfhaften Augengruben darin nicht mit Leichtigkeit denken und in einer knappen, ungeschwätzigen, unleidenschaftlichen Weise vorzutragen vermochte, die amüsant war, so daß Julika oft lachen mußte, gleichviel ob es nun gerade um die Mutter Gottes oder um die absolute Lichtgeschwindigkeit ging, und die (die unleidenschaftliche Weise seines Vortrags) nie eine Anschauung aufzudrängen schien. Julika genoß es auch hier, einmal nichts zu müssen. Stiller drängte immer etwas auf, Ansichten, die er später selbst widerlegte; in Zeiten aber, wo sie ihn begeisterten, pflegte er sie vorzutragen, daß Julika nicht zu widersprechen wagte. Ganz anders dieser junge Katholik! Es drängte Julika gar nicht, zu widersprechen. Sie lag in ihrer Veranda, sog es in sich hinein wie die Luft des nahen Waldes. Von diesem täglichen Besucher, scheint es, hörte Julika nebenbei auch den nicht unbekannten Gedanken, daß es das Zeichen der Nicht-Liebe sei, also Sünde, sich von seinem Nächsten oder überhaupt von einem Menschen ein fertiges Bildnis zu machen, zu sagen: So und so bist du, und fertig! ein Gedanke, der die schöne Julika unmittelbar angesprochen haben mußte. War es nicht so, daß Stiller, ihr Mann, sich ein Bildnis von Julika machte? ... Kurz und gut, Julika langweilte sich nicht, und solange sie ins Tageslicht blickte, ob Sonne oder Regen, trug sie ihr Kranksein beinahe ohne Not.

Anders wohl waren ihre Nächte.

Julika redet kaum davon, immerhin kommt zum Vorschein, daß zuweilen am Morgen, wenn die Schwester ins Zimmer trat, das Licht noch brannte und eine gänzlich erschöpfte, in kaltem Schweiß gebadete, in einem durch und durch zerwühlten Bett eingeschlummerte Julika gefunden wurde. Ihre Fieberkurve verriet deutlich genug, wie wenig die arme Julika nach der frommen Mahnung lebte, sich unter keinen Umständen aufzuregen. Der etwas doofen Schwester gegenüber, die Julika wusch und frisches Bettzeug holte, Heizkissen und Tee vor der Zeit, bestritt Julika alles, nur damit ihr erster Spaziergang, seit Wochen versprochen, nicht wieder und wieder und wieder verschoben würde. In solchen grauenvollen Nächten, mag sein, sah Julika zuweilen ihren Stiller in jener unvergeßlichen Haltung, wie er die Gläser vom Vorabend trocknet, die Haarspange seiner vorabendlichen Besucherin in die Hosentasche steckt, damit Julika nicht weiter daran Anstoß nehme, und wie er auf die Nachricht, daß Julika auf den Tod erkrankt sei, nur sein Glas vom Vorabend an die Wand schmettert, nichts weiter...

Jetzt schrieb Stiller auch keine Briefe mehr.

Man fragt sich natürlich, ob niemand diesen Stiller (wenn die arme Julika es schon nicht selber schreiben konnte) einmal unter vier Augen unterrichtete, was seine Frau, immerhin seine Frau, die er ja trotz der anderen wenigstens noch so weit liebte, daß er von ihr vermißt sein wollte, dort oben in Davos durchzumachen hatte. Aber eben, Stiller war ja nicht bereit, sich unter vier Augen unterrichten zu lassen; die paar Bekannten, die es einmal versucht hatten, gaben es natürlich auf, und die neuen Bekannten, die Stiller nun haben mochte, ahnten von Julikas grauenvollen Nächten so wenig wie er selbst... Wer überhaupt wußte davon? Die arme Julika offenbarte sich niemandem. Einer wußte dennoch darum, scheint es, und zwar der junge Sanatoriums-Veteran. Und auch darüber redete er so heiter-leicht wie über seine Kirchenväter, wie über die absolute Lichtgeschwindigkeit (die nicht zu verdoppeln ist, wenn zwei Lichtstrahlen einander entgegensausen) und über das klassische Gesetz von der Addition und Subtraktion der Geschwindigkeit, das eben beim Licht nicht gilt, und wie über Buddhismus. Wieder saß er, voll solcher Wissenschaft, am Fußende ihres Bettes, wo die erschöpfte Julika ihn anzuhören sich bemühte, und hatte eben in einer Zeitschrift einen Satz von Professor Scherrer, Zürich, gelesen, der ihn entzückte, nämlich: Masse ist Energie auf Sperrkonto. »Ist das nicht witzig?« fragte er. »Ja«, sagte Julika. »So ist es!« fuhr er dann ohne irgendeine Verwandlung seines Tones fort, noch immer in seiner Zeitschrift blätternd, »– tagsüber spielt man Schach und liest, in der Nacht wird geweint, Sie sind nicht die einzige im Haus, Julika, das müssen Sie nie glauben. Es geht hier allen so. Am Anfang, so die ersten Wochen oder Monate, ist man baff, wie hübsch es hier ist, Heu und Harz und Eichhörnchen und dergleichen, und dann kommt das Grauen halt doch. Man heult in seine Kissen und weiß nicht recht warum, es schadet ja nur, man weiß bloß, daß unser fiebriger Körper wie Zunder verfallen wird. Und dann, früher oder später, denken hier alle an Ausbruch. Vor allem in der Nacht, wenn man allein ist; da wuchern bei uns die verrücktesten Pläne, jeder wird sein eigener Napoleon, sein eigener Hitler, keiner kommt nach Rußland, und unsereiner kommt nicht einmal ins Tiefland hinunter, Julika, vier Stunden mit dem Bähnchen, umsteigen in Landquart, eine Bagatelle. Einige versuchen es auch jedes Jahr, packen insgeheim ihre Zahnbürste ein, sagen der Schwester, sie müßten auf die Toilette, und fahren mit dem Bähnchen zu Tal, kommen so oder so weit, je nach Glück, je nach Wetter, haben ihren Zusammenbruch, daß sie zu erstikken glauben, und kehren wortlos mit dem Krankenwagen wieder hierher. So what?« lächelte er. »Wir haben nicht einmal Mitleid mit ihnen, wissen Sie, es ist zu dumm. Erprobtermaßen. Unsere Kameradschaft beschränkt sich darauf, zu tun, als hätten wir nichts davon vernommen. Schwören Sie es mir, Julika, daß Sie diesen Unsinn nie machen werden?« Julika schwor. »Nein!« lachte der junge Sanatoriums-Veteran, »nicht unter

der Kamelhaardecke, meine Liebe, der liebe Gott will auch etwas sehen.« Julika schwor aus der Decke hervor. »Ecco!« sagte er und fügte, eigentlich wieder in seine Zeitschrift versunken, hinzu: »– und überhaupt werden Sie sehen, Julika, auch wenn hier jemand stirbt, macht es keinen tollen Eindruck. Wer je hofft, daß er uns damit Eindruck machen könnte, stirbt vollkommen umsonst. Hier imponiert nur das Leben! Die meisten sterben übrigens so um Weihnachten herum, habe ich bemerkt, aus purer Rührseligkeit.«
(Er selbst starb im späten September.)
Im August tauchte Stiller dann doch auf, unangemeldet und überhaupt, wie Julika meint, in einer Art und Weise, die den Oberarzt noch mehr befremden mußte als sein langes Ausbleiben. Nämlich Stiller tat, als hielte man seine schöne Julika vollkommen zu Unrecht auf dieser Jugendstil-Veranda, verlangte sogleich von der Schwester, daß seine Frau mit ihm einen Spaziergang machen dürfte, eine Stunde im Minimum. Grund: Stiller mußte mit Julika sprechen. Was war geschehen? Die Veranda, wo er links und rechts Ohren vermutete, schien ihm nicht der Ort zu sein, um auch nur anzufangen. Er zog gerade sein Barett ab, nicht aber seinen GI-Mantel, den er Sommer und Winter trug als eben seinen einzigen Mantel. Julika fragte:
»Wie geht es dir denn?«
Stiller war sehr unfrei, würgte sein Barett in den Händen herum, erregt, als hätte man in diesem Sanatorium nur auf ihn, der seine Julika unter vier Augen zu sprechen wünschte, Rücksicht zu nehmen. Ihre freundliche Frage nach seinem Befinden überhörte er. Vor dem Oberarzt, der kurz darauf zur üblichen Visite kam, wiederholte Stiller sogleich seine Bitte um einen Spaziergang mit Julika. Der Oberarzt war etwas überrumpelt. Sollte er denn vor der Kranken blankerdings sagen, an Spaziergänge sei nicht zu denken bei ihrem Zustand? Seit Wochen wartete ja Julika auf diese Erlaubnis. Ein Nein, klipp und klar, wie Stiller es seinerseits verdient hätte, verbot sich wohl in Anbetracht der ohnehin schon verzagten Julika. Wirklich, was

sollte der Oberarzt nun sagen? Mit halber Stimme und irgendwohin gewendet, als möchte er es lieber überhört haben, bewilligte er eine halbe Stunde, seinetwegen sogar drei Viertelstunden, mußte aber Stiller ersuchen, im Korridor draußen zu warten, da er vorher noch mit Stiller sprechen möchte...
Seit Monaten zum erstenmal verließ Julika das Sanatorium, das schon so etwas wie ihr Schneckenhaus geworden war, seltsam verdutzt, plötzlich ohne ihre Veranda zu sein. Sie fühlte sich doch schwächer als vermutet. Arm in Arm, indem Stiller sie etwas stützte, ohne sie gerade zu einer Invaliden machen zu wollen, spazierten sie langsam auf dem Pfad, den Julika so oft von ihrer Veranda aus (wenn sie sich zu diesem Zweck aufsetzte) hatte sehen können, ach, es war eine Sensation für die arme Julika, daß ihr die Tränen kamen, Tränen der Freude. Erde unter den Sohlen zu haben, einen Tannzapfen greifen zu können, Harz an den Fingern zu riechen, all dies war ein solches Glück für sie, daß Stiller es gespürt haben mochte; jedenfalls begann er nicht mit seiner Aussprache.
»Was hat dir denn unser Oberarzt gesagt?«
Stiller wollte nicht heraus damit.
»So sag doch!« bat sie.
Stiller wirkte verwirrt.
»Was er mir gesagt hat?« meinte er endlich, »ich soll dir jede Aufregung ersparen. Nichts weiter. Er war sehr kurz, dein Oberarzt. Du solltest eigentlich keinen Spaziergang machen, sagt er, dein Zustand sei sehr viel ernster, als ich wohl meine.«
»So«, sagte sie.
»Ja.«
»Mir sagen sie nie etwas!«
»Ja«, fügte Stiller hinzu, um von der medizinischen Orientierung abzulenken, die man wohl vor Julika hätte verschweigen müssen, und lächelte nicht böse, nur absonderlich, nur traurig, »– und dann hat er mir natürlich gesagt, daß du ein feiner und wundervoller Mensch bist, zerbrechlich und sehr schonungsbedürftig, ein wertvoller Mensch. Alle haben das Bedürfnis mich zu unterrichten. Ich muß ein Idiot sein!«

»Aber Stiller!« lachte sie.
»Nein«, sagte er, »vielleicht bin ich es wirklich. Es ist gut, dich wieder einmal zu sehen. So leicht entstehen Gespenster, weißt du, wenn man einander nicht sieht. Jedenfalls bei mir.«
Julika wiederholte ihre Frage:
»Was machst du denn die ganze Zeit da unten?«
»Ach – so«, murmelte er.
»Hast du einmal Foxli gesehen?«
»Nein.«
»Arbeitest du immer?«
Stiller war nicht gerade unterhaltsam.
»Ja –«, wiederholte er, »das ist eigentlich alles, was er mir zu sagen hatte. Daß du ein vornehmes Wesen bist und es verdienen würdest, von einem Mann auf Händen getragen zu werden. Und jedenfalls müßten wir vermeiden, daß du dich irgendwie aufregst. Es schadet dir nur, und dein Zustand sei ziemlich ernst. Julika, das hat er mir dreimal gesagt, glaube ich.«
So, Arm in Arm, wie Julika und Stiller eigentlich selten gingen, dabei schweigsam auf eine Art, als wäre alles Wesentliche bereits gesagt, als ginge es nur noch darum, entzückt zu sein von diesem wolkenlosen Augusttag und von der berühmten Luft, gingen sie auf jener klassischen Promenade mit Tannzapfen und fast zudringlichen Eichhörnchen, die mein Verteidiger und Julika mir neulich gezeigt haben, wirklich eine sehr hübsche Promenade, bald Wald, bald Wiese. Unten in der Stadt war es fürchterlich, immerfort schwül wie vor einem Gewitter, aber es kam einfach nie, dieses Gewitter, und es blieb heiß, daß man schwitzte, hier oben schwitzte man gar nicht. Stiller genoß es. Und die Wiesen dufteten. Indessen kamen sie nicht sehr weit, der armen Julika wegen. Stiller zog seinen braunen GI-Mantel aus, wirklich ein praktisches Ding, und sie setzten sich auf einen trockenen und weichen, von der Sonne warmen Tannennadelboden. Es war einfach herrlich. Wozu reden! dachte Julika. Und sie redeten denn auch kaum. Irgend etwas zu reden, bevor das Eigentliche gesagt war, erwies sich als unmöglich. Endlich fragte Julika: »Was ist es denn? Du wolltest mit mir sprechen –«

Irgendwo aus der mittäglichen Bläue grollte ein unsichtbarer Steinschlag. Insekten summten. Die Berge schwiegen silbergrau. Julika wartete indessen vergeblich, daß Stiller nun etwas sagte. Stiller verbröckelte rote Erde zwischen den Fingern, bis Julika ihn, weiß Gott nicht aus Kleinlichkeit, sondern nur um etwas zu plaudern, auf seine etwas langen, durch diese Erde schmutzigen Fingernägel aufmerksam machte, eine ganz und gar arglose Bemerkung, die der gute Stiller, diese männliche Mimose, wieder sehr krumm nahm, ohne es zu sagen (es kam erst später einmal in einem Brief). Jetzt ließ er bloß die zerkrümelte Erde fallen, wortlos, schlug sich die Hände und nahm einen dürren Zweig vom Boden, putzte sich die Fingernägel, was Julika nicht eben verlangt hatte. Seltsam dabei eine unvermittelte Frage: »Hast du mich eigentlich je geliebt?« Was sollte Julika nun darauf wieder antworten können! Doch Stiller, Fingernagel um Fingernagel putzend, beharrte auf seiner komischen, für Julika ganz aus der Luft gegriffenen Frage. »Was hat das mit deinen schmutzigen Fingernägeln zu tun?« fragte sie einigermaßen spaßig, sah seine Lippen, die vor Erregung zitterten, »– bist du hierhergekommen, um mich das zu fragen?« Dieser Ton, fanden beide, war nicht glücklich, nicht verheißungsvoll, nicht der Pracht des stillen Waldes angemessen. Was es für die arme Julika bedeutete, diesen ihren Wald einmal anders als von der Veranda her zu sehen, überhaupt einmal außerhalb ihrer Jugendstil-Verglasung zu sein, Wiesenblumen nicht nur von ihrem jungen Jesuiten zu empfangen, sondern eigenhändig rupfen zu können, ihr fast schon vergessenes Straßenkleid wieder zu tragen und nicht in Kamelhaardecken eingewickelt zu sein, all dies schien Stiller nicht ganz ermessen zu können. Eine halbe Stunde war bereits vergangen. Stiller rauchte, nicht ohne ihre Erlaubnis erfragt zu haben, und Julika zog Halme durch die Zähne.

»Wie geht es deiner – Dame?« fragte sie.

»Wen meinst du?« fragte er.

»Bist du noch immer verliebt in sie?«

In der Tat, Julika machte es ihm so leicht wie möglich, doch

Stiller war ein fertiger Feigling; kein Wort davon, daß er die Dame (wie sich später einmal herausstellen sollte) fast täglich traf. Er blickte Julika bloß an, schwieg. Was erwartete er nur immer von ihr? Julika lag nun im warmen Gras, müde von dem kleinen Spaziergang, verständlicherweise müde, trotzdem auf den rechten Ellenbogen gestützt, um mehr Ausblick zu haben, einen langen wippenden Halm zwischen den Lippen. Sie spürte, wie Stiller sie musterte, ihr rotes Haar, ihre zarte Nase, ihre damals sonnenbraune Haut (ihre gewöhnliche Alabasterblässe steht Julika wahrscheinlich besser) und ihre Lippen ohne Rouge, ihren Busen auch, überhaupt ihren ganzen Körper, der schließlich der Körper einer Balletteuse war; Stiller musterte sie, als hätte er noch nie ein Weib gesehen. Verglich er sie mit der andern? Stiller wirkte sehr verliebt, fand Julika, verliebt in sie, zugleich verzweifelt. Warum denn? Julika fragte: »Was ist denn?« Plötzlich (Julika muß heute noch, wenn ihre Erinnerung dahin kommt, ein klein wenig lächeln) packte Stiller sie wie ein Tarzan, was Stiller nun, weiß Gott, nicht war, faßte ihr schmales Gesicht mit seinen etwas harten Bildhauerhänden, küßte sie mit unbegreiflicher Heftigkeit, die natürlich so ohne weiteres nicht zu erwidern war, und preßte dabei ihren damals geschwächten Körper an sich, als wollte er Julika zerquetschen. Tatsächlich tat er Julika sehr weh. Sie sagte es nicht sogleich. Warum starrte er sie so an? Eine Weile ließ sie es geschehen. Aber was sollte das denn? Julika hütete sich, zu lächeln, aber schon dies, daß sie sich hütete, merkte Stiller. »– Du?« rief er, »– du!« Er rief wirklich, als läge Julika auf der anderen Talseite. Er riß ihr den wippenden Halm aus den Zähnen, der doch nur ein Requisit ihrer begreiflichen Verlegenheit war. Julika wußte nämlich gar nicht, daß sie diesen Halm noch immer zwischen den Zähnen hatte. Warum empörte ihn denn dieser unschuldige Halm? Seine Augen fingen tatsächlich zu glänzen an, wässerig zu werden, und da er merkte, daß ihm Tränen kamen, warf Stiller seinen Kopf in ihren Schoß, klammerte sich mit beiden Armen an Julika, die plötzlich, versteht sich, die freie Landschaft vor sich sah, das Sanatorium in einiger Entfernung, das bekannte Kirchlein von Davos-Dorf, das rote Bähnlein, das gerade aus dem Wald kam und pfiff. Was konnte Julika dafür, daß sie nun all dies erblickte? Stiller schluchzte in ihrem Schoß, schluchzte wie vielleicht ein Kriegsgefangenschaftheimkehrer am Bahnhof, schluchzte, daß sie die Hitze seines Gesichtes spürte. Julika fragte sich, ob man sie vom Sanatorium aus sehen könnte. Stiller hatte Hände wie Krallen, und es war Julika natürlich komisch, sogar peinlich, daß er sie am Gesäß hielt. Schließlich, da er zu schluchzen nicht aufhörte, legte sie ihre Hand auf seinen Nacken, der naß von Schweiß war, schob ihre Hand etwas weiter auf sein trockenes Haar und wartete, daß Stiller sich faßte. Er faßte sich keineswegs. Er wollte es nicht. Er versuchte sogar (lächerlich es zu sagen), in ihren Schoß zu beißen, zu beißen wie ein Hund, was aber infolge ihres starken Manchester-Rockes nicht gelang. »Komm!« sagte Julika, »– laß das.« Julika weiß heute noch nicht, was sie auf jener Promenade in Davos hätte tun sollen. Sie sah schon seit zwei Minuten zwei fremde Spaziergänger über die Promenade kommen, langsam zwar, aber sie kamen näher, und es war doch einfach peinlich, ganz abgesehen davon, daß es Julika wirklich ein wenig an Theater erinnerte, wie Stiller sich da benahm, Mortimer oder Clavigo oder so, der Richtige fiel ihr nicht gerade ein; aber peinlich war es jedenfalls, denn nun lag Stiller wie ein Toter in ihrem Manchesterschoß, schwer und reglos, ohne zu schluchzen, die Arme zur Seite gestreckt, plump wie ein befriedigter Mann. »Du!« sagte Julika sehr nett, »es kommen Leute –!« Die Leute waren schon fast auf hundert Meter herangekommen, Stiller konnte es nicht bestreiten. Mit dem etwas duseligen Gesicht eines Tauchers, wenn er wieder an die Oberfläche kommt, richtete Stiller sich auf, ohne sich umzusehen, ohne sich auch nur zu überzeugen, daß die Leute wirklich näher und näher kamen. Er legte beide Hände vor sein Gesicht, bis die Leute, zwei alte Damen, hinter ihnen vorbeigegangen waren, dann ließ er seine Hände fallen, ließ sie über seine Knie hängen und blickte ins Tal hinaus, kam sich vermutlich sehr tragisch vor; jedenfalls fiel Julika bei seinem Anblick nichts anderes ein, als ihm sein

immer etwas unordentliches Haar aus der Stirn zu streichen, zu lächeln:
»Jaja – bist ein Armer! ...«
Zu sagen wußte Stiller nichts, er erhob sich dann nur, zog seine etwas schlampigen Hosen herauf und nahm, nachdem Julika sich ohne seine Hand hatte erheben müssen, seinen zerknüllten GI-Mantel, gab Julika den Arm, um sie zu stützen, und führte sie ins Sanatorium zurück, wo er versprach, im Korridor so lange zu warten, bis man Julika wieder eingepackt und auf ihre Veranda gerollt hätte. Das dauerte kaum zwanzig Minuten. Als aber die Schwester im Korridor nachsah, war kein Herr Stiller mehr da. Ohne Abschied war er einfach verreist ...
Das war die vorletzte Begegnung gewesen.

Knobel mein Wärter, wird eine Last. Wie ein Zeitungsleser wartet er auf die täglichen Fortsetzungen meiner Lebensgeschichte, wobei mir sein Gedächtnis zu schaffen macht.
»Entschuldigen Sie, Mister White, das kann nicht stimmen. Also zuerst haben Sie doch Ihre Frau ermordet –«
»Ja.«
»Dann Direktor Schmitz –«
»Ja.«
»Das war im Dschungel, haben Sie gesagt, auf Jamaika. Und dann kam der Mann von der kleinen Mulattin, worauf Sie nach Mexiko flohen – und dann?« fragt er mit dem Suppeneimer in der Hand, »von Mexiko kamen Sie hierher.«
»Ja.«
»Aber wo bleiben denn Ihre beiden anderen Morde? Sie sprachen von fünf Morden.«
Ich löffle meine Suppe und sage:
»Vielleicht waren es nur drei.«
»Spaß beiseite«, sagt Knobel und hat in diesem Punkt, wie sich zeigt, überhaupt keinen Humor; er wird eine Last ... Ich sage dann lediglich:
»Es gibt allerlei Arten, einen Menschen zu morden oder wenig-

stens seine Seele, und das merkt keine Polizei der Welt. Dazu genügt ein Wort, eine Offenheit im rechten Augenblick. Dazu genügt ein Lächeln. Ich möchte den Menschen sehen, der nicht durch Lächeln umzubringen ist oder durch Schweigen. Alle diese Morde, versteht sich, vollziehen sich langsam. Haben Sie sich nie überlegt, mein guter Knobel, warum die allermeisten Leute so viel Interesse haben an einem richtigen Mord, an einem sichtbaren und nachweisbaren Mord? Das ist doch ganz klar: weil wir für gewöhnlich unsere täglichen Morde nicht sehen. Da ist es doch eine Erleichterung, wenn es einmal knallt, wenn Blut rinnt oder wenn einer an richtigem Gift verendet, nicht bloß am Schweigen seiner Frau. Das ist ja das Großartige an früheren Zeitaltern, beispielsweise an der Renaissance, daß die menschlichen Charaktere sich noch in Handlung offenbarten; heutzutage ist alles verinnerlicht – und um so einen innerlichen Mord zu berichten, mein guter Knobel, dazu braucht man Zeit, viel Zeit!«
»Wieviel?« fragt er.
»Stunden und Tage.«
Darauf sagt mein Wärter:
»Mister White, nächsten Sonntag habe ich frei.«

Julika wußte also, trotz seines Schweigens, um Stillers sommerliches Verhältnis mit einer andern. Verhältnis ist nicht gerade ein holdes Wort, mag sein, doch wieso sollte Julika (wenn sie daran dachte) romantische Umschreibungen suchen? Sie wußte also darum. Was konnte sie, die Kranke in ihrer gläsernen Veranda, dagegen tun? Überhaupt nichts.
Nichts als dulden, dulden, dulden ...
Jetzt erst recht, so dachte die arme Julika zuweilen, gab es für sie nur die Kunst, und sie betrachtete neuerdings die Titelseite einer schweizerischen Illustrierten (Freunde hatten sie eben geschickt) mit der schönen Julika darauf, der Tänzerin. Julika ganz allein! Es soll eine tolle Aufnahme gewesen sein, die fast an Degas erinnerte mit dem flirrenden Lichtzauber in dem Ga-

zeröcklein der Balletteuse, übrigens eine Aufnahme vom vergangenen Winter; Julika hatte gar nicht mehr geglaubt, daß das Bild, seinerzeit mit so viel Schererei aufgenommen, je noch erscheinen würde. Jetzt aber, Ende August, erschien es sinnigerweise zur Eröffnung der neuen Spielzeit. Das Bild: man sah Julika von rückwärts, das linke Bein angeschwungen, ihr Gesicht im lichten Profil; die flüssige und dennoch bestimmte Haltung ihrer Arme, die gleichsam aufknospenden Hände daraus, alles war einwandfrei. Der Text darunter: in der üblichen Weise etwas blöd, aber wenigstens nicht grundfalsch, was für dieses Blatt, wie Julika fand, schon viel war. Übrigens gar kein unwichtiges Blatt; Julika erschauerte leicht bei Kenntnisnahme der Auflage. So viele Juliken gab es nun, Julika am Kiosk, Julika in der Eisenbahn, Julika im trauten Heim, Julika im Kaffeehaus, Julika in der Manteltasche eleganter Herren, Julika neben dem Suppenteller, Julika überall, Julika irgendwo in einem Zelt am Strand, Julika in den Hallen jedes besseren Hotels, vor allem aber am Kiosk, an allen Kiosken dieses Landes, teilweise auch im Ausland, eine ganze Woche lang; dann, später einmal, Julika im Wartezimmer der Zahnärzte, aber auch in der Public Library in Neuyork, jederzeit zu verlangen, und Julika da und dort in einem einsamen Zimmer über dem Bett. Nicht stolz war Julika, ach nein, aber verdutzt, sooft sie dieses etwas billige Papier zur Hand nahm, vor allem jedoch froh, daß es wenigstens eine tolle Aufnahme war, sie selber in tänzerischer Hinsicht durchaus tadellos. Daß sie schön war, sehr schön sogar, entging Julika nicht. Wann, ja wann würde sie jemals wieder tanzen können? Sie legte sich zurück mit geschlossenen Lidern, versuchte sich auszumalen, wie sie, jene Julika mit dem Degas-Röcklein, in die beschienene Fläche der leeren Bühne tritt, umringt von Finsternis mit dem wirbelnden Staub in den bläulichen Lichtfluten der Scheinwerfer, die sie, Julika, gleichsam über alle Erdenschwere tragen, von allen menschlichen Zudringlichkeiten entrücken, und dann, ach ja, und dann, wenn der erste Vorhang sich zur Seite gezischelt hat, Julika schon auf den Fußspitzen, und wenn der zweite Vorhang, der schwere, seine acht Sekunden lang gerauscht hat, um das Tor zu öffnen, das Tor nach jener anderen Finsternis voll erhellter Gesichter in den vorderen Rängen, und dann, wenn das Orchester, lange schon spielend, wie eine Brandung zu ihren Füßen tönt, jetzt in voller Stärke seines Klanges, ach, wie ein Bannkreis ist diese Musik, ein Bannkreis um Julika, die alle nur sehen, doch nicht ergreifen können, und dann, wie die Lampen in der Rampe erglühen, die Lampen auch oben in der sogenannten Brücke, wie sie Julika blenden, so daß sie nichts von dieser Welt mehr erkennt, nur ihren Raum fühlt, ihren wartenden Raum, fühlt, was sie sonst nirgends fühlt, Wonne, eine unsägliche Wonne, daß sie schlucken muß vor Bangnis, und dann, wie sie den Kopf wendet (genau wie auf jener Titelseite) und weiß, daß jetzt der Glanz ihrer Augen noch auf der obersten Galerie gesehen wird, und dann, ja, dann ihre ersten Schritte, so, als wäre nun alle Musik nur noch in ihrem Körper, die emsigen Streicher, denen vor Streichen das Haar ins Gesicht baumelt, die Bläser mit ihren Puttchen-Wangen, der berühmte Dirigent mit den Krähenschwänzen seines Frackes und mit dem Blick auf Julika, nur auf Julika, die wackeren Burschen an den Baßgeigen, die jetzt wie die Waldarbeiter sägen, der Nette am Schlagzeug, der, ein Nervenbündel voll gehorsamer Aufmerksamkeit, endlich zu seinem Ticktack kommt, du lieber Himmel, sie alle machen Töne, dieses Gewoge von Themen, dieses Gebrause, das wieder verebbt, aber die Musik ist in Julika, in ihrem Körper wohnt sie, aus ihrem Körper wird sie geboren: leibhaftig, sichtbar. Und doch: über die ersten Schritte kam Julika in ihrer Vorstellung eigentlich nie hinaus. Merkwürdig! Ein Eichhörnchen auf der Lärche vor ihrer Veranda, nur ein Eichhörnchen, das die leeren Zapfen fallen ließ, ein fast unmerkliches Geräusch also, oder der bekannte Pfiff des Bähnchens unten im Tal, einmal auch das Geächz eines bäurischen Karrens, der mit angezogenen Bremsen einen steilen Weg hinunterfuhr, oder auch nur ein Hüsteln in der unteren Veranda, das pralle Lachen eines Bäckerburschen, der eben die frischen Brötchen gebracht und sich wieder auf sein Velo geschwungen hatte, um dann mit einem gepfiffenen Schlager in den Wald zu entschwinden, irgend etwas genügte, um Julika zu unterbrechen in ihrer Vorstellung von Ballett. Bei allem Übermaß an Muße, von keiner anderen Aufgabe verhindert, ihre berauschende Vorstellung von vorne anzusetzen und nochmals mit den bläulichen Lichtfluten der Scheinwerfer zu beginnen, nie kam Julika, wie gesagt, über die ersten Schritte hinaus, unbegreiflicherweise. Dabei kannte sie natürlich eine ganze Reihe von Balletten auswendig, Schritt um Schritt. Vergeblich nahm sie nochmals die blöde Illustrierte zu Hilfe, betroffen von der Unwahrscheinlichkeit, dieses schwerelose Geschöpf zu sein, ein Geschöpf, das Julika, wäre es nicht ein papiernes Bild gewesen, hätte umarmen mögen, umschlingen, wie der gute Stiller sie neulich umschlungen hat. Tränen flossen ihr, die ihr, da Julika sie auf die Unterbrechung ihrer Karriere bezog, mit Recht etwas kitschig schmeckten. Heimweh nach Musik überkam sie immer öfter. Als es dann schließlich und endlich erlaubt war und klang, das kleine Wunderkistchen aus schwarzem Bakelit, das ihr der junge Jesuit beschafft hatte, und als sie selbander die erwünschte Musik hörten, leise natürlich, immerhin klar und ziemlich sauber im Ton, Musik, die Julika so und so viele Male getanzt hatte, siehe da, es blieb Musik, und sie hörte ebenso gerne, was für ein Ballett nie in Frage kommen würde. Ganz einfach: Tanzen war für Julika plötzlich, selbst wenn sie es sich noch lange nicht zugeben mochte, wie ein Spiel aus vergangenem Lebensalter, köstlich, doch für sie nicht mehr möglich, von innen heraus nicht mehr möglich. Es erschreckte sie. Hatte Stiller denn recht, der, etwas neidisch auf ihren Erfolg, ihre Tanzerei stets als einen Ersatz betrachtet hatte? Julika glaubte es nicht, auch jetzt nicht. Es würde wiederkommen, wußte sie. Aber jetzt, danke schön, wollte sie keine Ballettmusik hören, lieber alles andere, was der junge Jesuit an Platten hatte auftreiben können. Auch in der Musik wußte er Bescheid! Julika beschäftigte es aber doch, diese innere Entfernung vom Ballett. Kam sie etwa aus der menschlichen Enttäuschung, die Julika in jenem Sommer hatte erleben müssen, betreffend die Menschen vom Theater? Nämlich nicht einer besuchte sie in ihrem Veranda-Gefängnis dort oben. Noch vor einem halben Jahr, kaum zu glauben, verrissen sie ihre überschwenglichen Arme, um Julika zu begrüßen, lauter Freunde, die mit überströmendem Herzen schon auf zehn Meter nicht laut genug rufen konnten: Julika, meine Süße, wie geht es denn? Dabei hatte man sich am Vormittag schon gesehen. Ein wunderliches Volk, in der Tat; Stiller hatte nie viel mit ihnen anfangen können. Aber Stiller war ungerecht. Man durfte diese Leute nicht an ihrer menschlichen Treue messen; ihre Herzlichkeit beschränkt sich auf den augenblicklichen Überschwang. Sie liebten doch Julika wirklich, alle, die Damen vom Ballett vielleicht weniger, da sie neidisch waren schon auf Julikas unvergleichliches Haar, aber die Herren eigentlich alle, auch Sänger, sogar vereinzelte Herren von der Direktion, dann die namhaften Dirigenten, die Julika oft in ihrer stickigen und menschenunwürdigen Garderobe aufsuchten, ihr die Hand küßten, einen wackligen Sessel nahmen und ihr eine Karriere im Ausland prophezeiten, nun, wo blieben sie alle? Einmal kam noch eine Karte, Gruß einer höchst fröhlichen Gesellschaft nach einer Premiere, die auch ohne Julika ein nie dagewesener Erfolg gewesen ist, ein paar Zeilen drauf, die kurz und bündig versicherten, daß man Julika arg vermißte, eine Scherzkarte übrigens, unterschrieben mit Namen ohne Zahl und Wahl, lauter Freunde. Und dann, gewiß, kamen ja auch ein paar Brieflein, nett, während einer Probe geschrieben, also kurz und abgebrochen, Klatsch über Kollegen, alles sehr nett. Und kein Zweifel, hätte Julika sich aus ihrer Decke hüllen und hingehen können, es wäre ein aufrichtiger Jubel von Garderobe zu Garderobe gelaufen, Julika wäre mit Küssen überschüttet worden, umarmt wie ein Tour-de-Suisse-Sieger am Ziel, allerseits begrüßt mit Händedruck ohne Ende und mit einem tiefen Blick in die Augen, ja, da und dort mit einem herzhaft-erschütterten Wort: Das ist jetzt nicht Kitsch, was ich dir sage, weißt du, man sagt das so, aber ich meine es wirklich, Julika, ich habe dich vermißt, all diese Monate, eine Kollegin wie du, Julika, nun ja, ich will jetzt nicht sentimental werden, aber ich habe oft gedacht, weißt du, die Zeiten mit unserer Julika, nun liegt dieses Kind da oben, Herrgott nochmal, ich habe oft an dich gedacht, das kannst du mir glauben, ein Kerl wie du, weißt du, aber das muß ich dir ja nicht sagen, Herrgott nochmal, daß du wieder da bist! Und dann nochmals ein Kuß, eine Umarmung wie zwischen Orest und Elektra. Und Julika hätte alles geglaubt, gewiß, und mit Recht. Stiller hat diese Menschen nie verstanden. Stiller war im Grunde immer ein Bürger, Spanienkrieg hin oder her. Man kann mit den Menschen vom Theater nur auskommen, wenn man mit ihnen arbeitet und solange man mit ihnen arbeitet, dann ist man ein Herz und eine Seele, ja, dann gibt es Augenblicke von Urchristentum, wie es nur hinter den Kulissen anzutreffen ist etwa vor einer Premiere, man wähnt sich eine Gemeinschaft auf Ewigkeit, jeder ist dann so bloß. Es hätte gar keiner Tuberkulose gebraucht, um von diesen so herzlichen Menschen in einem Vierteljahr vergessen zu sein; es genügt, daß man einige Zeit nicht tanzt, eines schönen Morgens vielleicht mit anderen Interessen käme, mit Kirchenvätern beispielsweise oder mit absoluter Lichtgeschwindigkeit, es genügt, ihre nächste Premiere nicht für das Ereignis unserer Menschheit zu halten, und schon steht man abseits, oh, man würde nicht aus ihrer Garderobe geworfen, gewiß nicht, denn es sind fast lauter nette Menschen, wenn sie nicht gerade die Nerven verlieren, aber Menschen ohne Interesse für Menschen, die nicht vom Theater reden, man könnte ihnen melden, man habe keine Lunge mehr, überhaupt keine, und sie würden scheinbar zuhören, stumm geschäftig, indem sie in ihren Spiegel schauen und sich die Schminke aus den Augenhöhlen wischen, und zum Schluß, indem sie die Schminkwatte wegwerfen, würden sie fragen: Bist du heute in der Vorstellung gewesen? Sie sind Komödianten, wollen nichts anderes sein, Darsteller, können nichts anderes sein dank ihrer Begabung. War Julika denn so anders gewesen? Sie spürte es mit Traurigkeit, daß es sozusagen nur ihr eigenes Selbst war, was sie jetzt im Stiche ließ ... Einmal war einer gekommen, ein Kollege vom Ballett, um zwanzig Minuten in ihrer Veranda zu stehen, allerlei Schnurren zu erzäh-

len, Vorkommnisse während der letzten Festspiele, die nun für Julika ungefähr so unerreichbar waren wie die Wagenrennen der Antike. Auch der faßte Julika mit beiden Händen, Blick wie in der Tragödie, aber empfunden, kein Zweifel. Es war ihm ein Pneu geplatzt, so daß er seinen Volkswagen (Julika wußte noch nicht, daß er jetzt auch einen Volkswagen hatte?) in die Garage hatte bringen müssen, daher sein Zwischenhalt in Davos, und da er am selben Tag noch in der Stadt sein mußte, blieb ihm leider wenig Zeit, leider, leider, doch fand er, Julika sähe großartig aus, besser als je. Die verfluchte Staubluft im Theater, ja, ja, daß die Direktion dagegen nichts unternimmt; überhaupt die Direktion! Er verabschiedete sich, schon zehn Minuten verspätet, mit einer munteren Zuversicht, daß Julika demnächst genesen würde, und voll ebenso munterer Vorfreude, allen ihren Kollegen melden zu können, daß Julika sie alle grüßen ließe. Julika sank in ihre Kissen. Aber kaum im Freien draußen, pfiff er nochmals herauf, der rührende Kollege mit dem Volkswagen, um zu winken; Julika winkte auch. Doch in jener Minute, sie erinnert sich noch heute sehr genau daran, war ihr, als verabschiedete sie sich von einer ganzen Welt, die allerdings keine war, von ihrer eigenen Welt mit den bläulichen Lichtfluten des Scheinwerfers, die sie, Julika, gleichsam über der Erdenschwere zu tragen nicht mehr vermochten ...
Julika war sehr einsam.
Ein bisher unbekanntes und verwirrendes Verlangen nach dem Mann, je mehr sie ihren grazilen Körper verbrennen fühlte wie Zunder, eine Begierde, die sich zumindest in Träumen nicht verscheuchen ließ, und dazu das stete Bewußtsein, daß Stiller in diesen gleichen Nächten sie betrog, all dies zwang die arme Julika zu Briefen, die nicht abzuschicken waren, nein, unter keinen Umständen. Sie träumte ja auch gar nicht von Stiller, genau genommen, sondern von Oberärzten, Bäckerburschen und Männern, die Julika nie gesehen hatte. Der junge Sanatoriums-Veteran mit dem immer etwas pfiffigen Gesicht behandelte Julika wie eine Nonne, nicht einmal wie eine Nonne, sondern wie ein Neutrum, wennschon er täglich am Fußende ihres

schmalen Bettes saß, so, daß ihre Füße doch seine Wärme spürten. Keinerlei noch so verhaltene Zärtlichkeit unterlief ihm. Er schob Julika, da sie darum bat, ihre Kissen zurecht, ohne sie auch nur aus Versehen zu berühren. Dafür redete er zu Julika über Eros, genau so heiter-sachlich wie über Kommunismus, wie über Thomas von Aquin oder Einstein oder Bernanos, genau so über Eros, wobei es ja doch eine Offenheit gibt, die nur möglich ist, wenn keinerlei Möglichkeit lebendiger Anwendung besteht. Julika wußte nicht, was sagen. In diesem Ton also redete der junge Mann über das gar wunderliche Phänomen des Eros, dem er, Julika zum Erstaunen, eine ganz gewaltige Bedeutung beimaß. Aber mehr als ihre Hand, zum Gruß oder Abschied, berührte er nicht. War Julika denn eine Aussätzige! Dafür war dieser gleiche Mensch mit allen seinen verblüffenden Kenntnissen sich nicht zu gut, um mit einer Person, die in der Wiese droben Matratzen klopfte, zu schäkern, geradezu schamlos zu schäkern. Julika begriff ihn nicht. Überhaupt kam es noch kurz vor seinem Tod zu einer schmerzlichen Entfremdung, die Julika nicht gern erwähnt. Der junge Sanatoriums-Veteran hatte sich wohl etwas verstiegen mit einer Bemerkung, Julika müßte doch einmal aufhören, ihr eigenes Verhalten gegenüber ihrem Mann und überhaupt gegenüber Menschen nur als Reaktion zu sehen, sich selbst nie als Initiantin zu begreifen, also sich in einer infantilen Unschuld zu baden. Das war ja wohl stark! Julika begriff ihn übrigens nicht ganz. Er mußte es erläutern, was er ungern tat.

»Nun ja –«, lächelte er, »ich habe nur das Gefühl, meine liebe und verehrte Julika, Sie wollen nicht erwachsen werden, nicht verantwortlich werden für Ihr eigenes Leben, und das ist schade.«

»Also wie meinen Sie das?« fragte sie.

»Wer sich selbst nur immerzu als Opfer sieht, meine ich, kommt sich selbst nie auf die Schliche, und das ist nicht gesund. Ursache und Wirkung sind nie in zwei Personen getrennt, schon gar nicht in Mann und Frau, selbst wenn es zuweilen so aussehen mag, Julika, weil die Frau scheinbar nicht handelt. Es fällt mir nur auf: eigentlich alles, was Sie tun oder nicht tun, begründen Sie mit etwas, was beispielsweise Ihr Mann nicht getan oder getan hat. Das ist doch, entschuldigen Sie das Wort, infantil. Wozu sage ich das! Sie wissen es selber ganz genau, Julika, daß es nicht so ist, nirgends in der ganzen Weltgeschichte, und Sie müssen mich nicht an der Nase herumführen, nur weil ich der Jüngere bin, eigentlich ein Bub. Eine solche Manier, das Leben zu betrachten, ist auf die Dauer langweilig auch für Sie, Julika –«

Fortan foppte sie ihn ein wenig: Mein Weiser! nannte sie ihn, und das vertrug er nun wieder nicht. Zwei- oder dreimal blieb er aus, nur weil Julika sich Einmischungen verbitten mußte, Einmischungen in Lebensfragen, die der junge Mensch, wie pfiffig er nun auch sein mochte, einfach nicht aus Erfahrung kannte, Dinge der Ehe beispielsweise, insbesondere aber einer Ehe mit Stiller, den er nie auch nur von Angesicht gesehen hatte, kurzum, sie verwies ihn auf seine Kirchenväter und auf die Relativitätstheorie, und so wurde leider (sagt Julika) auch daraus keine wirkliche Begegnung. Zwar kam der junge Mensch weiterhin, saß am Fußende ihres Bettes, plauderte witzig, übermütig, immer ausgelassener, je näher sein Tod kam, den er gerade in jenem milden September keineswegs erwartete. Julika konnte es einfach nicht glauben, als nebenan das Zimmer so leise wie möglich ausgeräumt wurde. Sie hatten Julika netterweise eine Schlafpille gegeben, die sie ausgespien hatte. Eine ganze Nacht reinigten sie mit Dämpfen das Zimmer. Julika war fassungslos. So hatte Julika den Tod hier nicht erwartet, so beiläufig und unsichtbar, so lautlos, so glimpflich-jäh und ohne Vorboten, so unfair, so wie das zufällige Auslöschen einer Nachttischlampe, wenn man gerade liest. Und in der Tat, man redete einfach nicht mehr von ihm. Schwester und Oberarzt übergingen Julikas wiederholte Fragen, als hätte ihr Nachbar, der junge Jesuit mit den großen Augen und dem immer etwas pfiffigen Gesicht, etwas Unanständiges begangen. Alles übrige ging weiter, das Bähnchen pfiff im Tal, Zeitungen kamen. Ein paar Tage später hörte Julika, als sie wie gewöhnlich in ihrer stillen Veranda lag, irgendwie noch immer seinen täglichen Besuch erwartend, das trockene Hüsteln ihres neuen Nachbarn. Es war ein blauer Septembertag. Es graute ihr.

Julika kam bis Landquart, bis zu jener Station, wo man umzusteigen hat, und alles erledigte sich, als wäre es keine Flucht, nur eben eine gewöhnliche Reise; niemand hielt Julika an, niemand musterte sie oder wenigstens nicht mehr, als sie Julika ihres schönen Haares wegen immer musterten. Ein kurzer Halt in Klosters, etwa auf dem halben Weg, dünkte sie endlos, wie es eben jedem Flüchtling, wenn einmal eine Barriere geschlossen ist, als Ewigkeit erscheinen mag, vier Minuten warten zu müssen. Julika verbarg sich hinter einer Zeitung, jeder aber, der auch nur durch ihr Abteil zweiter Klasse ging, erschreckte sie. Noch immer blieb das Bähnchen stehen; was machten sie denn nur so lange? Julika konnte es nicht fassen, daß niemand sie erkannte, niemand auf ihre Schulter klopfte und sagte: Was soll das, meine liebe Julika, was soll das? Nicht eingeweiht in die Geheimnisse des Eisenbahnwesens, konnte die arme Julika diese Warterei nur so verstehen: man suchte sie, Anruf vom Sanatorium, jemand ging jetzt von Wagen zu Wagen, um die Unselige zu haschen. Julika zog, wie Schlafende in der Bahn es machen, ihren hangenden Mantel übers Gesicht. Jemand setzte sich ihr gegenüber, ein Mann; sie sah es an den Schuhen. Ihr Oberarzt? Im Geiste sah sie schon ein mitleidiges Lächeln, sein ebenso freundliches wie unerbittliches: Frau Julika, Frau Julika, das lassen wir wohl lieber! Endlich, als das Bähnchen zu rollen anfing, mußte Julika es wissen, wer nun wirklich ihr Häscher war, schob ihren tarnenden Mantel etwas zur Seite, tat, als müßte sie jetzt unbedingt die Gegend sehen. Es war ein deutscher Herr, der, kaum gewahrte er Julikas rotes Haar, aufs höflichste seine Zigarre aus dem Mund nahm, sich erkundigte, ob sein Rauch sie vielleicht störte. Hielt er Julika für eine Lungenkranke? Aber bitte sehr, mein Herr, bitte sehr! sagte Julika etwas täppisch-übertrieben: Ich bitte darum! Blödsinnigerweise hatte sie sich tatsächlich in einen Raucher gesetzt. Nicht einmal ein kleines, nettes, unverbindliches Geplauder, wie der deutsche Herr es nicht anstrebte, aber doch in selbstverständlicher Art begann, kam für Julika, die Flüchtlingin, in Frage, nein, sie hörte im Geist schon die überflüssige, in solchen Gesprächen unvermeidliche Erkundigung: Sie leben in Zürich? Sie kommen aus den Ferien? Sie leben in Davos? Garstig, als hätte ihr dieser deutsche Herr schamlos in den Busen geguckt, drehte Julika sich ab, jeder Unterhaltung ein Ende zu machen, fensterwärts. Dabei hatte der deutsche Herr nur über diesen verhältnismäßig milden Oktober gesprochen. Jetzt, Gott sei Dank, nahm er wieder sein Buch, rauchte aber unverdrossen seine noch beinahe ganze Zigarre dazu, »Marmorklippen« von Ernst Jünger, ein Buch, das ihr der verstorbene junge Jesuit nie empfohlen hatte. Marmorklippen, ein Wort, das Julika neuerdings irritierte, und sein Rauch war gräßlich. Julika bat, ein wenig das Fenster öffnen zu dürfen, o nein, nicht wegen Rauch; nur so, um die Gegend zu sehen. Mit flammenden Haaren im Wind lehnte Julika hinaus, hatte Atemnot, die auch ein Gesunder dabei haben kann; vor allem aber: ein dunkler Citroën, genau wie ihr Oberarzt einen hatte, folgte dem Bähnchen in ziemlich dreister Fahrt, blieb zurück infolge langer Kehren, wo das Bähnchen durch einen kurzen Tunnel stieß, und holte wieder auf, raste näher und näher, stoppte vor einer geschlossenen Barriere, raste wieder und holte auf. Der Oberarzt? Julika zog ihr flammendes rotes Haar aus der Landschaft zurück, der deutsche Herr mußte nun sofort das Fenster schließen. Der dunkle Citroën überholte eben das Bähnchen; in Landquart, dachte Julika, wird ihr Oberarzt auf dem Perron stehen, ihr das bißchen Gepäck abnehmen und lächeln: Frau Julika, Frau Julika, das lassen wir wohl lieber sein, dort drüben steht mein Citroën! Und siehe da, in Landquart war niemand, nicht einmal ein Gepäckträger. Der Marmorklippen-Herr, trotz Julikas garstigem Verhalten unverdrossen in seiner Höflichkeit, trug ihr das Gepäck über den kleinen Platz dort und fragte: »Sie leben in Zürich?« Darauf nahm sich Julika doch einen Gepäckträger. Dann, spontan und ohne weitere Überlegung, trat Julika in eine Kabine, ja vielleicht nur aus einem Sog der Sensation heraus, wie ein freier Mensch überall in eine Kabine treten zu können, und versuchte, Stiller anzurufen, jedoch vergeblich; niemand nahm ab. Es ist also einfach nicht wahr, daß Julika ihn hinterlistig hätte überraschen wollen. Auf dieser ganzen Reise, merkwürdigerweise, dachte Julika nicht eine Sekunde lang daran, daß da die andere auch noch war. Dann ein zweiter und dritter Versuch, Stiller anzurufen; ebenfalls vergeblich. Der deutsche Herr war nun doch etwas beleidigt, hielt sich am anderen Ende des Perrons, saß mit verschränkten Beinen auf der Bank und las seine »Marmorklippen«; nun endlich ohne Zigarre. Leider hatte der Zug nach Zürich–Paris–Calais etwas Verspätung, sonst hätte Julika ihn vermutlich noch besteigen können. Es begann (sagt sie) ohne Husten, einfach mit einem zunehmenden Gefühl, keine Luft zu haben, was aber, wie sie sich glauben machen wollte, auch nur die Aufregung sein konnte, die natürliche Aufregung einer Flüchtlingin, die Vorfreude, die natürliche Enttäuschung, daß Stiller nicht im Atelier und nicht in der Wohnung war. Sie atmete ganz tief, ganz langsam, ganz ruhig. Sie hatte ihren Dienstmann geschickt, einige Zeitungen zu kaufen, insbesondere jene schweizerische Illustrierte, als bestünde trotz allem die märchenhafte Möglichkeit, daß Julika noch immer auf der Titelseite tanzte, und mußte sich nun auf ihr kleines Gepäck setzen. Niemand bemerkte, daß es Julika schwindlig wurde. Julika glaubte jetzt zu ersticken, hörte dabei gerade noch das Getöse ihres einfahrenden Zuges nach Zürich–Basel–Paris –Calais, sah sogar das Schildchen mit dieser Aufschrift, sonst aber nichts mehr. In diesem Augenblick waren die Leute natürlich mit ihrer eigenen Reise beschäftigt, stürmten das nächste Trittbrett, Gepäck in beiden Händen, und taten fürwahr, als wäre es der Zug ins Leben, der Bahnsteig hingegen der sichere Tod. Julika verblieb auf diesem Bahnsteig... Drei Stunden später, nach einer Fahrt mit dem Krankenwagen, lag sie wieder in ihrem weißen Bett, schlotternd trotz aller Bettflaschen, froh, kein Wort reden zu müssen. Die Schwester redete ebenfalls kein Wort, handelte nach den Anweisungen des Oberarztes, doch ihrem Gesicht war anzusehen, daß es kein Traum gewesen war, diese Fahrt nach Landquart hinunter, sondern ein Unsinn voll Wirklichkeit. Und dem Oberarzt war es wohl klar, wieso die unglückliche Frau Julika einen solchen Unsinn unternommen hatte. Sein Unwille richtete sich nicht gegen die Kranke, versteht sich, nicht einmal gegen diese albernen Schwestern, die stundenlang diese Flucht nicht einmal gemerkt hatten; der Oberarzt versuchte Stiller anzurufen. Ohne Erfolg. Später schickte er ein Telegramm mit der Aufforderung, Herr Stiller möchte sofort nach Davos kommen. Und die arme Julika, kaum wieder bei Bewußtsein, mußte ihren Mann abermals in Schutz nehmen. Nicht einmal auf jenes Telegramm antwortete er. Julika mußte die Adresse von seinen Freunden geben, von Sturzenegger beispielsweise. Als sich dann herausstellte, daß Herr Stiller zur Zeit in Paris weilte, ohne seine Frau auch nur davon unterrichtet zu haben, machte es im Sanatorium allerdings einen merkwürdigen Eindruck, man muß schon sagen: einen peinlichen, einen empörenden Eindruck, obzwar man der armen Kranken wohl nicht davon redete, aber Julika sah es natürlich in ihren Gesichtern. Stiller in Paris! Um so rührender waren alle anderen, und Julika, die Unglückliche, bekam Geschenke von allen Seiten: Blumen, Süßigkeiten, sogar eine Brosche, lauter Zeichen einer herzlichen Gemeinschaft von Veranda zu Veranda. Sie mußte an den jungen Sanatoriums-Veteran denken, der ihr für diesen Fall ein allgemeines Schweigen der Verachtung vorausgesagt hatte; er hatte unrecht, zeigte sich, nicht nur mit seiner dreisten Behauptung, daß Julika ein infantiles Verhältnis zur Welt habe, sondern auch in diesem Punkt. Im Gegenteil, wie rührend sie alle waren! Und nur er selbst, der junge Sanatoriums-Veteran, schwieg... Ihr Zustand war katastrophal.

Und dann, ja, dann kam jener ungeheuerliche Brief von Stiller aus Paris, jener Zettel, den Frau Julika Stiller-Tschudy neulich aus ihrer Handtasche genommen und mir gezeigt hat, so ein Zettel mit flüchtiger Bleistiftschrift, sieben oder acht Zeilen, kein Wort des Mitleids, kein Wort der Reue, kein Wort auch nur des Trostes, nein, alles in einem eisigen und herzlosen Ton,

als hätte Julika ihre unselige Flucht nur unternommen, um in Landquart zusammenzubrechen, und als wäre Julika überhaupt nur krank, um Stiller ein schlechtes Gewissen zu machen, krank bis auf den Tod, so daß sie nur noch von Spritzen lebte. Er war einfach grotesk, jener Zettel; denn von einem schlechten Gewissen war nun aus diesen Zeilen gar nichts zu spüren, weiß Gott, jedes Wort auf jenem Zettel war von einer schamlosen Ich-Bezogenheit, selbstgerecht bis zum Zynismus.
(Leider habe ich das Brieflein nicht hier.)
Julika lebte von Spritzen, wie gesagt, und es vergingen fast drei volle Wochen, bis Stiller tatsächlich in ihrer Veranda erschien, um ausschließlich von sich selbst zu reden, von seiner Niederlage in Spanien, von einer Sache also, die ein Jahrzehnt zurücklag, und kein Wort des Trostes auch jetzt, nicht einmal eine Frage nach ihrem Zustand, der katastrophal war, kein Blick auf ihre Fieberkarte, nein, Stiller redete bloß von sich selbst: als ginge es um ihn, um Stiller, um den Gesunden!

Hier wäre etwas nachzutragen.
Stiller war seinerzeit, wie schon erwähnt, im Spanischen Bürgerkrieg gewesen, Freiwilliger bei der Internationalen Brigade, damals ein sehr junger Mensch. Es ist etwas unklar, was ihn zu dieser kombattanten Geste getrieben hatte. Vermutlich war es vielerlei zusammen, ein etwas romantischer Kommunismus, wie er zu jener Zeit bei bürgerlichen Intellektuellen nicht selten war, ein begreifliches Bedürfnis auch, in die Welt zu kommen, ein Bedürfnis nach geschichtlicher und überpersönlicher Verpflichtung, nach Tat; vielleicht war es auch, wenigstens zum Teil, eine Flucht vor sich selbst. Seine Feuerprobe bestand er (vielmehr: er bestand sie eben nicht!) vor Toledo, wo die Faschisten sich im Alcazar verschanzt hatten. Der junge Stiller hatte eine kleine Fähre am Tajo zu bewachen, infolge Männermangel sogar allein. Drei Tage lang geschah nichts. Dann aber, als im Morgengrauen endlich vier Franco-Spanier sich am andern Ufer zeigten, ließ Stiller sie die Fähre benutzen, ohne zu schießen, wiewohl es für ihn, der in tadelloser Deckung lag, eine

Leichtigkeit gewesen wäre, die vier Feinde auf der Fähre abzuschießen. Er hatte acht Minuten lang Zeit. Statt dessen ließ er sie an sein Ufer kommen, trat aus seiner Deckung, schußbereit, sowie die andern ihrerseits das Feuer eröffnen würden, und also bereit, erschossen zu werden. Um sich nicht durch Schüsse zu verraten, schossen auch die Franco-Spanier nicht, sondern entwaffneten den jungen Stiller, warfen sein russisches Gewehr in den Tajo, fesselten ihn mit seinem eigenen Hosenriemen und ließen ihn im Ginster liegen, wo er zwei Tage später, ohnmächtig vor Durst, von seinen Leuten gefunden wurde; zur Rechenschaft gezogen, behauptete er vor dem Kommissär, sein russisches Gewehr wäre nicht losgegangen... In der Tat, diese kleine Geschichte war sogar das allererste, was Julika aus seinem Mund vernommen hat, und sie erinnert sich sehr wohl an den Abend in seinem Atelier, an jenen folgenreichen Abend nach der Nußknacker-Suite von Tschaikowsky, als eine etwas ausgelassene Bande, Künstler und Zugewandte, die schöne Julika gewaltsam gekapert und ebenso gewaltsam, ein paar Flaschen unter dem Arm, den jungen Stiller in seinem nächtlichen Atelier überrumpelt hatte. Nämlich es war Mitternacht vorbei, jede Wirtschaft im Städtchen geschlossen; das Atelier von Stiller, der damals gerade aus Spanien zurückgekehrt war, hatte noch Licht. Also hinein und hinauf! An jenem Abend sahen Julika und Stiller einander zum erstenmal. Stiller inmitten dieser übermütigen Gesellschaft, die nun sein Atelier füllte, war so still, daß Julika seinen Namen anfänglich für einen Spitznamen hielt. Jemand nötigte ihn dann, seine ›tolle Geschichte von Toledo‹ zum besten zu geben. Stiller wollte durchaus nicht. Es war keine Ziererei; er wollte wirklich nicht, und man sah, es war ihm eine Pein, als dann ein Freund, ein junger Architekt namens Sturzenegger, eigenmächtigerweise zu erzählen begann. Nun mußte Stiller natürlich eingreifen, ergänzen, zu Ende berichten. Jene Geschichte von einem russischen Gewehr, das nicht losgeht, interessierte die junge Balletteuse nicht besonders, denke ich; sie achtete weniger auf die Geschichte als auf den Erzähler, auf diesen jungen Bildhauer, der beim Erzählen immerfort mit seinen Fingern arbeitete, einen Draht hin und her drehte, dann wegwarf, aber auch weiterhin seine Finger nicht ruhen lassen konnte; er tat ihr irgendwie leid. Seine Miene war, indem er erzählte, plötzlich ganz leblos. Es war keine unmittelbare Erinnerung mehr, was der junge Bildhauer von sich gab, sondern eine Anekdote. Ein betretenes und unsicheres Schweigen folgte seiner langen Schilderung. Stiller setzte sein Glas an die Lippen, und niemand sagte ein Wort. Ein lieber, in seiner bleichen Schwammigkeit höchst unkriegerischer Opernsänger stellte die naive Frage: »Und warum haben Sie denn nicht geschossen?« Das interessierte eigentlich auch die andern. Alle Achtung vor der Verwegenheit, einfach aus der Deckung zu treten, alle Achtung auch vor der Pein, als Gefesselter zwei glühende Tage lang an der Sonne zu liegen; aber in der Tat, der Opernsänger sprach ihnen aus dem Herzen. Warum hat Stiller nicht geschossen? Die Auslegung, die Stiller daraufhin gab, wirkte ebenfalls nicht sehr unmittelbar, sondern von Wiederholung abgenutzt, nämlich: Er hasse die Faschisten, sonst wäre er ja nicht als Freiwilliger in den Spanischen Bürgerkrieg gefahren; jedoch in jenem Morgengrauen am Tajo, als Stiller zum erstenmal vor seinem verhaßten Feind stand, erlebte er die vier Faschisten einfach als Menschen, und es war ihm unmöglich, auf Menschen zu schießen, er konnte nicht. Punktum! ... Und wieder folgte Schweigen, wieder pafften die Pfeifen der Künstler und Zugewandten, Schwaden blauen Rauchs hingen im Atelier. Der Opernsänger war von der Antwort befriedigt, höchst befriedigt; er könnte auch nicht schießen, glaubte er. Andere leerten ihr Glas, ohne etwas zu sagen. Und einfach von etwas anderem zu plaudern, von der Nußknacker-Suite beispielsweise, das ging auch nicht. Es breitete sich eine Stille aus, bis sein Freund, der junge Architekt namens Sturzenegger, offenherzig Bewunderung für Stiller ausdrückte; er nannte es einen Sieg des Menschlichen, einen Sieg des konkreten Erlebnisses über alles Ideologische und so fort; er fand allerlei Worte dafür. Niemand widersetzte sich dieser schmeichelhaften Interpretation, und Stiller selbst, sichtlich etwas verlegen, hatte seinerseits nicht das mindeste Bedürfnis, in dieser Geschichte tiefer zu loten, sondern war für muntere Geselligkeit, entkorkte die nächste Flasche, in seiner liebenswerten Art besorgt, daß alle zu trinken hatten, auch die schöne Julika in der Ecke, die, zum erstenmal in jenem Atelier, sich mit ihren großen und so ungemein schönen Augen umsah, ohne viel zu trinken, ohne etwas zu sagen; ihr Beitrag, wie so oft, war ihr köstliches Haar mit dem rötlichen Glanz... Stiller hatte mit seiner Anekdote, scheint es, immer wieder Erfolg. Julika mußte sie später, einmal mit Stiller befreundet und dann verheiratet, natürlich noch öfter anhören. Das gehört ja zu den Pflichten einer lieben Gattin, nicht zu gähnen und nicht zu unterbrechen, wenn ihr Mann wieder einmal mit seiner Parade-Nummer anfängt. Es war eine Parade-Nummer, Stiller mit seiner Fähre am Tajo. Nur Kommunisten rümpften die Nase, wenn von einem Sieg des Menschlichen über alles Ideologische geredet wurde, und schwiegen aus Freundschaft zu Stiller; höchstens richteten sie sich an die Zuhörer mit der Frage, wie sie sich in einem Fall, wo es nicht gerade gegen Faschisten ginge, zu einem Sieg des Menschlichen über alles Ideologische stellen würden. Aber solche Gespräche hatten dann nichts mehr mit Stiller zu tun. Und die Kommunisten wurden ohnehin rarer; wenigstens im Kreis ihrer Bekannten. In allen andern Gesellschaften aber, wie gesagt, ging Stiller stets mit Ehre aus seiner spanischen Anekdote hervor. Wozu hätte er seine Anekdote sonst so oft erzählt? Und jedenfalls ist es Julika heute noch unbegreiflich, wieso Stiller, ihr verschollener Mann, anläßlich jener letzten Begegnung in Davos plötzlich von einer ›Niederlage in Spanien‹ redete. Wieso Niederlage? Dafür bekam Julika keine Erklärung. Hatte er nicht jahrelang auch von Julika verlangt, daß sie sein Verhalten in Spanien vortrefflich fand? Und jetzt war es plötzlich eine Niederlage, eine Sache, die in die Waagschale fällt als Anfang aller Übel, als Fluch, als Unstern, womit Stiller sich auch die Unglücklichkeit ihrer Ehe erklärte. Wieso?

———

Ihre letzte Begegnung: Es war November, trostlos genug schon ohne den Besuch von Stiller. Bereits gab es wieder Schnee. Julika in ihrer Jugendstil-Veranda lag eingemummter als je, sogar die Arme unter der Kamelhaardecke, einer Mumie sehr ähnlich. Sie konnte gerade den Kopf noch bewegen, um in den grauen Nebel hinaus zu schauen, nichts zu sehen als das schemenhafte Gerippe der nächsten Lärchen, das sie an ihr Röntgenbild erinnerte, auch so ein kahles Gerippe in Schwaden von grauem Nebel. Und das war nun ihre einzige Aussicht. Der Himmel war wie Blei, und Schwaden von schmutzigem Nebel schlichen den Hängen entlang. Man hatte nicht einmal eine Ahnung, wo am Himmel etwa die Sonne stünde. Die Gipfel der Berge, die vertrauten, schienen sich aufgelöst zu haben wie eine Tablette im Wasserglas, es blieb eine graue und trübe Brühe, nichts weiter. Julika hatte gemeint, nur blöde Menschen könnten sich langweilen, und sie also nicht. Es hatte aber mit Blödsinn gar nichts zu tun, im Gegenteil, vielleicht war es die echteste Art von Not, deren Julika jemals fähig war, diese unsägliche Langeweile, wenn man wirklich nicht weiß, wohin mit der nächsten Stunde, dieser höllische Geschmack von Ewigkeit, wo man nicht über das Zeitliche hinaussieht... Stiller hockte wortlos auf dem Geländer ihrer Veranda, Blick ins Gestöber hinaus. Er war unrasiert und bleich, übernächtig, hatte eine Fahne von Alkohol vor dem Mund, ferner roch er nach Knoblauch selbst aus Entfernung. »Was hast du denn gegessen?« fragte Julika. »Schnecken.« – Stiller fragte mit keinem Wort, wie es ihr ginge. Übrigens kam er nicht aus der Stadt herauf, sondern von Pontresina; Stiller meldete es mit einem Trotz, als wäre es die arme Julika gewesen, die ihn einen Sommer lang zu lauter Ausreden genötigt hätte, und fast mit Schadenfreude. Stiller kam von Pontresina, das hieß: er kam von der andern. Und dann, nach dieser fast hämischen Eröffnung, schwieg er wieder, ohne Julika anzusehen, steckte sich eine Zigarette an und rauchte in das graue Gestöber hinaus; seine Lippen zitterten. Julika wußte nicht warum. »Wie war's denn in Paris?« fragte Julika. Darauf antwortete er lediglich, daß er in Paris (als wäre es eine Intrige von Julika gewesen) von Julika geträumt hätte. Julika hatte sie immer schon gehaßt, diese Erzählerei von Träumen, die alles heißen konnten, und natürlich hatte sie nicht nach seinen Träumen in Paris gefragt, sondern nach seiner wirklichen Beschäftigung in Paris. Stiller aber erzählte seinen Traum, und zwar ausführlich. »– wir waren in Gesellschaft«, erzählte er, »und irgendwie war ich außer mir, ich weiß nicht warum, ich wollte etwas sagen, hatte aber keine Stimme, je lauter ich es sagen wollte, und es mußte gesagt werden. Es war zum Heulen. Und wenn ich dabei draufgehen würde, es mußte gesagt werden. Ich sah dein Lächeln und schrie; du hast gelächelt wie jetzt, weißt du, wie jemand, der halt im Recht ist, und da ich trotzdem schreie, gehst du hinaus, ich kann es nicht verhindern, die Gesellschaft findet wohl auch, so dürfe man nicht schreien; ich benehme mich unmöglich, ich weiß, ich soll Vernunft annehmen, sagen sie, und dir sofort nachlaufen, um dich zu trösten, um es wiedergutzumachen. Ich fühle auch mein Unrecht, nun ja, und ich gehe, ich suche dich in den Straßen, finde dich in einem öffentlichen Garten, Jardin de Luxembourg oder so, es ist ja egal, Frühling, da sitzest du also in dem grünen Rasen und lächelst, ich versuche dich zu erwürgen, ja, mit beiden Händen und mit aller Kraft meines Lebens, aber umsonst, dabei weiß ich, daß man uns zusieht, ich würge dich ganz zusammen, aber du bist zu elastisch – du lächelst bloß …«

Julika sagte natürlich nichts. Kurz darauf erschien die Schwester, um sich zu erkundigen, ob Frau Julika wirklich nicht zu kalt hätte. Julika bedankte sich aufs netteste; man sah den Hauch vor dem Mund, aber Julika mit ihren Bettflaschen und ihren Decken hatte wirklich nicht kalt. Als die Schwester sich entfernt hatte, sagte Stiller:

»Gestern haben wir Schluß gemacht – Sibylle und ich – gestern in Pontresina.«

»Wer ist Sibylle?« fragte Julika.

»Jetzt ist es auch Schluß zwischen uns, Julika, und zwar endgültig, das wirst du verstehen.« Julika schwieg.

»Endgültig«, wiederholte er.

Es dürfte nicht ganz ohne Komik gewesen sein, erstens wie Stiller es seiner Julika verargte, daß sie, die in Wirklichkeit doch auf dieser Veranda lag, in seinem Pariser Traum gelächelt hatte, und zweitens überbrachte er seine Meldung in einem Ton, als wäre es das erste Verhältnis in der Geschichte der Menschheit, das in die Brüche ging, ja mit einer Miene, als wäre Sterben in einem Sanatorium nichts, verglichen mit dem gestrigen Pontresina-Begräbnis seines Sieben-Monats-Verhältnisses, nicht ganz ohne Komik auch, wie er nun Geständnisse lieferte, betreffend seine Liebe zu der Dame, die also Sibylle hieß, und sich in lauter nachträglicher Offenheit erging. Julika las in seinem Gesicht, wie es ihn verstimmte, daß sie unterdessen die Schneekristalle von ihrer Kamelhaardecke blies. Was sollte Julika schon tun? Was er nun berichtete, deckte sich so ziemlich mit ihren sommerlichen Befürchtungen, und so war es für die arme Julika in dieser Stunde kein allzu großer Schock mehr; sie wußte ja schon lange, daß sie betrogen war. Stiller dagegen, indem er nun in ihrer Jugendstil-Veranda hin und her ging, genoß es in seiner Untröstlichkeit, ausführlich zu werden in einem durchaus unverlangten Grad, nur um sich so lange wie möglich an seinen verlorenen Sommer zu klammern.

»Ja«, sagte er endlich, »so ist es nun.«

»Und jetzt?«

Es ist nicht wahr, daß Julika ein Lächeln heimlicher Schadenfreude oder überhaupt ein Lächeln zur Schau getragen hätte. Stiller träumte wohl wieder ein wenig. Anderseits wird niemand erwarten, daß die arme Julika gerade in Tränen ausbrach, weil es ›Sibylle‹ nicht mehr gab. Was erwartete Stiller wieder von ihr? Sie blies die Schneekristalle von ihrer Kamelhaardecke, nichts weiter, und was er vorher noch hingeworfen hatte, die trockene Bemerkung nämlich, daß es nun Schluß wäre auch mit Julika, seiner immerhin gesetzlichen Gattin, hatte sie keineswegs überhört, nur begriff sie den logischen Zusammenhang nicht. Wie aber Stiller das zu erläutern versuchte, nun wieder auf dem Geländer hockend, wobei er meistens in das Gestöber hinausblickte, als redete er mit den schemenhaften Lärchen, entsprang seine ganze Heftigkeit gar nicht diesem Augenblick, nicht diesem Ort und nicht der Gegenwart seiner armen Julika, alles tönte eher wie lange schon aufgestapelte, in Einsamkeit hergestellte und jetzt ohne lebendigen Zusammenhang aufgereihte Formulierungen, die Stiller mit entschlossener Grausamkeit von sich gab, je grausamer um so besser, alles kam wie unter dem Zwang eines fremden Befehls, den Stiller sich auf seiner Fahrt nach Davos oder vielleicht beim Schneckenessen selber gegeben hatte, eines grimmig-männlichen Befehls. Julika hörte zu, wurde aber das Gefühl nicht los: Wer hat dich nur geheißen, so grausamen Unsinn zu reden, mein guter Stiller, das bist ja gar nicht du! Er war grausam wie eben ein armer Scherge, der im Augenblick, da er sein Opfer mit eigenen Augen sieht, nicht erweichen darf, er muß den Befehl vollstrecken; darum blickte Stiller kaum auf Julika, sondern hinaus ins Gestöber mit den grauen Lärchen. Und vor allem hatte Julika, je länger er redete, das klare Gefühl: So ist es nicht, mein guter Stiller, es ist doch alles ganz anders! ... Stiller redete endlos. »Wäre nicht diese Niederlage in Spanien gewesen«, sagte er, »wäre ich dir mit dem Gefühl begegnet, ein voller und richtiger Mann zu sein – ich hätte dich schon längst verlassen, Julika, vermutlich schon nach unserem ersten Kuß, und diese ganze jämmerliche Ehe wäre uns beiden erspart geblieben. Das ist das Bittere, siehst du; wir hätten es wissen können, daß es nicht gehen wird. Und es fehlte nicht an Signalen auf der ganzen Strecke, nur an Mut, sie zu sehen. Heute weiß ich es: im Grunde habe ich dich wahrscheinlich nie geliebt, ich war verliebt in deine Spröde, in deine Zerbrechlichkeit, in deine Stummheit, die es mir zur Aufgabe machte, dich zu deuten und auszusprechen. Was für eine Aufgabe! Ich bildete mir ein, du brauchst mich. Und deine Müdigkeit immer, deine Herbstzeitlosenblässe, dein Hang zum Kranksein, das war ja genau, was ich unbewußtermaßen brauchte, eine Schonungsbedürftige, um mir selbst um so kraftvoller vorzukommen. Eine gewöhnliche Geliebte zu haben, verstehst du, so ein gesundes und durchschnittliches Mädchen, das umarmt sein will und selber umarmen kann, nein, davor hatte ich Angst. Überhaupt war ich ja voll Angst! Ich machte

dich zu meiner Bewährungsprobe. Und darum konnte ich dich auch nicht verlassen. Dich zum Blühen zu bringen, eine Aufgabe, die niemand sonst übernommen hatte, das war mein schlichter Wahnsinn. Dich zum Blühen zu bringen! Dafür machte ich mich verantwortlich – und dich machte ich krank, versteht sich, denn wozu solltest du gesund werden mit einem solchen Mann; die Angst, daß du an meiner Seite unglücklich würdest, fesselte mich ja stärker als irgendeine Art von Glück, die du zu geben hast.«
Einmal fragte Julika:
»Wieso Niederlage in Spanien?«
Keine Antwort.
»Und ob du all dies gewittert hast!« meinte Stiller, »und ob! Das ist doch ganz klar. Vom allerersten Abend an; du warst verliebt in meine heimliche Angst. Das gefiel dir, meine Liebe, so ein Mann, der nicht einfach kommt und umarmt, sondern zittert, ein verängstigter Mann, ein irgendwie gebrochener Mann, der sich an dir glaubt bewähren zu müssen, ein Mann mit schlechtem Gewissen von vornherein, ein Idiot, der es stets als seine Schuld empfinden wird, wenn etwas nicht klappt. War es nicht so? Ich war sogar verantwortlich für das Wetter. Ich sehe dich, Julika, wie du plötzlich die Hand ausstreckst und nicht den Himmel anblickst, sondern mich: Jetzt regnet es! Und ich ließ mir diesen Blick gefallen –«
Julika ließ ihn reden.
»War es nicht so?« fragte Stiller. »Warum bist du all die Jahre nie zum Arzt gegangen? Du würdest nicht in dieser trostlosen Veranda liegen, Julika. Warum wolltest du keine gesunde Frau sein? Es ist blödsinnig, Julika, aber wahr: Du wolltest nicht gesund sein. Du fandest mich lieblos, wenn ich mit Freude feststellte, daß du einmal gänzlich ohne Fieber bist. Es ärgerte dich. Denke an die zahllosen Abende, wo du in dein Zimmer verschwandest, um dich hinzulegen, nur damit wir's nicht vergaßen: Die arme Julika! und damit du dich nicht mit diesen gesunden Frauen zu messen hattest. Davor hattest du ja eine Heidenangst. Ich weiß: Du hattest sehr strenge Proben, jaja,

und ich hatte leicht reden mit meiner Lehmerei, wo es nichts ausmachte, ob ich arbeitete oder nicht, mit meinem freien Paschaleben, ich weiß, deine Arbeit war nicht zu vergleichen mit irgendeiner andern, auch nicht mit der Arbeit einer Kinderärztin, versteht sich, und überhaupt war es schon ungerecht, auch nur zu hoffen, zu wünschen, daß du nicht zarter bist als andere Frauen. Dein Konsum an Rücksicht (von allen Seiten) war schamlos. Und wie alle sich fügten, nicht nur dein Idiot, alle, auch wer nicht in dich verliebt war, Gott weiß, wofür sie sich bei dir entschuldigten, und wenn du mitten in Gesellschaft eingeschlummert bist, weil nicht von deinem Ballett gesprochen wurde, fanden sie dich einfach eine tapfere Frau, deckten dich zu, damit du nicht frierst, weil du dich nicht selber wenigstens zudecken konntest, eine Gesellschaft von Samaritern, und wir alle flüsterten nur noch, denn wer wußte es nicht, daß Julika am andern Morgen eine schwere Probe hatte! Sie alle haben dir einen miserablen Dienst erwiesen, Julika, genau wie ich auch. Und wenn ich nicht begriff, daß du dich nicht hattest entschließen können, unseren Freunden noch eine Mehlsuppe zu machen, so lag es an mir, versteht sich, man muß seine Frau nehmen, wie der liebe Gott sie geliefert hat. Immer wieder vergaß ich, wie zart du bist, wie schonungsbedürftig! Und dann, kaum sind die Freunde gegangen, nimmst du dich zusammen und gehst in die Küche, zum Umsinken müde, um Foxli eine warme Milch zu machen. Denn Foxli bist du!«

Stiller, einmal im Reden, kam noch mit einer ganzen Reihe von Vorwürfen dieser Art, lauter Bagatellen, eine kleinlicher als die andere: Julika konnte nur staunen.

»Du schweigst in dich hinein wie immer!« sagte er, »du hältst dich für die Liebe und die Hingabe in Person, ich weiß, ich halte dich für den Narzißmus in Person. Und für den Hochmut in Person! das vor allem. Ich bin vor dir auf die Knie gefallen. Julika, ich habe vor dir geheult, wie ein Mann unter gewissen Umständen heult, ich habe mich vor dir geschämt, ich habe vor dir bereut, und du hast verziehen, gewiß, du hast mir ja am laufenden Band verziehen, ich weiß, ohne eine Minute der Erschütte-

rung, ohne eine Minute wirklich zu denken, daß vielleicht auch du mich kaputt machst, und wirklich zu zittern. Wieso denn auch? Du bist die Dulderin, das wissen alle unsere Bekannten, ein nobles Wesen, das keine Vorwürfe brüllt, nein, die Vorwürfe hatte ich mir schon selbst zu machen. Damit hast du dich nie beschmutzt. Aber überlege es dir: Hast du mich einmal davon befreit, wenn ich glaubte mir Vorwürfe machen zu müssen? Du hast verziehen. Und damit ist ja der Vorwurf anerkannt, das vor allem. Es gibt eine Satanie im weiblichen Verzeihen, meine Liebe, die dir ferne ist, versteht sich, alles ist dir ferne; ich empfand es nur so in meiner Mimosenhaftigkeit, und daran kann man genau so zugrunde gehen wie an einer Tuberkulose ... Ich rede und rede, Julika, und du bläst den Schnee von der Decke!«
Stiller fuhr fort:
»Ja – ich fragte mich manchmal, warum ich in all diesen Jahren nie aufgesprungen bin und dir kurzerhand eine Ohrfeige versetzt habe. Im Ernst, es ist ein Fehler, der nicht mehr nachzuholen ist; ein Fehler, davon bin ich überzeugt. Wieviel hätte es uns beiden erspart! Beispielsweise deine unselige Reise nach Landquart, glaube ich. Natürlich wußtest du von vornherein um deinen Zusammenbruch irgendwo auf der Strecke, aber du scheust keinen Preis mehr, um dir mein schlechtes Gewissen zu sichern. Du irrst dich! Und dabei ist es wieder das Fürchterliche: in einem ganz andern Sinn, siehst du, ist es wirklich mein Verschulden, daß du jetzt in diesem Sanatorium liegst. Aber da hast du mir nichts mehr zu verzeihen. Ich denke jetzt oft: Hätte ich dich nicht zu meiner Bewährungsprobe gemacht, wärest du auch nie auf diese Idee gekommen, mich durch dein Kranksein zu fesseln, und wir hätten einander auf natürliche Weise geliebt, ich weiß es nicht, oder uns auf natürliche Weise getrennt. Du hättest damals einem Mann begegnen sollen, der kein falsches Gewissen hat und doch viel Geduld, freie Geduld, einem Mann jedenfalls, der nur durch natürliche Liebe zu gewinnen und zu halten ist. Wer weiß, meine liebe Julika, wie gesund du hättest sein können – schon immer! ...«
Stiller schwieg.

»Und jetzt?« fragte sie.
Stiller glotzte sie an.
»So also siehst du mich!« sagte Julika. »Du hast dir nun einmal ein Bildnis von mir gemacht, das merke ich schon, ein fertiges und endgültiges Bildnis, und damit Schluß. Anders als so, ich spüre es ja, willst du mich jetzt einfach nicht mehr sehen. Nicht wahr?« Stiller steckte sich eine Zigarette an. »Ich habe in letzter Zeit auch über vieles nachgedacht«, sagte Julika und blies die Schneekristalle von ihrer Kamelhaardecke auch dann, wenn sie selbst das Wort führte, »– nicht umsonst heißt es in den Geboten: du sollst dir kein Bildnis machen! Jedes Bildnis ist eine Sünde. Es ist genau das Gegenteil von Liebe, siehst du, was du jetzt machst mit solchen Reden. Ich weiß nicht, ob du's verstehst. Wenn man einen Menschen liebt, so läßt man ihm doch jede Möglichkeit offen und ist trotz allen Erinnerungen einfach bereit, zu staunen, immer wieder zu staunen, wie anders er ist, wie verschiedenartig und nicht einfach so, nicht ein fertiges Bildnis, wie du es dir da machst von deiner Julika. Ich kann dir nur sagen: es ist nicht so. Immer redest du dich in etwas hinein – du sollst dir kein Bildnis machen von mir! das ist alles, was ich dir darauf sagen kann.«
Stiller rauchte vor sich hin.
»Woher hast du das?« fragte er nur. Es war nicht mehr mit Stiller zu sprechen, scheint es, er hörte nur noch sich selbst. Er war von Pontresina gekommen mit dem festen Entschluß, alles in Grund und Boden zu reißen, »Liebe?« lächelte er, »reden wir besser nicht von Liebe, nicht in unserem Falle, auch nicht von Treue – auch du hättest mich wahrscheinlich längst verlassen, Julika, an Gelegenheit fehlte es dir nie, ich weiß, bloß an Zuversicht, daß du einen wirklichen Mann würdest halten können. Reden wir doch offen! Unsere verhältnismäßige Treue war die Angst vor der Niederlage mit jedem anderen Partner, so wie ich sie jetzt erlitten habe, nichts weiter. Wir wollen uns nichts vormachen! Auch zwischen uns ist es jetzt Schluß. Ich denke, Julika, wir sehen einander zum letztenmal.«
Julika weinte.

»Es ist gräßlich«, meinte Stiller sehr nüchtern, »daß es gerade in diesem Sanatorium sein muß. Du bist noch keineswegs über die Krise, sagt mir dein Oberarzt. Aber vielleicht ist es gut, Julika, wenn du von diesem Tage an weißt, ohne jede Möglichkeit eines Zweifels weißt, daß mir deine Krankheit keinen Eindruck mehr macht. In deinen Ohren, mag sein, klingt das geradezu gemein. In Wahrheit, schau, war ich stets voll heimlichem Vorwurf gegen dich, daher auch wieder so rücksichtsvoll bis zur Lächerlichkeit, denn ich mußte immerfort etwas gutmachen, etwas Verschwiegenes, verstehst du, und jetzt zum erstenmal, so scheint mir, stehe ich vor dir, ohne dir böse zu sein. Nämlich ich weiß jetzt, daß nicht du es bist, was mich bis heute gehindert hat, wirklich zu leben. Gott sei Dank, daß ich es endlich weiß! Die Tränen in deinen Augen, Julika, sind eine Drohung, die nicht mehr wirkt. Nämlich sterben müssen wir alle.«
Darauf sagte Julika:
»Ich möchte, daß du mich jetzt allein läßt.«
Stiller stand noch eine Weile vor ihrem Bett, seine Hände in den Manteltaschen, nachdem er die Zigarette über das Geländer geworfen hatte, etwas verlegen. Und dann, als läge Julika schon im Sarg, küßte er sie bloß auf die Stirn, ohne ihre Arme zu erwarten, und verließ rasch die winterliche Veranda... Seither (erzählt Julika) blieb er für sie verschollen. In der Stadt wurde Stiller im Dezember noch gesehen. Dann erst, nach einer Vernissage mit mitternächtlicher Trinkerei, blieb er verschollen auch für die andern, unmerklich vorerst, nicht von heute auf morgen; man merkte es erst nach und nach, daß er im Kaffeehaus und auch sonst, wo man Stiller zu treffen pflegte, ausblieb, und jeder zuckte die Achseln, wenn der andere beiläufig nach Stiller fragte. Man wartete weit in den Januar hinein, bevor jemand, den das immer verschlossene Atelier nachgerade beunruhigte, die Polizei benachrichtigte, die mit einer ergebnislosen Durchsuchung aller Schubladen begann und heute noch, sechs oder bald sieben Jahre später, nicht mehr weiß als damals.

Gestern (zwischenhinein) Fahrt in ein eidgenössisches Zeughaus, um die soldatische Ausrüstung ihres Verschollenen zu besichtigen. Lange Warterei in einer Baracke. Rauchen verboten! Ich hocke mich auf ein Bündel eidgenössischer Hosen. Ob ich nicht stehen könne? Es riecht nach Leder, nach Kampfer, nach Pferden aus Stallungen nebenan. Nur um etwas zu sagen, frage ich den jungen, in seinen glänzenden Stiefeln etwas verlegenen Leutnant, den diese Warterei ebenso langweilt wie mich:
»Haben Sie hier immer noch Kavallerie?«
»Nein«, sagt er kurz.
Endlich bringen sie das verschnürte Paket mit der verwahrlosten Uniform ihres Verschollenen, befehlen mir, es aufzuschnüren. Ich hätte es nicht tun sollen, natürlich nicht; jede noch so bescheidene Höflichkeit bestärkt sie in ihrer Meinung, daß sie mit mir machen können, was sie wollen, wie mit Stiller. Da ich den räudigen, aber auch sonst eher komischen Tornister auspacke, fällt alles, was zu Mitrailleur Stiller gehört, auf den Boden, und natürlich bin ich es, der es zusammenlesen muß. Ich sage:
»Meine Herren, was geht das mich an?«
»Also vorwärts.«
Zwei eidgenössische Zeughäusler, beide verfettet und bleich von lebenslänglicher Kampferluft, ersetzen das Militärische vorzugsweise durch einen griesgrämig-knappen Ton. Alles ohne Anrede! Dann halten sie einen feldgrauen Mantel gegen das Regenlicht, blicken den jungen Leutnant an, der sich mit Gewissenhaftigkeit überzeugt, und warten auf mein Entsetzen.
»Da – sehen Sie nichts? He?«
Schabenlöcher, zugegeben, eine ganze Milchstraße von Schabenlöchern. Ich befühle den Stoff und sage:
»Der ist auch sonst nicht wasserdicht.«
Darauf sehen sie mich wie einen Kommunisten an, bloß weil ich

eine ganz sachliche Wahrheit gesagt habe. Ich greife den Regenmantel des jungen Offiziers, der als stummer Aufseher danebensteht.
»Sehen Sie«, sage ich, »der ist richtig!«
Später muß ich in den Lauf eines eidgenössischen Gewehres gucken. Sie zwingen mich. Sehr merkwürdig, ich lasse mich zwingen. Warum eigentlich? Ich gucke in das fremde Gewehr, als wäre es ein Fernrohr, sehe aber nichts, ein Löchlein voll grauen Lichts, weiter nichts. Und abermals warten sie, daß ich vor Schuldbewußtsein in den Betonboden versinke. Ein kleines Spiegelchen wird angebracht.
»Sehen Sie jetzt etwas?«
Ich sehe Rost, habe indessen nicht gefragt, was der Lauf eines eidgenössischen Gewehres koste, und der Vortrag des jungen Offiziers, den ich aus Höflichkeit anhöre, berührt mein Interesse in keiner Weise. Ich denke ja nicht daran, ein eidgenössisches Gewehr zu kaufen. Einen Revolver, ja, oder eine Maschinenpistole; aber was soll ich mit einem Gewehr von der Länge eines Spazierstocks? Der junge Leutnant, scheint mir, ist irgendwie verlegen, als vermute er in mir auch einen Akademiker; er sagt immer:
»Das muß ich Ihnen ja nicht erklären.«
Aus purem Pflichtbewußtsein, als stände er vor den beiden Zeughäuslern selbst im Examen, erklärte er es dann doch, so peinlich es ihm ist; irgendwie, so habe ich das Gefühl, möchte er mir zeigen, daß auch er höhere Interessen hat, kann es in dieser Zeughausbaracke aber nur tun, indem er hin und wieder zum Fenster hinaus in den strömenden Regen schaut – während die beiden Zeughäusler, die mich mehr und mehr mit Haß betrachten, sich auch durch meine offenherzige Gleichgültigkeit nicht hindern lassen, alles auf den Tisch zu legen, was nach ihrer Meinung zum Kriegführen benötigt wird, nämlich: zwei Bürsten, ein Besteck, eine Spule mit feldgrauem Faden, Lederseife, eine ganz bestimmte Anzahl von Knöpfen, jeglicher mit dem Schweizerkreuz versehen, eine Gamelle, eine Feldflasche, deren Zapfen nicht stinken sollte, Schuhbendel, eine Anstreich-

bürste mit Futteral, ein Stahlhelm, eine sogenannte Krawatte, ein Bajonett mit Scheide, ferner drei Nadeln, die der verschollene Stiller ebenfalls in unverantwortlicher Weise hat verrosten lassen, kurzum, es ist ein ganzer Tisch voll, was ich nicht ohne Staunen, wenn auch mit den Händen in den Hosentaschen besichtige.

»Ich brauche Ihnen ja keinen Vortrag zu halten«, sagt der junge Leutnant, »Sie wissen ja selbst, daß Sie für den Schaden persönlich aufzukommen haben.«

»Ich?« lache ich, »wieso?«

»Wer sonst?«

Ich komme nicht zu Wort. Auch den Waffenrock ihres Verschollenen habe ich anzuziehen. Ich komme einfach nicht zu Wort; darin besteht schon ein Teil ihrer Macht, der ich mich zu meinem eigenen Erstaunen tatsächlich füge, wenn auch mit Zögern. Es fällt ihnen nicht ein, mir den Waffenrock zu halten, und wie ich das Häftchen am Kragen nicht finde, heißt es bloß: Also vorwärts! Auch von meiner harmlosen Bemerkung, in einem solchen Waffenrock sei einer erschöpft, bevor er den Feind zu Gesicht bekomme, wird keine Notiz genommen. Ich muß mich drehen wie eine Kleiderpuppe.

»Sie sind magerer geworden«, behauptet der junge Leutnant, der mich zum erstenmal in seinem Leben sieht; »das schlottert ja überall.«

Unterdessen ist einer von den Zeughäuslern bereits zu einem Gestell gegangen, hat einen anderen Waffenrock herausgerissen, den er mir zuwirft:

»Probieren Sie den!«

»Wozu?« frage ich, erhalte aber wiederum keine Antwort, sondern lediglich eine andere Nummer von Waffenrock und dazu einen Vortrag des jungen Offiziers: daß ich bis zum achtundvierzigsten Lebensjahr zur schweizerischen Landwehr gehöre, dienstpflichtig sei bis zum vollendeten sechzigsten Lebensjahr, selbstverständlich das Recht habe, in die Fremde zu gehen, jedoch die Pflicht, vorher um Urlaub vom Staat zu fragen und mich beim Kommando meines Kreises (es gibt keinen Menschen, der nicht in einem Kreis ist) abzumelden, alles wie im Dienstbüchlein beschrieben, ferner daß die soldatische Ausrüstung, die bekanntlich jedem Schweizer anvertraut wird, im Falle eines solchen Urlaubs selbstverständlich nicht irgendwo auf den Dachboden gehöre, sondern abzuliefern sei, damit die Männer des Zeughauses sie vor Motten bewachen, ferner daß ich mich im Auslande sofort beim nächsten schweizerischen Gesandten anzumelden habe, damit ich der Militärsteuer nicht entgehe, beziehungsweise dort wieder abzumelden usw....

»Herr Leutnant«, sage ich, »alle Achtung vor Ihren schweizerischen Einrichtungen! Nur was mich betrifft –«

Ich komme nicht zu Wort. Sie haben ein einziges Ziel in ihren drei Köpfen: Stiller muß marschbereit sein. Ich komme nicht umhin, auch ein Paar Marschschuhe zu probieren, übrigens eine tadellose Ware. Und nicht nur probieren muß ich sie; der junge Leutnant sagt:

»Sie müssen sich auch wohl fühlen darin!«

Es ist nichts zu machen.

Und dann, ganz zum Schluß, werden sie auch noch wütend. Nämlich ich sollte meine Unterschrift geben, um den Empfang eines Gewehres und der neuen Marschschuhe zu bestätigen. Ordnung muß sein, das verstehe ich. Ich ließ mir von dem jungen Leutnant, der sich offenkundig auch nach einer bedeutenderen Beschäftigung sehnte, die Füllfeder geben und schrieb auf das Formular: White, James Larkins, New Mexico, USA.

»White – wieso White?«

Ich gab die Füllfeder zurück.

»My name is White.«

Sie blickten einander vorwurfsvoll an.

»Sie sind nicht Mitrailleur Stiller?« fragte der junge Leutnant mit meiner verbindlichen Unterschrift in der Hand, halb schon mit einem Kopfschütteln über die Männer vom Zeughaus, die ihrerseits gar nichts dafür konnten. Man hatte ihnen diesen Mann einfach geschickt. Wer? Wieso? Ich versuchte zu schlichten, zu erklären.

»Es besteht der Verdacht«, sagte ich, »daß ich der vermißte Herr sei, aber dieser Verdacht –«
Auf Grund eines bloßen Verdachtes, versteht sich, konnte man mich nicht ausrüsten. Der Leutnant erklärte es ihnen, während ich meine Marschschuhe wieder ausziehen mußte, jetzt wo sie mir paßten.
»Herrgott nochmal«, schimpften die Zeughäuser, »warum haben Sie das denn nicht gleich gesagt!«
In Anbetracht ihrer Wut, die sie glücklicherweise an Helm und Gamelle ausließen, verzichtete ich auf Rechtfertigungen. Sie hatten mich eben nie zu Wort kommen lassen. Ihre Wut war verständlich; denn nun durfte ich nichts mehr anrühren, weder das Gewehr noch die Marschschuhe, welche letzteren mir sehr gefallen hätten, und sie mußten den ganzen Tornister selber wieder einpacken. Ich sagte nur: »Sorry!« Aber dem jungen Leutnant war es sehr peinlich; er kam nicht umhin, noch eine Weile mit mir zu plaudern. Amerika interessierte ihn lebhaft. Er entschuldigte sich nochmals; es war ihm gar nicht recht, daß einem Amerikaner in der Schweiz so etwas hatte passieren müssen, und er grüßte mich mit militärischer Ehrerbietung. Ich legte, um nicht zu winken, gleichfalls die Hand an mein Barett, und die zwei vom Gefängniswagen, denen die Höflichkeit des jungen Leutnants nicht entgangen war, empfingen mich wie noch nie, höflich auch sie, als stünde ein Trinkgeld in Aussicht; einer hielt sogar, dieweil der andere mir Feuer gab, die graue Wagentüre mit Gitterfensterchen, und es fehlte nur noch, daß sie mich gefragt hätten, wohin sie mich fahren dürften.

Wilfried Stiller, der Bruder, soll sehr traurig sein, daß ich auf seinen brüderlichen Brief nie geantwortet habe. Ich will es tun, sobald ich Muße habe.

Heute, Sonntag, besucht mich Knobel in Zivil, in weißem Hemd mit Krawatte, um meinen vierten Mord zu erfahren. Es paßt mir gar nicht. Aber ich komme nicht umhin, etwas zu erzählen.

»Das war in Texas«, sage ich, »wie ich noch als Cowboy arbeitete.«
»Cowboy waren Sie auch einmal?«
»Warum nicht?«
»Tonnerwetter.«
Ich schildere ihm also, wie ich eines sommerlichen Morgens in der Prärie, meines Cowboyalltags etwas überdrüssig, weiter ritt als gewöhnlich, weiter als nötig. Ich ritt sozusagen in Gedanken (welcher Art diese Gedanken gewesen sind, interessiert meinen Zuhörer nicht) und ohne ein bestimmtes Ziel. Ich fing sogar zu traben an. Nach etwa fünf Stunden, ich hatte in dieser Zeit kaum jemals zurückgeschaut, waren die roten Felsen erreicht, die ich seit Wochen stets am Horizont der Ebene gesehen hatte. Ich sprang von meinem schwarzen Pferd, band es an eine Eichenstaude und kraxelte etwas in die Höhe, verlockt von einem immer weiteren Blick über die endlose Ebene hinaus, die nun hinter mir lag, über einen grünlichen und silbergrauen Ozean von Land. Es war ein heißer sirrender Mittag, ich verdurstete fast. Ich suchte eine Quelle, jedoch vergeblich, denn die ganze Gegend bestand aus Karst, und plötzlich, wie ich so mit meinen Stiefeln durch das dürre und oft stachlige Gestrüpp stapfte, plötzlich stehe ich vor einem Schlund, vor einer Spalte im Fels, die ungefähr wie das Maul eines Hais aussah, aber sie war riesengroß und schwarz wie die Nacht. Noch keiner meiner Kameraden hatte je von dieser Grotte erzählt. Es war ein Zufall, daß ich ihre Pforte, die erst aus allernächster Nähe zu sehen ist, in dieser hügeligen Wildnis entdeckt hatte. Vielleicht gab es hier Wasser! Zwar war es totenstill, und ich werde nie vergessen, wie ich die ersten paar Schritte, nur um die Neugierde zu stillen, in den schattigen Schlund stieg, vorsichtig, indem ich mich an den letzten Stauden hielt, um mit gestrecktem Kopf in die klaffende Tiefe zu spähen, blind vor Finsternis. Niemand befahl mir, in diese Grotte zu steigen; trotzdem war ich sehr beklommen, und meine Entdeckung ließ mich nicht mehr los. Ein Stein unter meinem Stiefel hatte sich gelöst, kollerte in munteren Sprüngen hinunter, hallte und hallte immer ferner und hörte zu hallen

nicht auf, bis ich, immerhin ein Cowboy, erbleichte. Ich wußte wirklich nicht, ob ich ihn nicht immer noch hörte, den kollernden Stein, oder bildete ich es mir nur noch ein? Ich konnte vor Bangnis kaum atmen, zwang mich jedoch, nicht die Flucht zu ergreifen. Ich hörte mein Herz hämmern, sonst Totenstille. Dann rief ich mit lauter Stimme: Hallo? und von sinnlosem Schrecken erfaßt, als wäre es nicht meine eigene Stimme, hastig, als wäre ich in Gefahr, von einem Drachen geschnappt zu werden, klomm ich zwischen den stachligen Sträuchern empor, vom Echo gejagt, und wieder hinauf an die Sonne, wo ich über mich lachte. Oder ich versuchte wenigstens, über mich zu lachen. Denn hier, an der mittäglichen Sonne, hörte man nur wieder das vertraute Summen der Insekten, das Getuschel der hohen Halme im Winde, und man sah über die Ebene von Texas, über jenen Ozean von Land, den ich damals alle Tage sah. Trotzdem blieb es mir etwas unheimlich, als hörte ich noch immer den kollernden Stein.

Es war Nacht, als ich unsere Ranch wieder erreichte. Ich rechtfertigte mich mit einer kecken Lüge. Von meiner Grotte sagte ich kein Wort, nicht einmal zu Jim, meinem besten Freund, der neben mir schlief; er zupfte an meiner Hängematte, um zu erfahren, wo ich nun wirklich den ganzen Tag gewesen wäre, und ich ließ ihn in seinem holden Neid, in seinem Glauben, daß ich irgendwo in jener fast menschenlosen Ebene (monatelang traf man nur Männer, Pferde und Vieh) ein freies Mädchen gefunden hätte. Jim gab mir einen Rippenstoß, Zeichen einer herzhaften Mitfreude und einer ebenso herzhaften Mißgunst zugleich. Aber meine Grotte, wie gesagt, verriet ich nicht.

Unsere Arbeit auf der Ranch war streng, wir waren nur wenige, einer von ihnen auch noch krank; zwei Wochen hatte ich auf meinen nächsten freien Tag zu warten.

Natürlich ritt ich schon im Morgengrauen (in einem großen Bogen, damit man mir nicht auf die Spur kam) wieder zu meiner Grotte, ausgerüstet mit einer Laterne, um in ihre Finsternis eindringen zu können, und war auf allerlei gefaßt, bloß nicht

darauf, daß ich meine Grotte nicht wiederfinden würde. Bereits war es Nachmittag, als ich immer noch hügelauf und hügelab stapfte, vielleicht ganz in der Nähe der Pforte, vielleicht eine Meile daneben, denn allenthalben sah man die gleichen Hügel und Mulden, die gleichen Disteln, Kakteen, Agaven, dazwischen die verfluchten Stauden der Gifteiche. Erschöpft und entmutigt, ohne die Grotte gefunden zu haben, ritt ich zurück, überzeugter denn je, daß diese Grotte einen märchenhaften Schatz verbarg, Gold vielleicht, von Spaniern erbeutet und verloren; waren nicht hier jene Abenteurer vorbeigezogen, Vasquez Coronado und Cabeza de Vaca? Das mindeste, was ich erwarten durfte, waren historische Werte, aber vielleicht auch Edelsteine der Indianer, der ganze Schatz eines ausgestorbenen Stammes. Auch bei klarer Vernunft schien allerlei möglich. Natürlich grinste mein Freund, wie ich mich am Abend in meine Hängematte sinken ließ, über meine große Mattigkeit, auch über mein Schweigen. Wie heißt sie denn? fragte er, und ich sagte: Hazel! und drehte mich auf die andere Seite.
So vergingen Wochen.
Meine Grotte drüben in den Felsen begann nachgerade ein Spuk zu werden, in Wirklichkeit nicht wiederzufinden, obschon ich noch mehrere Male in jene Gegend ritt, jedesmal ausgerüstet mit Laterne und Lasso, eine Tasche voll Karbid, die andere Tasche voll Verpflegung, und im Grunde glaubte ich schon gar nicht mehr an meine Entdeckung, als ich eines Abends, es dämmerte schon und war höchste Zeit, zurückzureiten, eine Wolke von Fledermäusen sah. Es war, als stiegen sie aus dem Boden, Millionen von Fledermäusen. Sie kamen aus meiner Grotte!...
Mit Laterne und Lasso, das man nach Bergsteigerart um die zackigen Felsen hängen kann, ist es nicht allzu schwierig, in die erste Höhle zu steigen, die gewaltig ist. Sie hat, wie ich in der letzten Dämmerung gerade noch zu erkennen vermochte, etwa den Innenraum von Notre-Dame. Außer Fledermäusen an den Felsen, die meine Laterne nur schwächlich beschien, und außer Scherben von Töpfen war nichts zu finden. Vermutlich war diese oberste Kaverne wirklich einmal ein Unterschlupf der In-

dianer gewesen. Nach und nach, wie ich so in diesem unterirdischen Dom spazierte, verlor ich fast alle Bangnis, gewiß, da und dort gab es Spalten in den Wänden, und meine Laterne leuchtete in kleine Kapellen, aber von Drachen mit glühenden Augen und Schwefelatem war nichts zu sehen, versteht sich. Ich war schon fast übermütig, eine so beträchtliche Grotte entdeckt zu haben, halb auch enttäuscht, mit meinem Geheimnis schon fertig zu sein, als plötzlich der Schein meiner Laterne – ich werde den Augenblick nie vergessen! – vom Boden verschluckt war. Atemlos vor Schreck, so klaffte es vor meinen Füßen, wagte ich mich nicht zu rühren; ganz einfach: der Schein meiner Laterne fiel auf keinen Boden mehr. Ich schaute nach der Pforte empor, nach dem Licht des Tages, doch unterdessen war es Nacht geworden auch über der Erde; ich sah ein paar Sterne, ein paar scheinlose Funken in unendlicher Ferne, ringsum die nahe Schwärze des Gesteins, und indem ich mich wieder an das kollernde Geröll erinnerte, das in immer tieferen Tiefen verhallt war, wagte ich auch nicht mehr rückwärts zu gehen; jeder Schritt, schien mir, bedeutete Sturz in den Tod. Schließlich kniete ich, band die Laterne an mein Lasso, um ihren schwachen Schein hinunterzulassen und die drohende Finsternis auszuloten; sie baumelte im Leeren. Mit der Zeit aber (ich kniete am Rand des Lochs, wie gesagt, und hörte nur mein Herz klopfen) war eine Grotte zu erkennen, ein ebenfalls beträchtlicher Raum, der aber nicht an Notre-Dame erinnerte, sondern an Träume, eine plötzlich so andere Welt, nicht Fels mit Fledermäusen dran, sondern ein Märchen mit hundert und aberhundert Säulen aus glänzendem Tropfstein. Das erst war meine Entdeckung! Für jemand, der klettern kann, war es nicht unmöglich, in dieses Märchen hinunterzusteigen. Aber wie werde ich wieder hinaufkommen? Ich wußte aber: wenn ich jetzt zurückkehrte, so würde es mich mein Leben lang reuen und quälen. Meine Bangnis wechselte in Übermut. Mit viel Vorsicht, mit äußerster Anstrengung (doch ohne an die Rückkehr zu denken) und mit allerlei Schürfungen gelangte ich endlich, nach einem Sprung aus ratloser Keckheit, in die wunderliche Tiefe, wo nun auch die Sterne nicht mehr zu sehen waren. Alles hing am Schein meiner Laterne. Wie erregt ich auch war, ich handelte mit einer Vernünftigkeit, die mich verblüffte; sofort bezeichnete ich den Fels, wo ich wieder emporzuklettern hatte, mit dem Ruß meiner Laterne und schrieb, als hätte man es so gelernt, eine große Eins in diesen Ruß. Dann erst sah ich mich um. Von einem Labyrinth verlockt, wohin ich nur leuchtete, stampfte ich hinter meiner Laterne her, halb selig, als wäre ich am Ziel aller Wünsche, und halb entsetzt, als wäre ich schon verloren, zum Preis für mein Staunen verdammt, nie wieder auf die Erde zu gelangen, nie wieder die Sonne zu sehen, die Sterne, die ich eben noch erblickt hatte oder auch nur den bleichen Mond, nie wieder über die Heide zu reiten, ihre Kräuter zu riechen, nie wieder einen Menschen zu erblicken, nie wieder gehört zu werden. Ich rief: Hallo? und dann: How are you? Nicht einmal ein richtiges Echo gab es hier. Alle zehn Schritte machte ich eine Marke aus Ruß. Droben auf der Erde, dachte ich, mußte es bald Morgen werden. Einmal versuchte ich, ob ich den Fels für meinen Ausstieg (Marke Nummer eins) wiederfinden konnte, ob meine Wegzeichen genügten. Sie genügten; aber ich schwitzte, als ich die Marke Nummer eins wiedergefunden hatte, und dabei war es eigentlich sehr kühl, versteht sich. Fröstelnd und schon dadurch zu weiteren Unternehmungen gezwungen, aber erleichtert, als hätte ich den Faden der Ariadne, forschte ich nach der anderen Seite, kletterte weiter hinab, besinnungslos bei aller Vorsicht (nie vergaß ich, die Marke mit Ruß zu machen) und beklommen von jedem Hall meiner rutschenden Schritte, der mich hören ließ, wie geräumig sie war, diese Finsternis im Innern der Erde, wie löcherig nach immer weiteren Geheimnissen, die noch kein Mensch betreten hat, ja, und war meine Laterne nicht das erste Licht, das je in dieses Märchen fiel, das erste Licht, das sie zum Vorschein brachte, all diese Säle mit ihren glänzenden Säulen? Hinter mir, kaum von meiner kleinen Laterne verlassen, fiel alles wieder in Finsternis, wie nie gewesen, und es war der Finsternis nicht anzusehen, ob Finsternis des Gesteins oder Finsternis der Leere. In

Totenstille tropfte es aus Jahrtausenden. Wohin denn wollte ich? Wahrscheinlich wollte ich einfach in eine Kaverne gelangen, wo es nicht weitergeht, wo das Ungewisse aufhört, wo die Steine, die sich unter meinen Stiefeln lösten, nicht immer noch in weitere Tiefen kollerten. So weit gelangte ich nicht. Ein menschliches Skelett, das da plötzlich im Schein meiner Laterne lag, entfesselte meine Angst derart, daß ich schrie, im ersten Augenblick sogar floh, stolperte, eine Scheibe meiner Laterne zerschlug und im Gesicht blutete. Das Gefühl, in einer Falle zu sein und wie dieser Vorgänger nie wieder herauszukommen, so daß ich nur noch die Wahl hätte, zu verhungern oder mich an meinem Lasso zu erhängen, lähmte mich an Leib und Seele; ich hatte mich setzen müssen, ich leckte das warme Blut, das mir über das Gesicht rann, und mußte meinen ganzen Verstand zusammennehmen, um nicht das Skelett, das da im runden Schein der Lampe lag, schlechterdings für mein eigenes zu halten. Irgendwie hatte ich vergessen, mit der Zeit zu rechnen, mit meinem Vorrat an Licht, und wahrscheinlich war jenes Skelett (so denke ich heute) meine Rettung. Ich dachte nur noch an Rückzug. Ob es ein Indianer oder ein Weißer gewesen ist, der all diese Grotten schon vor mir erblickt hatte, weiß ich nicht; nach Resten zu suchen, die darauf antworteten, hatte ich plötzlich keine Zeit mehr. – Ich erreichte die Pforte, als der Abend dämmerte. Die Sonne verglomm hinter einer Wolke von schwirrenden Fledermäusen, und droben auf der Erde sah es aus, als wäre nichts gewesen. Mein Pferd wieherte vor Durst. Erschöpft wie ich war, legte ich mich auf die warme Erde, von grauem Sand und Blut verschmiert, und versuchte zu essen. Aus Angst, verhungern zu müssen wie mein Vorgänger da unten, hatte ich bisher keinen Bissen aus meiner Tasche genommen. Ich erlebte natürlich das ranzige Hammelfleisch (Hammelfleisch hing mir damals zum Hals heraus) wie eine Gnade. Und dazu, obschon es noch ein dämmerheller Himmel war, ließ ich meine Laterne brennen, als müßte, wenn meine Laterne erlischt, alles erlöschen, auch der Mond, der sich gerade über die violette Ebene erhob, und die Sterne über der Prärie, ja selbst die Sonne jenseits der Berge, die jetzt über dem Ozean hing und China beschien.

In der Ranch fluchten sie.

Jim zu berichten, was ich gesehen hatte, war schwer, unmöglich mit meinen stümperhaften Kenntnissen in Geologie. Ich erklärte ihm: Es sind Felsen aus Kalk, stark genug für erstaunliche Spannweiten. Jim traute meinen Schätzungen nicht, dabei hat die spätere Erforschung jener Kavernen (die Touristen erreichen sie heutzutage von Carlsbad her, New Mexico, mit dem Bus) ganz andere Maße ergeben: der große Saal ist sechshundert Fuß breit, dreihundertfünfzig Fuß hoch, mehr als einen Kilometer lang, er befindet sich siebenhundert Fuß unter der Erde und ist lange nicht die unterste Kaverne. Irgendwann einmal versiegte der unterirdische Strom, der dieses Gebirge ausgehöhlt hatte; warum er versiegte, weiß ich nicht. Ein gewaltiger Strom muß es gewesen sein, ein Vielfaches von jenem Rio Grande, der artig in den nahen Tälern fließt. Sei es, daß er durch Aushöhlung in immer weitere Tiefen entwich, sei es, daß sich das Klima verschob und ihn nicht mehr zu speisen vermochte, ich weiß es nicht, jedenfalls versiegte er, der unterirdische Strom, und die Kavernen, die er in Hunderttausenden von Jahren ausgespült hatte, blieben leer. Einstürze vergrößerten die Kavernen, Einstürze, die so lange erfolgten, bis eine Schicht sich als tragfähige Decke erwies; das Geröll dieser Einstürze ist nicht mehr zu sehen, ihre Bruchstellen sind von Tropfstein überwuchert. Was weiterhin geschah: das bißchen Regenwasser, das da durch kleine Risse und Spalten von der grünen Oberfläche kam, tropfte in die leeren Höhlen und verdunstete, und damit begann der zweite Teil: die Verzierung der Kavernen, indem ja der Kalk, wenn das Wasser verdunstet, wieder ausscheidet. So entstehen Stalaktiten, die Tropfsteine, die von der Decke hangen, und so auch die Stalagmiten, die Tropfsteine, die aus dem Boden emporwachsen, Gebilde von einer Größe, daß die Geologen mit einer Entstehungszeit von fünfzig bis sechzig Jahrmillionen rechnen. Äonen nennen wir das, Zeitspannen, die der Mensch wohl errechnen, aber mit seinem

Zeitsinn nicht erfassen, nicht einmal in der Phantasie erleben kann. Wie es aussieht, was so entstanden ist in jenen Kavernen und weiterhin entsteht – Tropfen um Tropfen, aber es sind Ozeane von Wasser, die vertropft worden sind, und die Dauer eines Menschenlebens genügt gerade, um das steinerne Wachstum in Millimetern zu messen –, das ist nicht leicht zu schildern; Jim jedenfalls glaubte mir nicht, und dabei berichtete ich damals erst von den oberen Kavernen. Je tiefer man kommt, um so wunderbarer und unwahrscheinlicher, um so reicher sind die Gebilde, die von der Decke hangen wie Schleier als Alabaster, weißlich, gelblich, im Schein unserer Laterne erglänzend, aber nicht nur Schleier, ganze Dome hangen da herunter, Gotik auf den Kopf gestellt, dann wieder Katarakte aus Elfenbein, stumm und erstarrt, als hätte die Zeit plötzlich aufgehört. Dann wieder sieht man Zähne eines Hais, Kronleuchter, Bärte, anderswo ist es ein Saal voll Fahnen, ein Museum zeitloser Historie, alles mit dem Faltenwurf wie bei den klassischen Griechen, dazwischen Schwänze von nordischen Drachen. Alles, was die Menschenseele je an Formen erträumte, hier ist es noch einmal in Versteinerung wiederholt und aufbewahrt, scheint es, für die Ewigkeit. Und je tiefer man hinuntersteigt, um so üppiger wächst es auch aus dem Boden der Kavernen, korallenhaft, man stapft wie durch Wälder mit verschneiten Tännchen, dann wieder ist es eine Pagode, ein Kobold oder eine verstorbene Fontäne aus Versailles, je nach dem Standort unserer Betrachtung, ein seltsames Arkadien der Toten, ein Hades, wie Orpheus ihn betreten hat; es fehlt nicht an versteinerten Damen, die, so scheint es, langsam von ihren fältelnden Schleiern verschluckt werden, von Schleiern aus Bernstein, durch keine menschliche Liebe je wieder zu erlösen, und in einem grünlichen Tümpel blüht es wie Seerosen, aber auch sie sind aus Stein, versteht sich, alles ist Stein. Immer wieder klafft es in Finsternisse, die eine Laterne nicht ausleuchtet; man wirft einen Stein hinab, fröstelt vor Schauer, wenn sein Kollern schon lange verstummt ist, und weiß, das Labyrinth nimmt kein Ende, auch wenn es gelänge, die Schlucht zu überqueren. Dennoch lockt es weiter. Geduckt unter einem Bündel von Speeren betritt man das Zimmer einer Königin, die nie gelebt hat; ihr Thron trieft von marmornen Quasten, darüber ein Gewölk von glimmernden Baldachinen. Alles kann man hier sehen, es fehlt nicht an Monumenten des Phallus, die ins Riesenhafte ragen, reihenweise, dazwischen geht man wie auf Blumenkohl, hält sich an zierlichen Hälsen, die zu einem Vogel oder zu einer Flasche gehören mögen; Pflanzen und Tiere und menschlicher Traum, alles ist hier versammelt wie in einem unterirdischen Arsenal der Metaphern. Die letzte Kaverne, die ich erreicht habe, ist abermals anders; Filigran, ein Sarkophag mit Lilien aus Porzellan, und hier ist kein Fels mehr zu ahnen, geschweige denn zu sehen, nichts als Tropfstein, glatt und gläsern, nichts als Ornament, wuchernd über alles Arabische hinaus, ja, es wächst schon wieder zusammen, das Oben und das Unten, das Hangende und das Steigende umarmen einander, ein Dschungel aus Marmor, der sich selber auffrißt, lautlos und atemlos wie das All und doch nicht ohne Zeit. Auch dieses Werk der Äonen, man sieht es, muß sich erfüllen und erlöschen, Vergängnis auch hier.

Das nächste Mal ging ich mit Jim.

Zu zweit, so daß wir einander sichern konnten, und besser ausgerüstet als zuvor (zwei Laternen, Brennstoff für hundertzwanzig Stunden, Verpflegung fast für eine Woche, Hammelfleisch vor allem, aber auch Äpfel und Schnaps, ferner drei Lassos, eine Kreide für weiße Markierungen und eine Uhr, was wichtig ist), so wagten wir uns weit über das Skelett meines Vorgängers hinaus und erreichten den sogenannten ›Dome Room‹, wo sich der Unfall ereignete. Das war in der siebenundsechzigsten Stunde unseres gemeinsamen Abenteuers, also am dritten Tag, hätten wir Tage erlebt wie droben auf der Erde, nicht Sekunden und Äonen, und es war unweit jener Stelle, wo den Touristen heutzutage ein Lunch verabreicht wird, bevor sie mit dem Lift wieder ans Sonnenlicht fahren. Jim war gerutscht, landete wenige Meter weiter unten, stöhnte und beschuldigte mich sofort, ich hätte ihn nicht mit dem Lasso gesichert, was Unsinn ist; denn ich ging ja voran, meinerseits nicht minder gefährdet als mein Freund, und die Sicherung war durchaus seine Sache. Unsere Nerven waren halt gespannt, daher die Schimpferei; indessen versöhnten wir uns natürlich sofort. Jim hatte vermutlich den linken Fuß gebrochen. Was nun? Ich tröstete ihn, ich gab ihm Schnaps und überlegte im stillen, was nun wirklich zu tun sei. Tragen konnte ich meinen Freund nur, soweit man ohne Kletterei vorwärtskam, also nicht in die Höhe, nicht auf die Erde hinauf. Ich nahm ebenfalls Schnaps und sagte: Nur keine Aufregung, Jim, irgendwie werden wir dich schon hinaufziehen! Wir untersuchten seinen Fuß, behandelten ihn auch mit Schnaps; vielleicht war er nicht gebrochen, nur verstaucht. Seinen Schmerzen und meiner Vernunft zum Trotz, wortlos, beharrte Jim darauf, den Stiefel sofort wieder anzuziehen. Fürchtete er im Ernst, ich würde ihn plötzlich im Stich lassen? Beide hatten wir bisher kaum geschlafen, die Rast und der Schnaps machten es spürbar. Mein Plan war die bare Vernunft: die Laternen löschen, um Brennstoff zu sparen, und einige Stunden lang zu schlafen, dann mit neuer Kraft auf den Rückweg, der schmerzhaft sein würde für Jim, gewiß, erschöpfend für mich. Futter hatten wir noch für drei Tage, schwieriger wurde es mit unserem Licht. Unser zweiter Streit begann damit, daß Jim sich weigerte, seine Laterne zu löschen. Jede Stunde an Brennstoff konnte kostbar werden! Ich sagte: Wenn du jetzt nicht vernünftig bist, sind wir verloren. Jim sagte: Mit Schnaps willst du mich füllen und dann abhauen, wenn ich schlafe, das ist deine ganze Vernunft. Ich lachte, denn dieses Mißtrauen verdiente ich nicht, noch nicht. Nach einigen Stunden, da keiner von uns schlief, sondern beide nur fröstelten, sagte ich: Also los, gehen wir hinauf! Seinen Arm um meinen Hals geschlungen, verbissen und entschlossen, seine Schmerzen durchzuhalten, humpelte er, ohne indessen seine Lasten abzugeben, seine Laterne, seinen Futtersack, sein Lasso. Wir kamen besser voran als erwartet; wo wir nicht nebeneinander gehen konnten, folgte Jim auf allen Vieren; in Anbetracht seiner steten Angst, daß ich abhauen könnte, ließ ich ihn später immer vorankriechen. Die Markierung mit der Kreide bewährte sich ziemlich; einige Verirrungen mit verzwackten Rückzügen, die zuweilen mit neuen Verirrungen verbunden waren, so daß man aufatmete, wenn man nach einigen Stunden wenigstens wieder die verlassene Markierung erreicht hatte, blieben uns nicht erspart, ebensowenig die stumme Einsicht, daß Humpeln und Kriechen noch lange nicht Klettern bedeutete. Wir waren aber (nach heutigen Kenntnissen) siebenhundert Fuß unter der Erde! Ich gebe zu, ich hatte Angst vor dem Augenblick, da sich zeigen würde, daß ich außerstande war, meinen Freund über die teilweise fast senkrechten Felsen emporzuziehen; was dann? Wir hatten noch Licht für etwa fünfzig Stunden, sofern Jim mich nicht belog; er hatte die Uhr. Ich sagte: Zeig her! Jim grinste und zeigte das Zifferblatt nur von ferne: Bitte. Ich fragte mich, ob er nicht die Uhr verstellt hatte. Was konnte es ihm nützen! Mit einer Lüge macht man kein Licht. Er erbarmte mich, versteht sich, mit seinem schmerzenden Fuß; doch darum ging es immer weniger. Es ging um die Zeit. Wußte ich denn, wie viele Stunden ich brauchen würde, um allein wieder auf die Erde zu gelangen? Seit dem Unfall hatten wir nichts mehr verzehrt. ›Rock of Ages‹ nennen sie heutzutage jene Stelle, wo sich der Rest unserer Freundschaft abspielte. Jim weinte plötzlich: Ich werde nie wieder herauskommen. Ich sagte: Unsinn, Unsinn. Nach einem ersten und einem zweiten Versuch, Jim anzuseilen – er hatte eine irre Angst, ich würde nur vorausklettern, um mich oben von dem Seil zu lösen, eine vielleicht begreifliche Angst –, waren wir nicht nur beide erschöpft, sondern auch beide verwundet. Ich hatte eine Schramme an der Stirn. Ich weiß nicht, ob Jim aus Angst, daß ich mich von dem Seil lösen würde, plötzlich gezogen hatte oder ob er auf dem glasigen Tropfsteinen ausgerutscht war, zumal er ja nur auf einem Fuß stehen konnte; der Ruck hatte jedenfalls genügt, mich in die Tiefe zu holen. Er bestritt jegliche Absicht. Schlimmer als die Schramme, deren Blut mir über das linke Auge rann, waren die aufgerissenen Hände. Ich war vollkommen verzweifelt. Jim sagte: Unsinn, Unsinn. Seine Zuversicht machte mich nur mißtrauisch, über alle Erschöpfung hinaus wach wie ein lauerndes Tier, während Jim meine Hände verband, dafür sogar den Ärmel seines eigenen Hemdes opferte. Er war rührend; aber was half es! Einer von beiden, in der Tat, war immer sehr rührend, einmal Jim, einmal ich. Es war wie eine Schaukel. Unterdessen verging die Zeit. Als ich wieder einmal in diese fürchterliche Stille hinein fragte: Wie spät ist es jetzt? weigerte sich Jim, die Uhr zu zeigen, was ich als Zeichen nahm dafür, daß wir uns im offenen Kampf befanden; Hilfe hin, Hilfe her. Jim sagte: Warum belauerst du mich so? Ich sagte das gleiche zu ihm. Einmal, als ich ihn eine Weile lang nicht belauerte, hatte er begonnen, insgeheim von seinem letzten Hammelfleisch zu fressen. Was man im Magen hat, so dachte er wohl, kann uns der andere nicht entreißen, und in der Tat, nach und nach kam ja die Stunde, wo das Hammelfleisch in unseren Taschen gerade noch für einen reichte, für den Stärkeren. Ein gebrochener Fuß, nun ja, und zwei aufgerissene Hände, was war es schon, Schmerzen; doch zuletzt kann man auch mit Schmerzen klettern, es jedenfalls versuchen, ob man nicht allein, sofern man noch bei Kräften ist, ans Tageslicht gelangt, ans Leben. Aber eben: das mußte geschehen, solange man noch bei Kräften war, Brennstoff hatte, wenigstens für eine Laterne. Jim fragte: Was hast du im Sinn? Ich fragte: Worauf warten wir? Meinerseits, allem Hunger zum Trotz, sparte ich mein Hammelfleisch, eine Taktik, die mich vielleicht instand setzte, seine Erschöpfung durch Hunger abzuwarten und dann der Stärkere zu sein, während jetzt, fürchtete ich, Jim mit seinem Hammelfleisch im Magen wohl besser bei Kräften war; eine Taktik, die mich anderseits zwang, unter keinen Umständen einzuschlafen, sonst war ich ausgeplündert und der Verlorene. So, ich weiß nicht wie viele Stunden lang, hielten wir einander in Schach, plaudernd über unsere Pläne da oben auf der grünen Erde; Jim lockte die Stadt, vor allem Neuyork und die Weiber, die er in unserer Ranch so lange vermißt hatte, und mich lockte (in jenen Stunden) das Leben eines Gärtners, wenn möglich in einer fruchtbaren Gegend. Was hatten wir bloß in dieser gottverlassenen Finsternis zu suchen! Nach wie vor brannten unsere beiden Laternen; Jim hatte recht: Es ist eine

Verschwendung, eine idiotische Verschwendung. Warum löschte er nicht die seine? Weil er mir mißtraute, weil er es, obzwar er wieder und wieder von unserer Freundschaft redete, für durchaus möglich hielt, daß ich ihn, meinen einzigen Freund damals, der tödlichen Finsternis überließe. Ich erkundigte mich nach dem Stand seiner Schmerzen, seines Hungers, seines Durstes. Jim! sagte er zu mir – nämlich in jener Zeit nannte ich mich ebenfalls Jim,was ja in Amerika ein Allerweltsname ist – Jim! sagte er: Wir dürfen einander nicht im Stich lassen, verstehst du, wir müssen vernünftig sein. Ich sagte: Dann lösche deine Laterne! Er sagte: Wir haben keine Zeit, Jim, wir müssen aufbrechen, wir müssen es versuchen. Nach fünf Stunden, schätzungsweise, hatten wir die nächste Kaverne erlangt, jedoch in einem Zustand der Erschöpfung, so daß wir uns hinlegen mußten. Meine Futtertasche mit dem letzten Hammelfleisch nahm ich unter mein Gesicht, ihren Riemen um meine rechte Hand, damit ich erwachte, wenn Jim sich an meinem Hammelfleisch vergreifen sollte. Als ich erwachte, hatte er meine Laterne zerschlagen, wie er sagte, um dieser idiotischen Verschwendung ein Ende zu machen. Zugleich bat er mich um die Hälfte meines letzten Hammelfleisches; er jammerte: Du kannst mich doch nicht verhungern lassen! Vor uns, von unserer einzigen Laterne beschienen, glänzte die fast senkrechte Wand, jene heikle Stelle, die ich aber schon einmal allein bezwungen hatte; Jim war von der Kriecherei schon erledigt, und ich sagte ihm offen, was ich dachte: Jim, gib mir die Laterne, ich überlasse dir die letzten paar Bissen meines Hammelfleisches und versuche es, diese Wand allein zu besteigen. Denn es war Unsinn, am Seil zu hangen mit einem anderen Erschöpften, ich mit zerrissenen Händen, er mit einem gebrochenen Fuß, hier, wo es galt, wie ein Affe zu klettern. Ich sagte: Wenn es mir gelingt, Jim, dann bist du auch gerettet, dann kommen wir und holen dich, das ist doch klar. Er sagte: Und wenn du herunterfällst, Jim, mitsamt meiner Laterne? Ich schrie: Und du, Jim, wenn du rutschest, du mit deinem kaputten Fuß, und es reißt mich herunter wie schon einmal, Herrgott im Himmel, was hast du davon, wenn wir beide da unten liegen! Er weigerte sich, die Laterne zu geben. Jim! sagte er, du kannst mich nicht in dieser Finsternis hocken lassen, das kannst du nicht tun! Wie immer, wenn einer den Mut hatte zu offener Selbstsucht, kam der andere mit seiner verdammten Moral. Ich weiß, ich machte es genau so. Jim! sagte ich, du kannst von mir nicht verlangen, daß ich mit dir verhungere, Jim, bloß weil du den Fuß gebrochen hast und nicht klettern kannst, das darfst du nicht verlangen, Jim, wenn du mein Freund bist. Noch einmal, zum letztenmal, wurden wir sentimental, erinnerten einander gegenseitig an unsere gemeinsame Zeit auf der Ranch, an Nettigkeiten aller Art, und in der Tat, an unserer Freundschaft war nicht zu zweifeln, ja, in diesen frauenlosen Cowboy-Monaten waren wir zu Zärtlichkeiten gekommen, wie sie unter Männern zwar nicht selten, jedoch für Jim und mich bisher nicht bekannt gewesen sind. Auch jetzt, dieweil er die Laterne hielt, mit festem Griff, und zwar so, daß ich sie nicht erlangen konnte, strich seine andere Hand, seine linke, das Haar aus meiner blutigen Schramme, und wir waren nahe daran, einander zu umarmen und von Herzen zu schluchzen; wäre es nicht um die Laterne gegangen. Ich schätzte ihn auf sechs oder sieben Stunden, unseren letzten Vorrat an Licht; der Aufstieg zur obersten Grotte, wo allenfalls der ferne Tagesschein helfen konnte, dauerte nach meiner Erfahrung ebenfalls sieben oder acht Stunden, Verirrungen nicht gerechnet. Die Entscheidung mußte fallen, und zwar jetzt, hier vor dieser Wand. Wozu das Gerede! Wir beide wollen leben, wenn möglich mit Anstand; aber wenn der andere mich mit meinem Anstand töten will? Ich sagte es noch einmal: Gib mir die Laterne, Jim, und ich gebe dir das letzte Fleisch. Jim lachte, wie ich ihn noch nie hatte lachen hören, so, daß sein Lachen mich erschreckte. Jim! fragte ich bänglich: Was hast du vor? Ohne ein Wort zu sagen, denn es war ja begreiflich genug, antwortete er nur noch durch Handeln. Er humpelte mit seinem gebrochenen Fuß, so rasch er konnte, zu der Wand, offenbar entschlossen, die Rollen zu vertauschen, die einzige Laterne zu behalten, selber zu versuchen, ob er die gefährliche Wand bezwingen könnte, und mir dafür das Hammelfleisch zu lassen. Jim! sagte ich und packte ihn gerade noch vor der Wand, vor diesem Katarakt aus grünem Tropfstein, wo er nach Griffen suchte, bereits auch das weiße Kreidekreuz gefunden hatte, unsere Markierung für den Ausstieg. Er sagte: Laß mich! Ich faselte vor Angst: Wenn du je mein Freund gewesen bist usw. In dem Augenblick, da wir im Schein der baumelnden Laterne, die Jim mit ausgestrecktem Arm nach der anderen Seite hielt, damit ich sie ja nicht erlangen konnte, wieder das bekannte Skelett unseres Vorgängers erblickten, dieses Skelett eines vornüber gekrümmten Menschen, der an dieser Stelle ganz allein (oder waren auch die schon zu zweit gewesen?) und jedenfalls wie ein Tier verreckt war, in diesem Augenblick, da nichts mehr unser stummes und seit Stunden gestautes Grauen zurückhielt, gab es natürlich nur noch eins, nämlich das Unwillkürliche – Kampf mit Fäusten; das mörderische Ringen der beiden Freunde war da, fürchterlich, aber kurz, denn wer zuerst ins Rutschen kam, war erledigt, in Klüften der Finsternis versenkt, zerschmettert, verstummt.

»Nun«, sage ich zu Knobel, meinem Wärter und Zuhörer, indem ich endlich das Knöpfchen meiner Sonntagszigarre abbeiße, »wie gefällt Ihnen diese Geschichte?«
Knobel starrt mich nur an.
»Haben Sie Feuer?« frage ich.
Nicht einmal das hört er.
»Ich weiß nicht«, sage ich nach den ersten Zügen, »welcher von den beiden Freunden eigentlich den mörderischen Streit begonnen hat, der Ehrlichere vermutlich, und jedenfalls ist nur einer aus der Kaverne gestiegen, der Stärkere vermutlich. Sein Name ist bekannt, sogar mit metallenen Lettern auf einen Denkstein geschrieben. Jim White. In einer Publikation, die heutzutage den Touristen verkauft wird, heißt es etwas genauer: James Larkin (Jim) White, a young cowboy who made his first entry trip in 1901. Von dem Freund hingegen, der immerhin als Begleiter erwähnt wird, heißt es bloß: a Mexican

boy. Sein Name ist verschollen, und ich denke, dieser Verschollene wird sich auch nicht mehr melden!«
Knobel scheint etwas verwirrt zu sein.
»– sind Sie denn Jim White?« fragt er.
»Nein«, lache ich, »das gerade nicht! Aber was ich selber erlebt habe, sehen Sie, das war genau das gleiche – genau.«
Knobel scheint etwas enttäuscht zu sein.

Zweiter Kaution-Nachmittag mit Julika.
Mein lebhafter Eindruck beim Wiedersehen: Das ist sie nicht! Diese Frau hat mit der öden Geschichte, die ich in den letzten Tagen einigermaßen protokolliert habe, überhaupt nichts zu tun! Es sind zwei verschiedene Juliken! Es ist gar nicht ihre Geschichte! usw.
»Du?« fragt sie einige Male, »was ist denn los mit dir? – warum schaust du mich immer so an?«
Heute ist sie unbefangener als ich. Mein Vorschlag, ein Segelboot zu mieten, entzückt sie. Arm in Arm gehen wir dahin. Ich weiß gar nicht, wovon reden, und bin froh um Beschäftigung mit Segelleinen, mit Steuer, während Frau Julika Stiller-Tschudy, heute in einem bananengelben Straßenkleid, nach einiger Ängstlichkeit beim Sprung in das wankende Boot und nach einiger Besorgnis, wo sich ihre weiße Handtasche und ihr schmetterlinghafter Pariser Hut ohne Schmutz und Schaden verstauen ließen, in holder Untätigkeit auf der anderen Bank sitzt, auf ihre ausgespreizten Arme gestützt. Julika muß nur die Bank wechseln, wenn ich das Boot wende. Dann überläßt sie sich wieder der Muße, dem Wind ihr lichterlohes Haar. Wie anders sie ist! Draußen auf dem See, dessen hügeliges, fast lükkenlos übersiedeltes und immer sehr nahes Ufer sich in herbstlicher Versponnenheit verliert, so daß man das Gefühl einer gewissen Weite haben kann, sind wir zum erstenmal einigermaßen allein. Ist es ihr bewußt? Jedenfalls müssen wir nicht damit rechnen, daß der Wärter, mein braver Knobel, plötzlich mit Aschenbechern kommt.... Hinterher (jetzt wieder in meiner

Zelle) versuche ich umsonst, ihr lachendes Gesicht zu sehen; ich weiß nur sehr lebhaft, daß ich es dann, wenn es lacht, jedesmal mit beiden Händen greifen möchte wie eine Himmelsgabe, die ja doch mit Händen nicht zu greifen ist, nur zu glauben, und dann das wache, nüchterne Gefühl habe: es gibt nichts, was nicht in diesem Lachen einzuschmelzen wäre! Julika muß es ähnlich empfinden. In einem Zusammenhang, den ich vergessen habe, sagt sie:
»Wenn ich so allein bin, siehst du, und mich an alles erinnere, das ist das Schlimme, daß man allein nicht darüber lachen kann, oder dann ist es nur so ein böses und bitteres Lachen, so daß man später über genau die gleichen Dinge doch wieder heult.«
Anläßlich einer längeren Flaute entkleiden wir uns, kurz entschlossen, und springen kopfüber in das grüne, sonnenglitzernde Wasser, das schon ziemlich kühl ist, schwimmen um das steuerlos pendelnde Boot, strampeln wie die Kinder. Nachher auf dem Boot, wo wir uns triefend und mit Gänsehaut an die gnädige Sonne legen, sagt Julika:
»Du bist magerer –!«
Magerer als wer? Unserer Idylle zuliebe beziehe ich ihre Bemerkung nicht auf den verschollenen Stiller, sondern auf ihren immer noch verschwiegenen Herrn in Paris, der mich weniger eifersüchtig machen kann als ihr Stiller, komischerweise. Da noch allenthalben Dampfschiffchen kreuzen, müssen wir uns anziehen, ehe man ganz trocken ist. Infolge Wechsel des Windes, so daß ich auch auf unsrer Rückfahrt immerzu gegen den Wind fahren muß, komme ich fast zu spät ins Gefängnis. Julika muß mich in einem Taxi hinbringen... Jetzt noch (abends auf meiner Pritsche) sehe ich die Wasserperlen auf ihren Armen, auf ihrer blassen Alabaster-Stirn, dazu das antikische Gelock ihrer nassen Haare um den Nacken.

PS.
Demnächst will sie für etwa eine Woche nach Paris gehen, ihrer Ballettschule zu liebe; ich werde sie vermissen!

Geträumt:
Ich trage den Waffenrock von Stiller, dazu Helm und Gewehr. Ich höre Befehle: Batterie, Achtung steht! Schultert Gewehr! Vorwärts, Taktschritt, maaaarsch! Es ist heiß, der Boden sehr steinig und holprig. Und der Krieg ist ausgebrochen. Ich weiß es, in meinem Traum, ganz genau: das Datum ist der 3.9.1939. Empfinde es aber nicht als Vergangenheit, so wenig wie es in den Träumen als Vergangenheit empfunden wird, wenn man wieder in der Schulbank sitzt. Ich höre eine Stimme hinter mir, krieschend vor Nervosität. Einer ist nicht im Takt marschiert. Warum meldet dieser Mann sich nicht an? Wir stehen stramm. Das Gesicht eines Hauptmanns ist bleich vor Wut. Sie da! ruft er, zeigt auf mich, und ich höre in der Tat, wie ich melde: Mitrailleur Stiller. Es ist komisch, nicht einmal im Traum fühle ich mich als Mitrailleur Stiller, aber ich melde es gradaus in die Landschaft. Mitrailleur Stiller. Die Lippen des Hauptmanns zittern. Für Leute meiner Art, sagt er, gebe es im Krieg ganz besondere Posten; verstanden? Und wenn es losgehe, werde er mit mir (Mitrailleur Stiller) kein langes Federlesen machen; verstanden? Ich stehe stramm, Gewehr geschultert, und habe verstanden, daß dieser schweizerische Hauptmann, was sein gutes Recht ist, Stiller aus irgendeinem Grunde haßt und mich kraft des Gehorsams, den wir dem Vaterland eben geschworen haben, töten kann; ohne langes Federlesen – mit einem Befehl...

PS.
Mein Verteidiger, als ich ihm beiläufig diesen Traum erwähne, ist sichtlich ungehalten. Wir sprechen über Militär. Es genügt ihm nicht, daß ich es um des Friedens willen (des Friedens zwischen meinem Verteidiger und mir) als notwendiges Übel anerkenne. Militär scheint auch in der Schweiz etwas Heiliges zu sein, und mein Verteidiger kann's nicht dulden, daß man schlecht davon träumt. In Wirklichkeit, behauptet er, könne eine so ungehörige, geradezu verbrecherische Androhung seitens eines schweizerischen Offiziers niemals stattfinden. Dafür

bürge ich! sagt er mit dem Stolz eines schweizerischen Offiziers, schätzungsweise eines Majors. Dafür bürge ich! sagt er mehrere Male.

Antwort an Herrn Wilfried Stiller, den Bruder des Verschollenen – leider habe ich wieder einmal keine Kopie gemacht! – etwa in diesem Sinne: Ihr herzlicher Brief an Ihren verschollenen Bruder hat mich sehr betroffen, lieber Herr Stiller, er erinnerte mich an meine Mutter, so daß mir auch die Tränen kamen, und ich bitte um Entschuldigung, daß ich so lange nicht geschrieben habe. Mein Leben ist ein einziges Versäumnis! Es kränkt mich nicht, daß Sie mich nicht danach fragen, im Gegenteil, ich danke Ihnen dafür wie auch für die brüderliche Einladung; sie erinnert mich an meinen Bruder und daran, daß ich auch meinen Bruder versäumt habe. Wir hatten selten Streit, nie einen langen, nie einen wichtigen, denn wir hatten überhaupt nichts Wichtiges zusammen, so schien mir, und wir zogen auf gemeinsame Wanderungen, nur weil wir eben Brüder waren, Wanderungen mit friedlichen Erlebnissen im Zelt und mit gesprächlosen Stunden ums Feuer. Warum versäumte ich auch meinen Bruder? Freunde müssen einander verstehen, um Freunde zu sein; Brüder sind jedenfalls Brüder, und im Letzten, Sie haben recht, spielt es gar keine Rolle, wer ich bin, wäre ich bloß ein wirklicher Bruder! In diesem Sinn...

Das Allerneueste: der amerikanische Paß, womit ich um die halbe Welt gereist bin, ist eine Fälschung. Habe ich es meinem Verteidiger nicht schon vor Wochen gesagt? Ich kann mich nicht mitteilen, scheint es. Jedes Wort ist falsch und wahr, das ist das Wesen des Worts, und wer immer nur alles glauben will oder nichts –

Mein Staatsanwalt (seit gestern aus Pontresina zurück) interes-

siert sich auch nicht für Mexiko, dagegen sehr für Neuyork, wobei er immer wieder in einen durchaus außeramtlichen und familiären Ton verfällt. Er sagt:
»Meine Frau liebte Neuyork ja sehr.«
»So«, sage ich.
»Sie wohnte am Riverside Drive.«
»Ach«, sage ich.
»Sie wissen, wo das ist?«
»Klar«, sage ich.
»Bei der 108. Straße.«
»Ach«, sage ich, »das ist ja bei der Columbia-University –«
»Richtig!« sagt er.
»Sehr schöne Gegend«, sage ich, »mit Blick auf den Hudson, ich weiß –«
Usw.
Anfänglich scheint es, als wolle er mit solchem Geplauder nur prüfen, ob ich Neuyork wirklich kenne, ob ich in Neuyork gelebt habe. Indessen ist diese Prüfung bald bestanden. Times Square und Fifth Avenue, Rockefeller Center, Broadway, Central Park und Battery, das sind so die Punkte, die mein Staatsanwalt selber gesehen hat in seiner Neuyork-Woche vor etwa fünf Jahren.
»Kennen Sie die Rainbow Bar?« fragt er.
Ich nicke, lasse ihn schwärmen, und da ich Männer schätze, die schwärmen können, korrigiere ich ihn nicht; nämlich die Rainbow Bar, wo mein Staatsanwalt einen offenbar unvergeßlichen Abend verlebt hat, ist nicht die höchste Bar in Manhattan, das Empire State Building ist ja höher, aber ich unterbreche nicht. Für meinen Staatsanwalt, merke ich, war es ein Höhepunkt in seinem Leben; in der Rainbow Bar traf er seine Gattin nach jahrelanger Trennung. Dann frage ich meinerseits:
»Kennen Sie auch die Bowery?«
»Wo ist das?« fragt er.
»Third Avenue.«
»Nein.«
Die Bowery, ein ehemals niederländischer Name, ist ein Vier-

tel, wo auch die Polizei nicht mehr hingeht, Gefilde der Verlorenen, dabei inmitten von Manhattan; man geht um die marmorne Ecke eines Gerichtspalastes, in der Tat, und nach hundert Schritten ist man im Gefilde der Verlorenen, der Besoffenen, der Gescheiterten, der Verkommenen jeder Art, der Menschen, die das Leben selbst gerichtet hat. Man braucht nicht einmal ein Gefängnis für sie; wer in der Bowery gelandet ist, kommt nie wieder heraus. Im Sommer liegen sie im Rinnstein und auf dem Pflaster; man muß sich dann bewegen wie ein Springerchen auf dem Schachbrett, um vorwärts zu kommen. Im Winter hocken sie drinnen um die eisernen Asylöfen, dösen, streiten, schnarchen, erzählen ihre immer gleiche Geschichte oder verprügeln einander, und es stinkt nach Fusel, nach Petrol, nach ungewaschenen Füßen. Einmal sah ich eine Gestalt, die ich nie vergessen werde. Es war drei Uhr in der Nacht, als ich von Blacky wie üblich nach Hause ging; es war eine Abkürzung für mich, und um diese Zeit war keiner mehr auf der Straße, dachte ich, zumal nicht bei dieser grimmigen Kälte. Oben dröhnte die veraltete Hochbahn vorbei mit ihren Fenstern voll warmen Lichtes; in der Straße wirbelten die schmutzigen Fetzen, Hunde stöberten umher. Als ich ihn kommen sah, versteckte ich mich hinter einem Eisenpfeiler der Hochbahn. Auf dem Kopf trug er eine schwarze Melone wie Diplomaten, Bräutigame und Gangster; sein Gesicht war blutig. Im übrigen trug er eine Krawatte, ein weißliches Hemd, eine schwarze Jacke, aber dann war es fertig; sein Unterleib war splitternackt. Seine dünnen und grau-violetten, greisenhaften Beinchen waren noch mit Sockenhaltern und Schuhen versehen. Offenbar war er besoffen. Er schimpfte, fiel, kroch auf dem vereisten Pflaster; ein Auto mit Scheinwerfern raste vorbei, Gott sei Dank ohne ihn anzufahren. Endlich hatte er seine Hose gefunden, versuchte an einer Laterne hochzukommen und in seine schwarze Hose zu steigen, rutschte, lag wieder der Länge nach auf dem vereisten Pflaster. Natürlich erwog ich, ob ich nicht helfen sollte, hatte aber Angst, in irgendeine Sache verwickelt zu werden, was ich mir nicht leisten konnte. Inzwischen war es dem

Alten gelungen, wenigstens sein linkes Bein in die Hose zu versenken; ich wünschte ihm das Beste und wollte mich entfernen. Irgendwoher hörte ich Stimmen, ohne Männer zu sehen, Stimmen höhnischen Hasses, der wohl diesem Unglücklichen galt. Ich zog mich sofort wieder in den tarnenden Schatten meines Eisenpfeilers zurück; oben dröhnte die Hochbahn. Bei seinem Versuch, auch das zweite Beinchen in die Hose zu stecken, war er wieder gerutscht, abermals splitternackt blieb er liegen, röchelte. Seine schwarze Melone rollte mit dem Wind. Er wehrte sich nicht einmal, als ein Hund ihn umschnupperte. Ich schlotterte und beschloß, mich von Eisenpfeiler zu Eisenpfeiler zurückzuziehen. Auf der anderen Straßenseite gingen Leute vorbei, die auch nicht halfen. Man weiß halt, was dabei herauskommt! Zum Schluß muß der Samariter beweisen, daß er nicht der Mörder ist, mit Alibi und so. Das konnte ich der Blacky nicht antun! Einen Block weiter, und ich konnte in die Hochbahn steigen, in zwanzig Minuten zu Hause sein, wo sicherlich Blacky schon anläutete, um Gute Nacht zu sagen. Aus der Entfernung sah ich ihn bloß noch als dunkles Bündel auf dem Boden, ungefähr das einzige, was der grimmige Wind nicht weiterwirbelte. Unversehens stand ein Kerl neben mir, der die Hand auf meine Schulter legte; ein Stoppelbart, dazu Glatze und rötliche Fischaugen, im übrigen kein unsympathisches Gesicht; er bat um eine Zigarette. Und um Feuer. Und damit war er zufrieden, ließ mich und ging die Avenue hinab, sah das dunkle Bündel auf dem Pflaster, trat hinzu, wie ich es nicht gewagt hatte, und ging weiter. Oben dröhnte wieder die Hochbahn. Schließlich wagte ich es ebenfalls und ging zu dem Betrunkenen, der sich nicht mehr rührte, zurück. Er lag auf dem Bauch, violett vor Kälte, und auch sein fahles Haar war blutig. Ich sah die Wunde am Hinterkopf, ich rüttelte ihn, ich hob seinen Arm; er war tot. Sein Gesicht entsetzte mich, so daß ich weiterlief, und ich meldete nichts, obzwar es der eigene Vater war.

»Ihr Vater?«

Er lächelt, mein Staatsanwalt. Er glaubt es nicht, scheint es, so

wenig wie die Ermordung meiner Gattin. Er fragt, als habe er nicht genau gehört:
»Ihr Vater?«
»Mein Stiefvater«, sage ich. »Immerhin.«
Aber auch dann, wenn er mir nicht glauben kann, ist mein Staatsanwalt sehr viel netter als mein Verteidiger; er entrüstet sich nicht, wenn unsere Begriffe von Wahrheit sich nicht immer decken. Er klopft sich eine Zigarette, sagt:
»Solche Viertel hat meine Frau natürlich nicht kennengelernt.«
Immer kommt er mit seiner Frau.
»Kennen Sie Fire Island?«
»Ja«, frage ich, »warum?«
»Soll sehr hübsch sein, sagt meine Frau, überhaupt die Umgebung von Neuyork.«
»Sehr hübsch.«
»Meine Frau hatte leider keinen eigenen Wagen«, erklärt er, »aber sie fuhr doch öfter hinaus, soviel ich weiß mit Freunden.«
»Das muß man«, sage ich.
»Hatten Sie einen eigenen Wagen?«
»Ich«, lache ich, »nein.«
Irgendwie scheint ihn diese Aussage zu freuen, zu beruhigen, zu ermuntern und von einem Gedanken zu befreien, den ich nicht genau zu erraten vermag.
»Nein«, bestätige ich, »einen eigenen Wagen hatte ich nie, jenen ganzen Sommer fuhr ich den Wagen von dem armen Dick, der krank lag.«
Irgendwie scheint ihn diese Aussage wieder nicht zu freuen, und ich fühle nur, daß ihn meine Wochenendfahrten ziemlich interessieren. Im Sommer ist Neuyork ja unerträglich, keine Frage, und wer es irgendwie kann, fährt hinaus, sobald er frei ist. Hunderttausende von Wagen rollen am Sonntag beispielsweise über die Washington Bridge hinaus, drei nebeneinander, eine Armee von Städtern, die dringend die Natur suchen. Dabei ist die Natur zu beiden Seiten schon lange da; Seen ziehen vorbei, Wälder mit grünem Unterholz, Wälder, die nicht gekämmt sind, sondern wuchern, und dann wieder offene Felder ohne ein

einziges Haus, eine Augenweide, ja, es ist genau das Paradies; nur eben: man fährt vorbei. In diesem fließenden Band von glitzernden Wagen, die alle das verordnete Tempo von vierzig oder sechzig Meilen halten, kann man ja nicht einfach stoppen, um an einem Fichtenzapfen zu riechen. Nur wer eine Panne hat, darf in den seitlichen Rasen ausrollen, muß, um das fließende Band nicht heillos zu stören, und wer etwa ausrollt, ohne daß er eine Panne hat, der hat eine Buße. Also weiterfahren, nichts als weiterfahren! Die Straßen sind vollendet, versteht sich, in gelassenen Schleifen ziehen sie durch das weite und sanfte Hügelland voll grüner Einsamkeit, ach, man müßte bloß aus dem Wagen steigen können, und es wäre so, wie es Jean Jacques Rousseau sich nicht natürlicher erträumen könnte. Gewiß gibt es Ausfahrten, mit Scharfsinn ersonnen, damit man ohne Todesgefahr, ohne Kreuzung, ohne Huperei abzweigen und über eine Arabeske großzügiger Schleifen ausmünden kann in eine Nebenstraße; die führt zu einer Siedlung, zu einer Industrie, zu einem Flughafen. Wir wollen aber in die schlichte Natur. Also zurück in das fließende Band! Nach zwei oder drei Stunden werde ich nervös. Da alle fahren, Wagen neben Wagen, ist jedoch anzunehmen, daß es Ziele gibt, die diese Fahrerei irgendwann einmal belohnen. Wie gesagt: immerfort ist die Natur zum Greifen nahe, aber nicht zu greifen, nicht zu betreten; sie gleitet vorüber wie ein Farbfilm mit Wald und See und Schilf. Neben uns rollt ein Nash mit quakendem Lautsprecher: Reportage über Baseball. Wir versuchen vorzufahren, um den Nachbar zu wechseln, und endlich gelingt es auch; jetzt haben wir einen Ford an der Seite und hören die Siebente von Beethoven, was wir im Augenblick auch nicht suchen, sondern ich möchte jetzt einfach wissen, wohin diese ganze Rollerei eigentlich führt. Ist es denkbar, daß sie den ganzen Sonntag so rollen? Es ist denkbar. Nach etwa drei Stunden, bloß um einmal aussteigen zu können, fahren wir in ein sogenanntes Picnic-Camp. Man zahlt einen bescheidenen Eintritt in die Natur, die aus einem idyllischen See besteht, aus einer großen Wiese, wo sie Baseball spielen, aus einem Wald voll herrlicher Bäume, im übrigen ist es ein glitzernder Wagenpark mit Hängematten dazwischen, mit Eßtischlein, Lautsprecher und Feuerstellen, die fix und fertig und im Eintritt inbegriffen sind. In einem Wagen sehe ich eine junge Dame, die ein Magazin liest: How to enjoy life; übrigens nicht die einzige, die lieber im bequemen Wagen bleibt. Das Camp ist sehr groß; mit der Zeit finden wir einen etwas steileren Hang, wo es keine Wagen gibt, aber auch keine Leute; denn wo sein Wagen nicht hinkommt, hat der Mensch nichts verloren. Allenthalben erweist sich der kleine Eintritt als gerechtfertigt: Papierkörbe stehen im Wald, Brunnen mit Trinkwasser, Schaukeln für Kinder; die Nurse ist inbegriffen. Ein Haus mit Coca-Cola und mit Aborten, als romantisches Blockhaus erstellt, entspricht einem allgemeinen Bedürfnis. Eine Station für erste ärztliche Hilfe, falls jemand sich in den Finger schneidet, und Telefon, um jederzeit mit der Stadt verbunden zu bleiben, und eine vorbildliche Tankstelle, alles ist da, alles in einer echten und sonst unberührten Natur, in einer Weite unbetretenen Landes. Wir haben versucht, dieses Land zu betreten; es ist möglich, aber nicht leicht, da es einfach keine Pfade für Fußgänger gibt, und es braucht schon einiges Glück, einmal eine schmale Nebenstraße zu finden, wo man den Wagen schlechterdings an den Rand stellen kann. Ein Liebespaar, umschlungen im Anblick eines Wassers mit wilden Seerosen, sitzt nicht am Ufer, sondern im Wagen, wie es üblich ist; ihr Lautsprecher spielt so leise, daß wir ihn bald nicht mehr hören. Kaum stapft man einige Schritte, steht man in Urwaldstille, von Schmetterlingen umflattert, und es ist durchaus möglich, daß man der erste Mensch auf dieser Stelle ist; das Ufer rings um den See hat keinen einzigen Steg, keine Hütte, keine Spur von Menschenwerk, über Kilometer hin einen einzigen Fischer. Kaum hat er uns erblickt, kommt er, plaudert und setzt sich sofort neben uns, um weiterzufischen, um ja nicht allein zu sein. Gegen vier Uhr nachmittags fängt es wieder an, das gleiche Rollen wie am Morgen, nur in der anderen Richtung und sehr viel langsamer: Neuyork sammelt seine Millionen, Stockungen sind nicht zu vermeiden. Es ist heiß, man wartet und schwitzt, wartet und versucht, sich um eine Wagenlänge vorzuzwängeln; dann geht es wieder, Schrittfahren, dann wieder offene Fahrt, dann wieder Stockung. Man sieht eine Schlange von vierhundert und fünfhundert Wagen, die in der Hitze glitzern, und Helikopter kreisen über der Gegend, lassen sich über den stockenden Kolonnen herunter, um durch Lautsprecher zu melden, welche Straßen weniger verstopft sind. So geht es drei oder vier oder fünf Stunden, bis wir wieder in Neuyork sind, versteht sich, einigermaßen erledigt, froh um die Dusche, auch wenn sie nicht viel nützt, und froh um ein frisches Hemd, froh um ein kühles Kino; noch um Mitternacht ist es, als ginge man in einer Backstube, und der Ozean hängt seine Feuchte über die flirrende Stadt. An Schlaf bei offenem Fenster ist nicht zu denken. Das Rollen der Wagen mit ihren leise winselnden Reifen hört überhaupt nicht auf, bis man ein Schlafpulver nimmt. Es rollt Tag und Nacht...

»Ich weiß«, sagt der Staatsanwalt nach meiner gewissenhaften Schilderung, »ich weiß, genau so hat es meine Frau auch erlebt.«

»Nicht wahr?«

»Sommer in Neuyork, sagt meine Frau, ist fürchterlich.«

»Das sagen alle.«

»Einfach fürchterlich.«

»Und trotzdem ist es eine betörende Stadt«, sage ich zum Abschluß, »eine tolle Stadt!«

Endlich bringt er seine Frage:

»Wer hat Sie denn auf solchen Ausflügen begleitet? Sie waren, wenn ich richtig gehört habe, nicht allein.«

»Nein.«

»Darf ich fragen –«

»Herr Staatsanwalt«, sage ich, »es war nicht Ihre Gattin.«

Er lächelt, sieht mich an.

»Ehrenwort«, sage ich.

Es sind merkwürdige Verhöre.

Wilfried antwortet:
»Sehr geehrter Herr! Ihr gestriges Schreiben hat mich sehr bestürzt, wie Sie sich denken können, denn Herr Dr. Bohnenblust, der seinerzeit hier war, um ein Fotoalbum meines Bruders zu seinen Akten zu nehmen, hat mit Bestimmtheit behauptet, Sie wären wirklich mein Bruder und Ihre Haftentlassung sei nur eine Frage von Tagen, vorausgesetzt, daß Sie bzw. mein Bruder nichts mit der seinerzeitigen Smyrnow-Affäre zu tun gehabt haben, ich sagte Herrn Dr. Bohnenblust sofort, daß mein Bruder sich meines Wissens nach seiner Rückkehr aus Spanien nicht mehr politisch und keinesfalls als Agent betätigt habe. Ich bitte Sie um Entschuldigung für den unpassenden Brief, den ich Ihnen seinerzeit geschrieben habe. Betreffend meinen Besuch, den Sie mich vorderhand wegen der Möglichkeit von Mißdeutungen zu unterlassen bitten, muß ich Ihnen leider mitteilen, daß ich, laut Schreiben des Untersuchungsrichters, von Amts wegen zu einer Konfrontation genötigt bin, ich nehme jedoch an, Sie werden diesbezüglich unterrichtet sein. Sie können sich gewiß unsere derzeitige Aufregung denken, sehr geehrter Herr, meine Voreiligkeit verstehen und entschuldigen, wobei ich nicht versäumen möchte, Ihnen für Ihren kurzen, aber trotz meines Mißverständnisses so verständnisvollen Brief zu danken, der Ihnen vermutlich schwer genug gefallen ist. In der Hoffnung, Sie empfinden es nicht als Zudringlichkeit, wenn ich unsere Einladung, nach der Haftentlassung bei uns zu wohnen, wiederhole, auch wenn Sie nicht mein verschollener Bruder sind, grüße ich Sie sowie Herrn Dr. Bohnenblust mit vorzüglicher Hochachtung und mit guten Wünschen für Ihre laufende Angelegenheit. Wilfried Stiller, Dipl. Landwirt.«

Julika weiß nichts von einer Smyrnow-Affäre, nichts Genaues. Es scheint eine politische Affäre zu sein, die vor einigen Jahren, wie man zu sagen pflegt, viel Staub aufgewirbelt hat, so viel, daß die Öffentlichkeit schließlich überhaupt nicht mehr sehen kann, was wirklich vorgefallen ist…

Heute leider Regen!
Wir verbringen unseren Kaution-Nachmittag in ihrem Hotel. Julika hat sowieso etwas in ihrem Hotel vergessen, einen höchst dringenden Brief nach Paris, und natürlich begleite ich sie. Als der Concierge mit einer Miene, die an Zweideutigkeit nichts zu wünschen übrigläßt, mich in die Halle verweisen möchte, sagt Julika ohne Erröten: Der Herr ist mein Mann! worauf der Concierge seinerseits errötet, eine Entschuldigung murmelt und mich persönlich zum Lift führt wie einen Ehrenmann. Ich nehme es als Notlüge hin, so mit Vergnügen; im Lift, allein mit Julika, lobe ich ausdrücklich ihre kecke Geistesgegenwart, rede aber später, da wir in ihrem Zimmer sind, nicht weiter von dieser Sache, was wahrscheinlich doch ein Fehler gewesen ist. Ob Julika mich wirklich liebt? Es fehlt jetzt nur noch, daß ich eifersüchtig werde! Der Mensch in Paris, dem Julika so dringende und überdies sehr dicke Briefe zu schreiben hat, heißt Dmitritsch, vermutlich ein französischer Russe von der alten Emigration, Jean-Louis Dmitritsch. Sie hat es mir nicht gesagt; ich sah es auf ihrem Brief, den sie beim Eintreten unter die weiße Handtasche gelegt hatte, um ihn nicht abermals zu vergessen, und zwar insgeheim, während Julika vor dem Spiegel sich ausgiebig kämmte, dann puderte und Rouge auflegte.

Schon wieder von der Uniform geträumt.

Spazieren im Gefängnishof, dessen Geviert mich an Kreuzgänge alter Klöster erinnert. Wer hätte nicht zuweilen den Wunsch, Mönch zu werden! Irgendwo in Serbien oder Peru, es spielt keine Rolle, überall bescheint uns die gleiche Sonne, und daß es keine Rolle mehr spielt, das wäre die Freiheit; ich weiß. Und dann wieder erinnert mich dieses Geviert meines Gefängnishofes mit den herbstlichen Zweigen mit den gurrenden Tauben und insbesondere mit der müßigen Figur, die ich dazu beitrage, an den allerdings größeren und mit Plastiken bestellten, aber gleichfalls von Fassaden und Brandmauern umfaßten Gartenhof im Museum of Modern Art, Neuyork. War ich damals freier als jetzt? Ich konnte gehen, wohin ich wollte, und doch war es eine gräßliche Zeit; eigentlich ist es gar nicht wahr, daß ich mich nach jener Zeit zurücksehne oder nach irgendeiner Zeit meines Lebens.

PS.
Julika: – entweder hat sich der verschollene Stiller, wenn er diese Frau mit einem kalten Meertier vergleichen konnte, ganz einfach getäuscht oder es lag an ihm, daß Julika keine Frau war – oder: Julika hat seit ihrem verschollenen Stiller etwas erlebt, was sie gründlich verwandelt hat. Was?

PS.
Vielleicht ist er ein Agent, dieser Jean-Louis Dmitritsch, oder der Hauswart in ihrer Tanzschule, ein Faktotum von siebenundsiebzig Jahren, und ihr Brief neulich war so dick, weil er Formulare enthielt, die Julika hatte unterzeichnen müssen – oder was weiß ich! – oder er ist ein Damenschneider, dieser Monsieur Dmitritsch, oder ein Untermieter, dem sie den Vertrag schickte, oder ihr Arzt, ihr Anwalt, es gibt tausend Möglichkeiten …

Mein Freund, der Staatsanwalt, ist ein Geschenk des Himmels. Sein Lächeln ersetzt mir den Whisky. Es ist ein fast unmerkliches Lächeln, das den Partner von vielem Getue erlöst, und es läßt ihn sein. Wie rar ist solches Lächeln! Nur wo einer selbst einmal geweint hat und sich selber zugibt, daß er geweint hat, erblüht so ein gutes, in seinem Wissen sehr präzises und durchaus nicht verschwommenes, aber unschnödes Lächeln.

Herr Dr. Bohnenblust, mein amtlicher Verteidiger, hat natürlich recht: – wenn ich ihm hundertmal erzähle, wie der Brand eines kalifornischen Redwood-Sägewerks sich ausnimmt, wie die amerikanische Negerin sich schminkt oder welches etwa die Farbigkeit von Neuyork ist bei abendlichem Schneegestöber mit Gewitter (das gibt es) oder wie man es im Hafen von Brooklyn anstellen muß, um ohne Papiere an Land zu kommen, es beweist nicht, daß ich dort gewesen bin. Wir leben in einem Zeitalter der Reproduktion. Das allermeiste in unserem persönlichen Weltbild haben wir nie mit eigenen Augen erfahren, genauer: wohl mit eigenen Augen, doch nicht an Ort und Stelle; wir sind Fernseher, Fernhörer, Fernwisser. Man braucht dieses Städtchen nie verlassen zu haben, um die Hitlerstimme noch heute im Ohr zu haben, um den Schah von Persien aus drei Meter Entfernung zu kennen und zu wissen, wie der Monsun über den Himalaja heult oder wie es tausend Meter unter dem Meeresspiegel aussieht. Kann heutzutage jeder wissen. Bin ich deswegen je unter dem Meeresspiegel gewesen; bin ich auch nur beinahe (wie die Schweizer) auf dem Mount Everest gewesen? Und mit dem menschlichen Innenleben ist es genau so. Kann heutzutage jeder wissen. Daß ich meine Mordinstinkte nicht durch C. G. Jung kenne, die Eifersucht nicht durch Marcel Proust, Spanien nicht durch Hemingway, Paris nicht durch Ernst Jünger, die Schweiz nicht durch Mark Twain, Mexiko nicht durch Graham Greene, meine Todesangst nicht durch Bernanos und mein Nie-Ankommen nicht durch Kafka und allerlei Sonstiges nicht durch Thomas Mann, zum Teufel, wie soll ich es meinem Verteidiger beweisen? Es ist ja wahr, man braucht diese Herrschaften nie gelesen zu haben, man hat sie in sich schon durch seine Bekannten, die ihrerseits auch bereits in lauter Plagiaten erleben. Was für ein Zeitalter! Es heißt überhaupt nichts mehr, Schwertfische gesehen zu haben, eine Mulattin geliebt zu haben, all dies kann auch in einer Kulturfilm-Matinée geschehen sein, und Gedanken zu haben, ach Gott, es ist in diesem Zeitalter schon eine Rarität, einen Kopf zu treffen, der auf ein bestimmtes Plagiatprofil gebracht werden kann, es zeugt von Persönlichkeit, wenn einer die Welt etwa mit Heidegger sieht und nur mit Heidegger, wir andern schwimmen in einem

Cocktail, der ungefähr alles enthält, in nobelster Art von Eliot gemixt, und überall wissen wir ein und wieder aus, und nicht einmal unsere Erzählungen von der sichtbaren Welt, wie gesagt, heißen etwas; es gibt für uns heutzutage (ausgenommen Rußland) keine terra incognita mehr. Wozu also die Erzählerei! Es heißt nicht, daß einer dabeigewesen ist. Mein Verteidiger hat recht. Und doch! –

Ich schwöre:

Es gibt eine Mulattin namens Florence, Tochter eines Dockarbeiters, ich habe sie täglich gesehen und einige Male mit ihr geplaudert über einen allerdings sehr trennenden, aus alten Teertonnen verfertigten und von Brombeeren umwucherten Zaun hinweg. Es gibt sie, diese Florence mit dem gazellenhaften Gang. Ich träumte von ihr, gewiß, die wildesten Träume; aber am andern Morgen gab es sie trotzdem in aller Wirklichkeit. Ein Geklapper von Stöckelschuhen auf der hölzernen ›porch‹, und schon trat ich hinter die löcherigen Vorhänge meiner Schindelhütte, um Florence zu sehen, meistens schon zu spät; dann aber wartete ich, bis sie abermals mit einem Wassereimer herauskam, die Brühe gegen meinen Zaun goß, nickte, denn in diesem Augenblick trat ich in blinder Leidenschaft hervor; sie sagte: Hallo! Und ich sagte: Hallo! Und ich wage ihr weißes Lächeln in dem braunen Gesicht nicht zu beschreiben; auch dieses Lächeln kennt man ja aus Kulturfilmen, aus Zeitschriften oder sogar aus einem Varieté in diesem Städtchen hier, ich weiß, und ihre seltsame Stimme gibt es auf Platten, fast ihre Stimme ... Dann, wenn ich nicht ganz aus Zufall ebenfalls gerade in meinem Garten war, sagte Florence: What about your cat? Einmal nämlich, vor Monaten schon, hatte ich Florence nach meiner verhaßten Katze gefragt, nach jenem grazilen Biest, das ich eines Abends, ihres vorwurfsvollen Fauchens halber, in meinen Eisschrank sperrte; die Geschichte habe ich wohl schon einmal erwähnt. Von diesem Eisschrank-Intermezzo wußte Florence freilich nichts, ahnte aber wohl meine inneren Kämpfe mit dieser schwarzen Katze (sie war grau, ›Little Grey‹ genannt, aber in den Nächten vor meinem geschlossenen Fenster war sie

schwarz) und fand, ich sollte ihr mehr Liebe erweisen, dieser Katze. Meine Liebe aber galt Florence; das fühlte sie ganz genau, die Katze. Und Florence wohl auch... Wenn Florence nicht zu Hause war, ihre sonderbare Stimme nicht zu hören, ging ich im Quartier von Bar zu Bar, um sie zu finden, oft genug ohne Erfolg. Einmal aber fand ich sie wirklich.
Man weiß, wie Neger tanzen. Ihr Partner war gerade ein halbdunkler US-Army-Sergeant. Es bildete sich ein Kreis von Zuschauern um die beiden, so tanzten sie, und die Begeisterten im Kreis begannen mit den Händen zu klatschen in immer rascheren Rhythmen, ja schließlich bis zur Raserei. Der US-Army-Sergeant, ein großer Kerl mit den schmalen Hüften eines Löwen, mit zwei Beinen aus Gummi und mit dem halboffenen Mund der Lust, mit den blicklosen Augen der Ekstase, ein Kerl, der den Brustkorb und die Schultern eines Michelangelo-Sklaven hatte, er konnte nicht mehr; Florence tanzte allein. Ich hätte jetzt einspringen können; wenn ich gekonnt hätte. Florence tanzte noch immer allein; jetzt kam ein anderer, um sie zu drehen, kaum ihre Finger berührend, und sie zu umkreisen, dann sie mit der flachen Hand zu fassen und im Schwung fast aufs Parkett zu senken, jetzt aber an den Hüften zu packen und emporzuheben, so daß ihr Kopf fast gegen die niedrige Saaldecke stieß; dazu machte Florence eine so königliche Gebärde mit dem Arm, eine Gebärde so seligen Triumphes, daß man sich in seiner körperlichen Ausdruckslosigkeit wie ein Krüppel vorkam, und landete auf dem Parkett wie ein Vogel ohne Schwere, jetzt hörte man nur noch eine dumpfe Trommel aus dem Urwald, ein klangloses Beben, eine Art rasender Stille, während sie weitertanzte. Ein dritter Tänzer wurde verbraucht, ein vierter. Und dann plötzlich, ohne im mindesten erschöpft zu sein, lachte Florence und brach ab; unbefangen wie ein Kind, ein sehr glückliches Kind, das auf dem Karussell hat fahren dürfen und noch voll Seligkeit strahlt, wand sie sich zwischen den Tischlein hinaus, wohl um ihren Puder nachzutupfen, und sah mich, sagte: Hallo! und ich sagte: Hallo! und sie sagte sogar: Nice to see you! und es tröstete mich fast über das Bitterschöne

meiner Verwirrung; denn ich wußte sehr wohl, daß ich diesem Mädchen nie genügen könnte.
Um so sehnsüchtiger war ich.
Und dann, eines heißen Sonntags, hörte ich wieder das lange vermißte Geklapper ihrer Stöckelschuhe, trat hinter die Vorhänge und sah: – ihr Vater, der Dockarbeiter in schwarzem Anzug, so daß er halb wie ein Kellner und halb wie ein Priester aussah, ging mit dem Besen umher, pützelte da und dort den Hintergarten, und die Sträucher waren schon mit bunten Bändern verziert, auch mein Teertonnenzaun mit bunten Bändern verziert, auch Florence in einem übertriebenen Abendkleid, farbig wie ein Papagei, schleppte Sessel aus dem Haus. Ein Gartenfest schien stattzufinden. Die Mutter von Florence, auch so eine Mutter Erde, kam mit einer riesenhaften Torte, stellte sie auf den Tisch mit weißem Tuch, darüber einen schwarzen Regenschirm, damit die Torte nicht an der Sonne verging, dann Blümlein rings um die Torte. Ich hinter meinen Vorhängen teilte ihre Aufregung. Während es dem Dockarbeiter nur darum ging, eine saubere Treppe und kein Fetzchen in seinem Garten zu haben und keinen dürren Zweig und schon gar nicht eine alte Büchse (er warf sie über meinen Zaun) und nicht einmal ein Streichholz, kurzum, während der Vater ausschließlich im Dienste seines Besens stand, hatten Mutter und Tochter alle vier Hände voll zu tun; eine große Schüssel voll Bowle kam auf den Tisch und ebenfalls unter den Regenschirm, Gläser jeder Art und Größe und nach und nach kamen auch schon die Gäste, Familien mit Kindern jeglichen Alters, alles Weibliche in bunten Abendtoiletten, so daß der Hintergarten bald wie eine Voliere aussah, alles Männliche aber in Schwarz, versteht sich, mit weißem Hemd. Einer fuhr mit einem Nash vor, aber kein Modell aus dem vorletzten Jahr; der trug auch eine Hornbrille. Es war sehr heiß. Über die erste Begrüßung hinaus, schien es, hatte die Sippe sich wenig zu sagen. Der US-Army-Sergeant stand auch so herum. Sogar die kleinen Knirpse mit ihrem Kruselhaar und ihren großen Augen im Kopf, die Buben in weißen Hemden, die Mädchen mit bunten Bändern an ihren kurzen Zöpf-

chen, alle verhielten sich so brav und musterhaft. Die Erwachsenen setzten sich, verschränkten die Beine; einige rauchten Zigarren. Neben einigen Damen, die der Farbe nach schon keine Negerinnen mehr waren, als Negerinnen bloß noch erkennbar an der Plastik ihres Gesichtes, an den Zähnen auch, an den unwahrscheinlich schlanken Fesseln, vor allem jedoch an der tierhaften Grazie ihrer Bewegungen – nie bewegt sich die Hand, ohne daß die Bewegung aus dem Arm fließt, und nie dreht sich der Kopf, ohne daß die Bewegung aus dem Rücken aufsteigt, sich ausstrahlt in die Schultern; ob langsam oder geschwind, immer ist es vollkommene Bewegung, unbewußt und ohne Gezappel, ohne Erstarrungen in einem anderen Teil des Körpers, sie fließt oder schnellt oder ruht, immer stimmt sie mit sich selbst überein – kurzum, neben Mädchen wie Florence, die das Kruselhaar schon überwunden haben, standen in dieser Sippe auch andere, Afrikaner mit grau-schwarzer Haut und grau-violetten Lippen, mit Händen wie Boxhandschuhe, Väter, die ihren entkruselten Töchtern gar peinlich waren. Der mit dem neuen Nash gab wohl den Ton an; es war sehr heiß, wie gesagt, aber keiner hätte seinen schwarzen Rock ausgezogen, und das Langweilig-Konventionelle, das Umherstehen mit Zigarren und Redensarten, die Artigkeit der zahlreichen Kinder, die mich an Dressurnummern im Zirkus erinnerte, die Steifheit verwandtschaftlicher Freundlichkeiten, das Ereignislose im übrigen, das Unfreie und eine freudlose Bemühtheit und die unterschiedliche Könnerschaft in der familiären Demonstration, daß man sich auf feines Benehmen versteht, diese vollkommene Karikatur einer weißen Kleinbürgerlichkeit, die von Afrika keine blasse Ahnung hat, das war für sie just das Ereignis, glaube ich; jetzt benahmen sie sich wirklich wie Weiße. Als es bei mir klingelte und der Dockarbeiter-Vater mich zur Bowle einlud, ging ich hinüber, versteht sich, nicht ohne ebenfalls ein weißes Hemd und das Dunkelste an Jacke angezogen zu haben. Alle sagten: Nice to see you! und im näheren Gespräch: How do you like America? Der US-Army-Sergeant mit den schmalen Lenden eines Löwen und mit den Schultern eines Michelangelo-Sklaven, erfuhr ich, war nur auf Urlaub hier, sonst in Frankfurt, damit die Russen nicht zu nahe an Amerika herankommen; ich fragte zurück: How do you like Frankfurt? und aus seiner beflissenen Lobpreisung merkte ich, daß er uns Europäer allesamt in einen Topf wirft. Dann aber, endlich, kam meine herrliche Florence hinzu, gab mir ein Glas Bowle und sagte:

»This is Joe, my husband –!«

Ich gratulierte.

»And what about your cat?«

Sie hatten sich an jenem Sonntag vermählt, und Joe blieb noch drei volle Wochen auf Urlaub, will sagen, drei weitere Wochen war Florence nicht im Hause ihres Vaters zu sehen... Verliebt, wie ich war, konnte ich diese Wochen nicht hingehen lassen, ohne Florence wenigstens im Gottesdienst zu sehen; nämlich ich wußte jetzt, welcher Kirche sie angehörte. Sie nannte sich Second Olivet Baptist Church und stellte sich als eine Baracke dar, die von anderen Lagerschuppen kaum zu unterscheiden war, jedoch mit einer Fassade aus hölzerner Gotik, etwa aus den zwanziger Jahren, schätze ich, unseres Jahrhunderts. Auf der Bühne drinnen, links und rechts vom Mikrophon, hingen zwei große Flaggen, die amerikanische und eine weiße, und im übrigen, ausgenommen noch ein schwarzes Klavier, war es kahl wie in einer Turnhalle. Die große Gemeinde murmelte seltsam, und ganz vorne stand ein Neger im hellen Sonntagsanzug, Fragen sprechend, die jedesmal das Wort ›Sünde‹ enthielten, die Leute nickten, einzelne riefen: O yes, my Lord, o yes! Die Fragen, im gelassenen Alltagston begonnen, wiederholten sich mit geringen Veränderungen, tönten dabei, ohne daß die Stimme lauter wurde, von Wiederholung zu Wiederholung immer dringender. Irgendwo rief eine junge Frau: I know, my Lord, I know! Die meisten murmelten, einige blickten teilnahmslos in die Luft, die Frau aber schrie hellauf und begann ganze Sätze zu rufen, zu stöhnen, man glaubte ihr zu Hilfe kommen zu müssen. Der Frager im hellen Sonntagsanzug, unentwegt in der Wiederholung seiner Fragen, war schon keine Person mehr, sondern nur noch menschliches Gefäß einer Stimme, die sich über die Gemeinde ausgoß, seine Fragen wurden Rufe, Gesang, schließlich Geschrei, das mir durch Mark und Bein ging, laut und wehe. Wie aus der Ferne, einem Echo ähnlich, antwortete die murmelnde Gemeinde mit gesenkten Häuptern, andere mit den Händen vor dem Gesicht. Die Frau, die stöhnende, war von ihrer Bank aufgesprungen, eine junge Negerin mit damigem Hütchen, mit weißen Handschuhen, die sie gegen den Himmel streckte, und mit einer roten Handtasche daran. My Lord! kreischte sie, my Lord, my Lord! und dann, von niemand gehindert, brach sie in die Knie, entschwand meinem Blick, wimmerte, wie vielleicht in der Folterkammer gewimmert wird, Laute äußerster Qual, die von Lauten der Wollust nicht mehr zu unterscheiden waren; ihre Stimme zerschmolz in Weinen. Das Gebet aber, das allgemeine, vollendete sich, indem die Stimme des Fragers, nachdem sie immer noch dringender und dringender geworden, endlich ins Selig-Stimmlose einfach verlorenging – dann ein Augenblick der Atemlosigkeit, der Erschöpfung; dann die Entspannung, die Häupter vor mir tauchten wieder empor, eine Matrone am Klavier spielte ein paar lockere Rhythmen, Kirchendiener gingen umher und verteilten bunte Fächer, die, wie darauf zu lesen stand, ein Coiffeur (around the corner) gestiftet hatte, und jedermann fächelte sich ... Florence sah ich nicht, jedoch Joe in seiner Uniform; Joe stand an der Wand, die Arme verschränkt, unberührt, als blickte er von Frankfurt herab auf dieses Volk. Es war entsetzlich heiß. Ein vergnügter Priester am Mikrophon erinnerte in dieser Pause daran, daß der Lord seinerzeit auch die armen Kinder Israels errettet habe und daß der Lord sehr wohl wisse, wie schwer sich heutzutage ein Dollar verdient, darum zürne der Lord nicht über die Zögernden, denn der Lord habe Geduld ohne Ende, darum gebe man den Zögernden nochmals die Gelegenheit, etwas in die Schale zu werfen. Unterdessen plauderte die Gemeinde munter und ungezwungen wie eine Gesellschaft, die sich wohl fühlt. Als es mit der Sammlerei soweit war, daß der Lord sich für heute damit abfinden konnte, spielte die Matrone am Klavier einen elektrisierenden Auftakt, als käme man in ein Dancing, dämpfte dann die Töne, sobald die Stille im Saal gewonnen war, und begleitete die Predigt mit einem kaum hörbaren, fast klanglosen, nur als Rhythmus vorhandenen Jazz, das unmerklich, aber wirksam aussetzte, wenn der Prediger zu feierlichen Botschaften kam: Der Lord weiß, daß wir arme Leute sind, aber der Lord wird uns führen in das Gelobte Land, der Lord wird uns beschützen vor dem Kommunismus ... Ringsum wedelten die Fächer, die der Coiffeur als Reklame gestiftet hatte, und in den Sonnenstreifen tanzte der Staub. Es roch nach Gasoline, nach Schweiß, nach Parfüm. In der Sonne schmorend, die durch einen zerrissenen Store blendete, saß ich neben einer Dame in schwarzer Seide, neben einem alten Neger mit Aschenhaar, einem Onkel Tom, der mit zitternder Hand ein lebhaftes Enkelkind behütete, das sich mit mir, dem Fremdling, so ohne weiteres nicht abfinden konnte. Vor mir saß ein junger Arbeiter; er hörte auf die Predigt wie ein Soldat auf die letzten Meldungen von der Front. Ferner blickte ich gerade auf einen braunen, ziemlich hellen und sehr schönen Mädchenhals mit einer Unmenge von weißem Puder darauf. (Ach, diese Sehnsucht, weiß zu sein, und diese Sehnsucht, glattes Haar zu haben, und diese lebenslängliche Bemühung, anders zu sein, als man erschaffen ist, diese große Schwierigkeit, sich selbst einmal anzunehmen, ich kannte sie und sah nur eine eigene Not einmal von außen, sah die Absurdität unserer Sehnsucht, anders sein zu wollen, als man ist!) ... Nach dem Gebet, als wir uns wieder setzten, öffnete sich die Seitentüre, und aus dem Hof, wo das leidige Gasoline hereinstank, erschien der Chor der Engel, etwa zwanzig Negerinnen in weißen Kleidern. Florence dabei, dazu etwa zwanzig Neger in weißen Hemden und schwarzen Krawatten, alle mit einem schwarzen Buch in der Hand. Jetzt war die Bühne voll. Mit einem Triumph, als wäre man soeben im Gelobten Land eingetroffen, setzte es ein, das Klavier und dann die Stimmen: leise zuerst, summend wie ein heißes Sommerfeld, wie aus der Ferne hörte man einen uralten Strom von Klage, dumpf und eintönig wie Wellen, ein langsames Anschwellen dann, das mit der Zeit alles überflutet, ein Tosen von Stimmen, halb Zorn und halb Jauchzen, ein gewaltiger Gesang, der wieder versinkt und verrinnt, ohne wirklich aufzuhören, ein endloser Strom von Sehnsucht, breit wie der Mississippi, eine Männerstimme tönt noch einmal wie eine helle Fanfare darüber hinaus, laut und einsam hart, selig in Hoffnung, dann bleibt das seltsame Schwirren, das stimmlose Summen wie über einem glühenden Sommerfeld, die Hitze im Saal, der tanzende Staub in der Sonne, die durch den zerrissenen Store blendet, der Geruch von Gasoline und Schweiß und Parfüm.

Nach drei Wochen verschwand Joe.

Wieder hörte ich das Geklapper der Stöckelschuhe, Florence war da, wenn auch vermählt, und sie rief sogar zu meinem Fenster hinauf, ich sauste die steile Treppe hinunter, wunderbarerweise ohne zu stolpern, wennschon ich den Geländerpfosten ausriß, und hinaus an den Teertonnenzaun, wo Florence schon jenseits der Brombeeren stand.

»What about your cat?« fragte sie.

Sie hatte das Biest sogar auf ihrem Arm.

»D'you know she's hurt?« sagte sie, »awfully hurt!«

Das war die Wunde an der Schnauze.

»And you don't feel any pity for her?« sagte sie, »you are cruel, you don't love her.«

Und damit bot sie mir das Biest herüber.

»You should love her!«

»Why should I?«

»Of course, you should!«

Das war mein Verhältnis zu der Mulattin namens Florence, und heute noch, wenn ich Stöckelschuhe höre, denke ich an Florence; leider fällt mir dabei auch immer die Katze ein.

Julika hat ihre Paris-Reise verschoben, damit unser Kaution-Nachmittag nicht verlorengeht und weil es eine Sünde wäre, sagt sie, einen so goldigen Oktobertag nicht zu nutzen.

Kein Wort mehr von ihrer alten Ehe!

Irgendwie beunruhigt es mich.

Smyrnow war ein sowjetischer Agent auf Durchreise in der Schweiz. Signalement unbekannt. Hingegen scheint die schweizerische Bundespolizei zu wissen, daß dieser Smyrnow, der Chef genannt, die Ermordung eines beliebten Exkommunisten vorzubereiten hatte, der damals noch in der Schweiz weilte. Helfer und Helfershelfer figurierten wie üblich unter Decknamen; einer hieß ›der Ungar‹, ein anderer hieß ›der Schweizer‹, welch letzterer eben mit diesem Smyrnow in Zürich am 18. 1. 1946 verhandelt haben soll, möglicherweise auch verbotenen Nachrichtendienst betrieben haben könnte. Kurz nach dem fraglichen Datum meldete die Stadtpolizei Zürich das mysteriöse Verschwinden Stillers. Seither scheint Stiller so etwas wie eine Hoffnung der schweizerischen Bundespolizei zu sein. Hat dieser Stiller nicht einmal gegen Franco gekämpft? Und da Antifaschismus zwar eine Zeitlang als schweizerische Tugend galt, heute aber genügt, um als Höriger der Sowjets verdächtigt zu werden –
Was geht's mich an!

PS.
Gegenüber der Tatsache, daß die Schweiz nicht nur ein kleines Land ist, sondern durch den Lauf der Welt immer noch kleiner wird, hat mein Verteidiger überhaupt keinen Humor. Das macht unsere Unterhaltungen oft schwierig. Er ist (begreiflicherweise) gegen die Zukunft. Jede Verwandlung ängstigt ihn. Er verspricht sich mehr von der Vergangenheit; dabei weiß er sehr wohl, daß nicht die Vergangenheit kommt, sondern die Zukunft, und das macht ihn gegenüber der Zukunft nur noch unwilliger. Wieweit mein Verteidiger darin ein Vertreter des landläufigen Geistes ist, weiß ich nicht. Er fühlt sich stets, auch wenn es mir gar nicht drum ist, irgendwie angegriffen, was dann zu schweren Selbstgefälligkeiten führt.
»Die Größe eines Landes«, sagt er, »das ist nicht als Fläche zu

messen und nicht als Einwohnerzahl; die Größe unseres Landes ist die Größe seines Geistes.«
Das ist richtig, und was mich zum Widerspruch reizt, ist nur die selbstgefällig-fraglose Annahme, daß es ja den Schweizern jedenfalls nicht an Größe des Geistes fehle. Ich werde ausfällig, man kann den Selbstgerechten nicht gerecht werden, ich frage nach den Manifestationen dieser Geistesgröße, verbeuge mich vor einem Schwarm historischer Persönlichkeiten, den mein Verteidiger dann jedesmal auf mich losläßt; indessen habe ich ja nicht nach historischen, sondern ausfälligerweise nach heutigen Manifestationen einer schweizerischen Geistesgröße gefragt. Darauf wird mein Verteidiger geradezu persönlich.
»Ihr Haß gegen die Schweiz ist krankhaft!«
»Wieso Haß?«
»Sie wollen mir nur vormachen, daß Sie kein Schweizer sind und somit nicht Stiller«, sagt er, »aber Sie werden mir nichts vormachen; Ihr Haß gegen die Schweiz beweist mir noch lange nicht, daß Sie kein Schweizer sind. Im Gegenteil!« ruft er, da ich lache, »gerade damit verraten Sie sich!«
Mein Verteidiger irrt sich; ich hasse nicht die Schweiz, sondern die Verlogenheit. Das ist, auch wenn es in der Folge oft aufs gleiche hinausläuft, grundsätzlich ein Unterschied. Als Häftling, mag sein, bin ich besonders empfindlich auf ihr Schlagwort von der Freiheit. Was, zum Teufel, machen sie denn mit ihrer sagenhaften Freiheit? Wo es irgendwie kostspielig wird, sind sie so vorsichtig wie irgendein deutscher Untertan. In der Tat, wer kann es sich denn leisten, Frau und Kinder zu haben, eine Familie mit Zubehör, wie es sich gehört, und zugleich eine freie Meinung nicht bloß in Nebensachen? Dazu braucht es Geld, so viel Geld, daß einer keine Aufträge braucht und keine Kunden und kein Wohlwollen der Gesellschaft. Wer aber so viel Geld beisammen hat, daß er sich wirklich die freie Meinung leisten könnte, ist ohnehin mit den herrschenden Verhältnissen meistens einverstanden. Was heißt das? Auch hierzulande herrscht das Geld, heißt das. Wo bleibt also ihre glorreiche Freiheit, die sie sich wie einen verdorrten Lorbeer hinter den Spiegel stek-

ken; wo bleibt sie in ihrer täglichen Wirklichkeit? Mein Verteidiger schüttelt nur den Kopf.

»Wenn Sie vor dem Gericht so reden werden«, sagt er ganz hoffnungslos, »vor der versammelten Presse –«

Das ist es ja.

»Damit schaden Sie sich nur«, sagt er.

Wahrscheinlich kann es überhaupt keine Freiheit geben, wie man sie hierzulande zu haben behauptet; es gibt nur Unterschiede in der Unfreiheit, und ich gebe gerne zu, daß sie eine vergleichsweise milde Form von Unfreiheit haben. Sie werden mich nicht erschießen. Dafür bin ich ihnen denn auch sehr dankbar, doch nicht verpflichtet, die landesüblichen Verlogenheiten zu lieben. Er nennt es anders, ich weiß, die Verlogenheit in ihrer gefährlichsten Form, nämlich wenn sie mit einer Fahne antritt, mit dem Anspruch, heilig und unantastbar zu sein; er nennt das Vaterlandsliebe. Es ist blöd von mir, daß ich mich immer wieder bis zur Ernsthaftigkeit aufrege. Man kann mit diesen Schweizern nicht über Freiheit sprechen, ganz einfach, weil sie es nicht ertragen, daß man sie in Frage stellt, die Freiheit, und daß man sie nicht als ein schweizerisches Monopol betrachtet, sondern als ein Problem. Überhaupt fürchten sie sich vor jeder offenen Frage; sie denken immer gerade so weit, wie sie die Antwort schon in der Tasche haben, eine praktische Antwort, eine Antwort, die ihnen nützlich ist. Und insofern denken sie überhaupt nicht; sie rechtfertigen nur. Sie wagen es unter keinen Umständen, sich selbst in Zweifel zu ziehen. Ist das nicht gerade das Zeichen geistiger Unfreiheit? Sie können sich wohl vorstellen, daß Frankreich oder Großbritannien einmal untergehen; aber nicht die Schweiz, das würde Gott, sofern er nicht Kommunist wird, nie zulassen, denn die Schweiz ist doch die Unschuld. Ich habe übrigens darauf geachtet, wie oft mein Verteidiger zur Rechtfertigung der Schweiz auf russische Untaten verweist, auf Hitler lieber nicht; wie sie ihm als Schweizer schmeichelt, die fürchterliche Tatsache, daß es anderswo Konzentrationslager gibt. Was will er damit, in Hinsicht auf sein Land, eigentlich beweisen? Einmal wage ich zu sagen:

»Sie hatten Glück, Herr Doktor, daß Hitler damals eure Souveränität und damit euer Geschäft bedroht hat; damit verbot sich die eigene Entwicklung zum Faschismus. Aber Sie glauben doch nicht im Ernst, daß das schweizerische Bürgertum, als einziges in der Welt, keine Gefälle habe zum Faschismus, wenn er einmal ihr Geschäft nicht bedroht, sondern steigert? Die Probe wird nicht ausbleiben, lieber Doktor, ich bin gespannt.«
Darauf packt er seine Ledermappe.
»Als freier Schweizer«, sagt er und scheint schon wieder gekränkt zu sein. »– Warum lachen Sie?«
Frei! Frei! Frei! und umsonst ersuche ich ihn, einmal zu sagen: frei wovon? und vor allem! frei wofür? Er sagt einfach, er sei frei, und auch ich, der ich auf der Pritsche hocke und den Kopf schüttle, wäre frei, wenn ich bloß die Vernunft hätte, ihr verschollener Schweizer zu sein. Die Hand auf der Klinke, bereit in seine Freiheit hinauszugehen, sagt er ganz harmlos-besorgt:
»Warum schütteln Sie den Kopf?«
Man müßte denken können. Und man müßte sich ausdrücken können, so daß ihnen nichts anderes übrigbliebe als ihre Wahrheit. Ich sehe bloß, daß es sogar mit der staatsbürgerlichen Freiheit, deren sie sich so rühmen, als wäre sie die Freiheit des Menschen schlechthin, in der Tat ziemlich faul ist, und ich kann mir ausrechnen, daß sie als ganzes Land, als Staat unter Staaten, genau so unfrei sind wie irgendein Kleiner unter Größeren, das ist nun einmal so, nur dank ihrer Unwichtigkeit (ihrer heutigen Geschichtslosigkeit) können sie sich selbst zuweilen in dem Anschein gefallen, unabhängig zu sein, und auch dank ihrer kaufmännischen Vernünftigkeit, die sie um des Handels willen zwingt, höflich zu sein mit den Mächtigen, und wer gegen die Mächtigen, da er so wohl von ihnen lebt, nichts einzuwenden hat, wird sich immer frei und unabhängig fühlen. Aber was hat all das zu tun mit Freiheit? Ich sehe doch ihre Gesichter; sind sie frei? Und ihr Gang, allein ihr häßlicher Gang; ist das der Gang von freien Menschen? Und ihre Angst, ihre Angst vor der Zukunft, ihre Angst, eines Tages vielleicht arm zu sein, ihre Angst vor dem Leben, ihre Angst, ohne Lebensversicherung

sterben zu müssen, ihre Angst allerenden, ihre Angst davor, daß die Welt sich verwandeln könnte, ihre geradezu panische Angst vor dem geistigen Wagnis – nein, sie sind nicht freier als ich, der ich auf dieser Pritsche hocke und weiß, daß der Schritt in die Freiheit (den keine Vorfahren uns abnehmen können) immerdar ein ungeheurer Schritt ist, ein Schritt, womit man alles verläßt, was bisher als sicherer Boden erschienen ist, und ein Schritt, den niemand, wenn ich ihn einmal zu machen die Kraft habe, aufzuhalten vermag: nämlich es ist der Schritt in den Glauben, alles andere ist nicht Freiheit, sondern Geschwätz. Aber mein Verteidiger hat vielleicht gerade darum wieder recht: Wozu soll ich es sagen vor versammelter Presse? Wozu böses Blut machen? Wozu die Leute beleidigen? Am Ende ist es doch nur meine Sache, ob ich jemals frei werde, frei auch von ihnen; eine sehr einsame Sache.

Immer wieder muß ich feststellen, daß ich mich mit meinem Staatsanwalt, meinem Ankläger, besser unterhalte als mit meinem sogenannten Verteidiger. Das führt zu Vertraulichkeiten, die nicht ohne Gefahr sind. Heute zeigt er mir ein Foto von Sibylle, seiner Gattin, die mich jedesmal grüßen läßt. Wir unterhalten uns lange über die Ehe; selbstverständlich ganz allgemein. Mein Staatsanwalt hält die Ehe (offenbar haben ihn gewisse Erfahrungen daran zweifeln lassen) für durchaus möglich, wenn auch schwierig. Natürlich meint er die wirkliche, die lebendige Ehe. Zu den Voraussetzungen rechnet er unter anderem: das beidseitige Bewußtsein davon, daß wir kein Anrecht haben auf die Liebe unseres Partners; die lebenslängliche Bereitschaft für das Lebendige, selbst wenn es die Ehe gefährdet, und also eine immer offene Tür für das Unerwartete, nicht für Abenteuerchen, aber für das Wagnis; in dem Augenblick, wo zwei Partner glauben, einander sicher zu sein, haben sie sich meistens schon verloren. Ferner: die Gleichberechtigung von Mann und Frau; Verzicht auf die Meinung, daß die geschlechtliche Treue hinreiche, und ebenso auf die andere Meinung, daß es ohne geschlechtliche Treue überhaupt keine Ehe gebe; eine möglichst weitgehende und lautere, nicht aber rücksichtslose Offenheit in allen Nöten dieser Art. Und wichtig scheint ihm auch der gemeinsame Mut gegenüber der Umwelt; ein Paar hat bereits aufgehört, ein Paar zu sein, wenn einer der beiden Partner oder beide Partner sich mit der Umwelt verbünden, um den anderen Partner unter Druck zu setzen; ferner die Tapferkeit, ohne Vorwurf denken zu können, daß der Partner vielleicht glücklicher wird ohne uns; ferner die Fairneß, nie dem Partner einzureden oder sonstwie glauben zu machen, daß sein Austritt aus der Ehe uns töten würde usw.... All dies, wie gesagt, redet er ins allgemeine, dieweil ich das Foto seiner Gattin betrachte, ein Gesicht, das gar nicht allgemein ist, ein einmaliges Gesicht, lebendig, liebenswert im höchsten Grad, viel fesselnder als seine Rede, die doch nur wahr ist, indem er seine verschwiegene Erfahrung mit diesem Gesicht meint; dann gebe ich das Foto zurück.

»Ja«, sagt mein Staatsanwalt, »wovon sind wir eigentlich ausgegangen?«

»Daß Ihre Frau ein Kind erwartet.«

»Ja«, sagt er, »wir freuen uns sehr.«

»Hoffentlich geht es gut.«

»Ja«, sagt er, »hoffen wir's.«

Jean-Louis Dmitritsch ist der Pianist in ihrer Tanzschule, Halbrusse und sehr sensibel, ein Herr zwischen vierzig und fünfzig, unverheiratet, begabt – und Julika ist froh um diese Seele von einem Menschen, sagt sie und nennt ihn einfach ihre Stütze in Paris. Mehr sagt sie nicht von ihm. Vielleicht hätte ich doch nicht fragen sollen. Vielleicht hält Julika mich jetzt für eifersüchtig.

Mein Freund und Staatsanwalt fragt, ob ich Anna Karenina kenne. Dann: ob ich Effi Briest kenne. Endlich: ob ich mir nicht auch ein anderes Verhalten, als es in diesen Meisterwerken geschildert wird, seitens des verlassenen Ehemannes vorstellen könnte. Ein großzügigeres, meint er – und kommt ins Erzählen... Es scheint meinen Staatsanwalt sehr zu beschäftigen, daß jenes großzügigere Verhalten eines verlassenen Ehemannes, das er sich vorstellen könnte, ihm selbst nicht ohne weiteres gelungen ist. Ich höre ihm den ganzen Nachmittag lang zu. Etwas verdutzt über seine Offenherzigkeit (er möchte sie eigentlich nicht, sieht sich aber mehr und mehr gezwungen, präzis zu werden, um allerlei Mißverständnisse zu bannen, und sich an das konkrete Beispiel aus eigener Erfahrung zu halten) fragt er ab und zu: Können Sie das verstehen? Es ist eine Geschichte wie tausende in dieser Art, also ohne weiteres zu verstehen; ich verstehe auch sein Bedürfnis, einmal jenen verschollenen Stiller zu sehen, den seine Gattin, wie ich höre, bis zur Grenze des Erträglichen (für ihn) geliebt hat.

Knobel, mein Wärter, war schon seit einigen Tagen etwas seltsam, immer eilig, wieder aus meiner Zelle zu kommen. Es entging mir nicht. Heute sagt er rundheraus:
»Herr Stiller –«
Ich blicke ihn bloß an.
»Herrgott nochmal«, sagt er und windet sich vor Scham wie ein Verräter, »ich bin der einzige gewesen, der Ihnen geglaubt hat –«
Julika überzeugt sie alle.
»Herr Stiller«, sagt er, »ich kann doch nichts dafür, daß es so ist, Herrgott nochmal, ich nehme es Ihnen ja nicht übel, daß Sie mir lauter Schwindel erzählt haben, aber ich kann doch nichts dafür –«
Ich esse und schweige.

Seine kleine Geschichte mit dem fleischfarbenen Kleiderstoff in Genua, die mein Freund und Staatsanwalt gestern erzählt hat, will mir nicht aus dem Kopf. Ich sehe ihn – nennen wir ihn Rolf – beispielsweise in seinem Nachtzug, den er blindlings bestiegen hatte, gleichgültig, wohin die Reise nun ging, froh wie ein Flüchtling, froh, daß um Mitternacht überhaupt noch ein Zug fuhr. Im Fahren, dachte er, erträgt es sich vielleicht leichter, und dann wollte er auf keinen Fall, daß er jetzt, nachdem er sich im ersten Schrecken ganz ordentlich gehalten hatte, nochmals vor seine Frau treten könnte. Und vom Überfahren der Grenze, mag sein, versprach er sich auch etwas. Je weiter, um so besser! Also saß er in diesem Nachtzug, ein Herr ohne Gepäck, allein in seinem Abteil zweiter Klasse. In Mailand, im Morgengrauen, stand der Zug in einer menschenleeren Bahnhalle, ein italienischer Eisenbahner klopfte mit dem Hämmerchen an die Räder, und sonst schien die ganze Welt zu schlafen wie Sibylle, die ja nun, nachdem sie es ihrem Gatten gesagt hatte, aller Kümmernisse ledig war. Pläne von knäbischer Rachsucht gingen ihm durch den Kopf; die Warterei in dieser Bahnhalle machte ihm seine Ziellosigkeit noch bewußter. Plötzlich krähte irgendwo ein Hahn, kurz darauf ein zweiter, ein dritter, schließlich krähte ein ganzer Güterzug voll Geflügel, das hier auf den Morgenmarkt wartete. Und dann, als endlich wieder die Räder rollten, konnte Rolf trotz allem schlafen, erwachte nur ab und zu am Bewußtsein, daß man mit halboffenem Mund ein dummes Gesicht hat; doch war er nach wie vor allein in seinem Abteil, tat alles, um schlafen zu können, denn je länger dieser Schlaf, um so größer die Hoffnung, daß sich beim Erwachen alles nur als ein böser Traum herausstellen würde. In Genua schien bereits die Sonne. Eigentlich sehr müde, so daß er sich am liebsten wie die Bettler einfach auf die Stufen gesetzt hätte, stand Rolf vor den Arkaden des Bahnhofs, ein Herr ohne

Gepäck, dafür mit einem überflüssigen Mantel auf dem Arm, etwas unrasiert auch, blickte in den Verkehr mit seiner Huperei, mit seinen rasselnden und scheppernden Straßenbahnen in den Schattenschluchten schmaler Gassen, mit Rudeln von Leuten, die alle ein Ziel zu haben schienen, und das war nun also Genua. Eine Zigarette hatte er sich bereits angezündet. Was weiter? Zwischen den Arkaden hindurch, merkte er, umschlich und musterte ihn jemand, ein Geldwechsler vermutlich, und er schlenderte los. In einer billigen Bar zwischen Gepäckträgern und Taxichauffeuren, umbrandet also von Geschnorre, während ein schlumpiger Strupper zwischen seinen viel zu tadellosen Schuhen den steinernen Boden aufwusch, trank er einen schwarzen Kaffee und gestand sich das Ausbleiben jeglichen Gefühls.

»Ob wir uns scheiden lassen oder wie das nun alles wird«, hatte sie gesagt, »das weiß ich selbst noch nicht. Ich möchte jetzt nur, daß du mich in Ruhe läßt.«

Ein anderer Ausspruch seiner Gattin: »Du hast mir keine Freiheit zu geben. Was soll denn das heißen? Ich nehme mir die Freiheit schon selbst, wenn ich sie brauche.«

Vor allem dieser Satz, scheint es, ergrimmte den Gatten dermaßen, daß er im hellichten Genua laut vor sich herredete und nicht mehr wußte, wo er eigentlich ging. Es spielte ja auch keine Rolle. Irgendwo zwischen Lagerschuppen und Eisenbahnen und Teerfässern. Ja, es gab sogar Augenblicke, wo er sie mit lauter Stimme beschimpfte, seine Gattin jenseits der Alpen, mit Wörtern, die ihm um so wohler taten, je ordinärer sie ausfielen. Es waren Ausdrücke (so sagt er) von einer so unverblümten und plumpen Zotigkeit, wie er sie noch nie aus seinem Munde vernommen hatte. Als er plötzlich angesprochen wurde, war er sehr betreten. Er hatte nicht die mindeste Lust, die Reize von Genua kennenzulernen. Noch nie in seinem Leben war er sich so wehrlos vorgekommen. Als sähe man ihm alles an, was er durcheinander dachte, war er im Augenblick außerstande, einen Barkenführer abzuweisen, und überließ sich endlich einer kleinen Hafenrundfahrt. Das Meer zeigte sich als graues Blei mit Flecken von schillerndem Öl. Rolf, gespannt wie der Denker von Rodin, saß auf einer Bank mit verschlissenem Kissen, den italienischen Ruderer hinter sich, selbstverständlich ohne ein einziges Ohr für die Erklärungen, die im Preis inbegriffen waren. Aus einer Schiffswand sprudelte heißes Küchenwasser. Und einmal ruderte man über einen versenkten Frachter; seine veralgten Eisenplatten drohten aus der Schmutztiefe herauf. In der Ferne hallten die Niethämmer. Für Rolf, versteht sich, blieb alles wie ein Film, farbig und sogar mit Geruch, aber Film; Vorgang ohne Gegenwart. Ab und zu hörte man ein schütteres, vom Wind verblasenes und in Echos versplittertes Tuten, wußte nicht woher und wozu, denn keiner der großen Dampfer entschloß sich wirklich zur Abfahrt. Es war heiß. Schwaden bläulichen Gestankes hingen über dem Hafenwasser. Nur ein schmieriges Fischerboot knatterte vorbei, und es schaukelten die Bojen, deren verschimmelte Ketten in trüber Tiefe verdämmerten, grauslich. So ruderte man an Molen und Docks vorbei, Holz oder Stein, alles ist in Schwärze verrußt und verölt. Wenigstens verging Zeit. Da und dort blinkte der Bauch eines toten Fisches, Wäsche der Matrosen, eine singende Stimme aus der Kajüte, alles war da, was eine Hafenrundfahrt nur bieten kann, sogar ein graues Kriegsschiff mit vermäntelten Geschützten, Kohlenberge mit weißen Möwen darauf, in der Ferne die aufgetürmte Stadt am Hang, Genua, fast schon wieder unwirklich ... Ferner hatte Sibylle gesagt: »Ich möchte jetzt nicht, daß du weitere Fragen stellst. Es ist ein Mann, ich sage es ja, und er ist sehr anders als du. Mehr kann ich jetzt wirklich nicht sagen. Vielleicht liebe ich ihn wirklich, ich weiß es noch nicht. Ich bitte dich jetzt nur, daß du mich in Ruhe läßt.«

... Rolf beschloß seine Hafenrundfahrt mit der Miene eines Menschen, dem ein Brett auf den Kopf gefallen ist, und zahlte, was der Gauner von ihm verlangte. Wein war jetzt sein einziger Wunsch, viel Wein. Die Geschichte mit dem Kleiderstoff – mein Staatsanwalt erzählt sie natürlich viel anschaulicher als ich! – begann noch vor dem Ristorante, und zwar damit, daß ein amerikanischer Matrose sich nach einer Gasse erkundigte.

Woher sollte Rolf das wissen! Der Matrose lief aber neben ihm her. Sein Amerikanisch klang echt, also für Rolf ziemlich unverständlich. Rolf begriff immerhin: Um zwei Uhr, also ziemlich bald, mußte der Matrose ausfahren, ein Schiff stand tatsächlich unter Dampf, und das Paket war ein Geschenk für einen italienischen Kameraden aus dem Krieg. Rolf hatte seine eigene Not, Herrgott nochmal, jedoch der verzagte Matrose ließ nicht locker mit seiner reichlich verworrenen Geschichte um das verschnürte Paket, und nun, da der italienische Kamerad aus dem Krieg nicht zu finden war, noch vor Abfahrt seines unbestreitbar unter Dampf stehenden Schiffes verkauft werden mußte; denn es hatte doch keinen Sinn, diesen herrlichen Kleiderstoff wieder mit nach Amerika zu nehmen. Rolf hatte kein Interesse. Um den Kerl loszuwerden und zu seinem Wein zu kommen, winkte er einem Passanten, einem jüngeren und in keiner Weise auffälligen Genueser, der vielleicht die gefragte Gasse kannte oder Kleiderstoff brauchen konnte. Und damit basta! Nur: der Genueser, sichtlich ungehalten über die Verzögerung seines zielstrebigen Ganges, verstand nicht Amerikanisch, der Matrose nicht Italienisch. Rolf mußte dolmetschen. Es paßte ihm gar nicht; dazu war er ja nicht die ganze Nacht hindurch nach Genua gefahren, und der Verdacht, in eine abgekartete Gaunerei verwickelt zu werden, kam ihm natürlich auch. Aber worin sollte sie bestehen? Auch genügte sein Italienisch so wenig wie sein Amerikanisch, und daß die beiden, nachdem der junge Genueser so wenig nach Kleiderstoff verlangte wie Rolf und überhaupt nur widerwillig bei der Sache stehenblieb, jemals zu einem Handel kämen, war nicht abzusehen. Rolf hatte sich zweimal schon entfernt, wurde aber von dem aufgeregten Matrosen, der ohne Dolmetscher einfach verloren war, wieder geholt; nach viel Gefeilsch (Rolf hatte in dieser Zeit wenigstens seine Gattin vergessen) führte sie der Genueser mit einem Augenzwinkern, womit man seine Bereitschaft zu ungesetzlichem Handeln bekundet, durch immer engere Gassen mit Treppen und Kindern, durch krumme Schluchten voll bunter Wäsche und Geschrei, bis er im Dämmer eines Hausdurchganges bereit war, den käuflichen Stoff zu besichtigen. Rolf rauchte eine Zigarette, für eine Weile als Dolmetscher überflüssig; alles vollzog sich ganz stumm. Der Genueser, schon durch seine schnöde Überlegenheit unsympathischer als der Matrose, der immer wieder auf seine Uhr schauen mußte, zog zwei oder drei Fäden aus dem Paket, leckte sie an und hielt sie gegen das schwache Licht schattiger Hinterhöfe. Wolle, sagte er, wäre es also nicht! Jedenfalls nicht reine Wolle, fünfzig zu fünfzig, mag sein. Rolf dolmetschte wie immer mit einiger Schonung. Also dreißigtausend Lire, letztes Wort! Wie es endlich ans Zahlen ging, hatte der Genueser leider nur zehntausend Lire, das übrige natürlich zu Hause, der Matrose hingegen keine Zeit mehr zu warten. Was nun? Vielleicht konnte der Dolmetscher aushelfen. Das war natürlich der Punkt, Rolf wußte es bei aller Zerstreutheit und griff in seine nicht eben sonderlich gefüllte Brieftasche, allem Mißtrauen zum Trotz, nicht aus Erbarmen mit dem angeblichen Matrosen, sondern (so sagt er) aus einer bloßen Angst, spießig zu werden. Der Matrose, halb dankbar und halb wütend, wie weit die Erpresser es gebracht hatten, büschelte die dreißigtausend Lire zusammen, davon zwanzigtausend von Rolf, grüßte kurz und lief. Es war halb zwei! Gegenüber Rolf entpuppte sich übrigens der Genueser, wie widerlich er auch gegenüber dem Matrosen gewesen war, als Gentleman; er wollte das Paket nicht an sich nehmen, sondern Rolf sollte es tragen, bis er die Lire hätte. Als Pfand, er spürte schon das Mißtrauen. Und wieder ging es durch Gassen der Armut, Rolf mit dem verschnürten Paket unter dem Arm, bis der Genueser, auf dem ganzen Weg wie aus Gekränktheit schweigsam, endlich sagte: »Mia casa, attenda qui, vengo subito!« Rolf sah ein Portal von verlotterter Renaissance, hatte keine Ahnung, wo er sich nun befand; irgendwo in Genua. Im nahen Hafen tutete ein Schiff mit klanglosem Dröhnen. Vielleicht war es doch kein Schwindel. Die mittägliche Sommerhitze selbst in dieser Schattengasse mit ihren schimmelfeuchten Mauern, die Stille, denn es war fern vom Verkehr, seine Schläfrigkeit nach der Eisenbahnnacht, aber nicht nur das, vor vierundzwanzig Stunden war Rolf ja noch in London gewesen, Teilnehmer an einem internationalen Juristen-Kongreß, und dann (gestern) der etwas böige Flug, das Abendessen mit der seltsam lebensfrohen Gattin, dann ihre verschlossene Zimmertüre, dann die Eröffnung und so weiter, Morgengrauen in Mailand mit krähenden Hähnen, all dies in vierundzwanzig Stunden, es war etwas viel, und jetzt in dieser Gasse der schimmligen Armut, wo die Ausgüsse über die Mauern rinnen, jetzt wieder die Erkenntnis, daß eine Tatsache, indem man sie eine Zeitlang vergißt, eine Tatsache zu sein nicht aufhört, nein, immer und immer und immer wieder ist es einfach da, ihr Gesicht voll Glück mit einem andern Mann, es ist kein böser Traum, sondern wirklicher als dieses Genua mit seinen Gassen und Kindern und mit dieser greifbaren Mauer, dazu diese Hitze, daß man die Krawatte herunterreißt, dazu das verschnürte Paket, das Rolf einfach zu tragen hatte, all dies ließ ihm keinen anderen Ausweg als dumpfen Schlaf auf die Gefahr hin, daß der Genueser ihn prellte... Es war bald vier Uhr, als Rolf, mein Staatsanwalt, auf einer Mauer hockend mit dem verfluchten Paket auf den Knien, das ihm als Kissen gedient hatte, wieder erwachte. Von einem Genueser, der ihn mit Lire geweckt hätte, natürlich keine Spur! Kinder spielten in einem Hof, Mütter schrien: »Ettore, Ettore!« und dazwischen einen Ton höher: »Giuseppina, Giuseppina!« und da unten in der Gasse saß ein fremder Herr mit goldner Armbanduhr, der vergeblich auf seine zwanzigtausend Lire wartete. Rolf erhob sich. Das etwas moosige Renaissance-Tor, wo der Genueser verschwunden war, führte bei näherer Besichtigung überhaupt nicht in ein Haus, sondern einfach in die nächste Gasse hinüber. Und dort stand Rolf, als begriffe er jetzt erst: Sibylle in den Armen eines andern Mannes, richtig, das war es ja. Und mit halbem Bewußtsein hatte er diesen jungen Genueser auch manchmal, während jenes Handels, angesehen mit der Frage, ob Sibylle etwa solche Haare, solche Ohren, solche Lippen, solche Hände würde lieben können; jeder Mann konnte dieser andere sein. Rolf wußte nur: Er ist sehr anders als du! und somit kamen einige Millionen von Männern in Frage. Und eigentlich, wie er so jenseits des leeren Renaissance-Tores stand, war Rolf fast froh, den jungen und flotten Genueser nicht wiederzusehen. Aber er war so ziemlich um seine Barschaft gekommen. Peinlicher noch: Es war eine Schlappe, und das gerade jetzt, wo er seiner Gattin wegen der imposante Mann hätte sein wollen, war schwer, nicht zu vergleichen mit dem Verlust von zwanzigtausend Lire, nicht wiedergutzumachen. Das verschnürte Paket mit dem sogenannten Herrenkleiderstoff, der sein Pfand war, wagte er gar nicht anzusehen. Es kam jetzt sowieso nur noch ein billiges Hotel in Frage, wo es nicht allzu viel Aufsehen erregte, wenn dieses Bündel offensichtlich sein einziges Gepäck war. Er stand in einem Hotelzimmer mit blumiger Tapete, verschwitzt und einigermaßen ratlos, was er in diesem Genua nun anfangen sollte; er warf das verschnürte Paket in den Schrank, nahm den Wasserkrug, füllte das Waschbecken und versuchte, sich ohne Seife, ohne Zahnbürste, ohne Schwamm zu waschen –

Er hielt sich vier Tage in Genua.

Rolf (so sagt er selbst) hatte nie damit gerechnet, daß seine Ehe, seine eigene, in die Brüche gehen könnte wie so viele andere Ehen ringsum. Er sah keinen Grund dafür. Er liebte Sibylle und lebte damals durchaus in der Meinung, das Eheproblem sozusagen auf seine eigene Art gelöst zu haben. Eine Ehe im klassischen Stil, Monogamie, war es wohl schon lange nicht mehr. Aber das war nun einmal so, und Sibylle hatte dafür das Kind, das ihr in den ersten Jahren vieles ersetzte, einen Buben namens Hannes. Das Leben, wie Sibylle es sich erträumt hatte, war es allerdings nicht, anderseits auch nicht die Hölle, nur eben eine Ehe wie viele andere, und sie machten jedes Jahr eine schöne Reise zusammen, Ägypten zum Beispiel. Der Gedanke, sich jemals zu trennen, lag ihnen ferne, und in allen bisherigen Nöten hatten doch beide Teile offenbar das Gefühl, einander im Grunde durchaus sicher zu sein. Eine Maskenball-Liebelei, womit Sibylle demonstrierte, gönnte er seiner lieben Gattin mit Großmut. Er hatte gerade andere Sorgen; damals ging es darum, ob er Staatsanwalt werden wollte oder nicht, immerhin eine Entscheidung, und daß Sibylle unterdessen mit ihrem Maskenball-Pierrot spazierenging, beschäftigte seinen Geist weniger; Rolf erkundigte sich nicht einmal nach dem Namen. Und dann war er schon immer der Meinung gewesen, daß man die Ehe nicht in einem spießbürgerlichen Sinne begreifen dürfte; er hatte da, wie gesagt, offenbar eine sehr ernsthafte Theorie, wieviel Freiheit in die Ehe einzubauen wäre, eine Männer-Theorie, wie Sibylle es nannte. Sie konnte solche Theorie nie ausstehen, scheint es; dabei beruhte sie auf der Wissenschaft verschiedener Fakultäten. Und selbstverständlich fußte diese Theorie auf einer vollkommenen Gleichberechtigung von Mann und Frau. Es war eben nicht, wie Sibylle oft meinte, eine geistreiche Männer-Ausrede; nicht nur. Rolf meinte es darüber hinaus sehr ernst; aus seinem Beruf kannte er die Misere, die Tartüfferie um einen Begriff von Ehe, dem keine Realität entspricht, und es ging ihm um die Idee einer lebbaren Ehe, um die Würde, nicht in Verstellung vor sich selbst zu leben. Rolf hatte viel darüber zu sagen; Sibylle nannte es seine ›Vorträge‹, aber um ihre Gegenmeinung befragt, immer wieder befragt, da Rolf sich ja nicht in eine eigene Doktrin verschanzen wollte, antwortete sie bloß mit dem weiblichen Argument, daß das Leben nicht mit Theorie zu lösen sei ... Der Maskenball-Pierrot, scheint es, beschäftigte ihn dann doch, wenn auch unausgesprochen, vielleicht sogar noch unbewußt; plötzlich kam Rolf mit dem Entschluß, ein eigenes Haus zu bauen, nämlich ein eigenes Haus war von jeher Sibyllens höchster Wunsch gewesen, und zwar hatte Rolf, ein Mann der Tat, das Grundstück bereits gekauft. Sibylle war seltsam. Das Grundstück kannte sie, man hatte es sich seit Jahren gewünscht; jetzt hatte er es gekauft, und Sibylle jauchzte nicht. Eine Woche später brachte er auch schon den jungen Architekten zum schwarzen Kaffee, einen gewissen Sturzenegger, der von konsequenter Modernität schwärmte, die offensichtlich sehr zerstreute Gattin nötigte, ganz präzise Wünsche anzumelden. Gemeinsames Schlafzimmer oder Einzelschlafzimmer, zum Beispiel, und alles war jetzt von größter Eile. Mitten in jener

Besprechung (so sagt mein Staatsanwalt) kam ein Anruf, Sibylle nahm wie üblich ab, verstummte, sagte Nein und Ja und Nein, hängte unvermittelt den Hörer auf, behauptete, es wäre ein Fehlanruf gewesen und war sehr verlegen. Nun ja, dachte Rolf, der Maskenball-Pierrot! und die Besprechung über Skizzen ging weiter; Sibylle rettete sich in eine beflissene Interessiertheit, wobei ihr alles recht war, so oder andersherum, als würde sie das geplante Haus ohnehin nie beziehen. Zum Schlusse jenes schwarzen Kaffees (mein Staatsanwalt erinnert sich nicht mehr an den Zusammenhang) plauderte der junge Architekt von einem Eskimo, der einem weißen Fremdling, um ihn gastlich zu bewirten, schließlich sogar sein Weib anbietet und in der Folge, da der Fremdling sich nicht bedient, dermaßen in seiner Ehre gekränkt ist, daß er den Gast an der Gurgel packt und gegen die Hüttenwand klopft, bis er tot ist. Man lachte natürlich. Darauf kam der junge Architekt mit einer anderen komischen Geschichte, die sein Freund namens Stiller im Spanischen Bürgerkrieg erlebt hätte. Das war das erstemal, daß mein Staatsanwalt den Namen Stiller gehört hatte. Von der Geschichte aus dem Spanischen Bürgerkrieg hat er wenig behalten, nur etwas von einem russischen Gewehr, das nicht losging. Hingegen erinnert er sich wohl, daß seine Gattin, die vorher so zerstreute Sibylle, sich maßlos für dieses russische Gewehr interessierte. Und als der Architekt gegangen war, summte sie durch alle Zimmer; Rolf bezog ihre Freude auf den kommenden Bau, konnte immerhin die Bemerkung nicht unterlassen: »Du bist wohl verliebt?« Und da sie es nicht bestritt: »Der junge Architekt gefällt dir?« Es war Scherz. »Meinst du?« fragte sie. »Gib es zu!« sagte er. »Du tust mir weh!« sagte sie. »Ich gebe es zu, aber laß mich los!« Es war Scherz, wie gesagt, und Rolf mußte an seine Arbeit, Sibylle stellte die drei Kaffeetäßchen aufs Tablett, und damit hatte es damals sein Bewenden...

Die vier Tage in Genua:

Das war wohl (so meint mein Staatsanwalt) die lächerlichste Strapaze seines Lebens, nicht die nutzloseste. Er lernte kennen:

ein nie vermutetes Quantum von Sentimentalität, die er bisher an sich selber nicht kannte, er soff in sich hinein, bis er das Ristorante wegen Weinen verlassen mußte; dann seine Primitivität, er gaffte jedem einigermaßen sauberen Weiberrock nach und rettete sich über Stunden nur mit dem Gedanken an die billigste Revanche; dann seine Spießigkeit, er brachte es in vier Tagen und vier Nächten (so sagt er) nur wenige Minuten zu einem wirklichen Schmerz, der ihn auf die Knie warf in einem blumigen Hotelzimmer, ohne daß es eine Pose war oder Wirkung von Alkohol, und der den letzten Rest von Vorwurf und den letzten Rest von Selbstmitleid verbrannte; vor allem aber seine Unfähigkeit, eine Frau zu lieben, wenn er nicht ihr Götze war, zu lieben ohne Anspruch auf Dank, auf Rücksicht, auf Bewunderung und so weiter. Es war eine Strapaze. In Kleidern auf seinem eisernen Bett liegend, wobei er rauchte, quälte er sich mit schamlos-genauen Vorstellungen, wie seine Gattin sich dem andern hingibt; das war nicht die Strapaze, sondern die Entspannung, die er sich gönnte. Die Strapaze war die Einsicht, das unfreiwillige Eingeständnis, daß er sich über das Niveau seiner Gefühle bisher doch sehr getäuscht hatte, über seine Reife. Nicht einmal sein Wille (so sagt er) war dieser Probe gewachsen; ohne ein Wort gesagt zu haben, war er verreist, konnte es aber in der Folge nicht lassen, seiner Sekretärin dann doch einen verschlossenen Brief zu schicken, der nur seiner Gattin auf Anfrage auszuhändigen war, einen Brief mit seiner Adresse für den Notfall. Vier Tage lang schien dieser Notfall nicht einzutreten. Er wurde nicht vermißt, siehe da! Tag für Tag, stets eine halbe Stunde nach Ankunft der nördlichen Züge, erkundigte er sich nach ›posta restanta‹, vergeblich. Zwischenhinein gab es Stunden heiterer Würde, gewiß, er brachte es zur Lektüre der Churchill-Memoiren in englischer Sprache, er saß als rasierter Müßiggänger an der morgendlichen Sonne, trank seinen roten Campari und las in den Hintergründen des Zweiten Weltkrieges, ohne zugegebenermaßen auf die Uhr zu blikken, im Grunde aber wartete er nur darauf, vermißt und mit allen Mitteln gesucht zu werden, ja, es hätte ihn nicht überrascht, die reuevoll suchende Sibylle irgendwo auf den Straßen von Genua zu sehen. Ihr ›schnödes‹ Schweigen, das sich ihm als marmorne Halle eines italienischen Hauptpostamtes darstellte, machte ihn jedesmal sehr bleich; wie oft noch zwang dieses Weib ihn zur selben Entdeckung, wie unfähig er war, seine eigenen Theorien zu leben! Am vierten Tag, endlich, war da ein Telegramm. Mit dem typischen Kollaps des Geretteten, den erst die Entspannung gänzlich umwirft, saß er eine Weile, bevor er es aufriß, müde-gelassen vor Erleichterung, was immer seine Gattin auch schreiben mochte. Es war aber gar nicht von seiner Gattin; nur die Sekretärin mußte wissen, wann er wiederkäme. Das genügte. Er lachte. Das wirkte (so sagt er) wie eine sehr kalte Dusche. Er fetzelte das Telegramm in den Papierkorb, ohne weitere Überlegungen entschlossen, den nächsten Zug zu nehmen. Nur: um das Hotel zu zahlen, fehlten ihm jetzt die zwanzigtausend Lire. Was tun? Er mußte sehen, wie und wo er sein Pfand, den amerikanischen Herrenkleiderstoff, verkaufen konnte, und zwar so rasch wie möglich. Um Mittag fuhr der beste Zug. Bloß nicht wieder ein Nachtzug! Es war ungefähr zehn Uhr vormittags, als Rolf etwas verlegen, denn das Paket unter seinem Arm war sehr lotterig, durch die Halle seines Hotels hinausging und natürlich nicht ohne Hemmungen, jedoch entschlossen, sich als Verkäufer zu versuchen, einen Kleiderladen ausfindig zu machen, einen nicht allzu gediegenen, versteht sich. Wieder war es sehr heiß; er schwitzte, bewahrte aber seine Krawatte um des besseren Eindrucks willen. Die halb schnoddrige, halb erbarmungsvolle Art, wie er im ersten Geschäft abgewiesen wurde, ließ es ja wohl ratsam erscheinen, ein noch bescheideneres Quartier aufzusuchen. Es schlug bereits elf Uhr, als er beim vierten Besuch wenigstens nicht einfach vor die Türe gestellt wurde, sondern sein Paket zum erstenmal aufschnüren durfte; er hatte Glück, hier waren keine Kunden in dem Laden. Ein Zipfelchen seines amerikanischen Herrenkleiderstoffes genügte; der Inhaber, ein bleicher Geck mit Schnäuzchen, lachte ihm ins Gesicht. Rolf wollte ja keinerlei Profit, nur einen Teil jener verlorenen Summe, um sein Hotel bezahlen zu können; er war billig, vielleicht zu billig, nach der Behandlung zu schließen, die ihm zuteil wurde. Der Geck mit Schnäuzchen las in seiner Zeitung weiter, als wäre Rolf nicht mehr vorhanden. Hier, zum erstenmal, redete er nicht von einzigartiger Occasion, sondern von seiner tatsächlichen Lage. Ohne das allermindeste Interesse auch nur menschlicher Art, ohne auch nur eine Miene kostenlosen Verständnisses, in seiner raschelnden Zeitung umhergähnend, ließ der Kerl ihn einfach stehen, bis er von selber wieder ging, sein Paket unter dem Arm. Etwas hoffnungslos war ihm zumute, ohne daß er an seine Gattin mit ihrem überlegen-glücklichen Gesicht zu denken brauchte. In der Tat, nach dem Zipfelchen zu schließen, war es ein ziemlich beschissener Stoff, spröde, alles andere als Wolle, keine Rede von fünfzig-zu-fünfzig, dazu ein Muster, wie er selbst (mein Staatsanwalt) es nie und nimmer tragen möchte, so etwas Ordinär-Kleinliches; dazu fleischfarben! Auf den Stufen zu einer alten Kirche, umgurrt von grauen Tauben mit dem blau-grün-violetten Schillern um den Hals, hockte er und hielt Rat, was unter diesen Umständen zu tun wäre, oder versuchte es zumindest. Hinter ihm stand eine Barock-Fassade, aller Verzückung wert; Sibylle verstand davon noch etwas mehr als er. Jetzt hinderte ihn auch nichts mehr, seine Krawatte abzutakeln, seine Manschetten (vermutlich waren sie ohnehin schon schmutzig) unter den Rockärmeln zurückzukrempeln. Daß wenigstens seine Gattin ihn nicht sah, empfand er als ein Glück; der Rest an Menschheit, nun ja, sollte er gaffen! Droben in der Barock-Fassade, die oberen Voluten waren besonnt und ihre pralle Okkerhelle leuchtete von der mittäglichen Meerhimmelbläue, schlug es zwölf Uhr. In zwei Stunden führe sein Zug. Auch seine goldene Armbanduhr, richtig, hatte zu verschwinden, bevor er zu den Trödlern in den Hafengassen ging, dort wo die Ware an den blaterigen Mauern hängt, Hemden, Hosen, Socken, Hüte. Es ging jetzt (so sagt er) schon nicht mehr um die Lire, sondern um sein nacktes Selbstvertrauen, das er als ein immer lotterigeres Paket abermals unter den Arm nahm. Warum war er nicht sogleich zu diesen Trödlern gegangen! Er war zuversichtlicher als je an diesem Vormittag, geradezu erheitert von der Anekdote, die er da zuhanden geselliger Abende erlebte; er pfiff, oder besser gesagt: er hörte sich pfeifen, seinerseits durchaus bewußt, daß es ihm nicht geheuer war. Es war eine Hafengasse, ein Faustrecht-Quartier. Um nicht als Schwindler verhauen zu werden, hier wo es keine Gendarmerie mehr gab, entschnürte er sein Paket in einer Nebengasse, zum erstenmal, um sich doch zu versichern, ob der Stoff wirklich für einen Herrenanzug ausreichte. Er tat es, nein, an der Länge war nichts zu bemängeln. Rolf rollte also den verfluchten Stoff wieder zusammen, was nicht ohne Schwierigkeit war, wenn der Stoff nicht das Pflaster berühren und dann nach Urin stinken sollte; dann näherte er sich dem Trödler mit der einleitenden Frage, wie man hier zum Bahnhof käme, und mit Zigaretten, mit viel leutseliger Laune und Erwähnung eines Kleiderstoffes, gestern gekauft, um ihn von einem italienischen Schneider verarbeiten zu lassen, aber wie es im Leben so gehen kann: heute eine Depesche, plötzlich Abreise, dann Flüche auf den Zoll, der keine Stoffe durchlassen würde, eine lange und dumme Geschichte, die er für schlau hielt, geradezu für orientalisch. Allein sein eigener Anzug mit einem unverkennbaren Rest von Bügelfalten, seine allzu tadellosen Schuhe, ganz zu schweigen von dem goldenen Siegelring, der natürlich genau vermerkt wurde, waren nicht dazu angetan, in dieser Gegend ein kameradschaftliches Vertrauen zu erwekken. Zwar gestattete man ihm das Auspacken des feilen Stoffes unter offenem Himmel. Ein paar Weiber mit Säuglingen am Busen und mit Blicken, die Rolf nicht für gerecht hielt, verfolgten den Handel mit mißtrauischer Neugierde. Der Trödler, ein Alter mit braunen Zähnen und Knoblauch-Atem, betastete den Stoff sehr ausgiebig, was Rolf eine zage Hoffnung gab, so zag, daß er seinerseits keinen Preis zu nennen wagte, sondern fragte, wieviel der Trödler denn dafür gäbe. »Niente.« Mit tausend Lire wäre Rolf zufrieden gewesen, tausend Lire für sein Selbstvertrauen; um wenigstens so viel zu erreichen, nannte er zweitausend als letzten Preis. »No.« Aber tausend! »No.« Also wieviel denn? »Niente.« Die Weiber mit den Säuglingen grinsten im Weggehen. Rolf rollte wieder zusammen. Hingegen für den Siegelring, meinte der Trödler, gäbe er dreißigtausend. Rolf lachte. Für die sehr tadellosen Schuhe bot ihm der Trödler, ohne sie betasten zu müssen, siebentausend Lire, als könnte er (mein Staatsanwalt) barfuß nach Hause gehen. Nichts blieb ihm in diesem Genua erspart! Schließlich gab es nur noch eins: das Paket zu verschenken. So rasch wie möglich! Zum Beispiel an einen jüngeren Mann, der an einer Plakatsäule stand, Mundharmonika spielte, offenbar ein Arbeitsloser mit leerer Mütze auf dem Pflaster. Im letzten Augenblick, als Rolf das schwarze Holzbein gewahrte, vermochte er es doch nicht. Also weiter! Ein junger Lümmel in Fetzen, der um Zigaretten bettelte, und ein alter Großvater mit Enkelkind in einem drahtigen Kinderwagen schienen ihm auch nicht die richtigen zu sein. Einen Stoff zu verschenken, den man selber unter keinen Umständen tragen wollte, war gar nicht so leicht, und Rolf ging kreuz und quer in einem Quartier, dessen Armut alles andere als malerisch war. Wie zerlumpt sie leben, die Mehrzahl aller Leute, es ist doch jedesmal wieder ein Schock. Rolf blieb stehen; er spürte die Spießigkeit seines Bedürfnisses, gerecht sein zu wollen, den Menschen zu finden, der sein Geschenk am meisten verdiente, und nahm sich vor, einfach in die nächste Gasse zu schwenken: Der nächste Mensch, der ihm entgegen kam, hatte den Stoff für einen Herrenanzug, und basta! Der nächste Mensch war eine junge Frau in schlurfenden Pantoffeln. Also weiter! Der nächste war ein Gendarm, der pfiff, und dann war die Gasse zu Ende. Auf einem kleinen Platz mit Baum spielten sie Fußball; Rolf störte nur, verursachte offenbar ein Eigentor, indem er dem Torhüter in der Sicht gestanden hatte, und somit einen erbitterten Krach zwischen den halbwüchsigen Mannschaften. Also weiter! Er war wieder zum Umsinken müde; in vierzig Minuten fuhr sein Zug. Aber wohin mit seinem Geschenk? Aus einer finsteren Pinte voll Lärm wankte ein Besoffener, zu wütend, zu gefährlich, um ihn zu beschenken. Selbstverständlich konnte Rolf auch sein Paket einfach auf die Gasse werfen: Kapitulation. Später umkreiste er noch eine Weile lang einen blinden Bettler mit ausgestreckter Hand. Auch das, schien ihm, ging nicht. Schließlich und endlich konnte man das Hotel auch per Post bezahlen, später einmal; sein Mantel war ja auch noch im Hotel. Und überhaupt, versteht sich, ging es ja gar nicht darum, ob er sein Hotel zahlen konnte oder nicht. Es ging darum, wie er mit diesem verschnürten Paket jemals fertig werden sollte. Warum warf er es nicht wirklich weg? Rolf versuchte es. Nichts leichter, dachte er, als ein Paket zu verlieren; trotzdem klopfte es ihm in den Schläfen, als er endlich, von seiner Vernunft genötigt, an die Vollstreckung ging. In dem Gedränge von einem roten Verkehrslicht also ließ er es fallen, quetschte sich mit dem allgemeinen Gedränge über die Straße und wähnte sich schon gerettet; denn eben pfiff der Gendarm, der Verkehr wechselte, und die Straße hinter ihm war für eine Weile gesperrt. Endlich wieder freie Hände zu haben, es war ein Gefühl der Erleichterung, der neuen Lebensfreude, als wäre auch mit Sibylle nichts geschehen. Rolf steckte sich eine Zigarette an, ohne zurückzublicken, was wohl mit dem Angsttraum-Paket geschehen möchte, und es war auch nicht nötig, denn eine junge, in ärmlicher Kleidung sehr schöne Frau zupfte ihn eben am Ärmel, um das Paket, das sie aufgenommen hatte, dem zerstreuten Herrn zurückzugeben. Rolf wagte nicht zu leugnen, daß es zu ihm gehörte, dieses schofle Paket mit seinem verschmutzten Papier und mit der billigen Schnur, die den fleischfarbenen Stoff bald nicht mehr zusammenzuhalten vermochte. War er denn dazu verdammt, diesen fleischfarbenen Stoff durch sein ganzes Erdenleben zu tragen? Noch zehn Minuten vor Abfahrt seines Zuges stand er ratlos wie selten, das Paket unter dem Arm; noch fünf Minuten vor der Abfahrt seines Zuges. Die Kapitulation (so nennt er es) hatte er bis zur letzten Minute verschoben; die Wagentüren waren schon geschlossen, als Rolf auf das Trittbrett stieg, und der Zug fing gerade zu fahren an. Als wären die leeren Sitzplätze nicht auch für ihn, nicht für Zechpreller und verlassene Ehemänner, stand Rolf im Korridor draußen bis Mailand. Was Sibylle wohl zu ihm sagen würde? Natürlich überschätzte er ihr Bedürfnis, sich mit ihm zu befassen, noch immer über die Maßen. Nach Mailand war er auch im Korridor nicht mehr allein; ein Schweizer redete ihn an, zutraulich wie die meisten Landsleute bei einer Begegnung im Ausland, und zum Glück kam bald die Grenze. Nach Chiasso saß er im Waggon-Restaurant, Blick immerfort zum Fenster hinaus, damit allfällige Bekannte, die durch den Zug gingen, ihn nicht erkennen könnten. Wie auffallend er sein mußte, dieser Mann mit dem steten Blick zum Fenster hinaus, gleichviel ob Tunnel oder nicht, wurde ihm keineswegs bewußt; mit der blühenden Phantasie des Selbstmitleids sah Rolf mehr als je auf einer Reise, Gefilde der Vergangenheit, vor allem Vergangenheit, wobei ihm kein Ereignis ohne Sibylle, kein Glück ohne Sibylle, keine sinnvolle Stunde ohne Sibylle einfiel. Alles andere war ja Spreu, nicht eines Gedankens wert. Etwas plötzlich war Sibylle der einzige Sinn und Inhalt seines Lebens geworden, und dieser Sinn war also nun übergegangen an einen andern Herrn, umgebucht auf einen Maskenball-Pierrot oder einen Genueser mit rabenschwarzem Haar oder einen jungen Architekten oder wer es nun war; einfach umgebucht. Von Göschenen an regnete es schräg über die Fensterscheiben. Am besten, dachte Rolf, würde es sein, sich vor Sibylle überhaupt nichts anmerken zu lassen; seine Haltung sollte sie vernichten. Rolf brauchte sich nur an ihr unverschämtes Gesicht zu erinnern, und die Haltung kam ihm von selbst, nun ja, ihrem Gesicht entsprechend, das nicht bloß glücklich war und fremd vor Glück, nein, es war höhnisch, war frech, war übermütig, war triumphierend über ihn, und es hätte nur noch gefehlt, daß er ihr Vorwürfe gemacht hätte, Rolf mit seinen Theorien; sie hätte hellauf gelacht, und ihr Hohn wäre zum Vorschein gekommen. Haltung schien ihm jetzt das einzige zu sein, Haltung ohne Entrüstung, ohne Anklage und ohne Klage, aber Haltung, bis dieses Erzweib auf die Knie geht. Das war beschlossen und der heimatliche See bereits in Sicht. Rolf hatte sogar, die Zukunft mit seinem Erzweib bedenkend, im Waggon-Restaurant zu pfeifen angefangen, stoppte natürlich, sobald er sich selber hörte, und drängte den Kellner zur Zahlerei, als wäre man dadurch rascher in Zürich. Was aber, wenn es überhaupt nicht mehr zu einer Zukunft kam, wenn Sibylle gar nicht mehr bei Rolf wohnte, sondern bei dem andern? das heißt: Wenn Rolf allein in der Wohnung blieb, allein mit seiner Haltung? So saß er bei Einfahrt des Zuges, die Hand am Glas und immer noch in Angst gewärtig, jemand könnte an seinem Ärmel zupfen und ihm abermals das lotterige Paket mit dem fleischfarbenen Stoff überreichen wollen –

Sibylle (die Frau meines Staatsanwaltes) hat gestern kurz nach Mitternacht ein beinahe siebenpfündiges Mädchen geboren. Er ist nicht zu sprechen vor Glück. Ich habe ihn ersucht, Blumen zu schicken, die ich später einmal bezahlen werde. Wahrscheinlich vergißt er es.

Ich protokolliere dennoch weiter:
Als Rolf damals von Genua kam und im Hauptbahnhof Zürich ausstieg, mantellos, so daß er wohl auffiel, also kaum zu verpassen war, falls Sibylle ihn an der Bahn erwartete, sagte er sich natürlich, daß Sibylle ihn unmöglich an der Bahn erwarten konnte; sie wußte ja nichts von seiner Ankunft, und daß sie aufs Geratewohl alle internationalen Züge abwartete, das bildete Rolf sich nicht ein. Nur vorsichtshalber, weil es einfach zu blöd gewesen wäre, einander zu verpassen, blickte er sich unter den Wartenden um. In Zürich regnete es. Unter einem Vordach mußte er in seinem Portemonnaie nachsehen, ob er es sich noch leisten konnte, wie üblich einem Taxi zu winken. Und dann, als dieses Taxi vor ihrer Wohnung stoppte, war es doch schlimmer als erwartet. Es war unerträglich. Schon die Ungewißheit, wessen Wohnung es nun wäre, seine oder ihre, ließ ihn zögern mit dem Aussteigen. Er blickte, indem er seinen Rockkragen aufstülpte, um dann durch den Regen rennen zu können, hinauf zu ihrer Wohnung, und alle Demütigungen auf seiner Reise waren nichts, verglichen mit diesem Augenblick, da er die Wohnung ohne Licht sah. Es war spät, doch lange noch nicht Mitter-

nacht. Vielleicht schlief sie schon. Jedenfalls stieg Rolf nicht aus; der Taxi-Chauffeur mochte noch so drängen mit seinen Fragen, ob man nicht richtig wäre, ob die Fahrt weiterginge. Rolf fühlte sich auch zu unrasiert, um vor eine Gattin treten zu können, die jetzt einen andern liebt. Hatte er diese Tatsache, daß Sibylle einen andern liebt, denn vergessen? Jetzt, nach einem Wust von Gefühlen aller Art, die ihn bei aller Quälerei doch zerstreut hatten, jetzt hatte es wieder die öde Tatsächlichkeit eines Grabes, und Rolf fühlte sich nicht imstande, von ihrem italienischen Dienstmädchen zu hören, die Signora wäre für einige Tage verreist. Denn möglich war jetzt alles. Vielleicht läge in der Wohnung oben ein kleines Brieflein: Komme voraussichtlich Montag, herzliche Grüße Sibylle, bitte vergiß nicht den Mietzins zu zahlen. Oder vielleicht nur: Bitte vergiß nicht den Mietzins zu zahlen, Grüße Sibylle. Rolf fuhr im selben Taxi wieder in die Stadt zurück, wagte an diesem Abend nicht einmal einen Anruf. In einem Hotel der eigenen Stadt zu schlafen bedeutet stets eine gewisse Sensation, und Rolf genoß sie durch allen Trübsinn hindurch; noch war es Sensation, Ungewißheit, Aufregung – und er träumte wild. Am anderen Morgen, es war Sonntag, regnete es nicht mehr, und Rolf pilgerte zuerst einmal auf die Baustelle, rasiert, aber nach wie vor mantellos. Die Baustelle befand sich auf einer Höhe außerhalb der Stadt, Rolf hatte sie bisher immer nur mit dem Wagen erreicht. Zu Fuß war es eine ziemliche Wanderung. Der Rohbau war damals noch nicht unter Dach; bei Rolfs letztem Besuch hatten sie gerade den oberen Boden betoniert, und seine Gattin war noch kein einziges Mal auf dem Bau gewesen. Jetzt verstand er es, ihr so geringes Interesse für dieses Haus! Nicht gerade wie ein Bauherr, die Hände in den Hosentaschen und verdutzt, wenn Sonntagsbummler durch die Baustelle gingen, stand Rolf in den künftigen Zimmern, die im Rohen schon zu erkennen waren, das Gartenzimmer mit großen Fenstertüren, die fünf Stufen zur Galerie, sein Arbeitszimmer mit Blick auf den See, die Schlafzimmer mit gleichem Niveau, alles wie geplant, und die Terrasse war nun auch schon betoniert, überall lag Material, Rollen von Dachpappe, Kaminsteine, Säcke mit Portland-Zement, ein Tank für die Ölheizung, Backsteine für die kleinen Zwischenwände, Rohrstücke aus Gußeisen, allerlei Zeug, dessen Zweck nicht zu erraten war, und jedenfalls sah man, daß hier gearbeitet wurde; trotzdem fühlte sich Rolf eher wie in einer Ruine. Und peinlicherweise kam dann auch noch der junge Sturzenegger, der Architekt, mit offenem Klappmeter in der Hand. Sturzenegger war von seinem Bau begeistert, so daß er sich keine Sonntagsruhe gönnen konnte, und wie jeder begeisterte Mensch hatte er ein viel schöneres und liebenswerteres Gesicht als je. Rolf musterte ihn von der Seite. In der Tat, dieser junge Sturzenegger war sehr anders als Rolf, unbestritten, dazu jünger. Man stapfte über Bretter, Röhren, duckte sich unter den tropfenden Schalungen der betonierten Terrasse, sprang über braune Tümpel; Rolf mußte verschiedene Sorten von Kalksandstein betasten, um sich zu entscheiden, und der junge Sturzenegger erklärte und erklärte ohne Schonung. Rolf musterte vor allem sein Ohr, sein Haar, seine Nase, seine Lippen (das hielt er nicht aus) und seine Hände. Warum nicht! dachte er und entschied sich trotz allem für den billigeren Kalksandstein. Merkte dieser junge Mensch denn nicht, daß dieses Haus bereits zu verkaufen war? Er merkte es nicht, schwärmte von räumlichen Wirkungen und erwartete auch noch Begeisterung von Rolf, der sich nun plötzlich an jenen letzten Abend mit Sibylle erinnerte; Sibylle hatte ihn am Flughafen abgeholt, diese Heuchlerin, und das einzige, was sie während jenes Abendessens ihrem heimkehrenden Mann zu melden gewußt hatte, war das Glück dieses jungen Sturzenegger gewesen, irgendeine lange Geschichte mit einem großartigen Auftrag irgendwo in Kanada. War das etwa kein Indiz? Rolf sagte natürlich nichts, ließ sich dafür die Rohrschlangen der Deckenheizung erklären und genoß (er hatte jetzt ein ungewöhnliches Bedürfnis nach inneren Genüssen) den Gedanken, Sibylle im unklaren zu lassen, wenn er selbst schon längst im klaren wäre. Noch war er es nicht, aber dieser junge Architekt stand unter Verdacht, auch wenn er mit seinem gelben Klappmeter in der Hand noch so unbefangen tat. Stur-

zenegger ließ es sich nicht nehmen, seinen Bauherrn nach Hause zu fahren. Als er dann selber von seinem tollen Glück plauderte, demnächst eine große Fabrik drüben in Kalifornien bauen zu können, unterbrach Rolf:
»Meine Frau sagte Kanada.«
»Nein«, sagte Sturzenegger, »Kalifornien.«
Etwas stimmte nicht; doch hatte Rolf sich vorgenommen, sein Gesicht zu wahren, und niemand sollte Rolf sehen, wie er sich selbst in Genua gesehen hatte. Sei es aus Scheu, allein vor Sibylle zu treten, oder eben aus dem Bedürfnis, Haltung zu zeigen, er nötigte Sturzenegger zu einem Apéritif an jenem Sonntagmorgen. Sibylle war im Haus, siehe da, und Cinzano war auch im Haus, auch Gin, sogar Salzmandeln. Seine Gattin, dieses Erzweib, die sofort die Komödie familiärer Sonntagmorgenstille spielte, und sein Architekt, dieser junge Kerl mit einem tollen Auftrag in Kanada, wohin Sibylle ihn gerne begleiten wird, schienen Rolf ein durchaus mögliches Paar zu sein, sogar ein überzeugendes Paar, ein flottes Paar. Daß sie beharrlich ›Sie‹ zueinander sagten, störte ihn nicht. Und überhaupt, zum Teufel, ob es nun dieser Sturzenegger war oder ein anderer, der seine Frau umarmte, es ging für Rolf jetzt nur darum, seine Frau mit irgendeinem jungen und flotten und lebensfrohen Mann zu sehen und bei dem Gedanken, daß Sibylle eben diesen Irgendwer umarmt, nicht auf der Stelle verrückt zu werden...

Mein Staatsanwalt erzählt diese Geschichte, wie schon gesagt, sehr viel anschaulicher. Meine Zwischenfrage, was denn damals mit dem fleischfarbenen Kleiderstoff in Genua schließlich geschehen wäre, beantwortete er ungern, kurz und nur andeutungsweise. Wenn ich richtig verstanden habe, hat er das lotterige Paket schließlich in eine öffentliche Bahnhofstoilette geworfen.
»Sie können mir glauben«, lacht mein Staatsanwalt, »es hat mich noch Jahre gekostet, bis ich von diesem Paket nicht mehr geträumt habe!«

(Wieso ist er eigentlich so offen zu mir?)
»Es schickt sich wohl nicht«, sage ich, »daß ich meinen Staatsanwalt verhöre – aber wenn Sie mir trotzdem noch eine Frage gestatten: Ihre Frau Gemahlin hat Ihnen nicht gesagt, wer ihr Freund gewesen ist?«
»Später schon. Sehr viel später.«
»Wann?«
»Als es zu Ende war«, sagt er, »als er verschollen war.«
»Komisch«, finde ich.
»Nun ja«, lächelte er, »in dieser Zeit waren wir beide sehr komisch, meine Frau und ich sowieso.«

Einen zermürbenden Sommer lang wollte Rolf beweisen, daß er Sibylle, getreu seiner Theorie, die vollendete Selbständigkeit zubilligte. Die daraus entstehende Gefahr einer ebenso vollendeten Entfremdung, nun ja, die mußte Sibylle schon auf sich nehmen mit ihrem stolzen Ausspruch: Du hast mir keine Freiheit zu geben, ich nehme mir meine Freiheit schon selber, wenn ich sie brauche. Seine Haltung hatte also die Melodie: Bitte sehr, meine Liebe, wie du willst! Dabei gab es ja wohl reizende Abende im geselligen Kreis gemeinsamer Freunde, die sich nichts anmerken ließen, vielleicht auch nichts merkten, dann wieder Nervositäten in Nebensachen; immerhin besuchte man gemeinsam die Internationalen Musikwochen in Luzern, genau wie bisher, ging Arm in Arm im Foyer, und es war nicht Heuchelei, nicht nach außen und nicht nach innen, plötzlich hatten sie es wieder so nett zusammen. Rolf war der Gatte, und wenn er auch keinen niederträchtigen Gebrauch davon machte, hatte er ja doch gewisse Vorteile, zum Beispiel, daß er jederzeit mit Sibylle sich Arm in Arm zeigen konnte. Sibylle schätzte es sogar sehr, daß Rolf, nunmehr Staatsanwalt, Arm in Arm mit ihr durchs Foyer wandelte. Der Maskenball-Pierrot dagegen hatte das Handicap aller illegalen Tätigkeit, und Rolf erlebte es zum erstenmal, daß dieses bekannte Handicap auf der anderen Seite war. In besonders guter Laune, mag sein, machte er ab und zu eine ironische Anspielung, die gleichsam wie ein fernes Leucht-

feuer aufblinkte und ihnen beiden, falls sie es Arm in Arm vergessen sollten, bedeutete, wo die böse Klippe liegt. Zu Auseinandersetzungen kam es nicht, scheint es. Und doch dürfte es ein Sommer gewesen sein, den beide Partner nicht wiederholen möchten. Sibylle lebte weiterhin in der Wohnung mit Rolf, alles andere hätte die Verwandtschaften aufgescheucht, ein Graus, den sich Sibylle, obschon frei von jedem schlechten Gewissen, nicht ausdenken mochte; das war ja nach seiner Rückkehr aus Genua ihr ausdrücklicher Wunsch gewesen, geradezu eine Forderung: daß vorläufig, wie sie sagte, äußerlich alles beim alten bliebe. Infolgedessen hatten ihre Tagesläufe allerdings nur wenige Stunden, die sich seiner Übersicht entzogen, und allerlei gräßliche Halbheit war nicht zu vermeiden. Daß sie diese Halbheit, diese alles erstickende Halbheit, die mit der Zeit vielleicht unerträglicher war als der wüsteste Krach, niemand anders als Rolf verargte, war ja wohl zu unvernünftig, um in Worten ausgesprochen werden zu können; ihr weibliches Gemüt aber verargte es ihm doch, ja, sie hatte zuweilen (so sagt er) einen Blick, als könnte sie Rolf nicht mehr ausstehen, und ging dann in ihr Zimmer, um zu weinen: hinter verschlossener Türe! worauf Rolf in den Keller ging, um sich ein Bier zu holen. Warum nahm sie sich denn wirklich nicht die Freiheit, wenn sie mehr davon brauchte? Rolf meinte es dann gar nicht höhnisch. Warum reisten die beiden nicht einfach weg, seine arme Gattin und ihr Maskenball-Pierrot; warum wagten sie es nicht? Er begriff es nicht. So weit her, dachte er sich, konnte es mit dieser Leidenschaft nicht sein, und gegen den Herbst hin hatte Rolf tatsächlich das Gefühl, seinerseits diese Sache verwunden zu haben. Im September trat er die Staatsanwaltschaft an.
Im Oktober war das Haus vollendet, der junge Architekt im großen und ganzen sehr befriedigt; dieses und jenes, meinte der junge Architekt, würde er heute nicht mehr so machen, lauter Sachen übrigens, die der Bauherrschaft, sowohl Sibylle als auch Rolf, am besten gefielen, während anderes sie befremdete, doch war es gerade dieses Befremdende, was auf den Fotos, die demnächst in einer Architektur-Zeitschrift erscheinen sollten,

ganz besonders hervorgehoben wurde. Es war, wie Sturzenegger es in jenem ersten Gespräch beim schwarzen Kaffee versprochen hatte, ein Haus von konsequenter Modernität. Nicht, daß es Rolf eigentlich mißfiel, aber man kann auch nicht sagen, daß es ihm gefiel; Rolf war diesem jungen Sturzenegger gegenüber nicht frei, mißgönnte es ihm beinahe, daß sein Haus, Rolfs Haus, so sehr gelobt wurde. Einmal, im Café, kam jemand auf Rolf zu, stellte sich als Redakteur der Architektur-Zeitschrift vor und gratulierte zu dem Mut, den Rolf als Bauherr bewiesen hätte, gratulierte im Namen der modernen Architektur schlechthin, und nicht genug, daß der junge Sturzenegger als Architekt gepriesen wurde, nein, man lobte ihm auch noch die menschlichen Vorzüge dieses jungen Mannes, seinen Charme, seine Kühnheit, sein Draufgängertum, seine Rücksichtslosigkeit, seinen Schwung, seine Vitalität, seine Sensibilität, seine Intensität auch im Körperlich-Sinnlichen und was sonst noch einen Architekten ebenso auszeichnen mag wie einen Liebhaber; in solchen Augenblicken hatte Rolf doch wieder das Gefühl, alle Welt hielte ihn zum Narren, und kam sich wie in einer Molière-Komödie vor. Sibylle hatte in jenem Café dabeigesessen. Vitalität, Sensibilität, Intensität auch im Körperlich-Sinnlichen, sie fand es auch, ja, und fragte, ob Rolf es nicht auch finde, und Rolf, immerhin ein Mann von allerlei persönlicher und beruflicher Erfahrung, wußte nicht, wieviel Tücke er seiner Frau zutrauen sollte. In gewissen Augenblicken traute er ihr alles zu, gerade wenn sie so unschuldig wirkte, so, wie verliebte Frauen sich immer unschuldig finden und eins mit der ewigen Natur, die sie dann auch schlichten Gemüts gerade für den lieben Gott halten ... Ungefähr in diesem Gefühl, der Idiot seiner Stadt zu sein, fuhr Rolf eines herbstlichen Nachmittags hinaus zu der sogenannten Bauabnahme. Mit wenigen Ausnahmen, Bagatellen, die der junge Architekt selber namhaft machte, war alles in Ordnung. Ein Sonnenstore ging nicht hinunter, Fehler in der Montage, nichts weiter; eine große Fensterscheibe war gesprungen; die letzten Arbeiter, Maler, hatten mit Abfällen blödsinnigerweise ein Klosett verstopft; ferner fehlten noch

sämtliche Kellerschlüssel; ein nachweisbar in den Plänen vorgesehener Kraftstecker neben dem Bett des Herrn war vergessen worden; ferner war der Spiegel im Badezimmer unergründlicherweise zehn Zentimeter zu hoch versetzt worden; im Garten draußen waren in letzter Stunde noch ein paar falsche Platten verlegt worden, Granit statt Quarzit, ebenfalls eine Bagatelle, die behoben werden konnte, und natürlich waren die Maler noch nicht ganz fertig. Aber das war eigentlich alles; Rolf sah ebenfalls keine anderen Mängel. Ob die große Katalpa gedeihen oder sterben würde, mußte abgewartet werden. Ein Wort herzlicher Dankbarkeit seitens des Bauherrn wäre nun fällig gewesen. Als es ausblieb und als Rolf, der Bauherr, das verschlossene Haus einfach stehen ließ und sich in der Gegend umsah, als nähme er Abschied oder als stünde er zum erstenmal auf seinem Grundstück, erläuterte der junge Architekt, wohl nur um zu reden, den Begriff der Garantiearbeiten, als hätte Rolf noch nie davon gehört. Dann saßen sie nebeneinander im neuen Wagen des Staatsanwaltes, der, immer noch geistesabwesend, den Schlüssel stöpselte, ohne loszufahren.
»Ich wollte nicht mit Ihnen sprechen«, begann Rolf und zog seine Handschuhe an, »bevor ich ganz ruhig bin. Aber jetzt, sehen Sie, wo ich diese ganze Geschichte einmal überwunden habe –« Sturzenegger begriff vermutlich kein Wort. »Nein«, sagte Rolf, »Sie haben natürlich vollkommen recht, im Grunde ist alles nur Vorurteil. Ich habe viel an Ihre hübsche Geschichte mit dem Eskimo denken müssen, die Sie uns, meiner Frau und mir, gleich bei Ihrem ersten Besuch erzählt haben. Sie erinnern sich? Der Eskimo bietet seine Frau an und macht Geschrei, wenn der Gast sie nicht nimmt, und wir glauben es nicht ertragen zu können, wenn er sie nimmt. Im Grunde ist alles nur Vorurteil...« Rolf hatte seine Theorie schon lange nicht mehr vorgetragen. Unter Männern stieß sie auch weniger auf Widerspruch. Der Architekt, dieser junge Mann mit seiner Vitalität, Sensibilität, Intensität und so weiter, hatte viel Verständnis, wenn auch anderseits keine Ahnung, wieso dieses Gespräch eigentlich von Stapel lief. Mittlerweile waren sie

losgefahren, mußten aber vor einer geschlossenen Barriere wieder stoppen und warten. »Ich verstehe Ihre Verlegenheit durchaus«, sagte Rolf, »an Ihrer Stelle habe ich solche Gespräche auch immer gemieden. Was kommt schon dabei heraus! Nur finde ich, wenn man schon so nebeneinander in einem Wagen sitzt – wissen Sie – ganz einfach: Ich möchte nicht, Herr Sturzenegger, daß Sie mich für den Dummen halten!« Endlich dröhnte der Zug vorbei. »Sie lieben nun einmal meine Frau«, sagte Rolf in einem unerschütterlichen Wahn und dabei in achtenswerter Haltung, »das kann ich verstehen. Und meine Frau liebt sie. Das ist nun einmal so! Und daran wird sich auch nicht viel ändern, nichts Wesentliches, wenn Sie nächste oder übernächste Woche nach Kanada fliegen.« »Nach Kalifornien«, verbesserte Sturzenegger. »Meine Frau sagte Kanada.« – »Es tut mir leid«, lachte Sturzenegger, »ich gehe aber trotzdem nach Kalifornien. Nach Redwood-City. Ich werde Ihnen sofort eine Karte schicken, Herr Doktor, damit Sie es mir endlich glauben!« – »– Das ist nicht nötig!« sagte Rolf. Hinten wurde gehupt. »– Das ist nicht nötig!« sagte Rolf nochmals, »Kanada oder Kalifornien, wissen Sie, das macht für mich keinen Unterschied, wenn es meiner Frau einfällt, Sie dorthin zu begleiten, und das nehme ich an.« Die Barriere war längst in die Höhe gegangen, aber Rolf, taub für die Huperei hinter ihm, fuhr nicht los. Der junge Architekt hatte wohl begriffen, wo der Hund begraben lag, und versuchte etwas zu sagen, beispielsweise: »Ihre Frau Gemahlin und ich –« Rolf unterbrach: »Sagen Sie ruhig: Sibylle!« – »Gewiß«, sagte Sturzenegger, »es war vom ersten Besuch an eine Art von Sympathie, könnte ich mir denken, auch von der Seite Ihrer Frau Gemahlin ...« – »Könnten Sie sich denken!« Es ärgerte Rolf, daß der Geliebte seiner Frau so feige war, es kränkte ihn, anderseits machte es ihn auch hochmütig. »Ich bin ein Mann von fünfundvierzig Jahren«, sagte Rolf und sah das Architektlein an, »Sie haben noch nicht Ihre dreißig!« Darauf sagte Sturzenegger ganz richtig: »Und?« Das Gespräch, in Würde begonnen, schien auszurutschen, Rolf merkte es und sah nun auch, daß die Barriere offen war; die

Wagen, die er hinter sich gestaut hatte, fuhren auf der linken Seite vor, und zwar, da es ein schmales Sträßlein war, halbwegs in der Wiese; natürlich blickten die Fahrer voll Vorwurf und Verachtung auf Rolf, einer bohrte mit dem Zeigefinger an der Schläfe, um Rolf zu zeigen, wofür er ihn hielt ... Es ist anzunehmen, daß der junge Sturzenegger mehrmals beteuert hatte, es müßte sich um einen Irrtum handeln; entweder hatte Rolf es nicht gehört oder nicht geglaubt. Wortlos, wie man einem unwürdigen Tropf gegenüber wortlos ist, fuhr er in die Stadt hinunter, hielt vor der Wohnung des Architekten, dem all dies sehr peinlich war. Seine Mappe, seine Handschuhe, seine kleine Rolle, alles zusammen unter den linken Arm geklemmt, um die rechte Hand zum Abschied frei zu haben, saß Sturzenegger bei offener Wagentür; es fehlte ihm das rechte Wort, der überzeugende Scherz, der auch wieder nicht verletzen würde. »Sagen Sie jetzt nicht«, bat Rolf, »daß es Ihnen leid tut oder so etwas.« – Rolf war nicht zu belehren. »Mißverstehen Sie mich nicht«, sagte er, »ich mache niemandem einen Vorwurf. Ich verstehe es durchaus. Ich kann es sogar billigen. Sibylle weiß ja, wie ich über diese Dinge denke, und sie wird es Ihnen gesagt haben. Ich muß es billigen. Und doch – ganz einfach«, sagte er und warf seine Zigarette zum Fenster hinaus, »– ich ertrage es nicht.« Sturzenegger schien sich zu besinnen. »Haben Sie schon einen Mann gekannt«, fragte er dann im Ton des Jüngeren zum Älteren, »der es wirklich ertragen hat, ich meine, nicht bloß dem Anschein nach –?« Rolf lächelte: »Ich dachte, ich wäre dieser Mann.« Kurz darauf verabschiedeten sie sich. Zwar hatte der Architekt noch den Vorschlag gemacht, zusammen einen Wein zu trinken. Rolf hatte abgelehnt, halb aus Unlust, die Wohnung zu betreten, wo Sibylle möglicherweise ihre seligen Stunden verbrachte, halb aus plötzlicher Gewißheit, daß der junge Sturzenegger doch nicht der Vermeinte wäre. Er ließ den Motor an, dankte für den freundlichen Vorschlag und bat Sturzenegger, die Wagentüre kräftig zuzuschlagen. Sturzenegger entfernte sich rasch wie nach dem versehentlichen Betreten eines fremden Zimmers, das uns nichts angeht, ohne zurückzublicken, als

Rolf nochmals die Wagentüre öffnete und guten Flug nach Kanada wünschte. Dann, nur um nicht stehenzubleiben, fuhr Rolf weiter, ziellos wie damals in Genua – nur nicht nach Hause! Nur jetzt Sibylle nicht sehen! Nichts war überwunden, überhaupt nichts!

Das war im Oktober gewesen.

Wie alle Männer der Tat, wenn sie einen heiklen Teil ihres Innenlebens nicht erledigen können, stürzte Rolf sich nicht in Grübelei über sich selbst, sondern in Arbeit, in nützliche und sachliche Arbeit, woran es in seiner eben angetretenen Staatsanwaltschaft freilich nicht fehlte, und er erledigte, was innerhalb seiner Kompetenz überhaupt erledigt werden durfte, er erledigte von Morgen bis in die späten Abende hinein, bis seine letzte Sekretärin erledigt war, und dann eben allein; er erledigte im Stil eines rasenden Roland. Die Kollegen hielten ihn damals wohl für einen wilden Streber. Die Kollegen hatten ja keine Ahnung, was diesen immer sehr beherrschten, immer sehr überlegenen und anerkanntermaßen kühlen Kopf auf solche Touren brachte. Rolf hatte den lebenslänglichen Ruf, ein sehr geregeltes und also glückliches Dasein zu führen, einen Ruf übrigens, den er seinerseits in keiner Weise pflegte und hegte, durchaus nicht, Rolf konnte sich ohne weiteres vor dem Dogenpalast sehen lassen mit einer anderen Dame, Tauben füttern, ohne daß in seinem Städtchen nachher ein Gerede entstand; es gibt solche Männer, Phänomene des guten Rufs, man kann ihrem Ruf nichts anhaben, so wenig wie man das Gefieder einer Möwe naßmachen kann, und dann hat auch niemand, selbst in einem Städtchen wie Zürich, das Verlangen nach Klatsch, denn es ist zu langweilig, Möwen naßmachen zu wollen. Und dieses Phänomen, so scheint es, übertrug sich auch auf seine Gattin; man kam bei ihr einfach nicht drauf. Wer also sollte den Arbeitseifer des neuen Staatsanwalts richtig begreifen können! In den verschiedenartigsten Fällen, deren Rolf sich anzunehmen hatte, bemühte er sich übrigens aufs äußerste, nicht alle Frauen in den gleichen Topf zu werfen; er bewahrte sich zumindest in fremden Fällen durchaus das Unterscheidungsvermögen; er sah auch Fälle, wo es am Mann lag. Er galt als sehr verständnisvoll, den Menschen vor der Schranke suchte er nach Möglichkeit jede Demütigung zu ersparen, und wie die Pflaumen am Pflaumenbaum wuchsen ihm wieder die Erfolge, die seiner Sibylle nicht den mindesten Eindruck machten, schlimmer noch: sie freute sich nur über Rolfs berufliche Erfolge wie etwa über ein gelungenes Wasserrädchen, womit sie Klein Hannes für die nächsten paar Tage beschäftigt und befriedigt wußte... Wieder träumte Rolf von einem lotterigen Paket mit dem fleischfarbenen Kleiderstoff!... Und dann, ja, dann kam der Umzug ins neue Haus, und Sibylle hatte die Stirne, in jener Woche zu einer Freundin nach Sankt Gallen auf Besuch zu gehen. Rolf erinnerte an den bevorstehenden Umzug; aber die Freundin in Sankt Gallen war unaufschiebbar. Rolf glaubte wohl keinen Augenblick an diese Freundin in Sankt Gallen, sagte aber bloß: Wie du willst, bitte sehr! Und Sibylle ging tatsächlich. Eine Wut mit präzisem Grund zu haben, so eine Wut, die man nicht zu sublimieren brauchte, so eine richtige und sogenannte Stinkwut, wie Rolf sie in jener Woche hatte, war ein wahres Labsal; es entband ihn für einmal von seiner achtenswerten Haltung, und er fluchte in dem neuen Haus umher, daß die Männer mit Gurten, die unter ihren Lasten wissen wollten, wohin mit dem Toggenburger Bauernschrank und wohin mit der Nähmaschine und wohin mit den Geschirrkisten und wohin mit Boudoir-Tischlein, sich über die Ausdrucksweise eines Gebildeten nur wundern konnten. »Zur Dame!« sagte Rolf, »zur Dame mit diesem ganzen Plunder oder zum Fenster hinaus!«, und im Weggehen: »Daß dieses Weib nicht da ist, einfach eine Sauerei, eine verdammte Sauerei ist das, einfach eine Sauerei!« Und die braven Männer wagten schon nicht mehr zu fragen, damit der nervöse Herr sich vor ihnen nicht weiter blamierte; sie besichtigten das Zeug aus dem Möbelwagen, gaben einander einen Blick, und alles, was nicht offenkundig in den Garten oder in den Keller gehörte oder als Schreibtisch eines gebildeten Herrn zu erkennen war, stapelten sie stillschweigend ›zur Dame‹. Zum Schluß, als das Durcheinander vollendet war, bekamen die braven Männer ein Trinkgeld, daß sie sich genierten; es grenzte schon an Schweigegeld. Und Rolf blieb allein in seinem gelobten Haus, allein mit dem kleinen Hannes und einem italienischen Dienstmädchen, das nicht wußte, wo nun die Bettwäsche zu suchen wäre; die Dame fehlte außerordentlich. Nur der kleine Hannes war nicht ratlos, war selig in diesem Durcheinander, wo alles Gewohnte jählings zur Sensation wurde, und stellte tausend Fragen. Vorsicht! stand auf den Kisten: Nicht stürzen! und überhaupt sah es gar nicht nach einem Heim aus. Rolf wußte nicht, wie er hier wohnen sollte, fand es unsinnig, daß das Dienstmädchen anfing, Kisten aufzumachen, oder mindestens verfrüht; weniger denn je konnte man wissen, ob die Ehe, die das Öffnen der Kisten und das Ausrollen der Teppiche lohnte, überhaupt stattfinden würde. In der gleichen Minute hoffte er es und hoffte es nicht mehr. Was heißt Unabhängigkeit der Partner, Selbständigkeit, Freiheit in der Ehe; ganz praktisch, was heißt das? Eine Gütergemeinschaft mit allerlei Gerät und mit Dienstmädchen, um das Gerät sauberzuhalten, das war der Rest. Und Hannes? So ging es nicht. Sollte Rolf einfach von seiner Frau verlangen, daß sie verzichtete, und es mit Drohung verlangen, mit Entweder-Oder, mit Bedenkzeit bis Weihnachten? Es war eine Möglichkeit, um diesen unmöglichen Zustand abzuschließen, aber keine Möglichkeit, um ihre Liebe zu erhalten oder zu gewinnen. Sollte er einfach warten? So ein provisorisches Leben aufs Geratewohl, vielleicht kommt's, vielleicht auch nicht, vielleicht gewöhnt man sich daran, vielleicht verliebt er sich auch, und da alles vorübergeht, wer weiß, vielleicht wäre die Scheidung verfrüht; so ein Leben in blinder Geduld, war das die Lösung? Er stolperte von Entschluß zu Entschluß, bald so, bald anders. Wie vielen Menschen hatte Rolf schon geraten, und in fremden Fällen war es stets, bei aller gebührender Vorsicht, sehr viel klarer, wohin die Anstrengung zu richten wäre. Kurz, Rolf sah sich auf jenem toten Punkt, wo man mit der größten Anstrengung nur sich zerreißen, aber das Rad weder vorwärts noch rückwärts drehen kann, wo es sich anderseits um eine Winzigkeit handeln wird, ob es vorwärts oder rückwärts geht, vielleicht sogar nur um einen Zufall, und das war ihm das Bitterste, der Gedanke, daß sich jetzt vielleicht alles durch ein einziges Wort, ein gutes oder ein dummes, wie von selbst entscheiden könnte.... In jener Woche kam nicht bloß die versprochene Karte von Sturzenegger aus Redwood-City, Kalifornia, sondern auch ein sehr absonderlicher Anruf aus Paris; ein offenbar erregter Herr, der sich als Stiller vorstellte, redete verworrenes Zeug und tat, als müßte Rolf wissen, wo seine Gattin sich befände, jemand, der keineswegs glauben wollte, daß Rolf nicht seinen Namen sehr wohl kennen würde. Zweifellos war das nervöse Wesen, was da aus dem Telefon tönte, niemand anders als der Maskenball-Pierrot. (Es stimmt also nicht ganz, was mein Staatsanwalt zuvor behauptet hat; er wußte, wenn auch nicht durch Sibylle, den Namen ihres Freundes, bevor Stiller verschollen war. Ich erwähne das nur als Beispiel, daß selbst ein Staatsanwalt in seinen durchaus freiwilligen Berichten nicht ganz so widerspruchslos redet, wie sie es von unsereinem in den Verhören erwarten!) Ein sehr absonderlicher Anruf, in der Tat; denn Rolf hatte ja angenommen, Sibylle wäre mit ihrem Maskenball-Pierrot verreist. Hatten sich die beiden in Paris verfehlt? Er verwarf den Gedanken, daß man ihn mit diesem Anruf auf die listigste Weise irreführen wollte; aber der Gedanke, einmal in seinem Hirn, ließ ihn nicht los. Er konnte es Sibylle nicht zutrauen. Nein! sagte er laut vor sich hin: Nein! und ganz hinten aus seinem Hirn kam es wie ein verschlagenes Echo: Warum nicht? Er wehrte sich gegen diesen Verdacht, schämte sich, und im selben Atemzug, wie er sich seines gemeinen Verdachtes schämte, kam er sich um dieser Scham willen lächerlich vor, ein Narr. War jetzt nicht einfach alles möglich? Seine Vernunft wehrte sich dagegen. War es möglich, daß er Sibylle, die Mutter seines Sohnes und darüber hinaus der nächste Mensch, den Rolf sich nur denken konnte, eines Tages haßte? Er hatte Angst, sie wiederzusehen.

Und jenes Wiedersehen war denn auch sehr unglücklich, scheint es. Eines Morgens im Büro, es war November, meldete man ihm, seine Gattin möchte ihn sprechen, nein, nicht am Telefon; sie säße im Vorzimmer. Nun hatte er tatsächlich eine Sitzung, mußte sie fast eine Stunde lang warten lassen. Es war elf Uhr; hätte man sich nicht einfach zum Mittagessen sehen können? Rolf ließ bitten, ging ihr zur Tür entgegen mit der stummen Frage: Was ist los? Sibylle war etwas blaß aber munter. »Ach«, sagte sie, »das ist also dein Büro?« und ging sogleich ans Fenster, um die bescheidene Aussicht kennenzulernen. Rolf fragte nicht: Wie war es in Sankt Gallen?, auch nicht: Wie war es in Paris? Es war an Sibylle, fand er, zu reden, nicht an ihm. Sie tat, als wäre nichts gewesen, und war befangen wie noch nie, plauderte als hätte sie nur einmal seine neue Arbeitsstätte sehen wollen, und rauchte hastig. Rolf hätte ja einmal nach Sankt Gallen anrufen können; wohlweislich hatte er es unterlassen. War es dies, was sie herausfinden wollte? Sibylle dankte ihm für die Überraschung des Umzugs. Was weiter? Sie hatte ein Geheimnis in den Augen, Angst auch, ohne davon zu reden oder auch nur reden zu wollen, so daß Rolf es als Farce empfand, unerträglich, Rolf hinter seinem breiten Schreibtisch, Sibylle gegenüber in dem Fauteuil wie eine Klientin. Wollte sie die Scheidung? Plötzlich sagte er gegen seinen Willen: »Ein Herr Stiller hat angerufen, offenbar dein Liebhaber.« Bei diesem Wort zuckte sie zusammen. Es tat ihm leid, dieses Wort, und zugleich empörte es ihn, daß er nun auch noch um Entschuldigung bitten sollte, und statt dessen fügte er mit einer Fairneß, deren Herablassung ihm sehr bewußt war, hinzu: »Ich nehme an, ihr habt euch in Paris dann doch getroffen, der Anruf kam am Mittwoch.« Darauf erhob sich Sibylle wie nach einer ergebnislosen Unterredung, die aber gar nicht stattgefunden hatte, langsam und wortlos, ging zum Fenster; Rolf sah an ihren Schultern, daß sie weinte, schluchzte. Sie duldete nicht seine Hand auf ihrer Schulter, nicht einmal seinen Blick. »Ich gehe schon!« sagte sie. »Wohin?« fragte er. Sie quetschte ihre halbe Zigarette in seinen Aschenbecher, nahm ihre Handtasche, ein Tüchlein und Puder, um ihr Gesicht in Ordnung zu bringen, und sagte mit der umverschämtesten Leichtigkeit: »Nach Pontresina.« Und nach einem tiefen Atemholen, während Sibylle nun ihre Lippen malte, sagte Rolf abermals: »Wie du willst.« Dann ihre alberne Frage: »Hast du etwas dagegen?« Dann seine ebenso alberne Antwort: »Tue, was du für richtig hältst!« Und so ließ er sie gehen ...

Und sie ging tatsächlich nach Pontresina.

Anfang Dezember, als sie sonnengebräunt zurückkehrte, schlug er die Scheidung vor. Sie überließ es ihm, die nötigen Schritte zu unternehmen. Rolf wurde nun überhaupt nicht mehr klug, als sie ihm meldete, der junge Sturzenegger hätte ihr geschrieben, daß er dringend eine Sekretärin brauchte, und sie hätte sich entschlossen, mit Hannes nach diesem Redwood-City zu fahren, Kalifornien. Noch einmal sagte Rolf: »Wie du willst!« Er glaubte es nicht. Das alles war doch eine kindische Farce! Und auch wenn sie auf das amerikanische Konsulat ging, um ihre Fingerabdrücke zu geben, er glaubte es nicht. War es denn an ihm, die erste Geste der Versöhnung zu machen? Er hatte sie nicht zur Verfügung, nicht als erster, er, der keine Ahnung hatte, was eigentlich vorgefallen war. Auf blinder Versöhnung war keine Ehe zu bauen, schien ihm. Wartete sie auf ein Wort, daß sie bleiben sollte? Auch der Platz auf der »Ile de France« war bestellt, Rolf wußte es. Vielleicht hatte Sibylle ihn in dem vergangenen Sommer vollkommen verlassen, aber darum ging es nicht einmal; ohne ihr erstes Wort, daß sie ihrerseits bleiben möchte, war es für ihn einfach nicht möglich, Sibylle darum zu bitten, ohne in seiner Ahnungslosigkeit lächerlich zu werden und eben dadurch die Ehe, die zwischen ihnen vielleicht noch möglich war, der Lächerlichkeit preiszugeben. Es war in Wahrheit nicht möglich, so jedenfalls nicht. Er durfte ihrer Drohung nicht nachgeben, dünkte ihn. Wenige Tage vor Weihnachten fuhr Sibylle mit Hannes, der damals noch nicht zur Schule ging, tatsächlich nach Le Havre, um sich für Amerika einzuschiffen.

Die heutige Veranstaltung ist für meinen Verteidiger, diesen emsigen Mann, der nach wie vor den verschollenen Stiller verteidigt, gänzlich mißglückt: Apéritif-Konfrontation mit den führenden Kritikern des Städtchens! Und sieh da, es war einfach nett. Die Bitte eines jungen Herrn, daß ich gewisse Pointen, geschrieben vor sieben Jahren, keinesfalls persönlich nehmen dürfte, war rührend in ihrer Überflüssigkeit. Auch eine Dame war dabei, eine reife Persönlichkeit, jemand wie eine Tempelhüterin, dabei von einer menschlichen Bescheidenheit, die man auf den ersten Blick sehen kann. Meine Versicherung, daß ich gar nicht der vermeintliche Stiller bin, erleichterte die kleine Versammlung der Kritiker sichtlich, und dann kam auch der Whisky. Ich erkundigte mich bei der Dame, warum sie mir vorher die Hand verweigert hätte. Da wurde es wieder etwas peinlich, doch nur für Augenblicke. Hätte sie gewußt, daß es sich um Stiller handelte, wäre die Dame überhaupt nicht an diesen Kaffeehaustisch gekommen. Stiller muß sich dieser Dame gegenüber ganz unflätig benommen haben. Mein Verteidiger blickte mich an, und auch ich wurde neugierig; die Art und Weise, wie die Dame sich verschwieg, ließ allerhand vermuten. Stiller hatte dieser Dame einmal einen Brief geschrieben, höre ich, und sie als ›Lehrerin‹ angerempelt, bloß weil sie ihm eine wahre Künstlerschaft abzusprechen einfach durch Geist, durch Liebe zum Geist, durch innerste Verpflichtung gegenüber der Kunst aller Zeiten gezwungen war und immer gezwungen sein wird. Ich griff die Hand dieser grazil-temperamentvollen Dame, was wohl zu weit ging, und sagte: Frau Doktor, Sie reden mir aus dem Herzen! Es handelt sich um die Skulptur, die ich neulich in einer öffentlichen Anlage selbst gesehen habe. Zwar meinte die Dame es immerzu etwas anders als ich, differenzierter, aber wir unterhielten uns mit strengen Maßstäben, und infolgedessen ging es auch bald nicht mehr um den verschollenen

Stiller, der solchen Maßstäben nicht standhält, sondern um die Dame selbst, um die Kritik als solche, wovon sie sehr viel versteht. Ich begreife ihren Entschluß, nie wieder über Stiller zu schreiben, Stiller einfach der Vergessenheit zu überlassen; was könnte ich in meiner Lage, wo dieser Verschollene mir überall im Wege steht, Besseres wünschen! Und auch die Herren, wie gesagt, waren einfach nett; man muß einem Kritiker nur in aller Offenheit versichern, daß man kein Künstler ist, und schon führen sie ein Gespräch mit uns, als verstünde man von Kunst soviel wie sie.

Julika verreist. Leider war sie vor ihrer Abreise gerade hier, als der Psychiater mich verhörte, der aus Angst, meine Seele könnte ihm entkommen, nicht einmal ein rasches Öffnen der Tür gestattete! Ihr kleiner Zigarren-Gruß rührte mich gerade dadurch, daß es wieder eine falsche Marke ist; Zigarren sind für sie einfach Zigarren, und da es sehr teure sind, denkt sie, werden sie mich schon freuen. Sie freuen mich auch: weil sie von Julika kommen.

Besuch von einem alten Ehepaar, Professor Haefeli und Frau, die, von meinem amtlichen Verteidiger dahin unterrichtet, daß ich Anatol Ludwig Stiller sei, das Gesuch um eine persönliche Besprechung eingereicht haben und mir auf eine durchaus persönliche Art ihre Hand geben, sich nach einigem verlegenen Schweigen auf meine Pritsche setzen, um endlich in einem vertrauensvollen, wenn auch scheuen und im Anfang geradezu bangen Ton ein offensichtlich sehr wichtiges, für sie wichtiges, lange gesuchtes Gespräch einzuleiten.
»Wir kommen«, sagt der alte Professor, »in einer ganz persönlichen Sache, die mit Ihrer derzeitigen Angelegenheit nichts zu tun hat. Sie haben unseren Sohn gekannt –«
»Alex hat viel von Ihnen gesprochen –«
»Wir haben es bedauert«, sagt der alte Professor mit einem be-

dächtigen Ernst, mit einer spürbaren Bemühung, sachlich zu bleiben und die Mutter, eine weißhaarige Dame, vor überbordender Erregung zu bewahren, »wir haben es sehr bedauert, daß Alex seine Freunde nie nach Hause gebracht hat. Jedenfalls sprach er von Ihnen in diesem Sinn. Ich erinnere mich an ein Gespräch, das Sie nicht überraschen wird, kurz vor seinem Tod; unser Sohn bezeichnete Sie als den nächsten Menschen, den er auf Erden habe. Dabei hörte ich, offen gestanden, Ihren Namen zum erstenmal –«

Ein Foto, von der anfänglich eher stummen Mutter, die hinter ihrer schönen Gediegenheit etwas Verstörtes zu haben scheint, mit banger Zudringlichkeit überreicht, damit ich mich erinnere, zeigt Alex, einen vielleicht Fünfundzwanzigjährigen, im schwarzen Frack, die Hornbrille in der rechten Hand, während seine linke Hand, bemerkenswert grazil, auf einem schwarzen Konzert-Flügel liegt; er macht eine knappe, etwas verhemmte Verbeugung. Es ist ein rührendes Bild, schon weil man diese verschämte Verbeugung sieht, ohne Applaus zu hören, dadurch hat sie etwas Eingefrorenes, etwas Ausgestopftes, etwas Totes im jämmerlichen Sinn. Sein Gesicht, obschon vom Blitzlicht ziemlich verflacht, ist ungewöhnlich, ebenfalls grazil, der Mutter sehr ähnlich und etwas weiblich, ohne weich zu sein; man vermutet einen Homosexuellen. Sein Gesicht hat eine seltsame Freudigkeit, die nicht aus ihm selbst zu kommen scheint, sondern von außen, von irgendwoher wie das Blitzlicht, das ihn überrascht hat, von einem nicht sichtbaren Ereignis, das ihn zur eigenen Verblüffung davon überzeugt, Grund zur Freude zu haben. Vermutlich ist es ein erster Erfolg im Konzertsaal. Man meint, das Verstörte zu sehen, das auch seine Mutter hat und das es schwierig macht, dieser im übrigen angenehmen, zweifellos sehr gebildeten Dame in die Augen zu blicken. Sie duldet nicht, daß man mit eigenen Augen auf ihren Sohn sieht. Sie will immer etwas. Sie lechzt nach Einverständnis um jeden Preis.

»Alex«, sagt sie, »hat Sie sehr geschätzt –«

Ich weiß lange nicht, was sie eigentlich will, was der Zweck dieses Besuches ist, der den beiden unglücklichen Eltern ja nicht

leicht fällt, und welcher Art ihre Hoffnung, die ich erfüllen soll.
»Sein Tod«, sagt der alte Professor, »ist ein bitteres Rätsel für uns, wie Sie sich wohl denken können. Jetzt sind es sechs Jahre her –«
»Und Alex war so hochbegabt!«
»Jaja«, sagt der alte Professor mit einer Tendenz, die Mutter durch rasches Einverständnis nicht zu Wort kommen zu lassen, »das war er gewiß, jaja –«
»Fanden Sie das nicht?« fragt die Mutter.
»Was seinen Tod betrifft –«, sagt der Vater.
»Das fand auch die Julika Tschudy!« betont die Mutter, »es gibt sogar einen Brief von Ihrer lieben Frau, die unser Alex, wie Sie wissen, als Künstlerin sehr verehrt hat, und ich werde es Ihrer verehrten Frau nie vergessen, gerade Ihre Frau hat Alex oft ermuntert, wenn er nicht mehr an sich glaubte und wenn es mit seiner Arbeit nicht ging, das weiß ich, unser Sohn hat sich vor niemand so geschämt wie vor Frau Julika. Ohne ihre liebevolle Ermunterung –«
Der alte Professor, von der Gattin unterbrochen und in Höflichkeit verstummt, zündet sich unterdessen eine Zigarette an, die er später gar nicht raucht, und eine Zeitlang, während die weißhaarige Dame allein spricht, ist es, als ginge es wirklich darum, die hoffnungsvolle und vielversprechende Hochbegabtheit eines jungen Toten zu bezeugen, ja, als brauchte sie eine Empfehlung zuhanden des lieben Gottes für ihren toten Sohn als Pianist. Ich verstehe den alten Professor, der in dieser Richtung einfach zustimmt, seinerseits von anderen Fragen bedrängt. Sooft er glaubt, ich merke es nicht, sieht er mich übrigens in einer Weise an, als wäre der verschollene Stiller daran schuld, daß Alex sich eines Vormittags, nach einer Ballett-Probe im Stadttheater, vor den Gasherd gesetzt hat. Zuweilen sprechen auch beide Eltern zusammen, begreiflicherweise erregt, da alles wieder vor ihren Augen erscheint, als wäre es gestern geschehen. Als Fremder hat man das verwirrende Gefühl, daß eigentlich zwei Söhne sich das Leben genommen haben, zwei ganz verschiedene Söhne, zu vereinigen nur dadurch, daß

sich ein einziger Grund für ihren Selbstmord erfinden ließe. Darum geht es. Ich soll wissen, wer Alex, ihr einziges Kind, gewesen ist. Er hat sich vor einen Gasherd gesetzt, wie man's aus Zeitungsberichten und Romanen kennt, er hat sämtliche Hahnen aufgedreht, einen Regenmantel über den Gasherd und seinen Kopf gehängt, in der Hoffnung geatmet, daß der Tod einfach das Ende sei, eine bläuliche Betäubung geatmet, vielleicht geschrien, aber schon ohne Stimme geschrien. Er sei vom Sessel gefallen, heißt es, er konnte seinen Irrtum nicht mehr verlassen; er hatte plötzlich keine Zeit mehr. Jetzt ist es zu spät. Seit sechs Jahren schon ist er ohne Zeit. Er kann sich nicht mehr selbst erkennen, jetzt nicht mehr. Er bittet um Erlösung. Er bittet um den wirklichen Tod ... Nach einer Weile gebe ich das Foto zurück, wortlos.

»Was haben Sie mit Alex gesprochen?« schluchzt die Mutter, »was haben Sie –«

»Beruhige dich«, sagt der Vater.

»Schweigen Sie nicht!« fleht die Mutter, »sagen Sie es, um Gottes willen, schweigen Sie nicht!«

Ihr Schluchzen macht sie wortlos. Als der Wärter kommt, um sich zu erkundigen, wie es seine Pflicht ist, geben wir ihm einen stummen Wink, damit er wieder geht; er wird es Dr. Bohnenblust melden, weiß ich. In Gegenwart meines Verteidigers werde ich überhaupt nicht sprechen, das ist gewiß, so leid mir diese Eltern tun, der alte Professor vor allem, der umständlich genug, da er etwas beleibt ist, ein sauberes Taschentuch in seinen Hosen sucht, schließlich auch findet und der weißhaarigen Mutter, die beide Hände vor ihrem Gesicht hat, lange erfolglos anbietet.

»Das wissen Sie wohl nicht«, sagt die Mutter später mit einer gefaßten oder auch nur erschöpften Stimme, nachdem sie das Taschentuch benutzt hat und es jetzt mit ihren feinen Händen immerzu büschelt, »in seinem kleinen Abschiedsbrief – das können Sie ja nicht wissen – Alex schreibt, er habe lange mit Ihnen gesprochen, Sie haben ihm recht gegeben! – schreibt er.«

Der Vater zeigt den oft beweinten Brief.
»Worin«, schluchzt die Mutter aufs neue, »worin haben Sie ihm recht gegeben? Seit sechs Jahren –«
Es ist ein sehr kurzer Brief, eigentlich ein zärtlicher Brief. Die Anrede: Geliebte Eltern! Ein ›Grund‹ für den bevorstehenden Selbstmord wird nicht angegeben. Er bittet eigentlich nur die geliebten Eltern, ihm zu verzeihen. In bezug auf Stiller heißt es: ›Dann habe ich auch nochmals mit Stiller gesprochen, alles was er sagt, gibt mir recht, es hat keinen Sinn. Stiller redet eigentlich bloß von sich selbst, aber alles was er dabei sagt, gilt auch für mich.‹ Es folgen einige Anordnungen betreffend das Begräbnis, insbesondere der Wunsch, daß kein Pfarrer zugegen ist, es soll auch nicht Musik gemacht werden ... Als ich den Brief wortlos zurückgebe, fragt auch der Vater:
»Können Sie sich erinnern, was Sie an jenem Tag mit unserem Alex gesprochen haben?«
Meine Erklärungen, ich höre es selbst, klingen wie Ausflüchte. Aber auch so, sehe ich, beruhigen sie mehr als mein Schweigen.
»Hoffentlich haben Sie meine Frau nicht mißverstanden«, sagt der alte Professor nach meinem Verstummen, »wir können ja nicht behaupten, daß Sie es damals gewesen sind, und überhaupt – ob Sie nun Herr Stiller sind oder nicht! – wir haben niemand Vorwürfe zu machen, daß er unseren armen Alex nicht hat bewahren können. Um Gottes willen! Auch ich, sein Vater, habe ihn nicht bewahren können ...«
»Und dabei«, sagt die Mutter mit stillen Tränen, »dabei war Alex so ein wertvoller Mensch –«
»Er war hochmütig«, sagt der Vater.
»Wie kannst du –«
»Er war hochmütig«, sagt der Vater.
»Alex?«
»Wie du und ich, wie alle um ihn herum«, sagt der alte Professor und wendet sich wieder an mich, »Alex war homosexuell, das wissen Sie, es war nicht leicht für ihn, sich selbst anzunehmen. Aber leicht ist es für uns alle nicht, das ist wahr. Hätte er damals einen Menschen getroffen, der ihn nicht bloß ermunterte mit

Worten und Erwartungen, sondern einen Menschen, der zeigte, wie man mit seiner Schwäche lebt –«

Die Mutter schüttelt den Kopf.

»Das ist richtig«, sagt der alte Professor, ohne auf den stummen Widerspruch der weißhaarigen Dame einzugehen, sozusagen unter Männern, »ich glaube auch, daß bei Leuten, die Erfolg brauchen wie Sauerstoff, um leben zu können, allerhand nicht in Ordnung ist. Aber was habe ich dagegen getan? Ich habe ihm den Erfolg nur verächtlich gemacht, nichts weiter. Das Ergebnis: Der Bub schämte sich auch noch, ehrgeizig zu sein! Statt sich endlich einmal zu dulden, so wie er ist, sich selbst einmal zu lieben, Sie verstehen, wie ich's meine. Es hätte ihn jemand wirklich lieben müssen! Was ich ihm gewesen bin: ein guter Mittelschullehrer, mag sein, ich förderte seine Begabungen, wo ich nur konnte, und mit seiner Schwäche blieb er einfach allein. Meine ganze Erziehung bestand darin, ihn von seiner Schwäche zu trennen. Bis er sich selbst von seiner Schwäche hat trennen wollen, der dumme Bub –«

Abermals weint die Mutter.

»Unser Sohn ist zu Ihnen gekommen«, klagt sie, »warum haben Sie ihm denn all das nicht gesagt? Sie haben gesprochen mit ihm – damals!«

Schweigen.

»Es ist furchtbar«, sagt der alte Professor, während er sich den Zwicker putzt und ganz kleine, blinzelnde Augen hat, »es ist furchtbar, wenn man sieht, daß man einen Menschen, der uns liebte, nicht hat retten können ... Nach jenem Gespräch habe ich gedacht, daß dieser Stiller – Alex redete so herzlich von ihm, nicht wahr, Berta, und wie von einem wirklich lebendigen Menschen –«

Kurz darauf kommt mein Verteidiger.

Julika schreibt aus Paris. Adresse: Herrn A. Stiller, z. Z. Untersuchungshaft Zürich. Und es ist angekommen; leider. Anrede: Mein lieber Anatol! Sie ist gut gereist, und in Paris scheint die

Sonne. Unterschrift: Deine Julika. Ich habe das Brieflein langsam in hundert Fetzen zerrissen; aber was ändert es –!

Heute wieder sehr klar: das Versagen in unserem Leben läßt sich nicht begraben, und solange ich's versuche, komme ich aus dem Versagen nicht heraus, es gibt keine Flucht. Aber das Verwirrende: die andern halten es für selbstverständlich, daß ich ein anderes Leben nicht vorzuweisen habe, und also halten sie, was ich auf mich nehme, für mein Leben. Es ist aber nie mein Leben gewesen! Nur insofern ich weiß, daß es nie mein Leben gewesen ist, kann ich es annehmen: als mein Versagen. Das heißt, man müßte imstande sein, ohne Trotz durch ihre Verwechslung hindurchzugehen, eine Rolle spielend, ohne daß ich mich selber je damit verwechsle, dazu aber müßte ich einen festen Punkt haben –

Mein Staatsanwalt gesteht, daß er die Blumen für seine Gattin vergessen hat; dafür macht er den Vorschlag, ich sollte doch seine Gattin einmal in der Klinik besuchen und meine Blumen (aus seinem Geld) persönlich bringen. Es würde seine Gattin, meinte er, ungemein freuen.

Herr Sturzenegger war hier. Ich hatte geschlafen, und als ich einigermaßen erwachte, saß er bereits auf meiner Pritsche; er hatte auch schon mit beiden Händen – und daran war ich wohl erwacht – meine rechte Hand ergriffen.
»Mein Lieber«, fragt er, »wie geht's dir?«
Langsam richte ich mich auf.
»Danke«, sage ich, »wer sind Sie?«
Er lacht. »Du kennst mich nicht mehr?«
Ich reibe mir die Augen.
»Willi!« nennt er sich und wartet auf den Ausbruch meiner Herzlichkeit; ich kann es ihm indessen nicht ersparen, sich ordentlich vorzustellen; mit einem Unterton von Mißmut fügt er hinzu: »– Willi Sturzenegger –«

»Ah«, sage ich, »erinnere mich.«
»Endlich!«
»Mein Staatsanwalt hat von Ihnen erzählt.«
Das also ist Sturzenegger, Freund von Stiller, ehedem junger Architekt, der von konsequenter Modernität schwärmte, heute ein Mann von Karriere, ein Mann der fidelen Resignation, ein Mann, der mit beiden Beinen auf der Erde steht, und als Arrivierter natürlich von betonter Kameradschaftlichkeit.
»Und du?« fragt er sofort, ohne seine Erfolge gemeldet zu haben, mit der Hand auf meiner Schulter, »was machst denn du, mein Guter, daß sie dich in dieses subventionierte Appartement stecken?«
Er nimmt, wie erwartet, alles sehr fidel, auch meine Bitte, er möge mich nicht für den verschollenen Stiller halten.
»Im Ernst«, sagt er dann, »wenn ich dir irgendwie helfen kann –«
Einmal mehr spüre ich etwas Unheimliches, eine Mechanik in den menschlichen Beziehungen, die, Bekanntschaft oder gar Freundschaft genannt, alles Lebendige sofort verunmöglicht, alles Gegenwärtige ausschließt. Ein Häftling wie ich, was soll ich schon mit einer Banknote anfangen? Aber es funktioniert alles wie ein Automat: oben fällt der Name hinein, der vermeintliche, und unten kommt schon die dazugehörige Umgangsart heraus, fix und fertig, ready for use, das Klischee einer menschlichen Beziehung, die ihm (so sagt er) wie kaum eine andere am Herzen liegt.
»Das kannst du mir glauben«, sagt er, »sonst säße ich nicht mitten in der Arbeitszeit hier auf deiner Pritsche.«
Eine volle Stunde lang spielen wir Sturzenegger und Stiller, und das Unheimliche: es geht vortrefflich, reibungslos. Sein Spaß und sein Ernst sind heute noch, sieben Jahre nach ihrer letzten Begegnung, dermaßen auf den verschollenen Freund eingespielt, daß ich (jedermann an meiner Stelle) meistens ohne Schwierigkeit erraten kann, wie ihr Stiller sich in diesem oder jenem Punkt eines Gesprächs verhalten hat, also auch jetzt verhalten würde. Zuweilen wird es gespenstisch; Sturzenegger

schüttelt sich vor Lachen, ich weiß nicht wieso. Er kennt den Witz, den sein verschollener Freund jetzt nicht würde unterlassen können, und ich brauche diesen Witz gar nicht zu machen, nicht einmal zu kennen. Herr Sturzenegger schüttelt sich schon vor Lachen. Dann erscheint er wie ein Hampelmann an den unsichtbaren Fäden der Gewöhnung, kein Mensch. Nachher habe ich kaum eine Ahnung, wer dieser Sturzenegger eigentlich ist. Das macht mich, da ich meinerseits nichts dagegen vermag, melancholisch schon während unserer lustigen Unterhaltung. Sein Zuspruch, ich solle doch den Mut nicht verlieren, überhaupt seine ganze Freundschaft ist eine Summe von Reflexen auf eine abwesende Person, die mich nicht interessiert. Einmal versuche ich, es zu sagen; vergeblich. Denn für alles andere, was ich sozusagen auf meiner eigenen Wellenlänge sende, hat er einfach keine Antenne, scheint es, oder er stellt sie nicht ein; jedenfalls kommt es zu keinem Empfang, nur zu Störungen, die ihn nervös machen, so daß er in meiner Bibel blättert.
»Sag mal –« unterbricht er, »seit wann liest du denn die Bibel?« Sein Freund, so merke ich, war Atheist, dabei ein arger Moralist; wozu rechtfertigte sich Sturzenegger sonst, daß er in den letzten Jahren so großartig verdient hat? Ich habe keine Vorwürfe gemacht. Ein andermal, da ich schweige, sagt er:
»Jaja, mag sein, im Kommunismus steckt natürlich eine große Idee – aber die Wirklichkeit, mein Lieber, die Wirklichkeit!« Fast eine halbe Stunde lang schildert er mir die Sowjetunion, wie sie in den Zeitungen steht, in einem Ton der Belehrung, als schwärme ich für die Sowjetunion; ich sitze wie vor einem Radio, höre die Stimme eines Menschen, der in die Leere hinaus redet und den anderen Menschen, der ihn zufällig hört, nicht sehen kann. Woher soll er wissen, wen er anredet? Daher sind auch keine Einwände möglich, keine Winke, nicht einmal ein Zeichen gelegentlichen Einverständnisses. Sturzenegger redet, als ich mich erhebe, und redet, als ich an meinem Gitterfenster stehe, lange schon verstummt, Blick in die herbstbraune Kastanie. Sein verschollener Freund (Sturzenegger redet ja nur zu ihm!) scheint mir ein sehr naiver Kommunist gewesen zu sein,

genauer: ein romantischer Sozialist, wofür die Kommunisten, fürchte ich, sich bedanken würden. Als einer, der die Sowjetunion nicht kennt, kann ich vor der Alternative, auf Stiller oder auf Kravchenko zu schwören, meinerseits nur die Achsel zukken; es überzeugen mich beide nicht.

»Übrigens – Sibylle erwartet ein Kind, das weißt du?« sagt Sturzenegger, um den Ton zu wechseln, und fügt hinzu: »Neulich traf ich Julika, sie sieht ja großartig aus!«

»Das finde ich auch.«

»Wer hätte das gedacht!« lacht er, »aber habe ich es nicht immer gesagt? Die stirbt nicht daran, wenn du sie verläßt, im Gegenteil, ich habe sie nie so gesund gesehen, geradezu blühend –«

Ich vernehme wieder allerlei.

»Erzähle einmal!« sagt er, »du bist ja um die halbe Welt gestrolcht, höre ich. Wie fühlst du dich denn wieder bei uns? Wir haben gebaut, mein Lieber. Hast du schon etwas gesehen?«

»Ja«, sage ich, »etwas.«

»Und was sagst du denn dazu?«

»Ich staune«, sage ich, aber Herr Sturzenegger, der Architekt, will es natürlich genau wissen, worüber ich staune. Und da er natürlich ein Lob erwartet, sage ich denn auch alles, was ich mit gutem Gewissen loben kann: wie sauber sie hierzulande bauen, wie sicher, wie schmuck, wie gediegen, wie seriös, wie makellos, wie gewissenhaft, wie geschmackvoll, wie gepflegt, wie gründlich, wie ernsthaft und so weiter, alles wie für die Ewigkeit. All dies gibt Sturzenegger zu, vermißt aber Begeisterung, und in der Tat, ich habe sie nicht. Ich wiederhole nochmals alle gebrauchten Beiwörter: schmuck, gepflegt, gewissenhaft, säuberlich, nett, putzig. Aber all dies, wie gesagt, geht unter den Begriff der materiellen Qualität, die ja eine schweizerische Eigenschaft ist. Ich sage: Qualität, ja, das ist das Wort, ich staune über die Qualität! Aber Sturzenegger will durchaus eine Begründung, warum ich, obzwar ich überall Qualität sehe, nicht begeistert bin. Nun ist es immer heikel, ein fremdes Volk zu deuten, und wenn man dann noch sein Gefangener ist! Sie selber, höre ich von Sturzenegger, nennen es Mäßigung, was mir auf die Nerven geht; überhaupt haben sie allerlei Wörter, um sich damit abzufinden, daß ihnen jede Größe fehlt. Ob es gut ist, daß sie sich damit abfinden, weiß ich nicht. Verzicht auf das Wagnis, einmal zur Gewöhnung geworden, bedeutet im geistigen Bezirk ja immer den Tod, eine gelinde und unmerkliche, dennoch unaufhaltsame Art von Tod, und in der Tat (soweit ich von meiner Zelle aus und auf Grund einiger Ausflüge urteilen darf) finde ich, daß die schweizerische Atmosphäre heute etwas Lebloses hat, etwas Geistloses in dem Sinn, wie ein Mensch stets geistlos wird, wenn er nicht mehr das Vollkommene will. Ihre offenkundige Sucht nach materieller Perfektion, wie sie sich in ihrer heutigen Architektur und auch sonst manifestiert, sehe ich als unbewußte Ersatzleistung; sie brauchen diese materielle Perfektion, weil sie in der Idee nie sauber sind, nie kompromißlos. Um nicht gröblich mißverstanden zu werden: nicht der politische Kompromiß, der die Demokratie ausmacht, ist das Bedenkliche, sondern der Umstand, daß die allermeisten Schweizer außerstande sind, an einem geistigen Kompromiß überhaupt noch zu leiden. Sie helfen sich, indem sie das Bedürfnis nach Größe schlechterdings verpönen. Ist es aber nicht so, daß der gewohnheitsmäßige und also billige Verzicht auf das Große (das Ganze, das Vollkommene, das Radikale) schließlich zur Impotenz sogar der Phantasie führt? Die Armut an Begeisterung, die allgemeine Unlust, die uns in diesem Land entgegenschlägt, sind doch wohl deutliche Symptome, wie nahe sie dieser Impotenz schon sind …

»Bleiben wir bei der Architektur!« meint Sturzenegger.

Es folgt eine Unterhaltung über jenes Gebiet, das sie die Altstadt nennen. Die Idee, die Stadt der Vorfahren zu erhalten und als Reminiszenz zu pflegen, finde ich nobel. Und daneben, im geziemenden Abstand, baue man die Stadt unserer Zeit! In Tat und Wahrheit aber, soweit ich sehe, machen sie weder das eine noch das andere, sondern sanieren sich zwischen jeder Entscheidung hindurch. Architekten voll Talent und Heimatliebe bauen, wie ich neulich gesehen habe, Geschäftshäuser im unge-

fähren Maßstab des sechzehnten oder siebzehnten oder achtzehnten Jahrhunderts. Ein kniffliges Unterfangen! Zwar ist es möglich, Eisenbeton zu tarnen (wie eine Schande) mit Quadern aus Sandstein, mit Stichbogen und mit echten Erkerlein aus dem Mittelalter; doch ganz vereinen lassen sie sich nicht, scheint es, Pietät und Rendite, und was dabei herauskommt, ist ja wohl so, daß kein Negersoldat auf Urlaub derlei für Altes Europa hält. Halten sie es dafür? Die Gäßlein-Stadt ihrer Vorfahren schlechterdings niederzureißen, um Platz zu schaffen für ihre heutige Stadt, erschiene ihnen verrückt, verbrecherisch; es gäbe einen papiernen Sturm der Empörung. In Wirklichkeit machen sie etwas viel Verrückteres: sie verpfuschen die Stadt ihrer Vorfahren, ohne dafür eine neue, eine heutige, eine eigene zu bauen. Woher kommt es, daß solcher Schwachsinn, den man als Fremdling sofort sieht, die Einheimischen offenbar nicht erschreckt? Sturzenegger kann nichts für die Verballhornung ihrer Altstadt, hingegen zeigt er mir Fotos von seiner neuen Siedlung draußen bei Oerlikon, einem Vorort von Zürich, in der Welt bekannt durch seine Waffen-Export-Industrie; eine Siedlung im Maßstab einer vergangenen, und zwar endgültig vergangenen Zeit, eine Idyllik, die keine ist. Wie soll ich Sturzenegger erklären, woher mein Unbehagen kommt, wenn ich so etwas sehe? Es ist sehr geschmackvoll, sehr sauber, sehr seriös; aber Kulisse ringsherum. Und um nicht zu sagen, daß ich es zum Kotzen finde, frage ich sachlich, ob die Schweiz denn so unerschöpflich viel Land hat, um in diesem ›Stil‹ noch einige Jahrzehnte bauen zu können. Das scheint nicht der Fall zu sein. Was heißt Tradition? Ich dächte: sich an die Aufgaben seiner Zeit wagen mit dem gleichen Mut, wie die Vorfahren ihn gegenüber ihrer Zeit hatten. Alles andere ist Imitation, Mumifikation, und wenn sie ihre Heimat noch für etwas Lebendiges halten, warum wehren sie sich nicht, wenn die Mumifikation sich als Heimatschutz ausgibt? ... Sturzenegger lacht:
»Wem sagst du das! Ich wettere seit Jahren – natürlich nicht öffentlich – dabei ist unsere Altstadt gar nicht der einzige Schildbürgerstreich, weißt du –«

Er schildert mir einige andere, die ich als Häftling nicht überprüfen kann. Sein auffallend eifriges Einverständnis (leider merke ich es erst nach einer ziemlichen Weile) gründet sich allerdings nicht auf eine Kongruenz unserer Gesinnung, sondern auf ein Ressentiment; Sturzenegger spöttelt über den Oberbaumeister ihres Städtchens, dem er anderseits, wie er zugibt, nicht unbeträchtliche Aufträge verdankt, und es ist nur sehr menschlich, daß er einem Fremdling gegenüber, der ihren Oberbaumeister nicht persönlich kennt, zu einer geradezu draufgängerischen Offenheit kommt, die ihm wohltut. Auf meiner Seite hinwiederum ist es menschlich, daß ich mich nicht für diese oder jene Persönlichkeit interessiere, sondern für die allgemeine Geisteslage des Landes, dessen Gefangener ich bin. Ich möchte das Wesen erkennen, das über mich richten wird; das ist wohl ein natürliches Bedürfnis. Es interessiert mich also, wenn wir über Architektur reden, lediglich die Frage, wieweit es einem schweizerischen Städtebauer überhaupt möglich ist, kühn zu sein, zukünftig zu sein in einem Volk, das eigentlich, wie mir scheint, nicht die Zukunft will, sondern die Vergangenheit. Hat die Schweiz (so frage ich Sturzenegger) irgendein Ziel in die Zukunft hinaus? Zu bewahren, was man besitzt oder besessen hat, ist eine notwendige Aufgabe, doch nicht genug; um lebendig zu sein, braucht man ja auch ein Ziel in die Zukunft hinaus. Welches ist dieses Ziel, dieses Unerreichte, was die Schweiz kühn macht, was sie beseelt, dieses Zukünftige, was sie gegenwärtig macht? Sie sind sich einig in dem Wunsch, daß die Russen nicht kommen; aber darüber hinaus: Was ist, wenn ihnen die Russen erspart bleiben, ihr eigenes Ziel? Was wollen sie aus ihrem Land gestalten? Was soll entstehen aus dem Gewesenen? Was ist ihr Entwurf? Haben sie eine schöpferische Hoffnung? Ihre letzte große und wirklich lebendige Epoche (laut Vorträgen meines Verteidigers) war die Mitte des neunzehnten Jahrhunderts, die sogenannten Achtundvierziger-Jahre. Damals hatten sie einen Entwurf. Damals wollten sie, was es zuvor noch nie gegeben hatte, und freuten sich auf das Morgen, das Übermorgen. Damals hatte die Schweiz eine ge-

schichtliche Gegenwart. Hat sie das heute? Das Heimweh nach dem Vorgestern, das die meisten Menschen hierzulande bestimmt, ist bedrückend. Es zeigt sich (sofern unsere Gefängnisbibliothek repräsentativ ist, das heißt dem Geschmack der offiziellen Stiftungen entspricht) in der Literatur: die meisten und wohl auch besten Erzählungen entführen in die ländliche Idylle; das bäuerliche Leben erscheint als letztes Reduit der Innerlichkeit; die meisten Gedichte meiden jede Metaphorik, die der eigenen Erfahrungswelt des Städters entstammen würde, und wenn nicht mit Pferden gepflügt wird, liefert das Brot ihnen keine Poesie mehr; eine gewisse Wehmütigkeit, daß das neunzehnte Jahrhundert immer weiter zurückliegt, scheint die wesentlichste Aussage im schweizerischen Schrifttum zu sein. Und genau so die offizielle Architektur: wie zögernd und lustlos ändern sie den Maßstab ihrer wachsenden Städte, wie wehmütig, wie widerspenstig und halbbatzig. Einmal meint Sturzenegger: »Jaja, aber ganz praktisch gesprochen: als Architekt, was soll ich machen, wenn das Baugesetz nur drei Stockwerke zuläßt: Man muß gerecht sein –«
Auf die Frage, wer denn ihre Baugesetze mache, antwortet er nicht, sondern schildert weiterhin die gesetzlichen Hindernisse, die einen modernen Städtebau platterdings verunmöglichen, und ich erfahre allerlei, was ich als Laie nicht wußte, jedoch keinerlei Antwort, warum sie die betreffenden Gesetze nicht ändern. Sturzenegger sagt nur: Wir sind eine Demokratie! Ich verstehe ihn nicht. Worin bestünde denn die Freiheit einer demokratischen Verfassung, wenn nicht eben darin, daß sie dem Volk immerfort das Recht gibt, seine Gesetze im demokratischen Sinn zu verändern, wenn es nötig ist, um sich in einem veränderten Zeitalter behaupten zu können? Es fragt sich nur, ob sie wollen. Ich verwahre mich gegen die gefährliche Meinung, daß Demokratie etwas sei, was sich nicht verwandeln kann, und gegen ihre andere Meinung, man bleibe frei wie die Väter, indem man nicht über die Väter hinauszugehen wagt. Was heißt realistisch? Sturzenegger sagt immer: Ideen, nun ja, das ist ja schön und recht, aber wir müssen doch realistisch sein.

Was heißt das? Zwar gibt Sturzenegger, als wir über die romantische Zweistöckigkeit ihrer Siedlungen reden, aus fachmännischen Überlegungen durchaus zu, daß es immer weniger gelingen wird, im Stil des neunzehnten Jahrhunderts zu leben, und daß es der größte aller Schildbürgerstreiche ist, wie sie ihr knappes Land noch immer mit solchen Siedlungen verdorfen; darum immer wieder meine blanke Frage: Was ist eure Idee hier? Die Geschichte wird nicht stehenbleiben, auch wenn die Schweizer es noch so wünschen. Wie wollt ihr, ohne einen neuen Weg zu gehen, ihr selber bleiben? Die Zukunft ist unvermeidlich. Wie also wollt ihr sie gestalten? Man ist nicht realistisch, indem man keine Idee hat.
Sein Lächeln ärgerte mich schon lange, bevor es zum Krach kam, seine Miene der fidelen Resignation; bleich vor Ernst, solange er sich über die Person ihres Oberbaumeisters ausließ, und im übrigen, sobald es bloß um Ideen ging, voll wurstiger Munterkeit einer unberührten Seele, das also war dieser Herr Sturzenegger, der Architekt meines Staatsanwaltes, der Freund von Stiller.
»Mein Lieber«, sagt er zum Schluß, seine Hand auf meine Schulter gelegt, lachend, »– du bist noch immer der alte!«
Darauf schweige ich.
»Immer etwas niederreißen!« fügt er hinzu: »Immer destruktiv! Wir kennen dich ja – du alter Nihilist!«
Darauf nenne ich ihn rundheraus (der Ausdruck ist grob, doch fällt mir auch bei längerem Nachdenken kein anderer Ausdruck ein, wenn Leute wie dieser Herr Sturzenegger, Leute der fidelen Resignation, die kein Ziel mehr haben außer ihrer Bequemlichkeit, von Nihilismus reden, sobald jemand noch etwas will) ein Arschloch, und siehe da, er lacht weiter, er klopft mir nochmals auf die Schulter und hofft, daß man sich bald einmal »in unserer alten Pinte, du weißt ja!« treffen werde ... Dann, allein in meiner Zelle, sage ich noch mehrmals diesen einzigen Ausdruck. Typen wie dieser Sturzenegger (und wie mein Verteidiger) bringen mich um jeglichen Humor; das ist es, was ich ihnen verarge.

Von Julika geträumt: – Sie sitzt in einem Boulevard-Café, vielleicht Champs-Elysées, mit Briefpapier und Füllfeder, Haltung eines Schulmädchens, das einen Aufsatz schreiben muß, ihr Blick bittet mich dringend, nicht zu glauben, was sie mir schreibt, denn sie schreibt es unter einem Zwang, ihr Blick bittet mich, sie von diesem Zwang zu erlösen...

Heute in der Klinik.
Sibylle (die Gattin meines Staatsanwalts) ist eine Frau von schätzungsweise fünfunddreißig Jahren, schwarzhaarig mit blauen, sehr hellen und lebhaften Augen, in ihrem Mutterglück sehr schön, Jugend und Reife in einer Person. Frauen in diesem Zustand haben etwas wie eine Gloriole, die den Mann, den fremden, eher verlegen macht. Ihr Gesicht ist braun, und wenn sie lacht, sieht man einen Mund voll beneidenswerter Zähne, einen sehr kraftvollen Mund. Zum Glück war ihr Säugling nicht im Zimmer, ich kann mit Säuglingen ehrlicherweise nicht viel anfangen. Sie saß, als die Oberschwester mich durch die doppelte Polstertüre führte, in einem blauen Rohrsessel draußen auf dem Balkon. Ein zitronengelber Morgenrock (Fifth Avenue, New York) steht ihr vortrefflich. Sie richtete sich in ihrem Sessel etwas auf, nahm die finstere Sonnenbrille ab, und da die Oberschwester sich um eine größere Vase bemühen mußte, waren wir sofort unter vier Augen. Irgendwie fühlte ich mich mit meinen Blumen sehr komisch. Dazu setzte sie leider wieder ihre finstere Sonnenbrille auf, so daß ich ihren Blick nicht lesen konnte. Ihr Mann, mein Staatsanwalt, hatte mir netterweise zwanzig Franken gepumpt, so daß ich denn mit einem Arm voll langer, beim Gang über die Linol-Treppe wippender und in Seidenpapier tuschelnder Gladiolen vor der glücklichen Mutter erschienen war. Gott sei Dank dauerte es nicht lange, bis die Oberschwester mit einer etwas kitschigen, jedoch umfänglichen Vase zurückkam. Es war keine Kleinigkeit, die steifen Gladiolen einigermaßen zu büscheln. (Rosen wären mir viel lieber gewesen, nur fand ich sie in Anbetracht, daß ich das Geld von

meinem Staatsanwalt pumpen mußte, doch zu teuer.) Es war Teezeit, die Oberschwester hatte keine Ahnung, daß ich geradenwegs aus dem Gefängnis kam, und fragte mich mit Beflissenheit erster Klasse, ob ich Semmelchen vorzöge oder Toast. Endlich waren wir wieder allein, diesmal ohne Aussicht auf baldige Unterbrechung.

»Stiller«, sagte sie, »was machst du für Geschichten!«

Ich bezog es auf die Gladiolen. Sie dagegen, zeigte sich, bezog es auf meine Weigerung, der verschollene Stiller zu sein. Sie entfernte ihre dunkle Sonnenbrille, und ich sah ihren hellen, auf eine liebevolle Weise gelassenen Blick. Auch wenn sie nun eben ein Kind von ihrem Gatten geboren hatte, war es doch eine verwirrende Vorstellung, von dieser Frau geliebt worden zu sein. Natürlich blieb ich bei meiner Weigerung. Ich saß ihr gegenüber, meinen linken Fuß über das rechte Knie gezogen, beide Hände um das linke Knie, Blick in die alten Platanen des Parkes, während Sibylle mich musterte.

»Du bist sehr schweigsam geworden«, meinte sie. »Wie geht es Julika?«

Sie fragte ziemlich viel.

»Warum bist du wieder zurückgekehrt?«

Es war ein merkwürdiger Nachmittag, wir tranken immer wieder Tee, als er schon lau war, Toast und Semmelchen blieben unberührt; meine Schweigsamkeit (was hätte ich sagen sollen?) trieb sie ihrerseits zum Erzählen. Um sechs Uhr, und da gab es keinen Aufschub, mußte sie ihren Säugling stillen.

Ich sehe jetzt ihren verschollenen Stiller schon ziemlich genau: – er ist wohl sehr feminin. Er hat das Gefühl, keinen Willen zu besitzen, und besitzt in einem gewissen Sinn viel zuviel, nämlich so wie er ihn einsetzt; er will nicht er selbst sein. Seine Persönlichkeit ist vage; daher ein Hang zu Radikalismen. Seine Intelligenz ist durchschnittlich, aber keineswegs geschult; er verläßt sich lieber auf Einfälle und vernachlässigt die Intelligenz; denn Intelligenz stellt vor Entscheidungen. Zuweilen macht er sich

Vorwürfe, feige zu sein, dann fällt er Entscheidungen, die später nicht zu halten sind. Er ist ein Moralist wie fast alle Leute, die sich selbst nicht annehmen. Manchmal stellt er sich in unnötige Gefahren oder mitten in eine Todesgefahr, um sich zu zeigen, daß er ein Kämpfer sei. Er hat viel Phantasie. Er leidet an der klassischen Minderwertigkeitsangst aus übertriebener Anforderung an sich selbst, und sein Grundgefühl, etwas schuldig zu bleiben, hält er für seine Tiefe, mag sein, sogar für Religiosität. Er ist ein angenehmer Mensch, hat Charme und streitet nicht. Wenn es mit Charme nicht zu machen ist, zieht er sich zurück in seine Schwermut. Er möchte wahrhaftig sein. Das unstillbare Verlangen, wahrhaftig zu sein, kommt auch bei ihm aus einer besonderen Art von Verlogenheit; man ist dann mitunter wahrhaftig bis zum Exhibitionismus, um einen einzigen Punkt, den wunden, übergehen zu können mit dem Bewußtsein, besonders wahrhaftig zu sein, wahrhaftiger als andere Leute. Er weiß nicht, wo genau dieser Punkt liegt, dieses schwarze Loch, das dann immer wieder da ist, und hat Angst, auch wenn es nicht da ist. Er lebt stets in Erwartungen. Er liebt es, alles in der Schwebe zu lassen. Er gehört zu den Menschen, denen überall, wo sie sich befinden, zwanghaft einfällt, wie schön es jetzt auch anderswo sein möchte. Er flieht das Hier-und-Jetzt zumindest innerlich. Er mag den Sommer nicht, überhaupt keinen Zustand der Gegenwärtigkeit, liebt den Herbst, die Dämmerung, die Melancholie, Vergänglichkeit ist sein Element. Frauen haben bei ihm leicht das Gefühl, verstanden zu werden. Er hat wenig Freunde unter Männern. Unter Männern kommt er sich nicht als Mann vor. Aber in seiner Grundangst, nicht zu genügen, hat er eigentlich auch Angst vor den Frauen. Er erobert mehr, als er zu halten vermag, und wenn die Partnerin einmal seine Grenze erspürt hat, verliert er jeden Mut; er ist nicht bereit, nicht imstande, geliebt zu werden als der Mensch, der er ist, und daher vernachlässigt er unwillkürlich jede Frau, die ihn wahrhaft liebt, denn nähme er ihre Liebe wirklich ernst, so wäre er ja genötigt, infolgedessen sich selbst anzunehmen – davon ist er weit entfernt!

Kaum ist man in diesem Land, so hat man schlechte Zähne. Und kaum melde ich meine Zahnschmerzen, so soll ich zum Zahnarzt von Herrn Stiller gebracht werden. Als gäbe es hier keine andern! Sein Name ist übrigens anhand einer nie bezahlten Rechnung, die mein Verteidiger in seinem Dossier umherträgt, alsbald ermittelt. Sofort wird angerufen. Zum Glück (und zum sichtlichen Bedauern meines Verteidigers) stellt sich heraus, daß dieser Zahnarzt vor kurzem verstorben ist. Ich werde bei seinem Nachfolger angemeldet – also bei einem Mann, der Stiller nie gesehen hat und nicht behaupten kann, er erkenne mich wieder.

Das Atelier des verschollenen Stiller – wie Frau Sibylle, die Gattin meines Staatsanwaltes, es schildert – muß ein großer, lichter Raum gewesen sein, ein Dachboden irgendwo in dieser Altstadt, ein Raum, der durch den Mangel an Möbeln, selbst an nützlichen, wo Sibylle etwa Hut und Tasche hätte ablegen können, wohl noch größer wirkte, als er war. Ihre Schätzung: zehn auf fünfzehn Meter! dürfte übertrieben sein, wie genau Sibylle sich im übrigen an dieses Atelier scheint erinnnern zu können. Man ging auf alten girrenden Tannenbrettern, die Äste hatten, dazwischen ausgetreten waren, und unter einer Dachschräge, wo sie mehr als einmal den Kopf angeschlagen hatte, muß es so etwas wie eine Küche gegeben haben, Schüttstein aus rotem Terrazzo, Gasherdchen, Schrank mit allerlei kunterbuntem Geschirr. Auch eine Couch war wohl da; denn Stiller wohnte ja im Atelier; ferner ein Büchergestell, wo Sibylle, Tochter aus bürgerlichem Haus, zum erstenmal das Kommunistische Manifest sah, daneben Tolstoi mit Anna Karenina, etwas von dem vielgenannten Karl Marx, dann Hölderlin, Hemingway, auch Gide, und Sibylle schenkte dann ebenfalls noch das eine und andere, was zur Buntscheckigkeit dieser Bibliothek beitrug. Teppiche gab es wohl keine. Hingegen erinnert sich Sibylle an alle fünf Windungen eines langen Ofenrohrs, das sehr romantisch gewesen sein soll. Und das allerschönste: mit einem wackeren Schritt (als Dame mußte sie wohl den engen Rock etwas emporziehen) konnte man aufs Dach hinaustreten, auf eine Zinne mit rostigem Geländer, mit vermoostem Kies und Teer, der an den weißen Schuhen klebte, und abermals mit viel Romantik: mit gurrenden Tauben in der Dachrinne, mit Giebeln ringsum, mit Lukarnen und Kaminen und Brandmauern, mit Katzen, mit Höfen voll wilder Teppichklopferei, mit Geranien, mit flatternder Wäsche und Geläute vom Münster. Ein Lehnsessel, dereinst im Brockenhaus der

Heilsarmee gekauft, war leider damals schon nicht mehr zu benutzen; das Tuch war morsch, und man setzte sich besser auf den Kehrichteimer, was für Sibylle, die Gattin meines Staatsanwaltes, offenbar gleichfalls von einem ganz besonderen Reiz war. Jedenfalls hat man den Eindruck, sie erinnere sich trotz allem nicht ungern an jenes Atelier. Drinnen gab es einen großväterlichen Schaukelstuhl, wo man sich wippen lassen konnte, was ja unweigerlich eine Stimmung des Übermuts, des gelassenen Übermuts erzeugt, und alles, was es hier gab, hatte für Sibylle, wenn sie aus ihrem ordentlichen Haushalt kam, den Zauber des Provisorischen. Der Schlauch am Wasserhahn war stets nur mit einer Schnur befestigt, ein Vorhang hing an Reißnägeln, dahinter stand ein alter Koffer mit schweren Scharnieren, jetzt als Wäschetruhe verwendet. Wohin man blickte, hatte man in diesem Atelier das erregende Gefühl, jederzeit aufbrechen und ein ganz anderes Leben beginnen zu können, also genau das Gefühl, das Sibylle damals brauchte.

Ihr erster Besuch war ein Überfall gewesen.

»Ich komme nur auf einen Sprung!« sagte sie und hätte selber nicht geglaubt, daß sie dann bis Mitternacht bleiben würde. »Ich muß doch einmal sehen, wo du eigentlich arbeitest und wohnst...« Stiller war unrasiert, infolgedessen etwas verlegen. Er gab ihr einen Cinzano. Und während er sich hinter dem Vorhang am Schüttstein rasierte, guckte Sibylle sich an, was so an den Wänden hing: eine afrikanische Maske, das Bruchstück eines keltischen Beils, ein Bildnis von Josef Stalin (das später verschwand) und ein berühmtes Plakat von Toulouse-Lautrec, ferner zwei verblaßt-bunte Banderillas aus Spanien. »Was ist denn das?« fragte sie. »Das brauchen sie beim Stierkampf«, erklärte er kurz, nach wie vor mit seinem Bart beschäftigt. »Ach ja«, sagte Sibylle beiläufig, »du bist ja einmal in Spanien gewesen. Sturzenegger erzählte uns so eine tolle Geschichte von dir...« Sie saß im Schaukelstuhl und lachte: »Du mit einem russischen Gewehr!« Seine Schweigsamkeit zeigte, daß sie ihn verletzt hatte, was ihr natürlich leid tat. »Sturzenegger ist ein Idiot«, sagte er hinter seinem Vorhang, »überall hausiert er mit dieser blöden Geschichte.« – »Ist sie denn nicht wahr?« – »Jedenfalls nicht so, wie Sturzenegger sie erzählt«, antwortete er mißmutig genug, so daß Sibylle sich nicht weiter nach der Geschichte mit dem russischen Gewehr erkundigte. Sie wollte ablenken, indem sie sagte: »Aber in Spanien bist du doch gewesen –« Sibylle ärgerte sich über sich selbst; man hätte wahrhaftig meinen können, sie wäre gekommen, um Stiller über Spanien auszuforschen ... Man hatte sich auf einem sogenannten Künstler-Maskenball kennengelernt, damals namenlos, infolgedessen frei von allerlei Hemmungen, man hatte Zärtlichkeiten ausgetauscht, und das war kaum drei Wochen her, Zärtlichkeiten, die später, da man sich in der Wirklichkeit begegnete, fast unglaubhaft erschienen, kaum anders als heimliche Erinnerungen an einen Traum, wovon der andere nichts weiß. Nachdem nämlich Sturzenegger, sein Freund, ihren Namen verraten hatte, war ein Wiedersehen schon aus Gründen der Neugier, wie das geküßte Gesicht ohne Larve aussehen würde, unvermeidbar gewesen; man hatte sich zu einem Apéritif getroffen; man hatte in der Folge davon, daß man sich ohne Larven noch viel mehr zu sagen hatte, einen Spaziergang gemacht, und das wiederum war kaum eine Woche her, auch dieser Spaziergang, scheint es, hatte zu Zärtlichkeiten geführt, die jetzt, da Sibylle in seinem Atelier stand, fast unglaublich erschienen, kaum anders als ihre Erinnerung an den Maskenball, also wie eine heimliche Erinnerung an einen Traum, wovon der andere nichts weiß. Daher eben diese Befangenheit, diese Verlegenheit des Gesprächs! ... »Hier also arbeitest du?« fragte Sibylle und fand es selber eine blöde, eigentlich überflüssige Frage. Sie schlenderte zwischen Skulpturen umher, nicht ohne Bangnis gefaßt darauf, daß Stiller gelegentlich seine Werke vorführen würde. »Du weißt«, sagte sie, »daß ich nichts von Kunst verstehe?« – »Mein Glück«, sagte er hinter dem Vorhang und lenkte selber ab. »Du bedienst dich, nicht wahr? Der Cinzano ist zum Trinken gemeint.« Sibylle bediente sich. Sie stand mit dem Gläslein in der Hand vor irgendeinem Gips, als Stiller, nunmehr rasiert, hervortrat und sagte: »Das ist meine

Frau.« Es war ein Kopf auf einem langen, säulenhaften Hals, eher eine Vase als eine Frau, seltsam, und Sibylle war froh, daß keine Äußerungen von ihr erwartet wurden. »Ist das nicht furchtbar für deine Frau?« fragte sie immerhin, »ich fände es furchtbar, wenn du mich so in Kunst verwandeln würdest!« Und damit war das Gespräch über seine Arbeit eigentlich erledigt, ohne daß sich ein anderes ergab; sie standen nun, als wären sie da, um Cinzano zu kosten, nichts weiter, beide um einige Grade blöder, als sie in Wirklichkeit waren, und all dies vermutlich nur aus begreiflicher Furcht, daß sie bei der leisesten Berührung neuerdings in Zärtlichkeiten verfallen würden, ohne einander wirklich kennenzulernen. »Warum interessiert dich das«, fragte Stiller, »das mit dem russsischen Gewehr?« Es interessierte Sibylle nicht mehr und nicht weniger als irgend etwas aus seiner unbekannten Vergangenheit. Es war Stiller, der nicht von Spanien loskam, scheint es, von den verblaßt-bunten Banderillas mit ihren spitzen Widerhaken. Um nicht die Geschichte mit dem russischen Gewehr erzählen zu müssen, die ihm offenbar peinlich war, hatte Stiller nun begonnen, einen spanischen Stierkampf zu schildern, und zwar genau, er stellte seinen Cinzano irgendwohin, um freie Hände zu haben. Die beiden gekreuzten Banderillas nahm er übrigens nicht von der Wand; er schien sie zu fürchten. »Jaja«, sagte Sibylle ab und zu, »ich verstehe –!« Stiller schien von der Stierkämpferei sehr fasziniert zu sein, und Begeisterung, fand Sibylle, stand ihm vortrefflich, besser als jede Larve. »Und jetzt«, erklärte Stiller, »jetzt kommt der Matador –!« Für Sibylle war der Stier schon lange tot. »Wieso erst jetzt?« meinte sie, »wenn der Stier tot ist?« Sie hatte nicht aufgepaßt, jedenfalls nicht auf den Stierkampf, sondern nur auf sein Gesicht; Stiller mußte die ganze Reportage von vorn beginnen. Warum war es so unerläßlich, daß Sibylle sich einen spanischen Stierkampf vorzustellen vermochte? »Paß auf!« sagte Stiller, »– ich bin der Stier.« Er stellte sich mitten ins Atelier, und Sibylle mußte sich aus dem Schaukelstuhl erheben, um die Rolle des Torero zu übernehmen. Sie lachte über diese Rollenverteilung. Sibylle hatte gar kein Bedürfnis, einen Stier zu töten. Stiller fand sie durchaus in Ordnung, diese Verteilung der Rollen; Sibylle brauchte nicht einmal ihr Hütchen abzulegen, im Gegenteil, ein Torero kann nicht zierlich genug sein. Also erstens: Der Stier kommt in die Arena, und Sibylle mußte sich vorstellen: ringsum die blendende Helle des besonnten Sandes, Leben und Tod, Helle und Schatten teilen die Arena, ringsum Arkaden voll Volk, bunt wie ein Beet und schwirrend von Stimmen, die nun verstummen, denn nun tritt Sibylle, der Torero, etwas näher. Eigentlich sind es mehrere, die den Stier mit ihren roten Tüchern reizen, doch Stiller begnügt sich jetzt mit Sibylle. Der Stier, schwarz wie Pech, steht in der Mitte wie in einem riesenhaften Trichter, und der Kampf beginnt spielerisch, geradezu balletthaft, die geschwenkten Tücher übrigens sind nicht sehr rot, vielmehr von der Sonne gebleicht und eher rosa, aber kurz und gut, der Stier weiß nicht recht, was er soll, und wehrt sich nur beiläufig, stößt mit seinen Hörnern ins Leere, stoppt plötzlich seinen Lauf, so daß Staub aufwölkt. Bis hierher war's eine Neckerei, nichts weiter, ein Flirt, und ebensogut könnte man aufhören, der schwarze Stier ist unverletzt und könnte irgendwo einen Pflug über andalusische Äcker ziehen. Sibylle fand es scheußlich, als er von den Picadores erzählte, die nun auf ihren erbärmlichen Schindmähren kommen und ihre Lanze in den Nacken des Stieres bohren, um seine Kampfwut auszulösen. Sibylle zog unwillkürlich ihren Hut ab; die Fontäne von pulsendem Blut, von purpurnem Blut, das nun über das schwarze Fell des keuchenden Tieres strömt und glänzt, machte sie ganz nervös. Sibylle versicherte, sie könnte sich nie einen wirklichen Stierkampf ansehen. Aber das änderte für Stiller, den ehemaligen Spanienkämpfer, nichts daran, daß der verwundete Stier nun angriff, und als die alte Schindmähre, die der wütende Stier auf seine Hörner genommen hat, mit aufgeschlitztem Bauch und mit einer nachgezogenen Girlande von Gedärmen aus der Arena geschleift wird, mußte Sibylle sich setzen. »Hör auf!« sagte sie mit beiden Händen vor dem Gesicht. Aber nun, meinte Stiller, kommt ja die unvergleichlich schöne und elegante Phase mit eben diesen bunten Banderillas, wonach Sibylle sich erkundigt hatte, und da Sibylle auf der Couch sitzenblieb, mußte Stiller wohl die Rolle wechseln, überließ den Stier nun ihrer Vorstellung, um die Verwendung dieser Banderillas zu demonstrieren. Stiller nahm die Spießlein aber nicht von der Wand, wie gesagt, er schien sie zu fürchten, als hätte er persönlich schon die Erfahrung eines Stiers gemacht. Er demonstrierte also ohne Requisit; nämlich: beide Arme empor, so graziös als möglich, den gestreckten Körper ganz auf die Fußspitzen gestellt, um Höhe zu haben, Bauch eingezogen, damit der anlaufende Stier mit seinen spitzen Hörnern ihn nicht erwischt und nicht aufschlitzt, und dann, jetzt mußte Sibylle genau hinsehen, dann wie ein Blitz hinein mit den beiden bunten Spießlein, hinein in den Nacken, nicht einfach in den Stier hinein, sondern genau in den Nacken, graziös, präzis. Sibylle hatte Mühe, seine Bewunderung zu teilen; er sagte immer: »Das ist schon etwas!« und ließ keine Ruhe, bis sie wenigstens mit Nicken anerkannte, daß Grazie angesichts der Todesgefahr schon eine Leistung sei. »Und der Stier?« fragte sie mit einem parteiischen Unterton. »Und der Stier?« Der hat nun wohl gemerkt, daß es auf Leben und Tod geht und daß er keine andalusischen Äcker mehr pflügen wird; von Blut überströmt, im Nacken eine baumelnde Garbe von sechs solchen Banderillas, die mit Widerhaken in seinem Fleisch hängen, steht der Stier mit ersten Anzeichen von Ermattung und wehrt sich gegen seinen Schmerz, schüttelt seine Garben von bunten Spießen, aber vergeblich. Stiller zeigte ihr die Widerhaken an den beiden Banderillas. »Und das soll schön sein?« fragte sie. Stiller nannte es nicht ›schön‹, aber etwas daran, schien es, faszinierte ihn, etwas Schmerzliches auch, fast etwas Persönliches. Er nahm, im Gegensatz zu der Dame, betontermaßen keine Partei; aber er erlebte es sehr von der Seite des Stiers, griff einmal an seinen Nacken, als hätte er diese Garbe von bunten Banderillas erfahren. Und so, meinte er sachlich, geht es in die letzte Runde. Sibylle sah sie sich von der Couch aus an, unfähig, ihre lange schon zwischen die Lippen gesteckte Zigarette anzuzünden. »Danke dir«, sagte sie und zeigte ihr

Dunhill-Silber, »ich habe schon Feuer.« Also die letzte Runde! Stiller etikettierte sie: Grazie gegen rohe Kraft, Licht gegen Finsternis, Geist gegen Natur. Der Geist erscheint als silbernweißer Matador, die blanke Klinge unter dem roten Tuch, nicht um zu töten, o nein, sondern um zu siegen, um die Figuren äußerster Todesgefahr zu bestehen, eine nach der andern, ohne je einen Schritt zurückzuweichen, Eleganz ist alles, Feigheit ist schlimmer als Tod, es geht um einen Sieg des Geistes über das tierische Leben, und dann erst, wenn er seine Gefahren bestanden hat, dann erst darf er seine Klinge gebrauchen; Stille füllt die Arena, der Stier mit aller Wut der Erschöpfung erkennt nochmals das rote Tuch, nimmt einen Lauf, der silber-weiße Matador bleibt stehen, und die Klinge, ja, sie steckt, das Volk tobt vor Beifall, und der Stier steht mit gespreizten Beinen, wartet, plötzlich knickt er vornüber oder bricht zur Seite, um zu sterben; seine Augen verdrehen sich, seine Beine strecken sich, der Rest ist ein regloser Klumpen, eine schwarze Masse, Hüte wirbeln in die Arena hinunter, Blumen, Damenhandschuhe, Zigarren, Korbflaschen, Orangen... Dann endlich brauchte Sibylle ihr silbernes Dunhill-Feuerzeug, und das Gespräch war wieder offen –

Zu Zärtlichkeiten kam es nicht.

»Deine Frau ist Tänzerin?« fragte Sibylle irgendwann einmal, ohne viel zu erfahren von dieser Frau, die Stiller in eine Vase verwandelt hatte, ja, nach seinem Verhalten zu schließen, handelte es sich wirklich nur um eine schöne, seltsame, tote Vase, womit Stiller verheiratet war, um ein Etwas, das nur vorhanden war, wenn er daran dachte, und Stiller hatte zur Zeit gar keine echte Lust, daran zu denken. Ob es anderseits viel ergiebiger war, was Sibylle von ihrem Rolf erwähnte? Jedenfalls meldete sie eines nicht: daß Rolf, ihr Mann, an jenem Abend in London weilte und erst am nächsten Tage heimkehren würde. Wozu sollte sie Stiller damit irritieren! Es irritierte sie selber schon genug, um diese ›Freiheit‹ zu wissen... »Hat dir Sturzenegger einmal unsere Pläne gezeigt?« fragte sie, und damit, siehe da, kam es plötzlich zu einem vernünftigen Gespräch, denn Stiller entpuppte sich als ein leidenschaftlicher Anhänger moderner Architektur, wußte auch einiges, jedenfalls genug, um Sibylle zum erstenmal an ihrem eigenen Bau zu interessieren, ja begeistert zu machen, begeistert von ihrem künftigen Haus. Es war (so sagt sie) ein dermaßen schönes, sachliches, vernünftiges Gespräch, daß Stiller ohne weiteres sagen konnte: »Du bleibst doch zum Abendessen?« Eigentlich, versteht sich, hatte Sibylle nie und nimmer daran gedacht, zum Abendessen zu bleiben, höchstens mit der Möglichkeit gerechnet, daß man irgendwo in der Stadt zusammen essen würde. »Kann ich dir etwas helfen?« fragte sie etwas verlegen, als Stiller bereits eine Pfanne mit Wasser füllte, nach wie vor von Architektur sprechend, und dann diese Pfanne auf den altertümlichen Gasherd stellte. »Magst du Reis?« erkundigte er sich nebenbei, Feuer zündend. Natürlich war Sibylle entschlossen, spätestens gegen neun oder zehn Uhr, allerspätestens, aufzubrechen. »Reis?« antwortete sie endlich, »das ist ja wunderbar!« Die Zutaten zu einem einigermaßen spanischen Reis, und zu Ehren des Stierkampfes kam nur ein spanischer in Frage, mußte Stiller allerdings noch beschaffen; es eilte, sonst würden ihm die Läden vor der Nase geschlossen. Nach einem kurzen Blick in sein Portemonnaie, das offenbar nicht jederzeit gefüllt war, entfernte sich Stiller, ließ seine Besucherin allein im Atelier... Sibylle war es in dieser halben Stunde etwas seltsam zumute. Was wollte sie? Und was wollte sie nicht? Nun hatte sie ja Bedenkzeit. Sie stand am großen Fenster, wo man auf das Großmünster sah, und rauchte, versuchte sich zu erinnern, wo sie ihren Wagen, Rolfs Wagen, geparkt hatte, und konnte sich nicht erinnern, so viel anderes ging ihr durch den Kopf. Lächerlich! Ein Abendessen in einem Atelier, was war denn dabei? Sibylle war damals achtundzwanzigjährig. Zweimal in ihrem Leben hatte sie geliebt, nicht mehr und nicht weniger, und jedesmal war es ein Einbruch in das Leben gewesen, in das Leben des andern. Der erste Mann, den sie liebte, ein Professor, dem sie ihre Maturität verdankte, ließ sich scheiden, und der zweite Mann heiratete sie. Zu bloßer Spielerei war sie nicht begabt. Oder ließ sich das lernen? Ein kreuzfideler Maskenball-Pierrot, so wie sie Stiller vor drei Wochen erlebt hatte, dazu ein Künstler, also ein Mensch ohne besondere Moral, ein voraussichtlich recht erfahrener Keckling mit so viel Kultiviertheit immerhin, daß er später keine Namen nennt, mag sein, das wäre just das Richtige gewesen, um Rolf, ihrem selbstsicheren Gatten, einmal den lange schon nötigen Schrecken einzujagen. Nur: Stiller war alles andere als ein Keckling, schien es. Je näher sie ihn kennenlernte, um so scheuer war er, um so sympathischer, und in Wirklichkeit, hier in seinem Atelier, war von einem kreuzfidelen Pierrot nicht mehr viel zu merken. Stiller war ein witziger, doch heimlich sehr bedrückter Mann, einer, der unsichtbare Banderillas im Nacken hatte und blutete. Auch war er verheiratet. Warum wohnten sie nicht zusammen, Stiller und diese Balletteuse? Es war alles sehr unklar. War das nun eine gescheiterte Ehe oder eine vollkommene? Keinesfalls war es einfach. Was würde geschehen, wenn Sibylle ihn wirklich liebte? Und diese Gefahr bestand. Dann wieder sagte Sibylle zu sich selbst: Unsinn! und stellte die Gasflamme etwas kleiner, da das Wasser mit Reis bereits kochte. Wie verschieden Männer sein können! Es war Sibylle noch nicht vorgekommen, daß ein Mann für sie einkaufte und kochte, all dies ohne im mindesten zu fragen, was er einkaufen und wie er kochen sollte. Einmal klingelte übrigens das Telefon. Natürlich nahm sie nicht ab. Das Klingeln hatte Sibylle unverhältnismäßig erschreckt. War es seine Frau gewesen? Sibylle hatte keinen Grund, sich seiner Frau nicht in aller Unbefangenheit vorzustellen. Lächerlich! Sibylle wünschte es geradezu, daß jetzt seine Frau eintreten würde. Oder war's eine Geliebte, die da geklingelt hatte, so schrill, so hartnäckig geklingelt hatte? Seine Spachtel auf dem großen Tisch, die vollen Aschenbecher allenthalben, die Sibylle gerne geleert hätte, allerlei unbekanntes Werkzeug, die nicht gerade sauberen Küchentüchlein, Zeitungen überall, eine Krawatte an der Türe, all dies war sehr männlich, seine Bibliothek eher jünglingshaft, verglichen mit Rolfs akademischen Bücherwänden, und Josef Stalin nicht ganz so erschreckend wie sonst, immerhin fremd, nicht ihr Typ. Sibylle war froh um alles, was sie befremdete. Und fremder noch als Josef Stalin erschienen ihr (glaube ich) seine Skulpturen. Ob Stiller ein wirklicher Künstler war? Sie gab sich zu: in einer Ausstellung würde sie an solchen Sachen vorbeigehen. Sie zwang sich, nicht daran vorbeizugehen, sondern sich ein Urteil zu machen, das sie vor Liebe bewahrte. Das fiel ihr nicht schwer; sie liebte auch Picasso nicht, damals noch nicht. Und so ähnlich waren auch diese Dinger. Sibylle konnte sich nicht erinnern, seinen Namen je in der ›Neuen Zürcher Zeitung‹ gelesen zu haben; aber auch dann, wenn Stiller kein wirklicher Künstler war, bewahrte es sie denn davor, ihn zu lieben? Es lockte sie schon sehr, da und dort eine Schublade aufzuziehen; natürlich tat sie's nicht. Statt dessen blätterte sie in einem Skizzenbuch, bestürzt im Gefühl, sich in einen Meister verliebt zu haben, nach seinen Skizzen zu schließen. Warum kam er übrigens so lange nicht? Hoffentlich war ihm nichts zugestoßen. Eine Schublade, ohnehin schon beinahe offen, enthielt allerlei, doch keine Aufschlüsse über Stillers innerstes Wesen; es war so ein sympathischer, fast etwas bubenhafter Krimskrams: Muscheln, eine verstaubte Tabakpfeife, Sicherungen fürs Elektrische, Draht, Pfeifenputzer, die ihr kleiner Hannes so gerne gehabt hätte, und allerlei Münzen, Quittungen, Mahnungen, ein getrockneter Seestern, ein Schlüsselbund, so daß man an Blaubart hätte denken können, eine Glühbirne, ein Dienstbüchlein, Flickzeug fürs Velo, Schlafpulver, Kerzen, eine Gewehrpatrone, ferner ein altes, jedoch tadellos erhaltenes Messing-Schildchen mit der Aufschrift: Stiller-Tschudy... Als Stiller eintrat, Papiersäcke im Arm, stand Sibylle gerade vor einem Akropolis-Photo mit schönen Gewitterwolken. »Bist du auch in Griechenland gewesen?« fragte sie. »Noch nicht!« antwortete er munter, »aber wir können hinfahren, jetzt sind die Grenzen ja wieder einmal offen.« Er hatte seine Büchsen-Krabben bekommen, auch Paprika, statt Kaninchen etwas Geflügel, Tomaten, Erbsen, Sardinen statt andrer kleiner Fische, und die Kocherei konnte beginnen. Sibylle durfte den Tisch decken, Gläser spülen, Teller wärmen. Auch den Salat mußte er selber zubereiten; Sibylle durfte nur kosten, begeistert sein und den Holzteller abwaschen. Als wieder das Telefon klingelte, nahm Stiller nicht ab, und eine Weile lang schien seine Munterkeit verloren zu sein. Als der valencianische Reis auf dem Tisch stand und duftete, wusch Stiller sich die Hände, trocknete sie mit männerhafter Gelassenheit, als wäre kein Anlaß zu festlicher Aufregung. Man setzte sich zum ersten gemeinsamen Mahl. »Wie schmeckt es?« fragte er, und Sibylle erhob sich, wischte sich den Mund und gab ihm den verdienten Kuß für seine männliche Kochkunst. (Rolf konnte sich nicht einmal ein Rührei machen!) Sie stießen an. »Also Prosit!« sagte er etwas verlegen. Es folgte ein sachliches Gespräch über den doch beträchtlichen Unterschied zwischen Büchsen-Krabben und frischen Krabben –

Usw.

Als es vom nahen Großmünster herab zehn Uhr schlug, laut genug, so daß Sibylle es nicht überhörte, war trotz aller Vorsätze an Aufbruch nicht zu denken – »Du darfst nicht vergessen«, sagte Stiller gerade, »ich war wahnsinnig jung. Eines Tages erwachst du und liest es in der Zeitung, was die Welt von dir erwartet. Die Welt! Genau besehen ist es natürlich nur ein freundlicher Snob, der das geschrieben hat. Aber plötzlich bist du eine Hoffnung! Und schon kommen die Arrivierten, um dir die Hand zu schütteln, weißt du, liebenswürdig, aus lauter Furcht wie vor einem jungen David. Es ist lächerlich. Aber da stehst du nun mit deinem Größenwahn – bis endlich, Gott sei Dank, so ein Spanischer Bürgerkrieg losgeht!« Sibylle verstand. »Irun«, erzählte er, »das war die erste Dusche. Ich werde diesen kleinen Kommissär nie vergessen. Für den war ich nun gar keine Hoffnung! Er sagte es nicht, aber er blickte mich an wie eine Niete. Was ich unter Marxismus verstand, war Lyrik. Immerhin: ich hatte schon eine Rekrutenschule hinter mir, Ausbildung im Handgranatenwerfen, Kenntnis des Maschinengewehrs. Und dann hatte ich noch einen Freund, einen Tschechen, der für mich bürgte –« Stiller erzählte sehr langsam, füllte sein Glas mit Chianti und hielt es, ohne zu trinken. »Zaragoza«, fuhr er fort, »das war die zweite Schlappe. Ich meldete mich als Freiwilliger, wir waren abgeschnitten, und jemand mußte versuchen, durch das feindliche Feuer zu kommen. Ich meldete mich als Erster. Aber sie nahmen mich nicht! Da stehe ich nun, ein Freiwilliger, den man stehen läßt ... Kannst du dir vorstellen, wie mir zumute war?« – »Warum nahmen sie dich nicht?« – »Sie zögerten herum, bis ein andrer sich meldete, mein Freund, der Tscheche, das war einer, der nicht seinen Tod suchte, sondern ein wirklicher Kämpfer ... Das ist es ja doch«, meinte Stiller, »eigentlich suchte ich damals bloß meinen Tod. Ohne es zu wissen, mag sein; aber man roch es mir an. Bei Fliegerangriffen war ich's, der nicht in Deckung ging, und hielt es für Mut! Und drum ist es dann auch so gekommen, siehst du, damals am Tajo –« Nun hoffte Sibylle natürlich, die eigentliche Geschichte zu hören, aber vergeblich. Dann ging Stiller jedesmal um den Brei herum, verzögerte sich in Nachträgen und Ergänzungen, dann wieder in einer umständlichen Topographie von Toledo, ein andermal in politischen Glossen. »Kurz und gut«, sagte er, »da lagen wir also in diesem öden Tälchen – wir Banditen, wie eure Zeitungen uns damals nannten. Rebellen und Banditen! Man vergißt ja so leicht, wie's in Wirklichkeit gewesen ist, wie unsere liebe Schweiz damals getönt hat, unsere bürgerliche Presse. Welche Heldenverehrung für die Faschisten!« – »Wirklich?« fragte Sibylle ohne Interesse, »daran kann ich mich nicht erinnern. Damals ging ich noch in die Töchterschule!« – »Aber du kannst es mir glauben«, lächelte Stiller, »ich habe eure Schweiz kennengelernt, damals in Spanien. Reden wir nicht davon! Übrigens wird es immer wieder so sein, sie sekundieren dem Faschismus, wie jede Bourgeoisie, offen oder heimlich. Heute entrüsten sie sich über Buchenwald und Auschwitz und diese Sachen; wir wollen sehen, wie lange! Heute waschen sie ihre Hände in schweizerischer Unschuld, speien auf Deutschland und haben es schon immer gewußt. Schon zur Zeit des Spanischen Bürgerkrieges, als wir die Banditen waren, zusammen mit Casals und Picasso und einigen anderen, die sie heute bejubeln, schon immer war die Schweiz gegen den Faschismus! Warten wir ab ...« lachte Stiller, erhob sich, um den übervollen Aschenbecher zu leeren, und Sibylle wunderte sich über seinen Ton. »Nimmst du noch einen Kaffee?« fragte er zwischenhinein. »Es ist komisch«, fand Sibylle, »wie böse du jedesmal wirst, wenn du von der Schweiz redest!« Sie war gleichfalls aufgestanden, um ihm näher zu sein, ja, gerade weil sie das Gefühl hatte, daß es Stiller zu dieser Kaffeekocherei nur drängte, um sich von ihr entfernen zu können. »Warten wir ab«, sagte er und stellte die Wasserpfanne auf, »bis Deutschland, unser tüchtiger Nachbar, wieder das große Geschäft ist! Und wenn die es nochmals mit Faschismus versuchen, an der Schweiz wird's nicht fehlen, sie wird sekundieren. Glaub mir! Es ist ja klar; ein Land, das aufrüstet, ist anfänglich für seine Nachbarn immer ein herrliches Geschäft. Dann halte den Mund! Und glaube, was in unseren Zeitungen steht; sie lehren dich schon, wer die Banditen sind. Genau wie damals! Bis der freundliche Nachbar unseren Käse nicht mehr frißt oder unsere Uhren nicht braucht, weil die Zeit fortan nach seinen Uhren geht, dann das große Geschrei, o ja, das Ende der Freiheit, das Ende des Geschäftes, dann plötzlich sind wir wieder der ewige Hort der Humanität, wie immer, die Inhaber des Friedens, die Priester des Rechts – zum Kotzen«, sagte Stiller, »du entschuldigst, aber es ist so.« In seinem Grimm vergaß er ganz und gar, die Gasflamme anzuzünden, Sibylle bemerkte es, ohne ihn zu unterbrechen, denn sie wollte gar keinen Kaffee. »Wir sind eine Saubande«, sagte er, und seine Schimpferei dauerte noch fast eine halbe Stunde; Sibylle war froh darum, scheint es, wie um alles, was sie an diesem Mann befremdete und ernüchterte. »Kurz und gut«, sagte er gelegentlich, »da lagen wir also in diesem felsigen Tälchen, ich hatte Gefangene zu bewachen. Mehr trauten sie mir wohl nicht zu. Vorne ging es um den glorreichen Alcazar, weißt du, und ich stand in diesem heißen Tälchen, um Gefangene zu bewachen, kleine Gruppen. Zum Glück hatte ich damals Anja –« Stiller füllte wieder einmal sein Glas mit Chianti. »Wer ist Anja?« fragte sie, und wieder kam es nicht zur Fähre am Tajo, diesmal aber zu einem Exkurs, der Sibylle unmittelbar interessierte. »Anja«, sagte er, »das war meine erste Liebe. Eine Polin. Sie war unsere Ärztin, Studentin der Medizin, ich meine, sie arbeitete als Ärztin ...« Stiller trank, sein Glas in der rechten Hand, in der linken Hand eine lange schon erloschene Zigarette, so saß er und erzählte einiges von dieser Polin, er schilderte sie als eine Person, die ihm nicht durch Schönheit, aber sonst noch immer imponierte: ein klarer Verstand, dabei ein volles Temperament, etwas Tatarenblut, eine Kämpferin von Geburt, dabei ein Mensch mit Humor, was unter Revolutionären, wie Stiller erklärte, eine Rarität ist, Tochter aus gebildeter Familie, die erste Kommunistin in ihrer Familie, eine Samariterin, die selber unverwundbar zu sein schien, außerdem unwahrscheinlich begabt in Sprachen, Dolmetscherin für Spanisch, Russisch, Französisch, Englisch, Italienisch, Deutsch, wobei sie alles mit dem gleichen Akzent, jedoch mit fehlerloser Grammatik und beträchtlichem Wortschatz zu reden verstand, übrigens auch eine hinreißende Tänzerin. »– das war Anja«, brach er ab, »mich nannte sie bloß ihren deutschen Träumer.« Das schien für Stiller noch heute, nach seiner Miene zu schließen, eine bittere Pille zu sein, nach zehn Jahren noch nicht verdaut. »Liebte sie dich?« fragte Sibylle. »Nicht mich allein«, antwortete Stiller und erschrak nun plötzlich, »was ist denn eigentlich mit deinem Kaffee!« – »Vergessen!« lachte sie. »Vor lauter Wut über unsere Schweiz!« Stiller entschuldigte sich ausführlich. »Laß doch«, bat sie, »ich will gar keinen Kaffee!« – »Wein trinkst du auch nicht«, sagte Stiller, »was möchtest du denn?« – »Deine Geschichte mit dem russischen Gewehr!« antwortete sie, und Stiller, der sich wegen der Kaffeekocherei schon erhoben hatte und stand, zuckte die Achsel. »Da ist nicht viel zu erzählen«, sagte er. »Mein russisches Gewehr war tadellos, versteht sich, ich hätte bloß abdrükken müssen ...« Es folgte, dies als letzter Exkurs, eine ebenso sachliche wie überflüssige Schilderung der taktischen Lage, die Sibylle sowieso nicht begriff. »– nun ja«, brach er ab, »das Weitere hat dir Sturzenegger ja erzählt.« Unterdessen war es elf Uhr geworden, man hörte wieder den Glockenschlag, der Sibylle nun schon beinahe vertraut war. Sie begriff nicht, warum diese Geschichte für Stiller eine solche Last war, spürte nur, daß diese Stunde für ihn (so sagt sie) eine Beichte bedeutete, die übrigens nicht Sibylle, sondern Stiller selber gewollt hatte. »Ich begreife nicht«, sagte Sibylle endlich; doch Stiller unterbrach sie sogleich: »– warum ich nicht geschossen habe?« Das hatte Sibylle nicht gemeint. Er lachte: »Weil ich ein Versager bin. Ganz einfach! Ich bin kein Mann.« – »Weil du damals am Tajo nicht geschossen hast?« – »Es war ein Verrat«, sagte Stiller mit unduldsamer Entschiedenheit, »daran gibt es nichts zu deuten! Ich hatte einen Auftrag, ich hatte mich sogar darum beworben, ich hatte den Befehl, die Fähre zu bewachen, einen vollkommen klaren Befehl. Was weiter! Es ging nicht um mich, es ging um tausend andere, um eine Sache. Ich hatte zu schießen. Wozu war ich in Spanien? Es war ein Verrat«, schloß er, »eigentlich hätten sie mich an die Wand stellen sollen.« – »Davon verstehe ich zu wenig«, meinte Sibylle, »was sagte denn Anja dazu, deine Polin?« Darauf antwortete Stiller nicht sogleich, sondern schilderte, wie er sich später mit dem Schwindel, das Gewehr hätte nicht funktioniert, vor dem Kommissär herausgeschwatzt hatte. »Was Anja dazu sagte?« lächelte er nun, drehte eine Zigarette, bis fast kein Tabak mehr in der Hülle war, und zuckte die Achsel: »Nichts. Sie pflegte mich noch, bis ich die Heimreise antreten konnte. Sie verachtete mich.« – »Sie hat dich geliebt, behauptest du?« – »Es war ein Verrat«, beharrte Stiller, »da ist mit Liebe nichts zu ändern. Es war ein Versagen!« Sibylle ließ ihn sprechen, sich mit anderen und dann mit den gleichen Worten wiederholen, bis er neuerdings sein Glas füllte und trank. »Du hast noch nie mit jemand darüber gesprochen?« fragte sie, »auch mit deiner Frau nicht?« Stiller schüttelte kurz den Kopf. »Warum denn nicht?« fragte sie weiter, »du schämst dich vor ihr?« Stiller wich aus: »Wahrscheinlich kann eine Frau nicht verstehen, was das heißt. Ich war ein Feigling!« – Nun war die Flasche leer, eine Chianti-Liter-Flasche; Stiller wirkte gar nicht betrunken, er schien die Trinkerei gewöhnt zu sein. Ob diese Trinkerei nicht auch mit dieser Tajo-Geschichte zusammenhing? Natürlich ging es nicht an, daß Sibylle ihn jetzt einfach umarmte; Stiller wäre sich unverstanden vorgekommen wie alle Männer, wenn man ihrem Ernst einen anderen entgegensetzt, ja, Stiller schien es schon gespürt zu haben, daß Sibylle sich eigene Gedanken gestattete, und wiederholte mit apodiktischer Melancholie: »Es war ein Versagen.« – »Und du hast erwartet«, lächelte Sibylle, »daß du in deinem Leben nie versagen würdest?« Sie mußte sich genauer erklären: »Du schämst dich, daß du so bist, wie du bist. Wer verlangt von dir, daß du ein Kämpfer bist, ein Krieger, einer, der schießen kann? Du hast dich nicht bewährt, findest du, damals in Spanien. Wer bestreitet es! Aber vielleicht hast du dich als jemand bewähren wollen, der du gar nicht bist –« Darauf ging Stiller nicht ein, »Ich sagte es schon«, meinte er, »wahrscheinlich kann eine Frau das nicht verstehen.« Und Sibylle dachte: vielleicht besser, als es dir lieb ist. »Ihr Männer«, lachte sie nur, »warum wollt ihr immer so großartig sein! Nimm es mir nicht übel, aber –« Unwillkürlich faßte sie doch seine Hände, was Stiller, scheint es, mißverstand; jedenfalls blickte er sie mit einer heimlichen Geringschätzung an, dünkte sie, nicht unnett, aber Stiller nahm sie nicht ernst; er nahm sie als eine verliebte Person, die auf Zärtlichkeiten wartete und nichts weiter. Sie war ihm lästig, o ja. Er strich ihr übers Haar, der unverstandene Mann mit seiner Tragik, und nun konnte Sibylle, unter seiner zärtlichen Herablassung wie gefroren, überhaupt nichts mehr sagen. Stiller gefiel sich (so sagt sie) in seiner Verwundung; er wollte nicht damit fertig werden. Er verschanzte sich. Er wollte nicht geliebt werden. Er hatte Angst davor. »Nun weißt du's«, schloß er und räumte die Gläser weg, »warum ich nicht geschossen habe. Wozu diese Anekdote! Ich bin kein Mann. Jahrelang habe ich noch davon geträumt: ich möchte schießen, aber es schießt nicht – ich brauche dir nicht zu sagen, was das heißt, es ist der typische Traum der Impotenz.« Dieser Ausspruch, den er drüben in der Küchennische gemacht hatte, kränkte Sibylle, und sie stand auf. Sie bereute, daß sie in sein Atelier gekommen war. Sie fühlte eine Traurigkeit, die sie verbarg, und gleichzeitig tat Stiller ihr leid. Warum wollte er nicht geliebt werden, nicht wirklich geliebt werden? Es blieb ihr nur noch, die Rolle zu spielen, die Stiller ihr aufzwang, und zu plaudern wie eine Neugierig-Verständnislos-Muntere, bis Stiller einmal hinausgehen mußte. Sie wollte Stiller nie wiedersehen.

Als er aus dem Treppenhaus zurückkam, von dem unvermeidlichen Wasserrauschen begleitet, hatte Sibylle sich bereits gekämmt, ihre Lippen waren mit frischem Rouge bemalt. Auch ihren Hut hatte sie bereits aufgesetzt. Stiller war baff. »Du gehst?« fragte er. »Es ist bald Mitternacht«, sagte sie und nahm auch ihre Handtasche. Stiller entgegnete nichts. »Dummer Mensch!« sagte sie plötzlich. »Wieso?« fragte er vom Schüttstein herüber, wo er die Hände wusch. »Weil du einfach ein dummer Mensch bist«, lachte Sibylle, »ich weiß nicht warum.« Stiller blickte sie unsicher an, trocknete sich die Hände. Sie wußten beide nicht, was nun das nächste Wort sein sollte, und Stiller trocknete weiterhin seine Hände. »Komm«, sagte Sibylle, »laß uns wegfahren.« – »Wohin?« – »Weg von hier!« sagte sie, »ich habe den Wagen unten, hoffentlich hat's niemand gemerkt, ich glaube, ich habe ihn gar nicht abgeschlossen.« Stiller lächelte wie über ein naives Mädchen. Es war seinem Gesicht nicht anzusehen, was sein Entschluß bedeutete; jedenfalls öffnete er das kleine Küchenfenster, um den Rauch aus dem Atelier zu lassen, und nahm, ohne ein Wort zu sagen, seinen braunen Mantel vom Nagel, klopfte auf die Taschen, wie man es macht, um zu hören, ob man die Hausschlüssel hat; dann blickte er Sibylle nochmals an, auch von seiner Seite ungewiß, was sie sich eigentlich dachte, und löschte das Licht ...

Der andere Tag war für Sibylle nicht leicht oder leicht auf eine bestürzende Weise. Irgendein ländlicher Gasthof in der Nacht, wo es keine Banderillas an den Wänden gab, dafür wahrscheinlich einen Bibelspruch oder sonst einen Spruch, mit Kreuzstich gestickt: ›Üb immer Treu und Redlichkeit!‹ oder ›Ehrlich währt am längsten!‹ oder was immer auf solcher Stickerei geschrieben stehen mag, kurzum: ein ländlicher Gasthof in der Nacht, wo es vielleicht nach gedörrten Birnen duftete und wo vor dem kleinen Fenster frühmorgens die Hähne krähten, und anderseits ihr vertrautes Heim mit dem kleinen Hannes, der an seinem Halsweh nicht gestorben war, beides waren zwei so herrliche Welten, verwirrend nur, daß man ohne jede Brücke von der einen in die andere gehen konnte. Gegen Mittag rief sie an, um zu wissen, ob es Stiller wirklich gab. Und dann, so kann man sich denken, hinunter und hinaus in den Garten!... Es war Frühling, es gab sehr viel zu tun, zu graben, zu pflanzen, zu stechen und zu harken, und die Erde war trocken wie im Sommer. Sibylle schleppte den Rasensprenger heraus, stellte ihn in die kleine Wiese und ließ ihn in die knospenden Büsche rauschen. Eine Nachbarin hielt dieses Verfahren nicht für günstig, der Knospen wegen; also schleppte Sibylle den Rasensprenger eben anderswohin, wo sein Rauschen nichts schadete, aber Rauschen war unerläßlich, und die verehrte Nachbarin, die auch noch im Wetterbericht alles besser wußte, konnte sich auf den Kopf stellen, wenn sie es nicht verstand. Überhaupt diese unerhörte Einmischerei! Der kleine Hannes hatte ihr gestriges Versprechen, Bambus und blaues Seidenpapier zu kaufen und ihm einen Drachen zu machen, nicht vergessen, ihr Versäumnis tat ihr leid, sie gelobte ihm, morgen in die Stadt zu fahren, und versprach ihm als Dreingabe, mit ihm in den Zirkus zu gehen, wenn der Zirkus dann kommt, und heute durfte er mit Sibylle auf den Flugplatz fahren, um Vati abzuholen. Überhaupt hatte Sibylle jetzt einen Drang, alle Menschen glücklich zu sehen, auch Carola, das italienische Dienstmädchen, das heute ohne weiteres ausgehen konnte, nun ja, die Herrschaften würden eben in der Stadt essen. So etwas von einem Frühlingstag! Das hinwiederum fand auch die Nachbarin. Die gelben Forsythien leuchteten nur so, die Magnolie fing auch schon an, und der Rasensprenger zauberte noch einen kleinen Privat-Regenbogen dazu. Und dann, nach vier Stunden wackerer Gartenarbeit, duschte Sibylle sich nochmals, bevor sie sich zum zweitenmal umkleidete. Im Flughafen waren sie viel zu früh. Hannes bekam einen Eisbecher zu seinem vergehenden Halsweh, aber die Jacke durfte er unter keinen Umständen ausziehen, damit das dumme Halsweh nicht wiederkäme. Und Flugzeuge gab es da! Man hätte gerade nach Athen fliegen können, nach Paris, sogar nach Neuyork. Für Sibylle stand es außer Zweifel, daß Rolf es ihr auf den ersten Blick ansehen würde. Auch war er ja der Nächste, der Einzige, dem sie es anvertrauen konnte, wollte. Das Flugzeug hatte vierzig Minuten Verspätung, Zeit genug für Sibylle, um in Gedanken alles zu sagen, was dann in Wirklichkeit nie gesagt worden ist. Denn im Augenblick, als die hallenden Lautsprecher die soeben erfolgte Landung des Kursflugzeuges aus London meldeten und als auch bereits eine Herde fremder Leute aus der verstummten Maschine stieg, von einer Stewardeß gesammelt und zum Zoll geführt, alles, wie wenn nichts geschehen wäre, und als Sibylle, ihren kleinen Hannes an der Hand, von der Terrasse heruntersah, wie Rolf sich umblickte und dann, endlich seine Familie erkennend, mit einer Zeitung winkte, in diesem Augenblick wurde es in Sibylle plötzlich sehr stumm, ja, sie winkte nicht einmal. Sie wußte das gar nicht, aber Rolf behauptete später, sie hätte nicht einmal gewinkt, nicht einmal genickt. Plötzlich das Gefühl: Was geht es ihn an! Und als es am Zoll sehr lange ging, kam sogar eine kleine Verärgerung über Rolfs ganz selbstverständliche Erwartung, daß man ihn nach jeder Reise abholte. Irgendwie brauchte Sibylle jetzt diesen Panzer von Verärgerung. Ein Winken mit der Zeitung, ja, aber keine Spur von strahlender Überraschung; er hielt es einfach für sein gutes Recht, am Flughafen eine wartende Gattin zu finden, das erboste Sibylle nun dermaßen, als sie ihm, als er aus dem Zoll kam und sie küßte, zwar beide Wangen gab, nicht aber ihren Mund … »Was gibt es Neues?« seine übliche Frage. Auf dem Gang zum Wagen merkte sie doch etwas wie weiche Knie. Beim Abendessen in der Stadt, um doch etwas Neues zu melden, redete sie von dem jungen Sturzenegger, ihrem Architekten, von seinem tollen Glück, von einem Auftrag irgendwo in Kanada oder so. Ferner hatte der junge Sturzenegger einen Film empfohlen, den man nicht verpassen sollte, heute letzter Tag. Sonst war ja Rolf nach seinen Reisen stets sehr aufgekratzt, munter, als käme er geradenwegs von der Quelle des Lebens; jetzt, von ihrer Munterkeit überflügelt, spielte er sogleich den Müden, meldete schwere Böen über dem Kanal und wollte nach Hause, tat, als käme er nicht von London, sondern von der Front, ein Held mit Anrecht auf häusliche Pflege. Ein wenig bestürzt war Sibylle wohl doch, ohne es merken zu lassen, über ihre Entdeckung, wie anders sie Rolf betrachtete, nicht ohne Liebe, aber ohne Angst, daß er etwas verschwiege, und frei von dem Wahn, ohne Rolf nicht leben zu können, nein, auch nicht ohne warme und echte Zärtlichkeit, die sich indessen mit Mitleid mischte, also nicht ohne eine gewisse Herablassung, die Sibylle so gar nicht wollte, und doch war sie plötzlich da, Sibylle hörte sie eher als er, eine Veränderung in ihrem Unterton. Zum Zweck der Demonstration, daß seine Müdigkeit nicht ihre Müdigkeit war, erwog sie, allein in den empfohlenen Film zu gehen. Rolf hatte nichts dagegen. Sie ließ es bleiben; keineswegs aus schlechtem Gewissen, das sie auch Aug in Auge nicht hatte, sondern eher aus Mütterlichkeit. Im Wagen dann, den Sibylle steuerte, war es nicht Rolf, der seine Hand auf ihren Arm legte, sondern umgekehrt, obschon Sibylle, wie gesagt, am Steuer saß. Er sagte: »Du siehst großartig aus!« Sie sagte: »Es geht mir auch sehr gut.« Und sie meinte mit Erleichterung, nun wüßte er alles. Sie schaute ihn wohl manchmal an, ungläubig, daß ein Mann so wenig spüren würde. Es war fast etwas komisch. Schwierig (für Sibylle) dürfte der Augenblick gewesen sein, als Rolf, der Vater ihres Kindes, sein Gepäck in die Diele stellte, seinen Mantel aufhängte, um hier zu übernachten. Eine Ungeheuerlichkeit! Sibylle glaubte nun einfach in Tränen auszubrechen, aber auch das merkte er nicht, sondern erzählte von der rasanten Verarmung des britischen Empire. Der kleine Hannes war ins Bett gebracht, das Gebetlein gesprochen; Sibylle hatte keinen überzeugenden Grund mehr, um vor der rasanten Verarmung des britischen Empire wegzulaufen. Nichts gab es zu widerrufen, gar nichts, auch wenn sie es gekonnt hätte, gar nichts; aber wie konnte dieser Abend bestanden werden, wie, wenn bei seiner Ahnungslosigkeit, die Sibylle nicht fassen konnte, das Verschweigen so leicht war und dennoch unmöglich? Rolf stand in der Küche vor dem Eisschrank, um ein Bier zu trinken, und fragte die ferne Sibylle, ob sie inzwischen einmal auf der Baustelle gewesen wäre. Sibylle hatte sich entschlossen, das Haus zu verlassen, lautlos die Türe aufzumachen, während Rolf in der Küche sein Bier trank und von der Baustelle redete, und hinauszugehen irgendwohin, nicht zu Stiller, aber irgendwohin; Rolf mußte die Klinke gehört haben, kam und fand sie im Mantel, den Hausschlüssel in der Hand, erbleicht oder errötet, aber seltsam geistesgegenwärtig. »Der Hund!« sagte sie, der Hund müßte noch ins Freie gelassen werden. Und Rolf stellte sein Bierglas hin, um den Hund ins Freie zu führen, hilfsbereiter als üblich. Ahnte er wirklich nichts? Verstellte er sich? Machte es ihm wirklich nichts aus? Oder war er blöd, ganz unsäglich blöd oder größenwahnsinnig in der Meinung, kein andrer Mann könnte gegen ihn antreten, oder was sollte das alles heißen? Sibylle saß in ihrem Mantel. Und dabei, Rolf hatte irgendwie sogar recht, spielte es gar keine Rolle, schien ihr; es nahm ihm nichts weg. Aber wissen mußte er es! Jede weitere Stunde, jede Viertelstunde, die verschwiegen wurde, vergiftete alles Gewesene zwischen Rolf und ihr. Sie weinte. Bereute sie es vielleicht doch? Und sie schämte sich vor Stiller, der jetzt so ferne war, fürchtete, daß sie in dem immer näher kommenden Augenblick, da Rolf den Hund zurückbrachte und da sie es ihm sagen würde, die vergangene Nacht verkleinern könnte bis zum Verrat, Verrat an Stiller und an sich selbst. Sie sah es schon: Rolf würde den Arm um sie legen, eine Art von Verständnis und Nachsicht haben, die alles begräbt, und ihr kleines, etwas dummes Intermezzo gar nicht ernst nehmen, und sie, die Verräterin, würde ihn hassen um ihres eigenen Verrates willen. War es dann nicht wieder ehrlicher, alles zu verheimlichen? Und alles, was eine Wohnung ausmacht, plötzlich schien es ihr nur darauf angelegt, die Aufrichtigkeit zu verunmöglichen. Warum war Stiller nicht da! Ihr Mann erschien ihr so stark, so überstark, nicht weil er das ›Recht‹ auf seiner Seite hätte, aber einfach durch die Gegenwärtigkeit seiner Person; Stiller war wie verdeckt von hundert Sachen, von diesem

Flügel, von Möbeln und Teppichen und Büchern und Eisschrank und lauter Zeug, nichts als Zeug, das gleichsam für Rolf eintrat, stumm, stur, unwiderlegbar. Eine Bastion ist so eine Wohnung, schien ihr, eine geschmackvolle Gemeinheit. Im Begriff, Stiller anzurufen, bloß damit sie seine schon vergessene Stimme hörte, hörte sie das Bellen des Hundes und hängte ab, zog nun auch endlich ihren Mantel aus, zum Umsinken müde und zur weibischen Kapitulation bereit, nämlich es einfach darauf ankommen zu lassen, welcher der beiden Männer nun eben über den andern und damit auch über Sibylle siegte. Rolf fand sie in hausfraulicher Geschäftigkeit. Wohl mit einigem Recht fand er es überflüssig, daß Sibylle jetzt noch die monatliche Abrechnung des Milchmanns und des Metzgers überprüfte, fand es eine Unartigkeit gegenüber einem Mann, der von London kommt, und zeigte sich verstimmt, ja, es hatte schon den Anschein, als würde der Abend in ehelicher Verstimmung alltäglicher Art vorübergehen, also glimpflich. Es dürfte eher an Rolf gelegen haben, daß es nicht dabei blieb. Er schmetterte sein Bierglas in den Schüttstein. »Was ist denn?« fragte sie. Aus ihrer Unartigkeit schloß er, daß Sibylle, seine liebe Frau hinter dem Mond, ihn wieder einmal verdächtigte; auch Rolf hatte es satt. Rolf fand es so kleinlich, so spießig; noch einmal (jedoch mit einem deutlichen Unterton, daß es das letzte Mal sein würde) hielt Rolf seinen ›Vortrag‹ und ließ sich nicht unterbrechen, nein, Sibylle mußte nun wirklich einmal zu einer großzügigeren Auffassung der Ehe kommen, mußte Vertrauen haben, mußte begreifen, daß Rolf sie liebte, selbst wenn er zuweilen eine andere Frau auf Reisen traf; übrigens war es dieses Mal gar nicht der Fall gewesen, aber es ging ihm wie allen Männern insbesondere ums Grundsätzliche, und da, wie gesagt, hoffte er, Sibylle denn doch zu einem reiferen Begriff von Ehe führen zu können, zur Einsicht, daß ein gewisses Maß von Freiheit auch in einer Ehe vonnöten ist. Er verbat sich Anwandlungen von Eifersucht. Aber auch das ging vorüber. Sibylle wollte ihm versichern, daß sie ihn begriff wie noch nie, kein bißchen Eifersucht empfände; aber es wäre die Wahrheit und zugleich der bare Hohn gewesen, und es ließ sich nichts sagen, überhaupt nichts. Sibylle wollte nur so bald wie möglich allein sein. Es war gräßlich, es begann Komödie zu werden. Sibylle, als sie ihm einen herzlichen Kuß auf die Stirne gab, fühlte sich in einer Weise überlegen, die sie beschämte. Unwillkürlich verriegelte Sibylle ihre Türe. Ihr Glück war kein Traum. Sobald Sibylle sich allein fand, erfüllte es sie wieder mit aller Wirklichkeit. Bloß aus Takt sang sie nicht. Aber auch so, scheint es, hörte man es durch alle Wände, ihr stummes Glück, und der Gatte, wiewohl er alles Nötige wieder einmal ausgesprochen hatte, fand keine Ruhe. Die verriegelte Tür bestürzte ihn; er bestand darauf, nochmals in ihr Zimmer kommen zu dürfen, und dann erst, als Rolf wie ein tröstender Samariter auf ihrem Bett saß, offenbar ein verweintes Gesicht erwartet hatte und verdutzt war, ein glückliches zu finden, begann er etwas zu ahnen. Er fragte: »Was ist geschehen?« Sibylle wußte nicht die Worte, so etwas zu sagen; sie sagte: »Du weißt es schon.« Rolf fand auch nicht gerade die besten Worte; er sagte: »Du warst bei einem Mann gewesen?« Sibylle sagte ja und war froh, ihr Schweigen los zu sein, erleichtert, jetzt erst die vollen Grade glücklich. Rolf starrte sie an. Sie bat ihn, jetzt keine weiteren Fragen zu stellen, sie allein zu lassen. Rolf nahm es (so sagt Sibylle) mit einer bemerkenswerten Gefaßtheit. Er verreiste sogar für einige Tage, um Sibylle in Ruhe zu lassen, wofür sie ihm von Herzen dankbar war. Nach seiner Rückkehr war er ebenfalls (so sagt Sibylle) von einer bemerkenswerten Gefaßtheit.

———

Das Liebesglück zu beschreiben, das Sibylle, die Gattin meines Staatsanwaltes, in den folgenden Wochen erlebte oder zu erleben hoffte, steht mir nicht an. Ob es so groß war, dieses Liebesglück, wie die beteiligten Gatten, Frau Julika Stiller-Tschudy einerseits, mein Freund und Staatsanwalt anderseits, in ihrer verschwiegenen Eifersucht vermuteten, scheint mir fraglich. Eine obdachlose Liebe, man kennt das, eine Liebe ohne Wohnung im Alltag, eine Liebe, die auf die Stunden der Verzückung angewiesen ist, man weiß ja, früher oder später ist es eine verzweifelte Sache, Umarmungen im hohen Korn oder im nächtlichen Wald, eine Zeitlang ist es romantisch, aufregend, dann lächerlich, eine Erniedrigung, eine Unmöglichkeit, die auch mit allem Aufwand gemeinsamen Humors nicht mehr zu retten ist, denn schließlich waren sie ja keine Gymnasiasten mehr, sondern zwei erwachsene Leute, ein Mann und eine Frau, beide schon einmal verheiratet ... Sibylle verstand (so sagt sie) seine Hemmungen, sie in seinem Atelier zu empfangen, wo ihn alles an seine kranke Julika erinnerte. Sie bedauerte es, denn sein großes und helles Atelier, wie gesagt, gefiel ihr sehr; aber sie verstand es. Was hätte Sibylle darum gegeben, eine gesunde Nebenbuhlerin zu haben, eine gleichwertige Frau, der man die Freundschaft oder den offenen Kampf antragen könnte, ja selbst eine Furie der Eifersucht, die überall in der Gesellschaft ihre moralischen Minen legt, oder eine Wirre mit lächerlichen Gasherd-Drohungen, eine wackere Närrin, die schnurstracks zum Gegen-Ehebruch schreitet, alles wäre Sibylle lieber gewesen als eine Kranke, die sich ins Sanatorium nach Davos entzog und die Gesunden jedenfalls ins Unrecht setzte, dazu eine Frau, die Sibylle nie von Angesicht zu Angesicht gesehen hatte, ein Gespenst! Aber so war es nun einmal, und sein Atelier kam also nicht in Frage. Was blieb ihnen, um sich zu treffen, anderes als Gottes freie Natur und ein paar Wirtschaften? Eine Regenwoche war für ihre Liebe katastrophal wie für andere Freilichtspiele und Sommernachtsträume; die Wirtschaften fingen an, sich zu wiederholen; die Wege rings um die Stadt fingen an, nirgendwohin zu führen; ihre Gespräche fingen an, melancholisch zu werden, witzig, aber melancholisch – mit einem Wort: so ging es nicht weiter ...

Dabei liebten sie einander wirklich.

»Komm«, sagte Sibylle eines Tages, »fahren wir nach Paris!« Stiller lächelte unsicher. »Ich komme von der Bank, mach dir keine Sorge«, sagte sie, »wir müssen nur nachsehen, wann ein Zug fährt.« Stiller bat die Kellner um einen Fahrplan. An Zügen nach Paris fehlte es nicht. Und einmal, im Juli etwa, brachten sie es tatsächlich bis auf den Bahnsteig, saßen auf der Bank unter der elektrischen Uhr, die Fahrkarten in der Tasche, ausgerüstet mit Zahnbürste und Paß. »Fahren wir oder fahren wir nicht?« fragte Stiller, als läge die Hemmung einzig und allein bei ihr, nicht bei ihm. Bereits ging der Schaffner von Wagen zu Wagen. »Einsteigen«, rief er, »einsteigen, bitte!« Stiller tat ihr leid. An seiner Entschlossenheit, ihre Wünsche endlich in die Tat umzusetzen, war nicht zu zweifeln, aber plötzlich hatte Sibylle alle echte Lust verloren; es störte sie das Verbissene an seiner Entschlossenheit. »Und Julika?« fragte sie. Unterdessen zuckte der Zeiger der elektrischen Uhr von Minute zu Minute. Im Grunde war Stiller (so sagt sie) doch froh, daß das Zögern wenigstens scheinbar von Sibylle kam, während er, ihr Gepäck in der Hand, die männliche Rücksichtslosigkeit in Person darstellte. Von Wagen zu Wagen wurden bereits die Türen geschlossen. Sibylle blieb sitzen, sie spürte so deutlich, daß das Gespenst schon drinnen saß, und Sibylle hatte keine Lust, mit einem Gespenst durch Paris zu gehen... Der Zug fuhr; man blieb auf dem Bahnsteig zurück mit dem Beschluß, daß Stiller zuerst nach Davos fahren würde, um mit der kranken Julika in aller Offenheit zu reden, denn anders ging es ja nicht.

Im August fuhr Stiller nach Davos.

Ihrerseits fühlte Sibylle sich vollkommen frei, auch wenn ihr die bemerkenswerte Gefaßtheit ihres Mannes (so sagt sie) nachgerade auf die Nerven ging. Bei jedem schwarzen Kaffee, sobald der kleine Hannes nicht dabei war, wartete sie auf die Auseinandersetzung. Vergeblich! Rolf sagte bloß: »Wenn du Donnerstagabend noch frei bist, da wäre dieses Orgelkonzert im Fraumünster...« Sibylle bediente die Kaffeemaschine. »Ich bin nicht frei«, sagte sie, und damit war das Orgelkonzert erledigt. Rolf war zum Umbringen, fand sie; er gewährte ihr eine Freiheit, eine Unabhängigkeit, die nachgerade kränkend wurde. »Ich verstehe dich nicht!« platzte nicht etwa Rolf, sondern Sibylle, »du weißt genau, daß ich jemand liebe, daß ich ihn fast täglich treffe, und fragst nicht einmal, wie er heißt. Das ist doch eine Farce!« Rolf lächelte: »Wie heißt er denn?« Auf eine solche Herablassung hin konnte Sibylle es natürlich nicht sagen, und man wartete wortlos auf den Kaffee. »Das habe ich dir gesagt«, plauderte Rolf, »daß sie mich zum Staatsanwalt haben wollen...« Rolf hatte immer etwas, um auszuweichen, etwas Wichtiges, etwas Sachliches. Endlich kochte der Kaffee in der Glaskugel, der Dampf pfiff. Auch mit Rolf, fand sie, ging es so wie bisher nicht weiter. Unter anderem begann auch das Geld plötzlich eine Rolle zu spielen: nicht für Rolf, aber für Sibylle. Es verletzte sie insgeheim, wie selbstverständlich ihr lieber Stiller es hinnahm, daß alles, was Sibylle auf dem Leibe trug, von Rolf bezahlt war, Stiller verdiente fast nichts, gewiß, und er konnte nicht auf die Bank gehen, sie verstand es, und doch verletzte es sie insgeheim, ja, gegen alle Vernunft. Höchstens spöttelte Stiller einmal über die Verwöhntheit der Dame, befühlte ihren neuen Stoff, lobte ihren guten Geschmack in Farben, ohne je auch nur auf den Gedanken zu kommen, den Sibylle ihm sogleich mit aller Zärtlichkeit ausgeredet hätte, versteht sich, auf den Gedanken nämlich, daß Sibylle sich nicht länger von Rolf, ihrem Gatten, ausstatten lassen dürfte. Stiller störte es gar nicht, nein, und auch Rolf störte es nicht. Manchmal (so sagt sie) fand sie beide Männer unmöglich. Dann juckte es sie. »Übrigens sollte ich Geld haben«, sagte Sibylle, »aber ziemlich viel. Nämlich wir haben im Sinn, diesen Herbst zusammen in Paris zu verbringen –« Sie blickte ihn von der Seite an, nachdem sie es gesagt hatte; Rolf schwieg. Es geschah das einzig Unerwartete, nämlich nichts. Sie füllte sein Täßlein und stellte es ihm hin. »Danke«, sagte er. Entweder hatte Rolf, ihr Mann, etwas dagegen, daß sie mit einem andern Mann (und mit Rolfs Geld) nach Paris fährt, oder Rolf hat nichts dagegen; etwas anderes, so hatte sie gemeint, gibt es nicht. Sibylle füllte ihr eigenes Täßlein. »So«, sagte er lediglich, »ihr wollt nach Paris.« Sie ließ es nicht an Aufklärung fehlen: »Ich weiß nicht für wie lange, vielleicht nur für ein paar Wochen, vielleicht auch für länger –« Rolf sprang nicht von seinem Sessel, er schmetterte kein Täßlein an die Wand, dieser Rolf mit seiner lächerlichen Gefaßtheit, geschweige denn, daß er auf die Knie fiel und Sibylle anflehte, Vernunft anzunehmen und bei ihm zu bleiben. Nichts von alledem! Einen Augenblick lang war Rolf etwas errötet; er hatte wohl angenommen, die Geschichte mit ihrem Maskenball-Pierrot hätte sich erledigt, und nun mußte er sich von neuem mit der Tatsache ihres glückseligen Ehebruchs abfinden. Warum aber, zum Donnerwetter, mußte er? Rolf rührte in seinem Kaffee. Warum warf er keinen Blumentopf nach ihr oder wenigstens ein Buch? Als sie sein Täßlein etwas zittern sah, regte sich keine Reue in ihr, nicht einmal Mitleid, eher Enttäuschung, Bitterkeit, Hohn, Traurigkeit. »Oder hast du etwas dagegen?« fragte sie und gab ihm den Zucker hinüber, entwikkelte nun ihre Gründe: »Du weißt ja, wie das ist, hier gibt es doch nur ein Geschwätz, wenn man mich sieht. Mir macht es nichts aus! Aber für dich ist es doch unangenehm. Vor allem jetzt, wo sie dich als Staatsanwalt haben wollen! Sicher ist es auch für dich viel besser, wir leben in Paris ...« Sie sah ihn an. »Oder was findest du, Rolf?« Er trank, rührte, trank, blies und trank, als ginge es jetzt vor allen Dingen um die Erledigung dieses heißen Kaffees. Ganz beiläufig kam seine sachliche Frage: »Ja, und wieviel Geld brauchst du denn etwa?« Feige wie Männer ja sind, wenn sie einmal nicht selber die Attacke führen, verschanzte er sich sofort im Sachlichen, während Sibylle doch hören wollte, was er empfände, was er hoffte. Sibylle mit einem anderen Mann in Paris, war's ihm denn gleichgültig? Fand er's in Ordnung? Fand er's untragbar? Sibylle fragte ihn klipp und klar: »Was denkst du denn?« Rolf stand nun am großen Fenster, zeigte ihr seinen breiten Rücken, beide Hände in den Hosentaschen wie immer die Zuschauer bei einer Feuersbrunst. Sie fand seinen Rücken so breit, seinen Kopf so rund und dick; sie schoß auf seine Ruhe: »Ich liebe ihn«, sagte sie ungefragt. »Wir lieben einander wirklich«, fügte sie hinzu, »sonst würden wir ja nicht zusammen nach Paris gehen, das wirst du mir glauben, ich bin ja nicht leichtsinnig.« Und dann müssen ja die Männer stets wieder an die Arbeit, jaja, es war schon zehn Minuten nach zwei; Sitzung, diese Bastion ihrer Unabkömmlichkeit, Sibylle kannte das. Wenn Rolf jetzt nicht an seine Arbeit geht, fällt die ganze Menschheit in einen Zustand verheerender

Rechtlosigkeit. »Das mußt du schon selber wissen«, sagte er kurz, »was du für richtig hältst.« Und dann, nachdem er seinen Mantel angezogen hatte, wobei er die Knöpfe in die falschen Löcher würgte, so daß die Gattin ihn zurechtknöpfen mußte, fügte er etwas melancholisch hinzu: »Du mußt tun, was du für richtig hältst!« und ging... Und Sibylle, allein im Zimmer, heulte.

In diesem Sinn war Sibylle also frei.

Stiller hingegen kam unverrichteterdinge von Davos zurück, tat, als läge seine Balletteuse im Sterben, und eine Reise nach Paris kam selbstverständlich unter solchen Umständen nicht in Frage. Einmal mehr saßen sie an einem Waldrand – ringsum wurde bereits das reife Korn geschnitten, der Sommer verging, Gewitter türmten sich über dem blauen See, eine Hummel brummte ihren Zickzack durch die sommerliche Stille, über den Feldern zitterte die Bläue, aus den Gehöften gackerten die Hühner, und die Welt war eine tadellose, gelungene, erfreuliche, geradezu begeisternde Sache. Nur ihr Glück (oder was sie sich von ihrer Liebe versprachen) war sehr kompliziert! Stumm saßen sie auf der Erde, zwei Ehebrecher in zärtlicher Verflechtung ihrer Hände, jedes mit einem Halm zwischen den sorgenvoll-verbissenen Lippen, und das einzige in dieser Welt, was nicht kompliziert wäre, schien ihnen die Ehe zu sein, nicht die Ehe mit Rolf und nicht die Ehe mit Julika, aber die Ehe zwischen ihnen.

———

In den ganz und gar unbitteren Erinnerungen dieser trefflichen Frau – ich sehe sie natürlich die ganze Zeit, während ich hier schreibe, in ihrem blauen Rohrsessel wie neulich in der Klinik, als ich ihr die Gladiolen brachte, in ihrem zitronengelben Morgenrock zum schwarzen Haar – gibt es einen Punkt, der den verschollenen Stiller nicht wenig verblüffen möchte, die Tatsache nämlich, daß Sibylle in jenem Sommer oder Herbst, ohne Stiller jemals davon unterrichtet zu haben, ein Kind von ihm erwartet hat (nun wäre es sechs Jahre alt)...

Ich protokolliere:

Es war im September, Stiller mit allerlei Umtrieben für eine Ausstellung sehr beschäftigt; wichtige Persönlichkeiten hielten es für angebracht, für unerläßlich, daß Stiller wieder einmal vor die Öffentlichkeit treten würde. »Störe ich?« fragte Sibylle, da Stiller, kaum hatte er sie mit einem fast schon gewohnheitsmäßigen Kuß begrüßt, an einem Sockel weitersägte. Sie schaute ihm zu. Nie ist ein Mann so schön, fand sie, wie bei einer handwerklichen Arbeit. »Ich will dich nicht aufhalten«, sagte sie, »aber ich mußte dich heute einfach sehen ...« Mehr verriet sie nicht, zumal es Stiller gar nicht wunderte, warum sie dieses Bedürfnis hatte. Wichtig waren jetzt die Sockel. »Wann kommt er denn«, fragte Sibylle, »dieser Herr von der Kunsthalle?« Sie versuchte sich zu interessieren. Draußen war es ein blauer und milder Septembertag. Mindestens neun Sockel mußten noch gezimmert, dann gestrichen oder lasiert werden, alles nicht so einfach; ein falscher Sockel kann sehr viel ausmachen, und was alles noch eine Lasur erhalten sollte, wogegen anderes, was glücklicherweise eine solche Lasur schon hatte, wieder davon befreit werden mußte! Darum ging es jetzt. »Und deine Frau«, fragte Sibylle, »stellst du sie auch aus?« Sie hatte Teewasser aufgesetzt, das nun kochte, und somit war auch sie beschäftigt. »Ich habe dir etwas mitgebracht«, sagte Sibylle, »ich habe gebacken!« Und sie zeigte ihm einen frischen Kuchen, einen sogenannten Gleichschwer; Stiller war gerührt, ohne hinzuschauen, und redete von Humbug. Sibylle konnte seinen Skulpturen keinen Unterschied ansehen; wieso waren sie plötzlich nur noch Humbug? Dabei lag der Brief eines Konservators vor, ein Hymnus auf Stiller, so daß man fast Angst bekommen mochte, Stiller würde demnächst in Ruhm entschweben. »Der Tee ist fertig«, meldete sie und wartete, sie hätte nie gedacht, daß eine Kunst-Ausstellung so viel Vorbereitung verlangte wie eine Invasion (Rolf hatte ihr beim schwarzen Kaffee von den Churchill-Memoiren gesprochen), und Stiller tat ihr leid. »Wie findest du denn das Plakat?« fragte er, während er an dem Sockel schmirgelte. Sibylle hatte die Skizze auf Packpapier noch gar nicht bemerkt. »Ein Plakat soll es auch geben?«

staunte sie, und in der Tat, es war ein regelrechtes Plakat wie für Furtwängler oder Persil, sie fand es schrecklich: A. Stiller, seine geliebte Handschrift an jeder Plakatsäule, vergrößert wie unter einer Lupe. Haben Männer denn überhaupt keine Scham? Und wenn es ihm wenigstens Spaß gemacht hätte; aber Stiller schimpfte über diese ganze Ausstellerei. Warum tat er's denn? Er trank den Tee im Stehen, aß ihr Gebäck dazu, während er redete, und es regnete von Brosamen, er merkte es gar nicht... Sibylle verließ ihn bald; für Vaterschaft war er jetzt nicht zu haben, schien ihr, und sie war zufrieden, daß Stiller sie nicht einfach hatte gehen lassen, sondern sie um fünf Uhr zum Segeln erwartete. Sie war glücklich, ihn an diesem Tage nochmals treffen zu können. Bloß um die Zeit zu vertreiben, ging sie durch die septemberliche Bahnhofstraße von Schaufenster zu Schaufenster, von Laden zu Laden, bis sie die netteste Krawatte von Zürich gefunden hatte. Leider, fiel ihr ein, hatte Stiller gar kein passendes Hemd zu dieser Krawatte. Sie kaufte das passende Hemd.

Beim Segeln (so sagte Sibylle) war Stiller immer wie ein Bub, so ernst, ohne zu grübeln, und so gelöst, so glücklich mit seinem Spielzeug; er bediente Steuer und Leine, Sibylle lag vorne auf dem Bug, eine Hand oder einen Fuß im kräuselnden Wasser. Hier auf dem See waren sie frei, ohne das Gespenst. Die Ufer verloren sich in herbstlichem Dunst, ihr Segel leuchtete in der Milde der letzten Sonne, ostwärts ging der Himmel schon in violette Dämmerung über, und das Wasser neben ihrem gleitenden Boot war schattig, unter einer hellen Spiegelfläche beinahe schwarz. Sibylle legte ihren Kopf auf den Ellbogen, um die immer flacheren Strahlen der sinkenden Sonne voll im Gesicht zu haben, hörte das Geglucks unter dem Boot, wenn es in den Wellen eines Dampferchens schaukelte, und betrachtete Stiller, ihren beschäftigten Steuermann, aus blinzelnden Augen: – sein Gesicht, sein schmaler Kopf, sein fahles Haar im Wind, nein, er gefiel ihr schon sehr dieser Mann, der vielleicht schon der Vater ihres zweiten Kindes war. Wie Rolf es aufnehmen würde? Eigentlich war sie wunschlos. Apropos Rolf: morgen würde er seine Staatsanwaltschaft antreten. Wie tüchtig sie sind! Jeder in seiner Art. Und Sibylle beschloß, vernünftig zu sein, zufrieden zu sein. Trotz allem. Sie war ja noch jung, und alles hatte Zeit. Irgend etwas würde schon geschehen! Vielleicht kommt ein Kind, vielleicht stirbt Julika, vielleicht fällt ein Stern vom Himmel, der alles ins reine bringt. Wie immer beim Segeln redeten sie wenig. Über dem See summte die Stadt mit ihrem Verkehr, Schulkinder winkten von einem heimkehrenden Dampferchen, und die Welt, so mit liegendem Kopf betrachtet, bestand überhaupt nur aus Farben, aus Glanz und Spiegelung und Schatten, aus Stille und Klang, das war nicht die Stunde, um Entscheidungen zu treffen. Wieso war's nicht möglich, zwei Männer zu lieben? Stiller war ihr vertrauter, er war nicht ein Mann, der unterwirft. Rolf unterwirft. Das konnte fürchterlich sein, in mancher Hinsicht war es auch einfacher. Rolf verschwistert sich nicht mit der Frau. Einmal streiften sie eine Boje, so daß es ächzte, und Stiller, der von seiner Ausstellung geredet und nicht aufgepaßt hatte, entschuldigte sich. Rolf entschuldigte sich eigentlich nie; Rolf war selbstgerecht. Um Stiller konnte man Angst haben, um Rolf nicht. Beide zusammen in einer Person, das wäre es gewesen! Manchmal kam ihr Rolf wie ein großer Hund vor, ein Bernhardiner, den man besser nicht an die Leine nahm, um nicht umgeworfen zu werden. Stiller kam ihr wie ein Bruder vor, fast wie eine Schwester ... Unversehens war es kühl geworden, und Sibylle erhob sich, ging durch das wankende Boot auf Stiller zu, faßte seinen Kopf mit ihren nassen Händen, küßte ihn über und über. Er ließ die Leine los, so daß das Segel flatterte, und fragte: »Was ist los?« Noch wußte Sibylle es selber nicht.

»Männer sind komisch!« findet Sibylle noch heute: »Ihr mit eurem Ernst! Für Stunden oder Tage, mitunter für ganze Wochen, könnte man meinen, ihr wünscht nichts anderes als die Nähe einer geliebten Frau, besinnungslos sucht ihr diese Nähe, scheut euch vor nichts, so möchte man glauben, vor keiner Gefahr, vor keiner Lächerlichkeit, schon gar nicht vor Grausamkeit, wenn euch jemand im Wege steht, es gibt nur die Frau, scheint es, die geliebte Frau – und dann, im Handumdrehen, ist es ganz anders, plötzlich zeigt sich, daß halt eine Sitzung doch wichtig ist, so wichtig, daß sich alles danach richten muß. Plötzlich werdet ihr nervös, findet die Frau eine zärtliche Klette. Ich weiß! Ich kenne sie, diese läppische Rücksicht auf lauter fremde Leute, bloß nicht auf die Frau, die euch liebt. Ihr mit eurem Ernst des Lebens! Eine internationale Juristen-Konferenz, der Konservator einer Kunsthalle, plötzlich gibt es wieder Dinge, die man unter keinen Umständen versäumen darf! Und wehe der Frau, die das nicht versteht oder gar lächelt! Und dann, im Handumdrehen, seid ihr wieder wie der kleine Hannes bei einem Gewitter. Ist es nicht wahr? Diese gleichen Männer, da kommen sie und müssen den Kopf an unsere Schulter legen, um nicht zu verzweifeln, um zu spüren, daß sie in dieser ernsten Welt nicht ganz und gar verloren, mit allen ihren Staatsanwaltschaften und Ausstellungen nicht ganz und gar überflüssig sind ... Weiß der Himmel«, lacht sie, »ihr seid mir eine Gesellschaft!«

Eines Tages, Ende September, sagte Stiller am Telefon: »Mach dich bereit, wir fahren nach Paris.« Sie traute ihrem Hörer nicht. »Ist das dein Ernst?« Antwort der munteren Stimme: »Warum nicht?« Halb noch im Zweifel, ob Stiller nicht scherzte, halb schon in heiterem Ernst fragte sie »Wann?« Antwort der munteren Stimme: »Morgen, heute, wann du willst.« (Die Züge nach Paris kannten sie ja auswendig; da gab es eben diesen Nachtzug mit Einfahrt im ersten Morgengrauen durch die Vororte von Paris, dann Frühstück mit den frühen Arbeitern in einer Bar bei der Gare de l'Est. Café und Brioches, anschließend Bummel durch die großen Hallen voll Gemüse und Fisch – und plötzlich, wie im Zaubermärchen, war all dies zu haben?) »Ich komme sofort zu dir!« sagte Sibylle, aber das ging nicht so ohne weiteres, denn am Vormittag hatte Stiller nochmals seinen Konservator im Atelier, am Nachmittag mußte Sibylle mit ihrem kleinen Hannes in den Zirkus gehen. »Also nach dem Zirkus!« sagte sie und legte den Hörer auf, benommen wie jemand, der einen Preis gewonnen hat, leer vor Glücklichkeit…

Endlich schien es vorwärtszugehen!

»Wie ist das nun«, fragte Rolf beim schwarzen Kaffee, »wir müssen die Möbelwagen bestellen, wann paßt es dir? Ich denke ja nicht daran, diesen ganzen Umzug allein zu machen. Bist du nächste Woche hier?« Sibylle begriff sein Drängen durchaus, wie lästig es ihr auch war. »Jaja«, sagte sie, »ich weiß, aber das kann ich heute noch nicht sagen.« – »Wann denn?« – »Morgen!« – »Warum so nervös?« – »Ich bin nicht nervös«, erwiderte sie, »wieso soll ich nervös sein?« Sibylle hatte gehofft, sie könnte ihre Entscheidung reifen lassen; nun war's plötzlich ein Ultimatum von vierundzwanzig Stunden! Schließlich ging es um alles, was ihr auf dieser Welt wichtig war, um Stiller, um Rolf, um Hannes, es ging um ein Leben, das noch gar nicht geboren war, um lauter Menschen, denen ihr Herz verbunden war, es ging um sie selbst, es ging darum, ob Sibylle imstande sein würde, ihr Leben selber zu wählen. Darum ging es! Und morgen sollte Rolf es wissen, um die Möbelwagen bestellen zu können, morgen beim schwarzen Kaffee… Die Kinder-Vorstellung im Zirkus (so sagt sie) war alles andere als eine Zerstreuung für sie, im Gegenteil, gerade hier fällte sie ihren Entscheid: für Paris, für Stiller, für das Wagnis. Bei Tageslicht, fand Sibylle, sieht so ein Zirkus viel schäbiger aus, geradezu rührend, überall sieht man die Schadhaftigkeit des Pompes; um so holder ist das Licht unter dem besonnten Zelt, ein Licht wie Bernstein, dazu die Estraden voll kunterbunter Kinder mit dem Geschwirr ihrer Stimmen, dazu Blechmusik, Gestank von Tieren, ab und zu Gebrüll wie aus dem Urwald. Sibylle fand es herrlich. In Paris, dachte sie, würde es schon irgendeine Arbeit für sie geben, irgendeine, das gehörte zum Wagnis. Sibylle hatte keine Angst. Der Clown, der die Vorstellung eröffnete, nahm die Kinder offenbar für dumme Erwachsene, sein Erfolg war spärlich, und der kleine Hannes, zum erstenmal im Zirkus, starrte ohne Lächeln auf den blöden Mann, nur schadenfroh, wenn er stolperte, und wollte nicht, daß der wiederkäme. Sibylle sollte es ihm sagen, dem Clown, daß er nicht wiederkäme. Dann aber die Sprünge der Tiger! Peitschenknall und heiseres Gefauch, Sibylle war fasziniert, und für Minuten vergaß sie sogar Paris, während Hannes an einem Zuckerzeug lutschte und fragte, warum die bösen Tiere denn immer durch die Reifen springen müßten. Er sah keinen rechten Zweck dabei. Seehunde hingegen entzückten ihn, und zu allen Entscheidungen, die Sibylle jetzt zu fällen hatte, sollte sie auch noch wissen, ob sie nicht ein Seehund sein wollte. Beim Walzer der Pferde wollte Hannes nach Hause gehen. Sibylle hätte durchaus schon jetzt zu Stiller gehen können. Sie tat es nicht. Noch nicht! Und einmal, wie gerade sieben Männerleben an dem lächelnden Gebiß eines Trapez-Mädchens hingen, entdeckte Hannes durch die Estrade hinunter einen schmutzigen Mann in Stiefeln, der allerlei Hunde mit putzigen Röcklein, mit schwarzen Fräcklein und mit weißen Brautschleiern verkleidete, und die Hunde konnten es kaum erwarten. Fortan mußte Sibylle ihren kleinen Hannes auf die Knie nehmen, damit er nicht zwischen den Gerüsten hinunterfiele. Sie hatte damals, scheint es, schon ihre Gewißheit. Dabei war sie ganz und gar bei den kitzligen Darbietungen auf den blinkenden Trapezen. Irgendwie, dachte sie, würde es schon gehen. Plötzlich jauchzten die Kinder ringsum wie aus einer einzigen Kehle: das silberne Trapez-Fräulein hatte ihre himmlische Schaukel soeben mit einem Salto mortale verlassen, wippte im großen Netz, und siehe da, sie hatte ihr Genick nicht gebrochen, und das Orchester schmetterte Verdi. Pause! Hannes wollte ebenfalls hinausgehen wie alle anderen Kinder, Sibylle aber saß wie gebannt: Eine kostümierte Person, die offenbar auf diese Weise ihren Lebensunterhalt verdiente, verkaufte Schokolade, und das war für Sibylle wohl die größte Attraktion jenes Nachmittags: eine unabhängige Frau –

Kurz vor sieben Uhr, nachdem sie Hannes ordentlich nach Hause gebracht hatte, war sie bei Stiller, der in seinem Atelier wie ein Rohrspatz pfiff, den Koffer mit den Scharnieren hervorgezogen hatte und bereits packte. Mit der Reise nach Paris, natürlich war es ihm Ernst. Warum kam Sibylle ohne ihr Gepäck? Nun stellte sich allerdings heraus, daß Stiller ›ohnehin‹ nach Paris fahren mußte, nicht heute, nicht morgen, aber bald, nämlich einer Bronze wegen, die nur in Paris gegossen werden konnte und für die kommende Ausstellung, wie auch der Konservator fand, durchaus unentbehrlich war. Und Julika? Er hatte einen so prächtigen Vorwand, nach Paris zu fahren, und Julika hatte keinen Anlaß, sich aufzuregen und ihre Fieberkurve zu steigern wegen dieser Reise. Sibylle begriff. Sie sagte ganz einfach:

»Nein.«

Stiller war gekränkt.

»Ich fahre –«

»Ja«, sagte sie. »Tu das.«

Er fand sie komisch. Nun hatte man seit Monaten von diesem Paris geredet und geträumt, und jetzt –

»Tu das«, sagte Sibylle, »fahre –!«

Stiller fuhr (er mußte ja ohnehin) in der Hoffnung, Sibylle würde ihre Laune schon bereuen und nachfahren. Seine Hoffnungen interessierten Sibylle nicht mehr. Am anderen Tag beim schwarzen Kaffee sagte sie zu Rolf: »Ich fahre nicht nach Paris.« Rolf gab sich Mühe, auch in der Freude seine bemerkenswerte Gefaßtheit nicht zu verlieren. Dann sagte sie: »Aber ich fahre für eine Woche zu meiner Freundin nach St. Gallen.« Und jetzt, siehe da, flog das Täßlein an die Wand. Als Sibylle allein war, nahm sie das Telefonbuch auf die Knie, drückte ihre Zigarette in den Aschenbecher, suchte die Nummer des Arztes, des einzigen, der dafür in Frage kam, und stellte die Nummer sogleich ein, wartete, ohne ihr Herz klopfen zu hören. Sie war verwirrt nur über ihren Gleichmut. Es mußte sein, je rascher, um so besser.

Rolf glaubte natürlich nicht einen Augenblick lang an die Freundin in St. Gallen. Er kam sich betrogen vor, zum Narren gehalten, und damit war es für ihn zu Ende. Die unselige Begegnung in seinem Büro – nach ihrer Entlassung aus dem Krankenhaus – wurde von seiner Frau natürlich etwas anders erlebt,

als Rolf, mein Staatsanwalt, sie dargestellt hat; nicht von ihr (so versicherte Sibylle) ging das verstockte Schweigen aus, sondern von ihm.
Ich protokolliere:
Fast eine Stunde lang hatte Sibylle in seinem Vorzimmer warten müssen, bis die Sekretärin kam: »Der Herr Staatsanwalt läßt bitten!« Nach einem Händedruck, nach einem Augenblick auf der Schwelle, da Sibylle die Empfindung hatte, daß sie im Boden versinken müßte, wenn seine Hand sie nicht trüge, ging sie an Rolf vorbei (das ist wahr) geradewegs zum Fenster, als wäre sie der Aussicht wegen gekommen. »Das also ist dein Büro?« sagte sie in einem Ton, als wäre nichts vorgefallen. »Großartig.« Es war die pure Verlegenheit. »Ja«, antwortete er, »das ist mein Büro.« Er musterte sie, als käme sie von einer Liebesfahrt. »Ich möchte mit dir sprechen!« sagte Sibylle ausdrücklich, und Rolf wies sie in den Klubsessel wie eine Klientin, bot Zigaretten an, die in einer großen Schachtel auf dem Schreibtisch waren, sozusagen amtliche Zigaretten. »Danke –«, sagte Sibylle und fragte: »Wie geht's dir?« Und ohne die Betonung zu verschieben, machte Rolf einfach das Echo: »Wie geht's dir?« So saßen sie nun einander gegenüber und rauchten. Rolf hinter seinem großen Schreibtisch, während Sibylle sich wie auf offenem Felde vorkam. Wollte er überhaupt noch hören, wie verbunden sie ihm war? Nicht einmal die ironische Frage: Wie war's denn in St. Gallen? »Du mußt mich entschuldigen«, sagte Rolf, »in einer halben Stunde habe ich Verhandlung.« Und natürlich brachte Sibylle kein Wort heraus. Warum fragte er nicht rundheraus, wo sie gewesen wäre? Oder ganz einfach: Warum lügst du? Statt dessen meldete er bloß: »Der Umzug ist erledigt. Zum Glück hatten wir ordentliches Wetter...« Sein Bericht über den Umzug war vollkommen sachlich, ohne einen Unterton von Vorwurf, daß Sibylle nicht zugegen gewesen war. »Vorläufig habe ich deine Sachen einfach einstellen lassen«, erklärte er, »ich weiß ja nicht, wie du dein Zimmer einzurichten gedenkst, und überhaupt –« Leider unterbrach sie das Telefon. (Vom Krankenhaus war Sibylle zuerst in ihre alte Wohnung ge-

fahren. Das Hallen ihrer Schritte in lauter leeren Zimmern, die verblichenen Tapeten mit den dunkleren Rechtecken entschwundener Bilder, die Schäden allenthalben, die Unbegreiflichkeit, daß sie sechs Jahre lang zwischen diesen Wänden gewohnt hatten, und all dies nach ihrem glimpflichen, heimlichen, notwendigen, aber durch alle Narkose hindurch himmelschreienden Verlust, es war gräßlich gewesen, und Sibylle hatte geweint, als sähe sie in dieser leeren und beschädigten, unsagbar schäbigen Wohnung, die keine mehr war, die anschauliche Summe ihres Lebens. Sie hatte versucht, Rolf anzurufen, aber vergeblich; das Telefon war bereits außer Betrieb. Dann war sie zum neuen Haus gefahren, um das Zimmer der Dame zu sehen: ein einziges Durcheinander, ein Möbellager, die handgreifliche Sinnlosigkeit, ein Haufen von Bildern und Spiegeln, Büchern, Hutschachteln, Vasen und Schuhen, Nähzeug, lauter tadellose Ware, aber Ware, nichts als Ware, ein Haufen zum Anzünden. Hannes hatte ihr keine Ruhe gelassen, und als er Vaters neues Zimmer zeigen wollte, war Sibylle auf der Schwelle stehengeblieben. Dann war sie hierhergefahren ...) Endlich war das Telefon erledigt, Rolf legte den Hörer zurück und besann sich auf das unterbrochene Gespräch, schien es; dann aber sagte er: »Es hat jemand aus Paris angerufen, ein gewisser Herr Stiller, vermutlich dein Liebhaber –« Sibylle blickte ihn nur an. »Ich denke«, fügte er hinzu, »du hast den Herrn in Paris noch getroffen ...« Es hätte diesen Zusatz nicht mehr gebraucht, Sibylle hatte bereits ihre Handtasche genommen und sich unwillkürlich erhoben. »Wohin gehst du?« fragte er bloß. »In die Berge«, antwortete Sibylle kurz, geistesgegenwärtig in Erinnerung an ein Plakat, das sie unterwegs hierher gesehen hatte, »nach Pontresina«. Und Rolf, dieser Dickschädel, dem es noch nicht Farce genug war, begleitete sie tatsächlich zur Türe. »Mach, was du willst«, sagte er und hob ihr den Handschuh auf, den sie verloren hatte. »Danke«, sagte Sibylle und hätte nun eigentlich gehen können, ja, sie verstand nicht, warum sie, statt durch die Tür zu gehen, nochmals zum Fenster ging. »Ich finde es lächerlich«, meinte sie, »vollkommen lächerlich, wie wir uns benehmen, kindisch ...« Rolf schwieg. »Du bist im Irrtum!« sagte sie und mußte nun irgendwie weitersprechen, »du hast kein Recht, mich so zu behandeln. Hast du erwartet, ich komme, dich um Verzeihung zu bitten? Wir sind nie eine Ehe gewesen, Rolf, auch früher nicht. Nie! Das ist es ja. Im Grunde ist es für dich immer nur ein Verhältnis gewesen, nichts weiter, du hast nie an die Ehe geglaubt –« Rolf lächelte. Sibylle wunderte sich selber über ihre Rede, über ihren anklägerischen Ton. Es war ganz und gar nicht, was zu sagen sie eigentlich das Bedürfnis gehabt hätte. »Rolf!« sagte sie und setzte sich auf die Kante eines Sessels, ohne ihre Handtasche wegzulegen, bereit zum Aufbruch, sobald sie das Gefühl haben sollte, ihm lästig zu sein, »ich bin nicht gekommen, um Vorwürfe zu machen. Nur –« Rolf wartete. »Ich weiß nicht«, sagte sie vor sich hin, »was jetzt geschehen soll.« Rolf stand und schwieg. Warum hilft er mir nicht, dachte sie und vergaß, daß er vieles einfach nicht wissen konnte, keine Ahnung hatte, woher Sibylle kam und was geschehen war. »Ich habe nie gedacht«, redete Sibylle, »daß wir so weit kommen würden. Ich habe mir unter Ehe etwas anderes vorgestellt. Du mit deinen Vorträgen! Ich dachte, du redest aus Erfahrung ...« Sie sah ihn an. »Ich weiß nicht«, sagte er, »was du willst.« Sibylle mußte sich wirklich besinnen. »Ich beklage mich nicht, Rolf, ich habe kein Recht dazu. Darum ist es ja so gekommen! Du bist frei, ich bin frei, und dabei ist alles so jämmerlich ... Was ich will?« fragte sie zurück. »Das weißt du nicht?« Ein etwas spöttisches Lächeln, mag sein, sogar ein verächtliches Lächeln kam auf ihr Gesicht, so wie man eben einen Menschen betrachtet, der sich verstellt. Denn soviel Fremdheit, schien ihr, konnte doch nur Verstellung sein. Wozu diese Komödie? Und dann plötzlich wollte Sibylle sich an seine Brust werfen, blieb aber einige Schritte vor ihrem Gatten stehen, als käme sie nicht durch seinen Blick hindurch. »Du hassest mich?« fragte sie mit einem schwachen unwillkürlichen Lachen. Wenn ein Mensch, ein vertrauter, uns zum erstenmal haßt, wirkt es ja fast wie eine Farce, aber es war sein wirkliches Gesicht, wahrhaftig, und ihr Lachen gefror. Er haßte sie. Er sah auch ganz anders aus. Sibylle erkannte ihn nicht mehr; er glich sich selber nur noch äußerlich. »... Liebhaber!« fuhr sie irgendwo in ihren Gedanken fort. »Ich habe keinen Liebhaber gesucht, das weißt du ganz genau!« – »Sondern?« – »Ich brauche nicht irgendeinen Mann. Das ist deine Theorie! Auch in dir habe ich nicht irgendeinen Mann gesucht. Warum hast du je geheiratet? Für dich bleibt es eben irgendeine Frau. Das ist es ja, warum ich sage, du bist ein Junggeselle, ein verheirateter Junggeselle. Lächle nur! Entweder ist die Ehe ein Schicksal, meine ich, oder sie hat überhaupt keinen Sinn, sie ist ein Unfug. Was ich will, fragst du? Ich habe mich blöd benommen, ich weiß. Es hat mir wehgetan, wenn du dich irgendwo verliebt hast, das ist wahr, und vielleicht bin ich kleinmütig gewesen. Spielraum in der Ehe, was heißt das? Ich will keinen Spielraum, ich will, daß ich für meinen Mann nicht ›irgendeine‹ Frau bin. Warum verstehst du das nicht? Auch mein Vater ist nicht ›irgendein‹ Mann für mich. Und Hannes ist nicht ›irgendein‹ Kind, das wir nun gerade liebhaben, weil's uns gefällt ... Ach Rolf«, unterbrach sie sich, »das alles ist doch Unsinn!« – »Du willst also sagen«, faßte der Staatsanwalt zusammen, »daß wir nie verheiratet gewesen sind?« – »Ja.« – »Und daß du infolgedessen gar keinen Grund hast, mir zu sagen, wo du in diesen Tagen gewesen bist«, sagte er und zündete sich eine neue Zigarette an. »Ich verstehe nicht, warum du überhaupt zu mir gekommen bist.« – »Wenn du so redest, verstehe ich es auch nicht!« sagte Sibylle. »Ich bin gekommen, um wirklich mit dir zu sprechen. Du hast jetzt keine Zeit, ich weiß. Du hast nie Zeit, wenn's dir nicht paßt. Und dann komme ich wirklich immer im dümmsten Augenblick!« Rolf rauchte: »Was wolltest du wirklich mit mir sprechen?« – »Ich bin naiv, du hast recht. Ich bin es noch heute. Nur macht mir dein überlegenes Lächeln nichts mehr aus!« sagte sie. »Irgendwie finde ich dich einfach dumm.« Sie präzisierte: »Du kannst dich nur besser ausdrücken als ich, drum habe ich dich stets reden lassen. Hast du denn gemeint, ich halte dich für den einzigen liebenswerten Mann? Ich habe verstanden, daß du meiner so sicher gewesen bist, Rolf, aber in einem ganz anderen Sinn ...

Erinnerst du dich an meinen britischen Offizier damals in Kairo?« fiel ihr ein, »du hast ihn nie ernst genommen, ich weiß! Er hatte mancherlei, was du nicht hast, Rolf, und was ich vermisse. Aber es wäre mir damals nicht in den Sinn gekommen, siehst du, in der Tat, es wäre mir grotesk vorgekommen, mit einem anderen Mann weiterzureisen statt mit dir. Warum eigentlich! Ich weiß nicht, woher ich meine Vorstellung von der Ehe habe, aber ich habe sie – noch heute ... Vielleicht ist es richtig«, schloß sie nach einigem Besinnen, »wir lassen uns scheiden.« Dazu blickte sie zum Fenster hinaus, sah seine Miene nicht; jedenfalls schwieg er. »Überlege es dir!« sagte sie, »ich habe nie geglaubt, daß für uns eine Scheidung möglich sein könnte. All die Scheidungen in unserem Bekanntenkreis, ich fand sie richtig, ich dachte mir immer, daß es sich in solchen Fällen eben nie um eine Ehe gehandelt hätte. Das waren eben Verhältnisse, dem bürgerlichen Geschmack zuliebe legalisiert, aber ungültig von Anfang an. Wozu sollten die zusammenbleiben! Das kommt mir vor, wie wenn jemand eine Vogelscheuche aufrichten würde und nachher selber nicht mehr wagt, in seinen Garten zu treten. Das waren eben keine Ehen, sondern ›bürgerliche‹ Verhältnisse. Du hast mich immer ›bürgerlich‹ genannt, wenn dir mein Gefühl nicht paßte, und heute glaube ich, daß du viel ›bürgerlicher‹ bist als ich, im Ernst. Wozu hättest du sonst unser Verhältnis legalisiert, ohne an die Ehe zu glauben! Nur weil wir ein Kind bekamen ...« Rolf ließ sie reden. »Ich weiß«, lächelte Sibylle, »es gefällt dir, gefaßt zu sein. Ob ich nach Paris oder nach Pontresina fahren will, immer bist du gefaßt! Und das hältst du für deine Großmut. Ist es nicht so? Deine Großmut soll mich bezwingen. Im Grunde, denke ich manchmal, willst du nur meine Hörigkeit. Um dann deine Freiheit zu haben! Das ist alles. Du wartest darauf, daß mein ›Liebhaber‹ mich verläßt, wie du die Frauen verläßt, und dann gibt es nur noch dich; das ist deine ganze Liebe, deine ganze Gefaßtheit, deine ganze Großzügigkeit ... Ach Rolf«, sagte sie wieder, »das ist doch alles Unsinn!« – »Und worin siehst du den Sinn?« fragte Rolf, aber wieder klingelte sein Telefon, und er mußte zum Schreibtisch gehen. »Ich weiß nicht«, sagte Sibylle, »warum ich dir all dies sage –« Rolf nahm den Hörer ab; es war die Sekretärin, die, wie verpflichtet, den Herrn Staatsanwalt auf die Verhandlung aufmerksam machte, auf eine sogenannte Rechtsbelehrung für die Geschworenen. »Ich will dich nicht länger aufhalten«, sagte Sibylle und sah ihm zu, wie er seine Mappe mit einigen Akten füllte. »Bist du mir böse?« fragte sie, »warum antwortest du mir nichts?« Rolf suchte seinen Kugelschreiber auf dem Tisch, dann in den Taschen, dann wieder auf dem Tisch. »Ich verstehe«, sagte er, »du bist also enttäuscht, daß ich dir nichts verboten habe –« Sein Lächeln zeigte an, daß er sich bemühte, die Sache komisch zu finden. »Nein«, sagte Sibylle, »du hast mir wirklich nichts zu verbieten, Rolf, das ist ja das Armselige, du hast immer bloß ein Verhältnis mit mir gehabt, genau genommen, daher auch gar kein Recht, mich zu hindern, wenn ich ein anderes Verhältnis habe –« Inzwischen hatte Rolf seinen Kugelschreiber gefunden, und ihrem Abschied stand nichts mehr im Wege. Rolf hatte die Hand auf der Klinke; wäre es wirklich ihr Rolf gewesen, sie wäre ihm um den Hals gefallen, um zu weinen. Es war nicht Rolf, es war eine Maske, die ihr lächerlich vorkam. »Du mußt tun, was du für richtig hältst«, sagte er nochmals, öffnete die Türe und ließ sie durchs Vorzimmer gehen, begleitete sie höflich zum Lift –

Nun mußte sie also nach Pontresina.

Pontresina empfing sie mit leichtem Regen und mit einem Schrecken, als hätte Sibylle auf ihrer ganzen Fahrt nicht einen Atemzug lang damit gerechnet, tatsächlich in Pontresina anzukommen. Pontresina bestand darin, daß der Zug einfach nicht mehr weiterfuhr; schlimmer noch: um diese Zeit fuhr auch kein Zug mehr zurück. Sibylle kam sich wie in einer Falle vor. Außer ihr waren nur zwei Einheimische ausgestiegen. Sie überließ sich irgendeinem Portier in grüner Schürze, der ihre Koffer und ihre Skier auf einen Schlitten geladen hatte: Sibylle folgte in matschigem Schnee. Das verrückte Plakat – es hätte ebensogut ein Plakat von Capri sein können oder von einem Nordsee-Bad! – hatte natürlich Februar oder März gemeint, nicht November.

Der Portier behauptete zwar, in der Höhe gäbe es ordentlichen Schnee. Was sollte Sibylle im Schnee? Was sollte sie in diesem altmodisch erstrangigen Hotel? Eine halbe Stunde lang, ohne ihren Pelzmantel auszuziehen, der jetzt sozusagen ihre letzte Behausung darstellte, saß sie auf dem Bett, hörte einen blechernen Lautsprecher, Donau-Walzer über einem menschenleeren Eisplatz unter Scheinwerfern. Später ging sie hinunter in die Bar, bestellte sich einen Whisky, rettete sich in einen Flirt mit irgendeinem Herrn, der zufällig Franzose und somit geistvoll war …

Eine Konfrontation mit Wilfried Stiller, dipl. Landwirt, ist auf Freitag in einer Woche angesetzt: »eventuell mit gemeinsamem Besuch an dem Grab der Mutter«, wie ich aus der Kopie erfahre.

Das Ende scheint häßlich gewesen zu sein, und ihr Abschied von Stiller – wir können noch so deutlich einsehen, daß eine Sache zu Ende ist; der Abschied muß ja dennoch vollstreckt werden! – ging leider (so sagt Sibylle) nicht ohne schwere Demütigungen, nicht ohne Erniedrigung auch ihrer selbst.
Ich protokolliere:
Sibylle, damals noch eine leidenschaftliche Sportlerin, tummelte sich in Pontresina und war nur froh, daß Stiller, von seinem Paris zurück, kein Geld hatte, um ihr nachzureisen. Dafür bedrängte er sie mit Anrufen derart, daß der Concierge in ihrem Hotel, bald genug im klaren über die Unerwünschtheit dieser Anrufe, jedesmal schon mit einer Grimasse des Beileids kam, um ›Zürich‹ zu melden. Die nur halb bewußte Hoffnung, es könnte Rolf sein, hinderte sie daran, sich einfach verleugnen zu lassen; auch ging ihr diese unverschämte Concierge-Diskretion denn doch zu weit. »Leider nicht!« hörte sie den Concierge sagen, »Frau Doktor ist eben hinausgegangen, ja, gerade in diesem Augenblick!« und sie stand in der Halle, sah die Miene die-

ses Edel-Zuhälters, der wohl mit einem Trinkgeld für besondere Abwehrdienste rechnete, und ging in die Kabine, um Stiller anzurufen. Nun war aber Stiller, scheint es, damals von allen guten Geistern verlassen. Wütend schon, weil er bei Carola, dem italienischen Dienstmädchen, ihre Adresse hatte erbetteln müssen, gab er Töne von sich wie ein Pascha. Was sollte Sibylle ihm sagen? Daß sie Schnee hätten, jaja, ganz ordentlich, nein, heute sogar Sonne, ach ja, sehr nette Gesellschaft, und dann plauderte sie von tollen Fortschritten in der Ski-Schule, von Rücklage und Vorlage, von Schwung aus den Hüften und so fort. Sibylle plapperte wie ein Backfisch: von einem ›himmlischen‹ Tänzer, jaja, der Franzose, von ›toller‹ Stimmung, ihr Zimmer war ›süß‹, die Piste war ›maximal‹, ach nein, nicht nur der Franzose wollte sie heiraten, eigentlich alle, eine ›fidele Bande‹, wirklich, und ihr Ski-Lehrer, ein Bündner, war ›einfach goldig‹. Ab und zu, während Stiller schwieg, kam die Stimme: »Drei Minuten sind vorbei, wollen Sie bitte den angezeigten Betrag einwerfen. Drei Minuten sind vorbei, wollen Sie bitte –«, und Sibylle warf ein, als wäre das Gespräch noch nicht kindisch genug. Der Teufel ritt sie, das war ein ganz schnurriges Gefühl, fand sie, jedenfalls ein Gefühl, das viele andere Gefühle verdrängte, und vor nichts hatte Sibylle jetzt solche Angst wie vor ihren wirklichen Gefühlen...

Rolf, ihr Gatte, blieb stumm.

Als Stiller dann eines Tages persönlich in der Hotelhalle stand, um zu erfahren, was nun eigentlich los wäre, hatte er offenbar nicht Kraft genug, diese ganz und gar verworrene Frau aus ihrem kindischen Ton zu befreien; Stiller ließ sich von diesem falschen Ton verletzen, und damit war Sibylle, die Hilflose, auf eine unbarmherzige Weise überlegen. Es muß wie eine Mechanik gewesen sein; kaum spürte sie, daß dieser Mann sich selber leidtat, konnte sie nicht umhin, ihn zu verletzen. Sie spazierten über die Ebene gegen Samaden, Sibylle in schwarzer Keilhose, elegant, sportlich, von der Sonne gebräunt, während Stiller seinen ewigen GI-Mantel trug und bleich war wie alle Gesichter aus dem Unterland. »Was macht deine Ausstellung?« fragte sie. »Ist deine Bronze jetzt gegossen?« Ihr übermütiger Ton machte ihn stumm und stumpf. Es fiel ihm einfach nichts ein. Da war denn ihr Herr aus Düsseldorf, ein Tausendsassa voll Kampfflieger-Anekdoten von der Ostfront und von Kreta, schon amüsanter als Stiller! Sie sagte es ihm rundheraus. »Und ich sage dir«, berichtete Sibylle, »wie der zu leben weiß! Der findet das Geld auf der Straße...« Und Stiller mußte sich anhören, wie imposant es ist, wenn ein Mann viel Geld ›macht‹, ein Sohn aus der Schwerindustrie, der dabei so leicht zu leben versteht. »Übrigens ist er als Mann nicht mein Typ«, sagte Sibylle, und Stiller blickte sie von der Seite an, dann schwieg er weiter in seine Melancholie hinein. Höchstens sagte er einmal: »Dieses Pontresina ist ja zum Kotzen!« Sibylle hatte einen verstauchten Fuß und humpelte ein wenig. »Aber gestern habe ich schon wieder getanzt!« sagte sie. Irgend etwas reizte sie, von allem entzückt zu sein, was Stiller verachtete, und neuerdings zu erzählen, wie witzig eben dieser Herr aus Düsseldorf wäre, ein Ritterkreuzträger, wie männlich und unterhaltsam und voller Ideen, zum Beispiel, wenn er das Gefühl hat, jemanden gekränkt zu haben, schenkt er diesem betreffenden Menschen, gleichviel ob Frau oder Mann, einen Mercedes. Tatsache! Stiller sagte nur: »Ich glaub schon.« Oder ein anderes Beispiel: Da war ein junges Mädchen in ihrem Hotel, das sich in einen schwedischen Studenten verliebt hatte, und sofort hatte er die reizende Idee, der Herr aus Düsseldorf, den schwedischen Studenten hierherkommen zu lassen, und zwar per Flugzeug. »Doch einfach entzückend!« fand Sibylle, um ihrem langweiligen Düsterling zu bedeuten, daß Männer, die Geld machen, deswegen nicht ohne Charme sein müssen. Vielleicht sagte Stiller einmal: »Möglich.« Oder er fragte: »Warum erzählst du mir das?« Aber er war verwundert; er hatte kein Mittel, um Sibylle zu stoppen. Übrigens bemerkte sie auf jenem Spaziergang zum erstenmal, daß Stiller stotterte, gewisse Wörter nicht sagen konnte, Wörter, die mit M anfangen. Einmal ging ein junger Kerl vorbei, ein kaffeebraunes Gesicht mit dem weißen Plakatlachen eines bündnerischen Skilehrers; Sibylle grüßte mit

Hallo, dann sagte sie: »Das war Nuot.« Er fragte mit müdem Gehorsam: »Wer ist Nuot?« Das also war der Skilehrer, der Sibylle mit ihrem verstauchten Fuß, sage und schreibe, bis zum nächsten Rettungsschlitten getragen hatte. »Ist er nicht goldig?« fragte sie. In dieser Tonart ging es weiter. Natürlich wußte Sibylle ganz genau, welche Art von Wirtschaft er sich gewünscht hätte, irgendeine ländliche Pinte mit Bevölkerung. Aber einmal vom Teufel geritten, und sie genoß dieses Gefühl, wie gesagt, wußte sie sofort etwas ›Tolles‹. Warum widersetzte sich Stiller nicht? Seine Unsicherheit beleidigte sie; sie selber fühlte sich von Stiller preisgegeben. Das war der Mann, den sie geliebt hatte? Das ›tolle‹ Restaurant war eine Orgie von Heimattümelei, wie Stiller sie nicht riechen konnte, aber bereits wurde ihnen die Garderobe von mindestens sechs Händen abgenommen, die Frau Doktor als Stammgast begrüßt; auch alles weitere, die Empfehlung eines besonderen Tischleins, die Überreichung von zwei umfänglichen Speisekarten, gedruckt im Stil der Gutenberg-Bibel, ein Oberkellner im Frack, der auf frischen Hummer hinzuweisen die Nettigkeit hatte, eine Nettigkeit mit durchaus persönlichem Ton, alles hatte genau die Mischung von Noblesse und Erpressung, die den kleinbürgerlichen Stiller, wenn er nicht gerade bei Humor war, vollkommen wehrlos machte. Auf dem Tischlein standen drei Rosen, alles im Preis inbegriffen und alles, versteht sich, bei Kerzenlicht. Stiller wagte nicht einmal vor Sibylle zu sagen, daß er die Preise grotesk fände. »Was nimmst du?« fragte Sibylle nicht ohne Mütterlichkeit und fügte hinzu: »Ich habe Geld bei mir.« Ein Weinkellner stand auch schon da, als Küfer kostümiert, und Sibylle war für ›ihren‹ Châteauneuf-du-Pape, die Flasche zu sechzehn Franken, aber bereits chambriert. »Du wirst sehen«, sagte sie zu Stiller, »dieser Châteauneuf hier ist ein Gedicht!« Sibylle hörte sich selber; der Teufel gab ihr das Vokabular einer Person, der Stiller nicht zu antworten wußte. Und dann, nachdem sie fast nur mit einem Blick ›ihr‹ Filet Mignon bestellt hatte, nötigte sie den hilflosen Stiller, Schnecken zu essen, worauf Stiller ein wenig zweifelte, ob Schnecken und Châteauneuf-du-Pape zusammenpaßten; Stiller hatte noch nie Schnecken gegessen, wie er gestehen mußte, und kam sich minderwertig vor, also zu einer widersprechenden Meinung kaum berechtigt. Also Schnecken! Und dann nickte ein Herr, der nur ganz kurz, um nicht zu stören, in französischer Sprache meldete, daß er heute sein Test zweiter Klasse bestanden hätte; Sibylle gratulierte, wobei sie mit der Hand winkte, und unterrichtete Stiller, das wäre eben der ›Charles Boyer‹ gewesen. Stiller, der mit scheuem Hunger ein Brötchen aß, fragte: »Wer ist Charles Boyer?« Der himmlische Tänzer, der Franzose, und sie erzählte, während Stiller gerade den Châteauneuf-du-Pape kosten mußte, die ›süße‹ Geschichte, wie sie diesen Franzosen, übrigens ein Herr aus dem diplomatischen Dienst, beim Tanzen scherzhaft als Charles Boyer angesprochen hätte, und in der Tat, er hieß Boyer. »Ist das nicht komisch?« fragte sie. Stiller blickte sie an wie ein Hund, der die menschliche Sprache nicht versteht, und es fehlte wenig, daß Sibylle ihn gestreichelt hätte wie einen Hund. Sie tat es nicht, um keine Hoffnungen zu stiften. Als sie sah, daß Stiller bereits aus seinem Glas getrunken hatte, sagte sie munter: »Prosit!«, worauf er verlegen wurde, sein fast schon leeres Glas hob: »Prosit –«. Und bei alledem war es Sibylle so übel, daß sie fast nichts von ihrem Filet Mignon essen konnte; Stiller hingegen, ob es ihn nun ekelte oder nicht, hatte seine zwölf Schnecken zu verspeisen, während Sibylle – sie mußte die ganze Unterhaltung liefern, so langweilig war er! – bereits eine Zigarette ansteckte und ferner berichtete: »Sturzenegger hat mir geschrieben! Er braucht eine Sekretärin, was sagst du dazu, und ausgerechnet mich!« Stiller grübelte in seinen Schneckenhäusern. »Er ist verliebt in mich«, ergänzte Sibylle, »das ist sogar meinem Mann aufgefallen. Im Ernst. Ich mag ihn ja, deinen Freund ...« Dazwischen gab sie Anweisungen: »Den Saft mußt du auch nehmen, mein Lieber, das ist doch das beste dran!« Stiller gehorchte und nahm den Saft. »Im Ernst«, fuhr Sibylle fort, »Sturzenegger hat mich eingeladen. Es gefällt ihm ja wahnsinnig, scheint es, da drüben in Kalifornien. Hundert Dollar in der Woche, was sagst du dazu, und die Überfahrt bezahlt! Hundert Dollar ist allerhand, glaube ich, und in einer Viertelstunde bist du am offenen Meer –«

Usw.

Erst auf dem Heimweg kam es zu einem etwas wirklicheren, wenn auch kurzen und einseitigen Gespräch. Sie gingen durch girrenden Schnee, Hauch vor dem Mund; es war bitterkalt, aber schön, links und rechts die Wälle von Schnee, die Häuser wie unter weißen Daunenkissen, Sterne darüber, eine Nacht aus Porzellan. »Wo wohnst du denn eigentlich?« erkundigte sich Sibylle, als man vor dem kitschigen Portal ihres Hotels stand. »Bist du morgen noch hier?« fragte sie weiter, um den Abschied, wenn möglich den endgültigen, einzuleiten. »– es war einfach ein solcher Schock für mich«, sagte sie in sein Schweigen hinein, »jetzt plötzlich paßte es dir, jetzt wo du ohnehin nach Paris fahren mußtest, jetzt hattest du einen bequemen Vorwand, jetzt sollte ich kommen, jetzt war unser Paris auf einmal möglich. In diesem Augenblick, siehst du, kam ich mir wie deine Maitresse vor ...« Stiller schwieg, und ob er begriff, was in ihr zerbrochen war, blieb ungewiß. Was brütete er? Und da sie sonst nichts zu erklären hatte, erkundigte sich Sibylle nach dem Namen irgendeines Sternbildes über dem verschneiten Portal, mußte allerdings zweimal fragen, bis Stiller eine Auskunft gab. »Ja –«, sagte sie dann, als hätte es irgendeinen Zusammenhang mit diesem Sternbild, »wo werde ich sein in einem Jahr? Ich weiß es wahrhaftig nicht. Vielleicht wirklich drüben in Kalifornien! ... Es ist komisch«, fügte sie hinzu, »bei dir weiß man es so genau. Du wirst dich nie verändern, glaube ich, nicht einmal in deinem äußeren Leben.« Sie hatte es nicht böse gemeint, spürte aber die Lieblosigkeit ihrer Worte und wollte mildern: »Oder glaubst du denn selber, daß du je ein andrer wirst?« Das tönte nicht liebevoller, im Gegenteil. Alles Reden war jetzt einfach verfehlt. »Ach Stiller«, sagte sie schließlich, »ich habe dich wirklich sehr liebgehabt –« Ein trainierender Langläufer, so einer wie Nuot, flitzte mit schwungvoll gezogenen und leise klappernden Skiern an dem stummen Paar vorbei. Sie blickten ihm nach, als interessierte sie der Sport über alles;

leider entschwand er ihren Blicken und ließ sie abermals allein miteinander. Und dann war wohl das Schlottern einfach nicht mehr auszuhalten; sie trennten sich – zum Abschied noch nicht fähig – mit der raschen Verabredung zu einem Frühstück am nächsten Morgen.

Zu jenem Frühstück erschien Stiller nicht.

Zwei Tage später, als Sibylle aus dem Speisesaal kam, begleitet von dem Herrn aus Düsseldorf – stand er da, ohne daß er auf Sibylle zutrat, wie ein Gespenst. »Warum kommst du erst jetzt?« fragte sie sofort, ohne sich mit einem Gruß aufzuhalten; Sibylle war bestürzt. »Du hast schon gegessen?« fragte er. »Du nicht?« fragte sie zurück. Stiller war bleich vor Übermüdung, unrasiert. »Wo kommst du her?« fragte sie, und Stiller half ihr in den Pelzmantel, den ein sogenannter Boy, ein Bündnerbub in Zirkus-Livree, ihr nachgetragen hatte. »Ich habe dich vorgestern zum Frühstück erwartet!« sagte Sibylle und wiederholte ihre Frage: »Wo kommst du denn her?« Sie nickte dem Herrn aus Düsseldorf zu, der vor dem Lift gewartet hatte, mit dem Anzünden einer Zigarre beschäftigt war, ein Kavalier von geschickter Unauffälligkeit, so daß Stiller ihn überhaupt nicht einmal bemerkt hatte, den Tausendsassa ... Stiller kam von Davos. Sie erfuhr es, als man gerade durch die Drehtüre hinaus ins Kalte ging. »Von Davos?« fragte sie, aber bereits hatte sich der gläserne Flügel zwischen sie und den nachfolgenden Stiller geschoben. »Von Davos?« wiederholte sie nach seinem Austritt aus der Drehtüre. Stiller hatte inzwischen im Sanatorium mit seiner kranken Frau gesprochen. Sein Bericht war kurz und trocken. »Das ist alles«, schloß er. »Warum bist du so erstaunt?« Es ist wahr: den ganzen Sommer hindurch hatte Sibylle es erwartet, erhofft, in Schweigen gefordert. Und jetzt war es ein Schock. Sie kam sich schuldig vor. »Und Julika?« fragte sie, »was meint denn Julika dazu?« Es schien ihn nicht zu interessieren. »Getrennt?« fragte sie, »was heißt das? Du kannst sie doch nicht einfach –« Stiller kam ihr grausam vor, unmenschlich; seine Handlung entsetzte sie. Nun plötzlich, zum erstenmal, war Julika nicht ein fernes Gespenst, sondern eine wirkliche Frau, eine kranke, unglückliche, verlassene Frau, eine Schwester. »Stiller«, sagte sie unwillkürlich, »das hättest du nicht tun sollen ... « Sie verbesserte sich: »Dazu haben wir kein Recht. Ich selber bin schuld, ich weiß. Das ist doch Wahnsinn, Stiller, das ist doch Mord ...« Stiller war unbekümmert, fast etwas schadenfroh, als er ihre Kümmernis sah. Stiller wähnte sich frei, vollkommen frei, und für den Augenblick genügte es ihm, gehandelt zu haben. »Ich habe Hunger«, sagte er und zeigte deutlich genug, daß er keine Lust hatte, weiterhin an Julika zu denken, und keinen Grund. Sie saßen in einer Wirtschaft mit Einheimischen, mit Eisenbahnern, die feierabendlich jaßten, jeder mit einer Brissago im Gesicht, und die vor dem Pelzmantel der Dame etwas verstummten, bis einer sagte: Spielen wir oder spielen wir nicht? Eine Gutenberg-Bibel-Speisekarte gab es hier nicht, dafür eine dicke Wirtin, die mit näßlicher Hand persönlich Guten Abend wünschte, dann ein paar kleine Biertümpel und Brosamen von dem lackierten Holztisch wusch. Auf einer schwarzen Tafel an der Wand, zwischen Lorbeerkränzen und Bechern eines Schützenvereins, waren die Preise der offenen Weine zu lesen. Veltliner, Kalterer, Magdalener, Dôle; darüber das übliche verblichen-farbige Bildnis von General Guisan. Stiller mit seinem Hunger war so sicher wie ein Holzfäller, der von seiner schweren Arbeit kommt, müde, hastlos, eins mit sich selbst; mit breiten Händen brach er sofort das Brot entzwei, während Sibylle auf der Bank am Kachelofen unversehens eine schnurrende Katze auf ihrem Schoß hatte, die gestreichelt werden wollte. Stiller freute sich auf Rösti und Bauernschüblig; Salat gab es hier nicht. Die jassenden Eisenbahner redeten, während einer die Karten mischte, in einem Ton manierierter Verärgerung, ohne von einem wirklichen Ärger berührt zu sein, über die kostspielige Hoffnungslosigkeit einer Vierer-Konferenz, um dann beim Spiel sogleich vor Aufmerksamkeit zu verstummen, in der niedrigen Wirtsstube ein Schweigen zu verbreiten, das sich zwanghaft auch auf Sibylle und Stiller übertrug. »Du hast mir noch gar nichts von Paris erzählt«, sagte Sibylle, die dieses Schweigen offenbar bedrängte.

Als die dicke Wirtin zwar noch nicht das ersehnte Essen, jedoch den Veltliner brachte, erkundigte sich Stiller nach einem Zimmer. »Einerzimmer oder Doppelzimmer?« fragte die Wirtin, als Stiller mit ihr hinausging, um das Zimmer zu besichtigen... Eine Weile lang war Sibylle allein, die einzige Frau in der Wirtschaft, sie blätterte in der Zeitung eines Radfahrerbundes, ohne zu lesen; ein Arbeiter hatte sich an ihren Tisch gesetzt; er leckte den Schaum von seinen Lippen und musterte die Dame mit unverblümtem Mißtrauen, geradezu mit Verachtung, als wüßte er, was Stiller, der Gute, noch nicht im mindesten ahnte. Wie würde Stiller es aufnehmen, ihr Geständnis, das ihr selbst, sobald sie es in Worte zu fassen versuchte, einfach unwahrscheinlich vorkam, unglaubwürdig, monströs! Sibylle wunderte sich, daß sie ihm hatte in die Augen blicken können – sie konnte es ohne weiteres, auch als Stiller wieder zurückkam und sich neben sie setzte, fröhlich vor Hunger, wobei es ihn in keiner Weise störte, daß Sibylle, da sie ihrerseits ja schon gegessen hatte, nur einen Kirsch trank. Irgendwo bei Bergün war eine Lawine niedergegangen, hörte man von dem Bahnarbeiter. Aber das Gerücht übertrieb; Stiller hatte die erwähnte Lawine gesehen und unterrichtete die etwas wichtigtuerischen Männer mit ihren Brissagos in den braunen Gesichtern, daß die Straße bereits wieder frei wäre. Sibylle war überrascht und irgendwie entzückt, erleichtert, als sie diese jassenden Männer am anderen Tisch, die für sie etwas Bedrohliches hatten, von Stillers gelassener Sachlichkeit entwaffnet sah: Sibylle fühlte sich beschützt. Und auch der Bahnarbeiter an ihrem Tisch hatte aufgehört, Sibylle mit verächtlichen Blicken zu mustern; er gab sogar den Aschenbecher herüber, ungebeten. Und später, nachdem er sein Bier bezahlt hatte, nahm er die Mütze vom Kopf und wünschte Stiller und Sibylle einen Guten Abend ›miteinander‹. Einmal fragte der essende Stiller: »Ist etwas los mit dir?« – »Warum?« – »Du bist heute sehr still.« – »Ich bin froh«, sagte Sibylle, »daß du gekommen bist. Ich war so wütend auf dich, ich dachte, du bist einfach verschwunden und läßt mich hier sitzen.« Sie hob die schnurrende Katze von ihrem Schoß, ließ sie auf den Boden springen, wo sie den Schwanz stellte. »Warum hast du mir kein Zeichen hinterlassen?« sagte Sibylle, »ich habe etwas Dummes getan, mußt du wissen, etwas sehr Dummes ...« Stiller aß weiter und schien nichts Ernsthaftes zu erwarten. Er war in Davos gewesen, hatte sich von der kranken Julika geschieden; was hätte ihn jetzt noch schrecken können! Er lächelte: »Was ist es denn?« Aber nun kam die dicke Wirtin mit Kaffee in zwei Gläsern, und Sibylle war erleichtert. Sie hatte ja gar nicht davon reden wollen! Es gibt ja doch Dinge, die einmal geschehen sind und dennoch nicht gelten, und wenn sie ausgesprochen sind, dann gelten sie, und dabei ist es gar nicht wahr, sie brauchten gar nicht zu gelten! Der schwarze Kaffee in den Gläsern war wie befürchtet, nämlich bitter, heiß, so daß man sich die Zunge verbrannte, und zugleich unwahrscheinlich fade, alles eher, als Kaffee; sie versuchten, ihn mit Humor und mit viel Zucker zu retten, doch der Zucker machte diese braune und graue Brühe vollends eklig. Nun erzählte er von Paris. Warum versank sie nicht in den Boden? Sie tat, als hörte sie ihm zu. Träumen wir nicht oft, ohne deswegen am anderen Tag in den Boden zu versinken, etwas Monströses? So und nicht anders, wie einen monströsen Traum, kaum anders empfand es Sibylle, wenn sie an die vergangenen zwei Nächte dachte ... »Übrigens habe ich dir etwas mitgebracht!« unterbrach Stiller seinen Paris-Bericht. »Wo habe ich's nur?« Sibylle füllte unterdessen ihre Gläser mit Veltliner. »Du kennst doch diese Parfümerien bei der Vendôme?« lachte Stiller und erzählte die Geschichte, wie er ihr Parfüm gesucht hatte: – Die Place Vendôme, bekanntlich ein großes Geviert mit Arkaden, ist die Hochburg der französischen Parfümerie, jede Firma hat dort ihren eigenen Laden, und also mußte man schon die Marke des gesuchten Parfüms kennen, sonst muß man von Firma zu Firma, um sich die Finger betupfen zu lassen; Stiller hat sich eingebildet, er würde ihr Parfüm unter hunderten herausriechen. Die Demoiselles sind reizend, tupfen sich auf ihre eigene kleine Hand, da Stiller keinen freien Finger mehr hat. Natürlich wird er immer unsicherer! So geht er denn um die ganze Place Vendôme herum, von Firma zu Firma, von Hand zu Hand, von Duft zu Düften. Sie lachen ihn keineswegs aus, die Demoiselles, im Gegenteil, sein sorgsamer Ernst entzückt sie, wiewohl sein Französisch nicht ausreicht, um Düfte zu beschreiben. Stiller notiert sich die Namen. An seinem rechten Zeigefinger, zum Beispiel, hat er Scandale. Aber im Laufe des Nachmittags, seines letzten Nachmittags in Paris, kommen ihm auch die Namen durcheinander; er kann nur noch seinen Finger hinhalten: Celui là! Und manchmal haben sogar die Demoiselles etwas Mühe zu unterscheiden, sie müssen den Patron rufen. Einmal erinnert ihn jedes Parfüm, das es überhaupt gibt, an Sibylle, dann wieder gar keines. Und es ist toll, was es alles gibt; seine Hände sind zwei Paletten voller Düfte, und Stiller geht mit gespreizten Fingern, damit sie sich nicht vermischen. Was liegt in der Nuance, ach, welche Seligkeit und welche Qual! Und dann, zu allem Überfluß, wollen die Demoiselles wissen, ob das Parfüm, das er sucht, für eine blonde oder für eine schwarze Dame sei oder gar für eine Rothaarige? Das ist nicht einerlei, o nein, und auch dies hat Stiller nicht gewußt, daß das gleiche Parfüm auf einer anderen Haut wieder ganz anders zu duften beliebt. Was also nützen ihm diese Demoiselles mit allen Proben auf ihrer fremden Haut? Kurz vor Ladenschluß gibt er's auf. Abends bei Jouvet (›Ecole des femmes‹) vergißt er die Angelegenheit beinahe, so herrlich ist dieser Jouvet; aber seine Hände haben ihn ja nicht verlassen, und in der Pause fängt Stiller wieder an, von Finger zu Finger zu schnuppern. Und auf dem Heimweg wieder: mitten auf der Straße bleibt er stehen, zieht seine Handschuhe aus, um zu schnuppern. Seine Nase ist wieder frisch, aber nun ist nichts mehr zu unterscheiden von Finger zu Finger, alles ist eins, insofern hoffnungslos. Schließlich wäscht er sich die Hände und ist so klug als wie zuvor. Am andern Morgen, kurz vor Abfahrt seines Zuges, geht er, kauft auf Gottvertrauen… »Ich habe keine Ahnung, ob's das richtige ist!« sagte Stiller etwas verlegen, als er endlich das kleine, ehemals elegante, vom langen Aufenthalt in seiner Hosentasche etwas verschlissene Paketlein überreichte, damit Sibylle es öffnete. »Iris Gris!« lachte sie. »Ist es das richtige?« fragte er, während Sibylle sofort das Fläschlein öffnete, sich ein paar Tropfen auf dem Handrücken verrieb. »Iris Gris finde ich herrlich!« sagte sie, und Stiller schnupperte an ihrer Hand, nun also an der Original-Hand, von Atemzug zu Atemzug enttäuschter. »Nein«, sagte er, »das ist es nicht!« Sibylle schnupperte ebenfalls. »Aber ist das nicht herrlich?« tröstete sie, ohne sich verstellen zu müssen, und steckte das Fläschlein in ihre Tasche: »Ich danke dir!« Kurz darauf zahlte Stiller, und sie leerten ihre Gläser, ohne irgendwie vereinbart zu haben, ob Sibylle nun in ihr Hotel zurückginge oder nicht. Was dachte er sich? Stiller schien ganz und gar entschieden zu sein, aber in welchem Sinn? »Trink aus!« sagte er ohne Ungeduld, indem er zwar noch saß, ihren Pelzmantel aber bereits vom nahen Haken genommen hatte. »Es ist nicht wichtig«, meinte Sibylle, »aber ich muß es dir sagen. Es ist wirklich nicht wichtig –« Seine geringe Neugierde erschwerte es noch, die richtigen Worte zu finden; Stiller schien noch immer nichts zu vermuten, überhaupt nichts. Oder wußte er's schon und nahm es wirklich nicht wichtig? »Ich bin eine Gans«, lächelte sie, »ich habe mich gerächt, siehst du, auf eine so läppische Art gerächt, zwei Nächte mit zwei verschiedenen Herren –« Stiller schien nicht zu hören, nicht zu verstehen, er schwieg und zuckte nicht einmal zusammen, und dann kam die dicke Wirtin mit dem gewechselten Geld zurück, wollte bei dieser Gelegenheit noch wissen, ob sie das Frühstück für die Dame und den Herrn ins Zimmer bringen sollte oder nicht. Sie ging nicht vom Tisch weg, um gastfreundlich zu sein. Fast zehn Minuten dauerte die zähe Unterhaltung über Lawinen, über Wetter ganz allgemein, über Hotellerie nach einem Weltkrieg. Endlich wieder unter vier Augen fragte Stiller mit ihrem Pelzmantel auf seinen Knien: »Was hast du damit sagen wollen?« Sibylle blickte auf den Bierteller, den er auf dem Tisch drehte, und wiederholte es mit der Klarheit, die ihr jetzt, wie immer Stiller es aufnehmen mochte, unerläßlich erschien, ihre letztmögliche Sauberkeit: »Ich habe in zwei aufeinanderfolgenden Nächten mit zwei verschiedenen Herren geschlafen – ja, das meine ich...« Nun wußte er's. Und die Zukunft (so meinte Sibylle) hing jetzt lediglich davon ab, wie Stiller sich zu dieser monströsen Unwichtigkeit verhielt. Die jassenden Eisenbahner warfen ihre Karten hin, einer wischte mit dem Schwämmchen über die Schiefertafel, da es nun ausgemacht war, wer zu zahlen hatte, und die Kommentare zum verlorenen Spiel, das nicht mehr zu ändern war, gingen in Gähnen über. Es war elf geworden. Schon mit ihren Eisenbahnermützen auf den Köpfen wünschten auch sie dem Paar, das allein in der Wirtsstube zurückblieb, einen Guten Abend ›miteinander‹. Stiller spielte nach wie vor mit dem Bierteller. »Ich kenne das –«, sagte er, »nur habe ich es nie jemand erzählt. Übrigens ist es lange her. Ich wußte ganz genau, wen ich liebte, und trotzdem! Es war sogar auf der Reise zu ihr, ja, auch am Vorabend unseres Wiedersehens. Plötzlich bin ich ins Schleudern gekommen – genau so«, sagte er und legte den Bierteller hin. »Ich kenne das ...« Mehr hatte er nicht zu sagen. »Ins Schleudern gekommen«, dieser Ausdruck tröstete Sibylle offenbar ungemein, gab ihr die Möglichkeit zurück, sogar die Zuversicht, von dieser Stunde an wieder auf den Weg zu kommen. Und sie glaubten sogar (so sagt sie) noch an jenem Abend, daß es ein gemeinsamer Weg sein könnte.

Das erwies sich als Irrtum.

Am andern Morgen – nach einer Scherbennacht – verabschiedeten sie sich auf dem kleinen Bahnhof von Pontresina. Sibylle blieb stehen, als der Zug endlich zu fahren begann, wie eine Skulptur auf ihrem Sockel, und beide, Stiller am offenen Fenster, Sibylle auf dem Bahnsteig, hoben ein wenig ihre Hand zum Gruß. (Seither hat Sibylle, die Gattin meines Staatsanwaltes, den verschollenen Stiller nicht mehr gesehen.) Sie selbst ging langsam ins Hotel zurück, erbat ihre Rechnung, packte und reiste noch am selben Tag. Es war unmöglich, nun einfach zu Rolf zurückzukehren, fand sie, und Redwood-City schien ihr die Rettung zu sein; sie mußte jetzt arbeiten, allein sein, ihr eigenes Geld verdienen. Sonst fühlte sie sich ausgeliefert und wußte nicht, wohin sie gehörte; der Weg von der Frau zur Dirne erwies sich als erstaunlich kurz. In Zürich empfing Rolf sie mit der Eröffnung, daß er zur Scheidung bereit wäre. Sibylle überließ es ihm, die passenden Schritte einzuleiten und bat darum, den kleinen Hannes nach Redwood-City mitnehmen zu dürfen. Ihr Gespräch befaßte sich nur noch mit der Zukunft, mit praktischen Fragen. Was Hannes betraf, ihren gemeinsamen Sohn, so war es allerdings eine schwierige Frage, was für das Kind selbst das Bessere sein möchte; Rolf erbat sich eine Bedenkzeit von vierundzwanzig Stunden. Dann, zu ihrer Verwunderung, willigte er ein. Sibylle dankte ihm, indem sie auf seine Hände weinte, und fuhr kurz vor Weihnachten, von ihrem Mann an den Hauptbahnhof begleitet, nach Le Havre, um sich für Amerika einzuschiffen.

Mein Freund, der Staatsanwalt, meldet, daß die Schlußverhandlung (mit Urteilsspruch) auf Dienstag in acht Tagen angesetzt ist.

Amerika brachte für Sibylle eine Zeit fast klösterlicher Einsamkeit. Sie blieb in Neuyork. Als der junge Sturzenegger von Kalifornien herüberkam, um die Sekretärin, die er nicht brauchte, in Empfang zu nehmen, hatte Sibylle bereits eine andere Stelle gefunden, dank ihrer Kenntnisse der europäischen Sprachen eine ganz ordentliche Stelle. Achtzig Dollar in der Woche. Sie war stolz. Und Sturzenegger, der es nicht tragisch nahm, fuhr allein nach seinem Redwood-City zurück, nachdem er Sibylle zu einem französischen Abendessen im Village eingeladen hatte. Mit dem Schleudern war's zu Ende. Der Weg jedoch, ihr Weg, war ziemlich streng. Zum erstenmal stand Sibylle, Tochter aus reichem Haus, in dieser Welt wie andere Leute, nämlich einsam und für sich selbst verantwortlich, abhängig von ihren eignen Fähigkeiten, abhängig von der Nachfrage, abhängig von Laune und Anstand eines Arbeitgebers. Es war merkwürdig: sie empfand es als Freiheit. Sie empfand es als Würde. Ihre Arbeit war öde, sie hatte Geschäftsbriefe zu übersetzen ins Deutsche, Französische, Italienische, immer etwa die gleichen. Und ihre erste eigene Wohnung in dieser Welt war so, daß man auch tagsüber, wenn draußen die Sonne schien, nicht ohne Glühbirne lesen oder nähen konnte, fast nie ein Fenster zu öffnen wagte, weil sonst wieder alles voll Ruß war, und Wachs in die Ohren steckte, um schlafen zu können. Sibylle war sich bewußt, daß Millionen von Leuten schlechter wohnten als sie, daß sie somit kein Anrecht hatte zu klagen. Überhaupt kam Klagen einfach nicht in Frage; schon wegen Rolf nicht. Zum Glück konnte sie Hannes tagsüber in ein deutsch-jüdisches Kinderheim geben. Ihre Freizeit verbrachte sie mit Hannes, wenn immer das Wetter es zuließ, im nahen Central Park; dort gab es Bäume ...

Sie begann, wie man so sagt, ein neues Leben.

Einmal, im Februar, erlebte Sibylle einen kleinen Schrecken, wobei sie heute noch nicht weiß, ob dieser Schrecken auf bloßer Einbildung oder auf Wirklichkeit beruhte. Sie saßen wieder im Central Park, Hannes und sie, und fütterten die Eichhörnchen; die Sonne gab warm, in den Mulden lag noch Schattenschnee; die Teiche waren teilweise noch gefroren; aber die Vögel zwitscherten, und es wurde Frühling. Die Erde war naß; sie saßen auf den schieferschwarzen Felsen von Manhattan, und Sibylle war froh wie ein Rumpelstilzchen, so heimlich und unerkannt wähnte sie sich in dieser Riesenstadt. Zwischen laublosen Zweigen sah man die Wolkenkratzer im bläulichen Dunst, ihre bekannte Silhouette; am Rande des großen Parkes, jenseits der Stille, schwirrte es geisterhaft, ab und zu tutete es vom Hudson herauf. Ein Polizist ritt in der schwarzen mulmigen Erde der Reitwege. Buben spielten Baseball. Auf den langen Bänken saß da und dort ein Zeitungsleser, oder es kam ein Liebespaar, dann eine Dame, die ihren Hund zu den raren Bäumen führte. Sibylle genoß es, niemand zu kennen. Sie sah den Mann, der hinter ihrem Rücken vorbeigegangen war, nur noch von hinten, einen Augenblick lang vollkommen gewiß, daß dieser Mann, der da schlenderte, niemand anders als Stiller sein konnte, und es fehlte wenig, daß Sibylle unwillkürlich gerufen hätte. Natürlich redete sie es sich aus. Wieso sollte Stiller hier in Neuyork herumschlendern? Ein Rest von Unruhe blieb dennoch, halb Hoffnung, halb Angst, es könnte wirklich Stiller sein. Sibylle nahm Hannes an der Hand und ging durch den Park, nicht um ihn zu suchen, eher um zu fliehen; immerhin mußte sie in der gleichen Richtung gehen. Natürlich, wie erwartet, sah sie den betreffenden Mann nicht mehr. Sie hatte ihr Hirngespinst (das war es ja wohl) völlig vergessen, als sie einige Tage später in die Subway hinunterstieg, das heißt, es war eine rollende Treppe; sie fuhr hinunter – er fuhr hinauf. Ein Austreten war ja nicht möglich. Hatte er sie nicht angestarrt, wenn auch ohne Gruß? Die Unwahrscheinlichkeit war ihr Trost. Oder stellte Stiller ihr nach? Jedenfalls sah Sibylle, daß der Mann, den sie für Stiller gehalten hatte, oben an der Treppe nicht weiterging, sondern sofort auf die andere Treppe wechselte, um herunterzukommen. Es war ein arges Gedränge, eine gelassene Beobachtung kaum möglich, ganz abgesehen von ihrer inneren Verwirrung. Ein GI-Mantel in Amerika, was beweist das schon! Später redete Sibylle es sich wieder aus; sie hatte den Mann auf der Rolltreppe dermaßen angegafft, daß er sich, ohne Sibylle zu kennen, vielleicht Hoffnungen machte und daher zurückkam. Mag sein. Im Augenblick handelte Sibylle vollkommen unwillkürlich: sie zwängte sich in den nächsten Wagen irgendeiner Untergrundbahn, die Türe schloß sich, man fuhr davon. Einige Wochen lang hatte sie immer etwas Angst, sooft sie auf die Straße ging, jedoch vergeblich; nie wieder sah sie einen Mann, der sich mit Stiller hätte verwechseln lassen.

Ihre Arbeit, wie gesagt, war öde. Sie saß in einem Saal ohne Tageslicht, nach einer Woche überzeugt, diese Unnatur nicht aushalten zu können. Keine Ahnung, ob es draußen regnet oder strahlt, kein Erlebnis der Tageszeit, nie ein Zug von Luft, die etwa nach Gewitter riecht oder nach Menschen oder nach Laub oder auch nur nach verregnetem Asphalt, es war um so gräßlicher, als Sibylle durchaus die einzige blieb, die überhaupt etwas vermißte; sie glaubte vor lauter air-condition zu ersticken. Die Gewißheit, daß es in jedem besseren Betrieb genau so sein würde, machte sie vollends ratlos. Was blieb ihr anderes als

Fleiß aus Verzweiflung? Infolgedessen schätzte man sie, und als Sibylle nach einem halben Jahr kündigte, hielt man sie mit verdoppeltem Lohn. Jetzt konnte Sibylle sich eine andere, erfreulichere Wohnung leisten, zwei Zimmer mit sogenanntem Dachgarten, Riverside Drive, mit Blick auf den breiten Hudson. Und hier, im achtzehnten Stockwerk, war sie selig. Sie sonnten sich im Schutze einer roten Brandmauer, Hannes und sie, sahen viel Himmel und sogar Landschaft, Wald. Und ostwärts das Meer. In dunstiger Ferne schon erkannte Hannes, ob es die »Ile de France« oder die »Queen Mary« war, was einfuhr. Und am Abend, wenn es dunkelte, hatte sie vor dem Fenster gerade die schwungvolle Lichter-Girlande der Washington Bridge. Hier wohnte Sibylle fast zwei Jahre lang. Immer seltener dachte sie an die Rückkehr in die Schweiz. Das Leben in Amerika (so sagt sie) gefiel ihr sehr, ohne daß es sie begeisterte; sie genoß die Fremde. Dabei hat sie das eigentlichere Amerika, den Westen, nie gesehen. Sibylle hatte es vor, einmal an die andere Küste zu fahren, Arizona kennenzulernen, Texas, die Blumen in Kalifornien; aber sie war ja eine Angestellte, und das heißt, sie konnte leben, sogar sehr ordentlich leben, genau so lange als sie vor ihrer Schreibmaschine saß und tippte: für die Freiheit ihres Wochenendes, die immerhin einen Radius von hundert Meilen hatte. Sie liebte Neuyork. In den ersten Wochen schien ihr nichts leichter zu sein als der Umgang mit amerikanischen Menschen. Alle waren so offen, so selbstverständlich; Freundschaften flogen ihr zu, oder es schien wenigstens so, wie noch nie im Leben. Auch genoß sie es, als Frau so unbehelligt zu sein, ja, es war, als hätte sie mit der Landung in Amerika aufgehört, eine Frau zu sein; bei aller Sympathie nahm man sie durchaus als ein Neutrum. Nach ihren letzten Erlebnissen war es ein Labsal, versteht sich, wenigstens anfänglich. Und auch später (so sagt sie) hatte sie gar kein Verlangen nach einem Mann, schon gar nicht nach einem amerikanischen; sie hatte Freunde, besser gesagt: friends. Die meisten von ihnen hatten einen Wagen, und das war nicht unwichtig zumal im Sommer, wenn es in Neuyork so heiß ist. Mit der Zeit irritierte es sie allerdings doch, dieses

Fehlen einer Atmosphäre, wie es sie selbst in der Schweiz gibt. Es ist nicht leicht zu sagen, was eigentlich fehlt. Jedermann lobte ihr neues Frühlingskleid, ihr gesundes Aussehen, ihren Sohn; es war, verglichen gerade mit der Schweiz, einfach köstlich, wie die Leute zu loben wagen. Aber plötzlich fragte sich Sibylle, ob sie überhaupt sehen, was sie loben. Es war merkwürdig (so sagt sie) zu erfahren, wie wunderbar und groß die Vielfalt des erotischen Spieles ist; Sibylle erfuhr es nie so deutlich wie hier, wo es diese Vielfalt nicht gibt. Beim Verlassen eines Restaurants, beim Verlassen einer Subway, beim Verlassen einer Gesellschaft, nie hatte sie das Gefühl, von einem Mann vermißt zu werden in jener holden Art, die beide Teile, ohne daß sie eine weitere Begegnung suchen, irgendwie beschwingt. Nie auf der Straße traf sie der kurze Blick absichtloser Freude, ja, nicht einmal in Gesprächen geisterte etwas von der erregenden Ahnung, daß es den Menschen in zwei Geschlechtern gibt. Alles blieb kameradschaftlich, insofern sehr nett; aber es fiel auch eine Spannung aus, eine Fülle der blühenden Nuancen, eine Kunst des Spiels, ein Zauber, eine Drohung, die erregende Möglichkeit lebendiger Verstrickung. Es war flach, nicht geistlos, um Gottes willen, es wimmelte von gescheiten Leuten, von gebildeten Leuten; aber es war leblos, irgendwie reizlos, ahnungslos. Dann kam Sibylle sich als Frau wie unter einer Tarnkappe vor: von niemandem gesehen, nein, nicht gesehen, man hörte nur, was sie redete, und fand es lustig, interessant, mag sein, aber es war eine Zusammenkunft im luftlosen Raum. Es war komisch; sie plauderten über ›Sex problem‹ mit einer so voreiligen Unbefangenheit, mit der Aufgeklärtheit von Eunuchen, die nicht wissen, wovon sie reden. Einen Unterschied zwischen Sex und Erotik schien hier niemand zu kennen. Und wenn sie dann ihren strotzenden Mangel auch noch für Gesundheit hielten, nein, es war nicht immer lustig, es war langweilig. Was hat Neuyork nicht alles zu bieten! Es war eine Schande, sich hier zu langweilen. Allein die Konzerte! Aber das Leben selbst, das alltägliche, das Einkaufen, das Mittagessen im Drugstore, das Fahren im Bus, das Warten an einer Station, das

Drum und Dran, das neun Zehntel unseres Lebens ausmacht, es war so unerhört praktisch, so unerhört glanzlos. Manchmal ging Sibylle ins italienische Viertel, um Gemüse zu kaufen, wie sie meinte; tatsächlich ging sie, um zu sehen, hungrig nach Sehenswertem. Oder lag es an Sibylle? Nach etwa einem halben Jahr hatte sie das bittere Gefühl, alle Menschen enttäuscht zu haben. Sie hatte ein Büchlein voll Adressen, aber wagte niemand mehr anzurufen. Womit hatte sie alle diese freundlichen Freunde enttäuscht? Sie wußte es nicht, sie erfuhr es nicht. Es bedrückte sie ernsthaft. Indessen, und dies verwirrte Sibylle noch mehr, hatte sie überhaupt nichts verscherzt, ganz und gar nicht; traf man sich zufällig, tönte es genau wie beim erstenmal: Hallo Sibylle! und auf der andern Seite war keine Spur von Enttäuschung. All diese offenen und so selbstverständlichen Leute, schien es, erwarteten nicht mehr von einer menschlichen Beziehung; sie brauchte nicht weiterzuwachsen, diese so freundliche Beziehung. Und das war für Sibylle wohl das Traurige; nach zwanzig Minuten ist man mit diesen Menschen so weit wie nach einem halben Jahr, wie nach vielen Jahren, es kommt nichts mehr hinzu. Es bleibt bei dem offenherzigen Wunsch, daß es dem andern wohlergehe. Man ist befreundet, um es in irgendeiner Weise nett zu haben, und im übrigen gibt es ja Psychiater, so etwas wie Garagisten für Innenleben, wenn einer Defekte hat und nicht selber flicken kann. Jedenfalls soll man nicht seine Freunde mit einer traurigen Geschichte belasten; sie haben dann auch, in der Tat, nichts zu liefern als einen ebenso allgemeinen wie unverbindlichen Optimismus. Da legt man sich schon lieber an die Sonne auf dem kleinen Dachgarten. Und doch, so sehr Sibylle offenbar Mühe hatte mit dieser leutseligen Beziehungslosigkeit der allermeisten Amerikaner, war sie weit von dem Gedanken entfernt, in die Schweiz zurückzukehren...

Nach einem langsam verebbten Briefwechsel, nach einem gegenseitigen Schweigen, das endgültig zu werden drohte, meldete sich Rolf, ihr Mann, eines Nachmittags durch Anruf in ihrem Büro. »Wo bist du denn?« fragte sie. »Hier«, antwortete Rolf, »in La Guardia. Eben gelandet. Wie kann ich dich treffen?« Er mußte bis fünf Uhr warten, da Sibylle ja nicht einfach weglaufen konnte, und schließlich wurde es beinahe sechs Uhr, bis Sibylle, die Sekretärin, in der genannten Hotel-Lobby am Times-Square erschien. »Wie geht's dir?« fragten sie einander. »Danke« sagten beide. Sibylle führte ihn über den Times-Square. »Wie lange bleibst du denn hier?« fragte sie; aber natürlich konnte man in dem Gedränge kaum sprechen. Sie führte Rolf, den benommenen Ankömmling, auf den Rockefeller-Turm, um ihm sogleich etwas von Neuyork zu zeigen. »Bist du geschäftlich in Neuyork?« fragte sie und verbesserte sich: »Ich meine: beruflich?« Sie saßen in der bekannten Rainbow Bar und mußten etwas bestellen. »Nein«, sagte Rolf, »ich komme deinetwegen. Unsertwegen...« Sie fanden einander ziemlich unverändert, nur etwas älter. Sibylle zeigte die neuesten Bilder von Hannes. »Kein kid mehr, nein, schon ein richtiger guy!« Rolf ließ sie nicht allzu lange erzählen. »Ich bin gekommen«, sagte er, »um dich zu fragen – Ich meine: entweder scheiden wir uns oder wir leben zusammen. Aber endgültig.« Anderes fragten sie einander nicht. »In welcher Richtung wohnst du denn?« erkundigte sich Rolf, und Sibylle zeigte ihm die Gegend, überhaupt das Lichterspiel, die so unwahrscheinlich farbige Dämmerung über Manhattan, eine Attraktion, die wohl jeder Manhattan-Besucher kennt; nicht jeder findet dabei die Frau seines Lebens wieder... »Babylon!«, meinte Rolf, der immer wieder hinunterschauen mußte in dieses Netz von flimmernden Perlenschnüren, in diesen Knäuel von Licht, in dieses unabsehbare Beet von elektrischen Blumen. Man wundert sich, daß in dieser Tiefe da unten, deren Gerausch nicht mehr zu hören ist, in diesem Labyrinth aus quadratischen Finsternissen und gleißenden Kanälen dazwischen, das sich ohne Unterschied wiederholt, nicht jede Minute ein Mensch verlorengeht; daß dieses rollende Irgendwoher-Irgendwohin nicht eine Minute aussetzt oder sich plötzlich zum rettungslosen Chaos staut. Da und dort staut es sich zu Teichen voll Weißglut, Times-Square zum Beispiel. Schwarz ragen die Wolkenkratzer ringsum, senkrecht, jedoch von der Perspektive auseinandergespreizt wie ein Bund von

Kristallen, von größeren und kleineren, von dicken und schlanken. Manchmal jagen Schwaden von buntem Nebel vorbei, als sitze man auf einem Berggipfel, und eine Weile lang gibt es kein Neuyork mehr; der Atlantik hat es überschwemmt. Dann ist es noch einmal da, halb Ordnung wie auf einem Schachbrett, halb Wirrwarr, als wäre die Milchstraße vom Himmel gestürzt. Sibylle zeigte ihm die Bezirke, deren Namen er kannte: Brooklyn hinter einem Gehänge von Brücken, Staten Island, Harlem. Später wird alles noch farbiger; die Wolkenkratzer ragen nicht mehr als schwarze Türme vor der gelben Dämmerung, nun hat die Nacht gleichsam ihre Körper verschluckt, und was bleibt, sind die Lichter darin, die hunderttausend Glühbirnen, ein Raster von weißlichen und gelblichen Fenstern, nichts weiter, so ragen oder schweben sie über dem bunten Dunst, der etwa die Farbe von Aprikosen hat, und in den Straßen, wie in Schluchten, rinnt es wie glitzendes Quecksilber. Rolf kam nicht aus dem Staunen heraus: Die spiegelnden Fähren auf dem Hudson, die Girlanden der Brücken, die Sterne über einer Sintflut von Neon-Limonade, von Süßigkeit, von Kitsch, der ins Grandiose übergeht, Vanille und Himbeer, dazwischen die violette Blässe von Herbstzeitlosen, das Grün von Gletschern, ein Grün, wie es in Retorten vorkommt, dazwischen Milch von Löwenzahn, Firlefanz und Vision, ja, und Schönheit, ach, eine feenhafte Schönheit, ein Kaleidoskop aus Kindertagen, ein Mosaik aus bunten Scherben, aber bewegt, dabei leblos und kalt wie Glas, dann wieder bengalische Dämpfe einer Walpurgisnacht auf dem Theater, ein himmlischer Regenbogen, der in tausend Splitter zerfallen und über die Erde zerstreut ist, eine Orgie der Disharmonie, der Harmonie, eine Orgie von Alltag, technisch und merkantil über alles, zugleich denkt man an Tausendundeine Nacht, an Teppiche, die aber glühen, an schnöde Edelsteine, an kindliches Feuerwerk, das auf den Boden gefallen ist und weiterglimmt, alles hat man schon gesehen, irgendwo, vielleicht hinter geschlossenen Augenlidern bei Fieber, da und dort ist es auch rot, nicht rot wie Blut, dünner, rot wie die Spiegellichter in einem Glas voll roten Weines, wenn die Sonne hineinscheint, rot und auch gelb, aber nicht gelb wie Honig, dünner, gelb wie Whisky, grünlich-gelb wie Schwefel und gewisse Pilze, seltsam, aber alles von einer Schönheit, die, wenn sie tönte, Gesang der Sirenen wäre, ja, so ungefähr ist es, sinnlich und leblos zugleich, geistig und albern und gewaltig, ein Bau von Menschen oder Termiten, Sinfonie und Limonade, man muß es gesehen haben, um es sich vorstellen zu können, aber mit Augen gesehen, nicht bloß mit Urteil, gesehen haben als ein Verwirrter, ein Betörter, ein Erschrockener, ein Seliger, ein Ungläubiger, ein Hingerissener, ein Fremder auf Erden, nicht nur fremd in Amerika, es ist genau so, daß man darüber lächeln kann, jauchzen kann, weinen kann. Und weit draußen, im Osten, steigt der bronzene Mond empor, eine gehämmerte Scheibe, ein Gong, der schweigt... Das Verwirrendste aber für Rolf war natürlich Sibylle, seine Frau, die hier zu Hause war. Sie tranken ihren Martini – etwas stumm –und blickten einander gelegentlich an, lächelten fast etwas spöttisch, als sie merkten, daß ein Atlantik zwischen ihnen eigentlich nicht nötig war. Rolf getraute sich zwar kaum, ihren nahen Arm zu fassen; seine Zärtlichkeit blieb in den Augen. Auch Sibylle fühlte, daß die Welt, wie groß sie auch sein mochte, keinen Menschen hatte, der ihr näher stehen könnte als dieser Rolf, ihr Mann; sie leugnete es nicht. Immerhin erbat sie sich eine Bedenkzeit von vierundzwanzig Stunden.

Heute beim Zahnarzt.
Es sind Bagatellen, und das ist ja das Schreckliche: gegen Bagatellen wehrt man sich nicht. Man wird müde! Schon das weiße Empfangsfräulein kommt ins Wartezimmer und sagt: Herr Stiller, darf ich bitten. Soll ich sie anbrüllen vor allen andern? Sie kann ja nichts dafür, diese nette Person; ich bin als Herr Stiller verbucht. Also folge ich ihr wortlos. All dies verdanke ich meinem Verteidiger! Sie hängen mir das weiße Tuch um den Hals, geben ein frisches Glas, füllen es mit lauem Wasser, alles sehr freundlich, und der junge Zahnarzt, der Nachfolger jenes verstorbenen Zahnarztes, dem der verschollene Stiller noch immer eine Rechnung schuldet, seift sich die Hände. Auch er kann nichts dafür; was die Namen der Patienten betrifft, muß er sich ja ganz und gar auf sein Empfangsfräulein verlassen, zumal er die ererbte Kundschaft noch nicht kennt.
»Herr Stiller«, sagt er, »Sie haben Schmerzen?«
Ich spüle gerade, nicke mit Bezug auf die Schmerzen, und ehe ich das Mißverständnis richtigstellen kann, hat seine Pinzette auch schon die Stelle gefunden, wo mir jede Diskussion vergeht. Der junge Mann nimmt es sehr genau.
»Sehen Sie«, sagt er und zeigt es mir mit Spiegelchen, »eine solche Krone zum Beispiel, dieser Sechser-oben-links – sehen Sie es? – kein Wort gegen meinen Vorgänger, aber eine solche Krone ist ja unmöglich.«
Er mißversteht meinen Blick, meint, ich wolle seinen Vorgänger irgendwie in Schutz nehmen. Mit Watte und Klammer und Speichelzieher im offenen Mund, so daß man nicht widersprechen kann, höre ich seine zweifellos interessanten Ausführungen über die neuen Erkenntnisse in der Zahnheilkunde. Der junge Mann hat wohl die Praxis seines Onkels und die Kunden übernommen, ist aber keinesfalls gewillt, auch die Fehler der eben verstorbenen Generation zu übernehmen, und was ich

beispielsweise im Munde habe, sind fast lauter Fehler. Nur mit hilflosen Blicken kann ich den jungen Mann bitten, meine Kronen doch nicht als das Werk seines verstorbenen Onkels zu betrachten, meine Zähne nicht als die Zähne des verschollenen Stillers. Er ruft:
»Fräulein – geben Sie nochmals den Röntgen-Status von Herrn Stiller!«
All dies, wie gesagt, verdanke ich meinem Verteidiger. Man glaubt mir nicht; jedesmal, wenn seine Pinzette eine gewisse Stelle berührt, quellen mir ein paar unwillkürliche Tränen aus den Augen, und es ist nicht einzusehen, was es immer und immer wieder an dieser Stelle zu stochern gibt, endlich sagt er:
»Doch, doch – der lebt.«
Nämlich im Hinblick auf den alten Röntgen-Status, den sie in der Kartothek des Vorgängers gefunden haben, kann der junge Zahnarzt es einfach nicht fassen, daß mein Vierer-unten-links noch lebt, meines Erachtens empfindlich genug, auch wenn es auf dem Röntgen-Status (man zeigt mir den Vierer-unten-links, wie ihn der verschollene Stiller hatte) ganz und gar nach einer toten Wurzel aussieht.
»Merkwürdig«, murmelt er, »merkwürdig.«
Dann klingelt er dem Fräulein.
»Ist das wirklich der Röntgen-Status von Herrn Stiller?« fragt er. »Sind Sie sicher?«
»Es steht doch drauf –«
Seine Gewissenhaftigkeit läßt ihm keine Ruhe; abermals vergleicht er Zahn um Zahn, wobei sich zeigt, daß Stiller, der verschollene Kunde seines verstorbenen Onkels, beispielsweise über einen tadellosen Achter-oben-rechts verfügt haben muß; bei mir ist es eine Lücke. Was habe ich mit dem Achter-oben-rechts (von Stiller) gemacht? Ich zucke die Achsel. Mit Watte und Klammer und Speichelzieher im Mund lasse ich mich nicht verhören. Endlich verschwindet der Röntgen-Status, und der junge Zahnarzt greift zum Bohrer. Nach anderthalb Stunden, als ich endlich keine Klammer mehr im Mund habe und spülen darf, habe ich kein natürliches Bedürfnis mehr, die Diskussion

über den alten Röntgen-Status nochmals aufzunehmen. Ich bitte lediglich um Saridon. Knobel sitzt im Wartezimmer. Der graue Gefängniswagen wartet unter einer Allee von Akazien. Die Fahrer sind angehalten, diskret zu parkieren. Da aber die Allee zu einem Schulhaus gehört, dessen Pausenplatz sie begrenzt, und da gerade die große Pause ist, als Knobel und ich zum Wagen zurückkommen, sind wir natürlich von der ganzen Schuljugend umringt. Ein Knirps fragt mich schüchtern, ob ich der Dieb sei. Ein Mädchen ruft voll freudiger Erregung: Herr Lehrer, ein Verbrecher! Ich winke, so gut es hinter dem kleinen Gitterfenster geht. Nur die Lehrer winken nicht.

PS.
Vielleicht, ich frage mich, müßte man sich überall wehren, wo man verwechselt wird, und ich dürfte es keinem Empfangsfräulein durchlassen, daß sie mich als Herr Stiller verbucht; eine Sisyphos-Arbeit! Dann wieder glaube ich, es genügt vollauf, wenn Julika, sie allein, mich nicht verwechselt.

Mexiko –
Ich muß (ich weiß nicht unter welchem Zwang) an den Totentag denken, wie ich ihn auf Janitzio sah, an die indianischen Mütter, wie sie auf den Gräbern kauern die ganze Nacht, alle in ihren festlichen Trachten, sorgsam gekämmt wie für die Hochzeit, und scheinbar geschieht überhaupt nichts, der Friedhof ist eine Terrasse über dem schwarzen See, von steilen Felsen überragt, ein Friedhof ohne einen einzigen Grabstein oder sonst ein Zeichen; jedermann vom Dorf weiß, wo seine Toten liegen, wo er selber einmal liegen wird. Kerzen werden aufgestellt, drei oder sieben oder zwanzig, je nach der Zahl der toten Seelen, dazu die Teller mit allerlei Speise, die mit einem sauberen Tüchlein bedeckt ist, vor allem aber das sonderbare Ding, das mit weihnachtlicher Liebe gebastelt worden ist, ein Gestell aus Bambus, daran das Gebäck und die Blumen, die Früchte, das bunte Zukkerzeug. Vom Duft dieser Speisen, denn der Duft ist das Wesen

der Dinge, soll der Tote sich nähren die ganze Nacht; das ist der Sinn. Nur Frauen und Kinder kommen auf den nächtlichen Friedhof; die Männer beten in der Kirche. Die Frauen, deren Handlung ganz sachlich und nüchtern bleibt, lassen sich nieder wie zu einer langen Rast, schwingen den Schal um ihren Kopf, so daß Frau und Kind, beide unter dem gleichen Schal, wie ein einziges Wesen erscheinen. Die Kerzen, hingereiht zwischen den Lebenden und den Toten, flackern im Wind der kalten Nacht, Stunde um Stunde, während der Mond über die finsteren Berge steigt und in gelassenem Bogen wieder sinkt. Wieder geschieht nichts. Hin und wieder das verwehte Gebimmel einer Glocke, das Gebell eines Hundes gegen den Mond; sonst nichts. Geweint wird nirgends, gesprochen nur wenig, nur das Nötige, dann aber nicht im Flüsterton, wie man ihn auf unseren Friedhöfen hört; es geht hier nicht um Stimmung. Die Stille, der sich übrigens auch die Kinder unterwerfen, indem sie Stunde um Stunde in die flackernde Kerze schauen oder in die leere Nacht über dem See, ist nicht Andacht, nicht Innerlichkeit in unserem Sinn, nicht im schlechten und nicht im guten. Es ist einfach Stille. Es gibt, angesichts der Tatsache von Leben und Tod, gar nichts zu sagen. Einige schlafen sogar, während ihr Toter, Vater oder Gatte oder Sohn, sich lautlos nährt vom Duft, vom Wesen der Dinge. Gegen Mitternacht kommen die letzten; niemand wird die Gräber verlassen bis zum Morgengrauen. Zu Tausenden flackern die toten Seelen. Ein frierendes Kind, das sehr bedrohlich hustet, als möchte es bald zu den Toten, bekommt, obzwar die Speisen noch den Toten gehören, einen kleinen Vorschuß an Zuckerzeug. Im ganzen sind sie von einer seltsamen Geduld. Und es ist kalt, sehr kalt, es ist die Nacht des ersten November. Ein kleines Mädchen, dessen Mutter schlummert, spielt mit einer Kerze, macht sich warme Kerzentropfen auf die Hand, bis die Kerze dabei verlöscht, und zündet sie dann immer wieder an. Und immer wieder mit dem Wind duftet es sehr stark; die Frauen zerrupfen gelbe Blumen, streuen sie gegen die Toten, eine Verrichtung, wie man etwa Gemüse rüstet, nicht nachlässig, aber ohne unnötige Gebärde, ohne Betonung, ohne

Stimmung, ohne schauspielerischen Ausdruck, daß hier etwas Sinnbildliches gemeint sei. Es ist überhaupt nicht gemeint, sondern einfach gemacht. Und es ist, als würde die Stille immer noch stiller; der Mond ist untergegangen, die Kälte ist bissig. Nichts geschieht. Die Frauen knien nicht, sondern sitzen auf der Erde, damit die Seelen der Verstorbenen aufsteigen in ihren Schoß. Das ist alles, bis der Morgen graut, eine Nacht der stillen Geduld, eine Hingabe an das unerläßliche Stirb und Werde –

Gespräch mit dem Staatsanwalt, meinem Freund, über Stiller: – »Die weitaus meisten Menschenleben werden durch Selbstüberforderung vernichtet«, sagt er und erklärt es sich etwa folgendermaßen: »Unser Bewußtsein hat sich im Laufe einiger Jahrhunderte sehr verändert, unser Gefühlsleben sehr viel weniger. Daher eine Diskrepanz zwischen unserem intellektuellen und unserem emotionellen Niveau. Die meisten von uns haben so ein Paket mit fleischfarbenem Stoff, nämlich Gefühle, die sie von ihrem intellektuellen Niveau aus nicht wahrhaben wollen. Es gibt zwei Auswege, die zu nichts führen; wir töten unsere primitiven und also unwürdigen Gefühle ab, soweit als möglich, auf die Gefahr hin, daß dadurch das Gefühlsleben überhaupt abgetötet wird, oder wir geben unseren unwürdigen Gefühlen einfach einen anderen Namen. Wir lügen sie um. Wir etikettieren sie nach dem Wunsch unseres Bewußtseins. Je wendiger unser Bewußtsein, je belesener, um so zahlreicher und um so nobler unsere Hintertüren, um so geistvoller die Selbstbelügung! Man kann sich ein Leben lang damit unterhalten, und zwar vortrefflich, nur kommt man damit nicht zum Leben, sondern unweigerlich in die Selbstentfremdung. Beispielsweise können wir uns den Mangel an Mut, einmal in die Knie zu gehen, unschwer als gute Haltung auslegen, die Angst vor Selbstverwirklichung unschwer als Selbstlosigkeit und so fort. Die meisten von uns wissen nur allzu gut, was sie in dieser oder jener Situation empfinden sollten, beziehungsweise nicht empfinden dürften, und haben selbst bei gutem Willen bereits die allergrößte Mühe herauszufinden, welcher Art ihre tatsächlich vorhandenen Gefühle sind. Das ist ein übler Zustand. Sarkasmus allem Gefühl gegenüber ist das klassische Symptom dafür... Zur Selbstüberforderung gehört unweigerlich eine falsche Art von schlechtem Gewissen. Einer nimmt es sich übel, kein Genie zu sein, ein anderer nimmt es sich übel, trotz guter Erziehung kein Heiliger zu sein, und Stiller nahm es sich übel, kein Spanienkämpfer zu sein... Es ist merkwürdig, was sich uns, sobald wir in der Selbstüberforderung und damit in der Selbstentfremdung sind, nicht alles als Gewissen anbietet. Die innere Stimme, die berühmte, ist oft genug nur die kokette Stimme eines Pseudo-Ich, das nicht duldet, daß ich es endlich aufgebe, daß ich mich selbst erkenne, und es mit allen Listen der Eitelkeit, nötigenfalls sogar mit Falschmeldungen aus dem Himmel versucht, mich an meine tödliche Selbstüberforderung zu fesseln. Wir sehen wohl unsere Niederlage, aber begreifen sie nicht als Signale, als Konsequenzen eines verkehrten Strebens, eines Strebens weg von unserem Selbst. Merkwürdigerweise ist ja die Richtung unserer Eitelkeit nicht, wie es zu sein scheint, eine Richtung auf unser Selbst hin, sondern weg von unserem Selbst.«

Wir unterhalten uns dann auch über den bekannten Vers: Den ich lieb, der Unmögliches begehrt! Ohne uns erinnern zu können, wo genau, im zweiten Teil des Faust, dieser ominöse Vers steht, einigen wir uns darauf, daß dieser Vers nur aus dem Mund einer dämonischen Figur kommen kann; denn er ist eine Einladung zur Neurose, hat mit einem wirklichen Streben (er redet ja auch nicht von Streben, sondern von Begehren) nichts zu tun, das die Demut vor unseren begrenzten Möglichkeiten voraussetzt.

»Ich sehe Stiller nicht als Sonderfall«, sagt mein Staatsanwalt. »Ich sehe einige meiner Bekannten und mich selbst darin, wenn auch mit anderen Beispielen von Selbstüberforderung... Viele erkennen sich selbst, nur wenige kommen dazu, sich selbst auch anzunehmen. Wieviel Selbsterkenntnis erschöpft sich darin, den andern mit einer noch etwas präziseren und genaueren Beschreibung unserer Schwächen zuvorzukommen, also in Koketterie! Aber auch die echte Selbsterkenntnis, die eher stumm bleibt und sich wesentlich nur im Verhalten ausdrückt, genügt noch nicht, sie ist ein erster, zwar unerläßlicher und mühsamer, aber keineswegs hinreichender Schritt. Selbsterkenntnis als lebenslängliche Melancholie, als geistreicher Umgang mit unserer früheren Resignation ist sehr häufig, und Menschen dieser Art sind für uns zuweilen die nettesten Tischgenossen; aber was ist es für sie? Sie sind aus einer falschen Rolle ausgetreten, und das ist schon etwas, gewiß, aber es führt sie noch nicht ins Leben zurück... Daß die Selbstannahme mit dem Alter von selber komme, ist nicht wahr. Dem Älteren erscheinen die früheren Ziele zwar fragwürdiger, das Lächeln über unseren jugendlichen Ehrgeiz wird leichter, billiger, schmerzloser; doch ist damit noch keinerlei Selbstannahme geleistet. In gewisser Hinsicht wird es mit dem Alter sogar schwieriger. Immer mehr Leute, zu denen wir in Bewunderung emporschauen, sind jünger als wir, unsere Frist wird kürzer und kürzer, eine Resignation immer leichter in Anbetracht einer doch ehrenvollen Karriere, noch leichter für jene, die überhaupt keine Karriere machten und sich mit der Arglist der Umwelt trösten, sich abfinden können als verkannte Genies... Es braucht die höchste Lebenskraft, um sich selbst anzunehmen... In der Forderung, man solle seinen Nächsten lieben wie sich selbst, ist es als Selbstverständlichkeit enthalten, daß einer sich selbst liebe, sich selbst annimmt, so wie er erschaffen worden ist. Allein auch mit der Selbstannahme ist es noch nicht getan! Solange ich die Umwelt überzeugen will, daß ich niemand anders als ich selbst bin, habe ich notwendigerweise Angst vor Mißdeutung, bleibe ihr Gefangener kraft dieser Angst... Ohne die Gewißheit von einer absoluten Instanz außerhalb menschlicher Deutung, ohne die Gewißheit, daß es eine absolute Realität gibt, kann ich mir freilich nicht denken«, sagt mein Staatsanwalt, »daß wir je dahin gelangen können, frei zu sein.«

PS.
Absolute Instanz? Absolute Realität? Warum sagt er nicht ›Gott‹? Er meidet dieses Wort, scheint mir, mit bewußter Sorgfalt. Nur mir gegenüber?

PS.
Mit der Einsicht, ein nichtiger und unwesentlicher Mensch zu sein, hoffe ich halt immer schon, daß ich eben durch diese Einsicht kein nichtiger Mensch mehr sei. Im Grunde, ehrlich genommen, hoffe ich doch in allem auf Verwandlung, auf Flucht. Ich bin ganz einfach nicht bereit, ein nichtiger Mensch zu sein. Ich hoffe eigentlich nur, daß Gott (wenn ich ihm entgegenkomme) mich zu einer anderen, nämlich zu einer reicheren, tieferen, wertvolleren, bedeutenderen Persönlichkeit machen werde – und genau das ist es vermutlich, was Gott hindert, mir gegenüber wirklich eine Existenz anzutreten, das heißt erfahrbar zu werden. Meine conditio sine qua non: daß er mich, sein Geschöpf, widerrufe.

Julika noch immer in Paris.

Das Grab der Mutter: – wie Gräber hierzulande eben sind, mit gestelltem Granit säuberlich eingefaßt, alle etwas zu kurz, so daß man den Schrecken hat, den Toten auf den Füßen zu stehen, dazwischen Kieswege, Immergrün am Rand, in der Mitte des Grabes eine tönerne Vase, ein paar welke Astern drin, hinter dem Stein eine rostige Blechbüchse, um die Blumen zu begießen. Heute regnet es aber. Wir stehen zusammen unter dem Schirm, und von der Turmuhr schlägt es drei Uhr. Der Stein ist eher komisch, Grabsteinkunst, so eine Allegorie. Da und dort eine kleine Zypresse, die dieses graue Manhattan von Grabsteinen überragt. Einmal fragt Wilfried:
»Wie findest du übrigens den Stein?«
»Ja«, sage ich ...
Es gehört zu Wilfried, einen Schirm zu haben. Ich habe nie in

meinem Leben einen eigenen Schirm gehabt, aber jetzt bin ich froh um einen Schirm. Es ist ein ländlicher Friedhof, ein Kirchhügel mit alter Ulme, eine belanglose Kirche aus dem späten neunzehnten Jahrhundert; bei gutem Wetter hätte man gewiß eine hübsche, stille, weite Aussicht über den See und gegen die Berge hin. Heute alles grau, ein triefender Herbsttag, Nebel um die Wälder. Wir stehen lange so da, während es auf dem schwarzen Schirm leise trommelt, beide wortlos, beide gebärdelos wie eben zwei Protestanten. Die Inschrift: Hier ruht in Gott. Andere haben andere Inschriften: Ruhe sanft! oder sonst eine vage Lyrik. Der Stein, Travertin, ist leider poliert. Es tropft vom Schirm hörbar auf braunes Laub. In der übernächsten Reihe ein frisches Grab, ein Berg aus lehmiger Erde, Kränze drauf. Dann schlägt es wieder von der Turmuhr. Es ist kalt, naß, grau ...

Danach gingen wir in eine Wirtschaft.

Wilfried Stiller, jünger als ich, ist ein praller Mann mit einer gebräunten, rauhen und straffen Haut. Man sieht schon, daß er viel an Luft und Sonne ist. Sein schwarzes Haar ist kurz geschoren wie bei Bauern oder Militärs. Er hat mich in einem Jeep hierhergefahren, der aber nicht ihm persönlich gehört, sondern der Landwirtschaftlichen Genossenschaft. Er ist dort Verwalter in der Obstabteilung... Natürlich sprechen wir über unsere Mutter, während Wilfried immerzu (nur vorher auf dem Friedhof nicht) Stumpen raucht, die gleiche Sorte wie damals der Kommissär beim Zoll. Seine Mutter war ordentlich streng, scheint es, meine ja gar nicht. Wenn Wilfried etwa erzählt, wie seine Mutter ihn einmal, da er im Keller öfter Kompott genascht hatte, einen ganzen Tag lang in den Keller sperrte, um ihm diese Gegend ein für allemal zu verleiden, so kann ich wohl lachen mit dem Mann, der jenen Tag im finsteren Keller mit praller Gesundheit überstanden hat; doch meine Mutter ist das nicht. Die hätte so viel Erziehung nie übers Herz gebracht. Seine Mutter sagte: Jetzt nimm dich zusammen, wenn du ein rechter Bub sein willst! Meine Mutter sagte: Jetzt laßt doch den Bub mal in Ruhe! Meine Mutter war überzeugt, daß ich mit diesem Leben schon fertig werde. Ich erinnere mich, wie ich einmal durchs Schlüsselloch zuhörte, als meine Mutter einer ganzen Gesellschaft alle meine lustigen und offenbar gescheiten Aussprüche von der vergangenen Woche berichtete und großen Erfolg damit hatte. Derartiges hat Wilfried nie erlebt; seine Mutter hatte Sorge, daß aus Wilfried nie etwas Rechtes würde, und der gesunde, etwas rauhe, in seiner Trockenheit so herzliche Mann, der mir gegenüber am lackierten Wirtshaustisch sitzt und seine Stumpen raucht, sagt denn auch selbst, er wäre kein begabtes Kind gewesen; nicht einmal Klavierspielen hatte er gelernt. Meine Mutter, weiß ich, sparte es sich an Putzfrauen und Glätterinnen ab, putzte und bügelte selbst, auf daß sie jeden Monat meine Flötenstunden bezahlen konnte; denn ich galt als begabt. Drollig waren beide Mütter! Wilfried berichtet, daß seine Mutter, natürlich genau so respektabel wie die meine, rohe Leber über alles liebte, weit mehr als Süßigkeiten: nun konnte ihr ja niemand zum Geburtstag oder Muttertag ein Päcklein rohe Leber schenken, sie mußte sich also ihre Leckerbissen schon selbst besorgen. Das tat sie denn auch! Einmal, als ein Fußball ins Gebüsch geflogen war und Wilfried ihn suchen wollte, fand er seine Mutter in der verborgensten Nische eines öffentlichen Parkes, rohe Leber essend; sie war zu Tode erschrocken, die Gute, dann mit wahllosen Ausreden beflissen, Wilfried zurückzuhalten, bis er alles von seiner lieben Mutter glaubte, bloß nicht etwa, daß sie da rohe Leber gegessen hätte! Wenn Wilfried mit solchen Erinnerungen kommt, könnte es auch meine Mutter gewesen sein, und wir lachen gemeinsam. Dann wieder schildert er eine Mutter, die ich gar nicht kenne, eine besonnene und unbestechliche Frau, der man gar nichts vormachen konnte, eine praktische Frau, die ihn schon zeitig darauf vorbereitete, daß Wilfried eben nie eine richtige Frau würde heiraten können, wenn er nicht ordentlich Geld verdiente. Meine Mutter war gar nicht so. Sie liebte es, wenn ich ihr etwas vormachte, und im Hinblick auf die Zukunft rechnete sie mehr mit meinen inneren Werten, überzeugt, daß ich alles heiraten könnte, was ich nur wollte, schlechterdings jede Frau,

ausgenommen meine liebe Mutter selbst, was ich früh bedauerte, und die Sorge meiner Mutter bestand eher darin, ob wohl die Person, die ich dereinst bringen würde, auch meiner wirklich ganz würdig wäre. Einmal, ich erinnere mich, hatte ich versucht, unseren alten Nachbarn in seinem Gärtlein, wo er die Zeitung las, mit Kirschsteinen zu bespucken; meine Mutter ereiferte sich über seinen unerhörten Verdacht dermaßen, daß ich alles bestritt, um sie vor dem Herrn nicht bloßzustellen. Meine Mutter und ich hielten zusammen, nach einer Aussage meines Stiefvaters, wie die Kletten. Wilfried hatte seinen richtigen Vater. Und meine Mutter, das weiß ich, hätte vor Lehrern nie geweint; sie hätte alles bestritten oder ein bißchen Verständnis erwartet seitens der Lehrer. Ich war ein zartes Kind. Wenn meine Mutter, Gott weiß wie, die Polizeibuße bezahlt hatte, brachte ich ihr viel Schlüsselblümchen; dann weinte sie, meine Mutter, doch nicht vorher. Seine Mutter erwartete keine Schlüsselblümchen, sondern verlangte von Wilfried, daß er sich bei den beleidigten Lehrern persönlich entschuldigte. Es ist komisch, wie verschieden Mütter sein können! ...
»Nun liegt sie auch schon vier Jahre da drüben«, sagt Wilfried. »Bloß nicht in der Stadt begraben werden, bloß nicht neben Leuten liegen, die man zeitlebens nie gesehen hat, das fand sie widerwärtig –«
Einmal kommt der Wirt, der Wilfried mit Namen begrüßt, dann auch mir die Hand schüttelt. Wilfried redet mit den Leuten, ohne sich dabei auch nur um eine Nuance zu verstellen. Das kann ich nicht. Warum eigentlich nicht? Und dann, wieder unter vier Augen, soll ich von Julika berichten: wie's ihr in Paris gehe. Julika ist von Paris hierher zum Begräbnis gekommen mit ihren roten Haaren. Seither hat Wilfried sie nicht mehr getroffen. Wilfried trägt eine gestrickte Weste. Kalifornien interessiert ihn sehr; Wilfried wollte ja einmal nach Argentinien als Landwirt, was dann wegen Mutter nicht ging, und so rede ich denn von Kalifornien, ohne Kalifornien zu denken oder zu sehen, vielmehr sehe ich das Grab mit Immergrün und poliertem Travertin, ohne meine Mutter zu denken oder zu sehen, und für

Wilfried ist alles in Ordnung. Sein Bruder, der verschollene, war wohl immer etwas absonderlich. Das sagt er aber nicht, auch nicht mit Anspielungen. Wilfried ist nicht zweideutig, nicht geistreich, nicht neugierig, ein Mensch des natürlichen Daseins, nicht des Ausdrucks. Noch wenn ich schweige, komme ich mir vor ihm geschwätzig vor. Wilfried trinkt wenig und vermutlich überhaupt nur mir zuliebe, dabei findet er den Wein sehr gut, was ich wiederum rührend finde, denn es ist ein mäßiger Wein, kraftlos, eigentlich nur Faßgeschmack. Und all das ist sehr selbstverständlich, sehr seltsam, ein Gespräch mit vielen Pausen, so daß man die Katze schnurren hört, und als Wilfried nochmals seine Einladung wiederholt, betreffend Wohnen bei ihm und seiner Frau, merke ich, daß mir Tränen sehr nahe sind; dabei bin ich diese ganze Zeit wie ohne Gefühl. Er ist ein Bruder, was ich nicht bin, und es stört ihn nicht einmal, daß ich es nicht bin. Ob ich auch Hunger habe? Wilfried will mich von nichts überzeugen, und das hat etwas Entwaffnendes. Und er hat keine Bangnis vor dem Schweigen, wogegen ich wieder von den neuzeitlichen Farmen in Kalifornien rede, die Wilfried aus Publikationen natürlich besser kennt als ich. Etwas Amüsantes beiläufig: in jener Illustrierten, die über die Tänzerin Julika und ihren verschollenen Mann unterrichtete, war auch eine große Reportage über moderne Schädlingsbekämpfung, die Wilfried, als ich im Gespräch darauf komme, zum Lachen bringt; nicht einmal in dieser Sache stimmt es, was die Illustrierte verkündet. Das amüsiert mich. Sooft es aus irgendeinem Zusammenhang (etwa Militärdienst) hervorgeht, daß Wilfried um fünf Jahre jünger ist als ich, irritiert es mich. Ich sehe ihn so, wie man als Bub die Männer sieht, alterlos, aber unter allen Umständen überlegen. Ebenso irritiert es mich, daß dieser Mann bei keiner noch so komischen Divergenz unserer Wesen seinerseits irritiert ist, sondern ohne weiteres annimmt, daß mein Leben für ihn zwar unverständlich, für mich aber sicherlich in Ordnung ist, und irgendwie wahrt er dann einfach, indem er sich keineswegs einmischt, eine Distanz der Achtung, die mich jedesmal beschämt, unsicher macht. Aber diese Achtung ist ihm ernst. Ich wage keinen Wein mehr zu bestellen, keinen anderen, wiewohl Wilfried, ich weiß es, nichts dagegen hätte; es ist schließlich ein besondrer Tag, wert, ein wenig gefeiert zu werden. Von seinen Kindern höre ich, daß sie eben den Mumps der Reihe nach überstanden haben; es bleiben ihnen noch die Masern. Wie Wilfried, nachdem er seinen Rock über die Stuhllehne gehängt hat, Brot und Käse ißt, um für seine lange Fahrt in dem nicht gerade bequemen Jeep gestärkt zu sein, ohne dazu nochmals Wein zu bestellen, frage ich mich, ob ich nicht, wenn auch ungefragt, mich erklären sollte – weiß aber nicht wie, eigentlich auch nicht wozu! ... Für Wilfried ist es eine klare Sache, daß wir Brüder sind, unter einem schwarzen Schirm vor einem Grab stehen, und dann wieder trennen.

Kurz vor fünf Uhr wieder in Zürich.

Jetzt (indem ich das notiere) sitze ich in einer Bar. Allein in der Stadt! Es kommt mir wie ein Traum vor; dabei ist meine nächste Umgebung, ein Rudel von frisch aufgemachten, auf den ersten Abendeinsatz wartender Zürcher Kokotten, alles andere als traumhaft. Niemand meint, daß er mich kenne. Wenn ich auf sechs Uhr nicht in mein Gefängnis ginge? Wilfried hat mich ans Bellevue gefahren; er hat noch eine lange Fahrt vor sich und morgen wieder einen strengen Tag, anderseits habe ich noch eine Stunde lang Ausgang, sofern Wilfried bei mir bleibt. Er gab mir seine Hand.

»Ja«, sagte ich, »– und wenn ich abhaue?«

Er lachte, seine Hand schon am Hebel.

»Das mußt du selber wissen!« meinte er, und sein Jeep nahm einen Ruck, weg war er ... Was hätte ich ihm erklären sollen? Es gibt viele Menschen, denen ich näher, dem Verständnis nach sehr viel näher stehe als diesem Mann; er kommt als Freund nicht in Frage. Er hat denn auch seine eigenen Freunde, die mir vollkommen fremd sein werden, und es würde auch ihm, denke ich, nicht einfallen, mich zu seinen Freunden zu zählen. Und doch, in der Tat, ist er der einzige Mensch, bei dem es mir nichts ausmacht, wenn er mich, im Sinn eben einer klaren Sache, mit dem verschollenen Stiller verwechselt, also im Grunde mißversteht. Was heißt denn Verstehen! Freunde müssen einander verstehen, um Freunde zu bleiben; Brüder sind immer Brüder. Warum bin ich nie sein Bruder gewesen? Die heutige Begegnung hat mich doch sehr verwirrt. Wie stehe ich in dieser Welt?

»Sie bestreiten noch immer?« fragt mein Verteidiger, kaum bin ich wieder ins Gefängnis zurückgekehrt. »Sie bestreiten noch immer?«
»Ja«, sage ich, »ich bestreite noch immer –«
»Das ist doch lächerlich!« sagt mein Verteidiger.
»Es ist lächerlich«, sage ich, »aber wenn ich gestehen würde, was Sie gestanden haben möchten, Herr Doktor, dann wäre es noch lächerlicher.«
»Ich verstehe Sie nicht«, sagt mein Verteidiger.
»Das weiß ich«, sage ich, »darum bin ich ja genötigt, Herr Doktor, alles zu bestreiten, was Sie von mir sagen –«

Ja; – wer denn soll lesen, was ich in diese Hefte schreibe! Und doch, glaube ich, gibt es kein Schreiben ohne die Vorstellung, daß jemand es lese, und wäre dieser Jemand nur der Schreiber selbst. Dann frage ich mich auch: Kann man schreiben, ohne eine Rolle zu spielen? Man will sich selbst ein Fremder sein. Nicht in der Rolle, wohl aber in der unbewußten Entscheidung, welche Art von Rolle ich mir zuschreibe, liegt meine Wirklichkeit. Zuweilen habe ich das Gefühl, man gehe aus dem Geschriebenen hervor wie eine Schlange aus ihrer Haut. Das ist es; man kann sich nicht niederschreiben, man kann sich nur häuten. Aber wen soll diese tote Haut noch interessieren! Die immer wieder einmal auftauchende Frage, ob denn der Leser jemals etwas anderes zu lesen vermöge als sich selbst, erübrigt sich: Schreiben ist nicht Kommunikation mit Lesern, auch nicht Kommunikation mit sich selbst, sondern Kommunikation mit dem Unaussprechlichen. Je genauer man sich auszusprechen vermöchte, um so reiner erschiene das Unaussprechliche, das heißt die Wirklichkeit, die den Schreiber bedrängt und bewegt. Wir haben die Sprache, um stumm zu werden. Wer schweigt, ist nicht stumm. Wer schweigt, hat nicht einmal eine Ahnung, wer er nicht ist.

Warum schreibt Julika nicht?

Freunde! – jetzt kommen sie bereits rudelweise, heute nicht weniger als fünf, und zwar gleichzeitig. Alle finden mich unverändert, beinahe unverändert, und duzen mich. Und daß ich dann kein Wort sage, hindert sie nicht im mindesten, mich zu kennen, ach ja, es geht doch nichts über eine alte Freundschaft. Einer von ihnen, ein Schauspieler, läßt meine Hand überhaupt nicht mehr los. Innerlichkeit in den Augen, und noch wenn er verstummt ist, trieft er von tiefem Verständnis für Stiller; durch einen Händedruck, durch eine weitere Verstärkung des Drukkes und ein nochmaliges Schütteln meiner gequetschten Hand, die er mit seinen beiden Händen umklammert, lasse ich mir sagen, was unaussprechlich ist. Meinerseits sage ich nur: Nehmen Sie doch Platz, meine Herren! Und einer von ihnen, merke ich mit der Zeit, hält sich für meinen Gönner, weil er den verschollenen Stiller nicht wegen der jahrelang ausbleibenden Miete verklagt hat, was sein gutes Recht wäre; meine Verlegenheit, scheint es, genügt ihm als Ausdruck des Dankes. Überhaupt sind es liebenswerte Menschen, wennschon sie bei diesem Besuch, einmal versammelt, wie es unter natürlichen Umständen wohl nicht vorkommt, etwas von einer Krematoriums-Gesellschaft haben; außer ihrer Verbundenheit mit dem verschollenen Stiller, einer Verbundenheit so unterschiedlichen Ursprungs, haben sie eigentlich nichts Gemeinsames untereinander. Ein jeder hat von den andern gehört, mag sein, damals durch Stiller, der nun in empfindlicher Weise fehlt. Man müßte sich natürlich unter vier Augen kennenlernen. Einer von ihnen, merke ich mit der Zeit, ist inzwischen Professor geworden, ein feiner Kopf, der mit dem verschollenen Stiller, einem so vagen Geist und Temperament voll wirrer Radikalismen, oft genug seine liebe Mühe gehabt haben mag. Es ist ein Akt der Treue, daß er gekommen ist, dieser junge Professor, der natürlich andere Freunde hat als Stiller. Seine Vorsichtigkeit, die zärtliche Schonung, womit er mich behandelt, läßt erahnen, wie empfindlich der verschollene Stiller gewesen sein mag, und in der Tat, auch ich fühle mich als der Unterlegene, fühle das Ausmaß meiner Unkenntnis, verfalle in eine Art ängstlicher Hochachtung und damit in einen Ton, der ihn unweigerlich an den verschollenen Freund erinnern muß. Er will diesen Ton oder dieses Schweigen ängstlicher Hochachtung nicht; aber er ist daran gewöhnt, scheint es, und je befremdender mein Verhalten, um so sicherer wird er in mir den verschollenen Stiller erkennen, der ihn oft genug befremdet hat und dem er trotz allem, wohl mehr aus einem Bedürfnis nach Fairneß als nach Freundschaft, die mit Stiller nie fruchtbar wird, die Treue hält. Warum macht es mich traurig? Es wären wirklich lauter Männer, die man als Freunde haben möchte. Warum ist es nicht möglich? Übrigens sind sie durchaus uneinig, wer Stiller gewesen ist; dennoch tun sie so, als hielten sie mich für eine und dieselbe Person. Ein lebensfroher Graphiker schildert bereits das Fest, das nach meiner Haftentlassung stattfinden soll, und der fünfte, Schriftsetzer von Beruf, scheint ein Kommunist zu sein, der alle vier anderen als fertige Reaktionäre betrachtet und sie mir übelnimmt, nach seinem Blick zu schließen; vor allem verargt er mir die freundschaftlichen Töne von dem Hauseigentümer, der uns den dornröschenhaften Zustand von Stillers verlassenem Atelier schildert, und zuweilen, während sie so reden, überlege ich im Ernst, was für ein Mensch ich sein müßte, um den Erinnerungen und Erwartungen dieser fünf Besucher auch nur in großen Zügen zu entsprechen, etwas wie ein fünfköpfiges Wesen, glaube ich, wobei jeder von ihnen meine vier anderen Köpfe als unecht, als überflüssig abhauen würde, um den wahren Stiller hervorzustellen. Der Schauspieler, merke ich, ist Katholik geworden und blickt nicht ohne Achtung, nicht ohne Verständnis auf den

Schriftsetzer herab, den Kommunisten, dessen Ansichten er unschwer errät, erinnern sie ihn doch an die ersten Denk-Abenteuer seiner eignen Jugend. Außer dem Kommunisten ist offenbar keiner stehengeblieben. Der junge Professor versichert mir, daß er zwar die Klassik nach wie vor über alles stelle, anderseits die moderne Kunst nicht mehr ausschließlich als Zerfall betrachte, und der Graphiker, offenbar durch beträchtlichen Erfolg bekehrt, hat jeglichen Kultur-Pessimismus überwunden, verweist auf den hohen Stand der schweizerischen Graphik und braucht seinerseits, offen gesprochen, weder Kommunismus noch Katholizismus, um seine Aufgabe in dieser Welt zu sehen. Der Hauseigentümer hinwiederum, Antiquar von Beruf, hält es mehr denn je mit der Tradition, je lokaler, um so besser, kein Wort gegen die Europäische Verteidigungsgemeinschaft, aber gerade darum ist es die verantwortungsvolle Aufgabe des Antiquars, den Sinn für die Unterschiede zu pflegen, beispielsweise für den Unterschied zwischen Basler und Zürcher, denn was sollen Europas brüderliche Heere verteidigen, wenn nicht eben dieses Vorrecht, daß wir uns auf kürzeste Entfernung unterscheiden? Es sind, wie gesagt, lauter liebenswerte Männer. Nachher frage ich mich, warum ich mich nicht wirklich als ihren Freund empfinde. Ich habe sie beleidigt, ohne etwas zu sagen. Meine Zelle wird einsamer nach jedem Besuch.

Von Julika geträumt – wieder fast das gleiche: sie sitzt in einem Boulevard-Café unter vielen Leuten und versucht, mir zu schreiben, den Bleistift an den Lippen wie ein Schulmädchen in Not, ich will auf sie zugehen, bin aber von drei fremden (deutschen) Soldaten verhaftet, weiß, daß Julika mich verraten hat. Unsere Blicke treffen sich. Die Männer mit Helm zerren mich weiter, ich will Julika verfluchen, ihr stummer Blick bittet mich, nicht zu glauben, was sie da geschrieben habe, man habe sie gezwungen, ich habe sie gezwungen. Auf meine Frage, ob man mich erschießen werde, lachen die drei Soldaten; einer sagt: Nein, wir kreuzigen jetzt. Nach großer Angst in einem Lager beschäftigt, wir müssen Fotos an die Baumstämme heften mit Reißnägeln, das ist's, was sie ›kreuzigen‹ nennen, nichts weiter, ich ›kreuzige‹ Julika, das Foto von der Balletteuse …

Es ist schwer, nicht müde zu werden gegen die Welt, gegen ihre Mehrheit, gegen ihre Überlegenheit, die ich zugeben muß. Es ist schwer, allein und ohne Zeugen zu wissen, was man in einsamer Stunde glaubt erfahren zu haben, schwer, ein Wissen zu tragen, das ich nimmer beweisen oder auch nur sagen kann. Ich weiß, daß ich nicht der verschollene Stiller bin. Und ich bin es auch nie gewesen. Ich schwöre es, auch wenn ich nicht weiß, wer ich sonst bin. Vielleicht bin ich niemand. Und wenn sie es mir schwarz auf weiß beweisen können, daß von allen Menschen, die als geboren verbucht sind, zur Zeit nur ein einziger fehlt, nämlich Stiller, und daß ich überhaupt nicht in dieser Welt bin, wenn ich mich weigere, Stiller zu sein, so weigere ich mich doch. Warum lassen sie nicht ab! Mein Verhalten ist lächerlich, ich weiß, meine Lage wird unhaltbar. Aber ich bin nicht der Mann, den sie suchen, und diese Gewißheit, meine einzige, lasse ich nicht los.

Julika noch immer in Paris.

Es ist ja nicht wahr: – ich kann nicht allein sein, genau genommen, und ich habe es noch kaum eine Stunde in meinem Leben gekonnt! Und meistens war da, genau genommen, ein Weib. Angefangen bei meiner lieben und guten Mutter; ich bestand meine Maturität gerade so mit knapper Not und war froh für meine Mutter, damit mein Stiefvater nicht sagen konnte: Siehst du jetzt, dein nettes Söhnchen! und später trat ich meine heimatliche Strafe an, eine eidgenössische Wolldecke unter dem Arm, und saß fast einen Sommer lang in der Kaserne, aber allein war ich nicht, denn es tat mir leid, für meine Mutter, der so etwas furchtbar war. Eine Unsumme von Stunden, mehr als ein Menschenleben je an Stunden hat, möchte man meinen, sind mir auf Abruf im Gedächtnis, Stunden, die ich für Alleinsein hielt, Abende in Hotelzimmern mit Lärm aus fremden Gassen oder Blick in einen Hof, Nächte auf Bahnhöfen irgendwo, Frühlingstage in einem öffentlichen Park voll Kinderwagen und voll Fremdsprache, dann wieder Nachmittage in gewohnter Spelunke, Wanderungen in Regen und Wald und in Gewißheit, daß ein ersehnter Mensch nie wieder zu sprechen sein würde, Abschiede von jeder Sorte, saubere und rasche und aufrechte Abschiede, aber auch erbärmliche, wimmernde, verschleppte, feige Abschiede; eine Unsumme von Stunden, sage ich, und trotzdem war ich nie allein, genau genommen, keine Stunde lang. Irgendeinen inneren Ausweg fand ich stets, eine süße oder eine quälende Erinnerung, ein leidenschaftliches Gespräch mit einem unsichtbaren Menschen, den es meistens überhaupt nicht gab, doch ich erfand ihn, um nicht allein zu sein, oder Hoffnung auf eine großartige Begegnung an der nächsten oder übernächsten Straßenecke. Heißt das Alleinsein? Ganz im Anfang meiner Künstlerei, mag sein, war ich allein, vermochte ich es beinahe, in einem wirklichen Sinn allein zu sein in der Hoffnung, in Lehm oder Gips mich verwirklichen zu können; aber diese Hoffnung währte nicht lang, und schon war der Ehrgeiz da, die Freude in Hinsicht auf Anerkennung, die Sorge in Hinsicht auf Geringschätzung, monatelang sah ich vor lauter Lehm und Ehrgeiz und Gips keinen lebendigen Menschen, verbissen in meine Kunst, die nie eine werden konnte, verkrochen in die vier Wände meines Ateliers, ein Einsiedler ohne Radio wie im Mittelalter, wortkarg wie ein Ruderer auf der Galeere, ein Mönch in bezug auf Mädchen, aber nur in bezug darauf, ein frohlockender Rumpelstilz in Gedanken daran, daß noch niemand mein Genie auch nur ahnte, und fleißig war ich wie ein gepeitschtes Tier, von Ehrgeiz gepeitscht; also war ich nicht allein. Und ich war nicht allein bei meiner Fähre am Tajo; im Falle meines Todes, ich wußte es, würde Anja nicht zusammenbrechen und nicht ins Kloster gehen, sie würde weiterhin die Lebendigen pflegen und weiterhin sich lieben lassen, aber sich mitunter an mich erinnern, und als mich dann niemand erschoß, als sie mich nur mit meinem Hosengürtel fesselten, Hände und Füße zusammen, und mich in den Ginster warfen, war ich nicht allein; ich hatte meine Schmach vor Anja, glaubte vor Durst elendiglich zu sterben und Anja nicht wiederzusehen, ich schrie, solange ich konnte, dann schrie ich nicht mehr, aber an der Schwelle der Ohnmacht hatte ich Anja, meine sengende Schmach von Anja. Und ich war nicht allein auf dem Heimweg, obschon ich die Fremdheit in der Heimat ahnte; nächtelang auf meinem Marsch, nächtelang in den Wartesälen Frankreichs rechtfertigte ich mich vor Anja, ich schämte mich vor ihr, ich empörte mich über sie und sammelte Gedanken gegen sie; ich war nicht allein. Und dann, ferne von ihr, erzählte ich meine spanische Anekdote, meine Bekannten glaubten es mehr oder weniger, aber ich wußte, wer um die Wahrheit wußte, nämlich Anja, und also war ich nicht allein. Es ist lächerlich, ja, aber wahr: Immer war da ein Weib, womit ich mich täuschen konnte. Ich hatte männliche Freunde, nicht viele, den einen und andern; das war Freundschaft, doch keine Täuschung über unser Alleinsein als einzelne. Oft habe ich an ferne Freunde gedacht, neugierig auf ihre Gedanken oder froh um ihren Widerspruch oder auch in schmerzlichem Zerwürfnis; in den Stunden des Grauens aber, in den Stunden meiner Unfähigkeit, allein zu sein, war es stets nur ein Weib, Erinnerung oder Hoffnung um ein Weib, womit ich meinem Alleinsein entschlüpfte. Warum war ich nicht imstande, allein zu sein, und gezwungen, mich mit dieser Balletteuse zu langweilen, derart, daß ich dieses Meertier auch noch heiraten mußte? Es ging von mir aus, kein Zweifel, ich hatte immer wieder einmal so einen eisernen Willen mit verkehrter Steuerung. Und tausendundeine Nacht, mindestens, griff ich mir an den Kopf und schlief ein; nicht einmal in der Ehe konnte ich allein sein. Ich ließ sie im Stich; sie demütigte mich und ich demütigte sie; aber allein war ich nie. Und ich war nicht allein in dem Heck-Laderaum eines italienischen Frachters als blinder Passagier, ein Auswanderer ohne Papiere für Amerika;

nur ein bestochener Heizer wußte damals, daß es mich gab dort unten zwischen den Fässern, und es war dunkel, stank, war heiß, so daß mir (jedem an meiner Stelle!) der Schweiß aus allen Poren rann, ich begriff sehr wohl, daß die schöne Julika sich ekeln würde vor diesem Schweiß; also war ich nicht allein. Es wäre die Chance meines Lebens gewesen, allein zu sein, eine ungestörte Chance von achtzehn Tagen und neunzehn Nächten bei meistens ruhiger See, so daß ich nicht einmal die Ausrede machen kann, damals wäre mir übel gewesen. Ein einziges Mal, wahrscheinlich kurz nach Gibraltar, hatte ich mich übergeben müssen; der Kahn stampfte ein paar Stunden lang, beruhigte sich aber wieder. Und was tat ich mit meiner Chance, so groß wie der Atlantik? Ich zündete eine Zigarette an, sah im Schein meines Feuerzeugs gerade die Anschriften der nächsten Fässer ›Chianti Italian Wine Imported‹, dann wieder nichts als sture Finsternis mit den paar kleinen Lichtritzen zwischen Bohlen, mit dem Gedröhn der Schraubenwelle unter mir, einerlei ob Tag oder Nacht, und man hätte wohl wahnsinnig werden können, ich wurde es nicht, denn im Geiste sah ich Julika auf ihrer Jugendstil-Veranda in Davos und sagte ihr noch den Rest. Ich war froh, diese Frau nie wiederzusehen; das war meine einzige Freude da unten. War ich allein? Jedesmal beim Erwachen aus einem längeren Schlaf hatte ich Angst, der stinkige Kahn wäre schon wieder auf der Fahrt nach Europa; es änderte nichts an meiner Entschlossenheit, die schöne Julika nie wiederzusehen. Ich brauchte zwischen jenen stinkigen Fässern (ich hockte die meiste Zeit, denn beim Gehen im Finstern stolperte man überall an Stricken und Kranketten) nur an den Brief zu denken, den sie mir nach ihrer Ermordung auf der Veranda geschickt hatte, nur an jenen ersten Satz: Es hat wohl wenig Sinn, auf dein Gespräch von letzter Woche zurückzukommen usw.! Nur diesen ersten Satz, und ich bereute nichts, selbst wenn dieser Kahn im nächsten Augenblick auf eine Sandbank liefe, sich unversehens mit Wasser füllte. Ich brauchte nur an Foxli zu denken! Oder an die berühmte Mehlsuppe, die dieses Weib nicht zu machen geruht hatte, und an hundert andere Bagatellen, eine lächerlicher als die andere; aber achtzehn Tage und neunzehn Nächte hintereinander im Finstern, wo es irgendwo zwischen den öligen Bohlen heruntertropfte, eine Endlosigkeit mit tropfenden Minuten, sie reichte nicht aus, die Öde zwischen diesem Weib und mir auch nur im raschen Stenogramm der Gedanken zu fassen, wieder stolperte ich umher und schürfte mich an einer rostigen Planke, wieder hockte ich auf einem Bündel von Strikken und leckte das warme Blut von meiner Hand, hockte, stinkend von altem Schweiß und von neuem Schweiß, ungewaschen seit Genua, von keinem Menschen erblickt und blind wie ein Maulwurf, taub vom Gedröhn der Schraubenwelle, und keine wache Stunde verging, wo mir nicht irgend etwas einfiel gegen dieses zarte Weib in Davos, und niemand hörte meine lautesten Verwünschungen; aber allein war ich nicht. Im Hafen von Brooklyn endlich verstummte die Schraubenwelle; mein Herz klopfte. Zuerst luden sie vorne aus. Nach zehn Stunden kam endlich mein Heizer mit dem guten Rat, mich noch zwei oder drei Tage zu verstecken, denn es war Dockarbeiter-Streik. Und dann ging es fünf Tage, dazu natürlich immer die Nächte, und endlich hörte ich den vereinbarten Pfiff meines wackeren Heizers; aber ich war nicht fertig mit der Öde zwischen diesem Weib und mir. Jetzt mußte ich an Land. War ich allein in Neuyork? Ich schob mich durch das ameisenhafte Gewimmel am Times Square; wochenlang sah ich vor allem Telefonkabinen, aber ich war entschlossen, Sibylle nicht anzurufen. Und ich rief auch nicht an, sondern stieg in einen Greyhound, um westwärts zu fahren, gleichviel wohin. Es war so und so, langweilig und hinreißend, abstoßend, begeisternd. Ich sah die Prärie, die Schlächtereien von Chikago, die Mormonen, die Indianer, die größte Kupfergrube der Welt, die größte Hängebrücke der Welt, ich redete mit fremden Gesichtern in einer Milch-Bar, ich arbeitete einen Monat in Detroit, ich verliebte mich in die Tochter eines konservativen Senators, die einen Cadillac besaß, und wir badeten im Michigan-See, und ich fuhr weiter, ich sah Waldbrände, Baseball, Sonnenuntergänge über dem Pazifik und fliegende Fische, Geld hatte ich fast nie, aber ich pfiff vor

Seligkeit, so ferne von Davos zu sein, etwas weniger ferne auch von Riverside Drive, Neuyork, damals hätte ich allein sein können wie auf dem Mond. Sie sagten: Hallo! und ich sagte: Hallo! Ich hörte die letzten Radio-Sprecher nach Mitternacht, bloß um nicht die Stille zu hören, denn in der Stille war ich nicht allein, also hörte ich noch lieber diese immer zuversichtlichen Reklame-Sprecher mit ihren Hinweisen auf die beste Seife, die beste Whisky-Marke, das beste Hundefutter, dazwischen Sinfonien oder doch wenigstens die Nußknacker-Suite von Tschaikowsky: damit ich nicht so allein war. Und war es nicht meine grazile Balletteuse, so war es doch ›Little Grey‹, dieses grazile Biest von einer Katze, das immerfort auf meinen Fenstersims hüpfte und mir doch nichts zu sagen hatte. Habe ich es nicht irgendwo in diesem Haufen Papier schon aufgeschrieben? Ich nahm sie, steckte sie eines Abends in den Eisschrank, dann versuchte ich zu pfeifen und später zu schlafen, jedoch vergeblich, nach wenigen Stunden holte ich sie aus dem Eisschrank, wohl wissend, daß ihr Tod mich dann doch beschäftigen würde, und ich war, wie sie nach einer Weile ihre Augenschlitze etwas öffnete, zu Tränen gerührt, daß sie mir ihren Tod im Eisschrank nicht angetan hatte; ich pflegte sie, bis sie wieder zu schnurren anfing und um meine Hosenbeine streifte, aber wenigstens lebte sie, wenn auch mit der Miene einer Siegerin, ohne daß sie mir auch jetzt etwas zu sagen hatte, und dann, wie sie mein schlechtes Gewissen ausnützte, warf ich sie halt doch wieder in die übrigens nicht kalten Nächte hinaus, wo sie den Schwanz hißte und fauchte, ich schloß das Fenster, sämtliche Fenster, sie sprang von außen auf den Sims und fauchte, als hätte ich sie wirklich umgebracht, ich tat eine Weile, als sähe ich sie nicht, als hörte ich ihr Miauen nicht, womit sie mich in der Nachbarschaft (vor allem bei Florence, der Mulattin) verschrie. Genug! sagte ich laut, ging ans Fenster, nahm sie hinten am Hals und schleuderte sie als zappelndes Bündel so weit wie möglich. Nach Katzenart fiel sie auf die Füße. Zu meinem Erstaunen schwieg sie sogar, hüpfte auch nicht wieder auf meinen Fenstersims; ich wartete darauf. Sie ließ mich allein, zugegeben, doch wußte ich in jedem Augenblick, daß sie in jedem Augenblick wieder auf meinen Fenstersims hüpfen könnte; also war ich nicht allein. Bin ich es denn jetzt? Ich denke an Frau Julika Stiller-Tschudy in Paris. Ich sehe sie in ihrem schwarzen Tailleur, das ihr so vortrefflich steht, und ihrem weißen Hütchen auf rötlichem Haar. In Paris wird es jetzt kühl sein. Sie hatte im Sinn, einen neuen Mantel zu kaufen. Ich sehe sie (obgleich ich mich in den Modellen dieses Herbstes gar nicht auskenne) in ihrem neuen Mantel, der ihr wieder vortrefflich steht. Es mag sein, ich verliebe mich sehr leicht; aber wenn ich so in meiner Zelle hocke und an diese Frau Julika Stiller-Tschudy denke, so ist es doch mehr als Verliebtheit; ich fühle es an meiner hoffnungsvollen Bedrücktheit, Frau Julika Stiller-Tschudy ist ja doch meine einzige Hoffnung. Jetzt einmal abgesehen von ihrem kupfernen Haar, von ihrem Alabaster-Teint, von ihren grünlichen oder wassergrauen oder vielleicht auch farblosen, jedenfalls ungemein schönen Augen, einmal abgesehen von alledem, was jedermann und sogar mein Verteidiger sehen kann, ist diese Frau (was immer ihr verschollener Stiller gegen sie vorzubringen hätte) eine großartige Frau, nicht leicht zu lieben, mag sein, eine Frau, die noch nie geliebt worden ist und noch nie geliebt hat. Und darum, vermute ich, schreckt es mich in keiner Weise, was sie und Stiller zusammen erlebt haben. Was geht es mich an! Ich will jetzt nicht hochfahrend sein und behaupten: Ich liebe sie! Aber das darf ich sagen: Ich möchte sie lieben. Und vorausgesetzt, daß Frau Julika Stiller-Tschudy mich nicht für ihren verschollenen Gatten nimmt, wage ich zu sagen: Warum soll es nicht möglich sein? Sie wird in diesen nächsten Tagen zurückkommen, laut ihrer etwas kurzen und verhaltenen Karte, in einem Pariser Herbst-Modell. Ich werde ihr gestehen, daß alles nicht wahr ist: Ich bin nicht fähig, allein zu sein, ich habe es versucht, jedoch vergeblich. Und offen heraus: daß ich sie vermißt habe. Das ist nicht übertrieben gesprochen. Und dann, so bald als möglich, werde ich sie fragen, ob sie glaube, daß sie mich lieben könnte. Ihr Lächeln, ihre Erstauntheit in den rasierten Augenbrauen und so, all das soll mich nicht erschrecken; Frau Julika Stiller-Tschudy

ist nun einmal so. Mit achtzehn Jahren eine Waise, ein Viertel ungarisch, drei Viertel deutschschweizerisch, eine Tuberkulose, die sich als faktisch erwiesen hat, dann die Ehe mit jenem neurotischen Spanienkämpfer, das alles war ja auch nicht leicht, ihre Kinderlosigkeit, ihre Kunst, und wie dieser Mensch durch alles hindurchgegangen ist, nicht ohne Selbstmitleid, gewiß nicht, nicht ohne eine grazile Art von Bösartigkeit, aber stets mit einem aufrechten Kopf auf ihren schmalen Schultern, das ist schon großartig; ein wenig Hochmut (in der spezifisch weiblichen Manier, nämlich als Hang zum ›Verzeihen‹) ist nur zu begreiflich. Meine offene Frage, ob sie glaube, mich lieben zu können, wird als Antwort kein mädchenhaftes Ja bekommen. Dazu ist Frau Julika Stiller-Tschudy zu erfahren, so wie ich auch, diese Zelle mit Pritsche ist auch nicht ein grünes Plätzchen unter blühenden Apfelbaumzweigen. Hoffentlich werde ich nicht feierlich! Denn in der Feierlichkeit werde ich unweigerlich feige, und wäre es nur aus stilistischen Gründen; man kann dann gewisse unfeierliche Dinge fast nicht mehr aussprechen. Ich müßte, wenn Frau Julika Stiller-Tschudy nicht mit einem blanken Nein antwortet, etwa folgendermaßen reden:
»Du bist nämlich meine einzige Hoffnung, Julika, und das ist das Schreckliche. Hör mich an! Wir brauchen gar nicht von Jean-Louis Dmitritsch zu sprechen, vielleicht liebt er dich viel mehr, als ich es je vermag, Dmitritsch ist ein sensibler Mensch, ich glaube es aufs Wort, ein treuer Halbrusse und etwas invalid. Du bist nämlich auch nicht weitergekommen, liebe Julika; du hältst dir immer wieder einen Invaliden. Und es ist ja auch gar nicht denkbar, daß wir weiterkommen, du nicht und ich nicht. Das ist nämlich die Wahl, die uns noch bleibt, glaube ich; entweder machen wir uns am andern kaputt oder es gelingt uns, einander zu lieben. Also leicht, offen gestanden, stelle ich es mir auch nicht vor. Von Jahr zu Jahr sogar schwerer. Nicht wahr? Aber es bleibt uns nichts anderes übrig. Unter allen Umständen, meine ich, müßten wir davon ausgehen, daß wir uns beide noch nie geliebt haben. Und siehst du, darum können wir uns nicht einmal trennen. Das ist etwas sehr Komisches! Du hast

dich von Jean-Louis getrennt, sagst du. Aus Treue zu deinem Gatten, sagst du. Lassen wir jetzt deinen Gatten verschollen sein! Aber: du hast dich von Monsieur Dmitritsch trennen können, siehst du, und warum können wir es nicht? Jedes Paar, das in seiner Weise einmal glücklich war und seine Möglichkeiten einmal verwirklicht hat, kann sich scheiden, es ist traurig, schmerzlich, skandalös, unverständlich und so weiter, aber keines von beiden nimmt Schaden an seiner Seele; sie hat die zwei süßen Kinderchen, einen weithin sichtbaren Lohn für ihre Unschuld, und er wird trotzdem Vizedirektor; wer weiß, wer von den beiden sich rascher wieder verheiratet. Und wir, Julika, was haben wir? Die Erinnerung an Foxli, ganz kurz gesagt. Ich weiß: das Hundchen kann persönlich nichts dafür, daß wir zusammen nie glücklich gewesen sind. Aber du verstehst schon, was ich meine! Wir sind nicht fertig geworden miteinander. Und darum, glaube ich, haben wir uns trotz allem nicht trennen können. Der arme Monsieur Dmitritsch! Er könnte alle ersinnbaren Qualitäten eines Mannes haben, vergeblich, er würde nie aufkommen gegen das Vakuum, das uns verbindet. Ich kenne das, Julika. Ich wurde geliebt, du weißt es, und es war einfach, diese Frau zu lieben, es war eine Freude. Aber es ging nicht! Es ging nicht, weil ich nicht fertig wurde mit dir, mit uns. Übrigens hat sie dieser Tage ein Kind bekommen, ich schrieb es dir, und ist neuerdings die Gattin meines einzigen Freundes. Das kommt jetzt noch dazu! Ich liebe sie noch! Und darum frage ich dich ja, ob du glaubst mich lieben zu können; es ist auch für dich alles andere als leicht, mich zu lieben. Zuweilen, offen gesprochen, kommt es mir vor wie ein Versuch, auf dem Wasser zu wandeln, und zugleich weiß ich, wissen wir beide, daß das Wasser steigt und steigt, um uns zu ertränken, und immerzu steigt, auch wenn wir es nicht versuchen, auf dem Wasser zu wandeln. Sehr viel Leben bleibt uns wohl nicht mehr. Alles, aber wirklich alles, was uns an Leben noch möglich ist, hängt davon ab, ob wir, du und ich, über alles Gewesene hinaus zu einer Begegnung kommen. Das tönt etwas verzagt, ich merke es; aber es ist das Gegenteil, ist Hoffnung, sogar Gewißheit, daß es für uns noch immer eine Schwelle gibt, um ins Leben zu kommen, du in deines und ich in meines, allerdings nur diese einzige Schwelle, und kein Teil kann sie allein überschreiten, siehst du, du nicht und ich nicht –«

So (ungefähr) werde ich zu Frau Julika Stiller-Tschudy sprechen, vorausgesetzt, daß sie – wenigstens sie allein! – mich nicht für den verschollenen Stiller hält, und den Rest mag mein Verteidiger zu seiner Selbstzufriedenheit erledigen, das kümmert mich dann nicht mehr.

Mein Verteidiger in Anbetracht der nahen Schlußverhandlung sehr kurz. Meldet: Sein Plädoyer für mich (falls ich mich wirklich nicht vorher noch zu einem Geständnis entschließen sollte) sei fix und fertig, bereits getippt. Ferner: Mein Verteidiger hat von Frau Julika Stiller-Tschudy auch eine Ansichtskarte bekommen (auch die Place de la Concorde?) mit Mitteilung, daß ›wir‹ sie morgen oder übermorgen erwarten dürften.

Meinerseits nur noch Nicken.

Wenn ich beten könnte, so würde ich darum beten müssen, daß ich aller Hoffnung, mir zu entgehen, beraubt werde. Gelegentliche Versuche, zu beten, scheitern aber gerade daran, daß ich hoffe, durch Beten irgendwie verwandelt zu werden, meiner Ohnmacht zu entgehen, und sowie ich erfahre, daß dies nicht der Fall ist, verliere ich die Hoffnung, auf dem Weg zu sein. Das heißt, unter Weg verstehe ich letztlich noch immer nur die Hoffnung, mir zu entgehen. Diese Hoffnung ist mein Gefängnis. Ich weiß es, doch mein Wissen sprengt es nicht, es zeigt mir bloß mein Gefängnis, meine Ohnmacht, meine Nichtigkeit. Ich bin nicht hoffnungslos genug, oder wie die Gläubigen sagen würden, nicht ergeben genug. Ich hörte sie sagen: Ergib dich und du bist frei, dein Gefängnis ist gesprengt, sobald du bereit bist, daraus hervorzugehen als ein nichtiger und ohnmächtiger Mensch.

Sie wollen mich irrsinnig machen, bloß um mich einbürgern zu können und Ordnung zu haben, und scheuen vor nichts mehr zurück. Ich habe jetzt, seit gestern, keinen Menschen mehr, der mich nicht schamlos verraten hätte, ausgenommen mein Staatsanwalt. Es war ein bitterer Tag. Ich protokolliere:

1. Der Vormittag.
Gegen zehn Uhr werde ich zum Staatsanwalt gerufen. Nach elf Uhr sitze ich noch immer im Vorzimmer, zusammen mit Knobel, der ebenfalls keine Ahnung hat, was los ist. Knobel macht sich Sorgen, es könnte eine Rüge absetzen, beispielsweise wegen der Cervelat-Schiebungen, und es enttäuscht mich sehr, wie der brave Knobel sich beim bloßen Gedanken an eine mögliche Rüge verhält; er hat Angst um seine Stelle. Natürlich sagt er es nicht, glaubt aber auf den herzlichen Ton zwischen uns verzichten zu müssen, sowie wir in diesem Vorzimmer sitzen. Knobel liest eine Zeitung, um sich unabhängig vorzukommen, mit einem männerhaft-mürrischen Gesicht, als läge in der Ungeschliffenheit irgendeine Gewähr, daß einer vor seinem Vorgesetzten nicht kriecht. In Deutschland schlagen sie die Hacken zusammen, im Orient reiben sie sich die Hände, in der Schweiz zünden sie sich einen Stumpen an und verkrampfen sich in einer möglichst unhöflichen Pose der Gleichberechtigung, als könnte einem korrekten Mann hierzulande nichts widerfahren. Als ein adrettes Fräulein kommt und sagt: Herr Staatsanwalt läßt bitten! zeigt Knobel nicht die mindeste Eile; der Herr Staatsanwalt ist auch nur ein Mensch, wir sind alle Steuerzahler! Trotzdem vergißt er dabei seinen Zwicker. Merkwürdigerweise (mit Absicht?) lassen sie die Türe offen; ich höre, ohne jemand sehen zu können, etwa das folgende Gespräch:
»Dafür zahle ich kein Honorar!«
»Im übrigen«, sagt der Staatsanwalt, »nehmen Sie es wirklich nicht übel, daß in den vorliegenden Akten stets von Haaröl-Gangster die Rede ist. Der Ausdruck, wie Sie selber gesehen

haben, steht in Anführungszeichen. Es handelt sich um einen Ausdruck unseres Häftlings –«
»Das nehme ich an!«
»Alles weitere –«
»Haaröl-Gangster!« sagt die empörte Stimme. »Ich werde auf Ehrverletzung klagen, koste es, was es wolle, das können Sie dem Häftling heute schon sagen.«
Kleine Pause.
»Nur noch eine Frage, Herr Direktor –«
»Bitte, Herr Staatsanwalt, bitte sehr.«
»Haben Sie irgendeine Beziehung zu Jamaika?«
»Wieso?«
»Ich forsche keineswegs nach Ihren geschäftlichen Beziehungen«, sagt der Staatsanwalt, »mißverstehen Sie mich nicht, Herr Direktor. Ich möchte lediglich wissen: Haben Sie, als dieser Herr Stiller an Ihrem erwähnten Gipskopf arbeitete, je von Jamaika geredet?«
»Kann sein –«
»Aha.«
»Ich habe ein Haus auf Jamaika –«
»Aha.«
»Warum?«
Ich höre, wie Sessel gerückt werden.
»Nochmals besten Dank, Herr Direktor«, sagt der Staatsanwalt. »Wir sind sehr erleichtert, zu sehen, daß Sie nicht ermordet sind.«
»Ermordet??«
»Nämlich unser Häftling behauptet steif und fest, er habe Sie schon vor etlichen Jahren eigenhändig ermordet!«
»Mich?«
»Auf Jamaika – ja.«
Jetzt kommt Knobel an die Reihe, wird als Wärter vorgestellt und soll erzählen, was ihm erzählt worden ist. Offenbar hat er Hemmungen. Seine Erzählung, wie sich der Mord ereignet habe, ist schlecht, wirr und ohne Anschauungskraft.
»Im Dschungel!« lacht der Direktor. »Haben Sie das gehört,

Herr Staatsanwalt? Im Dschungel! Ich habe auf Jamaika noch nie einen Dschungel gesehen, das sind ja Hirngespinste, Herr Staatsanwalt, Sie werden es mir glauben –«

»Ich glaube es.«

»Hirngespinste!«

Knobel ist unsicher geworden, scheint es, und wagt nicht zu schildern, wie das Blut des Direktors, der vor ihm steht, sich mit dem braunen Sumpfwasser mischt und wie die schwarzen Zopilote auf das wohlgekleidete Aas warten, lauter Dinge, die jetzt, da sie ihn nach Genauerem fragen, gesagt werden müßten; statt dessen fragt Knobel zurück:

»Sind Sie denn Direktor Schmitz?«

»Antworten Sie auf meine Frage«, sagt der Direktor. »Womit will der Häftling mich ermordet haben?«

»Mit einem indianischen Dolch.«

»Ach.«

»Ja«, sagt Knobel, »vorne in den Hals hinein und dann links herum.«

»So.«

»Oder rechts herum«, sagt Knobel und wird schon wieder unsicher, »das weiß ich nicht mehr.«

»Danke.«

Dann wird Knobel verabschiedet.

»Es tut mir leid«, sagt Knobel, und wie er durch das Vorzimmer geht, seine Mütze in der Hand, hat er krebsrote Ohren; er würdigt mich keines Blickes ... Wie der Direktor sich zu seiner Ermordung stellt, höre ich nicht, da Knobel ordentlicherweise die Türe geschlossen hat. Ihre Unterhaltung drinnen dauert nochmals zehn Minuten. Ich versuche, die Zeitung zu lesen, die mein Wärter hat liegengelassen, vermutlich ein Blatt der Sozialdemokratie, als der Herr plötzlich in der Türe steht. Er sagt:

»Es ist mir eine Freude gewesen, Herr Staatsanwalt, Sie persönlich über den wahren Sachverhalt aufzuklären. Es geht hier nicht um das Geld, wie gesagt, ich habe mich seinerzeit bereit erklärt, die Hälfte des vereinbarten Honorars zu zahlen, die

volle Hälfte, sage und schreibe, aber ich lasse mich nicht erpressen, und wenn Herr Stiller damit nicht zufrieden war, bitte sehr, dann konnte er ja vor Gericht gehen, aber das wagte er nicht, sehen Sie. Er habe kein Geld für Prozesse! Das sagen sie dann immer, diese Psychopathen, und als ich ihn auf das ordentliche Gerichtsverfahren verwies, nannte er mich rundheraus einen Gangster. Ich bitte Sie, Herr Staatsanwalt, das können auch Sie sich nicht gefallen lassen.«
Der Herr, der dann im Vorzimmer seinen Mantel anzieht, ist eine durchaus gediegene Erscheinung, jedenfalls unauffällig wie irgendein Passant an der Bahnhofstraße. Um den Hals trägt er einen schlichten Schal aus Uni-Seide. Seinen kahlen Kopf bedeckt er mit einem ebenfalls schlichten Hut aus Uni-Filz, den er, als er mich erblickt, nicht abnimmt, statt dessen greift er an seinen Hals, etwa als ordne er den Schal. Ich nicke. Warum eigentlich? Er geht mit den Worten:
»Wir werden uns ja vor Gericht sehen.«
Dann muß ich zum Staatsanwalt.
»Es gibt eine Sorte von Millionären«, sage ich, »denen in einem Rechtsstaat nicht beizukommen ist, kein Wunder also, daß sie immer wieder auferstehen –«
Das adrette Fräulein wird alsbald mit einem Auftrag entfernt, mit einem Brief, den sie ins Hotel Urban zu bringen hat. Ich denke sogleich: Ob Julika aus Paris zurück ist? Indessen bittet mich der Staatsanwalt, den ich ja bisher nur immer als Gast auf meiner Pritsche gesehen habe, Platz zu nehmen.
»Ja«, lächelt er, »mein Lieber –«
Ein Telefon unterbricht. Er dreht sich mit dem dienstlichen Hörer etwas zur Seite, wie es sich für außerdienstliche Gespräche ziemt, hört zu, Hand am Schlüsselbund und Blick zum Fenster hinaus, sagt seinerseits bloß, daß er nicht zum Mittagessen komme, am Nachmittag einen Lokaltermin habe, und bricht, offensichtlich von einer Frage bedrängt, die er in meiner Gegenwart nicht möchte beantworten müssen, etwas plötzlich ab, um sich, nicht ganz unbefangen, wieder an mich zu richten.
»Sibylle läßt Sie grüßen.«

»Danke«, sage ich, »wie geht es?«
»Danke«, sagt er, »sie ist glücklich, wieder zu Hause zu sein.« Dann, nachdem das letzte Lächeln aus seinem Gesicht geschwunden ist und ein Schweigen offenherziger Verlegenheit lange genug gedauert hat, ein Schweigen, als wäre es nun entschieden, daß ich der verschollene Stiller sei und somit der ehemalige Geliebte seiner Frau, die glücklich ist, wieder zu Hause zu sein, und nachdem er seinen Schlüsselbund eingesteckt hat, erfolgt sein nicht sehr origineller Ausspruch:
»Das Leben ist schon komisch.«
Mir fällt auch nichts ein.
»Wenn es Ihnen recht ist, Stiller, lassen Sie uns zusammen zu Mittag essen. Wir haben Zeit bis zwei Uhr – ich schlage Ihnen vor«, sagt er im Aufstehen: »wir fahren ein wenig aufs Land!«
———
2. Das Mittagessen.
Ziemlich schweigsame Fahrt durch Felder und Wälder. Alles sehr herbstlich. Die Sonne ist gerade noch so, daß man im Freien sitzen kann, wenigstens über Mittag. Wir sitzen in einer etwas putzigen Gartenwirtschaft, wo man aber einen weiten und erquickenden Ausblick hat, Weinlaub zu Häupten, vor sich ein paar schüttere Rebstöcke, dazwischen hinaus sieht man den See, sein Blinken unter einem versponnenen Licht, alles wie unter einem Schleier von blauem Rauch, auch die braunen Äkker und die Wälder mit ihrem lichterlohen Welken. Da und dort stehen die Leitern noch an den Bäumen, Körbe darunter. Es kommen Wespen sogar an unseren Campari. Das Gebirge, das den herbstlichen Dunst überragt, ist klar wie aus Glas und irgendwie entrückt; seine Schneehelle leuchtet hinter dem geisterhaften Gezweig laubloser Obstbäume, entrückt wie eine Monstranz hinter schwarzen Gittern.
»Schön hier!« sage ich. »Sehr schön.«
»Sie haben es nicht gekannt?«
Wir essen vortrefflich.
»Was trinken wir?« fragt mein Staatsanwalt und Freund. »Es gibt hier einen sehr ordentlichen Maienfelder, glaube ich.«

»Gerne«, sage ich, »sehr gerne.«
Ich kann nicht umhin, immer wieder die Landschaft zu betrachten, die hier ein beglückendes Gefälle zum See, einen Schwung ins Weite hat. Der herbstliche Dunst nimmt das Kleinliche der Übersiedelung, die nicht Stadt und nicht Dorf ist, für einmal weg; es bleiben die Hügel voll Wald, die sanften Mulden voll Acker, voll Moor, eine Landschaft, die mich beschäftigt, gerade indem sie mich nicht im mindesten überrascht. Ich kenne sie. Liebe ich sie?
»Ich habe gehört«, sagt mein Staatsanwalt, »Ihre Freunde neulich waren etwas enttäuscht. Man fand Sie lieblos.«
»Vielleicht bin ich's.«
»Warum?«
Ich zucke die Achsel. Es geht mir mit ihnen wie mit dieser Landschaft, die in der Tat, wie fast jede Landschaft, aller Liebe wert wäre. Es muß an mir liegen ... Noch einmal ist alles da, die Wespen in der Flasche, die Schatten im Kies, die goldene Stille der Vergängnis, alles wie verzaubert, die gackernden Hühner in der Wiese, das Gewimmel von braunen und überreifen Birnen, die auf der Landstraße liegen, die Astern, die über einen Eisenzaun hangen, Sterne eines blutigen Feuers, das ringsum verrinnt, die bläuliche Luft unter den Bäumen; es ist, als nehme alles Abschied von sich selbst; das rieselnde Laub einer Pappel, der metallische Hauch auf dem gefallenen Obst, der Rauch von den Feldern, wo sie Stauden verbrennen, und hinter einem Gitter von Reben glimmert der See; die Sonne verrostet schon im Dunste des mittleren Nachmittags, und dann der Heimweg ohne Mantel, die Hände in den Hosentaschen, das feuchte Laub, das nicht mehr rascheln will, die Gehöfte mit einer Trotte, die tropfenden Fässer in der Dämmerung, die roten Laternen an einer Schifflände im Nebel .. Das ist der Herbst hier, und ich sehe auch den Frühling. Ich sehe ein ziemlich junges Paar; sie stapfen querfeldein, und die Felder, vom Schmelzwasser getränkt, schmatzen unter ihren Schritten, weich, dunkel wie ein nasser Schwamm, Föhn geht darüberhin, und die Sonne gibt warm, sie gehen ganz den verlockenden Zufällen des Ge-

ländes entlang und stets in einem kameradschaftlichen Abstand, allenthalben riecht es nach verzetteltem Mist, es gurgeln die Quellen, sie kämmen das Gras der Böschungen, und die laublosen Wälder stehen voll märzlichem Himmel zwischen ihren Stämmen; zwei braune Ackergäule, die dampfen, ziehen den Pflug über gelassene Hügel, in schwarzen Schollen klafft die Erde nach Licht. Seltsames Wiedersehen nach Jahren! Sie plaudern über Lebensalter, jung wie sie sind, und wissen bereits: Für jedes Lebensalter, ausgenommen das kindliche, bedeutet die Zeit ein gelindes Entsetzen, und doch wäre jedes Lebensalter schön, je weniger wir verleugnen oder verträumen, was ihm zukommt, denn auch der Tod, der uns einmal zukommt, läßt sich ja nicht verleugnen, nicht verträumen, nicht aufschieben. Wieviel er plaudert, der junge Mann, von den zwei Zuständen seines Lebens, von Arbeiten und Büßen, wie er es nennt, und Arbeiten, das ist die Freude, das Fieber, die Erregung, da einer nicht schlafen kann vor Jubel, ein Schrei über Stunden und Tage hinweg, da einer vor sich selber davonlaufen möchte, das ist das Arbeiten, der Übermut, der Menschen gewinnt ohne Wollen, der niemand verpflichtet, nicht bindet und nicht fordert, nicht rechnet und geizt, Gebärde des Engels, der zum Nehmen keine Hände hat, das ist das Glück, das Arbeiten mit allem holden Größenwahn des Herzens, wo alles nur ein Nebenbei ist, alles nämlich, was sich mit Menschen begibt, eine Zugabe, eine heitere Vergeudung aus dem Überschuß der Freuden; später freilich zeigt es sich jedesmal, daß es das Höchste gewesen ist, was zwischen Menschen möglich wird, unerreichbar, sobald es zum Ziel wird, zum Bedürfnis, zur dringenden Hauptsache. Jedesmal dieser plötzliche Einbruch der Schwermut, die nicht kommt, weil Menschen gehen, im Gegenteil; die Menschen gehen ja nur, weil die Schwermut kommt, sie wittern es Wochen voraus wie Hunde das Erdbeben, das alles Erbaute immer wieder verschütten wird, Asche über allem, Schwermut über allem wie schwarze flatternde Vögel über den rauchenden Stätten gewesener Freude, Schatten der Angst, das ist das Büßen, der Nachhall im Zweifel, das Grauen der unfruchtbaren Einsamkeit. Wie gerne er plaudert, der junge Mann, und wie schön sie es trotzdem findet, die junge Frau! Mit silbernen Rändern schmilzt das Gewölk vor der Sonne, und Wäldchen heben sich inselhaft aus einem metallischen Gleißen, sie wandern über ein Ried, und einmal, beim Sprung über einen murmelnden Graben, steckt ihr Schuh plötzlich im zähen Morast; sie seiltänzelt mit einem bloßen Strumpf, die junge Frau, so daß der junge Mann sie halten muß. Sie küssen einander zum erstenmal. Hinter den Wäldchen gibt es Seen von Kühle, Schattenschnee zwischen rötlichen Weiden. Am Ausgang eines Waldes bleiben sie stehen, Arm in Arm; wie eine blinkende Sense liegt wieder der See, und über den Alpen steht lautlose Brandung des Gewölkes, ein leuchtendes Geschäum. In irgendeiner Bauernwirtschaft machen sie Rast. Ein Kind mit Zöpfen bedient sie. Hinter einer niederen Fensterreihe voll Sprossen und Pflanzengeschlingel und Sonne, die schräg in die Stille der hölzernen Stube fällt und ihre wartenden Teller beglänzt, spüren sie, wie weit sie gewandert sind, und genießen den verdienten Imbiß, Speck mit Brot, Bauernbrot, das sich in feuchte und köstliche Schollen bricht. An den Scheiben summt eine Fliege, Wolken von Glück, der Traurigkeit nahe, umfangen und tragen die Stunde, das seltsame Dasein und Wachsein, das Unerwartet-Gemeinsame, das in dieser werktäglichen Bauernstube wie ein Schicksal gelauert hat, das Wissen, man hat sich getroffen. Noch erhebt sich keinerlei Frage, was daraus wird, und es herrscht nur das volle Gefühl, wieviel in einem Leben möglich wäre! ... Das ist der Frühling hier, und im Sommer gackern die Hühner unter den hölzernen Tischen, das Weinlaub zu Häupten ist grün und dicht, der Himmel weißlich, der See wie mattes Blei, am Waldrand sirrt es von Bienen, über den reglosen Halmen hoher Wiesen zittert die Bläue voll zuckender Schmetterlinge, die Gebirge verlieren sich im Sonnenglast und nun (kaum habe ich mein Gläschen geleert) ist es schon wieder Herbst; schon wieder dies alles: Körbe voll Laub, Nässe der Nebel und plötzlich der Mittag, ein Mittag wie jetzt, Gold in den Lüften, und die Zeit streicht wie eine unsichtbare Gebärde über die

Hänge; Äpfel plumpsen. Wenn man jetzt durch Wälder geht, riecht es nach Pilzen. Hier riecht es nach Most. Wespen summen um die Süße der Vergärung, immer wieder Wespen, und in Früchten, zu kurzer Reife gedrängt, fällt uns die sommerliche Sonne noch einmal zu, Süße erinnerter Tage, man sitzt in den Gärten, unsere Haut spürt die Kühle des Schattens, und die Gärten werden weit wie ein jähes Erstaunen, leer, aber heiter, eine bläuliche Geräumigkeit füllt die leeren Wipfel der Bäume, und wieder lodert das Welken an den Hausmauern empor, klettert das letzte Laub in glühender Brunst der Vergängnis. Daß Jahre vergehen und manches geschieht, wer sieht es! Alles ist eins, Räume voll Dasein, nichts kehrt uns wieder, alles wiederholt sich, unser Dasein steht über uns wie ein Augenblick, und einmal zählt man auch die Herbste nicht mehr, alles Gewesene lebt wie die Stille über den reifenden Hängen, am Weinstock des eigenen Lebens hangen die Trauben vom Abschied. Gehe vorbei! Noch einmal in solchen Tagen verlockt der See; man spürt die Haut, wenn man jetzt schwimmt, die Wärme des eigenen Blutes, man schwimmt wie in Glas, man schwimmt über den schattigen Gründen der Kühle, und am Ufer verscherbeln die glänzenden Wellen; draußen schwebt ein Segel vor silbernem Gewölk, ein Falter auf versponnenem Blinken, Tücher voll flimmernder Milde der Sonne über verlorenen Ufern aus Hauch. Für Augenblicke ist es, als stünde die Zeit, in Seligkeit benommen; Gott schaut sich selber zu, und alle Welt hält ihren Atem an, bevor sie in Asche der Dämmerung fällt …

Einmal sagt mein Staatsanwalt:

»Da unten liegt gerade Herrliberg, das wissen Sie, und was man drüben sieht, das ist Thalwil.«

Dann nimmt das Bauernfräulein unsere Teller weg, erkundigt sich, ob es geschmeckt habe, und nachdem sie das Kistchen mit den Zigarren gebracht hat, sind wir neuerdings allein. Natürlich habe ich schon lange gespürt, daß mein Staatsanwalt und Freund etwas auf dem Herzen hat. Habe ich ihn verhindert, damit anzufangen? Als unsere Zigarren brennen, ist der Zeitpunkt wohl gekommen. Die Gläser sind leer, der schwarze Kaf-

fee noch nicht da, die Wespen verschwunden, und irgendein ländliches Kirchlein schlägt ein Uhr.
»Ich freue mich«, sagt er, »ich freue mich aufrichtig, daß wir einander endlich kennenlernen. Aber davon möchte ich jetzt gar nicht reden! Um zwei Uhr müssen wir in der Stadt sein, und zwar zu einem Lokaltermin, erschrecken Sie nicht, zu einem Lokaltermin im Atelier – Ich verstehe«, fügt er sogleich hinzu, »daß Sie mich jetzt ansehen wie einen hinterhältigen Verfolger, wie einen Heuchler, der mit freundlichen Worten und zugleich mit einer Zwangsjacke kommt, ich verstehe Ihre ganze Angst vor diesem verstaubten Atelier da unten, überhaupt verstehe ich Sie vielleicht besser, mein lieber Stiller, als Sie glauben.«
Meine Frage, was dieser Lokaltermin bezwecken soll, bleibt ohne Antwort.
»Wenn Sie es mir erlauben«, sagt er, »möchte ich Ihnen einen Rat geben.«
Seine Zigarre ist ausgelöscht.
»Sehen Sie«, sagt er endlich, nachdem er seine Zigarre ein zweites Mal angezündet hat, »ich rede mit Ihnen nicht nur, weil Sibylle darum gebeten hat. Sibylle möchte Ihnen alles Unnötige ersparen, und ich glaube, sie hat recht: das Gericht wird Sie in keiner Weise verstehen, Stiller. Das Gericht wird Sie ganz einfach als Schwindler behandeln, der des Schwindels überführt ist, als eine lächerliche Figur, das Gericht ist an Schwindel gewöhnt, das können Sie sich ja denken, aber nur an Schwindel, der etwas einträgt, ein Vermögen oder einen Titel oder so, kurzum, man wird Sie zu einigen Bußen verurteilen, ich weiß es nicht, oder man wird Ihnen die Bußen erlassen, aber nicht das Achselzucken und das Kopfschütteln und die mitleidige Herablassung. Was haben Sie davon?«
»Und was ist Ihr Rat?« frage ich.
»Stiller«, lächelt er, »in aller Freundschaft gesprochen: ersparen Sie es uns, daß wir Sie am nächsten Freitag öffentlich dazu verurteilen müssen, Sie selbst zu sein, und ersparen Sie es doch vor allem sich selbst. Ein gerichtliches Urteil wird es Ihnen nur schwerer machen, fortan den Namen des Verschollenen zu tra-

gen, und daß Sie zumindest als äußere Person niemand anders als der Verschollene sind, darüber brauchen wir ja im Ernst nicht mehr zu reden. Geben Sie es freiwillig zu! Das ist mein Rat, Stiller, ein Rat aus aufrichtiger Freundschaft, glaube ich.«
Dann der schwarze Kaffee.
»Fräulein«, sagt der Staatsanwalt, »machen Sie bitte die Rechnung.«
»Alles zusammen?«
»Ja«, sagt der Staatsanwalt, »bitte.«
Dann meine Antwort:
»Ich kann nicht zugeben, was nicht wahr ist.«
Das Bauernfräulein, unsere Schweigsamkeit offenbar mißdeutend, geht aber nicht sogleich, sondern steht im Kies herum, plaudert über Wetter, dann über den Hund, während wir wortkarg unseren zu heißen Kaffee schlürfen; erst als der Staatsanwalt nochmals die Rechnung erbittet, läßt das Bauernfräulein uns in Ruhe.
»Sie können nicht zugeben«, wiederholt der Staatsanwalt, »was nicht wahr ist –«
»Nein«, sage ich.
»Und wieso ist es nicht wahr?«
»Herr Staatsanwalt«, sage ich –
»Nennen Sie mich nicht Staatsanwalt!« unterbricht er meine ohnehin wortlose Verzagtheit: »Es würde mich freuen, wenn Sie mich als Freund betrachten könnten. Nennen Sie mich doch Rolf!«
»Danke«, sage ich.
»Ich nehme an«, lächelt er, »daß Sie mich seinerzeit auch nicht viel anders genannt haben –«
Jetzt ist auch meine Zigarre ausgelöscht.
»Ich bin glücklich«, sage ich, nachdem ich die Zigarre ein zweites Mal angezündet habe, »daß Sie mir Ihre Freundschaft schenken. Ich habe hier keine Freunde. Aber wenn es Ihr Ernst ist, daß Sie nicht mein Staatsanwalt sein wollen, und ich glaube es Ihnen von Herzen – Rolf ... aber dann, sehen Sie, darf ich auch von Ihnen erwarten, was man von einem Freund erwarten

muß: daß Sie mir glauben, was ich nicht erklären, geschweige denn beweisen kann. Nur darauf kommt es jetzt an. Wenn Sie mein Freund sind, dann müssen Sie auch meinen Engel in Kauf nehmen.«

»Wie meinen Sie das?«

»Sie müssen es glauben können, daß ich nicht der Mensch bin, wofür man mich hält und wofür auch Sie als Staatsanwalt mich halten – Ich bin nicht Stiller«, sage ich weiß Gott nicht zum erstenmal, aber zum erstenmal mit der Hoffnung, daß einer es hört, »ich bin es nicht, ganz im Ernst, und ich kann kein Geständnis machen, das mein Engel mir verboten hat.«

Das hätte ich nicht sagen sollen.

»Engel –?« fragt er. »Was meinen Sie damit?«

Ich schweige. Dann kommt die Rechnung, die der Staatsanwalt bezahlt, und da unser Bauernfräulein wieder nicht gehen mag, sind wir es, die gehen. Unsere Schritte knirschen im Kies. Im offenen Wagen, bevor der Staatsanwalt ihn anläßt, blicken wir nochmals über die mittägliche Gegend, über die braunen Äcker mit flatternden Krähen, über Reben und Wälder, über den herbstlichen See, wobei mir bewußt ist, daß mein Staatsanwalt und Freund noch immer auf die Antwort wartet. Als er den Motor anläßt, sage ich:

»Davon kann man nicht reden.«

»Von dem Engel – meinen Sie?«

»Ja«, sage ich, »sobald ich ihn zu schildern versuche, verläßt er mich, dann sehe ich ihn selber nicht mehr. Es ist ganz komisch; je genauer ich ihn mir vorstellen kann, je näher ich dazu komme, ihn schildern zu können, um so weniger glaube ich an ihn und an alles, was ich erlebt habe.«

Wir fahren am See entlang in die Stadt.

---

3. Der Nachmittag.

Etwa ein Viertel nach zwei Uhr, verspätet also, da in der Altstadt kaum ein Parkplatz zu finden ist, kommen wir vor ›das Haus‹, das sich von anderen Häusern dieser Gasse lediglich dadurch unterscheidet, daß Knobel davorsteht, mein Wärter in

Zivil. Wir sind die ersten. Knobel sagt ausschließlich zu meinem Staatsanwalt: Die Schlüssel habe ich! In einem dunklen, etwas muffigen Hausflur stehen Fahrräder, ein ziemlich antiquarischer Kinderwagen, Kehrichteimer. Knobel hat die Schlüssel nicht in seiner Rocktasche, sondern nimmt sie aus einem blechernen, ehemals gelben und jetzt ziemlich rostigen Briefkasten, wo ich die Anschrift lese: A. Stiller. Keine Angabe des Berufes. Aus einem Hinterhof lärmt es wie von einer Spenglerei, vielleicht auch Schlosserei; ich sehe vermoostes Kugelpflaster und die lange schon kahlen Zweige eines Ahorn, der wohl nur an sommerlichen Mittagen etwas Sonne hat, ferner ein wasserloses Brünnlein aus ebenfalls vermoostem Sandstein, alles nicht ohne Idyllik. Ferner: Bündel von eisernen Röhren, kürzere und längere, eines dieser Röhren-Bündel trägt noch das rote Wimpelchen vom Transport auf dem Lastwagen. Dann aber sagt Rolf, mein Freund, der zum erstenmal in diesem Haus zu stehen scheint:

»Ich denke, wir gehen schon hinauf –!«

Da ich meinerseits keinerlei Führung übernehme, zeigt Knobel auf die einzige vorhandene Treppe aus altem und ausgetretenem Nußbaum, eine patrizierhafte Treppe, breit und gar nicht steil, Geländer mit wurmstichigen Voluten. In der vierten Etage, wo es nach Sauerkraut riecht, hört diese Treppe auf, Knobel belehrt den Herrn Staatsanwalt, daß es weitergehe, öffnet einen Verschlag und bittet uns auf eine schmale, plötzlich sehr steile Tannentreppe. Sie nehmen mich stets in die Mitte, zufällig oder mit Absicht. Der wortkarge Ernst vor allem von Knobel, der mich seit heute vormittag schneidet, ist komisch, doch auch mein Freund und Staatsanwalt ist stumm in einer Art, als nähere man sich einem Blutort mit ungewisser Anzahl von Leichen.

»Ja –«, sagt er, oben angekommen, wiederum halb zu mir und halb zu Knobel, »hoffentlich kommen die andern Herrschaften auch bald ...«

Hier sind drei Türen zu sehen, die erste ist mit einem Malerschloß versehen, die zweite mit einem scherzhaften Signum, das

auf Abort deutet, die dritte endlich führt in das Atelier ihres Verschollenen. Knobel schließt auf, als Beamter in Dienst geht er voran, während der Staatsanwalt zu mir sagt: Nach Ihnen! Um nicht den Eindruck zu erwecken, daß ich mich hier irgendwie zu Hause fühle, nehme ich diese Höflichkeit sofort an, spüre übrigens auch, daß Rolf, mein Freund, in diesem Augenblick viel befangener ist als ich, nervöser, als ich ihn je erlebt habe. Kaum in dem Atelier, fragt er mich:
»Wo ist die Garderobe –«
Knobel zeigt auf einen Nagel an der blauen Türe.
»Ja«, sagt der Staatsanwalt mit sofortigem Händereiben, »– machen Sie doch ein Fenster auf, Knobel, das ist ja eine gräßliche Luft.«
Mein Freund tut mir leid, hat doch dieses Atelier, wie ich wohl weiß, einmal in seinem eigenen Leben eine gewisse Wichtigkeit bekommen, eine unverhältnismäßige Wichtigkeit, er weiß es heute sehr wohl; aber das ist ja die Infamie eines solchen Lokaltermins, daß Erinnerungen, die einer längst überwunden hat, durch plötzliche Anschaulichkeit nochmals beschworen werden sollen, um den Betroffenen zu überwältigen. Zum Glück komme ich nicht dazu, etwas freundschaftlich Gemeintes zu sagen, denn gerade in diesem Augenblick klingelt es, und wir sind beide froh darum. Knobel sucht den Drücker, der die untere Haustür öffnet, und findet ihn. Ich weiß noch immer nicht, wer eigentlich alles zu diesem idiotischen Lokaltermin kommen soll, vermutlich mein Verteidiger, möglicherweise auch Julika, denke ich und ziehe übrigens meinen Mantel nicht aus; ich habe hier nichts verloren. Offenbar hat der gute Knobel nicht richtig gedrückt, denn es klingelt gerade wieder. Der Staatsanwalt:
»Warum drücken Sie denn nicht?«
»Ich drücke ja«, sagt Knobel, »ich drücke.«
Mittlerweile sehe ich mich ein wenig um, die Hände in den Hosentaschen unterm offenen Mantel, meine Mütze auf dem Kopf, denn es ist ja keine Wohnung, wo jemand wohnt. Viel Kunst steht herum. Abgesehen von dem dicken Staub auf jedem Sims, jedem Spachtel, jeder Staffelei, jedem Sockel, jedem

Möbel, so daß man schon aus diesem Grunde nichts anrühren möchte, es ist ein Atelier, wie ich es mir nach den Schilderungen von Frau Sibylle gedacht habe, etwas kunterbunt, auf wohnliche Weise werkstatthaft, eine Mischung von Proletarisch und Romantisch, ein Ofenrohr quer durch den Raum demonstriert mit einer nicht zu übersehenden Geste, daß es hier keinerlei Konvention gibt, dabei ist es genau das Ofenrohr, wie man es in fast jedem Pariser Atelier findet, das konventionelle Requisit einer gewissen Bohème. Meinetwegen! Im übrigen ist es ein großer, insofern erfreulicher Raum, etwas wie ein Estrich mit rohen Tannenriemen, die teilweise, wenn wir darauf gehen, leise girren, und mit viel Helle an einem so sonnigen Herbsttag wie heute. Unter einer Dachschräge befindet sich, genau wie Frau Sibylle sich erinnert, ein alter Gasherd, Email voll rostiger Narben, ferner ein Schüttstein aus Terrazzo, ein schiefer Schrank mit einigem Geschirr darin, offenbar als munteres Prunkstück gemeint eine oberste Reihe von lauter gestohlenem Geschirr mit verschiedenen Inschriften: Hotel des Alpes, Bodega Granada, Kronhalle Zürich und so weiter. Der ehemals wohl rote Schlauch am Wasserhahn, jetzt eine graue und schimmelige Gummi-Mumie, ist immer noch mit einer Schnur befestigt; es tropft, und ich frage mich, ob es seit sechs Jahren so tropft, eine beiläufige Vorstellung, die mich irgendwie irritiert, an das Tropfen in den Grotten von Carlsbad erinnert. An einem Nagel hängt ein Handtuch, von schwärzlicher Fäulnis gefleckt wie Aussätzige und es fehlt auch nicht an Spinnweben, versteht sich, beispielsweise am Telefon, das neben der Couch steht und vermutlich nicht mehr klingelt, unter der Last unbezahlter Rechnungen verstummt. Die Couch ist breit, grand lit, ebenfalls verstaubt, so daß sich niemand darauf setzt, und das wiederum gibt diesem Möbel eine so aufdringliche Wichtigkeit, als stünde es in einem Museum, bitte nicht berühren, etwa wie das Philipp-Bett im Escorial. Auch mein Staatsanwalt, sehe ich, hat die Hände in den Hosentaschen, um nichts zu berühren. Er betrachtet die paar Büchergestelle. Eine Bibliothek kann man es wohl nicht nennen, was der Verschollene hinterlassen hat;

neben einem Platon-Bändchen und ein bißchen Hegel stehen Namen, die heute schon kein Antiquar mehr kennt, Brecht steht neben Hamsun, dann Gorki, Nietzsche, sehr viel Reclam-Bändchen auch mit Operntexten, Graf Keyserling steht auch noch da, allerdings mit dem schwarzen Stempel einer öffentlichen Bibliothek, dann allerlei Kunstbücher, vor allem moderne, eine Anthologie schweizerischer Lyrik, Mein Kampf steht neben André Gide, auf der andern Seite gestützt von einem Weißbuch über den Spanischen Bürgerkrieg, allenthalben Inselbändchen, eigentlich keine einzige Gesamtausgabe, Vereinzeltes wie Westöstlicher Diwan und Faust und Gespräche mit Eckermann, Don Quixote de la Mancha, Zauberberg als das einzige von Thomas Mann, Ilias, Göttliche Komödie, Erich Kästner, Mozarts Reise nach Prag, auch die Gedichte von Mörike, Till Eulenspiegel, dann wieder Marcel Proust, aber auch nicht die ganze Recherche, Huttens letzte Tage, von Gottfried Keller nur die Tagebücher und Briefe, ein Buch von C. G. Jung, die Schwarze Spinne, etwas von Arp und plötzlich das Traumspiel von Strindberg, etwas früher Hesse auch, Tschechow, Pirandello, alles in deutscher Übersetzung, von Lawrence die kleine Novelle aus Mexiko: Die Frau, die davonritt; ziemlich viel von einem Schweizer namens Albin Zollinger, von Dostojewski lediglich die Aufzeichnungen aus einem Totenhaus, die ersten Gedichte von Garcia Lorca auf Spanisch, kleine Prosa von Claudel und Das Kapital, letzteres von Hölderlin gestützt, ein paar Kriminal-Romane, Lichtenberg, Tagore, Ringelnatz, Schopenhauer, ebenfalls mit dem schwarzen Stempel einer öffentlichen Bibliothek, Hemingway (Stierkampf-Buch) steht neben Trakl, dann Garben von mürben Zeitschriften, ein Spanisch-deutsches Wörterbuch mit sehr vergriffenem Einband, das Kommunistische Manifest, ein Buch über Gandhi und so weiter! Jedenfalls dürfte es schwerfallen, daraus einen geistigen Steckbrief zu machen, zumal niemand weiß, was der Verschollene hiervon gelesen, was von dem Gelesenen er verstanden oder einfach nicht verstanden oder auf eine für ihn fruchtbare Weise mißverstanden hat, und mein Staatsanwalt und Freund

macht denn auch die Miene eines Mannes, der nicht ganz finden kann, was ihm dient; einen Augenblick lang, wie er trotz Staub einen einzelnen Dünndruckband mit purpurnem Lederrücken herauszieht, denke ich: Vielleicht sucht er hier Bände aus seiner eigenen Bibliothek. Er stellt aber den Dünndruckband wieder ins Gestell, blättert dafür in Anna Karenina ... Im weiteren gibt es in dem Atelier vor allem einen breiten und langen Tisch aus gewöhnlichen Brettern, werkstattmäßig, auf Böcken, die den Klischee-Namen eines Gipsers tragen und auch von Gipserei verschmiert sind. Irgendeine Fee scheint Ordnung gemacht zu haben, sämtliche Aschenbecher sind geleert, ebenso der Kehrichteimer in der Küchennische unter der Dachschräge. An der Wand finden sich, wie Frau Sibylle es geschildert hat, zwei verblaßt-bunte Banderillas aus Spanien, eine afrikanische Maske von sehr fragwürdiger Echtheit, allerlei bis zur Unkenntlichkeit verblichene Fotos, das schöne Bruchstück eines keltischen Beils, ein Plakat von Toulouse-Lautrec, ebenfalls gänzlich verblichen. Einmal sagt der Staatsanwalt:
»Wo bleiben die denn so lange?«
»Weiß nicht«, sagt Knobel. »Ich habe gedrückt.«
Ich mische mich keineswegs in ihre Lokaltermin-Veranstaltung, die nicht gerade zu klappen scheint; ich bin hier als Häftling, gucke zum Fenster hinaus während ihrer sorgenvollen Beratung.
»Finden sie es nicht –?«
»Wieso?« sagt Knobel. »Die Dame kennt doch die örtlichen Verhältnisse, sie hat mir doch selber alles gezeigt.«
Also weiß ich nun, wen ich zu erwarten habe. Ich stecke mir eine Zigarette an und kann nicht glauben, daß Julika, wenn sie mich liebt, diese Farce mitzuspielen bereit ist. Ich bin gespannt, gewiß, doch zuversichtlich und eigentlich siegesgewiß; letztlich wird alles von Julika abhängen, nur von Julika ... In der Tat, was mich selbst in dieser Veranstaltung betrifft, könnte ich mir keinen Ort denken, wo ich mich fremder fühlte als hier. Ein paar Arbeiten in Lehm, die der verschollene Stiller seinerzeit verlassen hat, sind mit braunem Sacktuch umwickelt, damit der

Lehm nicht vertrockne; aber da dieses Sacktuch seit Jahren nicht genäßt worden ist, steht zu erwarten, daß das Zeug gänzlich ausgetrocknet ist, nur noch von diesem braunen Sacktuch zusammengehalten. Ich rühre es nicht an, versteht sich. Man braucht nur, um den Lokaltermin zu vollenden, diese Sacktücher wegzuwickeln, und alles wird wie eine Mumie in Staub zerfallen. Auch mein Freund und Staatsanwalt kann sich dieses Eindrucks nicht erwehren, findet ebenfalls, es erinnere an Mumien, wie sie in volkskundlichen Museen nicht umsonst hinter Glas stehen. Er betrachtet vor allem den Gips-Kopf des Direktors, den er vormittags in Natur erlebt hat, enthält sich aber eines Urteils. Einiges ist sogar in Bronze gegossen, was diesen Dingern meines Erachtens gar nicht bekommt; die Bronze, immerhin ein Metall von einiger Dauerhaftigkeit, nimmt ihnen den holden Trug des Skizzenhaften, der vielleicht das andere gerade noch mit den Reizen der Erwartung zu retten vermag, und was in Bronze bleibt, ist nicht genug, um Zeugnis eines erwachsenen Mannes zu sein. Kein Wunder, daß Stiller (einmal muß er es ja auch gesehen haben) gegangen ist! Ein einziger Umblick in diesem verstaubten Atelier: Wieviel Arbeit, ach, wieviel Verbissenheit, wieviel Fleiß und Schweiß, und doch ist es nicht so, daß man auch nur davor die Mütze abzuziehen ein Bedürfnis hat. Etwas melancholisch ist es, nichts weiter – und ich bin froh, daß es neuerdings klingelt. Der Staatsanwalt wird ungehalten: Knobel soll hinuntergehen, um die Herrschaften, da sie allem Anschein nach die Haustüre nicht öffnen können, hereinzulassen und heraufzuführen, aber etwas rasch. Mein Wärter, nicht zu Unrecht beleidigt, da er ja nach Kräften gedrückt hat, geht zur Türe und gewahrt den alten Hausierer, der unterdessen wohl die anderen Etagen bedient hat, jetzt endlich vor unserem Atelier steht, ein offenes Köfferchen auf dem zittrigen Arm. Damit haben wir natürlich alle nicht gerechnet, der Hausierer aber auch nicht mit uns. Nein! sagt Knobel ungehalten, wie man ungehalten war zu ihm: Nichts! Natürlich hat der Hausierer keine Ahnung, daß wir nicht die Bewohner dieses Estrichs sind, daß hier seit sechs Jahren überhaupt kein Leben

mehr stattfindet, und beharrt auf dem Recht, seine Ware wenigstens zu zeigen, lauter nützliche Ware, was Knobel nicht zu bestreiten wagt. Angesichts der drei Herren empfiehlt er vor allem Rasierklingen, Rasierseife, Blutstiller und so, Knobel will es kurz machen, damit der Herr Staatsanwalt nicht nochmals ungehalten wird; auf der anderen Seite kann der Hausierer nicht begreifen, daß wir hier ohne Zahnbürste leben können, zu dritt ohne eine einzige Zahnbürste, ohne Fliegenfänger, ohne Klosettpapier und ohne Schuhwichse, ohne alles, vor allem aber ohne Rasierklingen. Knobel wird das Greislein nicht los. Als zweifle er nachgerade an unserer Männlichkeit, steckt er alles Bisherige zurück, der Hausierer, um es mit Pfannebürstchen zu versuchen, mit Nähzeug, mit elastischem Strumpfband, mit ganz feinem Fichtennadelöl und schließlich sogar mit Haarspangen, einer Ware, die immer wieder verlorengeht, immer wieder gebraucht wird. Knobel sagt nur: Also Schluß jetzt, also Schluß jetzt! jedoch ohne auch nur einen Ansatz von Erfolg. Schließlich greift mein Staatsanwalt ein, kauft in überlegener Art irgend etwas, Rasierklingen beispielsweise, und wir sind wieder allein, jedoch noch immer ohne die anderen Lokaltermin-Herrschaften, die also (es schlägt ein Viertel vor drei) noch nicht einmal an der Haustür geklingelt haben.
»Um halb vier habe ich eine Sitzung«, sagt Rolf und fügt etwas zusammenhanglos hinzu: »Das ist doch ein schönes Atelier –?«
Ich nicke sehr. »Und sehr gutes Licht.«
Dann macht sich Knobel, um nicht so überflüssig zu sein wie eben vor dem Hausierer, mit seiner Kenntnis der örtlichen Verhältnisse etwas wichtig oder nützlich, indem er zwar nicht zu mir, doch zum Staatsanwalt sagt:
»Hier geht's auf die Zinne.«
Und da uns nichts auf die Zinne drängt:
»Hier ist dann noch Post, Herr Staatsanwalt, die Post seit letzten Samstag –«
»Post?«
»Drucksachen«, sagt Knobel und liest: »Alters- und Hinterbliebenen-Versicherung, aber da hat Herr Doktor Bohnenblust

schon die ganze Zusammenstellung der nichtbezahlten Beiträge. Und dieser Brief an Herrn Stiller persönlich –«
Da mir ja nicht einfällt, Briefe an ihren verschollenen Stiller zu lesen, gestattet sich mein Freund und Staatsanwalt, den Umschlag aufzuschlitzen. Nach seiner Miene zu schließen scheint es belanglos zu sein. Nur aus Gründen der Ordnung wirft er den Brief nicht in den Papierkorb.
»Ein anonymer Patriot beschimpft Sie«, sagt er kurz. »Man nimmt es Ihnen sehr übel, daß Sie die Möglichkeit, Schweizer zu sein, nicht wie eine Gnade ergreifen – also bedingungslos.«
Später, da die Erwarteten immer noch nicht klingeln, treten wir doch auf die Zinne hinaus, die ebenfalls, verglichen mit den Erinnerungen der Frau Staatsanwalt, unverändert zu sein scheint. Scherben von Ziegeln, die einmal ein Hagelwetter zerschlagen hat, liegen umher und zeigen, daß sie niemand stören. Das Unkraut auf dem Kiesklebedach dürfte höher sein als je; ein paar herbstlich gelbe Halme wippen im Wind. Auch mein Freund und Staatsanwalt scheint all dies nicht viel anders erwartet zu haben, besichtigt das morsche Gestell eines tuchlosen Lehnsessels, das nach wie vor in der Ecke liegt, und wir stehen ziemlich stumm, Rolf und ich, während sie auf der Zinne gegenüber gerade eine Matratze klopfen. Es ist mir sehr bewußt, wie Rolf, mein neuer Freund, all diese Nebensachen doch bemerken muß, und die schöne Aussicht über Giebel und Lukarnen und Kamine und Brandmauern, eine Aussicht sogar mit einem Zwickel vom See, der unter dem versponnenen Herbstlicht blinkt, wenn ein Dampferchen seine gelassenen Wellen macht, eine wirklich erquickende Aussicht, die mich dünkt, hat es schwer, seine Aufmerksamkeit zu gewinnen. Er raucht ziemlich hastig. Wozu mußten wir hierhergehen, wo ihn doch mancherlei betreffen mag, lauter Nebensachen, die gar nicht so gemeint sind und trotzdem für ihn, den Mann von Sibylle, eine leidige Bedeutung bekommen, sei es eben diese Matratze, die vor unseren Augen geklopft wird, oder die elastischen Strumpfbänder, die der Hausierer ihm anbot, das ganz feine Fichtennadelöl fürs Bad oder die Haarspangen, die immer wieder verlorenge-

hen, immer wieder gebraucht werden; wozu, meine ich, die Besichtigung einer Stätte, die seine Frau und er innerlich längst überwunden haben? Ich sehe es doch seinen Lippen an; es kostet ihn mehr, als er wohl dachte, und unnötigerweise. Ich weiß nicht, was er in diesen zwei oder drei Minuten, seine Zigarette bis auf das Mundstück hinunter rauchend, denkt; aber es ist Unsinn, ganz gewiß, es gibt auch Prüfungen durchaus falscher Art, wie diese; das morsche Gestell eines Lehnsessels, worin seine Frau möglicherweise nie gesessen hat, weil das Tuch vor sieben Jahren schon fehlte, genügt auf einmal, um Jahre ihrer bezeugten Liebe wieder in Frage zu stellen, um in einer Minute scheinbar zu beweisen, daß man in sechs oder sieben Jahren scheinbar nicht weitergekommen sei, und Vorstellungen von quälerischer Präzision auszulösen, Vorstellungen des Gewesenen, die doch in jedem Fall, ob zutreffend oder unzutreffend, nur den Geschmack des Ekels liefern können. Oder erwartet mein Freund von sich selbst, er müßte auch diese Peinigungen, die nur die tote Örtlichkeit noch einmal in ihm erweckt, ohne Pein ertragen können? Es ist Unsinn. Was hat dieses Zeug hier, und wenn es nicht einmal morsch wäre, mit seiner lebendigen Sibylle zu tun, mit seiner Beziehung zu ihr? Es gibt einen Ekel, der nie aufhören kann, einen Ekel sozusagen als zwangsläufige Strafe für Vorstellungen, die uns einfach nichts angehen; glaube ich. Wozu tut er es sich an! Man kann eine Eifersucht überwinden, sie von innen heraus und angesichts des Partners überwinden, sie als Ganzes überwinden, wie er es ja geleistet hat; aber es ist Unsinn zu meinen, man müsse auch die einzelnen Scherben ohne Wimperzucken fressen können. Sein Lächeln ist etwas krampfig. Hat er es denn nicht gewußt, mein Freund und Staatsanwalt, der schon so manchen Menschen an einen Tatort begleitet hat, nicht gewußt, daß totes Zeug oft etwas Diabolisches hat? Ich weiß natürlich nicht, was ich ihm auf dieser Zinne sagen soll. Es ist eine so unnötige Demütigung, und eigentlich zum erstenmal verstehe ich die falschen Reaktionen, die bei einem gerichtlichen Lokaltermin gewonnen werden können, wenn einer vor totes Zeug gestellt wird, so, als gäbe

es Wahrheit ohne Zeit... Da er schweigt, frage ich etwas plötzlich:
»Wie alt ist nun Ihre Frau eigentlich?«
»Sibylle –?«
»Hannes muß ja schon bald ins Gymnasium kommen«, plaudere ich, »und jetzt nochmals dieses Kleine, das muß für Ihre Frau doch wunderbar sein, dazu ein Mädchen –!«
»Ja«, sagt er, »es ist wunderbar.«
»Und auch für Sie –«
»Ja«, sagt er, »das ist es!«
Der gute Knobel, als kleiner Beamter noch nicht gewohnt, mitten in seiner Dienstzeit so untätig zu sein, läßt uns keine Ruhe und warnt vor dem rostigen Geländerchen, das man lieber nicht anfassen solle. Also fassen wir es lieber nicht an. Tauben gurren auf dem Dach. Man sieht auch den verblauenden Hügelzug, wo wir gewesen sind.
»Es war herrlich da oben«, sage ich, »in dieser ländlichen Gartenwirtschaft –«
»Nicht wahr?«
»Ich meine natürlich nicht einen Engel mit Flügeln«, sage ich in Erinnerung an seine Frage dort oben, »nicht einen Kunst-Engel wie in der Bildhauerei und im Theater. Kann sein, daß die Menschen, die dieses Bild des Engels einmal erfunden haben, etwas Ähnliches erfahren haben wie ich, etwas ebenso Unsägliches. Ich weiß eigentlich nur, daß ich etwas erfahren habe –«
Zu meinem Verdruß (ich empfinde es wie einen üblen Gag) ertönen gerade die Glocken des nahen Münsters. Einer Hochzeit wegen, ich sehe es nicht, oder einer Abdankung wegen; jedenfalls dröhnt es entsetzlich. Eine Wolke von Tauben schwirrt über uns hin. Aus der Nähe vernimmt man überhaupt keinen Klang, nur ein metallenes Beben in der Luft, Lärm von Klöppeln, als müßten sie unser Trommelfell zertrümmern. Wir verlassen die Zinne, und wie wir, um dem Geläute etwas zu entgehen, ins Atelier treten, stehen sie bereits da: – Julika und mein Verteidiger, der ihr eben den neuen Pariser Mantel abnimmt.

Trotz sofortiger Schließung der Fenster ist an ein Gespräch nicht zu denken. Julika ist entzückender als je. Wir begrüßen uns sofort mit Kuß. Auch daß Julika ihr herrliches Haar wieder etwas blonder trägt, unauffälliger, wie es sich für Zürich gehört, entgeht mir nicht, bestärkt mich in meiner Zuversicht, daß sie sich wohl von Paris und Monsieur Dmitritsch endgültig verabschiedet hat. Etwas seltsam, gewiß, berührt mich das Hundchen, das Julika, eben weil sie wohl nicht mehr nach Paris zu gehen gedenkt, hierhergebracht hat; es ist wieder ein Fox. Ich streichle es, da man ohnehin, wie gesagt, des fürchterlichen Geläutes wegen nicht sprechen kann. Alle zünden sich Zigaretten an. Julika holt Aschenbecher in der Art einer Gastgeberin, bittet mit Geste, Platz zu nehmen. Es ist aber einfach viel zu staubig. Meine Neugierde, was nach dem Verstummen des Geläutes gespielt werden soll, macht mich ebenso gespannt wie heiter; die Komik, scheint mir, müßte mit einem Schlag, wenn wir sie bloß mit einem Schlag begreifen, alles lösen. Mein Verteidiger, wie immer in seiner Ledermappe kramend, vereinigt natürlich am meisten Komik auf sich, gerade weil er keine Komik gewahrt. Das Geläute findet kein Ende. Knobel bemüht sich, nicht vorhanden zu sein, und Rolf, mein Staatsanwalt, nimmt so langsam seinen Mantel von dem Nagel; es ist nicht sein Fehler, daß die Herrschaften (wahrscheinlich wegen Foxli) so spät gekommen sind. Endlich, als wir uns an diese Pantomime bereits zu gewöhnen anfangen, hat das Münster ausgebimmelt...
»Nun –?« fragt Julika.
Julika scheint erwartet zu haben, mein Geständnis liege bereits vor, und als der Staatsanwalt verneint, im übrigen sich leider verabschieden muß, setzt Julika sich auf die verstaubte Couch, wie von einer schlimmen Depesche getroffen. Mein Verteidiger weiß nicht, wen er anstarren soll, den Staatsanwalt oder mich. Vermutlich hat die enttäuschte Julika jetzt schon zu weinen begonnen; indessen bemerken wir es noch nicht. Mein Verteidiger versucht ohne Erfolg, den Staatsanwalt zu halten. Im Augenblick, da er mir die Hand gibt, habe ich das Gefühl, mein neuer Freund lasse mich im Stich; bald genug habe ich jedoch begrif-

fen, daß er dieser ungeheuerlichen Veranstaltung, die er hinwiederum meinem amtlichen Verteidiger nicht versagen konnte, gerade als Freund unter keinen Umständen hat beiwohnen wollen – Als ich sehe, daß die schöne Julika weint, frage ich: »Liebst du mich?«

Mein Verteidiger will reden –

»Ich frage die Dame«, unterbreche ich und setze mich neben Julika auf die verstaubte Couch. »Liebst du mich, Julika, oder liebst du mich nicht?«

Sie weint immer heftiger.

»Siehst du«, sage ich so zärtlich wie möglich in Anwesenheit eines amtlichen Verteidigers und eines Wärters, »nur darauf kommt es jetzt an. Nur auf dich, Julika, einzig und allein auf dich!«

»Wieso«, weint sie, »wieso auf mich?«

Noch immer mit der warmen Ruhe der Zuversicht versuche ich Julika zu erklären, warum sie, so sie mich wirklich liebt, kein Geständnis von mir braucht, daß ich ihr verschollener Gatte sei. Mir scheint es so einfach, so klar. Trotzdem rede ich ziemlich lang, viel zu lang und mit der Zeit, wie immer, auch verworren. Nie in meinem Leben bin ich dieser Lage gewachsen gewesen: sowie ich fühle, daß ich mit einer einfachen und klaren Einsicht allein bin, verliere ich die Klarheit, verrede sie mit hastigen Vergleichen, die dem andern helfen sollen, mich zu verstehen, in Wirklichkeit aber nur zersetzen, was eine Einsicht gewesen ist, und verteidige das Vertane schließlich mit Argumenten, die der bare Unsinn sind. Ich habe es genau gemerkt. Indem aber die schöne Julika einfach nichts sagt, überhaupt nichts, also auch keinen Unsinn, der wenigstens ein Gleichgewicht unserer Hilflosigkeiten herstellen würde, kann ich nicht aufhören. Warum hilft sie nicht? Ich halte ihre tränennasse Hand, als wären wir allein, weiß dann nur noch meine Frage, ob sie mich liebe, und warte –

»Wie lange wollen Sie diese unglückliche Frau denn noch quälen!« sagt mein Verteidiger sicherlich wohlmeinend. »Daß Frau Julika Sie liebt, Gott im Himmel, das ist doch klar –«

Auch er redet viel zu lang.
»– und überhaupt«, schließt er endlich, »haben Sie denn gar kein Gefühl für diese Frau? Es ist ja ungeheuerlich, was Sie dieser zarten Frau zumuten. Statt daß sie endlich das Geständnis geben! Nun kommt diese Frau von Paris, Ihnen zuliebe, hat Ihre Tanzschule aufgegeben, Ihnen zuliebe, und Sie behandeln Sie – Man kann sich wirklich fragen, womit ein Wesen wie Frau Julika es verdient hat, mit Ihnen verheiratet zu sein!«
Daraufhin blicke ich ihn an.
»Jawohl!« bekräftigt er.
Daraufhin, übrigens nicht sofort, sondern nach einigem Zögern, nach einigem Warten, ob Julika ihn wirklich nicht zurechtweist, erhebe ich mich, spüre plötzlich sehr schwere Beine, staube meinen Mantel ab, um Zeit für irgendeine glücklichere Wendung zu lassen, gehe endlich zur Türe, die (ich werde dieses Gefühl in der Hand nie vergessen) geschlossen ist. Geschlossen. Es ist keine Täuschung, auch keine Klemmung der Türe; sie ist einfach geschlossen.
»Knobel«, sage ich und höre ein Lachen aus mir, das ich selber nicht mag, »– geben Sie den Schlüssel.«
Knobel mit krebsroten Ohren schweigt.
»Was will man von mir?« frage ich.
Inzwischen hat Julika, die Verräterin, sich zwischen mich und die Türe gestellt, deren Klinke ich halte, eine Gelegenheit wenigstens, sie unter vier Augen zu fragen: Warum verrätst du mich? Ihr argloses Gesicht mit den ungemein schönen Augen, mit diesen Bögen der rasierten Brauen, die so einen permanenten Charme kindlicher Erstauntheit geben, zeigt nicht eine huschende Spur von Ahnung, warum ich so tue, und bringt mich zum Verstummen. Ebenfalls unter vier Augen sagt sie: Tu doch nicht so! Und in der Tat, ich habe mich, irgendwie von primitiver Wallung erfaßt, allzuoft schon verirrt; die Möglichkeit, daß ich allen Unrecht tue, besonders aber Julika, die doch eben noch meine einzige und so heitere Zuversicht gewesen ist, diese Möglichkeit ist ja da. Wirklich: Warum tue ich nur so? Arm in Arm mit Julika, die ich vielleicht einfach nicht verstehe, so stehe

ich nun also vor dem Verteidiger, der Julika auch eine großartige Frau findet, und vor Knobel, meinem braven Wärter, der den Schlüssel in der Hosentasche hat, im übrigen umgeben von diesen Sacktuch-Mumien, die Julika mir als mein Lebenswerk vorzustellen beginnt. Eine Weile lang, wie unter einer Lähmung meines Bewußtseins, lasse ich es zu, wahrhaftig, lasse ich mich führen, beinahe über Julika gerührt, daß ihr dieses Zeug so viel bedeuten kann, lasse mich zu kleinen Späßchen hinreißen, betreffend etwa den Gips-Kopf des Direktors... Ich weiß nicht, was mich derart paralysiert hat, ebensowenig, wie lange es gedauert hat; plötzlich wieder erwacht, wobei mich jede Erinnerung an die verschlossene Türe und an die unverschämte Bemerkung meines Verteidigers verlassen zu haben scheint, wie aus einem albernen Traum erwacht, der auch schon vergessen ist, bewußt, daß es nur ein Traum gewesen ist, finde ich mich wieder genau bei der Frage, die ich, unmittelbar vor diesem Traum mit der verschlossenen Türe, schon einmal gestellt habe: ob Julika mich liebe oder nicht. Dort, begreife ich, haben wir den Faden verloren, und ich unterbreche ihre so rührende Erläuterung zu den Sacktuch-Mumien, indem ich eben diese Frage wiederhole. Ich verstehe einigermaßen, daß es Julika, einem so scheuen und verhaltenen Wesen, wie sie es nun einmal ist, schwerfällt, in Gegenwart eines amtlichen Verteidigers und eines Wärters darauf zu antworten, fühle sehr die Ungehörigkeit meiner Frage an diesem Ort. Vielleicht gerade darum vertrage ich es nicht, daß mein Verteidiger, um der stummen Julika zu helfen, wie er meint, wieder den Mund aufmacht.
»Hol Sie doch der Teufel!« sage ich ihm ins Gesicht. »Was geht das Sie überhaupt an! Ich bestreite nicht, daß ich ein Verhältnis habe mit dieser Dame –«
Julika verletzt:
»Anatol –?!«
Ich schreie:
»Was heißt hier Anatol? Was heißt hier Anatol? Deswegen lasse ich mich noch lange nicht zwingen, diesen ganzen Plunder Ihres verschollenen Mannes zu übernehmen – Da!« lache ich vor

Wut, die mich im Grunde doch nicht verlassen hat, und reiße so ein Sacktuch ab, ratsch, und wie erwartet: lauter Staub, von keinem Verteidiger zu halten, ein Gebrösel von trockenem Lehm, und das nächste ebenso, Mumien, nichts als Mumien, dann ein Gestell von rostigem Eisen und gekrümmtem Draht, das ist aber auch alles, was von ihrem verschollenen Stiller sich hält, der Rest ist Erde, wie die Pfarrer sagen, ein paar graubraune Klumpen auf dem Boden, vor allem aber eine Wolke von braunem Staub, wenn ich die Sacktücher schüttle. Leider klingelt es. Leider; denn selber verdutzt über die Kunst, die da zum Vorschein kam, würden sie mich nicht gehindert haben, in einem Zuge fertigzumachen. Das Klingeln aber irritiert mich. »Wen haben Sie noch bestellt?« frage ich meinen Verteidiger, »um mich irrsinnig zu machen?«

In diesem Augenblick habe ich einen ganz bestimmten Verdacht, sehe ja auch, wie Knobel auf einen Wink meines verlegenen Verteidigers endlich den Schlüssel aus seiner Hosentasche holt, um aufzuschließen, um hinunterzugehen, und vergesse meinen sehr richtigen Verdacht unter dem Wortschwall meines Verteidigers, der nochmals (zum wievielten Male!) mich mahnt und beschwört: – ich solle doch Vernunft annehmen, meine letzte Gelegenheit zu einem Geständnis, ansonst gerichtliches Urteil, peinlich für Frau Julika, nur ein einziges Wort der Vernunft und alles auf freiem Fuß, alles nicht so arg, wie ich es sehe, ein sehr hübsches Atelier mit gutem Licht, Freunde planen Heimkehr-Feier, also Kopf hoch und heraus mit dem Geständnis, Stiller ein geschätzter Künstler, kein großer Künstler, wer ist das schon, aber geschätzt und Kunstkommission bereit zur Tilgung der Gerichtskosten, alle Menschen so nett zu mir, meine lächerliche Verstocktheit schadet nur mir selbst, ein bißchen Einsicht vonnöten, Julika ein feiner und wertvoller Mensch, Ehe nie ein Kinderspiel, aber Julika die Nachsicht und Güte in Person, also Kopf hoch und von vorne beginnen, Flucht nie eine wahre Lösung, Freiheit nur in der Bindung, Ehe als sittliche Aufgabe und nicht als Vergnügen, ein bißchen Reife vonnöten, ein bißchen guter Wille und es wird schon, Julikas schwere Jahre in Paris und ihr großherziger Verzicht auf erfolgreiche Tanzschule, Opfer von Julika, nichts als frauliche Opfer, Dankbarkeit meinerseits am Platze, also nochmals Kopf hoch, ein Mann sein und die Hände reichen und Halleluja! Bei dieser Rede stehen wir wieder Arm in Arm, sei es nun, daß Julika befürchtet, ich werde die nun unverschlossene Türe benutzen, oder sei es, daß sie sich aus echter Zärtlichkeit so an mich hält; ich fühle ihre körperliche Wärme; mein Verteidiger redet immerzu: Also Kopf hoch, nirgends so schön wie in der Heimat, ab und zu eine Reise natürlich, damit wir die Heimat aufs neue schätzen lernen, aber Wurzeln braucht der Mensch und gewiß auch der Künstler in mir, Wurzeln, darauf kommt es an, Wurzeln und nochmals Wurzeln, Millionen ohne Heimat, also Dankbarkeit meinerseits am Platze, nicht alles von der bösen Seite sehen, ein bißchen Liebe zu den Menschen, auch Schweizer nur Menschen, niemand kann aus seiner Haut heraus, eine positivere Haltung meinerseits vonnöten, überhaupt Haltung, nicht alles zusammenschlagen wie vorhin, Selbstkritik in Ehren, aber Schweinerei von Staub und Gebrösel, soll man nicht, Temperament in Ehren, aber alles mit Maß, alles nicht so arg, wie ich meine, und Zürich ungefähr die schönste Stadt in der Welt, aber wie gesagt: eine positivere Haltung unerläßlich, heutzutage genug Nihilismus in der Welt, von Mensch zu Mensch die Welt verbessern, das Gute wollen mit ganzer Seele und es wird schon, Frau Julika beispielsweise will, Frau Julika überhaupt als Vorbild, alle Achtung vor Frau Julika, nicht abzubringen von ihrer fraulichen Treue zu mir, eine seltene Frau, aber eine typische Frau, eine wundervolle Frau, Männer oft verbohrt und eigensüchtig, Frauen so anders, mütterlich, schwierig in ihrer Art, gewiß, aber nur, weil ich sie nicht verstehe, nämlich Reichtum des Gemüts, Julika mit einem Innenleben wie kaum eine andere Frau, Gemüt am Platze, ein bißchen mehr Herz meinerseits, das Ewig-Weibliche zieht hinan, heutzutage genug Intellektualismus in dieser Welt, nicht immer denken und zweifeln, sondern hoffen, Kopf hoch und hoffen, ohne Hoffnung nämlich keine Ehe, ohne Hoffnung kein Friede zwischen den einzelnen Menschen und den Völkern, man sieht es ja, ohne Hoffnung auch keine wahre Kunst wie im Mittelalter, kurzum, ohne Hoffnung keine Hoffnung, also Hand aufs Herz und keine dummen Geschichten machen, der gute Kern auch in Stiller, mein Verteidiger von diesem Kern überzeugt, alles andere ist Schall und Rauch, der Name zum Beispiel, aber Ordnung muß sein, einen Namen muß jeder tragen, mein Verteidiger gewiß kein Bürokrat, mein Verteidiger geradezu erschüttert von seinem Einblick in diese Ehe zweier so wertvoller Menschen, mein Verteidiger selbst verheiratet, Schwierigkeiten alle schon erlebt, alle überwunden, aber Opfer vonnöten, Opfer und nochmals Opfer, dafür Friede in der Seele, Seele noch immer das Wichtigste, heutzutage genug Materialismus in der Welt, ein bißchen Glaube an Gott unerläßlich, Zerstörung der wahren Werte durch die Hast unseres modernen Verkehrs, ferner durch Kino und Sport, beispielsweise durch Bau von Stadions, die uns vermassen, vor allem aber durch Kommunismus, mein Verteidiger aber großherzig genug und weit davon entfernt, daß er Stiller seine jugendliche Spanienkämpferei nachtragen möchte, Schwamm darüber, mein Verteidiger war auch einmal bei einer Partei, die dann einging, Schwamm darüber, Irren ist menschlich und Franco wichtig für Europa, Stiller konnte ja nicht wissen, wie's kommt, und niemand kann das, nein, auch mein Verteidiger nicht, um so wichtiger die ewigen Gesetze, die Zehn Gebote noch immer das Beste, du sollst dir kein Bildnis machen, wie Frau Julika immer wieder sagt, sehr richtig, sehr richtig, aber du sollst dich auch nicht gelüsten lassen und töten schon gar nicht, jedenfalls nicht im Frieden, als Mitrailleur ist es etwas anders, versteht sich, Antimilitarismus eine Mode von vorgestern, aber davon jetzt nicht die Rede, sondern, wie gesagt: Du sollst nicht töten, mein Freund, und zwar nicht einmal in Gedanken, man tut das nicht, hierzulande nicht, Familie als Keimzelle des Volkes, Frau Julika nicht zu alt für Kinder, immer schon ihr heimlicher Wunsch gewesen, nur Arbeiter pflanzen sich scharenweise fort, ein bedenkliches Versagen unserer Intellektuellen in diesem Punkt, nicht auf das

Einkommen kommt es an, sondern auf den inneren Willen, auch ein anständiger Künstler kann in der Schweiz so viel verdienen, daß eine maßvolle Fortpflanzung nicht als ausgeschlossen bezeichnet werden darf, großartige Stipendien allerenden, Charakter des betreffenden Künstlers vorausgesetzt und dies mit Recht, weiß Gott, mit Recht, keine Kinder von Trinkern und Linksverdächtigen, die Freiheit ist ein köstliches Gut, kurzum, die Schweiz noch immer ein ideales Land und nicht zu vergleichen mit dem so traurigen Frankreich, das immer nur streikt, also nochmals Kopf hoch, Hand aufs Herz und Schwamm darüber, es wird schon, mein Freund, es wird schon, es muß ja, auch ein Rechtsanwalt muß immer wieder von vorne anfangen, Schicksal des Menschen, aber alles zu machen mit ein bißchen Glauben an Gott, auch darin wieder nicht fanatisch, versteht sich, sondern alles mit gesundem Schweizersinn, das Soziale versteht sich von selbst, ja, und dann noch ein Punkt: Stiller soll Stiefvater im Altersasyl nicht vergessen, oder wie Goethe so schön sagt: Was du von deinen Vätern hast, erwirb es, um es zu besitzen, geistig gemeint, menschlich gemeint, es ist nicht schön, wenn einer den Stiefvater im Altersasyl vergißt, tut man nicht, Pietät am Platze, Stiller nicht allein auf der Welt, Herrgott nochmal, sondern ein Glied in der Gemeinschaft, Halt in der Gemeinschaft, Pflichtbewußtsein am Platze, aber alles mit ein bißchen Liebe, nicht immer nur an sich selbst denken, Herr Stiller, ein Beispiel nehmen an Frau Julika, nochmals alle Achtung vor dieser feinen und tapferen Frau, die mit einem so schwierigen Mann verheiratet zu sein auf sich nimmt, also nochmals: Hände reichen, denn Leugnen hat keinen Zweck mehr, Beweise erdrückend, es bleibt nur noch das freiwillige Geständnis, Herr Stiller, also Mut und ein bißchen Vernunft, ein bißchen Glaube an Gott und an Frau Julika, an die Ehe, an die Schweiz, an das Gute in mir selbst, ein bißchen –

So mein Doktor Bohnenblust.

Ich rechne es Julika hoch an, daß sie in dem Augenblick, als man das Greislein aus dem Altersasyl hereinführt, wenigstens errötet wie eine Gattin, wenn die bestellten Irrenwärter mit der

Zwangsjacke in die Wohnung kommen. Im ersten Augenblick halte ich ihn übrigens für den Hausierer von vorher, stutze, wie mein Verteidiger sich sofort um einen Sessel bemüht, höflich aus Scham; denn so peinlich hat er es sich wohl nicht vorgestellt. Er wollte ja nur, wie man es mit verstockten Häftlingen macht, durch Konfrontation ein bißchen Einsicht erzwingen; alle anderen Konfrontationen haben mich ja nicht bewegt. Was blieb meinem Verteidiger also noch übrig? Knobel setzt es in den staubigen Schaukelstuhl, das Greislein, das in Hochachtung vor Gericht und Behörde und Herr Doktor und Tänzerin aus Paris förmlich vergeht. Ich weine, als ich ihn erkenne, und merke, daß er mein Weinen nicht sieht. Er ist ziemlich vertrottelt. Ich drehe mich um, zu feige für diesen Anblick, der mich im Grunde doch nicht überrascht; damals in der nächtlichen Bowery, als er mir einfiel, hatte ich ihn mir nicht viel anders vorgestellt. Jetzt höre ich sie nur hinter meinem Rücken, seine bösartig helle und dünne Greislein-Stimme: Soso, da bist du wieder, soso! Er kichert, und mein Verteidiger muß ihn aufmerksam machen, wer von den Anwesenden als sein Sohn in Frage komme. Er kichert: Ein netter Sohn, jaja, kümmert sich überhaupt nicht um mich, soso. Mein Verteidiger fragt ihn, ob er mich erkennen würde. Soso, kichert er, einfach auf und davon, ein netter Sohn, und wenn er nach Jahr und Tag wieder ins Land kommt, nein, fällt ihm nicht ein zu fragen, ob man noch lebt, ein netter Sohn!... Natürlich tat ich nun das Verkehrteste.
»Schluß mit dem Unfug!« sagte ich so frech wie möglich. »Ich kenne dich nicht.«
Soso, kicherte er, soso.
»Schluß jetzt!« schrie ich, und meine Lächerlichkeit, ich fühlte es, war so grenzenlos, der Augenblick so unerträglich – aus purer Hilflosigkeit ergriff ich irgendeine Gips-Sache, anfänglich nur, um zu drohen, sah aber das gelassene Gesicht der schönen Julika, ihre kaum lächelnde Gewißheit, daß ich, ihr Stiller, niemals wagen würde, irgend etwas gegen sie zu schleudern, und siehe da, ich wagte es auch nicht. Ich schmetterte das Gips-Zeug irgendwohin, meiner Lächerlichkeit bewußt, wie gesagt, und

wütend über diese meine Lächerlichkeit (die andern verhielten sich durchaus würdig) nahm ich das nächste, einen Kopf, schmetterte ihn auf den Boden, wo er bloß rollte und nicht zersprang, ich fühlte eine Ohnmacht wie in bösen Träumen, eine Ohnmacht sondergleichen, so kräftig ich das Zeug auch schleuderte, dabei übrigens von niemand behindert, auch mein Verteidiger und Knobel sahen nur zu, verdutzt, jedoch vollends überzeugt, daß ich der verschollene Herr Stiller bin und somit das Recht habe, in diesem Atelier alles kurz und klein zu schlagen, nur das Hundchen bellte, und ihr Mißverständnis spürte ich wie eine Lähmung, derart, daß ich diese Dinger teilweise kaum von den Sockeln zu heben vermochte, also hielt ich mich an die kleineren Figuren, knallte sie gegen die Wand, einige zersprangen dann doch, was mich in Lust versetzte, doch drohte schon die Blamage, daß meine Wut nicht ausreichen würde, alles zu zerschmettern, nur so das Kleine, während die größeren Arbeiten, weil ich sie nicht vom Sockel heben konnte, meine Wut überdauern würden. Und diesen Hohn, worauf sie nur warteten, glaubte ich nicht ertragen zu können, ja, eigentlich war es nur noch meine Angst vor diesem Hohn, was mich weiter zu toben nötigte. Nur jetzt nicht auf halber Strecke bleiben! Wo es irgendwie ging, stieß ich die Gestelle um und sah sehr bald, daß ich auch auf diese Weise nicht zu Ende kommen würde. Es war eine Arbeit! Und niemand sagte ein Wort, so überzeugt waren sie, daß ich es jeden Augenblick aufgeben würde, nur immer das fremde Hundchen bellte, und ich war nur noch verzweifelt über meine Eitelkeit, die mir verbot, mit diesem Unsinn aufzuhören, mit diesem Zerschmettern von Gips-Zeug, dem niemand nachtrauerte, es schien kein Ende zu nehmen, bis ich, jetzt mit einer eisernen Bauklammer gerüstet, allen Gips zerschlagen oder wenigstens rettungslos verstümmelt hatte, aber nun gab es ja noch die Bronzen, nicht eben viele, immerhin einige, die erste so schwer, daß Schleudern gar nicht in Frage kam, aber ich mußte jetzt einfach durchhalten, auch mit den Bronzen fertig werden, mit den Bronzen vor allem, mit aller Kraft konnte ich die erste gerade heben, ließ sie auf den Boden fallen, als einziger lachend darüber, wie wenig es dieser Bronze ausmachte, einmal oder zweimal oder zehnmal auf den Boden zu poltern, dann zum offenen Fenster damit! Jetzt freilich sprangen sie empor, ängstlich um fremdes Leben irgendwo in einem Hof, der Knall auf dem Wellblechdach war Labsal für mich, o ja, jetzt kam meine Lust an dieser Zerstörung wieder, meine körperliche Kraft auch, Knobel fiel mir in den Arm, hatte aber Angst, daß ich ihm so eine Bronze einfach auf die Füße fallen ließe, und hielt Abstand, so daß ich denn doch, allem Gerede zum Trotz, mit meiner nächsten Bronze wieder das Fenster erreichte, Knall, das Wellblech hallte, und Stimmen brüllten aus dem Hof, ein Alarm von Flüchen, es knallte wie von Schüssen, und von Schweiß überströmt sah ich mich jetzt um, was es noch gäbe, riß Schränke auf, Kleinzeug flog im Bogen zum offenen Fenster hinaus, jemand klingelte Sturm, obschon jetzt nur noch Skizzenbücher flogen, Spachtel, Büchsen und solche Ware, von den Menschen im Atelier sah ich überhaupt nichts, wußte nur um ihre Gegenwart, und solange ich noch irgend etwas fand, die afrikanische Maske, die Banderillas, das keltische Beil, irgend etwas, womit ich das Wellblech da unten ermuntern konnte, war es mir wohl, ach, wohl ist kein Ausdruck, ich war ohne Angst, das Falsche zu tun, und wieder einmal ich selbst. Jedoch der Augenblick, der mir zugleich, wennschon ich jetzt mit mir zufrieden war, bereits als der erbärmlichste Augenblick meines Lebens erschien, der Augenblick nämlich, da ich auf allen Simsen und Gestellen nichts mehr finden konnte, um das Wellblech knallen und scheppern und hallen zu lassen, der Augenblick, wo ich mir nicht vorstellen konnte, was nun folgen sollte, dieser ganz stille und etwas leere, wie jeder andere Augenblick auch vergängliche und gerade dadurch so erbärmliche Augenblick kam natürlich doch ... Ich schwitzte. Knobel war hinausgegangen oder hinunter, um die Leute von der Spenglerei oder Schlosserei zu beruhigen und zu unterrichten, daß der Bronze-Hagel nun zu Ende wäre. Ich versuchte zu lächeln und dann, da es nicht ging, wenigstens zu lachen, sah mich indessen mit meinem Gelächter ganz allein, zu erschöpft, um so allein lachen zu können. Jetzt sah ich auch wieder Julika, die schöne Julika. Sie fand als erste das Wort:

»Und jetzt?«

Julika sitzt, ihren kleinen Fox auf dem Schoß, der sich maßlos über mich aufgeregt hat, nämlich der kleine Fox, jetzt aber bei Julika geborgen ist. Sie ist bei meinem ganzen Getue, glaube ich, nicht aufgestanden. Sie schüttelt nicht den Kopf, sieht mich nur an wie einen Mann, der Wein verschüttet hat oder einer Dame auf das lange Abendkleid getreten ist; es ist verzeihlich, aber peinlich. Aber verzeihlich. Und ich traue meinen Augen nicht: Ihr Gesicht mit den ungemein schönen Augen ist unverwandelt, dermaßen unverwandelt, daß ich mich jetzt selber frage, was ich denn eigentlich erwartet habe. Sie streicht nun ihr rötliches Haar zurecht, überflüssigerweise, denn Julika hat sich ja nicht gerührt; nur ich habe mich mit meinem Getue erhitzt, daß ich aus allen Poren schwitze, mein Hemd ganz genäßt ist, meine Krawatte verwurstelt, und eben darum streicht Julika nochmals ihr rötliches Haar zurecht, eine Geste der Verlegenheit, begreiflicherweise. Wartet sie darauf, daß ich mich entschuldige? Im Treppenhaus hört man ein lautes Geschnorr; es scheint niemand getroffen zu sein, sonst wäre es still. Aber Unwille und Empörung sind groß, begreiflicherweise, ich sehe es ein. Julika hat sich dann eine Zigarette genommen, worauf ich ihr Feuer anbiete. Ja, sie hat recht: Und jetzt? Einige Atemzüge lang, wie ich, das Feuerzeug noch in der Hand, meine Julika betrachte, glaube ich in heiße Tränen auszubrechen und im nächsten Augenblick auf meine Knie zu fallen, beide Hände vor dem Gesicht, bis Julika mein schluchzendes, häßliches, lächerliches Gesicht befreien wird. Ich möchte es, aber es geschieht nicht, es ist, als gingen die Tränen nach innen, und ich stehe unverwandelt wie sie. Ihr Hochmut (ihre Nachsicht) ist so stur und unerschütterlich; wie eine Siegerin, die ja nichts dafür kann, daß ich immer wieder unterliege, oder wie eine Mutter, eher noch wie eine Mutter, die ihren etwas unverbesserlichen Buben trotz allem so liebhat, lächelt sie, und ihre Überlegenheit dünkt mich so bodenlos, ihre Harmlosigkeit so unfaßlich, ihr Gleich-

mut so mörderisch, ihre Echolosigkeit so idiotisch, daß ich, ungläubig wie am ersten Tag, Julika noch immer anstarre. Und wie schön sie ist, ich werde es nie vergessen; ihr rötliches Haar, den Teint wie Alabaster, ihre so mädchenhaften Lippen, ihre vielleicht blauen oder grünen oder vielleicht auch farblosen Augen, ach, so groß und so ungemein schön, wie gesagt, und so lauter und ohne Hintergrund, ihre vornehme Nase mit den etwas großen Nüstern, ach, und ihr entzückendes Ohr, diesen edlen und aufrechten und schlanken Hals mit ihrer eigentlich zarten Stimme daraus. Ich werde es nie vergessen! Und die Grazie etwa ihres Handgelenkes, wenn sie so sitzt und raucht – einen Augenblick lang ist es mir, als werde ich Julika nun an die Gurgel greifen und sie erwürgen. Aber auch das geschieht nicht, versteht sich ... Dann kommt Knobel zurück, meldet meinem Verteidiger den ungefähren Umfang des Schadens.
»Gott sei Lob und Dank«, sagt mein Verteidiger, wenigstens ist kein Mensch verletzt, wenigstens das –!«
Meinem Stiefvater müssen sie erklären, was geschehen ist; der Lärm ist ihm nicht entgangen, und er möchte es wisssen, denn schließlich hat man ihn persönlich hierherbestellt, persönlich, wie er mehrmals betont.

PS.
Jetzt, ich sehe es im vollen Bewußtsein meiner Ohnmacht, wäre der Augenblick da, alles zu sagen, die Wahrheit zu sagen. Aber was ist dieses mein Alles! So wie ich es zu erklären versuche, bleibt nichts mehr übrig. Hätte ich es sonst nicht längst erklärt, dieses mein Alles, diese meine Erfahrung –?
Was ich sagen kann:
Vor etwa zwei Jahren versuchte ich, mir das Leben zu nehmen. Der Entschluß war alt. Dabei war ich, wie vermutlich die meisten Selbstmörder, überzeugt, daß es dann, wenn man es getan hat, einfach Schluß ist, Licht aus, Schluß der Vorstellung. Darin war ich, ohne Zweifel, insofern ohne Angst. Das Mißlingen hatte rein technische Ursachen. Die kleine Schußwaffe, die ich in jener Schindelhütte gefunden hatte, ein altmodisches Ding,

das nach gründlicher Reinigung funktionierte, hatte einen viel leichteren Druckpunkt, als ich es vom Armeegewehr gewohnt war, oder überhaupt keinen. Vermutlich ging die Waffe vorzeitig los, so daß das Projektil (in der betreffenden Schublade war ein einziger Schuß von dieser alten Munition zu finden gewesen) den Schädel nur streifte, ohne einzudringen, rechts über dem Ohr. Später zeigten sie mir das Röntgen-Bild. Ich erinnere mich: mein Kopf wurde von zwei Händen wie von zwei Klammern gehalten, über mir das Antlitz von Florence, die als einzige den Schuß gehört hatte, und dann war alles weg: bis auf eine runde Öffnung in der Ferne (als Buben krochen wir manchmal durch einen Abwasserkanal, das ferne Loch mit Tagesschein erschien viel zu klein, als daß man je herauskommen könnte; genau so!), und der Zustand war unerträglich, dabei nicht schmerzhaft. Eher sogar Sehnsucht nach Schmerz. Das Gefühl, gerufen zu werden, selber keine Stimme zu haben. Ein verzweifeltes Verlangen, einzuschlafen, und dabei die Gewißheit, nie wieder schlafen zu können. Später, bereits im City-Hospital, soll ich in diesem Sinn gesprochen haben, um Schlaf bittend. Ich glaube nachträglich, die entsetzliche Pein bestand darin, plötzlich nichts mehr zu können, nicht rückwärts, nicht vorwärts, nicht stürzen zu können, kein Oben und kein Unten mehr, dennoch vorhanden zu bleiben, rettungslos ohne Schluß, ohne Tod. Wie man ja in Träumen mitunter genau weiß, daß es Traum ist, wußte ich, daß dies nicht der Tod ist, auch wenn ich jetzt sterbe. Es war, fade gesprochen, eine große Verblüffung, etwa wie wenn man von einer Mauer springen würde, um sich zu zerschmettern, aber der Boden kommt nicht, er kommt nie, es bleibt Sturz, nichts weiter, ein Sturz, der auch wieder gar keiner ist, ein Zustand vollkommener Ohnmacht bei vollkommenem Wachsein, nur die Zeit ist weg, wie schon gesagt, die Zeit als Medium, worin wir zu handeln vermögen; alles bleibt wie gewesen, nichts vergeht, alles bleibt nun ein für allemal. Ich bekam Spritzen, wie man mir später sagte, in kurzen Intervallen. Diese Linderungen, Stärkungen, Betäubungen, für den empfindlich verletzten Körper wohl notwendig, waren es wahrscheinlich, was mich jedesmal dem Schrecken wieder näher brachte, der dann in Dämmerzuständen sein bildliches und dem Gedächtnis begreiflicheres Echo hatte. So wenigstens denke ich es mir; ich habe nie mit jemandem darüber gesprochen. Kann man denn hierüber sprechen? Ich kann hier lediglich sagen, daß es dieser Schrecken ist, was ich ›meinen Engel‹ nenne ... (Unterbrochen durch Mitteilung: Die heutige Schlußverhandlung mit Urteilsspruch, ursprünglich auf 16.00 Uhr angesetzt, ist auf vormittag 10.30 Uhr verlegt worden.)

Wie gesagt, ich habe noch nie mit jemandem über diese Angelegenheit gesprochen, mit Recht; man kann etwas Unverständliches nicht verständlich machen, ohne es gänzlich zu verlieren, und ich merke auch jetzt, wie ich bei dieser Erklärung unwillkürlich versuche, die Dinge zu reimen, um allem ›einen Sinn zu geben‹. Dabei habe ich gar nichts zu geben. Ich habe den ›Sinn‹ lediglich empfangen. Und ich habe ihn zu wahren ... Von den Träumen, die damals kettenweise kamen, weiß ich selber nur noch wenig, da ich sie niemand habe mitteilen können. (Einmal besuchte mich Florence, die Mulattin, in jenem City-Hospital; ich verstand sie recht genau, ohne meinerseits mehr als vereinzelte Wörter sprechen zu können.) Einer der Träume: – Im Augenblick, da ich ›Little Grey‹ erwürge, weiß ich, daß es gar nicht die Katze ist, sondern Julika, die lacht, ein Lachen, wie ich es nie an ihr gekannt habe. Julika überhaupt ganz anders, lustig, ich würge die Katze mit aller Kraft, Julika höhnt mich vor einem Publikum, das ich nirgends sehe, die Katze wehrt sich nicht, aber springt nachher wieder auf den Fenstersims, leckt sich, Julika gar nie meine Frau gewesen, alles nur Einbildung von mir ... Ein anderer Traum: In meinem Bett liegt Mutter, gräßlich, obzwar lächelnd, eine Puppe aus Wachs, Haare wie Bürstenborsten, mein großes Entsetzen, ich versuche das elektrische Licht anzudrehen, es geht nicht, ich versuche Julika anzurufen, es geht nicht, alles unterbrochen, Finsternis in der ganzen Wohnung, wobei ich doch die Mutter aus Wachs genau sehe, in einem äußersten Grad von Grauen knie ich nieder mit

Schrei, um zu erwachen, in meinen Händen plötzlich ein Osterei so groß wie ein Kopf... Andere Träume weiß ich noch weniger. Alle gingen um dasselbe, schien mir, und in Dämmerzuständen ging's weiter, zum Beispiel...
(Unterbrochen durch Dr. Bohnenblust, meinen Verteidiger, der die gleiche Mitteilung mündlich macht. Ich solle mich bereithalten.)

Eigentlich kann ich bloß sagen: Ich habe damals eine Ahnung erlebt. Nicht die Scham verbietet mir, sie auf den Tisch zu legen, sondern ich kann es einfach nicht. Vor mir selbst habe ich mich jener Handlung nie geschämt. Ich hatte ein Leben, das nie eines gewesen war, von mir geworfen. Mag die Art, wie ichs gemacht hatte, lächerlich sein! Es blieb mir die Erinnerung an eine ungeheure Freiheit: Alles hing von mir ab. Ich durfte mich entscheiden, ob ich noch einmal leben wollte, jetzt aber so, daß ein wirklicher Tod zustande kommt. Alles hing nur von mir ab, ich sagte es schon. Näher bin ich dem Wesen der Gnade nie gekommen. Und daß ich mich, einer Gnade gewiß, zum Leben entschieden hatte, merkte ich daran, daß ein rasender Schmerz einsetzte. Ich hatte die bestimmte Empfindung, jetzt erst geboren worden zu sein, und fühlte mich mit einer Unbedingtheit, die auch das Lächerliche nicht zu fürchten hat, bereit, niemand anders zu sein als der Mensch, als der ich eben geboren worden bin, und kein anderes Leben zu suchen als dieses, das ich nicht von mir werfen kann. Das war vor etwa zwei Jahren, wie gesagt, und ich war bereits achtunddreißig. Am Tag, als ich endlich das City-Hospital verlassen durfte... ---
(Wieder unterbrochen!)

Das Urteil, das gerichtliche, wie erwartet: Ich bin (für sie) identisch mit dem seit sechs Jahren, neun Monaten und einundzwanzig Tagen verschollenen Anatol Ludwig Stiller, Bürger von Zürich, Bildhauer, zuletzt wohnhaft Steingartenstraße 11, Zürich, verheiratet mit Frau Julika Stiller-Tschudy, derzeit

wohnhaft in Paris, und verurteilt zu einer Reihe von Bußen betreffend die Ohrfeige gegenüber einem eidgenössischen Zollbeamten, betreffend staatsbürgerliche Versäumnisse aller Art, Versäumnis der Abmeldepflicht (infolgedessen liegen heute insgesamt 107 Mahnungen von verschiedenen Ämtern vor); ferner Schulden betreffend Staatssteuer, Militärsteuer, Alters- und Hinterbliebenen-Versicherung, ferner Schadenersatz betreffend ein eidgenössisches Armeegewehr, zusätzlich ein Drittel der Gerichtskosten, total 9361.05 Franken, zahlbar binnen dreißig Tagen nach Unterzeichnung des vorliegenden Urteils. Ferner: bei Abschluß dieses Verfahrens bleibt die Untersuchungshaft aufrechterhalten, bis in einem zweiten Verfahren, sofern gegen das erste keine Appellation eingereicht wird, eventuelle Zusammenhänge mit der seinerzeitigen Affäre Smyrnow abgeklärt sind.
Verzichte auf ein Schlußwort –
Verzichte auf die Appellation –
Frau Julika Stiller-Tschudy, mit heutigem Datum meine gesetzliche Gattin, ist jetzt damit beschäftigt, Herrn Dr. Bohnenblust, meinen amtlichen Verteidiger, etwas zu vertrösten; tatsächlich hat dieser Mann sich die denkbar größte Mühe gegeben und hätte heute eine herzhafte Gratulation von meiner Seite jedenfalls verdient; ich hatte denn auch vor, eine Art von Dankbarkeit zum Ausdruck zu bringen, vergaß es dann leider. Herr Direktor Schmitz, der Millionär, ist ebenfalls zur Verhandlung erschienen, er hat mit dem heutigen Datum bereits seine Ehrverletzungsklage eingereicht. In der Smyrnow-Geschichte werde ich die Bundespolizei, die mich jetzt übernimmt, sehr bald enttäuschen; sofern der gute Theo Hofer, mein ehemaliger Spanien-Kamerad, ein Tscheche, der später in der Bronx, Neuyork, als Coiffeur arbeitete und mich damals nach der Ankunft beherbergt hat, noch am Leben ist, dürfte mein Alibi für den fraglichen 18.1.1946 in wenigen Tagen zu erbringen sein.
Eben höre ich Julika durch den Korridor kommen –
Mein Engel halte mich wach.

PS.
Wilfried Stiller, mein Bruder, habe sich bereit erklärt, den Betrag von Franken 9361.05 zu übernehmen. Ich danke ihm!

Zweiter Teil
Nachwort des Staatsanwaltes

Wir haben es bedauert, daß Stiller den vorliegenden »Aufzeichnungen im Gefängnis« – sie sind hier, mit Genehmigung der Beteiligten, die heute noch leben, ohne jede Kürzung und selbstverständlich unverändert wiedergegeben – keine »Aufzeichnungen in der Freiheit« hat folgen lassen. Unser gelegentliches Drängen in dieser Richtung hat Stiller nicht einen Tag lang beirrt. Er hatte keinerlei Bedürfnis dazu. In der Folge haben wir übrigens unser Drängen selber als Irrtum begriffen. Sein Verstummen, wenn man es einmal so nennen will, war ja in der Tat ein wesentlicher, vielleicht sogar der entscheidende Schritt zu seiner inneren Befreiung, die wir nicht allein an unserem Freund zu erkennen vermochten, sondern deutlicher noch an seinen Nächsten, an einer kaum merklichen und eigentlich langsamen, jedoch wirklichen Verwandlung unseres Verhältnisses zu ihm. Es wurde möglich, sein Freund zu sein; Stiller war frei geworden von der Sucht, überzeugen zu wollen.

Es erübrigt sich, hier nochmals auf jene sogenannte Smyrnow-Affäre näher einzugehen. Sein Alibi für das fragliche Datum war einwandfrei; tatsächlich war Stiller lange vor dem 18. 1. 1946 in Neuyork angekommen, wo er die ersten Wochen, wie sich belegen ließ, bei seinem tschechischen Bekannten gewohnt hatte. Den Beweis hierfür konnte Stiller allerdings erst erbringen, nachdem er endlich darauf verzichtet hatte, seine Identität zu bestreiten. Sein Gleichmut gegenüber dem erwähnten Verdacht schien mir von allem Anfang an echt zu sein, echter als die meisten anderen Äußerungen in der Untersuchungshaft. Anderseits war es für die Behörden, ohne persönliche Kenntnis dieses Mannes, nicht einzusehen, warum Stiller so hartnäckig seine offenkundige Identität zu bestreiten suchte, und es drängte sich auf, alle denkbaren Zusammenhänge mit bisher unaufgeklärten Delikten mindestens zu prüfen, ja, es war die Pflicht der verantwortlichen Behörden, dies zu tun. Unter diesen unaufgeklärten Delikten, die ins Auge gefaßt werden mußten, befanden sich auch zwei zürcherische Mordfälle; hiervon wußte Stiller indessen nichts. In sämtlichen Fällen kam man bald zu einem eindeutig negativen Ergebnis, und die Freilassung erfolgte noch im gleichen Monat.

Stiller lebte vorerst in einer kleinen Pension am Genfer See, begleitet von seiner Frau, die entschlossen war, wieder mit ihm zusammen zu leben. Wie sich dieses Zusammenleben gestalten sollte, konnten sich wahrscheinlich beide nicht ohne weiteres vorstellen. Meinerseits war ich mehr als gespannt. Unser kleines, primitives, doch heizbares Ferienhaus auf der Forch hatte er lieber nicht beziehen wollen, »weil doch verdammt nahe bei Zürich«. Zum Glück hatte die Vaterstadt ihm als Aufmunterungsgabe, wenn auch nach zähen Widerständen innerhalb der Kommission, zweitausend Franken zukommen lassen; das bedeutete damals für ein Ehepaar immerhin Lebensunterhalt für zwei oder fast drei Monate. Davon und im übrigen von der Hoffnung auf weitere Wunder lebten sie also am Genfer See. Wir konnten uns freilich Stiller in diesem Territet nicht vorstellen. Unseres Erinnerns bestand dieses Territet aus lauter Hotels, Tennisplätzen, Seilbähnchen und Chalets mit Türmchen und Gartenzwergen; doch freundschaftliche Beziehungen hatten ihnen dort ein freundschaftliches Arrangement verschaffen können. Ihr vollkommenes Schweigen auch über Weihnachten begann uns zu beunruhigen. Endlich in einem ersten Brief noch mit der Anrede »Lieber Freund und Staatsanwalt!« bat Stiller um einen elektrischen Kocher, leihweise; es war Winter, und außer einem warmen, im Arrangement inbegriffenen Frühstück lebten sie von kaltem Picknick in ihrem Hotelzimmer. Stiller bedankte sich in jenem kurzen Brief »für alles« mit einer alarmierenden Unterwürfigkeit. Wir hatten damals Angst um die beiden; ein vielleicht nettes, in jedem Fall aber beziehungsloses Hotelzimmer an einem toten Kurort schien uns die unseligste Szenerie für eine Wiederbegegnung dieses Ehepaares zu sein. Endlich, an einem Wochenende anfangs Februar, fuhren wir nach Territet, meine Frau und ich, und trafen die beiden, von der Sonne gebräunt, in einem wirklich netten, schmalen, dafür mit einem Balkönlein versehenen Hotelzimmer; ihre gestapelten Koffer machten es noch schmaler. Um so weiter wirkte der Genfer See vor dem Fenster. Stiller gab sich fröhlich, etwas zu fröhlich, nahm seine Frau am Arm und stellte vor: »ein schweizerisches Inland-Emigranten-Ehepaar«. Jede Frage nach ihrer Zukunft wurde vermieden. Unten im Speisesaal kamen wir alle nicht über eine ziemlich mühsame Konversation hinaus; dabei war das Hotel beinahe leer, der Betrieb gewissermaßen familiär, und dennoch saßen Stiller und seine Frau in einer Befangenheit, als hätten sie noch nie vor einem weißen Tischtuch gesessen. Außer uns gab es in dem Speisesaal nur wenige Leute, einen greisenhaften Engländer, teilweise gelähmt, so daß die Nurse ihm das Fleisch zerschneiden mußte, ferner einen französischen Marquis mit einem Buch über der Suppe, lauter Außenseiter, Einsame, ausgenommen ein deutsches Liebespaar, dessen Eheringe, wie ich sofort sah, nicht aus dem gleichen Gold waren, zwei Glückliche von auffallender Schüchternheit. Ein junger Kellner, Deutschschweizer, brachte sie mit seinem Französisch vollends zum Erröten. Jedenfalls sahen wir keinen Grund, weswegen Stiller und seine Frau so verschüchtert waren. Leider regnete es über das ganze Wochenende. Spazieren kam nicht in Frage, und Stiller und seine Frau scheuten sich vor einem Aufenthalt in der menschenleeren Halle. So saßen wir denn fast die ganze Zeit in ihrem schmalen Hotelzimmer zwischen Koffern. Ich erinnere mich nicht mehr an ein bestimmtes Gespräch, eher noch an ihre Erscheinung. Seine Frau, elegant auch in ausgetragenen Kleidern, ging fast immer hin und her, sprach so gut wie nichts, hörte zu und rauchte ohne Unterlaß. Sie kamen uns wie Russen in Paris vor, oder wie meine Frau meinte: wie deutsche Juden in Neuyork; nichts gehörte zu ihnen. Frau Julika und meine Frau sahen einander zum erstenmal, über das Höfliche hinaus redeten sie kaum ein Wort zusammen. Stiller versuchte es öfters mit seinem Humor. Alles in allem war es bedrückend, ein endloser Nachmittag mit Regen am Fenster, Tee und viel Rauch, eigentlich eine Enttäuschung; wahrscheinlich für alle Teile. Ihr Geld ging zu Ende, das war unschwer zu erraten. Eine Arbeit zu finden, einigermaßen ihren nicht sehr gefragten Fähigkeiten gemäß, schien so gut wie unmöglich zu sein. Eine Rückkehr in die Pariser Tanzschule, die übrigens nicht Frau Julika, sondern jenem Monsieur Dmitritsch gehörte, kam wohl auch nicht in Frage. Stiller lachte über diese blanke Aussichtslosigkeit. Frau Julika stand, wartend auf das Wasser im elektrischen Kocherchen, die schlanken Hände in den Taschen ihres Tailleurs, rauchend, und Stiller hockte auf einem Koffer, seine Hände um das emporgezogene Knie gefaltet; so und nicht viel anders, hatte man das Gefühl, werden sie auch unter vier Augen leben, freundlich, daher eher wortarm, zwei Gefesselte mit der Vernünftigkeit, sich zu vertragen. Stiller bat um Bücher.

Lange hörten wir nichts von ihnen. Auch ich wußte nichts zu schreiben, nach unserem Besuch weniger denn zuvor. Ich hatte es wohl im Sinn. Es wäre gut gewesen, doch wußte ich nicht wie. Auf eine umfängliche Büchersendung, darunter ein Band Kierkegaard, erfolgte keinerlei Antwort. Monatelang schien es das Ehepaar Stiller nicht zu geben. Zumindest hielten wir ihre Adresse nicht mehr für gültig. An Menschen, deren Leben man sich nicht vorzustellen vermag, denkt man wenig, selbst in einem Fall, wo man sich einbildet, daß sie uns brauchen könnten. Ich vernachlässigte sie damals vollkommen; meine Frau hinwiederum hatte andere Gründe, weswegen sie glaubte nicht schreiben zu können, jedenfalls achtbare Gründe.

Nach einem halben Jahr etwa, im Spätsommer, kam der übermütig klingende Brief, worin Stiller mitteilte: »Vom lieben Gott für alle Monate in der Untersuchungshaft belohnt, haben wir soeben das Haus unseres Lebens gefunden, gemietet und bezogen, une ferme vaudoise!« Wir atmeten auf. Es schien ein ausgesprochener Glücksfall zu sein. Ein märchenhaft geringer Mietzins ließ auf eine ebenso märchenhafte Verlotterung schließen, doch wurde unser Freund nicht müde, seine ›ferme vaudoise‹ in ausgiebigen Schilderungen zu loben. Jedenfalls schien er recht glücklich zu sein. Wir hatten uns vorzustellen ein behäbiges Haus, ursprünglich ein waadtländisches Bauernhaus, vielleicht auch ein Winzerhaus, darüber war sich Stiller nicht klar; dazu einen Rebhang, irgendwo eine alte Trotte mit einer

Ehrfurcht erweckenden Jahreszahl, eine luftige Scheune als Atelier von hinreichendem Ausmaß, ferner eine Allee mit großen Platanen, die der ganzen Liegenschaft einen Zug ins Herrschaftliche gab. Je nach Brief waren es nicht Platanen, sondern Ulmen. Die Scheune ging in späteren Briefen überhaupt verloren. Dafür tauchten nun andere Erfreulichkeiten auf; plötzlich schrieb Stiller vom alten Ziehbrunnen im Hof, dessen Schmiedekunst er uns zeichnete, vom Bienenhaus oder vom Rosengarten. All dies schilderte er mit liebevoller Gemütlichkeit als etwas verwildert, etwas verrostet, etwas versiegt, und alles war von dunklem Efeu überwuchert. Unsere Vorstellungskraft hatte zuweilen Mühe, zumal wir die Gegend um Glion eigentlich kennen. Es war anzunehmen, daß unser glücklicher Freund ein bißchen übertrieb. Skizzen von seiner Hand zeigten ein steiles Ziegeldach mit Walmen am Firstende, wie es im Waadtland üblich ist, ringsum ein Plateau mit Obstbäumen, dahinter die Berge von Savoyen; die Allee mit den achtzig Ulmen fehlte. Meine Frau gestattete sich eine diesbezügliche Nachfrage! Eine gesonderte Skizze, als Skizze so reizvoll, daß wir sie in einem Passepartout aufhängten, zeigte den Innenraum mit einem großen bäurischen Rauchfang, Frau Julika davor als kniende Feuermacherin; am Rande des Blattes eine herzliche Einladung zur Raclette.
»Wann kommt Ihr nun?« begann bald jeder Brief, in einem Nachsatz schrieb er: »Ich muß Dich nochmals dringend aufmerksam machen, daß Du nicht mit dem Wagen hierherkommen kannst. Niemand kann Dir den Weg sagen. Stelle Euren Wagen einfach in Montreux ein. Ich hole Dich dann ab; anders wirst Du meine ferme vaudoise nie finden!«
Der Winter kam, und wir trafen Stiller nicht. Er hatte nicht das Geld, um nach Zürich zu kommen, und nicht das Bedürfnis, auch wenn man ihn eingeladen hätte. Auch der Frühling verging ohne Begegnung. Heute verwundert es mich. Stiller schrieb uns ziemlich häufig; in seinen Briefen erschien zwar Frau Julika nicht selten. Wir wußten, daß sie eine Zeitlang in einem Lebensmittelgeschäft als Aushilfe arbeitete. Über das

Eigentliche indessen, über ihre Ehe miteinander, äußerten sich seine Briefe auch nicht einmal mit einer Anspielung. Statt dessen beschrieb er Sonnenuntergänge über zwei und drei Seiten. Im Grunde schwieg er; ich empfing seinen Brief jedesmal wie eine Flaschenpost, die den äußeren Standort meldet, und hatte wohl kein Recht, sein Schweigen aufzubrechen wie in Verhören, sei es mit offener oder verfänglicher Frage oder mit herausfordernder Mißdeutung. Er bemühte sich, spaßig zu schreiben.

»Du glaubst wohl nicht«, schrieb er wieder, »daß ich das Haus meines Lebens gefunden habe. Warum kommt Ihr nicht? Ich gestehe, daß man Schloß Chillon sieht und die Dents du Midi, bei Westwind hörst Du auch die Bundesbahn, Lautsprecher von einer internationalen Regatta, Tingeltangel vom sommerlichen Tanz unsrer Kurgäste, und ich leugne nicht, daß man von hier auch einige Hotels von Montreux sieht, eigentlich alle, aber wir sind einfach drüber, weißt Du, auch innerlich drüber. Du wirst ja sehen! Im Keller, das habe ich Dir noch gar nie geschrieben, stehen leere Fässer, da kannst Du hineinrufen, daß es Dir selber gruselt vor Deiner Stimme, und wenn Du ganz still bist, hörst Du die Mäuse im Gebälk, vielleicht auch Ratten, jedenfalls ein Zeichen, daß das Gebälk echt ist, und darauf kommt's an, siehst Du, alles ist hier echt, sogar die Schwalben unter meinem Dach, das ich jetzt eine liebe Woche lang geflickt habe zu Julikas unentwegtem Entsetzen, ich könnte ausrutschen. Dabei bin ich jetzt die Vorsicht in Person, ich hänge am Leben wie noch nie, dann hat man immer so ein Gefühl, der Tod sei einem auf den Fersen, das ist natürlich, dieses Gefühl, ein Zeichen von Leben, weißt Du. Im Ernst, ich habe das noch selten erlebt: ich freue mich fast immer auf den nächsten Morgen und bitte nur darum, daß der morgige Tag so sei wie der eben vergangene, denn die Gegenwart genügt mir in einem manchmal bestürzenden Maß. Und dann werde ich mir jetzt eine Werkstatt einrichten, kann ja nicht immerzu nur Deinen Kierkegaard lesen und so schweres Zeug, muß jetzt Reben binden, dann Unkraut jäten, ferner Schmirgelpapier kaufen, Kunstdünger, Schneckenpulver, dann

Holz spalten, Du siehst: retour à la nature. Übrigens sage Deiner Frau, es sind nicht Platanen, sondern Ulmen, leider krank wie heutzutage fast alle Ulmen, niemand kann's erklären, die Ulmen mögen unsere Zeitläufe nicht, und daß sie gefällt werden müssen, schmerzt uns in der Seele, wennschon sie unserem Nachbarn gehören. Wirst Du sie noch sehen? Ich erwarte Dich jetzt schon, im Geiste, dort unten auf dem Perron von Montreux; dann führe ich Euch einen ziemlich steilen, steinigen, von Rebmauern umfaßten und im Sommer wie ein Backofen glühenden, im Herbst aber luftigen, übrigens seit Jahrzehnten vermoosten, heutzutage nur noch von Holzsammlern und vom Ehepaar Stiller (sprich Stillääär) begangenen vieux sentier. Aber was soll ich Dir dieses Land hier beschreiben! Lies es bei Deinem und nun auch meinem geliebten Ramuz. Wann kommt Ihr nun endlich? Ich bitte: bevor das alte Gemäuer zerfällt, das Moos meine Füße überwuchert und der Efeu aus unseren Augen wächst.«

Bei solchen Briefen erinnerten wir uns nicht ohne Lächeln an Stillers frühere Spöttelei über das ländliche Leben als ›Reduit der Innerlichkeit‹; nun schien er sich in seiner ›ferme vaudoise‹ wohler zu fühlen als je. Besonders erleichterte uns auch die Mitteilung, daß Frau Stiller eine sinnvolle Halbtagsarbeit hatte finden können; in Montreux gab sie Rhythmische Gymnastik in einer Mädchenschule. Und Stiller hatte sich inzwischen selbst eine Arbeit geschaffen. Zum Geburtstag meiner Frau kam eine ganze Sendung von Keramik, Schalen und Krüge und Teller, lauter nützliche Ware. Davon hatte Stiller nie etwas verlauten lassen. Jetzt schrieb er zu seiner Sendung:

»Hier in Glion, müßt Ihr wissen, falls Ihr jemals kommt, bin ich jetzt ein Keramiker von Geburt an. Ich großverdiene jetzt. Und wenn ich einmal eine eigene Brennerei habe, wird es ausarten. Aber dann, wenn ich erst genug habe von der Geldmacherei, gehe ich hinauf nach Caux, das ja ganz in meiner Nähe ist, zehn Minuten mit dem Bähnchen; aber noch bin ich nicht soweit. Noch brenne ich nicht selbst. Ich verkaufe vorzugsweise an Amerikaner von Geschmack. An meinem Gartentor steht:

Swiss pottery. Gerade Amerikaner, die etwas von Töpferei verstehen, sind nicht selten verblüfft, in diesem Lande fast die gleichen Ornamente zu finden, wie ich sie bei den Indios unterhalb Los Alamos, Arizona, und besonders in dem indianischen Museum von Santa Fé mit eigenen Augen auch gesehen habe.« Seine Lust an Eulenspiegelei hat Stiller nie verlassen. Er brauchte ein gewisses Maß von Verstellung, um sich unter Menschen wohl zu fühlen. Als meine Frau anläßlich einer Reise nach Südfrankreich, damals allein mit den Kindern, Stiller in seinem Glion kurz besucht hatte, fragte ich sie nach seiner ›ferme vaudoise‹; sie lachte nur hellauf. Ich müßte es mir schon selber ansehen! In Wirklichkeit ging es wohl nicht so märchenhaft wie in seinen Briefen. Frau Stiller mußte immer wieder einmal ›in die Höhe‹. In diese Zeiten seines Alleinseins fielen auch immer seine nächtlichen Anrufe. Sie waren oft lästig, denn oft hatte man gerade Gesellschaft. Meistens hatte Stiller schon etwas getrunken, redete jetzt von Kierkegaard und gab vor, unbedingt meine Erläuterung zu brauchen. Dabei befand Stiller sich in einer Wirtschaft; infolge Insolvenz war sein eigenes Telefon wieder gesperrt. Ich war nie ein Kenner Kierkegaards; den Band hatte ich ihm geschickt auf Grund eines Gesprächs über die Schwermut als Symptom der ästhetischen Haltung gegenüber dem Leben. Im Augenblick seines nächtlichen Anrufs hatte ich das Buch nicht zur Hand, Stiller ebensowenig. Vor allem hatte er in Kierkegaard offenkundig noch kaum gelesen, und also mußte es ihm um anderes gehen. Er hing eine Viertelstunde und länger, oft eine halbe Stunde am Apparat, wahrscheinlich nur um eine Stimme zu hören. Aus dem Hintergrund vernahm ich die Geräusche der Wirtschaft, Lärm von einem Spültisch, Lärm von einem Fußballspielapparat. Stiller war kaum zu verstehen. Er muß mich oft als einen kleinlichen Sparer empfunden und in seinem Herzen verflucht haben. Ich kannte seine wirtschaftliche Lage und drängte auf Schluß dieser kostspieligen Gespräche. Wahrscheinlich konnte ich mich nicht genug in seine Lage versetzen. Seine Späße täuschten mich nicht über den Grad seiner Einsamkeit, über sein Verlangen nach einem Freund. Gerade das deutliche Gefühl hiervon machte mich sehr hilflos. Allzu oft konnte ich einfach das Erwartete nicht liefern, denn ich hatte es nicht, und insofern tat er mir Unrecht mit seiner oft ganz plötzlichen Frage: Bist du geizig? Dann aber fuhr er fort: Rede doch etwas, es ist ja egal, aber rede doch etwas! Und regelmäßig schloß er mit der Wendung: Wenn du je nach Glion kommst, was ich ja nicht mehr glaube –! und verstummte, ohne seinen Hörer aufzuhängen. Ich sagte dann mehrmals Adieu, hörte weiterhin die Geräusche des Spültisches oder die Bestellungen einer welschen Kellnerin am Buffet. Stiller wartete grußlos auf das Abhängen meinerseits. Wir fürchteten diese nächtlichen Anrufe. Oft nahmen wir unser Telefon einfach nicht ab, er versuchte es bis zwei Uhr nachts. Wir hatten einander mehr als anderthalb Jahre nicht gesehen, als ich an einem sonnigen Oktobertag endlich in Montreux ausstieg. Auf dem Perron erkannte ich ihn nicht sogleich: mein eigener früherer Anzug machte eine recht bürgerliche Erscheinung aus ihm, und merkwürdigerweise tat Stiller nicht einen einzigen Schritt auf mich zu. Unsere Begrüßung war nicht unbefangen. In Anbetracht seines steinigen und steilen ›vieux sentier‹ hatte ich lediglich eine Mappe mitgenommen; Stiller wollte sie abnehmen, was ich verweigerte. Als Erscheinung war Stiller in einem verwunderlichen Grad unverändert, sein spärliches Haar etwas grauer und noch etwas spärlicher, seine Glatze noch umfassender. Mein alter Anzug war ihm vor allem an den Ärmeln zu kurz und gab ihm etwas Jungenhaftes. Stiller erkundigte sich sofort nach meiner Frau, dann sehr herzlich auch nach den Kindern; er hatte die Kinder ja gesehen. Und nach wenigen Schritten schon machte uns das Gespräch keinerlei Mühe mehr. Daß ich anderthalb Jahre hatte vergehen lassen bis zum Wiedersehen, kam teilweise wirklich aus beruflichen Verhinderungen, teilweise aber auch nicht; das spürte ich jetzt. Ich hatte wohl eine bestimmte Angst vor diesem Wiedersehen; unsere Freundschaft gründete sich in der Zeit seiner Untersuchungshaft, und es hätte ja sein können, daß sie nun gegen unseren Wunsch überholt war, eine Reminiszenz anstatt einer Gegenwart. In Montreux kaufte Stiller noch Wein, St. Saphorin, »um in der Gegend zu bleiben«. Zwei Flaschen zwängte er in die Rocktaschen und hielt die dritte am Hals wie eine Handgranate; so gingen wir los. Tatsächlich, und fast zu meiner Überraschung, gab es einen ›vieux sentier‹ nach Glion. Steinig und steil, wie beschrieben, führte er zwischen Rebmauern in die Höhe. Wir spürten mit der Zeit unsere reiferen Jahre, etwas außer Atem blieben wir stehen und sahen Schloß Chillon, unter uns Territet mit seinen Hotels, Tennisplätzen, Funiculaires und Chalets, darüber hinaus aber den großen blauen Genfer See. Man fühlte sich hier schon beinahe am Mittelmeer. Einmal die kitschigen Chalets außer acht gelassen, hat diese Landschaft eine befreiende und für unser Land ungewöhnliche Großzügigkeit. Wo an diesem verschandelten Hang nun eine ›ferme vaudoise‹ liegen könnte, war mir allerdings rätselhaft. Auch mußten wir schon bald in Glion sein. Unser Gespräch ging um Weinbau, dann um den Begriff der Kultur, der Muße als Voraussetzung der Kultur und um die Noblesse der Genüsse, um den fundamentalen Unterschied zwischen Kartoffel und Rebe, um die spirituelle Heiterkeit aller Landstriche mit Weinbau, um Zusammenhänge zwischen Luxus und Menschenwürde und so fort – Ich übersah nicht das Schildchen an dem eisernen Gartenzaun: ›Swiss pottery‹. Ohne Unterbrechung des Gesprächs führte mich Stiller, nachdem er das rostige Törlein mit seinem Fuß aufgestoßen hatte, über einen moosigen Kiesweg, an allerlei Gartenzwergen vorbei, zum Haus seines Lebens. Die Verlotterung allerenden rechtfertigte den Mietzins auf den ersten Blick. Vasen aus verschnörkeltem Gußeisen, teilweise beschädigt, eine Aphrodite oder Artemis aus Sandstein mit gebrochenem Arm, ein kleiner Dschungel, was wohl der Rosengarten sein sollte, viel Treppen überall, schief, links und rechts mit Balustraden versehen, einige sind verbröckelt und zeigen, daß alles nur Zement ist, ein veralgtes Brunnenbecken, ein altes Hundehaus, Terrassen voll Unkraut, das etwa war der Garten, bevölkert von einer beträchtlichen Zahl fröhlicher Gartenzwerge aus bunter Keramik, teilweise geborsten, teilweise unversehrt. Noch hielt ich es lediglich für einen Durchgang zu seiner eigenen Liegenschaft. Stiller redete und redete, unbehelligt von der skurrilen Umwelt, die ihm ja bekannt war. Das Haus selbst, ein Chalet, war glücklicherweise von viel Efeu überwuchert, nur der obere Teil blieb in seiner Kitschigkeit sichtbar, ein Türmlein aus Backstein mit niedlichen Schießscharten; dabei eine hölzerne Fassade mit wuchernder Verschnörkelung, wie mit einer Laubsäge gemacht, anderswo Quader aus Tuffstein, all dies vereinigt unter einem maßlos vorspringenden Dach und dabei gar nicht groß, eher winzig, wie ein Spielzeug, ich traute meinen Augen nicht. Es war ein Schwyzerhüsli, teilweise mit einer schottischen Burg fern verwandt. Stiller zog nun seine zwei Flaschen aus den Rocktaschen, kramte einen Schlüssel aus seiner Hose hervor und erklärte, Frau Julika würde etwa in einer Stunde aus ihrer Mädchenschule kommen. Wir befanden uns also am Ort. Wie bei vielen Chalets dieses Stils gab es auch hier eine Tafel aus falschem Marmor mit der goldenen, bei einzelnen Lettern schon schwärzlichen Anschrift MON REPOS. Das Innere brachte keine Überraschungen mehr. Ein hölzerner Bär war bereit, Schirme in Empfang zu nehmen, darüber ein fleckenweise blinder Spiegel. Es war ein sonniger Nachmittag, und an alle Zimmerdecken spiegelte das Licht des Genfer Sees auf grauer Stukkatur oder auf entblößten Schilfrohrmatten. Ein grünliches Licht, wie von einem Aquarium, kam durch die Veranda mit Jugendstil-Verglasung. Die Bundesbahn hörte man wie schätzungsweise in der Wohnung eines Bahnwärters, und ganz in der Nähe säuselte bereits auch das geschmierte Drahtseil eines Funiculaire. Stiller war beschäftigt, so daß ich mich umsehen konnte oder mußte, um die Zeit zu vertreiben; er stellte unseren Weißwein unter einen kalten Wasserstrahl. Später saßen wir im Freien draußen, umgeben von den immerlustigen Gartenzwergen, auf einer moosigen Balustrade, und endlich mußte ich es doch sagen: »Das also ist deine ferme vaudoise?!« Stiller schien auf einen Unterschied zwischen Schilderung und Realität überhaupt nicht einzugehen, er sagte lediglich: »Daß du meine achtzig Ulmen nicht mehr erlebt hast, ist ein Jammer; jetzt hat man sie gefällt, sie waren krank, heißt es.« Und damit war der Scherz erledigt. Ich fragte: »Wie geht's dir?« und hatte den Eindruck, daß Stiller sich vorgenommen hatte, nicht zu klagen. »Wie geht's denn deiner Frau?« fragte er zurück. Auch in den weiteren Gesprächen mied er es, ihren Namen in den Mund zu nehmen; ich weiß nicht warum. Sonst erkundigte er sich nach niemand, und unser Gespräch war eigentlich sehr mühsam. »Warum stellst du diese Gartenzwerge nicht in den Schopf?« fragte ich, um etwas zu reden, und Stiller zuckte die Achsel: »Ich habe keine Zeit, ich weiß nicht, sie stören mich nicht!« Und trotz allem hatte ich das Gefühl, daß der Besuch ihn erfreute. »Wenn Julika kommt«, sagte er, »trinken wir unseren Wein!« Unterdessen rauchten wir ... Ich erinnere mich an jene etwas nichtssagende Viertelstunde sehr genau. Was macht der Mensch mit der Zeit seines Lebens? Die Frage war mir kaum bewußt, sie irritierte mich bloß. Wie hält dieser Stiller es aus, so ohne gesellschaftliche oder berufliche Wichtigkeiten gleichsam schutzlos vor dieser Frage zu sitzen? Er saß auf der verwitterten Balustrade, ein Knie emporgezogen, die Hände um dieses Knie geflochten; bei seinem Anblick konnte ich mir nicht vorstellen, wie er sein Dasein aushielt, ja, wie überhaupt ein Mensch, einmal seiner Erfahrung bewußt und also frei von allerlei nichtigen Erwartungen, sein Dasein aushält! ... Seine Töpferei befand sich in einem Souterrain hangabwärts mit gutem Licht, ehedem Waschküche mit Trockenraum und Magazin für Gartenmöbel, ehedem weiß getüncht, jetzt hatte der Raum eine Tapete von grauem Schimmel trotz der Sonne von Mittag bis Abend. Ich war erleichtert; hier konnte ich mir die Tage unseres Freundes eher vorstellen. »Man muß etwas tun!« sagte er bei Besichtigung der Fertigware, jener Swiss pottery, womit er sein knappes Geld verdiente. »Diese flachen Schalen«, sagte er, »gefallen Julika noch am besten.« Ein andermal: »Es will alles gelernt sein, wie du weißt, und zu einem richtigen Keramiker werde ich es nicht mehr bringen!« Mit besonderer Freude führte Stiller eine selbst konstruierte Drehscheibe vor. Als Laie sah ich ihn wie einen

Meister seines Fachs, wenn er über die Töpferei verschiedener Völker und Zeiten, über das Rätsel gewisser Glasuren redete. Worin bestand seine Veränderung? Sein Geist war mehr als bisher auf die Dinge selbst gerichtet, schien mir. So wie er früher doch nur von sich selbst redete, wenn er von der Ehe ganz allgemein, von Negern, von Vulkanen und weiß Gott wovon erzählte, so redete er jetzt von ›seinen‹ Töpfen, von ›seiner‹ Drehscheibe, von ›seiner‹ Glasur, von ›seiner‹ Könnerschaft sogar, ohne im mindesten von sich selbst zu reden.

»Herr Staatsanwalt!« begrüßte mich Frau Julika. Und Stiller gab ihr einen Kuß auf die Wange; seine Hände waren von der Drehscheibe etwas schmutzig. Ich fand Frau Julika merklich älter, eine ungewöhnlich schöne Frau nach wie vor, immer seltsamer ihr auffallendes Mädchenhaar, das ohne viel Kosmetik leuchtete. »Wenn er nur wieder einen Grund hat, um Wein zu trinken!« meinte sie, als Stiller nun zu seinen Flaschen ging, nicht ohne uns vorher im Garten draußen die zwei wackligen Liegesessel aufgestellt zu haben. »Schön hier«, sagte Frau Julika, »nicht wahr?« Trotz aller Sympathie, die ich mehr und mehr für die ungewöhnliche Frau empfand, wußte ich tatsächlich nie so recht, was ich mit ihr reden sollte. Ihre Kühle, wahrscheinlich nur eine Maske der Scheuen, durfte man nicht auf sich selbst beziehen. Sie hatte vermutlich keine Ahnung davon, wie wenig sie sich mitteilte, und konnte es nicht fassen, wenn jemand ihre Zuneigung, ihre Freude an einem Wiedersehen oder an einem kleinen Geschenklein nicht erspürt hatte. Sie betrachtete das handgedruckte Tüchlein. »Sehn Sie«, sagte sie lediglich, »so etwas findet man hier nirgends.« Sie hatte eine tiefe Scheu, glaube ich, sich mit Worten auszudrücken, und anderseits machte die Art und Weise, wie Frau Julika das kleine Tüchlein, wiewohl es ihr vermutlich gefiel, sofort zur Seite legte, auch mich recht verlegen, als hätte ich eine große Dankesrede erwartet. Ich erkundigte mich nun nach ihrer Arbeit in der Mädchenschule da unten, erfuhr aber so gut wie nichts und mußte mich besinnen, was sie sonst interessieren könnte. Sie hatte den Kopf in ihr kupfernes Haar zurückgelegt, begreiflicherweise von ihrer Tagesarbeit etwas müde. »Unser Stiller ist ja ein richtiger Töpfer geworden!« begann ich, und sie nickte. Vorher im Souterrain war mir aufgefallen, daß Stiller gesagt hatte: Diese flachen Schalen gefallen Julika noch am besten. Das hatte auf mäßige Anerkennung von seiten seiner Frau schließen lassen, auf ein geringes Interesse oder gar Skepsis gegenüber seinen Versuchen, ja, der gute Stiller schien etwas zu vermissen, etwas wie Ermunterung, Kritik im Rahmen der Begeisterung; da unten im Souterrain hätte man meinen können, Frau Julika halte seine ganze Töpferei eigentlich für einen Humbug. Nun sagte sie zu mir: »Finden Sie es nicht unwahrscheinlich, was er in diesen zwei Jahren zustande gebracht hat?« Ich fand es auch. »Das sollten Sie ihm aber sagen«, meinte ich, »es würde ihn freuen.« – »Sag ich es ihm denn nicht?« – »Sie wissen ja«, wich ich aus, »wie wir Männer sind! Man will Eindruck machen, dort wo man liebt, und wenn es dort nicht gelingt, gehen wir in die Öffentlichkeit!« Ich hatte es scherzhafter gemeint. »Ich weiß nicht«, sagte Frau Julika und rieb sich mit beiden Händen ihre Augen, »was er immer von mir erwartet. Hab ich es ihm nicht gesagt? Aber wenn er mich nicht hört.« Es war nicht meine Absicht gewesen, mich irgendwie als Vormund einzuschalten, und ich brach ab. »Ihr sagt euch immer noch Sie?« platzte Stiller herein und machte unsere Verlegenheit noch voll. »Also Prosit!« überbrückte er, und wir stießen mit den kleinen kühlen Gläsern an, Stiller und ich. »Du trinkst nichts?« fragte er, als Frau Julika ihr gefülltes Glas nicht ergriff, da sie keine Lust hatte, und wiederholte: »Also Prosit!« Wahrhaftig überlegte ich einen Augenblick, ob Frau Julika etwa ein Kind erwartete; ihre Ablehnung, Wein zu trinken, war so stumm wie entschieden, als dürfe sie nicht, und ich fand es schade, daß Frau Julika nicht wenigstens nippte. Irgendwie schloß sie sich von vornherein aus. Nichts heikler, finde ich immer wieder, als ein Zusammensein zu dritt! In der Folge gab ich mir redliche Mühe, mich nicht einfach mit Stiller verbünden zu lassen. Es ist leicht mit ihm, er hat ein feminines Talent zur Anpassung, und Frau Julika ihrerseits wehrt sich überhaupt nicht dagegen, ausgeschlossen zu sein. Wortlos lag sie in ihrem Haar; ihr Gesicht, das ich von der Seite sah, fesselte und beunruhigte mich im gleichen Maß, ihre Miene erschien mir wie ein stumm gewordenes Erschrecktsein in Permanenz. Stiller kümmerte sich nicht darum, gefiel sich in geistreichem Geflunker, wobei er sich öfter auch an Frau Julika richtete, dann mit einem Unterton zärtlicher Bitte, halb Rücksicht und halb Nötigung. Oft dachte ich: er macht es sich zu leicht, er zahlt mit Charme, wovon er genug hat, das kostet ihn nichts. Auch will Stiller immerzu etwas gutmachen, dünkte mich, dann wird er höflich bis zur Ängstlichkeit. »Laß doch!« bat Frau Julika, »ich brauche kein Kissen, wirklich nicht!« Stiller fand sich abgewiesen, nach seinem kurzen Blick auf Frau Julika zu schließen: ungerechterweise abgewiesen. Zum Richter bestellt hätte ich wohl Frau Julika, was die Überflüssigkeit des dargebotenen Kissens betraf, recht geben müssen. »Wo willst du denn deine künftige Brennerei einrichten?« fragte ich ablenkend; doch Stiller vermochte nicht zu hören. »Warum willst du denn dieses Kissen nicht?« bedrängte er die arme Frau Julika, die es endlich nahm, seiner Ruhe zuliebe, danklos, sie schob es nicht unter den Nacken, sondern unter die Knie, wo es sie weniger störte. Zwei Leute guten Willens! dachte ich und lobte den heiteren Wein. Ohne rechten Zusammenhang kam ich auf die kleine Geschichte, die ich unlängst gehört hatte: »Du hast doch einmal Mexiko entdeckt«, sagte ich, »das wird dich interessieren! Da hatte einer eine Schweinezucht, ich weiß nicht mehr wo, aber die rentierte nie, ich weiß nicht warum, er krampfte und schuftete, nichts zu machen, dabei hatte er seine ganzen Mittel und sein halbes Leben investiert, seinen ganzen Ehrgeiz, kurz und gut, die Sache also rentierte einfach nicht, und dann kam noch eine katastrophale Trockenzeit. Gibt es das nicht? Der Fluß trocknete aus, ich weiß nicht welcher, und dann ist es doch so, sagt man, daß die Krokodile auf Wanderschaft gehen zum nächsten Wasser querfeldein. Eines schönen Tages kommt so ein Rudel von Krokodilen, ihr Weg führt sie schnurstracks durch seine Schweinezucht. Was tun? Der Unglückliche könnte auf sein

Dach steigen, zum Beispiel, und sie niederschießen. Aber das tut er nicht! Er läßt sie alle seine Schweine fressen, die sowieso nie haben rentieren wollen, macht unterdessen einen stärkeren Zaun um das Ganze, bekommt eine Krokodilfarm, wird Lieferant für Handtaschen und ist ein gesegneter Mann.« Stiller lachte laut. »Soll wahr sein!« fügte ich hinzu. »Ist das nicht himmlisch?« drehte sich Stiller zu Frau Julika. Ihr Lachen blieb reine Mimik, und eigentlich, so scheint mir in der Erinnerung, habe ich nie ein anderes Lachen von dieser Frau gesehen. Ihr Lachen blieb immer auf dem Gesicht; es war, als hätte sie kein inwendiges Lachen, als hätte sie es verloren. Es war vollkommen verfehlt, Frau Julika aufheitern zu wollen; nachher kam man sich richtig blöd vor. Ich ärgerte mich jetzt über mich selbst. Wozu dieses Gerede! Es war ein herbstlicher Spätnachmittag mit milder Sonne, die Stunde, wie Stiller sie in einem Brief beschrieben hat: »– und dann, mein Verehrter, wenn wir draußen sitzen und die herbstliche Sonne genügt, um dich selig zu machen, wenn es wieder Trauben gibt, wenn über dem See so metallischer Dunst hängt, die Höhen aber klar sind und bunt mit goldigen Wäldern vor einem Mittelmeerhimmel, und über den ganzen See hin blendet eine Straße aus purem Quecksilber, später aus blinkendem Messing, dann aus Kupfer –« Mit dem Quecksilber war es schon vorbei, der See lag im Messingstadium. Ab und zu mußte ich mich wieder umsehen; die immerlustigen Gartenzwerge, das Chalet mit seinem Türmlein, das Unkraut, die graue Aphrodite, der leere und vermooste und von braunem Laub gefüllte Brunnen mit der rostigen Wasserröhre, die Veranda mit ihrer Jugendstil-Verglasung, der Efeu, das blutrote Funiculaire in der Abendsonne, all dies blieb etwas unwahrscheinlich. Sie selber, Stiller und Frau Julika, trugen diese Umwelt wie einen fremden Anzug mit dem unausgesprochenen Bewußtsein, daß alle Anzüge schließlich fremd und provisorisch sind. Ich bewunderte sie. Was wirklich zu ihnen gehörte, war eben die Sonne mitsamt ihrem großen Glanz auf dem Spiegel des Genfer Sees, die Töpferei da unten im Souterrain, allerlei Schwierigkeit, wie sie unter Menschen üblich ist, und wohl auch ihr hilfloser Gast. Sobald man Frau Julika einfach in Ruhe ließ, ging alles ganz selbstverständlich. Nun wollte Stiller jedoch wissen, ob ich an den erzieherischen Wert der rhythmischen Gymnastik glaubte. Frau Julika plädierte ohne rechte Überzeugung dafür, Stiller war der Meinung, Frau Julika sollte sich wieder einer rein künstlerischen Arbeit widmen, in Lausanne eine eigene Ballettschule aufziehen. Zur Erörterung der praktischen Hindernisse kam es gar nicht; Frau Julika war geradezu heftig, Stiller traurig, daß sie nichts von ihm annehmen wollte, weder ein Kissen noch seinen späten Glauben an ihre Künstlerschaft. Verstimmt erhob er sich, um die andere Flasche zu holen... »Rolf«, sagte sie sofort unter vier Augen, »Sie müssen es ihm ausreden! Es geht doch gar nicht. Ich bitte Sie, Sie müssen es ihm ausreden! Er macht mich wahnsinnig mit dieser Idee!« Mein Versuch, die Idee einmal nach ihren praktischen Möglichkeiten abzuwägen, zu bedenken, was Stiller sich für Frau Julika davon erhoffte, und zu fragen, welche Zukunft sich Frau Julika selber wünschte, stieß auf völlig taube Ohren; sie hatte sich, da auch mit mir nicht zu reden war, wieder zurückgelegt, schüttelte ihren Kopf noch im Liegen. »Was will er denn immer von mir!« sagte sie endlich, da ich schwieg, mit großer Mattigkeit. Ihre Augen glänzten wässerig; ihre schlanken blassen Hände klammerten sich an die beiden Sessellehnen, wie man es beim Zahnarzt tut, um nicht zu zittern. Ihr ganzes Gehabe, ich gestehe es, schien mir exaltiert, und ich sah mich zur Stellungnahme in einer offenbar schon lange umstrittenen Sache aufgerufen, wozu ich zumal mit meinem Mangel an fachlichen Kenntnissen gar keine Lust hatte. »Stiller hat mich ja schön zum Narren gehalten«, sagte ich, »mit seiner ferme vaudoise!« Darauf ging sie gar nicht ein. »Aber diese Lage!« plauderte ich weiter, »was ich am Genfer See vor allem liebe –« Sie hörte weder mein Geplauder noch meine Bemühung, darüber hinaus zu einem rechten Gespräch zu kommen. »Reden Sie es ihm aus!« bat sie nochmals, erregt wie zuvor. »Wie stellen Sie sich das denn vor!« wehrte sie sich mit Heftigkeit nun auch gegen mich, milderte dann höflich: »Es geht nicht, glauben Sie es mir. Es geht nicht.« Und kurz darauf: »Er kann's ja nicht wissen.« – »Was kann er nicht wissen?« fragte ich nun, »was meinen Sie damit?« – »Fragen Sie nicht«, bat sie, raffte sich zusammen, setzte sich aufrecht, nahm sich eine nächste Zigarette; ich zückte mein Feuerzeug. »Ich sollte nicht immer rauchen«, meinte sie wie erschreckt oder so, als hätte ich sie dazu genötigt, jedenfalls ohne Dank für das Feuer, das sie infolgedessen nicht brauchte. »Er kann's nicht wissen«, sprach sie vor sich hin, »ich bin beim Arzt gewesen –« Sicherlich hatte Frau Julika mit niemand davon sprechen wollen, bereute, damit begonnen zu haben; natürlich wartete ich noch auf einen Bescheid, wenn auch stumm. »Die ganze linke Lunge«, sagte sie. »Ich möchte nicht, daß er es jetzt schon weiß. Es muß sein. Sobald wie möglich.« Ihre plötzliche Ruhe, eine Art von Gefaßtheit, daß ich die unglückliche Frau für vollkommen ahnungslos halten mußte, wiewohl sie in der Folge selbst den medizinischen Ausdruck gebrauchte, den ihr zwar nicht der Arzt, jedoch ihr eigener Verstand gesagt hatte, ihre Klaglosigkeit dabei bestürzten mich, so daß ich auf den Boden blickte, als suchte ich etwas im Kies, und nicht wagte, in ihr Gesicht zu blicken, um nicht durch meine Miene zu verraten, was zu denken sich mir aufdrängte. »Ja«, sagte sie trocken, »so ist das.« Ich übernahm ihren trokkenen Ton. »Und wann soll diese Operation denn sein?« fragte ich. »Sobald als möglich«, wiederholte sie. »Ich weiß doch nicht! Sobald ich keine Angst habe.« ... Kurz darauf kam Stiller mit der anderen Flasche. Er ginge noch rasch nach Glion hinauf, sagte er, um Trauben zu holen ... »Reden Sie es ihm aus!« wiederholte Frau Julika, als ginge es jetzt immer noch um die Idee mit der Ballettschule. Sie lag nun wieder in ihrem mädchenhaften Haar. Ich glaube, nie einen einsameren Menschen gesehen zu haben als diese Frau. Zwischen ihrer Not und der Welt schien eine Wand zu sein, undurchdringlich, nicht Haltung allein, eher etwas wie eine Gewißheit, nicht gehört zu werden, eine alte und hoffnungslose, nie wieder zu tilgende, ebenso vorwurfsfreie wie unheilbare Erfahrung, daß der Partner doch nur sich selbst hört. Es drängte mich zu fragen, ob sie denn nie in ihrem Leben geliebt worden sei. Natürlich fragte ich nicht. Und liebte sie selbst? Unwillkürlich versuchte ich, sie als Kind zu sehen. Lag es daran, daß sie eine Waise war? Von Minute zu Minute gefaßt darauf, daß Frau Julika sich auszusprechen begänne, schwieg ich auch, hörte dabei ihr regelmäßiges hohles Atmen. Was ist mit diesem Menschen geschehen? Denn daß ein Mensch so sein kann von Anfang an, so ausdruckslos noch im Zustand der schreienden Not, wollte ich nicht glauben. Wer hat sie so gemacht? Stiller war bereits eine Viertelstunde unterwegs, in einer weiteren Viertelstunde würde er wieder hier sein. »Nun warten auch Sie«, begann sie endlich, »daß ich Ihnen etwas sage? Ich habe nichts zu sagen. Wie soll ich mich denn ändern! Ich bin doch so, wie ich bin. Warum will Stiller mich immer ändern?« – »Will er das?« – »Ich weiß«, sagte sie, »vielleicht meint er es gut, er ist überzeugt davon, daß er mich liebt.« – »Und Sie?« fragte ich, »Sie lieben ihn auch?« – »Ich begreife ihn immer weniger«, antwortete sie nach einem mühsamen Besinnen. »Wissen Sie, Rolf, was er immer von mir erwartet? ...« In der Folge, mich selbst zerstreuend, ohne natürlich ihre schreckliche Eröffnung vergessen zu können, hatte ich versucht, meine damaligen Gedanken über Stiller, über seine menschliche Anlage, über Gegebenheiten und Möglichkeiten, über seine Entwicklung in den letzten Jahren, so wie ich sie glaubte erspürt zu haben, zum Ausdruck zu bringen, und zwar in einer Weise, die weder verklagte noch verteidigte, auch kaum beschönigte; dabei hatte ich lange den Eindruck, Frau Julika hörte mir zu. Sicherlich gelang es mir eher, Stiller zu ›verstehen‹ als Frau Julika, und darin sah ich ja auch, nach ihrer letzten Frage, meinen augenblicklichen Auftrag. Während des Sprechens zeichnete ich mit einem Zweig im Kies. Wie ich gelegentlich aufblickte, um zu einem Gedanken, zu einer Frage, die ich als Mann nicht entscheiden konnte, ihre Meinung wenigstens aus ihrer Miene zu lesen, fand ich ein gänzlich entformtes Gesicht; – ich werde dieses Gesicht, das schon keines mehr war, nie vergessen. Ihr Mund war offen wie bei antiken Masken. Vergeblich versuchte sie auf die Lippen zu beißen. Ihr Mund blieb offen, wie erstarrt, zitternd. Ich sah ihr Schluchzen, und dabei war es, als wäre ich taub. Ihre Augen offen ohne Blick, verschwommen in lautlosen Tränen, ihre zwei kleinen Fäuste im Schoß, ein schlotternder Körper, so saß sie da, nicht zu erkennen, mit keinem Ruf zu erreichen, es blieb ihr kein persönlicher Zug mehr, keine Stimme, nichts als ein verzweifelter Leib, ein lautlos schreiendes Fleisch in Todesangst. Was ich tat, weiß ich nicht mehr ... Später, als ich ihre zwei kleinen Fäuste hielt, die noch vor Krampf zitterten, während ihr Gesicht sich in Erschöpfung beruhigt hatte, sagte sie: »Sie dürfen es ihm nicht sagen.« Ich nickte, um irgendwie beizustehen. »Versprechen Sie es mir!« bat sie –

Kurz darauf kam Stiller mit seinen Trauben. Frau Julika hatte sich rasch erhoben, zur Seite gedreht; aus Entfernung sagte sie etwas von Konfekt und war weg. Stiller ließ nicht locker, ich mußte Trauben kosten, die für den Nachtisch bestimmt waren. Ob er mir wirklich nichts anmerkte oder nur so tat, konnte ich nicht unterscheiden. Stiller beteuerte mir seine Freude über den Besuch, versprach sich einen festlichen Abend. Ich lenkte das Gespräch auf den Wein, als Stiller mich beiläufig fragte, wie ich denn Julika fände. »Ich meine gesundheitlich«, sagte er. »Sieht sie nicht großartig aus?« Wir standen und tranken, die linke Hand in der Hosentasche. Als Frau Julika schließlich mit dem Konfekt kam, trug sie eine wollene Jacke, sah großartig aus. Sie hatte sich gepudert; doch war es nicht das allein. Sie selbst schien nichts zu wissen. Ich hatte das irritierende Gefühl, als handele es sich gar nicht um dieselbe Person; als hätte ich bloß von dieser Frau geträumt. Tatsächlich wurde es kühl, und wir gingen ins Haus. Ich konnte mir nicht vorstellen, wie dieser Abend zu verbringen sein würde! doch für Stiller lag nichts Ungewöhnliches vor, auch für Frau Julika nicht.

Zu jener Zeit kannte ich die vorliegenden Aufzeichnungen noch nicht, wußte allerdings, daß Stiller in der Untersuchungshaft etwas wie ein Tagebuch geführt hatte. Es ist nicht der Sinn

dieses Nachwortes, daß ich mich in zahllosen Berichtigungen ergehe. Die Mutwilligkeit seiner Aufzeichnungen, seine bewußte Subjektivität, wobei Stiller auch vor gelegentlichen Fälschungen nicht zurückschreckt, scheinen mir offenkundig genug zu sein; als Rapport über ein subjektives Erlebnis mögen sie redlich sein. Das Bildnis, das diese Aufzeichnungen von Frau Julika geben, bestürzte mich; es verrät mehr über den Bildner, dünkt mich, als über die Person, die von diesem Bildnis vergewaltigt worden ist. Ob nicht schon in dem Unterfangen, einen lebendigen Menschen abzubilden, etwas Unmenschliches liegt, ist eine große Frage. Sie trifft Stiller wesentlich. Die meisten von uns machen zwar keine Aufzeichnungen, aber wir machen auf eine spurlosere Weise vielleicht dasselbe, und das Ergebnis wird in jedem Fall bitter sein.
Mein Besuch in Glion beschäftigte mich natürlich noch lange nachher. Kurz nach meiner Heimkehr erhielt ich einen Brief von Frau Julika, worin sie mich, ohne Gründe anzugeben, nochmals beschwor, nichts davon zu sagen. Wie immer ich nun darüber denken mochte, hatte ich doch kein Recht, dieses Verschweigen zwischen einem Paar von außen her aufzuheben, ohne Auftrag, nur als zufälliger und wahrscheinlich unerwünschter Mitwisser. Ob die unglückliche Frau Julika fürchtete, Stiller würde den Kopf verlieren und einen unerträglichen Zustand herbeiführen? Ich weiß es nicht. Oder hatte sie Grund zu einiger Hoffnung, daß es vielleicht doch nicht zur Operation kommen würde? Und das andere, was mich beschäftigte, war natürlich Stiller selbst. Es war etwas mit Stiller geschehen, schien mir. Verstummt war in ihm die leidige Frage, wofür wir ihn halten, verstummt seine Angst vor Verwechslung. Im Umgang mit ihm fühlte ich mich wie aus einem bisher kaum bewußten Zwang entlassen; ich selbst wurde freier. Solange ja ein Mensch nicht sich selbst annimmt, wird er stets jene Angst haben, von der Umwelt mißverstanden und mißdeutet zu werden; es ist ihm viel zu wichtig, wie wir ihn sehen, und gerade mit seiner bornierten Angst, von uns zu einer falschen Rolle genötigt zu werden, macht er zwangsläufig auch uns borniert. Er möchte,

daß wir ihn frei lassen; aber er selbst läßt uns nicht frei. Er gestattet uns nicht, ihn etwa zu verwechseln. Wer vergewaltigt wen? Darüber wäre viel zu sagen. Die Selbsterkenntnis, die einen Menschen langsam oder jählings seinem bisherigen Leben entfremdet, ist ja bloß der erste, unerläßliche, doch keineswegs genügende Schritt. Wie viele Menschen kennen wir, die eben auf dieser Stufe stehenbleiben, sich mit der Melancholie der bloßen Selbsterkenntnis begnügen und ihr den Anschein der Reife geben! Darüber war Stiller hinaus, glaube ich, schon als er in seine Verschollenheit ging. Er war im Begriff, den zweiten und noch viel schwereren Schritt zu tun, herauszutreten aus der Resignation darüber, daß man nicht ist, was man so gerne gewesen wäre, und zu werden, was man ist. Nichts ist schwerer als sich selbst anzunehmen! Eigentlich gelingt es ja nur den naiven Menschen, doch habe ich in meiner Welt noch wenig Leute getroffen, die in diesem guten Sinn als naiv zu bezeichnen wären. Meines Erachtens hatte Stiller, als wir ihn in der Untersuchungshaft trafen, diese so schmerzvolle Selbstannahme bereits in einem beträchtlichen Grade geleistet. Warum wehrte er sich trotzdem so kindisch gegen seine ganze Umwelt, gegen seine früheren Gefährten? Ich hatte das Glück, jenen früheren Stiller nicht unmittelbar gekannt zu haben; das machte eine vernünftige Beziehung viel leichter; wir trafen einander jetzt. Bei aller Selbstannahme, bei allem Willen dazu, sich endlich unter die eigene Wirklichkeit zu stellen, hatte unser Freund nur eins noch gar nicht geleistet, nämlich den Verzicht auf die Anerkennung durch die Umwelt. Er fühlte sich ein anderer, mit Recht, er war ein anderer als jener Stiller, wofür man ihn sofort erkannte, und davon wollte er jedermann überzeugen; das war das Kindische. Wie aber sollen wir darauf verzichten können, wenigstens von unseren Nächsten erkannt zu werden in unserer Wirklichkeit, die wir selbst nicht kennen, sondern bestenfalls nur leben können? Es wird nie möglich sein ohne die Gewißheit, daß unser Leben von einer übermenschlichen Instanz gerichtet wird, ohne wenigstens die leidenschaftliche Hoffnung, daß es diese Instanz gebe. Stiller kam sehr spät dazu. Kam er dazu? Nach jenem ersten Besuch im Herbst gewann ich diesen Eindruck, ohne daß Stiller ein diesbezügliches Wort gesagt hatte; vielleicht gerade darum. Stiller selbst, und dies gehört wohl wesentlich zu seinem Verstummen, hatte gar kein Verlangen, Auskunft zu geben über seine Verwandlung. Auch seine neue Arbeit galt ja nicht dem Ausdruck; er fabrizierte Teller und Tassen und Schalen, lauter nützliche Sachen, meines Erachtens mit viel Geschmack, aber es war nicht mehr Darstellung seiner selbst. Er war frei von der Angst, nicht erkannt zu werden, und in der Folge fühlte man sich freier auch zu ihm, wie aus einem engen Bann entlassen. Ich begriff nun auch, wieso mir bisher, bei aller Zuneigung, stets ein wenig gebangt hatte, Stiller zu begegnen. ›Verstummen‹ mag ein falsches, irreführendes Wort sein. Natürlich war Stiller keineswegs wortkarg. Aber wie jedermann, der bei sich selbst angekommen ist, blickte er auf Menschen und Dinge außerhalb seiner selbst, und was ihn umgab, fing an, Welt zu werden, etwas anderes als Projektionen seines Selbst, das er nicht länger in der Welt zu suchen oder zu verbergen hatte. Er selbst fing an, in der Welt zu sein. Dies war mein Eindruck nach jenem ersten Besuch in Glion, übrigens auch nach seinen Briefen, sofern es nicht um Frau Julika ging. Gegenüber Frau Julika, der Gefährtin von vorher, war es am allerschwierigsten, verständlicherweise, die Versuchung am größten, in alte Ängste und zerstörerische Verwirrungen zu verfallen, weniger weit zu sein, als Stiller es doch tatsächlich, anderen Menschen gegenüber, bereits war. Eine gemeinsame Vergangenheit ist keine Kleinigkeit; die Gewöhnung, die sich bei jedem natürlichen Nachlassen unserer Kräfte einstellt, die Gewohnheiten, die sich auf Schritt und Tritt anbieten, können teuflisch sein. Sie sind etwas wie Schlingpflanzen für die Schwimmer; wer wüßte das nicht! Und anderseits, glaube ich, wußte unser Freund nun um die Unmöglichkeit der Flucht; es half nichts, irgendein neues Leben anzufangen, indem das alte einfach liegenblieb. Ging es für Stiller nicht mehr darum, das Vergangene in seiner Beziehung zu dieser Frau, das Sterile, das diese beiden Leute verkettet hatte, wirklich aus der Welt zu schaffen, nämlich es nicht zu fliehen, sondern es einzuschmelzen in die neue lebendige Gegenwart? Anders wurde diese neue Gegenwart nie ganz wirklich. Darum ging es ja doch, um Verwirklichen oder Versagen, um Atmen oder Ersticken, in diesem Sinn um Leben oder Tod, richtiger: um Leben oder Versiechen. Selbstverständlich braucht die Beziehung zu einer Frau, im Sinn der Ehe, nicht immer dieser letzte Prüfstein zu werden; in diesem Fall war sie es geworden. Es gibt allerlei Sorten von Prüfsteinen; Stiller hatte immerhin den seinen gefunden. Unsere Hoffnung, wie schon erwähnt, begründete sich auf der eigenen frohen Erfahrung, daß Stiller zumindest im Umgang mit seinen Freunden zu einer lebendigen, angstlosen, nicht nur gewollten, sondern wirklichen und selbstverständlichen Bereitschaft gelangt war, daß er, mehr und mehr in sich selbst angekommen, mehr und mehr auf Menschen und Dinge außerhalb seiner selbst zu achten vermochte. Diese liebte oder haßte er. Caux, zum Beispiel, haßte er weidlich und unduldsam, dann auch maßlos. Stiller blieb ein ›Temperament‹, ein wirrer Kopf, und es war gar keine milde All-Liebe in unserem Freund, doch mehr Liebe als je zuvor in seinem Leben, glaube ich, und es war zu hoffen, daß diese Liebe auch Frau Julika, die ihrer so sehr bedurfte, noch erreichen würde.

Der Winter verging ohne ein Wiedersehen. Von Brief zu Brief wartete ich natürlich auf die Nachricht von der bevorstehenden oder hoffentlich schon glücklich überstandenen Operation. Jede mir unverständliche Andeutung (›PS. Wie verhält man sich unter einem Fluch?‹) deutete ich sofort in dem Sinn, daß unser Freund nun auch unterrichtet wäre. Schon der nächste Brief widerlegte mich aber, indem er meine Nachfrage nach Julikas gesundheitlichem Befinden kaum oder mit Zuversichtlichkeit beantwortete. Und mittlerweile war es Februar geworden. Die gefürchtete Operation schien doch nicht notwendig zu sein, und in meiner Erleichterung wunderte ich mich nur, daß Frau Julika, meiner Teilnahme doch gewiß, nie etwas davon mitgeteilt hatte. Doch war das nun einmal ihre Art. Einmal kam das Paket mit den sieben vollgeschriebenen Heften aus der Untersuchungshaft. »Hier meine Papiere!« schrieb Stiller als einziges dazu. Anlaß wie Zweck dieser nie in Aussicht gestellten Sendung blieben mir unklar. Wollte er sie, diese Papiere, aus dem Hause haben, damit ihr Geist ihn nicht heimsuchte? Nach der gelegentlichen Lektüre hoffte ich nur noch dringender denn je, daß Stiller auch gegenüber Frau Julika, die mir in diesen Papieren auf erschreckende Weise vergewaltigt vorkam, endlich zur lebendigen Wirklichkeit vorzustoßen vermöchte, und zugleich beschlich mich die Angst, ob denn die Zeit hierfür noch ausreichte.

Im März fand die Operation statt. Wir waren davon nicht in Kenntnis gesetzt, als wir, meine Frau und ich, auf Ostern nach Glion fuhren. Unser Besuch von zwei oder drei Tagen, in Verbindung mit einer kleinen Osterfahrt durchs Welschland, war schon seit längerem vereinbart. Zu unserer Verwunderung standen wir in MON REPOS vor geschlossener Türe. Eine Weile lang, wie ich um das Chalet herumging und von allen Seiten rief, hatte ich das Gefühl, als wären Stiller und seine Frau überhaupt nicht mehr da, nicht mehr in Glion, nicht mehr auf der Erde, verschwunden unter Hinterlassung dieser skurrilen Kitschigkeit, die nie zu ihnen gehört hatte. Die Glastüre zum Souterrain war unverriegelt, aber niemand in der Töpferei. Immerhin sah es hier nach frischer Arbeit aus; auf dem Tisch lag eine ehedem blaue, zur Farblosigkeit verwaschene Schürze, wie in Eile hingeworfen; ein Klumpen feuchten Tons lag auf der Drehscheibe. Wir beschlossen zu warten. Es war ein regnerischer Tag, Nebel hingen über dem Genfer See; wir saßen in unseren Regenmänteln auf der nassen Balustrade, überzeugten einander gegenseitig, daß keinerlei Grund zur Beunruhigung vorläge. Die nassen und infolgedessen besonders glänzenden Gartenzwerge, das Haus mit seinem Efeu und dem Backsteintürmchen, der verrostete Eisenzaun, die Tafel aus falschem Marmor mit der Inschrift, deren Lettern größtenteils ausgefallen waren, das nasse und infolgedessen schwärzliche Moos in dem geborstenen Brunnen, alles war noch da und durchaus unverändert, doch ohne Sonne recht trübselig. Wir bemühten uns denn auch sofort, es durch Witze aufzuhellen, jedoch erfolglos. Das rote Funiculaire fuhr leer. Nach einer Stunde begann es zu dämmern; die Bundesbahn in der Tiefe fuhr mit Lichtern, die Hotels von Montreux prangten mit Lichtern, ringsum war's einfach grau, und das Haus unseres Freundes blieb ohne Licht. Es tropfte von den Bäumen. »Gehn wir in ein Hotel«, meinte ich, »und rufen wir später an!« Meine Frau war unschlüssig. »Nun haben wir schon so lange gewartet!« meinte sie; darauf rauchten wir nochmals eine Zigarette. Die Lichter von Montreux, wiewohl sie diesen Vergleich nicht vertrugen, erinnerten uns an das glimmende Babylon, das wir vor vielen Jahren, damals in der Rainbow Bar, zu unseren Füßen erblickt hatten ... Stiller kam ohne Mantel und Hut, entschuldigte sich, keinen Zettel an die Tür gesteckt zu haben, er hätte unsere Ankunft wahrhaftig vergessen. Er kam aus der Klinik Val Mont; Frau Julika war vormittags operiert worden. Eben kam er von seiner ersten Visite. Seine nicht gerade verständlichen Erklärungen richtete er vor allem an meine Frau, die wie gelähmt auf der nassen Balustrade sitzenblieb, ihre Hände in den Regenmanteltaschen. Es regnete nun auch. Stiller meldete, voll bangen Vertrauens in die Aussage des Arztes, einen recht befriedigenden Verlauf der Operation, einen sehr glücklichen Verlauf, den denkbar besten Verlauf. Es war mir nicht klar, ob er die Bedeutung der Operation begriff, ob er bloß vor uns bagatellisierte, um nicht auch unseren Schrecken noch ertragen zu müssen. Frau Julika hatte ihn nicht erkannt, auch nichts sprechen können. Es hinge jetzt viel von dieser Nacht ab, erklärte er und klammerte sich an die ärztliche Bewilligung, daß er am andern Morgen um neun Uhr wieder eine Visite machen dürfte, wie an einen sachlichen Trost. »Was stehen wir da im Regen!« sagte er, »gehen wir doch ins Haus, es ist schön, daß ihr gekommen seid!« Im Haus drinnen, bei Licht, war er totenblaß, geschäftig um unsere Koffer bemüht, und ließ es sich nicht nehmen, ein regelrechtes Abendessen zu kochen. Meine Frau hatte wohl recht, ihn nicht an diesem Vorhaben zu hindern, sondern sogar mit der Behauptung zu unterstützen, sie hätte Appetit auf etwas Warmes. »Nicht wahr?« sagte er, »nicht wahr?« Sie half ihm denn auch sehr wenig; Tätigkeit war jetzt die einzige Entspannung für unseren Freund. »Weißt du«, erklärte er mir, »diese Operation wird sehr häufig gemacht.« Wenn man ihn hörte, hätte man bald meinen können, daß Leute mit ganzer Lunge geradezu eine Ausnahme darstellten. Er kochte und machte und deckte den Tisch in der Küche, ohne seinen Rock auszuziehen; hätte er einen Mantel getragen, würde er ihn ebenfalls nicht ausgezogen haben. Er war ja bloß wie auf einem Sprung hier; allerdings dauerte es noch vierzehn Stunden bis zur morgendlichen Visite in der nahen Klinik. »Weißt du«, erklärte er mir, »es kam ganz plötzlich, es mußte sein, je rascher um so besser.« Stiller hatte uns einen vortrefflichen Reis gekocht, natürlich aßen wir nur, um einander Mut zu machen. Alle rauchten eine oder mehrere Zigaretten dazu. Meine Frau übernahm das Geschirrwaschen, während Stiller abtrocknete, und dann zog sie sich zeitig zurück. Sie hatte unseren Wagen gefahren, und Stiller glaubte ihr die Müdigkeit. Stiller war in einem Zustand, wo man keines Zweifels fähig ist. Allein mit mir, etwa von neun Uhr an, schien er kein Bedürfnis zu haben, von der Sache selbst zu sprechen oder überhaupt von Frau Julika. Wir entdeckten, daß wir beide einmal Schach gespielt hatten, und wollten doch herausfinden, ob es noch ginge. Ich erinnerte mich kaum noch, wie Pferdchen und Läufer in der Reihe stehen. Er zeigte es mir. Ob wir das Brett so oder anders legen sollten, ein weißes oder schwarzes Feld auf die rechte Seite, wußte auch Stiller nicht mehr. Aber wir spielten. Es war eine Art Nachtwache. Wir spielten bis vier Uhr morgens, als es vor den Fenstern langsam grau wurde, und es schien ein schöner Ostertag zu werden, es war sternenklar. Stiller empfand es wie ein Zeichen.

Frau Julika hatte die Nacht überstanden, den Verhältnissen entsprechend sogar ausgezeichnet, und unser Freund kam aus der Klinik wie ein Begnadigter, wir atmeten auf, dazu ein sonniger Morgen und Ostern; Stiller machte den Vorschlag, ob wir nicht mit ihm wanderten. »Sie hat mich erkannt!« sagte er. Ich habe unseren Freund nie so glücklich gesehen. Wir bummelten auf der Uferpromenade nach Chillon, meine Frau zwischen uns in der Mitte. Stiller war sehr gesprächig, auf zerstreute Art gesprächig, alles durcheinander fiel ihm ein, der jüngste Besuch von seinem Bruder Wilfried, Witze, dann wieder schwärmte er von neuen Freunden in Lausanne, von einem Buchhändler mit Freundin, lauter liebenswerte Menschen gab es auf der Welt. Zwischenhinein war er plötzlich recht schweigsam, dazu taub. Auf den besonnten Steinen des Bahndamms betrachteten wir das zappelige Liebesspiel zweier Eidechsen. Ich fragte unseren Freund nach seinen Einwänden gegen das Schloß Chillon, das er stets mit Spott in seinen Briefen erwähnt hatte, nicht gegen die abgedroschenen Bildchen auf Schokoladen und Spieldosen, sondern gegen die Realität vor unseren Augen. Er hatte keine, und wir fanden das Schloß Chillon mit seinem Gemäuer in der vormittäglichen Sonne sehr schön. Stiller merkte nicht einmal, daß ich ihn ein wenig hatte foppen wollen wegen seiner früheren Keiferei gegen alles in diesem Land. (Was übrigens diese Keifereien betrifft, die mich bei der ersten Lektüre seiner Hefte wohl zu Unrecht verdrossen haben, da Stiller sich mir gegenüber nie in dieser Art ausgelassen hat, so ist es klar, daß unser Freund, nachdem er sich selbst endlich angenommen, keinen Grund mehr hatte, den Fremdling zu spielen; er nahm es an, Schweizer zu sein.) Es war ein blauer dunstiger Märztag, die nahen Walliser Berge erschienen ganz dünn und leicht und silbergrau. »Wie geht es euren Kindern?« fragte er. Er wandte sich etwas betontermaßen stets an mich, nicht an meine Frau, die doch zwischen uns ging. In Villeneuve, Hotel du Port, nahmen wir das Mittagessen, Fisch, dazu Wein von den nahen Hängen. Natürlicherweise dachte er im Grunde fast unablässig an Frau Julika. Von hier aus, glaube ich, sah man die Klinik Val Mont. Zwischen Suppe und Gericht hatte er angerufen. »Sie schlafe!« meldete er. Nur Stiller vertrug den köstlichen, nicht eben leichten Weißwein ohne Benebelung. Stiller trank in den letzten Jahren ziemlich regelmäßig. Daß Ostern waren, zeigte sich hier, nach dem Verstummen der morgendlichen Kirchengeläute, nur noch an einem übermäßigen Verkehr auf der Überlandstraße. Wir wanderten in das Delta der Rhone, von der mittäglichen Sonne etwas geblendet, vom Wein benommen. Fischernetze hingen zum Trocknen. Fischerkähne lagen am Ufer mit der Bodenseite nach oben, um mit frischer Farbe gestrichen zu werden; andere schwammen in einem Kanal mit Schwänen. »Werktags ist man hier ganz allein!« sagte Stiller, doch hatte es auch damals nicht viel Leute. Unser Pfad führte durch lichtes Gehölz am Schilf entlang. Gruppen von Erlen, Birken, Buchen, da und dort eine Eiche, alles Gehölz war noch kahl, und so sah man stets viel luftige Bläue. Auf der Erde lag das graue Herbstlaub vom Vorjahr, von keinem Grün verborgen, und die Erde war stellenweise fast schwarz, Moor. Es ist in meiner Erinnerung einer der schönsten Spaziergänge überhaupt. Zur Rechten über das falbe Schilf hinweg sah man den Genfer See, zur Linken die andere Bläue des ebenfalls weiten, schon von steilen Bergen gefaßten, noch flachen Rhonetales. Wir alle gingen ziemlich still. Ungewöhnlich große Vogelschwärme sammelten sich auf einer fernen Hochspannungsleitung, wir errieten die Vogelart nicht; jedenfalls sammelten sie sich zu ihrem großen Flug nach Norden. Zwei Burschen im blauen Trainer und mit nackten Oberkörpern verbrannten Schilf auf einem Haufen mit hellen durchsichtigen Flammen. Der Rauch erinnerte an Herbst, dabei war es ja März, und die Vögel zwitscherten. Ich bedauerte nun meinen Wein im Kopf, lange ging ich wie unter einem Schleier, und Stiller wollte allerhand wissen. Er erkundigte sich nach meiner eignen Arbeit, nach meinen Ansichten in Erziehungsfragen. Wir fanden einen recht einsamen Platz am Ufer, trotzdem war es eigentlich geräuschvoll; über der Wasserfläche summte es von fernen Eisenbahnzügen, man hörte immer wieder einmal das Signal von einem Bahnhof, dazu gurrte es im Schilf, raschelte und tuschelte allenthalben, Vögel schrien, klatschten beim Start mit ihren Flügeln auf dem glatten Wasser. Die Sonne machte sehr warm, der Boden hingegen erwies sich als feucht und kühl. Stiller rupfte nun büschelweise das dürre Riedgras, um meiner Frau einen bequemen Platz zu schaffen. Mein Angebot seiner Lieblingszigarre vermochte ihn nicht abzuhalten, und schließlich wurde es ein wahres Nest, meine Frau lobte es gebührend, ließ sich nieder und schloß ihre Augen vor der Sonne. Stiller strich ihr mit der Hand über die Stirn. In den übrigens seltenen Augenblicken solcher Art wurde mir das Vergangene doch sehr bewußt; unsere Gegenwart zu dritt bestürzte mich dann wie etwas Unmögliches, zumindest Unerwartetes. Wir rauchten nun also unsere Zigarren. Leider erblickte man von hier wiederum das aufdringliche Hotel oben in Caux, Stiller konnte nicht umhin, abermals davon anzufangen. Sein Standpunkt: »Sie vollbringen Wunder dort oben, kein Zweifel, sie produzieren Christentum einmal nicht mit den Armen, sondern mit den Reichen, wo es scheinbar mehr abwirft, und da erreichen sie es denn wahrhaftig, daß so ein Wegelagerer, nachdem er genug erbeutet hat, in sich geht und seine zwei, drei, vier oder neun Millionen für Seelenfrieden ausgibt oder doch wenigstens dafür, dem Kommunismus rasch eine bessere Ideologie entgegenzustellen, für seine eigene Person nur noch eine einzige Million behält, um nicht der Gemeinde als alter Mann zur Last zu fallen; ich kann solches Christentum halt nicht riechen; sieben Millionen, sagen sie, sind besser als nichts, und alles in einer so freiwilligen und menschlichen Art zurückerstattet, weißt du, daß die Arbeiter aller Länder, wenn sie einigermaßen Takt haben, nie gegen einen Wegelagerer vorgehen sollten, denn die Möglichkeit, daß so ein kapitalistischer Wegelagerer plötzlich in sich geht und die Welt einfach von innen heraus verbessert, ist in dem Hotel dort oben nun ein für allemal erwiesen, also bitte, wenn ihr eine bessere Welt haben wollt, bitte keine Revolution!« Meine Frau war unterdessen eingeschlummert, und um sie nicht mit unseren Stimmen zu stören, gingen Stiller und ich hinunter ans Ufer, unterhielten uns über Kieselsteine, über Geologie nach Mindestkenntnissen. Dann versuchten wir wie in Bubenzeiten zu schiefern, flache Steinchen über dem Wasserspiegel hüpfen zu lassen. Zum Zwecke eines Wettkampfes zogen wir unsere sonntäglichen Vestons aus. Eine Zeitlang schien alles vergessen zu sein, die Klinik Val Mont war zu sehen, doch wußten wir ja, daß es der armen Frau Julika sozusagen ausgezeichnet ging. Unsere Spielerei faszinierte uns tatsächlich. Mit der Zeit drängte unsere Dame denn doch zum Weiterspazieren. Der Spätnachmittag, obzwar genau so wolkenlos, schien plötzlich einem ganz anderen Tag anzugehören als der Morgen. Ich hatte das Gefühl, der Morgen liege um Jahre zurück. Auf unserem Rückweg redete Stiller ausschließlich von Frau Julika. Eine Reue über ihre Kinderlosigkeit habe ich von ihr nie vernommen; Stiller war überzeugt von einer solchen Reue bei ihr, machte diese Reue zu seiner eigenen, oder umgekehrt. Er redete ohne Vorwurf, ohne Selbstvorwurf. Es hätte wohl nicht anders sein können, meinte er, aber es hatte das volle Gewicht einer richtigen Reue. Endlich schloß er, da wir vor dem Funiculaire standen, mit der Bemerkung: »Es ist schade, daß ihr Julika nie wirklich habt kennenlernen können!« Meine Entgegnung, da sei ja alles noch möglich, schien Stiller über sich selbst erschrecken zu lassen.

Von der Visite an jenem Ostersonntagabend kam Stiller sehr bald zurück. Es gehe ihr sehr ordentlich! meldete er. Der Arzt hatte ihn gebeten, von einem Besuch abzusehen. »Ich darf morgen wiederkommen«, sagte Stiller und zerstreute unsere heimlichen Besorgnisse sofort, »es geht ihr sehr ordentlich, aber sie braucht noch vollkommene Ruhe.« Wir verstanden es alle, und Stiller war sehr zuversichtlich, es hinderte ihn nichts, die oft schon versprochene Raclette herzurichten, also einen geselligen und gemütlichen Abend in Szene zu setzen, ein Kaminfeuer zu machen, Weißwein kaltzustellen und drei Spieße zu schnitzen, um den Käse über dem Feuer drehen zu können. Natürlich war es kein bäurischer Rauchfang wie auf seiner Skizze, vielmehr ein verzierter Kamin aus falschem Marmor und ebenso falschem Jugendstil. Unsere Raclette gelang wenigstens nach deutschschweizerischen Begriffen ganz großartig; wir hatten Hunger von unserer Wanderung. Stiller trank an jenem Abend sehr viel. Bei jedem Anzeichen von Aufbruch ent-

korkte er eine nächste Flasche, und so ging es bei mäßigem Gespräch bis elf Uhr. Betrunken war er nicht. Er trank hastig mit kleinen Schlücken aus den schlanken waadtländischen Weißweingläschen, blieb wacher als wir. Man sah ihm an, daß er dennoch nicht zuhörte. Seine Augen schienen dem Weinen nahe. Auch wenn ich von Frau Julika zu sprechen versuchte, hörte er nicht. Es war mühsam. Möglicherweise hätte er unter vier Augen etwas sagen wollen, gleichviel ob meiner Frau oder mir. Wir saßen aber zu dritt, hilflos auch unsererseits, etwas schäbig nur auf eine Aufmunterung bedacht. Stiller lieferte sie dann selber, besser als wir. Wir verabschiedeten uns nach einer halben Stunde verhältnismäßiger Geselligkeit, stiegen in unser Turmzimmer; Stiller blieb in der Diele unten stehen – genau wie bei seinen nächtlichen Anrufen, nämlich zum Schluß einfach grußlos auch auf unser wiederholtes »Gutnacht«; ich empfand es bereits als üble Manier, eine sentimentale Art der Nötigung, seine wortlose Warterei, bis ich meinerseits, sei es durch Aufhängen des Hörers oder durch Schließen meiner Türe, abbrach ... Meine Frau und ich konnten trotz Müdigkeit nicht schlafen.
Etwa gegen ein Uhr ging ich nochmals hinaus. In der Diele war das Licht gelöscht, nicht aber im Wohnzimmer, und ich ging hinunter, so wie ich gerade war, im Pyjama und barfuß, also fast lautlos. Unser Freund saß vor dem feuerlosen Kamin und schien eingeschlafen zu sein. Ich ging hin, um ihn mit irgend etwas zuzudecken. Aber seine Augen waren offen. »Wieso schläfst du nicht?« sagte er, und seine Zunge lallte. Stiller war nun sehr betrunken. »Es hat keinen Sinn«, meinte ich, »daß du da weitertrinkst...« Er füllte abermals sein Glas, wie zum Trotz, und musterte mich. Ich redete nun allerlei vernünftiges Zeug. Stiller leerte sein Glas, und als er sich erhob, wankte er sichtlich. »Kindisch«, sagte er, »ich habe zuviel getrunken, ich weiß, das ist geschmacklos, ekelhaft, kindisch...« Er schüttelte den Kopf, blickte sich um, als hätte er etwas verloren, und hielt sich an der Lehne eines Sessels. »Wird sie sterben?« fragte er, ohne mich anzublicken. Ich versuchte ihn zu beruhigen, aber er

hörte mich überhaupt nicht; er hatte den Feuerhaken ergriffen und wußte nicht, was damit anfangen. Seine Augen schwammen in Tränen, die mir wenig Eindruck machten in Anbetracht seiner Betrunkenheit. »Komm«, sagte ich, »gehn wir zu Bett!« Er blickte mich an. »Gestern mittag«, begann er, »als ich dachte, sie stirbt – gestern mittag ...« Ich wartete vergeblich; er brachte seinen Satz nicht fertig. Stiller hatte nicht mehr mit einem Gesprächspartner gerechnet, jetzt hinderte ihn das Bewußtsein, daß seine Zunge lallte. »Zu spät«, sagte er kurz. »Was«, wollte ich wissen, »was ist zu spät?« Ich begann zu frieren. »Alles«, antwortete er endlich, »zwei Jahre, mein Lieber, zwei Jahre! Ich hab's versucht, Herrgott im Himmel, ich habe –« Wein stieß ihm auf. »Entschuldigung«, murmelte er und war verstummt. Vielleicht war er weniger betrunken, als ich zuerst gemeint hatte. Er hatte reden wollen, ich half ihm ins Gedächtnis: »Du hast versucht –?« Nun mußte er sich doch wieder setzen. »Ist ja egal«, sagte er. Ich hatte Stiller noch nie in solcher Verfassung gesehen, und er erbarmte mich in seiner Peinlichkeit, Übelkeit, Lächerlichkeit. Dabei wußte ich nicht, was tun. Meine Vernünftigkeit kam mir selber sehr schal vor. »Wird sie sterben?« fragte er wie zum erstenmal, den Kopf in seine Hände gestützt; es schien ihm schwindlig zu sein. »Du selber hast doch mit dem Arzt gesprochen«, antwortete ich, »was hat dir der Arzt denn gesagt? Genau?« Sogar im Sitzen wankte er, ohne es zu merken, und auch daß er die Streichhölzchen jedesmal verkehrt in die Finger nahm, merkte er nicht, schließlich gab er's auf, eine feuerlose, schon ganz verkrümmte und verquetschte Zigarette im Mund. »Es ist nie zu spät«, sagte ich, fand es selbst eine arge Redensart und verlor darüber den Gedanken, den ich eigentlich hatte ausdrücken wollen. »Nie zu spät!« sagte er mit einem matten Lachen. »Einfach von vorne beginnen: Und wenn's einfach nicht geht, nicht geht, nicht geht: weil es zu spät ist?!« Mit einem Schlag schien Stiller viel wacher zu sein. »Rolf«, sagte er trotz seiner lalligen Stimme ganz klar, ganz bestimmt, »– ich kann einen Menschen töten, aber ich kann ihn nicht wieder auferwecken ...« Und damit, so dünkte ihm offenbar, war alles gesagt. Er griff neuerdings zur Flasche, die aber, zum Glück, leer war und noch ein paar Tropfen hergab. »Was«, erkundigte ich mich, »was geht nicht?« Er schüttelte bloß den Kopf. »Liebst du sie denn?« fragte ich. »Willst du denn –« Er schüttelte den Kopf, ohne mich gehört zu haben. »Kann von mir nichts mehr annehmen«, sagte er, »kann von mir nichts mehr annehmen! Sie sagt es ja selbst. Und dann stehst du da: Laß mich. Ehrlich wie sie ist. Ich weiß nicht, Rolf, was nicht geht. Frag nie. Ich habe diesen Menschen kaputt gemacht...« Seine Finger drehten die mürbe Zigarette und zitterten, aber wenigstens war er ins Sprechen gekommen. »Ich mache sie wahnsinnig. Ich weiß. Ich erwarte immer etwas. Wunder! Und dann fange ich an zu zittern, wenn ich sie bloß sehe. Mein Fehler, kann sein. Wahrscheinlich. Nicht so viel hat dieser Mensch sich verändert, nicht so viel! Hat gar kein Bedürfnis. Laß mich! sagt sie, und dann stehst du da. Ich begreife sie nicht. Das ist alles. Ich finde sie nicht. Dann hasse ich. Ganz einfach: ich krepiere, wenn ich nicht lieben kann, und sie –« Er zerzupfte seine Zigarette. »Woher weißt du denn, Stiller, daß nicht auch sie –« Er schüttelte den Kopf. »Stiller«, sagte ich, »du bist selbstgerecht.« – » Und sie nicht?!« – »Ihre Selbstgerechtigkeit«, meinte ich, »ist ihre Sache.« Er schwieg. »Was verstehst du unter Liebe?« fragte ich, aber unterdessen hatte Stiller doch eine andere Flasche entdeckt, die sein Glas, in der Tat, beinahe noch füllte. »Laß doch diese Trinkerei!« bat ich. Er trank. »Das ist doch Unsinn«, sagte er, »du schlotterst ja, Rolf, du bist ja barfuß... Was ich unter Liebe verstehe?« besann er sich, versuchte das leere Glas nochmals zu leeren: »Ich kann nicht allein lieben, Rolf, ich bin kein Heiliger...« Es wurde nun wirklich zu kalt; vergeblich hatte ich mich nach irgendeiner Decke umgesehen, nun kauerte ich, nahm rasch eine Zeitung vom Tischlein, knüllte sie in den Kamin. Ein paar Tannenscheite lagen auch noch da, sogar ein großer Buchenklotz. Für eine Weile war ich beschäftigt... »Was soll ich denn tun!« hörte ich Stiller plötzlich hinter meinem Rücken, »was soll ich denn tun? Was?« Er war wieder aufgestanden, und ich sah gerade noch, wie er mit beiden Fäusten gegen seine Stirne trommelte. Er war kreideweiß, unsicher auf den Beinen nach wie vor; aber der Alkohol, schien es, begann sein Hirn zu verlassen. Er lallte nicht mehr. »Warum habe ich diese Frau nie gefunden? Nie! Nicht einen Tag lang, Rolf, nicht eine Stunde lang in dieser ganzen Zeit. Nie! Was ist das?« fragte er, »sag's mir.« – »Was hast du erwartet?« – »Erwartet?« fragte er zurück. »Ja«, wiederholte ich, »was hast du erwartet, Stiller, vor zwei Jahren meine ich, als ihr hierher gekommen seid. Um miteinander zu leben. Ich frage dich, denn ich weiß es nicht. Eine Verwandlung hast du erwartet, scheint es, von ihr.« – »Auch von mir.« – »Nimm es nicht übel«, sagte ich beim Anzünden im Kamin, »aber so etwas erinnert mich immer an Romane. Verwandlung? Ein Mensch begreift, daß er sich an einem andern versündigt hat und übrigens auch an sich selbst, und eines späten Tages ist man bereit, alles wiedergutzumachen – unter der Voraussetzung, daß der Mensch sich verwandelt ... Eine solche Erwartung, mein Lieber, ist die nicht etwas billig?« – »Wie alles an mir«, hörte ich ihn sagen; darauf ging ich nicht ein, sondern fragte: »Oder was hast du wirklich erwartet?« Stiller schien sich zu besinnen, ich mußte mich um das Feuer kümmern. »Alles – bloß nicht das Menschenmögliche«, antwortete ich schließlich selber: »Auch in deinen Briefen kommt es mir zuweilen vor, als redest du gar nicht von Liebe, sondern von Zärtlichkeit, von – nun ja, von Eros in irgendeiner Form. Ein Mann in unseren Jahren braucht das, Stiller, und ich finde es wundervoll, wenn's da ist ... Nur«, setzte ich hinzu, »darum geht es hier wohl nicht.« Es knisterte jetzt munter, und Stiller überließ es mir zu reden, mehr als mir lieb war. Doch hatte ich nun einmal angefangen. »Es geht nicht, hast du gesagt, und das verwundert dich wirklich? Nach einer Erfahrung von so vielen Jahren? Und dann sagst du, du hast es versucht. Was? Manchmal könnte man fast meinen, du hältst dich für einen Zauberer, der diese Frau Julika in ihr Gegenteil verzaubern kann. Und dabei, scheint mir, geht es doch einzig und allein darum – Es ist schwer zu sagen! Julika ist dein Leben geworden, Stiller, das ist nun einmal so. Warum bist du von deinem Mexiko zurückgekehrt? Eben weil du so etwas erfahren hast. Ihr seid ein Paar ... Auferwecken! Dein alter lieber Unsinn, Stiller, du gestattest, daß ich es dir sage: dein mörderischer Hochmut – Du als Erlöser eurer selbst!« Stiller schwieg. »In einem Punkt«, sagte ich nach einigem Warten, »darin verstehe ich dich vielleicht nur zu gut. Man ergibt sich, man kehrt zurück, um sich zu ergeben, aber man ergibt sich nie ein für allemal. Dann, wer weiß, wäre es auch nur eine schlappe Resignation, nichts weiter, ein Sichabfinden, das Ergebnis davon irgendeine Art von Spießigkeit ... Du zitterst, hast du gesagt. Zittere! Du weißt schon, wie ich das meine. Du zitterst, weil immer wieder, immer wieder diese gleiche Ergebung von dir verlangt wird – Stiller?« rief ich ihn, »was denkst du?« Stiller stand; ich saß auf dem Hocker, meine bloßen Füße gegen das wärmende Feuer gestreckt; er schwieg. »Du bildest dir doch nicht ein«, sagte ich, »daß man mit einer andern, vielleicht offeneren Frau, mit Sibylle etwa, an alledem vorbeikommt, was man in sich selbst hat. Oder bildest du dir das ein?« Indem ich mich umdrehte, sah ich sein Gesicht nur von unten; er blickte über mich hinweg in den Kamin. »Du läßt mich da lauter Zeug reden«, brach ich ab, »was du selber weißt.« Stiller schlief nicht, er stand ja, die Hände in den Hosentaschen, und seine Augen waren offen, wach, aber leer, reglos. »Stiller«, sagte ich, »du liebst sie!« Er schien überhaupt nichts zu hören. »Sag mir«, bat ich, »wenn du allein sein möchtest.« In der Wärme der strahlenden Glut spürte ich plötzlich wieder meine Müdigkeit und mußte ein Gähnen unterdrücken. »Wie spät ist es denn?« erkundigte sich Stiller. Es ging gegen zwei Uhr. »– Sie hat gewartet!« sagte er. »Sie hat gewartet, siehst du, und ich habe nicht gewartet. Auf sie! Von unserm ersten Spaziergang an. Auf sie: auf irgendein Zeichen, auf Ausdruck, auf Hilfe, auf Freunde, auf alles, auf ein einziges Zeichen in all diesen Jahren! Ich habe sie gedemütigt, siehst du, und sie mich nicht! ... Ist das so?« fragte er. »Wer behauptet das!« fragte ich zurück. Jetzt sah er mich mit einem bohrendem Blick an. »Rolf«, erklärte er, »sie will sterben!« Er nickte nur: »So ist das!« Er war taub für alles, was ich nun fünf oder zehn Minuten lang vorbrachte an Widerspruch; nur wenn ihm Wein aufstieß, murmelte er: »Entschuldigung.« – »Du machst wirklich, Stiller, bis es eines Tages zu spät ist!« sagte ich. »Sie liegt in der Klinik, und du haderst weiter?« Er brütete vor sich hin, bis ich seinen Ellbogen faßte und ihn rüttelte. »Ich weiß«, sagte er, »daß ich lächerlich bin.« – »Du bist weit, Stiller, du mußt dich nicht selber lächerlich machen. Was du vorher gesagt hast, das glaubst du ja selber nicht. Wer stirbt schon einem andern zuliebe oder zuleide! Du überschätzest deine Wichtigkeit, ich meine: deine Wichtigkeit für sie. Sie braucht dich nicht, wie du gebraucht sein möchtest ... Stiller?« rief ich ihn, da er abermals, Betrunkenheit vorschützend, in sich selbst versinken wollte, »warum hast du plötzlich Angst, daß sie stirbt?« – »Ich überschätze meine Wichtigkeit?« – »Ja«, meinte ich, »diese Frau hat dich nie zu ihrer Lebensaufgabe gemacht. Nur du hast so etwas aus ihr gemacht, glaube ich, von allem Anfang an. Du als ihr Erlöser, ich sagte es schon, du wolltest es sein, der ihr das Leben gibt und die Freude. Du! In diesem Sinn hast du sie geliebt, gewiß, bis zum eignen Verbluten. Sie als dein Geschöpf. Und jetzt diese Angst, sie könnte dir sterben! Sie ist nicht geworden, was du dir erwartet hast. Ein unvollendetes Lebenswerk! ...« Stiller war zum Fenster gegangen und öffnete es. »Dir ist schlecht?« fragte ich, »warum setzest du dich nicht?« Er zeigt mir den Rücken, wischte sich mit einem Taschentuch die Stirne. »Sprich nur weiter«, bat er. »Ich hole dir Wasser«, sagte ich und legte den Feuerhaken hin, um aufzustehen. »Hat sie dir viele Briefe geschrieben?« Ich antwortete: »Einen einzigen. Warum?« Er wischte sich wieder die Stirne. »Ist ja egal«, brach er ab. »Ich bilde mir nicht ein, Stiller, daß ich deine Frau verstehe, besser verstehe als du. Wir sind uns recht fremd, deine Frau und ich, und was haben wir schon zusammen gesprochen? Ihr Brief war übrigens sehr kurz.« Er nickte traurig: »Du verstehst sie. Doch, doch. Ein Glück für sie.« Und dann: »Mir ist miserabel, du mußt entschuldigen.« Trotzdem ging Stiller nicht hinaus, um sich zu erleichtern, wie ich eigentlich erwartete. Er war wie Wachs, und sooft man seine

Augen sah, wußte man, daß es für ihn eigentlich nur eine einzige Frage gab: Wird sie sterben? Er strengte sich an, anderes zu denken. Insofern war er froh, daß jemand redete. »Du hast doch etwas sagen wollen?« fragte er. Ich erinnerte mich aber nicht mehr, wo unser Gespräch unterbrochen worden war. Ich sagte nun irgend etwas: »Übrigens ... ich habe deine Papiere gelesen.« – »Verbrenne sie!« – »Was versprichst du dir vom Verbrennen?« entgegnete ich. »Deswegen hast du sie doch geschrieben ... Du hast um diese Frau gerungen, wie man so sagt. Ich verstehe sie vielleicht in einem einzigen Punkt. Wer kommt denn auf die Idee, seinen Erlöser zu fragen, wie's ihm selbst geht? Sie hat sich daran gewöhnt, siehst du, in so vielen Jahren daran gewöhnt, daß du kein armer und schwacher Mensch sein willst, sondern ihr Erlöser.« Stiller lächelte: »Warum sagst du's nicht rundheraus?« Ich verstand ihn nicht, sein vages Lächeln schon gar nicht. Als ich ihn anblickte, schlotterte er an allen Gliedern; ein Schüttelfrost. »Es ist nichts«, sagte er, »nur diese idiotische Trinkerei!« Daraufhin führte ich ihn zu dem einzigen Sessel mit hoher Rückenlehne, wo er den Kopf zurücklegen konnte, und schloß das Fenster. »Ist es nicht besser«, fragte ich, »wenn ich dich zu Bett bringe?« Er schüttelte den Kopf. Ich legte den Buchenklotz in die Glut. »Was«, fragte er unter den Händen, die sein Gesicht stützten, »was soll ich tun? Ich kann nicht noch einmal auf die Welt kommen. Rolf, ich will's auch nicht ... Was ist meine Schuld? Sag's mir. Ich weiß es nicht. Was habe ich getan? Sag's mir, ich bin ein Idiot. Sag's mir!« – »Ich habe deine Papiere gelesen«, wiederholte ich, »darin weißt du doch ziemlich viel.« Er hatte seine Hände vom Gesicht genommen. »Wenn es mit Wissen getan wäre!« sagte er, saß lange wortlos mit hangenden Händen, die Ellbogen auf seine Knie gestützt. »Erinnerst du dich an vorigen Herbst«, fragte er, »an unseren Abend zu dritt? Nichts Besonders. Aber es ging. Fand ich. Für mich war's ein Fest ... In diesem ganzen Winter haben wir es nie wieder zu einem solchen Abend gebracht, sie und ich. Dann sitzen wir hier, sie dort, ich hier. Ich krepiere dran, aber ihr ist's genug!« – »Woher weißt du, Stiller, daß es ihr genug ist?« – »Warum schreit sie nicht?« fragt er. »Ich bin hochmütig, und sie nicht? Sie hat gewartet. Hörst du? Auf meine Einsicht gewartet. Wie viele Jahre lang? Zwei Jahre lang, vierzehn Jahre lang. Ist ja egal. Drum ist sie erschöpft, verstehst du. Ich habe sie kaputt gemacht. Und sie mich nicht!« – »Wer sagt das?« – »Sie«, antwortete er mit einem höhnischen Lächeln, legte seinen Kopf auf die hölzerne Lehne zurück: »Ich habe sie gedemütigt, und sie mich nicht?« – » Stiller«, meinte ich, »du solltest dir jetzt nicht selber leid tun. Was hast du erwartet? Nach allem Gewesenen. Daß sie auf die Knie fällt? Und zwar vor dir?« Er schwieg, den Kopf auf der Lehne, Blick zur Zimmerdecke. »Ich glaube dir, Stiller, daß du manchmal zu allem bereit bist, zu vielem. Dann stehst du wieder auf – in Selbstmitleid, in Haß, in Hoffnungslosigkeit. Weil du Gnade erwartest von ihr: von einem Menschen. Ist es nicht so?« fragte ich. »Dein gelegentliches Knien ist fehl am Ort. « – »Ich hasse sie«, sagte er vor sich hin, »manchmal hasse ich sie.« Und dann: »Was hilft's mir, was sie vor anderen redet? Ich bin's, der auf sie wartet. Ich! Und nicht ein weiser Freund oder eine ehrwürdige Tante, sondern ich, Rolf, ich bin's, der ein Zeichen braucht!« Er war froh um seinen Grimm, schien mir. »Warum habt ihr euch nicht getrennt?« fragte ich. »Du weißt, das machen die meisten, wenn's nicht geht. Warum bist du seinerzeit zurückgekehrt? Ich denke, weil du sie liebst. Und weil wir ja nicht einfach, wenn's schiefgeht, auf ein anderes Leben hinüberwechseln können. Das vor allem. Es ist ja doch unser Leben, was da schiefgegangen ist. Unser allereigenstes und einmaliges Leben. Und dann –« Stiller hatte mich unterbrechen wollen; doch als ich schwieg, schwieg auch er. »Ich weiß nicht«, sagte ich, »was du unter Schuld verstehst. Jedenfalls bist du soweit, sie nicht mehr bei andern zu suchen. Aber vielleicht, ich weiß nicht, meinst du, sie hätte sich vermeiden lassen. Schuld als eine Summe von eigenen Fehlern, die man hätte vermeiden können, meinst du es so? Ich glaube allerdings, die Schuld ist etwas anderes. Die Schuld sind wir selbst –« Stiller unterbrach: »Warum ich zurückgekommen bin?! Das hast du nicht erlebt. Eine Idiotie, nichts anderes, eine

Starrköpfigkeit! Begreifst du's denn nicht? Wenn du ein halbes Leben lang vor einer Tür gestanden und geklopft hast, Herrgott nochmal, erfolglos wie ich vor dieser Frau, vollkommen erfolglos, Herrgott nochmal – und dann geh du weiter! Vergiß sie, so eine Tür, die dich zehn Jahre versäumt hat! Gib's auf, geh weiter! ... Was heißt da schon Liebe? Ich habe sie nicht vergessen können. Das ist alles. Wie man eine Niederlage nicht vergessen kann. Warum ich zurückgegangen bin? Aus Besoffenheit, mein Lieber, aus Trotz. Du mit deinen noblen Meinungen! Geh in ein Kasino, schau sie dir an, wie sie weiterspielen, wenn sie verlieren, immer weitersetzen. Genau so! Weil's einen Punkt gibt, wo sich das Aufgeben nicht mehr lohnt. Aus Trotz, ja, aus Eifersucht! Du kannst eine Frau verlieren, wenn du sie gewonnen hast. Soll einer kommen! Aber wenn du selber sie nie gewonnen hast, nie gefunden, nie erfüllt? Vergiß sie, so eine Türe, und laß andere eintreten, geh weiter! Recht hast du: Warum haben wir uns nicht getrennt? Weil ich feige bin.« Stiller versuchte zu lachen. »Du sagst mit andern Worten genau dasselbe«, fand ich, »nur finde ich es nicht feige.« – »Ein Opfer, meinst du? Ein gegenseitiges Opfer, wobei beide draufgehen!« – »Natürlich gibt es Fälle, da man sich trennen kann«, sagte ich, »da man sich trennen sollte, und wenn's nicht geschieht, ist es Feigheit, Schlappheit. Wie vielen wünsche ich die Trennung, je rascher, um so besser, es gibt Episoden, uneheliche und eheliche, sicherlich, man kann Schluß machen, wenn etwas erledigt ist. Nicht jedes Paar wird sich zum Kreuz! Aber wenn es einmal so ist, wenn wir es dazu gemacht haben, wenn es eben nicht eine Episode ist, sondern die Geschichte meines Lebens –« Stiller sträubte sich: »Kreuz!« – »Nenne es, wie du willst.« – »Warum sagst du's nicht rundheraus«, fragte er, »auch in deinen Briefen nicht?« – »Was?« – »Was du meinst: Sein Wille geschehe! Gott hat es gegeben, und selig sind, die es nehmen, und tot sind, die da nicht hören können wie ich, nicht lieben können in Gottes Namen, die Unseligen, wie ich, die da hassen, weil sie lieben wollen aus eigener Kraft, denn in Gott allein ist die Liebe und die Kraft und die Herrlichkeit, das meinst du doch?« Er blickte mich nicht an, sondern hatte seinen Kopf auf die hölzerne Lehne gelegt und zeigte wieder dieses vage Lächeln. »Und verloren sind die Hochmütigen«, redete er weiter, »die mit dem mörderischen Hochmut, auferwecken wollen, was sie getötet haben, die mit der geizigen Reue, die da messen in dieser Zeit und lamentieren, wenn's anders geht, wenn's gar nicht geht, die Tauben und die Blinden, die Gnade erhoffen in dieser Zeit, die Kleinmütigen wie ich, die mit dem kindischen Trotz gegen das Leiden, ja, sollen sie sich besaufen, die Selbstherrlichen in ihrer Sünde wider die Hoffnung, die Verstockten, die Glaubenslosen, die Gierigen, die da glücklich sein möchten, ja, sollen sie sich besaufen und schwatzen, die nicht zerbrochen sein wollen in ihrem Hochmut, die Glaubenslosen, die mit ihrer zeitlichen Hoffnung auf Julika! Selig aber sind die andern, selig sind, die lieben können in Seinem Namen, denn in Gott allein... Ist es das«, fragte er, »was du die ganze Zeit sagen möchtest?« – »Ich bin dein Freund«, antwortete ich, »ich versuche dir zu sagen, was ich denke über Julika und dich, über eure Einsamkeit voreinander. Das ist alles.« – »Und was denkst du denn?« fragte er, seinen Kopf auf der hölzernen Lehne. »Ich habe es dir gesagt.« Stiller schien sich nicht erinnern zu können. »Du liebst sie«, wiederholte ich. »Denkst du«, kam es zurück. »Aber du erwartest von deiner Liebe wirklich so etwas wie ein Wunder, mein Lieber, und das ist es vermutlich, was nicht geht.« – »Ich liebe sie?« – »Ja«, behauptete ich, »ob es dir paßt oder nicht. Du hättest lieber jemand anders geliebt. Ich weiß. Und das weiß auch sie! Vielleicht Anja oder wie sie geheißen hat, deine Polin in Spanien, oder Sibylle da oben... Nur: dafür kann Julika nichts, daß sie nicht die Frau ist, die du vielleicht glücklicher hättest machen können.« – »Nein«, sagt er, »dafür kann Julika auch nichts.« – »Du liebst, ohne das Geschöpf glücklich machen zu können, das du liebst. Das ist dein Leiden. Ein wirkliches Leiden, einmal abgesehen von aller unserer Eitelkeit, denn man möchte ja auch gerne ein bißchen Herrgott spielen, die Welt aus der Tasche ziehen, das Leben auf den Tisch zaubern. Und dann, gewiß, möchte man selber glücklich dabei werden, wenn man liebt ... Das ist nicht immer der Fall!« sagte ich, und da Stiller nicht lächelte, setzte ich hinzu: »Das ist es ungefähr, was ich denke, und wenn du mich schon fragst, was du tun sollst –« Seine Gedanken waren anderswo. »Seit dem Herbst!« sagte er, und seine Lippen zitterten. »Seit dem Herbst hat sie's gewußt. Heute erfahre ich es vom Arzt. Seit dem Herbst! Und ich pfeife da unten in meinem Souterrain, keine Ahnung, keine Ahnung ... Was soll ich tun!« wehrte er sich mit Heftigkeit gegen mich. »Ich kann nicht übers Wasser wandeln!« – »Wer verlangt das von dir?« – »Gestern mittag, als ich dachte, sie stirbt ... Rolf«, sagte er, »ich habe geheult! Und dann habe ich mich gefragt, ob ich noch einmal – wenn das sie retten könnte –, noch einmal alles mit ihr erleben wollte. Und ich habe den Kopf geschüttelt, ich habe geheult, seit vierzehn Jahren stirbt sie, Tag für Tag, am Tisch mit mir ...« Stiller tat mir leid. »Das weißt du, daß sie allein in die Klinik gegangen ist?« fragte er. »Ohne mich.« – »Wieso ohne dich?« – »Packt ihre Sachen für die Klinik. Und es ist noch eine Stunde Zeit. Wir wissen nicht, was reden. Mit Blumen ist nichts getan! ich weiß. Aber es drängt mich halt doch, siehst du. In Territet gibt es nichts, was ihr gefällt. Also weiter nach Montreux! Nach vierzig Minuten bin ich wieder hier im Haus, genau nach vierzig Minuten – nun ja, sie ist halt allein in die Klinik gegangen!« Er zwang sich zu einem Lächeln. »Vielleicht findest du gar nichts dabei«, fügte er hinzu, »vernünftig wie du bist! « – »Was findest du dabei?« – »Ohne mich!« antwortete er, »ohne mich! Das freut sie mehr als Blumen, siehst du. Vielleicht zum letztenmal aus diesem Haus gehen: allein, ohne Begleitung, o ja, das hält länger als alle Blumen der Welt!« Ich nahm seine Auslegung nicht an. »Rolf«, entgegnete er, »dieser Mensch ist böse! Sie ist es geworden, kann sein, durch mich. Damals. Und eines Tages kann man die Liebe nicht mehr glauben ... Ich komme zu spät!« Stiller hatte sich erhoben. Er sah aus, als fiele er jeden Augenblick um, und was ihn überhaupt noch hielt, wußte ich nicht. »Nimm einen Marc!« sagte er, »und dann gehen wir schlafen.« Er fand aber die Gläslein nicht, die ich auf einem unteren Tablett sah, und schien sein Vorhaben zu vergessen. Er stand einfach da, die Marc-Flasche in der Hand, in Gedanken verstummt. »Ich habe keinen fremderen Menschen als diese Frau!« sagte er. »Ich will dich nicht langweilen, Rolf, nur – das sagt sich so: Ich werde dankbar sein, ich werde auf kein Wunder warten, auf keine andere Julika, sondern dankbar sein für jeden Tag, wenn sie noch einmal in dieses Haus kommt – jetzt, ja, jetzt wo sie in der Klinik liegt, wo ich nicht schlafen kann, nicht wachen kann vor Angst, daß alles zu spät ist, jetzt – Rolf!« sagte er, mußte sich aber vor Schwäche auf den nahen Fenstersims setzen, um weitersprechen zu können; er sprach wie ein banges Kind nach einem argen Traum: »Und wenn sie wieder dort sitzt? Sie dort, ich hier? Und wenn es wieder ist wie immer? Genau so? Sie dort, ich hier –« Er saß, die Marc-Flasche noch immer in der Hand, und sah sich das Zimmer an, die zwei leeren Sessel. »Was dann?« fragte er sich selbst und kurz darauf mich, »was dann, mein Lieber, was dann? Soll ich mich in Rauch auflösen, damit ich ihr keine Last bin? Oder wie? Soll ich fasten, bis sie ein Zeichen gibt, und ihr zeigen, daß einer dabei verhungern kann? Oder was?« – »Stiller«, antwortete ich, »es wird nicht sein, wie es gewesen ist. Es wird für dich nicht das gleiche sein, auch wenn Julika sich nie verändert. Gestern mittag hast du geglaubt, sie stirbt –« Sobald er merkte, wohin meine Rede ihn führen könnte, unterbrach er. »Ich weiß«, sagte er, »was du meinst.« Er zeigte seine Übelkeit, damit ich nicht weiterredete, und ich schwieg. »Was habe ich an Einsichten und Entschlüssen schon gehabt!« sagte er, »und wenn sie wieder hier sitzt, was dann? Ich kenne mich doch langsam. Ich bin schwach.« – »Wenn du weißt, daß du schwach bist«, meinte ich, »das ist schon viel. Vielleicht weißt du's zum erstenmal. Seit gestern mittag, als du gedacht hast, sie stirbt. Manchmal hassest du sie, sagst du. Weil auch sie schwach und arm ist? Sie kann dir nicht geben, was du brauchst. Sicher. Und ihre Liebe wäre so notwendig für dich. Wie keine andere. Es gibt Dinge, die sehr notwendig wären, Stiller, und wir vermögen sie trotzdem nicht. Warum soll Julika es vermögen? Vergötterst du sie – noch immer – oder liebst du sie?« Stiller ließ mich reden. »Jaja«, sagte er, »aber praktisch gesprochen, sie dort, ich hier, was soll ich tun? Ganz praktisch!« Er blickte mich an. »Siehst du, Rolf, da weißt auch du keine Antwort!« sagte er, und es schien ihn zu befriedigen. »Du bist sehr weit«, sagte ich, »oft habe ich den Eindruck, es fehlt dir nur noch ein einziger Schritt.« – »Und wir sitzen hier mitten in einer Hochzeit, meinst du?« – »Und du erwartest nicht mehr, meine ich, daß Julika dich von deinem Leben lossprechen kann oder umgekehrt. Was das im Praktischen heißt, weißt du.« – »Nein.« – »Es gibt keine Änderung«, sagte ich, »ihr lebt miteinander, du mit deiner Arbeit da unten im Souterrain, sie mit ihrer halben Lunge, so Gott will, und der einzige Unterschied: ihr foltert euch nicht mehr Tag für Tag mit dieser irren Erwartung, daß wir einen Menschen verwandeln können, einen anderen oder uns selbst, mit dieser hochmütigen Hoffnungslosigkeit... Ganz praktisch: Ihr lernt beten für einander.« Stiller hatte sich erhoben. »Ja«, schloß ich, »das ist eigentlich alles, was ich dir in dieser Sache zu sagen weiß.« Stiller hatte die Marc-Flasche auf den kleinen Tisch gestellt, und wir blickten einander an; sein vages Lächeln von vorher stellte sich nicht ein. »Beten will gekonnt sein!« sagte er bloß, und dann folgte ein längeres Schweigen...

Später, nach Jahr und Tag, habe ich mir öfter überlegt, wie ich mich in jener Nacht hätte verhalten sollen, unversehens vor eine Aufgabe gestellt, die über die Möglichkeiten einer Freundschaft hinausging. Als Stiller den Raum verließ, um sich endlich zu erleichtern, stand ich ratlos. Ich fühlte meine Amtslosigkeit, denn was ich auch hätte sagen können, immer blieb es doch nur meine persönliche Ansicht. Bestenfalls gelang mir nicht mehr als freundschaftlicher Widerstand, wo immer der Freund, der geprüfte, sich seiner Prüfung zu entziehen suchte... Ich nahm mir einen Marc, und als Stiller etwa nach zehn Minuten zurückkam, leider nicht ohne in der finsteren Diele gegen ein Möbel zu stoßen und ein Gepolter zu verursachen, fand er mich mit dem leeren Gläschen in der Hand. »Wie geht's?« fragte ich, und Stiller nickte nur: er hatte seinen Magen geleert, offenbar auch sein Gesicht gewaschen. Sein Gesicht war grün mit entzündeten Augen darin. »Wie spät ist es eigentlich?« erkundigte er sich neuerdings. Er hatte sich auf die Truhe gesetzt, stützte sich mit ausgespreizten Armen. »Du hast recht«, sagte er, »diese idiotische Trinkerei –!« Von unserem ungelösten Gespräch schien Stiller nichts mehr wissen zu wollen. Um schlafen zu können, brauchten wir nur noch eine Redensart, so schien es, ein Klischee der Zuversicht: Morgen ist auch wieder ein Tag! oder dergleichen. Es schlug halb drei Uhr. Natürlich dachten wir beide an die Zeit in der Klinik. Dort war sie wichtig, die Zeit, nicht hier. Ich stellte mir unwillkürlich ihr Krankenzimmer vor, die Nachtschwester neben dem weißen Bett, die sitzt und ihren Puls mißt, hoffentlich den Arzt nicht rufen muß – und zum erstenmal hatte ich ebenfalls Angst. Ich sah das Telefon auf der Truhe, das jeden Augenblick hätte klingeln können, und hielt das Schlimmste für möglich. Das Verbot der abendlichen Visite kam mir in den Sinn. »Was denkst du?« fragte Stiller, und ich muße irgend etwas sagen. »Es genügt«, behauptete ich, »wenn du jetzt vernünftig bist, Stiller, wenn du jetzt keine Gespenster siehst. Du liebst sie. Du hast angefangen, sie zu lieben, und Julika ist nicht gestorben, noch ist alles möglich...« Ich schämte mich ein wenig, doch gerade solche Redensarten schienen Stiller zu beruhigen. »Hast du noch eine Zigarette?« fragte er, um nicht zu Bett gehen und nicht allein sein zu müssen. Ich war im Pyjama; ich hatte keine Zigaretten. »Deine Frau hat sicher nicht schlafen können«, meinte Stiller, »deine Frau habe ich geliebt – ich liebe sie noch«, fügte er ordnungshalber hinzu, »aber das weißt du ja.« Seine Pausen wurden größer und größer. »Laß doch«, murmelte er, als ich ein wenig die leeren Flaschen zur Seite räumte, damit Stiller nicht darüber stolpern und neuen Lärm verursachen würde. »Oder meinst du, ich habe überhaupt nie geliebt?« fragte er unsicher. »Überhaupt nie?« Sein Gesicht zerfiel nun zusehends in Müdigkeit. »Wenn ich bloß nicht so verdammt wach wäre!« meinte er und gab sich den Anschein, zum Aufbrechen bereit zu sein. »Du mußt dich ausruhen«, sagte ich, »morgen um neun Uhr wirst du sie sehen –« Seine Zigaretten, die blauen Gauloises, lagen neben dem Sessel auf dem Teppich. »Ich danke dir!« sagte Stiller, als ich ihm das eigene Päckchen anbot, und steckte sich eine Gauloise in den Mund, nahm sie aber trotz des brennenden Streichhölzchens, das ich hielt, nochmals heraus; »– morgen um neun Uhr werde ich sie sehen!...« Dann rauchte er, als wäre der Rauch eine Nahrung. »Du glaubst nicht«, fragte er, »daß sie stirbt?« Daraufhin sagte ich etwas Unvorsichtiges: »Solange dein Telefon nicht klingelt, Stiller, besteht kein Grund zu solcher Angst.« Gesprochen war gesprochen, und ich konnte die unsinnige Bemerkung, die seiner Angst auch noch einen sichtbaren Anhaltspunkt verschafft hatte, nicht mehr zurücknehmen. Stiller blickte auf das schwarze Telefon. Infolgedessen redete ich weiter. »Darauf mußt du gefaßt sein«, sagte ich, »einmal wird auch Julika sterben. Ob früher oder später. Wie wir alle. Darauf mußt du schon gefaßt sein.« Stiller rauchte und schwieg. Ich hatte lange keine Ahnung, was er dachte. Endlich warf er seine Zigarette in den Kamin oder wenigstens in die Nähe davon, zum endgültigen Aufbruch bereit. Ich fror; das Kaminfeuer war am Verlöschen, und es gab kein Holz mehr. »Wahrscheinlich ist es doch gut«, sagte ich wieder etwas redensartmäßig, »daß wir geredet haben –« Stiller nickte ohne Überzeugung, saß nach wie vor auf der Truhe und stützte sich auf seine ausgespreizten Arme; er schien auf Kraft zu warten. »In Wahrheit, siehst du, bin ich genau da, wo ich vor zwei Jahren hätte anfangen müssen«, meinte er, »keinen Schritt weiter! Nur daß wieder zwei Jahre verloren sind – Ich will dich nicht langweilen, Rolf, aber...« Er sah mein Schlottern. »Rolf«, sagte er, »es wäre gegangen! Ohne Wunder, glaub mir, es wäre gegangen, sie und ich, so wie wir sind – damals nicht! Aber jetzt, ich meine: vor zwei Jahren. Jetzt zum erstenmal, jetzt und hier...« Stiller wollte nicht weinen, er wehrte sich dagegen und stand auf. »Heute vormittag in der Klinik«, sagte er, »– nein, das ist ja gestern gewesen –« Tränen flossen über sein ganz und gar unweinerliches Gesicht; er wollte etwas sagen. »Es wäre gegangen –«, wiederholte er, kam indessen nicht weiter. »Dann wird es auch gehen«, sagte ich, »dann wird es auch gehen!« In der Folge war es merkwürdig; eine Weile lang taten wir beide, als weinte Stiller gar nicht. Er stand im Zimmer irgendwo, seine Hände in den Hosentaschen, außerstande zu sprechen. Ich sah seinen Rücken, nicht sein Gesicht, wußte, daß Stiller weinte und vor Weinen nichts hörte, und redete über seine ›Hefte‹, nur um nicht ein stummer Zuschauer zu sein. »– jedenfalls weißt du das Entscheidende«, sagte ich unter anderem, »du weißt, daß nichts erledigt ist, wenn einer sich beispielsweise eine Kugel in die Schläfe schießt. Wie man's erfahren hat, wer kann es beschreiben! Aber du weißt es, so unvorstellbar es ist. Vielleicht hast du eine komische Vorstellung vom Gläubigsein; du meinst vielleicht, man sei sicher, wenn man gläubig ist, sozusagen weise und gerettet und so weiter. Du findest dich alles andere als sicher, so stehst du da und glaubst nicht, daß du gläubig bist. Ist es nicht so? Du kannst dir Gott nicht vorstellen, so redest du dir ein, daß du Ihn nie erfahren hast ...« Stiller schien froh zu sein, daß ich redete. »Soweit ich dein Leben kenne«, sagte ich, »immer wieder hast du alles hingeworfen, weil du unsicher gewesen bist. Du bist nicht die Wahrheit. Du bist ein Mensch und oft bereit gewesen, eine Unwahrheit aufzugeben, unsicher zu sein. Was heißt das anderes, Stiller, als daß du an eine Wahrheit glaubst? Und an eine Wahrheit, die wir nicht ändern und nicht einmal töten können – die das Leben ist.« Die Standuhr draußen in der Diele rasselte wie immer vor dem Stundenschlag; es war drei Uhr. »Mit deinen Heften ging es mir komisch«, sagte ich, um weiterzureden, »immer wieder hast du versucht, dich selbst anzunehmen, ohne so etwas wie Gott anzunehmen. Und nun erweist sich das als Unmöglichkeit. Er ist die Kraft, die dir helfen kann, dich wirklich anzunehmen. Das alles hast du erfahren! Und trotzdem sagst du, daß du nicht beten kannst; du schreibst es auch. Du klammerst dich an deine Ohnmacht, die du für deine Persönlichkeit hältst, und dabei kennst du deine Ohnmacht so genau – und all dies wie aus Trotz, nur weil du nicht die Kraft bist. Ist es nicht so?« Natürlich antwortete Stiller nicht. »Du meinst, es muß dich bezwingen, sonst stimmt es nicht. Du möchtest ja nicht flunkern. Es macht dich stutzig, daß du selber noch darum flehen mußt, glauben zu können; dann hast du einfach Angst, Gott sei deine Erfindung ...« Ich hatte noch lange geredet, schließlich brach ich ab. Ich hatte, wie gesagt, nicht erwartet, daß Stiller mir zuhörte, sondern geredet, nur um vor seinem Weinen nicht ein stummer Zuschauer zu sein. Seine Gedanken waren anderswo. »Ihr Gesicht«, sagte Stiller, »das ist gar nicht ihr Gesicht, Rolf, das ist es nie gewesen –!« Weiter vermochte er sich aber nicht mehr auszudrükken. Stiller weinte nun, wie ich noch selten einen Mann habe weinen sehen. Dabei stand er aufrecht, die Hände in den Hosentaschen. Ich ging nicht aus dem Zimmer; meine Anwesenheit fiel schon nicht mehr ins Gewicht ... In jenen Minuten versuchte ich sehr, mich an ihr Gesicht zu erinnern, sah aber nur jenes Gesicht vom vergangenen Herbst, das keines mehr war, ihr Schluchzen mit dem starren offenen Mund und die zwei kleinen, ebenfalls starren Fäuste in ihrem Schoß, jenes stumme Zittern eines blinden Körpers voll Todesangst; doch daran wollte ich jetzt nicht erinnert sein. Ich beschloß, am andern Morgen ebenfalls in die Klinik zu gehen, um Frau Julika zu sehen, wenn auch nur kurz. »Sag etwas«, bat Stiller, als er endlich, von seinem Weinen erschöpft, meine Anwesenheit wieder bemerkte. »Was ich dir sagen kann, habe ich gesagt: – Julika ist nicht gestorben«, wiederholte ich, »und du liebst sie.« Daraufhin blickte Stiller mich an, als hätte ich eine Offenbarung ausgesprochen. Seine Beine waren noch unsicher, seine Augen wässerig, doch sein Kopf war nüchtern, glaube ich. Er redete nun etwas Löbliches über unsere Freundschaft, über meine Güte, wieder beinahe eine ganze Nacht mit ihm gewacht zu haben, und rieb sich die wächserne Stirne. »Wenn du Kopfschmerzen hast«, sagte ich, »oben habe ich Saridon.« Das hörte er schon nicht mehr. »Du hast recht«, wiederholte er mehrere Male, »morgen um neun Uhr werde ich sie sehen –« Endlich standen wir auf der Schwelle, ich selber zum Umfallen müde, und Stiller löschte den Kronleuchter mit seinem wässernen Licht. »Bete für mich, daß sie nicht stirbt!« sagte er, und unversehens standen wir im Finstern; Stiller hatte vergessen, zuerst das Licht in der Diele anzudrehen. »Ich liebe sie –«, hörte ich ihn sagen. Schließlich fand ich den Schalter in der Diele, und wir gaben einander die Hand. Stiller wollte noch in den Garten gehen. »Ich muß Luft haben«, sagte er, »ich habe einfach zuviel getrunken.« Er war sehr ruhig.

Am andern Morgen, Ostermontag, kamen wir gegen neun Uhr hinunter, meine Frau und ich. Unser Frühstück stand bereits auf dem Tisch am offenen Fenster, Kaffee unter der Haube, zwei Gedecke mit allem Zubehör. Weder Salzfäßlein noch Aschenbecher fehlten. Die weichen Eier, das eine für Sibylle als dreiminütiges angeschrieben, wie auch der Toast unter der Serviette waren noch warm; unser Freund mußte uns beim Waschen gehört haben und konnte noch nicht lange aus dem Hause sein. Meine Frau hatte das Gepolter in der Nacht gehört, wußte im übrigen nur, daß wir lange gesprochen hatten. Natürlich vermuteten wir Stiller bereits in der Klinik. Unser so langes Nachtgespräch kam mir nun fast wie ein Traum vor, ohne rechten Zusammenhang mit der taghellen Wirklichkeit, als wir uns an den Tisch setzten mit Sonne auf dem Geschirr, mit dem köstlichen Blick über den vergißmeinnichtblauen Genfer See zu den verschneiten Savoyer Alpen. Unter der Voraussetzung, daß aus der Klinik eine weitere erfreuliche Kunde käme, beschlossen wir, im Laufe dieses Tages über Chèbres, Yverdon, Murten oder Neuenburg weiterzufahren, um auf der Peterinsel noch einen eigenen Ferientag zu verbringen. Das Wetter war zu wundervoll. In einem nachbarlichen Garten blühte bereits eine Magnolie in voller Pracht, die Forsythien leuchteten allenthalben in gelben Garben, die über die Zäune hängen, das blutrote Funiculaire zwischen grünen Hängen voll Schlüsselblumen fuhr leer hinunter, voll Ausflügler hinauf. Es war eine geradezu kindlich bunte Welt mit allem, was nur zu einem Ostertag gehört; die Vögel zwitscherten bis zur Lärmigkeit, und auf dem See fuhr ein weißer Vergnügungsdampfer gegen Schloß Chillon, irgendwo in der Ferne spielte eine sonntägliche Blechmusik, die Bundesbahn rollte. Stiller traf uns noch beim behaglichen Frühstück. Unsere sofortige, doch etwas bange Frage, wie es ginge, bezog sich selbstverständlich auf Frau Julika; indessen kam unser Freund nicht aus der Klinik, sondern aus seinem Souterrain. Stiller hatte nicht geschlafen, den Rest der Nacht vermutlich im Garten, den frühen Morgen in seiner Töpferei verbracht. Natürlich war er bleich und übernächtig. Warum er nicht auf neun Uhr in die Klinik gegangen war, weiß ich nicht, auch war er noch unrasiert. Hatte er Angst? Scheinbar zuversichtlich, als stünde Frau Julika kurz vor der Entlassung aus der Klinik, redete er von anderem. Nicht einmal angerufen hatte er. Ich sollte in die Klinik fahren, meinte er, und seiner Frau doch sagen, er käme gegen elf Uhr. Von seinen Ausreden war nicht eine einzige stichhaltig. Er müßte sich noch rasieren. Dann wieder hörten wir, eine wichtige Persönlichkeit auf Durchreise hätte gebeten, seine Keramik zu sehen, und käme gegen zehn Uhr, was stimmte, indessen kein angemessener Grund war. Vielleicht scheute sich Stiller, mit seinem Fuselgeruch vor das Krankenbett zu treten. Auch gegenüber meiner Frau hielt er sorgsam die Entfernung, auffallend. »Ich stinke«, sagte er. Nun hätte ihn ja eine tatsächliche oder vermeintliche Weinfahne nicht hindern können, wenigstens in die Klinik anzurufen, was Stiller aber nicht wollte. Ihn zu nötigen, stand mir nicht zu. Schließlich fuhr meine Frau mit mir zur nahen Klinik Val Mont, wo sie im Wagen wartete; es konnte sich jedenfalls nur um einen ganz kurzen Besuch handeln, sofern der Besuch einem Nichtangehörigen überhaupt gestattet sein würde. Es war ein wirkliches Bedürfnis, Frau Julika wenigstens zu sehen, bevor wir weiterführen. Bei der Anmeldung war mir mit einem Schlage alles schon bewußt. In einem sonnigen Korridor, wo Blumenvasen vor den Türen standen und stumme Schwestern hin und her gingen, hatte ich noch eine bange Viertelstunde zu warten, bis der junge Arzt mir ihren Hinschied meldete. Auf mein dringendes Verlangen hin wurde mir versprochen, daß Herr Stiller keinesfalls durchs Telefon unterrichtet würde. Der Tod war vor einer halben Stunde erfolgt, für den Arzt offenbar überraschend. Meinem anderen Wunsch, Frau Stiller zu sehen, wurde nicht

entsprochen. Sie war bereits nicht mehr in ihrem Zimmer. Mein Gesicht, ich weinte vermutlich, genügte dann doch; oder machte es meine Legitimation? Jedenfalls wurde die Oberschwester geheißen, mich zu der Toten zu führen.
»Ihre Haare sind rot, der gegenwärtigen Mode entsprechend sogar sehr rot, jedoch nicht wie Hagebutten-Konfitüre, eher wie trockenes Mennig-Pulver. Sehr eigenartig. Und dazu ein sehr feiner Teint; Alabaster mit Sommersprossen. Ebenfalls sehr eigenartig, aber schön. Und die Augen? Ich würde sagen: glänzend, sozusagen wässerig, bläulich-grün wie die Ränder von farblosem Fensterglas. Leider hat sie die Augenbrauen zu einem dünnen Strich zusammenrasiert, was ihrem Gesicht eine graziöse Härte gibt, aber auch etwas Maskenartiges, eine fixierte Mimik von Erstauntheit. Sehr edel wirkt die Nase zumal von der Seite, viel unwillkürlicher Ausdruck in den Nüstern. Ihre Lippen sind für meinen Geschmack etwas schmal, nicht ohne Sinnlichkeit, doch muß sie zuerst erweckt werden. Ihre offenen Haare sind köstlich, duftig, seidenlicht. Ihre Schneidezähne sind vortrefflich, nicht ohne Plomben, sonst aber von einem schönen Perlmutterglanz. Ich betrachtete sie wie einen Gegenstand; ein Weib, ein fremdes, irgendein Weib« ... Genau so lag sie auf dem Totenbett, und ich hatte plötzlich das ungeheure Gefühl, Stiller hätte sie von allem Anfang an nur als Tote gesehen, zum erstenmal auch das tiefe, unbedingte, von keinem menschlichen Wort zu tilgende Bewußtsein seiner Versündigung.
Es blieb noch, dem Freund diese schwere Mitteilung zu bringen. Es hatte wenig Worte gebraucht; Stiller wußte es. Die Klinik hatte, wiewohl seit meinem Verlassen der Klinik fast eine Stunde vergangen war, nicht angerufen; aber als er mich erblickte, wußte er es, und ich glaube, Stiller sprach meine Mitteilung sogar selber aus; ich möchte nicht sagen: gefaßt, denn es war die erschreckende Gefaßtheit eines Geistesabwesenden. Ich wartete dann lange auf Stiller, um ihn hinzufahren. Er war in sein Zimmer hinaufgegangen, um seinen Rock zu holen, wie er sagte. Wir hörten überhaupt nichts, keine Schritte, kein

Schluchzen, nur draußen die lärmigen Vögel, und mit der Zeit hatte meine Frau offenbar Angst, unser Freund könnte sich etwas antun. Daran glaubte ich nicht einen Atemzug lang, ging aber dennoch hinauf, als er immer und immer noch nicht kam, und klopfte an seine Türe. Als keinerlei Antwort erfolgte, trat ich ein. Stiller stand mitten im Zimmer, seine Hände in den Hosentaschen wie so oft. »Ich komme«, sagte er. Ich fuhr ihn in die Klinik und wartete im Wagen draußen. Das Bild der Toten war so viel stärker als alles, was ich mit offenen Augen zu sehen vermochte; als Bild eines vergangenen Wesens, das in seiner Zeit von niemand erkannt worden ist, am allerwenigsten von dem, der mit seiner menschlichen Liebe um sie gerungen hat. Schon nach einer Viertelstunde kam Stiller zurück, um sich neben mich in den Wagen zu setzen. »Sie ist schön«, sagte er. Ich verlängerte meinen Urlaub und blieb, nach der Abreise meiner Frau, noch einige Tage in Glion, um ihm allerlei abzunehmen, was es bei einem Todesfall zu tun gibt. Im übrigen hatte ich nicht das Gefühl, daß Stiller mich brauchte, und zu Gesprächen kam es nicht mehr. Das Medizinische interessierte ihn nicht, und sonst gab es kaum etwas zu sagen; es war alles entschieden. Am Abend nach dem kleinen Begräbnis auf einem fremden Friedhof, als ich ihn verlassen mußte, arbeitete Stiller in seinem Souterrain, versuchte es zumindest. Er führte mich an jenes eiserne Törlein mit dem komischen Schild, geistesabwesend, so daß ich ihm zwei- oder dreimal die Hand gab. Wir sahen einander dann und wann; seine nächtlichen Anrufe blieben aus, und seine Briefe waren karg. Stiller blieb in Glion und lebte allein.

1953/1954

Zeittafel

1911	geboren in Zürich am 15. Mai als Sohn eines Architekten
1924–1930	Realgymnasium in Zürich
1931–1933	Studium der Germanistik in Zürich, abgebrochen, freier Journalist Balkan-Reise
1934	*Jürg Reinhart*
1936–1941	Studium der Architektur an der ETH in Zürich. Diplom
1938	Conrad Ferdinand Meyer-Preis
1939–1945	Militärdienst als Kanonier
1940	*Blätter aus dem Brotsack*
1942	Architekturbüro in Zürich
1943	*J'adore ce qui me brûle oder Die Schwierigen*
1945	*Bin oder Die Reise nach Peking* *Nun singen sie wieder*
1946	Reise nach Deutschland, Italien, Frankreich
1947	*Tagebuch mit Marion* *Die Chinesische Mauer*
1948	Reisen nach Prag, Berlin, Warschau Kontakt mit Bertolt Brecht in Zürich
1949	*Als der Krieg zu Ende war*
1950	*Tagebuch 1946–1949*
1951	*Graf Öderland* Rockefeller Grant for Drama
1952	Einjähriger Aufenthalt in den USA, Mexiko
1953	*Don Juan oder Die Liebe zur Geometrie*
1954	*Stiller* Auflösung des Architekturbüros, freier Schriftsteller
1955	Wilhelm Raabe-Preis der Stadt Braunschweig Pamphlet *achtung: die schweiz*
1956	Reise nach den USA, Mexiko, Kuba
1957	*Homo faber* Reise in die arabischen Staaten
1958	*Biedermann und die Brandstifter* *Die große Wut des Philipp Hotz* Georg Büchner-Preis Literaturpreis der Stadt Zürich
1960–1965	Wohnsitz in Rom
1961	*Andorra*

1962 Dr. h. c. der Philipps-Universität Marburg
1963 Literaturpreis von Nordrhein-Westfalen
1964 *Mein Name sei Gantenbein*
1965 Preis der Stadt Jerusalem
Reise nach Israel
Schiller-Preis des Landes Baden-Württemberg
Wohnsitz im Tessin, Schweiz
1966 Erste Reise in die UdSSR, Polen
1967 *Biografie: Ein Spiel*
1968 Zweite Reise in die UdSSR
Öffentlichkeit als Partner
Politische Publizistik in Zürich
1969 *Dramaturgisches*
Aufenthalt in Japan
1970 Aufenthalt in den USA
1971 *Wilhelm Tell für die Schule*
Aufenthalt in den USA
1972 *Tagebuch 1966-1971*
1974 *Dienstbüchlein*
Großer Schillerpreis der Schweizerischen Schillerstiftung
1975 *Montauk*
1976 *Gesammelte Werke in zeitlicher Folge*
Friedenspreis des Deutschen Buchhandels
Max Frisch/Hartmut von Hentig,
Zwei Reden zum Friedenspreis des Deutschen Buchhandels 1976
Wir hoffen. Rede zur Verleihung des Friedenspreises (Schallplatte)
1978 *Triptychon.* Drei szenische Bilder
Der Traum des Apothekers von Locarno. Erzählungen
1979 *Der Mensch erscheint im Holozän.* Eine Erzählung
1982 *Blaubart.* Erzählung
1983 *Forderungen des Tages.* Porträts, Skizzen, Reden 1943-1982
1986 Neustadt-Literatur-Preis
1989 Heinrich Heine-Preis der Stadt Düsseldorf
1990 *Schweiz als Heimat?* Versuche über 50 Jahre
1991 gestorben am 4. April in Zürich

Max Frisch
Sein Werk im Suhrkamp Verlag

Gesammelte Werke in zeitlicher Folge. 7 Bände. Herausgegeben von Hans Mayer unter Mitwirkung von Walter Schmitz. Leinen

Band 1: Kleine Prosaschriften, Blätter aus dem Brotsack. Jürg Reinhart. Die Schwierigen oder J'adore ce qui me brûle. Bin oder die Reise nach Peking

Band 2: Santa Cruz. Nun singen sie wieder. Die Chinesische Mauer. Als der Krieg zu Ende war. Kleine Prosaschriften. Tagebuch 1946-1949

Band 3: Graf Öderland. Don Juan oder die Liebe zur Geometrie. Kleine Prosaschriften. Der Laie und die Architektur. Achtung: Die Schweiz. Stiller. Rip van Winkle

Band 4: Homo faber. Kleine Prosaschriften. Herr Biedermann und die Brandstifter. Biedermann und die Brandstifter. Mit einem Nachspiel. Die große Wut des Philipp Hotz. Andorra

Band 5: Mein Name sei Gantenbein. Kleine Prosaschriften. Zürich-Transit. Biographie: Ein Spiel

Band 6: Tagebuch 1966-1971. Wilhelm Tell für die Schule. Kleine Prosaschriften. Dienstbüchlein. Montauk

Band 7: Kleine Prosaschriften. Triptychon. Der Mensch erscheint im Holozän. Blaubart

Gesammelte Werke in zeitlicher Folge. Jubiläumsausgabe in sieben Bänden in den suhrkamp taschenbüchern. Herausgegeben von Hans Mayer unter Mitwirkung von Walter Schmitz. Textidentisch mit der Leinenausgabe. st 1401-1407

Einzelausgaben

Andorra. Stück in zwölf Bildern. BS 101 und st 277

Ausgewählte Prosa. Nachwort von Joachim Kaiser. es 36

Biedermann und die Brandstifter. Ein Lehrstück ohne Lehre. Mit einem Nachspiel. es 41

Biedermann und die Brandstifter. Ein Lehrstück ohne Lehre. BS 1075

Bin oder Die Reise nach Peking. BS 8

Biografie: Ein Spiel. Engl. Broschur und BS 225

Biografie: Ein Spiel. Neue Fassung 1984. BS 873

Blaubart. Eine Erzählung. Gebunden und BS 882

Die Chinesische Mauer. Eine Farce. es 65

Dienstbüchlein. st 205

Don Juan oder Die Liebe zur Geometrie. Komödie in fünf Akten. es 4

Erzählungen des Anatol Ludwig Stiller. Mit einem Nachwort von Walter Jens. Großdruck. it 2304

23/1/5.91

Max Frisch
Sein Werk im Suhrkamp Verlag

Forderungen des Tages. Porträts, Skizzen, Reden 1943-1982. Herausgegeben von Walter Schmitz. st 957
Frühe Stücke. Santa Cruz. Nun singen sie wieder. es 154
Graf Öderland. Eine Moritat in zwölf Bildern. es 32
Herr Biedermann und die Brandstifter. Rip van Winkle. Zwei Hörspiele. st 599
Homo faber. Ein Bericht. Leinen, BS 87 und st 354
Mein Name sei Gantenbein. Roman. Leinen und st 286
Der Mensch erscheint im Holozän. Eine Erzählung. Leinen und st 734
Montauk. Eine Erzählung. Leinen, BS 581 und st 700
Schweiz als Heimat? Versuche über 50 Jahre. Herausgegeben und mit einem Nachwort versehen von Walter Obschlager. Leinen
Stich-Worte. Ausgesucht von Uwe Johnson. st 1208
Stiller. Roman. Leinen und st 105
Stücke 1. st 70
Stücke 2. Don Juan oder Die Liebe zur Geometrie. Biedermann und die Brandstifter. Die große Wut des Philipp Hotz. Andorra. Leinen und st 81
Tagebuch 1946-1949. st 1148
Tagebuch 1946-1949. Tagebuch 1966-1971. 2 Bände in Kassette. Leinen und Leder
Tagebuch 1966-1971. Leinen, kartoniert, BS 1015 und st 256
Der Traum des Apothekers von Locarno. Erzählungen aus dem Tagebuch 1966-1971. BS 604
Triptychon. Drei szenische Bilder. Engl. Broschur und BS 722
Wilhelm Tell für die Schule. Leinen und st 2
Blaubart. Ein Buch zum Film von Krzysztof Zanussi. Herausgegeben von Michael Schmid-Ospach und Hartwig Schmidt. st 1191
Wir hoffen. Rede zum Friedenspreis des Deutschen Buchhandels. Schallplatte

Vorworte

Bertolt Brecht. Sein Leben in Bildern und Texten. Mit einem Vorwort von Max Frisch. Herausgegeben von Werner Hecht. Leinen
Albin Zollinger: Pfannenstiel. Roman. Mit einem Vorwort von Max Frisch und einem illustrierten Nachwort von Erwin Jaeckle. Kartoniert

23/2/5.91

Max Frisch
Sein Werk im Suhrkamp Verlag

Über Max Frisch

Begegnungen. Eine Festschrift für Max Frisch zum siebzigsten Geburtstag. Herausgegeben von Siegfried Unseld. Leinen

Max Frisch. Herausgegeben von Walter Schmitz. stm. st 2059

Frischs ›Andorra‹. Herausgegeben von Walter Schmitz und Ernst Wendt. stm. st 2053

Materialien zu Max Frisch ›Biedermann und die Brandstifter‹. Herausgegeben von Walter Schmitz. st 503

Frischs ›Don Juan oder Die Liebe zur Geometrie‹. Herausgegeben von Walter Schmitz. stm. st 2046

Frischs ›Homo faber‹. Herausgegeben von Walter Schmitz. stm. st 2028

Fünf Orte im Leben von Max Frisch. Gesehen von Fernand Rausser. Broschur

23/3/5.91